Михаил
Михайлович Пришвин

普里什文创作的
文│体│研│究

李　俊　升◎著

中国社会科学出版社

图书在版编目（CIP）数据

普里什文创作的文体研究 / 李俊升著 . —北京：中国社会科学出版社，2022.4
ISBN 978 – 7 – 5203 – 6305 – 1

Ⅰ.①普… Ⅱ.①李… Ⅲ.①文学创作研究—俄罗斯—现代 Ⅳ.①I512.065

中国版本图书馆 CIP 数据核字（2020）第 059366 号

出 版 人	赵剑英
责任编辑	张　林
特约编辑	王　萌
责任校对	韩海超
责任印制	戴　宽

出　　版	中国社会科学出版社
社　　址	北京鼓楼西大街甲 158 号
邮　　编	100720
网　　址	http://www.csspw.cn
发 行 部	010 – 84083685
门 市 部	010 – 84029450
经　　销	新华书店及其他书店

印刷装订	北京君升印刷有限公司
版　　次	2022 年 4 月第 1 版
印　　次	2022 年 4 月第 1 次印刷

开　　本	710×1000　1/16
印　　张	24
插　　页	2
字　　数	383 千字
定　　价	138.00 元

凡购买中国社会科学出版社图书，如有质量问题请与本社营销中心联系调换
电话：010 – 84083683
版权所有　侵权必究

序 一

李俊升博士的普里什文研究，历经近三十年的磨砺，终成如今这样厚重的一部专著——《普里什文创作的文体研究》。可以说，我同他的交往，系由普里什文评介开始，又因普氏研究继续，从相识走向相知。如今看到他推出的成果，自然感到欣慰。

记得我从1990年着手编撰《20世纪欧美文学史》（第三卷、第四卷，属于现、当代文学部分），曾查检了20世纪50年代至80年代的中文译著资料，普里什文作品的翻译近四十种（次），评论极少，专著绝无，仅有若干篇赏析文字。但令我兴奋的是发现了俊升，便向他约稿为该史书写一节"普里什文"综述和评介。这或许成为国内首次见诸高校文学史教材的综合性评述。从中见到俊升早下过功夫，理解准确，对普里什文有全面和系统的把握。截至20世纪90年代后期我访俄时，又得到俊升的热心协助。他有驻外使馆任职之便，领我遍访了契诃夫、阿克萨科夫、托尔斯泰等作家的庄园故居，特别专程寻访了普里什文的小别墅独宁诺。我有了丰富的心灵收获，同时益发加深了对俊升的了解。其实，他是有俄罗斯文学作为背景知识，集中钻研普氏作品的。他广征博览，完成数量很大的翻译、研究、编辑诸方面的著述，又能谦逊待人，虚心向中俄同行学习。据我后来了解，他经常向所在单位中国社会科学院院内外的同仁请教。他为人低调，虚心待人，耐心劳作，持续修炼，这样假以时日，终于修成正果，其成就自然使人刮目相看。

俊升的过细精神令俄罗斯友人感动。记得有一次，我出差去莫斯科时，费德林通讯院士托我把全套普里什文文集八卷本交给俊升，这令他大喜过望。这是他托费德林通讯院士觅得的。这也使我明白了，原来俊升是在践行俄国文艺的历史学派批评理论，就是全面调查，综合分析，比较研究，把国外的学术方法引了进来。我想，当年那么早就能有这样的研究者向国内介绍普里什文，实乃我国读者之幸也。

普里什文的艺术创作以随笔、童话故事、微型散文、散文诗、儿童短篇、中篇小说，还有丰盛的18卷日记而闻名于世，其中几部长篇小说《人间苦难》《恶老头的锁链》《国家大道》和《杉木林》等尤其令人瞩目，而其创作谈《大地的眼睛》和《仙鹤的故乡》等则是世界文论史上的新贡献。该专著全面涉猎普里什文创作的繁丰品类，选择普里什文创作的文体创新作为研究对象，分成九个专章（即第一章普里什文研究现状综述，第二章文体理论概述，第三章随笔文体，第四章诗性散文文体，第五章诗性散文和小说体裁的合成，第六章道德哲理童话长篇小说——《国家大道》，第七章日记，第八章语体创新，第九章文体艺术的风格追求）对普里什文文体创造的丰富体裁进行了分类研究，对语体的创新性和独特风格的形成原因展开有深度的研究。专著体现了作者治学严谨，思维缜密，言必有据，论证充分，用语准确，论断中肯。借此，正是该专著的现实意义和创新之所寓。

高超的语言艺术是普里什文借此立足俄罗斯文坛的一大瑰宝。他的作品词句惊妙，语言优美、自然而不做作，还能激发出俄罗斯民间语言的原生态力量。诚如高尔基所说："列斯科夫之后，我国的文学语言中就再也没有如此老练的语言大师了"。俊升熟练掌握优美的俄罗斯文学语言。他通过大量的细节阅读，在"语体创新"一章中，对普里什文的优美语言从以下六个方面展开了研究：①对俄罗斯民谣的吸收和使用；②对谚语、俗语的吸收和使用；③对成语的改造；④对卡累利阿和俄罗斯各地方言的吸收和使用；⑤普里什文语言的简洁性；⑥普里什文语言的音乐美。这些论述立足于大量实例，很显功力。对普里什文语言的音乐美、绘画感、意境美等都有很精辟的阐释。从整体上看，该专著的学术品位高，理论意义和应用价值也许正在于此。

此外，专著所列参考文献体现了作者多年来在读书、研究、翻译过程中搜集的珍贵资料，其中也不乏最新的资料，因为他倾力于征集图书资讯的工作，跻身于中俄两国文化交流的实践中，参考资料列表为翻阅此书的同行，包括俄罗斯文学界之外的同行查阅提供了摸索的"阿里阿德涅线头"！

按俗话说，我已是进入耄耋之年，但很珍视俊升这位忘年之交。除了平时经常向他询问俄罗斯文坛有何新信息、新资料，这里尤其期望这部专著早日出版，以有助于中俄之间的文化交流，为以后的融通互鉴做进一步的贡献。

李明滨
北京大学俄文系教授、博士生导师
2020 年 1 月 20 日

序二　米哈伊尔·普里什文和他的
一位中国研究者
（О Михаиле Пришвине и его китайском исследователе）

В 30 – 60 – ые годы XX века не было в Советском Союзе малыша, который бы не знал рассказы о животных "дедушки Пришвина". Лаконичные, написанные великолепным русским языком, часто с юмором, они рассказывали о ёжике, который прижился в доме автора; о воспитанном людьми умном журавле Журке, обретшим крылья, но возвращающемся к вырастившим его людям; об умном граче, не желавшем выучить фразу 《Хочешь кашки, дурашка?》, но свободно повторившем ее, когда рассказчик остался без продуктов. В более старшем возрасте дети читали рассказы Пришвина о собаках и разных приключениях автора-охотника. В школьных хрестоматиях неизбежно присутствовала повесть 《Кладовая солнца》, в которой брат и сестра-Настя и Митраша отправлялись на болото за ягодами, каждый "своим путиком", но этот путик неизбежно, в конечном счете, должен был совпасть с общей дорогой. Лишь немногие, достигнув взрослого возраста, знакомились с лирической повестью 《Жень-шэнь (Корень жизни)》, где цивилизованный русский встречался с природным человеком-китайцем Лувеном. И от этой встречи возникала мысль "о великой общности жизни" (Пришвин), об обретении корня жизни (смысла жизни) только при условии, что "человек выйдет из себя и сам раскроется в другом" (Пришвин).

в конце 50 – ых и в начале 60 – ых годов, когда вышло 5 – томное собрание сочинений писателя и первая монография о нём, стало ясно, что за маской бесхитростного детского писателя скрывается художник-философ, последовательно утверждающий мысль о единстве человека и природы. Мы не знаем, был ли знаком М. Пришвин с учением Лао-цзы о мировом организме как неразрывном целом; о том, что человек находится с природой во взаимном согласии. Среди молодых людей конца 19 – го и начала 20 – го века китайский философ был весьма популярен. Но то, что писатель дополнил идею единства человека и природы мыслью об их сочувствии, сотворчестве и создании ноосферы (В. Вернадский) очевидно. Пришвинские книги опровергали мысль о человеке-царе природы, убеждали в органическом единстве того и другого.

Особый раздел творчества Михаил Пришвина—его дневники. Он вел их почти полвека: с 1905 – го года, когда ему исполнилось 32 года, до своей смерти. За это время он исписал 120 толстых тетрадей, которые сегодня составили отдельное 18 – титомное издание. Сам писатель полушутливо говорил, что весь его талант ушел в дневники. Пришвинские микрозаметки из дневника утверждали красоту мира. А общий смысл философского учения Пришвина передает его любимая фраза: " Мир нуждается в дружеском общении ". Но это только *общий* смысл. В Дневнике тысячи ценнейших мыслей, выраженных в близкой китайским мудрецам сжатой метафоричной манере.

Китайский читатель начал свое знакомство именно с философско-лирической прозы М. Пришвина.

Изданная в Китае в 1980 – ом году книга 《 Глаза земли 》 —собрание миниатюр из дневников Пришвина 1946 – 1950 годов метафорически показывает, как говорил сам писатель, что "весь путь мой был из одиночества в люди ". На родине эту книгу горячо приветствовали Б. Пастернак, К. Паустовский, Эм. Казакевич и многие другие писатели.

Изданная в Китае в 1984 – ом году 《 Лесная капель 》, внешне

постро́е-нная по тому же при́нципу (дневнико́вые миниатю́ры, порой доста́точно дли́нные), тем не ме́нее, выстра́ивается в сюже́т-гимн любви́ ста́рого писа́теля к Же́нщине. В Дневнике́ Пришвина э́тот сюже́т обознача́ется фра́зой 《Мы с тобо́й》. Через мно́го лет, пе́ред свое́й кончи́ной вдова́ писа́теля и блестя́щая коммента́тор его́ тво́рчества В. Д. Пришвина́ соберёт из дневнико́вых за́писей писа́теля и свои́х воспомина́ний лири́ческую кни́гу под таки́м же назва́нием: 《Мы с тобо́й》.

Но вернёмся к кита́йским изда́ниям произведе́ний писа́теля. В 2005 – ом году́ выхо́дит 5 – титомник избранных сочине́ний Пришвина, куда́ вошли́ гла́вные кни́ги писа́теля: от напи́санных еще до револю́ции 《В краю́ непу́ганых птиц》 и 《За волше́бным колобко́м》 и автобиографи́ческой 《Каще́евой цепи》 до 《Жень-шеня》, по́вести 《Кладова́я со́лнца》, миниатю́р 《Календа́рь приро́ды》, 《Глаза́ земли́》 и др..

Наконе́ц, в 2017 – ом году́ и́здан пятито́мник: 《В краю́ непу́ганых птиц》, 《Календа́рь приро́ды》, 《Адам и Ева》, 《Со́лнечные но́чи》, 《Лесна́я капе́ль》.

Кита́йские учёные-фило́логи не прошли́ ми́мо тво́рчества э́того бли́зкого их национа́льной филосо́фии писа́теля. В 90 – ые го́ды про́шлого ве́ка в кни́гах по исто́рии ру́сской литерату́ры появи́лись разде́лы, посвящённые Пришвину. Их авторы-крупне́йшие иссле́дователи-русисты Цао Цзинхуа, Е Шуйфу и начина́ющий учёный Ли Цзюньшэн, простра́нная статья́ кото́рого была́ включённа профе́ссором Ли Минпином в свой уче́бник Европе́йской литерату́ры. В на́ши дни к тво́рчеству писа́теля обраща́ются таки́е изве́стные литературове́ды, как Пань Аньжун, Фэй Чэн, Хэ Маочжэн, Гуй Юй, Ши Госюн и други́е.

Молодо́го преподава́теля факульте́та иностра́нных языко́в Ланчжуского университе́та Ли Цзюньшэна (李俊升), а́втора предлага́емой кни́ги, В 1985 – ом году́ познако́мил с тво́рчеством М. Пришвина профе́ссор Ся Гуанчжи э́того факульте́та, сказа́вший, что и́менно у Пришвина сле́дует учи́ться могу́чему ру́сскому языку́.

Через шесть лет в руки Ли Цзюньшэна попал журнал 《Дружба народов》 с уже упоминавшимся дневником любви Михаила и Валерии Пришвиных 《Мы с тобой》. С тех пор Пришвин—неизменная любовь учёного. Первый перевод этого произведения он закончил весной в 1993 - ом году на кухне крошечной квартиры г. Брянска, куда его занесла судьба.

Работая в Посольстве КНР в Москве, Ли Цзюньшэн при первой же возможности поехал В 1999 - ом году в посёлок Дунино, где писатель провёл последние годы жизни. Он был вторым китайцем, посетившим Дунино. Первым был один из старейших переводчиков русской литературы Пань Аньжун. С тех пор, когда бы Ли Цзюньшэн ни оказывался в России, Дунино было обязательным местом его посещения. Директор музея Лидия Рязанова до сих пор считает его своим человеком.

С кем бы ни встретился Ли Цзюньшэн в России или в Китае, он непременно заводит разговор о любимом русском писателе. Академик Н. Т. Федоренко прислал ему 8 - митомное собрание сочинений; земляки Пришвина профессора Елецкого университета Наталья Борисова и Александр Бодоксёнов, профессор Наталья Дворцова Тюменского государственного университета—свои монографии. Автор биографии Пришвина Алексей Варламов не только подарил свою книгу, но и трижды давал консультации.

Ли Цзюньшэн опубликовал несколько статей об авторе 《Жень-шэнь》. Защитил докторскую диссертацию о своеобразном стиле творчества писателя. И вот теперь перед нами написанная на основе этой диссертации книга, в которой впервые осмысляется весь путь М. Пришвина и особенности стиля его творчества.

А на недалёких днях должен выйти из печати столько лет тщательно отточенный и редактируемый Ли Цзюньшэном перевод книги 《Мы с тобой》.

С лёгкой руки моего коллеги - профессора Пекинского университета иностранных языков—известного в Китае русиста Ли Иннань, она зовёт

Ли Цзюньшэна "пришвини́стом". Он не обижается. Только говорит: "Настоя́щим пришвини́стом я еще не стал, но стремлю́сь им быть в бу́дущем!".

Остаётся пожелать китайскому ученому новых трудов в этом будущем, а китайским читателям—получить удово́льствие от предлага́емой книги и вместе с ее автором полюбить прекра́сного русского писа́теля-фило́софа.

Влади́мир Аге́носов,

заслу́женный де́ятель нау́ки РФ,

член Сою́за писа́телей Москвы́,

акаде́мик РАЕН

20 世纪 30—60 年代，苏联没有一位儿童不知道"普里什文爷爷"的名字，人人都读过他写的动物故事。这些短篇小说语言优美，朗朗上口，幽默风趣，令人印象深刻。故事内容讲的是小刺猬在作者家里混成一家人；一只聪明的仙鹤祖尔卡学会飞翔之后，还是回到哺育她的人家身边；还有一只机灵的秃鼻鸦，主人让她学话说："小傻瓜，想喝粥吗？"她硬是不发声，而当主人没有啥东西可吃的时候，竟然爽快地向他喊出这句话来。俄罗斯孩子稍许长大后，就会阅读普里什文描写猎人经历的冒险故事。他的《太阳的宝库》多年来一直是中学生必读书目。小说中的弟弟米特拉沙和姐姐娜斯佳去树林采野果，走哪条路好，两人因此发生争执，各自坚持要走自己的小道，最后经过曲折，殊途同归，还是到达目的地。故事虽简单，但告诉少年读者一个深刻的道理：条条小道最终一定会汇入一条大道，这才是正确的人间之路。当时还有为数不多的一些读者进入成年后，接触到普里什文抒情小说《人参》（生命之根）。小说中一位来自城里的俄罗斯人和一位在大自然怀抱中生活的中国人不期而遇，在大森林中交往互助，双方获益匪浅，让读者体会到"生命的共性"。普里什文强调，一个人若想找到"生命之根"（即生命的意义），就必须"超越自我，才能在另一个人身上绽放自己"。

20 世纪 50 年代末到 60 年代初，普里什文五卷本选集和研究其创作的第一本专著终于在苏联出版。这时，人们才恍然大悟：原来在纯朴天真的儿童作家面具下，隐藏着一位眼光深邃、弘扬人与自然统一的思想家、哲学家。普里什文是否了解老子学说，是否受到"天人合一"思想的熏陶，我们不得而知，但笔者注意到，在普里什文青年时代的19世纪末20世纪初，俄罗斯知识分子对包括老子学说在内的中国古典哲学思想表现出浓厚的兴趣和深深的敬仰。普里什文作品中的主题思想与"天人合一""天人相应"可谓不约而同，一脉相通。作家反对人是大自然之主的观点，极力推崇人与自然有机统一，又借用俄罗斯著名学者维尔纳茨基关于"智力圈"的学说，做了进一步的发挥，认为人与自然不但应和谐共存，还要积极互动，一起开启美好的未来。现如今，普里什文被普遍称颂为生态文明的先驱。

米哈伊尔·普里什文创作中还有一份异常珍贵的遗产——这就是他的日记。从1905年32岁起直到去世前，他孜孜不倦地写日记，从未间断过，在近半个世纪的时间里，写满了120本厚实的笔记本，今日已汇集成18卷本的巨著予以出版。作家生前诙谐地说：我的全部才华都进入日记里了。日记以微型随笔的形式颂扬了世界的美丽，点点滴滴地记录了作家的思想火花，其中有一句话可以概括其主要内涵："世界是需要友好交流的"。此外，还有许许多多极其珍贵的思想，采用中国古人般的十分简洁的隐喻方式跃然纸上。

中国读者有幸从哲理性抒情散文开始熟识普里什文。

1980年在中国出版的《大地的眼睛》一书是1946年至1950年日记的浓缩版，概括了作者"为摆脱孤独而走向人间"的人生道路。在当时的苏联，这本书受到帕斯捷尔纳克、帕乌斯托夫斯基、卡扎克维奇和其他许多著名作家的热烈欢迎。

1984年出版的《林中水滴》看起来是按照相同的思路，即浓缩版的日记形式，一滴一滴地融合在一起的，然而其中有一条围绕着"我们俩"而展开的完整的故事情节，是老作家高声吟唱的对女性和爱的赞歌。"我们俩"这句话凝聚了作者的深厚情感，多年后，他的遗孀瓦列里娅·普里什文娜临终前把普里什文的日记记录和自己的回忆串在一起，出版了同名的抒情之歌《我们俩》。

现在，我们还是回过头来看一下普里什文在中国的译介情况。2005年出版的五卷本作品集收录了作家的主要著作：从十月革命前所写的

《鸟儿不惊的地方》《跟随魔球走远方》、自传体的《恶老头的锁链》,直到《人参》《太阳的宝库》、微型散文《大自然的日历》和《大地的眼睛》等作品。2017年,又有普里什文文选汉语版问世,其中包括《飞鸟不惊的地方》《大自然的日历》《亚当与夏娃》《有阳光的夜晚》和《林中水滴》等。

普里什文,这位与中国哲学思想遥相呼应的作家,很自然引起中国研究者的注意。20世纪90年代,大名鼎鼎的学者曹靖华、叶水夫等主编有关俄罗斯文学史的专著时,都包括了介绍普里什文创作的章节;李明滨教授主编的《20世纪欧洲文学史》收录了青年学者李俊升的综合研究文章。在此前后,关注普里什文创作的有潘安荣、非琴、何茂正、谷雨、石国雄等学者。

在此要特别提到本书的作者李俊升。1985年,他在兰州大学任教时,外语系的夏广智教授向他介绍了普里什文,并指出:"要学好俄语,就是要学习普里什文那遒劲的语言"。六年后,李俊升翻开《民族友谊》杂志,一眼发现了《我们俩》。从那时起,普里什文就成为他始终不渝的爱。1993年春季,在俄罗斯布良斯克市一间小斗室的厨房里,他完成了这部作品最初的译稿。

1999年在中国驻莫斯科大使馆工作期间,李俊升抓紧机会前往普里什文晚年的故居杜尼诺村,成为继老翻译家潘安荣之后的第二位访问杜尼诺的中国人。从那时起,每次来到俄罗斯,杜尼诺就是李俊升必去的地方,故居馆长利季娅·梁赞诺娃始终把他视为"自家人"。

无论是在俄罗斯还是在中国,李俊升一见人就会滔滔不绝地说起他心爱的俄罗斯作家普里什文,感动了不少俄罗斯人。著名汉学家费德林院士给他寄来了八卷本普里什文文集;普里什文的老乡、叶列茨大学两位教授纳塔利娅·鲍里索娃和亚历山大·波多克肖诺夫以及秋明国立大学纳塔丽亚·德沃尔佐娃教授都向他赠送了自己的专著。普里什文传记的作者阿列克谢·瓦尔拉莫夫不仅给他赠送了自己的书,还与他进行了三次面谈,深入讨论了普里什文的创作。

经过多年研究,李俊升先后发表了几篇论述普里什文的文章,并在北京外国语大学通过了论述普里什文创作的博士论文答辩。现在,摆在我们面前的就是以这篇论文为基础而撰写的专著,首次对普里什文创作的整个道路和他独有的文体特色进行了全面的论述。

不久的将来,由李俊升多年精心打磨和编校的《我们俩》一书的译本也将出版。

我在北京外国语大学的一位老同事——著名的俄罗斯学家李英男教授率先把李俊升称为"普里什文学家",他自己也默然认可了,只是说:"我还不是真正的普里什文学家,还需要继续努力,将来争取成为一个'合格的普里什文学家'!"

借此机会,我想祝愿这位中国学者在不久的将来能有更多新作问世。也希望中国读者开卷有益,能获得心灵的享受,并与这本书的作者一起爱上这位杰出的俄罗斯作家、哲学家普里什文。

弗拉基米尔·阿格诺索夫
俄罗斯联邦功勋学者,
莫斯科作家协会会员,
俄罗斯自然科学院院士

Автореферат（内容提要）

Пришвин является самобытным и великим художником слова русской литературы 20 – го века.

Выбор темы Пришвина был для меня неслучаен. Потому только, что Пришвин—великий мастер слова и оригинáльный стилист.

Социальная значимость исследовательской работы заключáется в том, что её основные позиции и выводы об особенности стиля творчества Пришвина могут быть использованы в вýзовском преподавании языка и литературы и в широком кугре ревнителей изящной русской словесности 20 – го века.

Монография моя развёртывается в жанрово-типологическом русле повествовáния.

Монография состоит из введения, обзóрного представлéния о достижéниях исследования и текущем процессе, протекáющем наравне с углублённым как в России, так и в нашей стране исследованием творческого наследия М. Пришвина, из девяти глав, заключения и списка испóльзованной литературы.

Во введении обоснóвывается предмет исследования, его актуальность, цель, задачи работы, её научная новизнá и практи́ческая значимость.

В первой главе ведётся обзóрное представлéние об общем положéнии исследования творческого наследия как в Советском Союзе и совремéнной России, так и в Китае.

Во второй главе проясняются разные точки зрения о том, что такое стиль? Приведены́ разные выскáзывания древнекитáйских, западноевропéйских и русских литературоведов. Автор разделяет общепринятое толкование китайского литературоведа Тун Цинпина о том, что стиль вбирает в себя три основные пласта: жанровые категория, идиостиль авторского индивидуального языка, усовершенствование собственного стиля самого зрелого и коренным образом установившегося писателя.

В третьей главе рассматривается взлётный этап творчества Пришвина, в котором были созданы такие представительные очерки, как 《В краю непуганных птиц》, 《За волшебным колобком》, 《Чёрный араб》и др.. Уже в первых очерках писателя раскрылись особенности социально-философской позиции, эстетические и нравственно-этические ориентиры. Его ранние произведения выдержаны в ключе гуманистических традиций русской культуры, но в то же время содержат те грани новаторского, творческого поиска, которые, окрепнув, сформировали явление в свет "Пришвина-очеркиста", "Пришвина-фольклориста", "Пришвина-этнографа".

Во четвёртой главе анализируются некоторые признаки прозопоэзии в таких прозаических произведениях, как 《Календарь природы》, 《Лесная капель》, 《Глаза земли》 и др.. Человек и природа—вот основная тема Пришвина. Развивая лучшие традиции русской литературы, в которой каждый по своему особняком стоял Пушкин, Тургенев, Толстой, Лесков, Достоевский и целая плеяда замечательных современников-классиков, таких как, В. Розанов, Д. Мережковский, А. Ремизов, И. Бунин, М. Горький др., М. Пришвин вошёл в литературу как певец природы, стремящийся всегда "искать и открывать в ней тихоструйно прекрасные стороны души человеческой". Посредством создания этих произведений писатель уже гранитной глыбой стоит как "Пришвин-географ", "Пришвин-путешественник", "Пришвин-художник слова".

В пятой главе прослеживается новая тенденция гармоничного сочетания разных жанров в одном и том же произведении. Сделан анализ такого крупного прозопоэтического романа, как 《Кащеева цепь》 и шедевра песни-любви русской литературы 20 - го века 《Жень-шэнь》. В про заическом романе 《Кащеева цепь》рассказывается о росте формирующего сознания. Все этапы духовного роста Курымушки показаны на очень широко взятом общественном фоне. М. Пришвин дал русской литературе, современному читателю превосхо́дный роман, глубоко волнующий своей тонкой лири́чностью, чёткостью письма, ме́ткостью психологических наблюдений и любовью к человеку. 《Жень-шэнь》 —лирико-философская романти́ческая поэма, дающая представление о глубине осмысления Пришвиным человека и окружа́ющего его мира. 《Жень-шэнь》 —это вершина творчества Пришвина. "Глубина филосо́фского осмысле́ния явлений и прозра́чная ясность выражений самых дорогих человеческих чувств, понятий, идеалов поднимают поэму 《Жень-шэнь》 на недосяга́емую высоту" —к такому справедливому выводу пришла Л. М. Шаталова. Пришвинская лирично-филосо́фская проза на всех действует благотво́рно, она очища́ет, осветля́ет душу.

В шестой главе на основе 《Осударевой дороги》 расчёсывается архитекто́ника Осударевой дороги, уга́дываем чрева́тую в ней сердечную мысль, опи́сываем групповые портреты и выделя́ющихся среди них частей женских образов, постараемся подслушать, какие симфонич- еские диалоги вели персонажи и окружающие их голоса живот ного мира.

В седьмо́й главе автором роется в новоя́вленных дневниковых записях. Углублённый поиск дневников открывает новый горизо́нт исследов- ания. Облик какого-то нового, неизвестного Пришвина выступа́ет последовательно вперёд и занова ещё и ещё раз приковывается внимание к пониманию подлинного лица Пришвина. Анализируется уникальный дневник писателя, самый длиный дневник, книга главная, для которой он родился.

В восьмо́й главе всесторонне высве́чиваются о́тблески пламени прекрасного и оригина́льного языка Пришвина, языка лакони́чно-сжатого, прозо-поэти́чного и музыка́льно-мелоди́чного, не сходя́щего с уст и духовно захватывающего. Пришвин слушал слова, диви́лся чудесным коле́нцам рус ской речи, поворо́там её от грусти к простоду́шно-смешному и внеза́пному взлету на высоту челове́ческой му́дрости. Сло́во ру́сских наро́дов в свое́й простоте́ явля́ется неистощи́мым исто́чником слове́сных бога́тств.

В девя́той главе́ вырисо́вывается то, что со́бственно оригина́льный стиль достига́ется худо́жником сло́ва бо́жим да́ром и одновреме́нно усе́рдчивым, каждодне́вным и всюночнопроле́тным трудо́м. Труд даёт свои́ плоды́: 1) изя́щные в своём реалисти́ческом отраже́нии действи́тельности, 2) пафосоразве́янные и по́лные оби́льным содержа́нием в ли́рико-романти́ческом преломле́нии жи́зни и, 3) жирносо́чные и благоуха́нные звуча́ния в символи́ческом намёке о жи́зни. Оригина́льный стиль Пришвина—это дорого́е насле́дие ру́сской литерату́ры 20 ве́ка.

В заключе́нии подво́дятся ито́ги иссле́дования и намеча́ются о́бщие очерта́ния тво́рчества Пришвина.

Пробле́ма худо́жественного сти́ля тво́рчества Пришвина в це́лом остаётся недоста́точно проснённой из-за непо́лного охва́та мной всех произведе́ний, включа́я мно́жество замеча́тельных де́тских расска́зов, не́скольких рома́нов и глубоко́ филосо́фические литерoтуроведческие мы́сли. Изуча́я соотве́тствующие иссле́дования, попадёшь в атмосфе́ру спо́ров и диску́ссий. Это вполне́ объясни́мо и интере́сно в пла́не живо́го непрекраща́ющегося движе́ния иссле́довательской мы́сли, постоя́нно обогаща́ющейся но́вым практи́ческим о́пытом тво́рчества. Одна́ко отсу́тствие твёрдых осно́в тео́рии сти́ля и методоло́гии его́ иссле́дования значи́тельно усложня́ет изуче́ние литерату́рных проце́ссов, в ча́стности, стилево́й ана́лиз тво́рчества тако́го кру́пного худо́жника сло́ва, как Пришвина. И самому́ а́втору моногра́фии пришло́сь столкну́ться с определёнными тру́дностями. Одна́ко пе́ред тру́дностями ни в ко́ем слу́чае нельзя́ останови́ться и успока́иваться на дости́гнутых достиже́ниях. А́втор моногра́фии гото́в и впредь сра́зу же по́сле разгро́ма собла́зна орео́ла и вы́годы продвига́ть вперёд в своём иссле́довании тво́рческое насле́дие вели́кого писа́теля вели́кого наро́да.

目　　录

引　言 …………………………………………………………（1）

第一章　普里什文研究现状综述 ……………………………（11）

第二章　文体理论概述 ………………………………………（27）
　　一　中国的文体论 …………………………………………（29）
　　二　文体的分类 ……………………………………………（30）
　　三　西方的文体论 …………………………………………（31）
　　四　俄罗斯的文体论 ………………………………………（32）
　　五　文艺语体 ………………………………………………（39）

第三章　随笔文体 ……………………………………………（45）
　　一　什么是随笔 ……………………………………………（45）
　　二　随笔处女作《鸟儿不惊的地方》……………………（55）
　　三　第二部随笔《跟随魔球走远方》……………………（61）

第四章　诗性散文文体——自然与人主题 …………………（72）
　　一　何谓诗性散文 …………………………………………（72）
　　二　《大自然的日历》的文体特点 ………………………（76）
　　三　诗性散文《林中水滴》的文体结构 …………………（117）
　　四　自然沉思录《大地的眼睛》的文体 …………………（142）

第五章　诗性散文与小说体裁的合成 ………………………（161）
　　一　《恶老头的锁链》……………………………………（162）

二　爱情散文的绝唱——《人参》 …………………………（181）

第六章　道德哲理童话长篇小说——《国家大道》 …………（208）
　　一　《国家大道》的结构 ……………………………………（209）
　　二　《国家大道》所孕育的真诚思想 ………………………（210）
　　三　《国家大道》中的系列群像 ……………………………（214）
　　四　《国家大道》的女性形象 ………………………………（220）

第七章　日记 ……………………………………………………（226）
　　一　日记总述 …………………………………………………（226）
　　二　普里什文日记中的新论述 ………………………………（235）
　　三　日记的文体特点 …………………………………………（237）
　　四　日记体的真诚性 …………………………………………（243）

第八章　语体创新 ………………………………………………（249）
　　一　对民谣的吸收和使用 ……………………………………（255）
　　二　对谚语、俗语的吸收和使用 ……………………………（263）
　　三　对成语的化用和固定词语群的改造 ……………………（267）
　　四　对俄罗斯各地方言和口语的吸收和使用 ………………（279）
　　五　普里什文语言的简洁性 …………………………………（290）
　　六　普里什文语言的音乐性 …………………………………（305）

第九章　文体艺术的风格追求 …………………………………（321）
　　一　写实型的风格 ……………………………………………（330）
　　二　抒情浪漫型的风格 ………………………………………（331）
　　三　抒情、写实与哲理相结合的象征型风格 ………………（338）

结束语 ……………………………………………………………（342）

参考文献 …………………………………………………………（347）

致　谢 ……………………………………………………………（362）

引　　言

　　普里什文是 20 世纪俄罗斯伟大的作家、思想家，是 20 世纪俄罗斯文学史上的一个独特文化现象。

　　普里什文的艺术创作体裁繁丰、语言优美、风格独特。他素以写随笔、童话故事、散文、散文诗、中短篇小说和日记而闻名于世。他创作的几部长篇小说《人间苦难》《恶老头的锁链》《人参》《国家大道》和《杉木林》等同样取得了令人瞩目的巨大成就。他的创作谈《大地的眼睛》和《仙鹤的故乡》等为世界文论史贡献了一份丰厚的精神财富。如果把他的创作遗产放在 20 世纪俄罗斯文学大背景中来观照，他与任何作家都绝不混淆也不重复。

　　普里什文的美文美得绚丽多彩，美得惊世骇俗。他的美文是早已被世人公认了的，他的美文不惧怕争议和挑战。就连 20 世纪的文化巨人高尔基都觉得普里什文"无一字不秀雅"，他在 1926 年撰文论普里什文时也有些为难，不敢轻易下笔："米哈依尔·米哈依洛维奇，要写您，是一件不容易的事儿，因为，就应该像您一样这么精湛娴熟地来写，可我也知道，这对我来说是办不到的"①。"整个俄罗斯文学都是在言说着痛苦。您是唯一一位俄罗斯作家，想方设法用哪怕一个词儿来张扬欢乐。这是很困难的，也不是马上能被理解的。"② 普里什文也欣然并及时做了回应：

---

　　① М. Горький. Собрание сочинений в тридцати томах. Том 24. С. 264，551 и 552. Гос. издательство Художественной литературы，Москва 1953；См. Писатели о писателях. Литературные портреты. Москва. "Дрофа"，2003. С. 133.

　　② 高尔基，转引自利季娅·梁赞诺娃、亚娜·格里申娜编《普里什文个人档案·同时代人回忆录》封四，萌芽出版社 2005 年版。

"普天同乐这门最为艰深的学问是艺术家的必修课"①。帕乌斯托夫斯基对此做了确认:"普里什文的作品,是层出不穷的发现的无穷无尽的欢乐"②。

博大精深如高尔基者在致函普里什文时斩钉截铁,一锤定音,既是概括,也是结论。即使没有读过普里什文的美文,也会由此对他的美文之美深信不疑。高尔基再三强调,这不是他故意谦虚,也不是他有意矫情,更不是他想要恭维,而是他内心确实承认自己难以望普里什文之项背。其实,高尔基早在1911年就喊出了20世纪初的最强音:"普里什文的《跟随魔球走远方》简直棒极了"。

高尔基——普里什文的文学导师

普里什文生于长于孕育了上百位文化艺术和科技名人的俄罗斯中西部黑土地带奥廖尔州。奥廖尔是俄罗斯的心脏,是俄罗斯物华天宝人文荟萃之地。奥廖尔州及其方圆几百公里这片肥沃的黑土拥有的水土地脉,

---

① 米·普里什文:《大地的眼睛》,潘安荣译,长江文艺出版社2005年版,第181页。
② 帕乌斯托夫斯基:《金玫瑰》,戴骢译,百花文艺出版社1987年版,第330页。

得天独厚。是这片肥沃的黑土地孕育了屠格涅夫、列夫·托尔斯泰、列斯科夫、皮萨列夫、丘特切夫、费特、布宁、魏列萨耶夫、安德烈耶夫、扎依采夫、哲学家谢尔盖·布尔加科夫、诗人戈洛捷茨基、文艺理论家巴赫金等文化巨人，这一片土地也因这些文化巨人而变成一方人杰地灵的名人故乡。需要特别强调一点：正如研究19世纪的俄罗斯文学不研究屠格涅夫是不可饶恕一样，同样，阅读欣赏体验20世纪的俄罗斯文学却是一定要深入研究普里什文的。没有读过普里什文的美文就不算真正意义上读过20世纪的俄罗斯文学史。普里什文与洛谢夫、巴赫金、利哈乔夫一起被尊为20世纪俄罗斯文学史的四座文化泰斗也是当之无愧的。

普里什文的美文一旦到手，人们都会如饥似渴、废寝忘食、爱不释手。他的美文让人们满怀期待，他的美文妇孺皆知，老少咸宜。他特意为儿童写的童话故事让成人读了也津津乐道，而他专门为成人写的鸿篇巨制又让少年儿童赞不绝口[①]。

普里什文的作品妙语连珠，余香满口，读着读着就出了神，内心还默默地记诵起来。在普里什文那散发着墨香的书页里，我发现了那么多坦然奔驰的灵魂，那么多有着七情六欲的万物之灵长，那么多活灵活现的动物世界，那么五彩缤纷的植物世界，他们或大声疾呼、仰天长啸，或窃窃低吟、悄声细语，或缠绵悱恻，或欢跃奔腾，或青翠欲滴，都以难以抵御的鲜活与迷人，俘虏着我去猎奇、去琢磨、去咀嚼、去体味。美不胜收的精神大宇宙，在有限的书页里，在他的秘密日记里进行着无限的拓展，最终给人以无穷的欢乐和愉悦，给人以精神的美的享受，给人以情感的高度升华。我真悔恨，三十多年前就得知有一代巨匠普里什

[①] 中国多种中小学教材及课外阅读书籍中收入了普里什文的多篇作品。他时而作为民间故事的写作者与克雷洛夫、列夫·托尔斯泰等并列齐名，时而又作为描写俄罗斯自然的圣手与普希金、屠格涅夫、费特等同时出现，他还作为著名的儿童作家和马克·吐温、罗大里等并列。普里什文是20世纪俄罗斯文学史上极具特色的人物。20世纪之初，他是作为怀有强烈宇宙感的诗人，具有倾听鸟兽之语、草虫之音异能的学者步入俄罗斯文坛的。在长达半个世纪的文学创作中，虽历经俄罗斯文学发展历程中批判现实主义的衰落、现代主义的崛起和社会主义现实主义的繁盛，却始终保持了个性化的艺术追求。他的创作不仅拓宽了俄罗斯现代散文的主题范围，而且为其奠定了一种原初意义上的风貌（参见义务教育课程标准实验教科书《语文教师教学用书》，六年级（下册），马新国、郑国民主编，北京师范大学出版社2005年版，第34—35页）。

文在影响着一代又一代求真追善慕美的人们，但直到近十几年才能有闲暇一睹他的惊异之美、醇厚之美，相见恨晚之情油然而生。

作为一位作家，普里什文作品的语言生动优美、自然而不做作，还能激发出俄语口语原生态的力量；作为一位从事农学研究的科学家，普里什文让读者既能感受到贯穿其作品中的生态思想、自然哲理，又能学习许多大自然的鲜活知识；作为一名出色的摄影师，一百多年前普里什文运用多种摄影手法留下来数千张照片，创作出的作品具有逼真的画面感。普里什文笔下的自然与人类的故事紧密相连、互为主体，延伸了人文的空间，拓展了心灵的世界，让人们明白除了需要关心个人内心世界之外，还需要关注更为广阔的大自然。

在世界文学史上，但凡一部部经典作品的诞生，都离不开独特的历史、地理，尤其是特定时代文化的烛照。对于地处莫斯科郊外的独宁纳村，我一直梦萦魂牵。当然，我对所有美名传天下、山水甲天下的地方都存着难以遏制的心动。1999年夏末的8月29日，当我第一次踏上莫斯

普里什文故居

科郊区独宁纳村①这片莫斯科河之滨的美丽富饶的土地时，我便强烈地感到，一曲曲旷世绝唱在普里什文居于斯的此前此后出自他之手乃天经地义之事。再者说来，从1926年开始，普里什文"下意识地听命于自己的爱好，为搜寻有关生长在大自然深处的植物的神话传说，连续几年一直奔波在杜布纳沼泽地附近，一直坚持居住在离沼泽地不远的扎戈尔斯克"（谢尔基耶夫镇）②。谢尔基耶夫镇是世人虔诚地称为俄罗斯东正教的"麦加"的圣洁之地。

作家康·帕乌斯托夫斯基在脍炙人口的《金玫瑰》中写道："我打算在这本书中为我认识的几位最普通的人立传，……他们身后也无从给后人留下哪怕是一丝痕迹。他们整个心灵都为某种热烈的爱好吞没了"③。帕乌斯托夫斯基所指的"几位最普通的人"包括俄国批判现实主义的最后一位伟大作家契诃夫；有20世纪初俄罗斯诗歌的守护天使亚·勃洛克；有法国短篇小说的圣手莫泊桑；有俄罗斯乡村生活的歌手布宁；有为时代鼓与呼的高尔基；有开法国浪漫主义之先河的维克多·雨果；有以散文体长诗《红帆》而跻身于那些召唤人们去攀登尽善尽美的理想境地的优秀作家之列的亚·格林；有俄罗斯大自然的歌手米·普里什文等著名作家，但普里什文在这些作家中占有特殊位置。帕乌斯托夫斯基强调："普里什文永远是创造者，是造福于人类的人，是艺术家"④。

列米佐夫说："普里什文是即使饱受沧桑和苦难也未离开俄罗斯的第一位作家"⑤。

帕斯捷尔纳克惊叹道："我开始阅读这些文字，让我感到震惊的是，一则警句和名言竟然能表达那么多的韵味，几乎真可以赛过一本又一本的大部头书"⑥。

瓦·科日诺夫是一位志存高远的伯乐式文化巨人，他独具慧眼，对

---

① 独宁纳村是普里什文故居博物馆所在地。潘安荣老师译为杜尼诺。作者注。
② 米·普里什文：《大自然的日历》，潘安荣译，长江文艺出版社2005年版，第65页。
③ 帕乌斯托夫斯基：《金玫瑰》，戴骢译，百花文艺出版社1987年版，第249页。
④ 帕乌斯托夫斯基：《金玫瑰》，戴骢译，百花文艺出版社1987年版，第328页。
⑤ 利季娅·梁赞诺娃、亚娜·格里申娜编：《普里什文个人档案·同时代人回忆录》，萌芽出版社2005年版，第68页。
⑥ 利季娅·梁赞诺娃、亚娜·格里申娜编：《普里什文个人档案·同时代人回忆录》封四，萌芽出版社2005年版。

普里什文做出了极为深刻而精到的论断:"普里什文是一位艺术家,在他的创作里通过艺术视角关照人与自然的相互关系而实现了极为重要的具有全世界历史意义的转变。"① 瓦·科日诺夫早在1973年就惊呼:"普里什文的时代已经到来!"② 1993年科日诺夫又大声疾呼:"如果没有《人间苦难》,20世纪的俄罗斯文学史就真是难以想象"③。

1948年10月23日,索尔仁尼琴给妻子纳·列舍托夫斯卡娅写道:"你读一下普里什文的《叶芹草》吧,这是一部散文长诗,笔端流淌的是契诃夫和俄罗斯大自然的亲和力。你读过普里什文吗?他是一位文豪呀!《叶芹草》里面很优美地引出了这么一个思想:作为作者,他在自己的生活里之所以做最美好最有益的事情,就因为是爱情失意了,这部长诗是自传体的……读一下,一定读一下吧。要读好的大师,他们的任何一本书都不会不露痕迹地从内心溜过"④。

阿格诺萨夫称普里什文"是20世纪最伟大的思想家和艺术家"⑤。

哈利泽夫极为敬仰普里什文和巴赫金。他把他们两位尊称为"20世纪的基捷日人"⑥。哈利泽夫登高一呼,此后便山鸣谷应。

当代俄罗斯作家维·皮耶楚赫在《俄罗斯主题》一书中写道:"顺便说一下,一位有学养的读者,他就是一位触类旁通的生命体,尤其是,他不同于一般读者的地方就是他能够独立地做出这样的决断:比方说,……苏维埃时代的第一位天才是普里什文……"⑦

当代学者阿·格里戈良在《第一位、第二位和第三位人》一书中写

---

① Вадим Кожинов. Размышление об искусстве, литературе и истории. Москва 《Согласие》, 2001. С. 337.

② Вадим Кожинов. Размышление об искусстве, литературе и истории. Москва 《Согласие》, 2001. С. 342.

③ Вадим Кожинов. Размышление об искусстве, литературе и истории. Москва 《Согласие》, 2001. С. 681.

④ Журнал 《Человек》, 1990. No 2. С. 151.

⑤ В. Агеносов. Советский философский роман. М. Изд-во "Прометей" МГПИ им. Ленина, 1989. С. 103.

⑥ В. Е. Хализев. Опыт преодоления утопизма//Постсимволизм как явление культуры. Материалы международной конференции. М.:1995. С. 12 – 17. Цит. по: Н. Дворцовой. Экстерриториальный писатель. Вопросы литературы, 2004. No 1. С. 65.

⑦ Вячеслав Пьецух. 《Русская тема》. Москва 《Глобулус》, 2008. С. 3. 省略号是笔者所加。

道:"普里什文在我的这本书里时不时地扑面而来,这也不是偶然的。三十多年前,瓦·科日诺夫说普里什文的时代到来了,但是,这个时代就像巴赫金的时代一样才刚刚到来"①。

更耐人寻味的是,正当普里什文包揽文史哲各界鲜亮光环的时候,以诚实和不偏颇见长的农民评论界却对他抛出了自己的微词:"当人们给农民们说,高尔基对普里什文这位作家赞不绝口的时候,一位农民说:'就让他喜欢他的普里什文吧,而我们喜欢高尔基的书,而不喜欢普里什文'"②。

实际上,俄罗斯文学界对普里什文的评价在各个时期都发生过很大的变化。即使是在普里什文逝世半个多世纪的今天,研究者在阐释普里什文的时候,对他仍然还是众说纷纭,毁誉参半。一些不堪的说法当然也时而有之。就连著名女诗人吉皮乌斯对普里什文也轻率地下了一个"没有人性的作家"③ 的结论。不知是这位天才诗人没有理解普里什文,还是彼此有个人恩怨,抑或迫于什么压力,就草率地给普里什文扣了这么一顶沉甸甸的帽子,她的语言暴力使普里什文长期不甚愉快。乌赫托姆斯基认为,普里什文是一位"只关心别人面貌的作家"。还有部分苏联评论家严厉申斥普里什文"远离活生生的人而逃往别连捷耶沃王国"。文学大师普拉东诺夫在以批评的眼光思考普里什文的《赤裸的春天》时,试图想向人们证实一点:"作者简直是什么人都不需要"④。尤里·卡扎科夫在感受普里什文的时候,认为他是一位心理学家,并断言:"每个人身上都有一种隐秘的、不愿示人的东西。在我看来,苏联作家中还没有哪位作家如普里什文一样触及这种隐秘的东西"。

那么,在各个时期对普里什文的评价为什么会发生如此大的变化,甚至是截然相反的评价呢?这就是提出问题并想证明本专著研究的迫切

---

① Армен Григорян. 《Первый, второй и третий человек》, —М.: Языки славянской культуры 2014. С. 21.
② Цит. по: журналу《Вопросы литературы》, 2015. №. 4. С. 359.
③ 吉皮乌斯在《文学家与文学》一文中认为普里什文的创作"用眼睛代替心灵","缺乏人性",参见米·普里什文《我的随笔》,杨素梅译,收录在潘安荣译《大自然的日历》,长江文艺出版社 2005 年版,第 24 页;См. М. Пришвин. Собрание сочинений в 8 Томах. Том 3. Москва.:"Художественная литература", 1983. С. 8.
④ 普拉东诺夫此说后来引起了很大争议。

性的重要因由。

　　事实上，经过好几代读者和评论家的努力，如伊万诺夫—拉祖姆尼克、高尔基、勃洛克、列米佐夫、吉皮乌斯、费多托夫、"拉普"的评论家、乌赫托姆斯基、普拉东诺夫、帕斯捷尔纳克、帕乌斯托夫斯基、科日诺夫、卡扎科夫、阿格诺萨夫、瓦尔拉莫夫、纳·德瓦尔佐娃、梁赞诺娃、格丽申娜、哈里泽夫、维·皮耶楚赫等，在感受普里什文创作的过程中，人们的脑海里已经形成一些传统和模式："没有人性的作家""只关心别人面貌的作家"；民俗学家、地理学家、旅行家、猎人作家、儿童作家、心理诗人学家；宇宙学家、地球乐观主义者和抒情作家；大自然的歌手和在大自然中摆脱人类社会的作家；在其创作里通过艺术视角关照人与自然的相互关系而实现了极为重要的具有全世界历史意义的转变；思想家；在文学进程中跟谁都不像，独辟蹊径、特立独行的作家等。更为严肃的是，这种毁誉参半，有时甚至是相互排斥、相互矛盾的观点和评价各执己见互不相让，在各个时期都络绎不绝地同时出现和存在。20世纪90年代以后的30多年，普里什文一些以前没有出版过的，或出版时有删减的作品完整版相继问世（如《人间苦难》），特别是总量长达18卷的普里什文秘密日记相继出版之后，人们才恍然大悟：这位米沙大叔原来还有这么隐秘的、这么鲜为人知的个人世界和艺术宇宙。我们不禁赞叹，这才是一个真实、鲜活、全新的普里什文！只了解其四分之一还不到就争得脸红脖子粗，实在有点为时尚早。

　　首先必须理解普里什文的原生真实面貌。列夫·奥泽洛夫在《无画框肖像群》一书中给普里什文勾勒了一个可爱的简单轮廓并获得普里什文签名后说："我一辈子都在读普里什文，就像人们在品尝甘甜的泉水一样"①。木雕画家尤利·卡扎科夫极为崇拜普里什文，特意为普里什文精雕细刻了一幅肖像，惟妙惟肖地刻画了普里什文的形象。石印画家尤利·谢里维尔斯托夫的系列石印画和格·加切夫为其撰文创作的文化肖像集把普里什文与普希金、恰达耶夫、勃洛克、彼·弗洛列斯基、谢尔盖·布尔加科夫等俄罗斯作家和思想家放在同样重要的位置。这让我们

---

①　列夫·奥泽洛夫：《无画框肖像群》，莫斯科"科学院"出版社和"РАНДЕВУ-АМ"出版社1997年版，第16页。

惊奇地发现,20世纪的文化泰斗阿列克谢依·洛谢夫、米哈依尔·巴赫金和米哈依尔·普里什文的命运竟然如此相似,他们的创作个性又是如此的迥然不同。

1990年,费·库兹涅佐夫对普里什文在苏联时期的创作道路做了新的简练的表达:"叛逆后而容忍"。费·库兹涅佐夫写道:"不破坏,不斗争,要肯定自己的真理。只有思考,才能理解,而且理解也是为了评判。不管怎么说,普里什文就像高尔基一样,他'从一开始'就不能接受强权、杀戮、仇恨甚至丧尽天良。随着时间的推移,他对现实也无可奈何,所以在20年代末他写道,要'抗议而不反对现存政权,而只是不满足我的劳动条件'。即使是如此,他还是遇到了个人与国家的冲突问题,因为艺术本身就是'个性自由的宣言书'。对普里什文来说,个性自由主题整个一生一直都是一个尖锐的问题。是这样,普里什文对个性自由这个范畴的哲学思考渐渐地就从社会层面转到道德层面。在20世纪30年代,他已经看到,不可能用'直接斗争'去消灭恶。等待,让恶自身改弦易辙也许是唯一的出路。为肯定善而创造,在善中教育人,他认为这就是参与国家的建设生活。他的具体做法是,写着狩猎故事,继续为自己在生活中的权利而斗争,这种权利不是写完就搁置一边,而是写出来给人们看,不是纯属为了赚稿费,而是为了洗涤良心,在写作中寻找唯一的生活意义"①。这种表述最明确不过地反映了前几十年文学评论界已成定见的结论:"从现代主义的迷茫到社会现实主义的转变",我们对这种观点也不能不进行一番再思考。

对普里什文的评价众说纷纭,莫衷一是,读者心目中已有的普里什文多面孔形象很明显地反映了他创作个性的丰富性和复杂性,但是,今天不得不面对一个严峻的事实,即读者和文艺学家不仅是面对普里什文创作一个接一个的观念变化,而且是在发现一位真实的普里什文的过程中才仅仅开了个头,人们才刚刚开始思考他的创作个性和独特创作风格在俄罗斯文学——从整体上说是在20世纪文化中的地位。为什么这么说呢?原因是,普里什文是一位远远没有被发现的、只有现在才全部回归俄罗斯文学的作家,也只有在最近三十多年才真正确立了"普里什文创

---

① Журнал 《Наше наследие》, 1990. No 2. C. 83-84.

作"这一概念的真实含义,也就是说,文艺学家研究的对象本身才真正确定。

1993年11月4—5日,在高尔基世界文学研究所召开了一次普里什文创作国际学术会议。在这次会上最主要的一点是,介绍了作家独一无二的日记。

在研究普里什文创作的时候要考虑两点:第一,科日诺夫院士等九人编委会在20世纪70年代初就开始筹划于1982年出齐的普里什文8卷全集,就其总量来说比日记要小一些;第二,在细读2017年全部出齐的18卷日记的背景下,即使是普里什文极为著名且广为流传的作品,又获得了新的含义,也就是说,一位不为世人所知的原始意义上的真实面貌才渐渐浮现出来。

在这种情况下,采取什么态度对待普里什文的创作?从哪个视角来研究普里什文的创作就是一个极为重要的问题。必须寻找一个明确的、十分具体的视角来研究普里什文的创作。在本专著中将以作家的主要作品和日记为基础,研究对象是他创作的文体问题,即体裁范畴、语体创新和风格追求。这一学术问题的探讨在俄罗斯已有学者展开论述,但在我国目前还尚不多见,这就是本专著的创新意义。

本专著的实际意义是:叙述文体的基本原理,以创作史实为依据,以体裁分类为原则,以普里什文的主要作品和18卷日记为基础,做出较为中肯贴切的分析和结论,从而推动对普里什文创作的总体研究。

第一章

普里什文研究现状综述

普里什文的作品在国内外引起了极大的轰动效应，引起了成千上万读书人的强烈共鸣。在俄罗斯这个热衷于读书的国度里，从1973年以后的40多年中就举办过多次大型国内国际学术研讨会：

1973年列宁格勒苏联科学院俄罗斯文学研究所（普希金之家）纪念普里什文100周年诞辰创作大会；

1989年秋明普里什文作品学术研讨会；

1991年、1992年、1993年莫斯科普里什文作品学术研讨会；

1993年叶列茨洛扎诺夫作品学术研讨会；

1991年、1992年、1993年莫斯科大学普里什文作品学术研讨会；

1992年秋明大学普里什文作品学术研讨会；

1993年俄罗斯科学院高尔基世界文学研究所普里什文作品学术研讨会；

2002年叶列茨国立布宁大学纪念普里什文诞辰129周年创作遗产大会；

2003年叶列茨国立布宁大学纪念普里什文诞辰130周年创作遗产大会。

为纪念普里什文诞辰135周年，2008年莫斯科州塔尔托姆区图书馆举办了纪念晚会，普里什文于1922—1925年曾在塔尔托姆区生活，在此写了几篇短篇小数和题为"矮腰皮鞋"的随笔。在他的领导下，塔尔托姆区开始出版《矮腰皮鞋》的杂志。

为纪念普里什文诞辰140周年，2013年3月15日至9月15日在俄罗斯的精神中心——谢尔吉耶夫自然保护区博物馆（Сергиев Посаддуховный центр России）东楼的"马苑"举办了题为"春之光"的展览。展览期间，还召开了题为"20 世纪文化中的普里什文：纪念 140 周年诞辰"的学术研讨会，参加会议的有研究普里什文创作的大专家、博物馆工作者、民俗学家和高校教师。在报告中提出了以下议题："普里什文和洛扎诺夫""自然与创造：普里什文和帕斯捷尔纳克""普里什文 30 年代的日记和照片呈现的扎果尔斯克""普里什文与切尔尼戈夫斯卡—戈夫西曼斯基的隐修区：1920—1930 年""克里奇科夫和普里什文""普里什文 1926—1929 年的作品、日记和照片所呈现的谢尔吉耶夫市和郊区"等。参加会议的代表还观看了关于普里什文家族的纪录片，大家一致表示，"应在谢尔吉耶夫镇建立一座普里什文纪念碑"。

春之光（普里什文照片）

为纪念普里什文诞辰 145 周年，利佩茨克州举办了一系列文化活动：2018 年 1 月 26 日，利佩茨克州方志博物馆举办了"生命循环圈"的摄影展；2 月 5 日在叶列茨第一中学召开了题为"普里什文与利佩茨克区：纪念作家诞辰 145 周年"的学术会议；2018 年 3 月 1 日在斯摩棱斯克州图书馆召开了面向中学生的题为"他与大自然同呼吸"的学术会议；为纪念普里什文诞辰 145 周年，俄罗斯作家协会诺夫哥罗德区域分会举办了题为"大自然的守护者"的文学竞赛活动。

俄罗斯学术界在召开讨论普里什文创作的全俄学术会议之后，有时会出版一些很有思想深度和学术史建设意义的会议文集和专著，如《普里什文与二十世纪的宗教哲学思想》《普里什文：创作遗产研究的迫切问

纪念普里什文诞辰 140 周年的展览宣传画

题：纪念作家诞辰 129 周年国际学术会议资料》（第一辑、第二辑）、《普里什文：创作遗产研究的迫切问题：纪念作家诞辰 130 周年国际学术会议资料》（第一辑、第二辑）等。

  四十多年来举办过多次普里什文作品大型国际国内学术研讨会，但这并不是说对普里什文创作的关注和研究就始于四五十年之前。实际上，普里什文刚一登上文坛，就被评论家伊万诺夫·拉祖姆尼克一眼看中。在 20 世纪初的文坛，伊万诺夫·拉祖姆尼克是一位著名评论家。在普里什文 1907 年发表处女作《鸟儿不惊的地方》、1908 年发表《跟随魔球走远方》后，伊万诺夫·拉祖姆尼克在 1911 年率先撰写了《伟大的潘——论米·普里什文的创作》一文："米·普里什文是一位已经形成了的、完善的艺术家……他之所以完美，是因为他有自己的形式、自己的风格……有一个主题贯穿着他的所有作品，这一主题就是——伟大的自然守护神。他想解决一些世界性的问题……要做到这一点，首先就必须与你生活期间的自然世界融为一体……他写下了自己的印象，摆在我们面前的似乎是一些民族学专著和旅行笔记；但这仅仅是画面的底色。全部的实质还在于作者面对'自然'时的那些最亲切的感受。"① 伊万诺夫·拉祖姆尼克眼光极为敏锐,在俄罗斯是他第一个准确地捕捉到了普里什文创作的核心内容和艺术价值,那就是"他与自然的最亲密的联系"。从此,"伟大的自然守护神就成为普里什文独特的艺术风格的最准确的概括之一"。

勃洛克是 20 世纪初彼得堡一位极受公众尊敬的大诗人。彼得堡甚至流行这么一个神话:"在这座城市里,没有哪一位妙龄女子还不倾心勃洛克的"②。勃洛克与安德烈·别雷、维亚切斯拉夫·伊万诺夫被尊称为"小一辈儿"象征主义诗人的三大代表。勃洛克这位大诗人以他与生俱来的诗人的洞察力极早就发现了散文大师普里什文创作的本质。他在与普里什文一次谈话中说:"这当然是诗,但是还有另外一种韵味"③,而普里什文当时只发表了《鸟儿不惊的地方》和《跟随魔球走远方》这两部作品。

高尔基早在 1911 年就喊出 20 世纪初的最强音,他在 1911 年 9 月写给《公众杂志》编辑 В. С. 米拉留波夫的信中赞叹道:"普里什文的《跟随魔球走远方》简直是棒极了。"④ 时隔 15 年后的 1926 年,高尔基在致普里什文的信中又情不自禁地赞扬说:"就该像您这样来写作!"

普里什文之所以名声远播,首先是因了高尔基这位文化巨人前后 20 多年的大力培养、精心爱护、热情鼓励、奖掖和提拔,其次是普里什文这一特有的文化现象蕴含的魔力,是他本人的内因和内功起了极为主要的作用。

1912—1914 年,知识出版社出版了《普里什文文集》三卷本。

在普里什文学的研究史上,评论家尼·扎莫什金功不可没。他在 20 世纪 20 年代相继写了《普里什文的创作》(1925 年)、《别连捷伊王国的

---

① 米·普里什文:《鸟儿不惊的地方》,冯华英译,长江文艺出版社 2005 年版,第 1 页;转引自 Людмила Егоровна Тагильцева.《Символ в прозе М. М. Пришвина》. С. 3.

② Соломон Волков. История культуры Санкт-Петербурга с основа́ния до наших дней. М. : Издательство. Независимая газета, 2001. С. 162 – 163.

③ Собранию сочинений в 8 Томах М. Пришвина. Том 1. С. 801.

④ 《Горький. Материалы и исследования》. Под ред. С. Д. Балухатова и В. А. Десницкого. М. – Л., Издательство АН СССР, 1941. С. 70. Цит. по: Собранию сочинений в 8 Томах М. Пришвина. Том 1. С. 801.

作家》（1927 年）、《个性化的和非个性化的》（1929 年）。

1930 年是普里什文评论中不同寻常的一年。此后，对普里什文评论的风向开始有所变化。这一年，А. 叶夫廖明和米·格里戈里耶夫对普里什文提出批评，指责普里什文逃往大自然，远离社会生活，远离政治，而 20 世纪 30 年代，普里什文相继推出了一系列杰作：《金角》（1932年）、《人参》（1932 年）、《我的随笔》（1933 年）、《灰猫头鹰》（1938年），并开始创作长篇小说《国家大道》第一部。

苏联文学界开始重新真正关注普里什文的创作是在 20 世纪 50 年代。五六十年代出现了一批从各个视角论述普里什文创作的副博士和博士论文：康·希洛娃的《普里什文的创作道路》（1954 年）、扎尔欣的《米·普里什文 1907—1928 的创作》（1957 年）、哈依洛夫的《普里什文的创作》（1959 年）、伊·莫加绍夫的《米·普里什文的艺术技巧（40—50 年代的创作）》（1961 年）、В. К. 普多日戈尔斯基的《米·米·普里什文的短篇和中篇小说（1920—1953）》（1963 年）；Г. А. 沙别尔斯卡娅的《米·普里什文 1905—1917 年的创作》（1964 年）；В. В. 斯塔丽娅洛娃的《米·普里什文的创作方法——论作家的思想、美学观问题》（1969 年）等。一批很有学养的学者撰写了一些很有思想深度的专著，如赫梅尔尼茨卡娅的《普里什文的创作》（1959 年）、哈依洛夫的《普里什文的创作道路》（1960 年）、伊·莫加绍夫的《普里什文》（1965 年）。在普里什文 1954 年去世后，新版的普里什文六卷文集于 1956—1957 年出版。在这部文集里，第一次收入了《杉木林》《大地的眼睛》《我们时代的故事》《国家大道》，第一次发表了作家晚年时期的日记（1951—1954 年，有删减）。

普里什文的遗孀瓦·德·普里什文娜 1957 年出版了他战争年代的日记摘录。1960 年出版了根据普里什文生活的不同年代的日记所编成的《勿忘草》和《真理的童话》。瓦·德·普里什文娜又根据普里什文生活的不同年代的日记中的创作谈片段整理成了很有影响的《来龙去脉》（1974 年）、《我们的家园》（1977 年）、《生活的循环往复》（1981 年）、《通往语言之路》（1985 年）等著作。

1973 年 2 月，列宁格勒的俄罗斯科学院俄罗斯文学研究所（普希金之家）举办了纪念普里什文 100 周年诞辰全苏创作大会。在大会上，瓦·科日诺夫振臂一挥："普里什文的时代到来了！"

这一句是抒情，是呼喊，是赞誉，语气铿锵有力，字词掷地有声，因为，这声音里的语调慷慨激昂，语气十分肯定，令人内心再也不可能不信服普里什文的创作了。

这一声惊呼之后，苏联研究界对普里什文创作遗产的研究便在全方位展开。

20世纪80年代是普里什文创作研究中硕果累累的年代。在80年代，具有总结和标志意义的大型出版工程是瓦·科日诺夫领导下筹划出版的最具权威性的新版的普里什文八卷文集。八卷集的出版筹划者——瓦·科日诺夫、利·亚·梁赞诺娃、亚·格里申娜等确实功不可没。

在20世纪80年代就已经制定了很明确的工作规划，即下一步如何对待普里什文的文学遗产：①对鲜为人知的和未发表的资料进行鉴定，这些资料主要是指十月革命前和十月革命期间散见于报纸杂志上的文章、日记、书信、作家履历资料；②对普里什文重大作品的创作史料进行综述，主要指的是《人间苦难》《恶老头的锁链》《人参》《叶芹草》《太阳的宝库》《我们时代的小说》《杉木林》《国家大道》等。

进入20世纪80年代以后的另一个极为显著的特点是，一些研究者开始从语言、词汇学、句法学和修辞学角度，甚至小到对普里什文的文学作品的动词词源派生模式专门进行比较研究。1981年，奥廖尔国立师范学院的博士科列斯尼科娃撰写了《词源派生模式：普里什文文学作品语言与现代俄罗斯规范标准语中的动词比较分析》。过了几年，科斯久克撰写了《学术与艺术文本中的词语：词汇意义的功能方面》的专著（1987年）。谢洛娃撰写了《普里什文艺术创作语境中的方言词汇》的专著（1988年）。一些研究者如阿格诺索夫、格里芙尔特女士开始探讨普里什文的创作方法问题。阿格诺索夫出版了《普里什文的创作和苏联哲理小说》（1988年）和《苏联哲理小说》（1989年）。一些研究者开始梳理普里什文各个时期的创作中的不同体裁特征，如阿格诺索夫、格里芙尔特、А. Н. 多福山、А. А. 泽姆连科夫斯卡娅、Н. В. 雷巴年柯、雪尔茨·伍铁、А. В. 尤尔塔舍娃。一些研究者如 З. Я. 霍洛托娃、格里芙尔特开始对比普里什文创作中的浪漫主义因素和现实主义成分、叙事成分和抒情因素。还有一些学者研究普里什文的极具个性化的诗学问题：不出场

（藏而不露的）的叙述人、颜色的象征意义、艺术时间等。在20世纪80年代后半期，还有一些实力极为雄厚的研究者大胆地开始对普里什文的整个创作道路，对他的哲学、伦理和美学观的整个复杂体系进行挖掘，如B.库尔巴托夫的《米·普里什文》（1986年）、西涅科《普里什文创作的思想文化根源和形象体系特点》（1986年）、阿格诺索夫的《普里什文的创作和苏联哲理小说》（1988年）、弗洛罗娃的《当代苏联散文中的普里什文传统》（1986年）、格尔基延柯的《普里什文与维尔纳茨基》（1988年）。在80年代末，格·加切夫的力作《三位思想家：列昂季耶夫、洛扎诺夫、普里什文》（1988年）中的"俄罗斯沉思录章节"（1990年）也很重要。

进入20世纪90年代以后，对普里什文的创作研究开始往纵深方面发展。1990年，奥廖尔国立师范学院的副博士亚布拉科夫撰写了《二三十年代苏联文学中自然与人相互关系的艺术思考：列昂诺夫、普拉东诺夫、普里什文》，率先展开了对普里什文创作的平行比较研究。在90年代及此后的20多年里，普里什文研究中的历史类型学研究就成了一根主线。1993年，莫斯科列宁师范大学的博士克里莫娃撰写了《基督教文化语境下的布宁和普里什文创作》。纳·德瓦尔佐娃博士1993年在《文学问题》杂志第3期发表了《普里什文与梅列什科夫斯基（关于隐没城的对话）》。此后，纳·德瓦尔佐娃开始挖掘普里什文与同时代作家——更准确地说是普里什文与文学导师之间的精神文化联系。1993年，她在莫斯科大学通过了《普里什文的创作道路与20世纪初的俄罗斯文学》的博士论文答辩。

20世纪90年代的平行比较研究成果还有库尔梁茨卡娅的《普里什文与屠格涅夫》、格里芙尔特的《普里什文与陀思妥耶夫斯基》、基谢廖夫的《普里什文与20世纪初的俄罗斯作家》、希洛娃的《普里什文与扎波洛茨基》、亚布拉科夫的《普里什文——列昂诺夫——普拉东诺夫》、科涅科娃1998年的《普里什文与科涅科夫创作中的自然诗学—文化比较分析》。

90年代除了普里什文与艺术家之间的平行比较研究外，一些研究者对其他问题也进行研究，如格里芙尔特1992年在位于叶卡捷林堡的国立乌拉尔大学通过了题为《普里什文创作中的自然情感》的博士论文答辩。

塔基丽采娃1994年通过了题为《普里什文散文中的象征》的副博士论文答辩。索科洛娃1997年通过了题为《20世纪前20年普里什文散文中描写自然的哲学角度》的副博士论文答辩。安年科娃1997年在莫斯科大学新闻系通过了题为《普里什文艺术政论专著的修辞句法特点》的博士论文答辩。波波娃1998年在国立坦波夫大学通过了题为《普里什文40—50年代散文中的人文主义理念：结构诗学角度》的副博士论文答辩。胡坚柯1998年在国立巴尔瑙尔师范大学通过了题为《普里什文艺术体系中的"创作行为观"》的副博士论文答辩。1998年，在纳·德瓦尔佐娃教授和普里什文故居博物馆梁赞诺娃馆长的努力下，秋明"向量—布克"出版了一本题为《普里什文与二十世纪的俄罗斯文化》的文集。托卡列娃1999年在国立哈巴洛夫斯克师范大学通过了题为《普里什文艺术世界中的神话原型因素和童话幻想成分》的副博士论文答辩。多琴柯1999年在莫斯克国立开放师范大学通过了题为《普里什文日记中的反义现象诗学》的副博士论文答辩。

1991年莫斯科工人出版社宣布在几年内出齐普里什文的全部日记。

2000年，奥·亚·马什金娜在托姆斯克大学通过了题为《时代文学哲学语境下的普里什文小说〈国家大道〉》的副博士论文答辩（Ольга Александровна Машкина：《Роман М. М. Пришвина〈Осударева дорога〉в литературно-философском контексте эпохи》，кандидатская дис. Томск）。同年，塔·阿·斯捷潘诺娃在萨马拉大学通过了题为《普里什文描写卡累利阿和俄罗斯北国的作品中的卡累利阿方言词汇》的副博士论文答辩（Татьяна Алексеевна Степанова：《Лексика русских говоров Карелии в произведéниях М. М. Пришвина о карелии и русском севере》，кандидатская дис. Самара）。莫斯科的尼·尼·伊万诺夫通过了题为《高尔基、阿·托尔斯泰、普里什文艺术世界里的古斯拉夫神话》的博士论文答辩（Николай Николаевич Иванов：《Древнеславянский языческий миф в художественной мире М. Горького，А. Н. Толстого，М. Пришвина》，докторская диссертация. Москва）。季·霍洛托娃于2000年在伊万诺沃国立大学出版社出版了名为《普里什文的艺术思维：内容·结构·语境》的专著。

2001年，叶列茨国立布宁大学教授纳塔利娅·鲍里索娃出版了力作

《普里什文创作中的神话生活》。在阿尔马维尔国立师范学院举办的题为"19世纪和20世纪的俄罗斯文学研究中的迫切问题"研讨会上,巴芙洛娃做了题为"普里什文小说《恶老头的锁链》的个性艺术观"的发言。乌里扬诺夫斯克国立大学的亚·亚·迪尔金通过了题为《1917年以后的俄罗斯哲理化散文:思想的象征意义》的博士论文答辩(Александр Александрович Дырдин:《Русская филосóфская проза после 1917 года, символика мысли》, дóкторская диссертáция. Ульяновск)。

2002年,在阿尔马维尔国立师范学院举办的"科日诺夫遗产和评论、文艺学、史学、哲学的迫切问题"国际学术会议上,广州外语外贸大学的郭利老师做了题为"普里什文和庄子创作中的自然观"的报告;巴芙洛娃做了题为"普里什文和科日诺夫是如何理解个性的?"的发言。

2003年,别尔哥罗德州的舍米亚金娜通过了《布宁和普里什文日记中的人与世界》的副博士论文答辩。

最近20多年来,著名作家阿·瓦尔拉莫夫先后在《文学学习》《文学问题》《十月》和《新杂志》等刊物上发表了几十篇论述普里什文创作的文章。他于2003年通过了题为《普里什文日记和艺术散文中的生活是创造》(Алексей Николаевич Варламов: Жизнь как творчество в дневнике и художественной прозе М. М. Пришвина, дóкторская диссертáция филологических наук)的博士论文答辩。他把所有研究成果汇总在一起,写成了《普里什文》一书,于2003年由青年近卫军出版社列入高尔基当年创办的名人传记丛书出版。

2004年,纳·德瓦尔佐娃教授在《文学问题》第1期发表了一篇文章,题为《跨地域的作家(论普里什文的文学声望)》。在同一期的《文学问题》上还有尤里·洛扎诺夫的《列米佐夫的普里什文神话》。俄罗斯文学界在研究普里什文的早期日记方面获得重大进展。远东大学和俄罗斯科学院远东分院俄罗斯语言文学研究所的伊·诺沃谢洛娃出版了《普里什文的"日记"——精神宇宙》(Ирина Германовна Новоселова:《Дневники М. М. Пришвина: духóвный космос》. Монография, Влади-восток: Издательство Дальневосточного университетата, 2004)一书。乌法市诺沃库兹涅斯克东方大学的奥·亚·马什金娜(Ольга Александровна Машкина)出版了《文本语境和阐释(俄罗斯宇宙主义散文)》一书。乌里扬诺夫斯克国立大学的亚·亚·迪尔金（Александр Александрович Дырдин）出版了《20世纪普里什文和列昂诺夫哲理化散文中的精神因素和美学情感》一书。秋明市的叶·阿克瓦兹芭通过了《艺术文本中词语的外延和内涵意义（普里什文作品中植物和动物界语汇采英）》（Екатерина Омаровна Аквазба：Денотативное и коннотативное значение слова в художественном тексте：На материале лексики растительного и живо́тного мира в произведениях М. М. Пришвина，диссертация кандидата филологи́ческих наук. –Тюмень）的副博士论文。

2005年，旅美的塔·马·鲁达舍芙斯卡娅（Тасия Матвеевна Рудавшевская）出版了《普里什文与俄罗斯经典·叶芹草·国家大道》一书。尤·谢·莫赫马特金娜在国立弗拉基米尔师范大学通过了题为《普里什文和普拉东诺夫创作中的自然哲学》（Юлия Сергеевна Мохнаткина：《Философия природы в творчестве М. М. Пришвина и А. П. Платонова》，кандидатская дис. Владимир）的副博士论文答辩。米丘林斯克市的阿·阿·泽姆丽娅科芙斯卡娅（Азалия Алексеевна Земляковская）出版了专著《普里什文袖珍散文文集里的体裁结构特色》。莫斯科市的奥·亚·科维尔申娜通过了《普里什文艺术意识中的时间和永恒辩证关系》（Ольга Александровна Ковыршина：Диалектика времени и вечности в художественном сознании Михаила Пришвина）的副博士论文答辩。2005年年底，由普里什文故居博物馆馆长梁赞诺娃和副馆长格里申娜合编的《普里什文个人档案》一书出版。

2006年，萨马拉市的安·米·科里亚金娜通过了《普里什文散文中日记文体的叙述特色》（Анна Михайловна Колядина：Специфика дневниковой формы повествования в прозе М. Пришвина）的副博士论文答辩。莫斯科市的尤·伊·奥丽霍芙斯卡娅（Юлия Ивановна Ольховская）通过了《普里什文散文文体的演变：从袖珍体到大背景语境抒情体》的副博士论文答辩。

2007年，亚·姆·博多克肖诺夫在《俄罗斯文学》杂志第1期发表了《普里什文世界观和创作中的普列汉诺夫》一文。

2008年，别尔哥罗德国立大学亚·姆·博多克肖诺夫通过了题为《普里什文创作的哲学世界观话语和文化背景》（А. М. Бодоксёнов：

Философско-мировоззре́нческий дискурс и культурный контекст творчества М. М. Пришвина. диссертация доктора философских наук Белгородского государственного университета. – Белгород）的哲学博士论文答辩。

2009 年，语文学副博士马·格·丘柳金娜通过了题为《日记是政论体裁：直观—功能特点》（М. Г. Чулюкина：Дневник как жанр публицистики：предметно-функциональные особенности）的副博士论文答辩。

2010 年，在国立叶列茨布宁大学和国立科斯特罗马涅克拉索夫大学支持赞助下，А. М. 博多克肖诺夫推出了专著《米·普里什文和瓦·洛扎诺夫：创作对话的世界观背景》。2010 年，语文学副博士维·阿·乌尔维洛夫通过了《20 世纪 20 年代描写革命小说的结构诗学：魏列萨耶夫的〈在死胡同〉、阿索尔金的〈西府采夫—弗拉热克胡同〉、普里什文的〈人间苦难〉》（Вячеслав Анатольевич Урвилов：Поэтика композиции романов о революции 20 – х гг. XX в.:"В тупике" В. В. Вересаева,"Сивцев Вражек" М. А. Осоргина,"Мирская чаша" М. М. Пришвина）的副博士论文答辩。语文学副博士尤·维·布尔达科娃通过了题为《作家日记是 20 世纪 20 和 30 年代的俄罗斯侨民文学现象：体裁类型和体裁诗学》（Юлия Вячеславовна Булдакова：Дневник писателя как феномен литературы русского зарубежья 1920 – 1930 – х гг.：типология и поэтика жанра）的副博士论文答辩。

2011 年，语文学副博士帕·阿·易卜拉吉莫娃通过了题为《以米·普里什文和瓦·普里什文娜的爱情日记〈我们俩〉为基础考证作家眼中世界图景的文化概念场》（Патимат Абдулмуминовна Ибрагимова：Концептосфера авторской картины мира：на материале дневников М. М. Пришвина и В. Д. Пришвиной "Мы с тобой：дневник любви"）的副博士论文答辩。2011 年，语文学副博士柳·瓦·弗罗洛娃通过了题为《米·普里什文小说〈恶老头的锁链〉中的原质要素（水、气、土、火）概念》（Любовь Васильевна Фролова：Концепты первостихий—вода, воздух, земля, огонь в романе "Кащеева цепь" М. М. Пришвина. Диссерта́ция кандидата наук）的副博士论文答辩。库班国立大学语文学副博士阿·尤·帕夫洛娃通过了题为《普里什文苏维埃时期作品中的个性艺术观和个性生

成的道德哲学背景》（Анастасия Юрьевна Павлова: Худо́жественная концепция личности и нравственно-философские контексты ее становле́ния в прозе М. М. Пришвина советского периода. Диссертация кандидата наук Кубанского гос. университета. – Армавир）的副博士论文答辩。

2012 年，语文学副博士纳·伊·利绍娃通过了题为《米·普里什文艺术话语中的旅行主题》（Наталья Ивановна Лишова: Мотив стра́нствий в художественном дискурсе М. М. Пришвина. Диссертация кандидата наук）的副博士论文答辩。语文学博士叶·阿·胡坚科通过了题为《20 世纪 30 和 40 年代的曼德里施塔姆、左琴科、普里什文的艺术人生是一种后继文本书写》（Е. А. Худенко: Жизнетво́рчество Мандельштама, Зощенко, Пришвина 1930 – 1940 – х гг. как метатекст. Диссертация кандидата наук）的副博士论文答辩。

2013 年，叶列茨国立布宁大学谢·维·洛格维年科通过了题为《普里什文长篇小说〈国家大道〉的艺术空间结构》（Сергей Викторович Логвиненко: Структура художественного простра́нства в романе М. М. Пришвина "Осударева дорога", диссертация кандидата наук Елецкого государственного университет им. И. А. Бунина. – Елец）的副博士论文答辩。

2015 年，叶列茨国立布宁大学奥·尼·杰尼索娃通过了题为《普里什文日记和艺术话语中的爱情形而上学》（Олеся Николаевна Денисова: Метафизика любви в дневниковом и художественном дискурсе М. М. Пришвина: диссертация кандидата филологических наук Елецкого государственного университета им. И. А. Бунин. – Елец）的副博士论文答辩。沃罗涅日国立大学伊·伊·斯特拉霍夫通过了题为《普里什文艺术文本中地名空间的自传体意境》（Игорь Игоревич Страхов: Автобиографизм топоними́ческого простра́нства в художественных текстах М. М. Пришвина, Диссертация кандидата филологи́ческих наук Воронёжского гос. унниверситета. – Воронеж）的博士论文答辩。

2017 年，在位于阿尔汉格尔斯克市的北方极地联邦大学的奥·弗·波斯佩洛娃通过了题为《20 世纪初北方叙事散文的神话诗学：列米佐夫、扎米亚京、普里什文、恰佩金》（Ольга Владимировна Поспелова：Мифопоэтика прозы северного текста начала XX века：А. М. Ремизов, Е. И. Замятин, М. М. Пришвин, А. П. Чапыгин, Диссертация кандидата филологических наук Северного（Арктического）федерального университета. － Архангельск）的副博士论文答辩。

2019 年，俄罗斯科学院世界文学研究所的叶·尤·科诺列通过了题为《普里什文 1900—1930 年创作中的"通往隐没城之路"的情节》（Е. Ю. Кнорре：Сюжет "Пути в невидимый град" в творчестве М. Пришвина 1900 – 1930）的副博士论文答辩。

普里什文的 18 卷日记前后历经 27 年，先后辗转四家出版社终于于 2017 年全部出齐，这对研究他的创作全貌起着很重要的作用。

中国文学界对普里什文的译介始于 20 世纪 30 年代。翻译、评论和研究是 80 年代以后才开始的。《世界文学》杂志 1980 年发表了非琴翻译的普里什文的《大地的眼睛》。百花文艺出版社 1984 年出版了潘安荣翻译的普里什文的《林中水滴》。此后的 40 多年，许贤绪在《中国俄语教学》发表了《当代苏联生态文学》一文。杨传鑫在《江汉学术》发表了《自然精神的赞美诗—读普里什文的〈林中水滴〉》一文（1991 年）。李俊升在《国外文学》发表了《我写——我在爱：大自然的歌者米·米·普里什文》（1995 年）。傅璇在《俄罗斯文艺》发表了《依照心灵的吩咐——读普里什文〈大自然的日历〉》一文（1998 年）。杨怀玉在《国外文学》发表了《一份写给心灵的遗嘱——普里什文研究概论》一文（2002 年）。姚雅锐在《贵州社会科学》发表了《森林之魂与草原之灵——俄罗斯作家普里什文与中国蒙古族作家满都麦生态作品比较研究》。姚雅锐在《内蒙古师范大学学报》发表了《自然中的人性与人性中的自然——论普里什文作品中的生态意识》一文。马晓华在《内蒙古师范大学学报》（哲学社会科学版）发表了《自然与人的神性感应—满都麦与普里什文生态文学的比较研究》一文。张鑫在《北方文学》（下旬）发表了《浅论普里什文的"自然与人"创作思想》一文。杨怀玉在《郑州大学学报》发表了《在隐没的城墙边——普里什文研究概述》一文。王国勇在《汉语言文学研究》发表了《从"熊"这面镜子里……——〈一对老熊〉赏析》一文（2003 年）。王加兴在《当代外国文学》发表了《人应该是幸福的——评普里什文的中篇小说〈人参〉》一文（2004年）。止庵在《出版广角》发表了《热爱大自然的人》一文（2006年）。刘敏娟在《南昌大学》发表了《论苏联生态文学的历史轨迹和特征》一文（2007年）。河南大学的魏征发表了《米·米·普里什文创作中的自然主题》一文（2008年）。王淑杰在《山东文学》发表了《剖析普里什文作品中的和谐生态思想》一文（2009年）。王学、权千发在《科技信息》发表了《人与自然的和谐——普里什文和孙犁的生态文学之比较研究》一文。李明明在《环境科学与管理》发表了《浅析普里什文和谐生态理念》一文。郭茂全在《重庆广播电视大学学报》发表了《自然美的话语镜像与生态善的精神和弦——论米·普里什文的生态散文》一文。绿窗在《当代人》发表了《生灵的盛宴》一文。刘文飞在《俄罗斯文艺》发表了《普里什文三题》一文。张鹏在《阅读与写作》发表了《普里什文：倾心自然守望大地》一文（2011年）。姚雅锐在《内蒙古大学学报》发表了《试析普里什文作品中蕴涵的生态良知》一文（2012年）。山西大学的胡晋豫发表了《普里什文创作中的乌托邦思想研究》一文（2012年）。李俊升在《俄罗斯文艺》发表了《普里什文的随笔创作论——以〈鸟儿不惊的地方〉为例》一文（2015年）。黄彦彦在《语文学刊》（教育版）发表了《生态人物结构构建——蒙古族生态文学与俄罗斯生态文学作品中人物世界之比》（2015年）。李艳在《德州学院学报》发表了《一曲人性的悲歌——普里什文〈猎犬安查儿〉解读》一文。杨素梅在《解放军外国语学院学报》发表了《论普里什文随笔中的自然主题》一文。刘文飞在《外国文学评论》发表了《普里什文的思想史意义》一文。李勇在《江苏社会科学》发表了《普里什文作品中的生态文学思想及其浪漫主义气质》一文（2013年）。周湘鲁在《人与生物圈》发表了《俄罗斯老虎文学赏析》一文（2014年）。杨琳在《江南大学学报（人文社会科学版）》发表了《论普里什文哲理散文中的生态文学思想与猎人情结》一文。王霆在《七彩语文（教师论坛）》发表了《心灵与自然的吻合——〈林中小溪〉的生态学解读》一文。魏征在《安徽文学》（下半月）发表了《试论普里什文作品中爱的主题》一文。王奉安在《环境保护与循环经济》发表了《"绿色作家"普里什文》一文。杨敏在《中国校外教育》上发表了《〈大自然的日历〉中季节的启示》一文。古耜在《辽河》上发表了《倾心于不言的大美》一文。张宇在《名作欣赏》上发表了《亲人般的关注，大自然的眼睛——生态美学视阈下普里什文作品思想研究》一文。黑龙江大学的王艳男发表了《论普里什文创作中的世界图景》一文。古耜在《海燕》上发表了《散文的诗性》一文。王奉安在《气象知识》发表了《与大自然为伍的"绿色作家"》一文。杨敏在《文学教育》发表了《〈恶老头的锁链〉中的神话母题》一文。郭利在《俄语学习》发表了《普里什文及其创作》一文。廖全京在《四川文学》发表了《青葱回归路——从普里什文到利奥波德》一文（2016 年）。舒坦在《文学教育》发表了《俄罗斯文学史上最长的日记发行》一文（2017 年）。王佳在《学术交流》上发表了《生态文学批评的先行者——评〈鸟儿不惊的地方〉》一文（2018 年）。

中国出版的一些学术专著对普里什文的创作和生活分专章和专节展开了研究和论述，包括曹靖华主编《俄苏文学史》（1992 年）、叶水夫主编《苏联文学史》（1994 年）、李明滨主编《俄罗斯二十世纪非主潮文学史》（1994 年），还有《二十世纪欧美文学史（俄罗斯卷）》（1999 年）中李俊升撰写的专章、彭克巽在《苏联小说史》（1988 年）中的论述、严永兴在《辉煌与失落——俄罗斯文学百年》一文中的简要介绍。百花文艺出版社 1995 年出版了非琴翻译的《普里什文随笔选》。陇塬大地的李业辉在普里什文精神和气质的熏陶下，创作了散文集《爱是人生的愿望》（三秦出版社 1999 年版）和《岁月随想》（三秦出版社 1999 年版）。杨怀玉通过了《论普里什文"人与自然"的创作思想》的博士论文答辩（2002 年）。长江文艺出版社 2005 年出版了普里什文选集五卷本译文集：《鸟儿不惊的地方》《恶老头的锁链》《大自然的日历》《人参》《大地的眼睛》。2006 年，杨素梅、闫吉青出版了《俄罗斯生态文学论》。李俊升 2007 年通过了《论普里什文创作的文体研究》的博士论文答辩。2008 年，人民文学出版社出版了潘安荣老师翻译的《普里什文散文》。中国社会科学出版社于 2012 年出版了刘文飞研究员撰写的《普里什文面面观》一书。李俊升在《中国社会科学报》（2017 年 10 月 20 日）发表了题为《顺应自然规律　重视人文关怀——普里什文与中国古代朴素的生态保护思想的遥感》一文。北京大学出版社于 2017 年出版了南京大学石国雄教授翻译的《大自然的日历》《有阳光的夜晚》《飞鸟不惊的地方》《亚当与夏娃》和《林中水滴》。

在掌握了对普里什文创作的研究现状之后，笔者选择他创作的文体创造作为研究对象。本专著由引言、研究资料综述、九个专章、结束语和参考资料组成。在研究普里什文的独特文体艺术时，自始至终关注的重心是其文体创造中体裁的繁丰性、语体的创新性和风格的独特性。这就是专著所具有的现实意义和创新之处。引言中阐述了专著的研究题目、现实意义、撰写专著的目的、任务和学术创新价值。

第二章

文体理论概述

在研究普里什文创作的文体艺术前，首先要理解什么是文体？无论是俄罗斯、中国或是西方两千年来的文论史上，在对文体意义的界定上，进行创作实践的作家和理论探索的研究者对文体的理解尽管不尽相同，但对文体的基本内涵与特征基本上取得了共识。文学是一门语言艺术，文体就是用语言文字表达思想的特定方式。文学中的"文体"包含三个层次的含义：文体的第一层次——体裁的规范；文体的第二层次——语体的创造；文体的第三层次——风格的追求。文体的三个层面不是割裂的，而是相互联系的。体裁制约着一定的语体，语体发展到极致转化为风格。体裁、语体、风格不但相互联系，而且相互融合，从而构成一种整体性的气脉、神怀、韵致、境界、至味，而人们往往不是从文体的某一层面去感受、识辨文体，而是从作品的整体性的气脉、神怀、韵致、境界、至味中来感受、识辨文体[①]。

从宏观把握的角度看，文体的创造者——进行创作实践的作家的表述更直观，体会更富于感情色彩，就更贴合文学的本质，也最容易说服人。普里什文说："手法的诞生是无意识的"[②]；"我的所有技巧实际上突然变成了没有用的东西"[③]；"内容就是艺术家本人"[④]；"个人的语

[①] 童庆炳：《文体与文体的创造》，云南人民出版社1994年版，第10—39页。

[②] М. Пришвин. Собрание сочинений в 8 Томах. Том 3. С. 86；参见米·普里什文《仙鹤的故乡》，万海松译，收录在《大自然的日历》，长江文艺出版社2005年版，第84页。

[③] М. Пришвин. Собрание сочинений в 8 Томах. Том 3. С. 19；参见米·普里什文《猎取幸福——个人生活故事》，阎吉清译，收录在《大自然的日历》，长江文艺出版社2005年版，第10页。

[④] М. Пришвин. Собрание сочинений в 8 Томах. Том 7. С. 312；参见米·普里什文《大地的眼睛》，潘安荣译，长江文艺出版社2005年版，第238页。

言是风格"①;"我,一位艺术家,无论用多么真诚的言辞都无法说服别人,我之所以需要'方法'完全是为了创造一种既能折服自己又让别人倾倒的形式"②;"我本人就是'方法',加之则多,减之就少"(Я—сам без остáтка ни бóльше ни мéньше существую как "приём")③。罗兰在《遗嘱》中说:"真正的艺术是忽视艺术的"④。巴金说:"我说我写作如同在生活,又说作品的最高境界是写作同生活的一致,是作家同人的一致,主要的意思是不说谎"⑤;"艺术的最高境界,是真实,是自然,是无技巧"⑥。这种"无技巧"论可以上溯到庄子,庄子所提倡的是人工即"天工"的天然的艺术。这种艺术虽由人工创造,但因主体精神与自然同化,也便绝无人工痕迹,而达到天生化成的境界。贾平凹说:"无技巧的境界是有了技巧之后说的话"⑦。索洛乌欣说:"我没有看过,但是看过的人们对我说:俄罗斯芭蕾舞演员安娜·巴甫洛娃的技巧有些薄弱。起初,我不理解,这么伟大的舞蹈家怎么会技巧薄弱呢? 后来,我与莱蒙托夫相比较之后,我明白了。莱蒙托夫充满深度、魅力、激情、音乐性、力度、奔放、悟性,而这一切……是在做诗技巧相当薄弱的情况下表现出来的,至少,巴尔蒙特、别雷、阿谢耶夫、基尔萨诺夫、谢利温斯基、马尔丁诺夫等诗人的做诗技巧要高出一筹"⑧。

高尔基说:"艺术家是这样的人,他善于加工自己个人的(主观的)印象,善于从中找出具有普遍意义的(客观的)东西,并且能够给自己的认识找到自己的形式"。

大多数人对自己的主观感受并不再去加工。当一个人想要赋予自己的感受以一种尽可能明白准确的形式时,他为此使用的是现成的形式,

---

① 米·普里什文:《大地的眼睛》,潘安荣译,长江文艺出版社2005年版,第243页。
② М. Пришвин. Дневники. 1928–1929. Москва.:"Русская книга",2004 г. С. 358.
③ М. Пришвин. Дневники. 1928–1929. Москва.:"Русская книга",2004 г. С. 357.
④ 方遒:《散文学综论》,安徽教育出版社2005年版,第120页。
⑤ 巴金:《探索集》,载《随想录》第二集,人民文学出版社2005年版,第126页。
⑥ 巴金:《探索之三》,转引自方遒《散文学综论》,安徽教育出版社2005年版,第164页。
⑦ 贾平凹:《雪窗答问—与海外人士谈大散文》,转引自方遒《散文学综论》,安徽教育出版社2005年版,第164页。
⑧ 索洛乌欣:《掌上珠玑》,陈淑贤译,百花文艺出版社2002年版,第126页。

亦即他人的语句、形象、图景；他服从多数人通行的见解；形成自己个人的意见，也很像是他人的意见。

我相信每个人都具有艺术家的天资。如果对自己的感觉和念头抱更加关注的态度，那么这种天资就会得到发展。

人于是就面临一个任务："发现自己；找出自己对生活、对人、对这一事件的主观态度，并用自己的形式、自己的话语把这个态度表现出来"①。

普里什文创作的独特文体艺术震撼人心的力量就在于他从创作开始就用自己的文体形式表现自己对生活、对人、对事件的态度。

每一种新文体的形成，既是社会生活发展的需要，也是语言变异、文学形式变化的结果。古代作家在从事文学创作的时候，都十分注意对不同文体特点的掌握和运用，也勇于创造新文体。

在研究普里什文创作的文体之前，还必须廓清中国、西方和俄罗斯的文体概念及文体的分类问题。

一 中国的文体论

中国的古代文学传统悠久丰厚。传统文论尽管有一些不足，然而还是让人倾倒。之所以让人倾倒，是因为，它与创作实践往往结合得较为紧密，文字本身也富于形象性，而且言简意赅，给人许多想象、补充的空间。中国古代早就有"言之无文，行而不远""文如其人""诗品出于人品""文品就是人品"的说法②。钟嵘的《诗品》是通过对具体诗人、作家作品的评介阐述出自己的见解。司空图《二十四诗》的文体理论与唐诗不可分割，所谓"总结唐家一代诗"。司空图的高超之处就是他不愿蹈袭前人，别出心裁地用优美的四言诗来展现24种诗境，从而在文体形式上也表现出极可贵的创新精神。曹丕的文体论见于《典论·专著》：

---

① 《高尔基文集》，莫斯科，苏联国际文学艺术出版社1954年俄文版，第29卷，第259—260页（М. Горький：Собрание сочинений в 30 Томах. Том 29. Письма, телеграммы, надписи 1907—1926. Гос. изд - во Художественная литература. Москва，1954. С. 259 – 260）。

② 童庆炳：《文体与文体的创造》，云南人民出版社1994年版，第102页。

"夫文本同而末异，盖奏议宜雅，书论宜理，铭诔尚实，诗赋欲丽。"这里讲了不同的文体有不同的要求。他把文体分为四类，提出四个要求，像"雅"即雅正；"理"即合理；"实"即切实；"丽"即绮丽。陆机在《文赋》里也谈到文体："诗缘情而绮靡，赋体物而浏亮，碑披文以相质，诔缠绵而凄怆，铭博约而温润，箴顿挫而清壮，颂优游以彬蔚，论精微而朗畅，奏平彻以闲雅，说炜晔而谲诳"①。他列出十种文体，对各种文体都提出了不同要求，即内容和形式的要求。刘勰的文体论讲得比较完整和全面。他在《文心雕龙·总术》里把文体分为两大类："今之常言，以为无韵者笔也，有韵者文也。"在《文心雕龙·体性》里把作品的风格分为八体四组，即"雅与奇反，奥与显殊，繁与约舛，壮与轻乖"。综观我国古代的文体论，可以发现下述特点：①体裁规范，文章以体为先的思想很明确，辩明各类文体之异同的研究和论述一直备受青睐；②以语体创造的表现力所体现的审美特征来研究文体，涵纳了作品的思想内容、作家的个性气质、语言魅力等因素；③注意文体演变的"世道""风气""世情"，即文体与时代、与社会的关系；④注重文体在特定时代的变异和创新的论述。

在特定的时代，文体由于各个方面的因素会发生变异。笔墨当随时代（石涛语），文体以代变。"诗文之所以代变，有不得不变者"②。为什么"不得不变"？其原因是什么？因此，了解我国传统文化中的文体论对于我们研究普里什文的文体艺术大有裨益。

二 文体的分类

在古代，文论家根据文句的押韵与否，将文学作品列为韵文（诗、词、曲）与散文两大类，介于韵文与散文之间的则称为骈文。"五四"新文化运动后，文论家把文学文体分为小说、散文、诗歌、戏剧文学四大类别并沿袭至今。人们往往认为，凡是小说文体、诗歌文体、戏剧文体

---

① 瞿蜕园选注：《汉魏六朝赋选》，上海古籍出版社2019年版，第128页。
② 顾炎武：《日知录》卷二十一，转引自童庆炳《文体与文体的创造》，云南人民出版社1994年版，第39页。

以外的作品，都可归入散文文体。俄罗斯文论界的分类就更简单，诗歌文体、戏剧文体以外，包括小说在内的所有作品，干脆都归入散文文体。根据文学史发展的规律来看，把文学文体分为四大类别最接近文体的发展演变史。四分法既强调描写对象的特点，又适当照顾作品的体制、语言运用上的区别。四分法把小说单列一类，一方面，确实也说明了小说这种重量级文体已稳健占据了自己的地盘，另一方面，也补三分法之不足。无论是三分法还是四分法，目前都不能穷尽文体其真理。由于社会生活在发展，人的情感也在变化，这样就会涌现出新的文学体裁。新的文学体裁在三分法的体系里已无插足之地。三分法只能容纳已出现过的东西，不能容纳新生的、有生命力的文体，这就证明了它的保守性。即使是在相对合理的四分法中，人们还是不得不寻找新的开放性的分类法①。语言艺术家现在正在从事的跨文体写作、体中体、"记不得体裁"就已经是最好的佐证了。

三 西方的文体论

西方关于文体的观念与中国古代文体的观念有惊人的相似之处。这可以从欧洲语言"文体"这一词的探源中得到验证。在现当代各种欧洲语言中，"文体"（style）一词源于希腊文，有汉文词汇中的"文体"和"风格"两种释义。"文体"一词的原始意义是指组成文字的技巧，即用文字表达自己思想的特定形式。古希腊时期，该词常用于修辞学范畴，主要指用语言折服别人的技巧。在亚里士多德看来，文学是"人类的声音"中"最富表现力"的，因此文学是否有"优良的文体"，就显得特别重要。亚里士多德认为，"文体的美在于明晰而不流于平淡"。威克纳格认为，文体的原始意义是指"以文字装饰思想的一种特殊方式"②。歌德把艺术区分为由低及高三等，即单纯的模仿、文风和文体，他强调文体是"艺术所能企及的最高境界"③。法国结构主义学派的代表人物罗

---

① 童庆炳：《文体与文体的创造》，云南人民出版社1994年版，第113页。
② 童庆炳：《文体与文体的创造》，云南人民出版社1994年版，第53页。
③ 童庆炳：《文体与文体的创造》，云南人民出版社1994年版，第79页。

兰·巴特认为，写作中一切都转化为文体，没有文体，也就没有写作。文体也就是形式，也就是作品整体①。惠特曼说过："在你写的东西中，没有一个特征不是你自己身上的。如果你凶恶庸俗，那是逃不过任何人的眼睛的。如果你喜欢吃午饭的时候背后站着一个仆人，那这也会表现在你作品里。如果你……这些都会表现在你有意省略的地方，甚至将会表现在你尚未写出的东西里"②。这就是说，尽管你的作品中不会去写这些属于你本性的东西，但在语气上、文势上、语体上甚至在你省略的地方，总之，在你的文体上，你的心理中的一切都是无法掩饰的，无论如何都要表现出来的。任何作家都无法在文体上作假，他心灵的一切都要在文体上曝光。

刘半农主张，"要做文章，就该赤裸裸地把个人的思想感情传达出来。我是怎样一个人，在文章里就还他怎样一个人"。他还现身说法："你看我的文章，就如同同我对面谈天一样，我谈天时喜欢信口直说，我文章也是如此。你说这些都是我的好处吧，那就是好处；你说是坏处吧，那就是坏处。反正，我只是这样的一个我。那么，我在文章里面就要活脱脱地写出这样一个我来"③。

"文体"一词在长期的使用演化过程中，获得了多种词义，先后被欧洲其他语言吸收，而且覆盖面很广。无论翻开当今哪种外文词典和术语词典，对"文体"（俄语为стиль）的释义大致有三种：一是指文学艺术作品的特定形式，常常通译为"文体"或"体裁"；二是指语体；三是指文学艺术品的风格。在研究普里什文的文体创造之前，考察一下"文体"一词的内涵意义是十分必要的，这个词的多义性决定了"文体"这一术语内涵的丰富性。

四 俄罗斯的文体论

俄罗斯文学的源头是古代流传的民歌、神话和传说。在文学从民间

---

① 童庆炳：《文体与文体的创造》，云南人民出版社1994年版，第62页。
② 童庆炳：《文体与文体的创造》，云南人民出版社1994年版，第46—47页。
③ 转引自方道《散文学综论》，安徽教育出版社2005年版，第96页。

创作向文人创作发展的过程中，产生了各种不同的类别。文体就是在这种基础上发展起来的。俄罗斯文学的各种体裁形式也丰富多样。

在19世纪三四十年代，俄国文艺理论界形成了历史的和美学的批评流派。别林斯基是历史和美学学派的奠基人，他的美学观点和批评理论自成体系，博大精深。他的文体学理论强调文体是作家精神个性的体现，强调文体的独创性。别林斯基早在1841年的《当代英雄·莱蒙托夫的作品》一文中就写道："文体绝不是单纯写得流畅、文理通达、文法无误的一种能力。在'文体'一词下，我们指的是作家的这样一种直接的天赋才能，他能够使用文字的真实含义，以简洁的文辞表现许多意思，能够寓简于繁和寓繁于简，把思想和形式密切地融汇起来，而在这一切上面按下自己的个性和精神独创性印记。"他在《一八四三年俄国文学之一瞥》一文中写道："文体，这是才能本身，思想本身。文体是思想的浮雕性，可感触性；文体里表现着整个的人；文体和个性、性格一样，永远是独创的。因此，任何伟大的作家都有自己的文体；文体不能分上、中、下三等；世间有多少伟大的或至少才能卓著的作家，就有多少种文体"。"文体的秘诀在于能把思想表现得如此鲜明而突出，好像那思想是在大理石上描绘和雕刻出来似的"。

别林斯基同时也强调文体必须契合描写对象的客观性，突出文体是内容与形式的有机统一。他说："在一部艺术作品中，思想必须具体地和形式融合在一起，就是说，必须和它构成一体，消逝、消失在它里面，整个渗透在它里面。"别林斯基的文体本质观强调文体所要表现的思想内容必须与文体的形式融会成统一的整体，即文体可以统摄全局[1]。萨尔蒂科夫—谢德林说："文学不受衰亡这种规律的制约。唯独文学是不朽的"[2]。涅克拉索夫说："符合题材的文体对长诗来说是最重要的。"[3] 苏联老一代文艺理论家波斯别洛夫提出了自己的文体分类原则。他不主张从作品的主题、题材和结构的角度划分体裁，因为"体裁不是一种历史

---

[1] 转引自黎皓智《俄罗斯小说文体论》，百花洲文艺出版社2002年版，第163页。
[2] 转引自帕乌斯托夫斯基《金玫瑰》，戴骢译，百花文艺出版社1987年版，第3页。
[3] Цит. по К. Чуковскому: Собрание сочинений в 6 Томах. Том 4. М.：Изд-во "Художественная литература"，1966. C. 226.

地具体的现象，而是一种类型学上的现象"①，划分体裁必须把内容和形式结合起来。他通过对文体演化的考察，发现文体的实质不仅是形式，也包含着内容。波斯别洛夫把文学分成"叙事文学""抒情文学""戏剧文学"三大类，他的文体分类原则体现了他的文体观。

索洛乌欣说："艺术作品的形式没有、也不可能有进步之说"②。索洛乌欣还说："诗——形式和内容同时产生，不能把它们互相分开，正像不能把闪电和它在阴暗天空中划出的曲折光束分开一样"③。

哈里泽夫在《文学理论》中写道："主人公在小说中起着很重要的作用，主人公的独立与意识的隔绝没有任何共同之处，与周围的环境格格不入，恶魔般地恣意妄为，单枪匹马地行事。在小说的人物中，我们能看到那些可以充分地称为'交往和交流的活动者'，这也是他借普里什文述说自己的话，或者说，根据上文所提出的人物分类原则，可以称为田园生活的主人公。……在文学作品中，人与他所生息相关的现实、特别是亲族家庭的精神联系得到了崇高和诗意化的描写，主人公在感受和思考他周围的现实时与其说是与自己格格不入甚至怒目相视，还不如说是友善又倾注真情。这些主人公身上素有一种普里什文称之为'对世界的亲情关怀'。普里什文断言，人人皆有此天赋，只是大小不一而已，艺术家（特别是作家）的使命就是无限制地扩充这种'亲情关怀的力量'"④。这与契诃夫的"大狗小狗都可以用自己的声音来喊叫"又达成了惊人的默契。霍洛托娃说："实质上讲，体裁的标记是相对的，可以说界线是模糊的，体裁形式是过度的——对普里什文来说，'对体裁的记忆'（巴赫金语）不是最主要的。"(По сути, жанровые обозначения условны, можно говорить о размытости границ, "переходности" жанровых форм—для Пришвина "память жанра" (М. Бахтин) не является определяющей".)⑤

文艺学家还对体裁的语言环境进行研究，即体裁在文学发展进程中

---

① 转引自黎皓智《俄罗斯小说文体论》，百花洲文艺出版社 2002 年版，第 259 页。
② 索洛乌欣：《掌上珠玑》，陈淑贤译，百花文艺出版社 2002 年版，第 40 页。
③ 索洛乌欣：《掌上珠玑》，陈淑贤译，百花文艺出版社 2002 年版，第 77 页。
④ В. Е. Хализев. 《Теория литературы》, М. : 《Высшая школа》, 2002. С. 203.
⑤ 转引自 З. Я. Холодова. 《Художественное мышление М. М. Пришвина. Содержание · Структура · Контекст》, Иваново, 2000. С. 104。

的作用。托多罗夫说:"体裁是这么一个环节,正是这个环节把作品与文学界从整体上联系在一起"①。

在每个时代,体裁间的相互关系都是不同的。利哈乔夫院士表示:"它们进入了互相协助、支持共存,同时又互相竞争"的时期;因此,不仅仅应该研究一些个别的体裁及其历史,还要研究"每个特定时代的体裁体系"②。

同时,体裁又以某种方式让读者、评论家、诗学纲领和创作宣言的创造者、作家和学者进行着评论。

郎加纳斯在《论崇高》中认为:"一篇作品只有在能博得一切时代中一切人的喜爱时,才算得上真正的崇高。如果在职业、生活习惯、理想和年龄各方面都各不相同的人们对于一部作品都异口同声地说好,这许多不同人的意见一致,就有力地证明他们所赞美的那篇作品确实是好的"③。但是,传统的崇高体裁招致人们疏远和批评,有人认为它已穷途末路。鲍·维·托马舍夫斯基在阐释当代文学中"低下体裁被经典化"的进程时指出,在体裁的更迭中,极为好奇的是,低下体裁常常挤压崇高体裁。从鲍·维·托马舍夫斯基的思想中可以看出,崇高体裁的追随者往往要变成机械的模仿者④。巴赫金在晚些时候也表达了同样的精神,在他看来,传统的崇高体裁偏重于"矫揉造作英雄化",而假定性、"老一套诗性""单声调和抽象性"是这些体裁的自身的通病。"曲高和寡"看来是表达了同样的意思。

显然,在 20 世纪,一些实质上更新的新体裁携其优势而自我标榜抬高自己,就是为了抵抗在 19 世纪还很有影响的一些体裁。在这种情况下,能够在互相竞争中站稳脚跟的是那样一些文体体裁样式,即具有自由开放结构的文体样式;一些非经典化的体裁以摧古拉朽之势被人们奉为经典,人们把自己的爱好投向了文学中一些与现成的、已扎根的、稳定的形式没有任何关系的体裁⑤。

---

① В. Е. Хализев. 《Теория литературы》, М.:《Высшая школа》, 2002. С. 376.
② Там же.
③ 转引自钱谷融:《外国文论名著自学手册》,上海文艺出版社 1985 年版,第 20 页。
④ См. В. Е. Хализев. 《Теория литературы》, М.:《Высшая школа》, 2002. С. 376.
⑤ См. В. Е. Хализев. 《Теория литературы》, М.:《Высшая школа》, 2002. С. 378.

哈里泽夫又论及体裁彼此的对峙和传统：在我们所相近的时代，这个时代是艺术生活的进程和多样性越来越丰富的时代，体裁就不可避免地被卷入文学团体、学派和流派的斗争。同时，体裁体系所经受的变化与以前的时代相比要更强烈、更迅猛。迪尼亚诺夫论及体裁存在的这一方面时说道："现成的体裁是没有的"，而且，每一种体裁，一代接一代在发生着变化的时候，时而在挤向中心地带的时候获得了更大的意义，时而却相反，又退居二线或者干脆就销声匿迹了；在某种体裁分化的时代，它从中心地带位移到了边缘，代之而起的是一种新的文学现象却从名不见经传的文学中、从文学不受重视的荒凉地方和低地浮现到中心位置[1]。

在体裁从一代人到另一代人、从一个时代到另一个时代的存在中，在探讨体裁的相对稳定和变化之间的相互关系时不能先入为主，而要谨慎从事、在"倾向上"要摆脱出现的极端。在文学生活的进程中，与体裁竞争同时具有实质重要意义的是体裁传统，即体裁领域的继承性和传统。

体裁是各个时代的作家之间最重要的联结纽带，没有这个纽带，文学的发展是不可想象的。С. С. 阿维利采夫说："可以考察作家侧影的背景总是由两部分组成的：任何一位作家都是自己同时代人的同代人、时代的志同道合者，但也是自己前辈的继承人、体裁上的同志"[2]。

文艺学家不厌其烦地言说着"体裁的记忆"（米·巴赫金语）、重复着笼罩在体裁概念之上的剪不断的"守旧思想的重荷"（Ю. В. Степник 语），灌输着"体裁的惯性"（С. С. Аверинцев 语）。

一些文艺学家把体裁的存在首先与时代内部的对立、与流派和学派之间的斗争、与表面上的五彩缤纷和文学进程的熙熙攘攘扭结在一起，巴赫金与这些文艺学家进行过争论，他写道："文学体裁就其自身的本质来说反映着文学发展更稳定、'更永恒的'趋势。体裁里总是存活着古风那不肯死去的因素。事实上，体裁里的这种古风之所以存活仅仅是因为

---

[1] См. В. Е. Хализев. 《Теория литературы》, М.: 《Высшая школа》, 2002. С. 378.

[2] С. С. Аверинцев. Плутарх и античная биография. М.: 1973. С. 6. Цит. по В. Е. Хализеву: 《Теория литературы》, 2002. С. 379 – 380.

古风在不断地更新，也就是说她紧跟时代精神。体裁在文学发展的每一个新阶段、在同一个体裁的每个个性化的作品中都在重新再现和更新。……因此，体裁里存活的古风就不是死的，而是永远活着的，也就是说，她是善于更新的……体裁是文学发展进程中创造记忆的代表。体裁因为这一点，就能保障文学发展的统一和永不间断"。他还强调："体裁的发育越高越复杂，它就更是越能更好更完整地记住自己的来由"①。

哈里泽夫认为，在巴赫金的体裁观中，上述论述是最根本的，对这个论述需要做批评性的接受和矫正。并不是所有的体裁都能归于古风而振兴。有些体裁的出现要更晚一些，比方说圣徒传记和长篇小说，但总体上来说，巴赫金是正确的：体裁是在重大的历史时代存在的；通常来说，这些体裁命中注定有很长的生命力，这首先是超越时代的现象。

这么说来，体裁在文学的发展中就具有继承性，同时保持相对的稳定性。因此，在文学演变的过程中，已经存在的体裁样式就不可避免地要得到更新，新的体裁样式也会出现并且稳健地占据一定地位；体裁之间的关系也随之发生变化，它们之间互相影响的性质也会发生变化。

文学体裁及其与艺术外现实的联系：文学体裁与艺术外现实从不同方面非常紧密地扭结在一起。

第一，这些联系的遗传方面很重要。作品体裁的实质是具有全世界意义的文化历史生活现象所孕育的。文学体裁的演变也取决于社会环境本身的进步（Эволюция жанров зависит и от сдви́гов в со́бственно социа́льной среде）。

第二，文学体裁与艺术外现实在接受层面也联系在一起。巴赫金认为，某一种体裁的作品是针对一些确定的接受条件："每一种文学体裁都有自己特有的文学作品接受者的观念，有自己的读者、听众、观众和民众对作品的独特感受和理解"②。

显然，体裁是连接作家和读者的桥梁之一，是作家和读者之间的

---

① 《陀思妥耶夫斯基诗学问题》，第178—179页，参见哈利泽夫俄文版《文学理论》，第380页（См. В. Е. Хализев：《Теория литературы》，М.：《Высшая школа》，2002. С. 380）。

② 巴赫金：《语文创造美学》，第279页，参见哈利泽夫俄文版《文学理论》，第381页（В. Е. Хализев：《Теория литературы》，М.：《Высшая школа》，2002. С. 381）。

中介①。

巴赫金认为,体裁是文学进程的主要主人公②。

在吸收巴赫金的精神乳汁,深刻广博观察文学发展的进程,文学表面上看上去让人感到一片五彩缤纷的样子,甚至热闹喧嚣,但看不到文学和语言的命运发生了什么根本性的变化。文学和语言的主人公首先是各种体裁,而思潮和学派仅仅是排在第二梯队或第三梯队的主人公。巴赫金的精神乳汁至少可以给我们这么三层启示:第一,如果把体裁作为优先要素来切入的话,那思潮和学派较之体裁就是某种处于边缘位置的东西;第二,语言和文学天生不分家,语言和文学的水乳交融正好就表现在体裁里面;第三,研究文学史就是在研究体裁的交替和体裁的争斗。

什克洛夫斯基说:"艺术就是各种手法的总和"。

文体是作品所有方面和所有因素的美学概括性,具有确定的独创性。有一次,在与一位编辑的电话谈话中,普里什文愤怒地说道:"是,作者的那一份我收到了,但那不是我的故事,尽管挂着我的名字。你们撤了一个句子,换上了另一个,普里什文所写的就一丁点儿都没有剩下"③。巴金当年就强烈表示:"不让人在我的脸上随意涂抹。我要保持自己的本来面目"④。

文体的完整性以其极强的明确性和清晰性体现在文体要素——质的特征——的体系中,艺术的独特性正是表现在文体的质的特征里。А. Н. 索科洛夫认为,文体范畴是作为艺术文体现象而凸显出来的,文体现象包揽着形式的所有因素。文体的完整性在很大程度上受制于对它的感受和接受。人们常常是一见到作品就感受到作品的一种总的"美学情调",文体的独特性、文体所蕴含的一些内容(主要是表情达意层面)都跃然于纸上。当然,这种综合的印象可以通过文艺学的分析得到证实并进行阐释。还在18、19世纪之交,歌德就对文体和手法进行了区别。他认为,

---

① В. Е. Хализев. 《Теория литературы》, М.:《Высшая школа》, 2002. С. 382.

② 巴赫金:《文学和美学问题》,第451页,转引自哈利泽夫《文学理论》,第382页 (В. Е. Хализев. 《Теория литературы》, М.:《Высшая школа》, 2002. С. 381)。

③ 《Пришвин и современность》под ред. П. С. Выходцева, Москва изд.《Современник》, 1978. С. 177.

④ 巴金:《病中集》,《随想录》第四集,人民文学出版社1997年版,第70页。

文体是艺术发展的高级阶段。文体是建筑在扎根很深的认识的砥柱上，植根于事物的最本身，因为我们必须在可感可触的形象里来辨认它。在歌德看来，手法是艺术比较低级的阶段。

五 文艺语体

什么是文艺语体？文艺语体是语体类型之一，把语言作为艺术材料和艺术手段用于文学形象的创造所形成的语言功能变体。一切文艺作品的语言皆属文艺语体。表达法式以形象性、抒情性、美感性为特征；它以语言文字的各种手段来营造艺术魅力。词语上主要运用日常生活中广泛使用的通用词，又多采用口语中的俗语、谚语、歇后语等成分，并适当使用语言词语和其他的专业词汇。句法上使用各种类型的句子，包括省略、倒装、跳脱等句式；语句的排列组合很注意匀齐、对称、均衡等美学要求，并讲究骈散、长短、文白等不同句式的配合协调。语音上讲究韵律节调的和美动听。总之，一切修辞方式都能加以运用。通过修辞手段对语言单位的意义、结构、功能等加以变通，以造成超脱语义、语法乃至逻辑等方面常规的新形式。语文材料和修辞手段的丰富多彩及其语用上的创造性，都为其他类型的语体所不及。文艺语体集中而鲜明地体现着一个民族语言的结构特征和表达风格。文艺语体内部一般还有诗歌、散文、戏剧和小说等分支语体[①]。

20世纪西方的一些文体学家如格朗热和奥曼也认为，文体就是作家将其个人注入创作成品中的一种方式，就写作而言，文体就是写作的一种行为方式。

普里什文也不谋而合地认为，艺术是一种创造性的行为方式："现在，我就能够忠实地、果断地说：富于诗意的作品之所以诞生，其最终原因不是天才、不是灵感、不是文体、不是浪漫主义的技艺、不是纯理性主义的技巧，最终原因是大师本人的行为，可以说：是创造性的行为"[②]。

---

① 《辞海》，上海辞书出版社2002年版，第1770页。
② М. Пришвин. Собрание сочинений в 8 Томах. Том 5. С. 418–419.

普里什文的文体孕育于俄罗斯民间文学创作，他的艺术实践繁丰多姿，是一座繁富的百花园。在这座百花园里我们可以流连忘返，徜徉不已，这里有随笔、童话、儿童故事、短篇小说、中篇小说、长篇小说、微型散文、散文、散文诗、政论、文谈、日记、游记、书信、序跋等多种文体，无所不包，应有尽有。他在众多体裁领域都树立了非凡的榜样。这么多文学体裁，他都运用自如，自由挥洒，最终造就了20世纪俄罗斯文学的一个独特现象，他真不愧为一位杰出的语言文体学大师。同任何一位艺术大师一样，普里什文的创作就是我们文体学研究的范本，而他本人的艺术文谈中就包含着精辟的文体学见解。

　　普里什文认为："作家是带着自己的文体而诞生的……但是又必须彻底打碎这个与生俱来的文体，以便日后他经文化熏陶而复活、而胜出、而振奋，并且形成自己独有的文体……文体必须以吸收消化后的文化为前提"①。他在《文体和形式》一文中写道："屠格涅夫时代的青年们都受一个偶像的诱惑：也就是所谓的文体。屠格涅夫本人、一位伟大的文体大师，对艺术里的这种偶像崇拜报之一笑。在我们这个时代也应该机警地盯着，可别让这个赤手空拳的'会做'占据了这个已被掀翻的偶像。应该教我们的孩子，让他们摆脱'涂鸦'艺术作品的诱惑，要熏陶他们，就像厨师烤饼一样，——在一个小煎锅里烤制上百张饼，而这个行当，在语言艺术事业中，原来，每新烤一张饼都必须要一个新锅。也许，天才、文体、灵感、各类技艺的秘诀就蕴涵于此：为什么每部新的艺术品都要求自己有新的形式，为什么一位真正的演员在走上舞台演旧角色的时候还是战战兢兢，为什么画家不能惟妙惟肖地复制自己的图画，为什么拉费尔和伦勃朗只有独一人，为什么列夫·托尔斯泰不能准确地誊清自己的手稿"②。

　　普里什文在《勿忘草》的"文体大师"一节中写道："每到春天，当所有出色的鸟儿向全世界唱完开天辟地以来最著名最可爱的歌曲，一只最小的灰鸟——巧妇鸟开始用所有这些声音来唱：她唱的时而像椋鸟、时而像夜莺，时而如苍头燕雀、时而如黄鹂，时而又像红额金翅雀。人们去采

---

① М. Пришвин. Дневники 1926 – 1927. СПб.：ООО Изд-во "Росток"，2018. С. 556.
② М. Пришвин.《Незабудки》，цит. по книге《Весна света》，М.：Изд-во Жизнь и мысль，2001. С. 365 – 366.

蘑菇、采野果或者去割草，而巧妇鸟却钻在荨麻下面一会儿歌声嘹亮，一会儿悄声细语，但在春天那些出色的大鸟猛唱之后谁都不去听她唱的歌了。

"莫非是巧妇鸟想把春天的所有歌曲都汇成一个，就像人所做的一样？可那小傻瓜不明白，人的歌声是在那股炽热的力量敦促下由世界的所有歌声融合在一起的，也正是在那股炽热的力量把太阳界和地球界熔解在一起。荨麻下的小文体家从真正的歌手手里只捕捉到唱歌的形式，却对自然的内在的不可理解的法则既不理解也没有预感，大自然一年四季和所有周期的法则的执行者就是出色的歌手们。

"我们的诗人们常常也是这样：一位诗人一展歌喉唱响全世界，而成千上万个人就重新拿自己的调儿在荨麻下唱起同一首歌来。

"一部艺术品之于作者是综合的，对读者来说就是无限的：有多少读者，作品里就会有多少观点。

"作者按照最严谨的程序，在我们不可知的力量的施压下对这些观点进行结构，这种不可知的力量俗称为天才，天才是自然天成的（艺术家就其天性来说是上天造就的艺术家）。

"这种神秘莫测的力量的全部秘诀看来就在于如何对布局加以结构。采用艺术品可以从各个方面来展开，但对布局结构的些微触动都会阻碍作品并降低它的影响。"①

普里什文在致 A. A. 沙霍夫的信中写道："您的作品中在虚构和真实之间缺一座桥。这座桥就应该是文体，您对文体没有注意，所以常常是想到什么就写什么。……我曾经有一度沉醉于梅特林克的《蓝鸟》，但早在三十年前这个形象就吸引住了大众的注意力，所以我就不敢在自己的笔下重复这个形象了，于是我就创造了自己的不惊的飞鸟的形象。因此，要永远用自己的话来写，不能在没有特严的艺术监督的情况下去用任何一个词儿，这种艺术监督只能生成自己的文体，也就是说最终要形成自己的、唯一的和不可重复的个性"②。

---

① 《Незабудки》，цит. по книге《Весна света》，М.：Изд-во Жизнь и мысль，2001. С. 367 – 368；参见米·普里什文《大地的眼睛》，潘安荣译，长江文艺出版社 2005 年版，第 140 页。

② 《Пришвин и современность》под ред. П. С. Выходцева. М.：Изд-во《современник》，1978. С. 176.

实际上，普里什文早在 1914 年就写道："所以说，创造的基础是形式。个性之所以称其为个性是因之有别于芸芸众生，因为个性把形式的秘诀牢牢掌握在手，而芸芸众生又为形式灌注了内容，而芸芸众生本身根据自己的信仰又把容器变得神圣无比，所以为什么要给那小小的容器唠叨那陌生的不属于它的内容呢"①。"个性化的创造是文化的基础"，"也只有个性化才能实现在俄罗斯是必不可少的生活创造的活动"②。在《仙鹤的故乡》中他写道："说真的，我没有读过什克洛夫斯基的论述，我是在用我自己的手法来写作"③；"我如此痴迷地为之奋斗的形式，是我的贪欲在驱使，驱使我急于将生活的果实装进一个容器里，以便让它永远取之不竭，用之不尽"④。我国作家史铁生写道："有意味的形式，这指的当然不是'形式即容器'的形式。这内容不像装在容器里的内容那般了然，不是用各种逻辑推寻一番便可以明晰的，它是超智力的，但你却可以感觉到它无比深广的感动……这儿是悟性所辖之地。所以，将此种东西名之为'意味'，以区别装在容器里的那些明晰的内容"⑤。

普里什文在《我们的职责》一则短文中写道："完美的形式对艺术家而言，就是各行各业的其他所有公民视为自己公民职责的东西。另一些艺术家企图实现无视公民职责的形式，被指责为形式主义，这是公允的"⑥。

普里什文认为："在自我完善的过程中，我逐渐得到承认，并且有权利对自己创造的形象世界加以肯定。那么，承认这些形象的根据究竟是什么？根据就是，我作为艺术家，是从现实生活中提取了这些人物，也就是说，没有现实生活也就没有我的人物形象。没有我，也不会有这些形象。从我笔下的人物身上，我的知近友人，我的亲人，会认识生活，

---

① М. Пришвин. Дневники 1914–1917. М.: Изд-во "Московский рабочий", 1995. С. 74.
② М. Пришвин. Дневники 1926–1927. СПб.: ООО Изд-во "Росток", 2018. С. 557.
③ М. Пришвин. Собрание сочинений в 8 томах. Том 3. С. 85；同时参见米·普里什文《仙鹤的故乡》，收录在潘安荣译《大自然的日历》，长江文艺出版社 2005 年版，第 83 页。
④ М. Пришвин. Собрание сочинений в 8 томах. Том 3. С. 60.
⑤ 史铁生：《写作的事》，东方出版中心 2006 年版，第 36 页。
⑥ 米·普里什文：《大地的眼睛》，潘安荣译，长江文艺出版社 2005 年版，第 214 页。

理解和反观自身。"① 这也就是说，"文体的核心是作者，文体的灵魂是作者，文体的来源是生活"②。文体作为创作的一个重要方面，与作家主观条件才、胆、识、力息息相关。你有什么样的才、胆、识、力，你笔下的"形形色色，声音状貌"（包括了文体）就会是什么样的。文体中寓含主体，主体性是文体产生的一个深隐原因③。

"我突然悟到，艺术作品的内涵仅仅只取决于艺术家自身的行为方式，其内涵就是艺术家自身，是艺术家独有的、置于形式里的心灵"④。

普里什文在《致青年人》这篇短文中写道："抱着与人为善的心理，悉心洞察生活琐务，原来也能挖掘出作家几乎不加任何隐瞒便可悉数教给读者的素材。……不要固守着情节，当然，情节是该利用的。如果把这些感想写出来，该有多好，以便向青年人展示不为情节所限的任何文学形式都是可能的"⑤。普里什文认为："对形式一步步的寻寻觅觅，带给我许多幸福感，与此同时，这也大大驱散了读者的枯燥感，因为，要是不寻不觅，那他就不是读两本书了，而是被迫要啃上五六部书，但是，没有付出快乐的劳动来把形式竭力完善、而去依着既定的形式创作第三部书，对我来说是于心不忍的，我要誊抄已经完全写好的篇章甚至都不能自己为之，必定还需要涂涂改改"⑥。普里什文认为，形式是天生的："我们知道，我们也时时处处都感到，形式是天生的，它甚至必定是要在劳动、在吃苦头、在煎熬中而诞生。"（Мы все понимаем и чувствуем это на каждом шагу, что всякая форма рождáется, и даже непременно рождáется она в труде, в туге и прямо в мученьях.）⑦

---

① М. Пришвин. Собрание сочинений в 8 Томах. Том 7. С. 136；参见米·普里什文《大地的眼睛》，潘安荣译，长江文艺出版社 2005 年版，第 60 页。

② 白春仁：《文学修辞学》，吉林教育出版社 1993 年版，第 207 页。

③ 童庆炳：《文体与文体的创造》，云南人民出版社 1994 年版，第 45 页。

④ М. Пришвин. Собрание сочинений в 8 Томах. Том 7. С. 312；参见米·普里什文《大地的眼睛》，潘安荣译，长江文艺出版社 2005 年版，第 238 页。

⑤ М. Пришвин. Собрание сочинений в 8 Томах. Том 7. С. 249；参见米·普里什文《大地的眼睛》，潘安荣译，长江文艺出版社 2005 年版，第 176 页。

⑥ М. Пришвин. Журавлиная Родина. Собрание сочинений в 8 Томах. Том 3. С. 57，此处为笔者译。

⑦ М. Пришвин. 《Незабудки》, Цитируем по книге: М. Пришвин 《Весна света》, М.: 2001. С. 371.

童庆炳认为，"完整的文体应是体裁、语体和风格三者的有机统一。某种体裁必定有其约定俗成的审美规范，体裁的审美规范要求通过一定的语体加以完美的体现，语体和文学的其他因素相结合发挥到极致，就形成风格。体裁是文体最外在的呈现形态，语体是文体的核心呈现形态，风格则是文体的最高呈现形态。三者既有区别，又密切相关。文体是体裁、语体和风格这三要素有机统一而成的系统"①。

"只要作为语言艺术的文学仍然存在，那么文体问题不仅过去存在着，现在存在着，将来也将继续存在着。文体研究也将会在文学评论和文学鉴赏中继续保持发展的势头。"②

伟大作家鲁迅在评《红楼梦》时说："一部《红楼梦》，经学家看到易，道学家看到淫，才子看到缠绵，革命家看到排满，流言家看到宫闱秘事……"③ 同样，一位普里什文，人们在感受普里什文创作的过程中，脑海里已经形成一些传统和模式："没有人性的作家""只关心别人面貌的作家"；民俗学家、地理学家、旅行家、猎人作家、儿童作家、心理诗人学家；宇宙学家、地球乐观主义者和抒情作家；大自然的歌手和在大自然中摆脱人类社会的作家；在其创作里通过艺术视角关照人与自然的相互关系而实现了顶级重要的具有全世界历史意义的转变；思想家；哲学家；诗人、猎人、生态学家、文学家、科学家，在文学进程中跟谁都不像，独辟蹊径、特立独行的作家等。况且，普里什文本人还对"某个外国评论家只对我作品的文体感兴趣"持保留意见："人民文学之所以根深叶茂，不是因之需要美学的享受，而是需要有一种信仰。某个外国评论家只对我作品的文体感兴趣，但是，我之为作者并不是因为我的文体，而是因为我自信，我所描写的东西在生活中是实际存在的。由于发现了生活中的这一点儿东西，我既找到了作为一部作品的作者的价值，也找到了自己"④。

"文体问题不仅过去存在着，现在存在着，将来也将继续存在着。"

---

① 童庆炳：《文体与文体的创造》，云南人民出版社1994年版，第182页。
② 童庆炳：《文体与文体的创造》，云南人民出版社1994年版，第101页。
③ 鲁迅语。
④ М. Пришвин. 《Незабудки》, Цитируем по книге: М. М. Пришвин 《Весна света》, М.: 2001. C. 373.

第 三 章

随笔文体

一 什么是随笔

随笔是散文的一种，随手写来，不拘一格。随笔形式多样，长短皆宜，轻松活泼。优秀作家的随笔借事抒情，夹叙夹议，语言洗练，意味隽永。在《大地的眼睛》中，普里什文说："随笔形式对作家来说可能是唯一的出路，并且还要求他白手起家来投入营造。"（Быть может, форма очерка является единственным выходом для писателя, от которого требуют участия в новостро́йках.）① 说随笔形式对作家来说是唯一的出路，这当然是极而言之，但从另一个侧面又说明，普里什文在创作的早期就如此欣赏随笔这种文体形式绝不是偶然。

普里什文认为，"不为情节所限的任何文学形式都是可能的"②。在《分娩》一文中他说："一般而言，无论独特性就人而言还是就人的思想而论，都'不合乎规律'。"③ 本着这么一种独特的艺术观念，普里什文在他早期的文体创造中就寻觅创造一种看似"不合乎规律"的独特文体，而随笔就是他最得心应手的文体形式，也是他早期最富有独特性的文体形式。

在创作《我的随笔》一文时，普里什文已经拥有二十多年的创作实践，他对自己的创作特性进行了深刻思考和高度概括，从体裁角度对自

---

① М. Пришвин. Собрание сочинений в 8 томах. Том 7. С. 318；参见米·普里什文《大地的眼睛》，潘安荣译，长江文艺出版社 2005 年版，第 243 页。
② 米·普里什文：《大地的眼睛》，潘安荣译，长江文艺出版社 2005 年版，第 176 页。
③ 米·普里什文：《大地的眼睛》，潘安荣译，长江文艺出版社 2005 年版，第 248 页。

己的创作进行了比较系统的审视。《我的随笔》是普里什文1933年2月在苏联和俄罗斯联邦作家协会一次会议上的讲话，后经整理发表于同年4月11日的《文学报》（第17期）。这篇随笔尽管篇幅很短，在普里什文的文体创作中却占有重要的位置。他对自己的创作做了这样的表述：

"……我的目的是为米哈依尔·普里什文作品的研究者提供一些有价值的素材。

"我们先要约定好，不把随笔作为一种文学形式来理解，我们甚至还可以存疑这样一个问题，就是究竟存在不存在作为文学一种形式的随笔。

"我们将这样来理解随笔：作者对素材所持有的一种独特的、专门的态度，服从于这种素材或是支配它。……真正的诗人亚·勃洛克看了《跟随魔球走远方》这部作品后说：'这当然是诗，但是还有别的一种韵味儿'"。

普里什文宣布："现在，这个问题的答案已经找到了：在每篇随笔中都有的这一种韵味，它不是来自诗意，而是来自学者，也许还是来自一位真理的探索者，这个'别一番韵味儿'就像屠格涅夫在谈到格列勃·乌斯宾斯基的随笔时说的：'这不是诗，但是，可能高于诗'。总之，随笔里的这一种韵味，似乎就是作者由于对素材所持的态度比艺术更为复杂而尚未对素材进行艺术加工的原本样貌，但是，这样就又生发出一个问题：随笔中的这一种韵味能不能经过艺术性地加工来实现，如果能，那么能不能把这种加工过的作品叫作随笔？要回答这个问题，也许我们可以说，像普里什文的《黑黝黝的阿拉伯人》《恶老头的锁链》及许多小故事，之所以可以被称为随笔，仅仅是因为其特别的张力，作者好像对素材的真实态度进行了强化，其逼真性达到了如此强烈的程度，以致地方志学家、民族学家、教育学家、狩猎猎人看了他的作品就说它是地方志学的、民族学的、是儿童故事、是猎人笔记，如此等等。

"现在，我们肯定普里什文的所有作品的随笔情调是由于素材本身的暗示作用而流露出来，这些素材并不是马上就听命于艺术熔炉而去接受再熔炼的，我们还是要在作者的经历中寻找这种不易得手的素材。"①

那么，普里什文为什么偏偏要用随笔这种文体形式来展示自己的主

---

① 米·普里什文：《大自然的日历》，潘安荣译，长江文艺出版社2005年版，第22页。

题呢？普里什文认为："创作出了精彩随笔的作家毕竟也不少，但是我好像还是很难点出哪一位作家像普里什文一样能把自己 28 年的写作生涯全都献给他圈来并精心培育的土地，这块土地就是随笔文化。从自己的第一部随笔《鸟儿不惊的地方》到叙述其一生的随笔《恶老头的锁链》再到《仙鹤的故乡》一书，普里什文专门做的一件事，就是绝对尽力在每一篇随笔中熔化那种难以辨别的韵味儿"①。

那么，普里什文为什么苦恋随笔呢？他"之所以坚持写随笔，是因为随笔中似乎还同时含有来自科学、来自生活真实的一点什么韵味"②。

在《我的随笔》一文中，普里什文对随笔作为一种文学体裁是否存在还不太自信，但他又倾向于把自己的所有作品都称为"随笔"。普里什文在创作的早期之所以运用随笔这种相对容易把握的文体形式，就在于随笔的优点是随便写来，不拘一格，而普里什文把"随笔"理解成一种文学的包罗万象的超体裁，理解成了一种创作态度，这也再一次极为雄辩地证明，"手法的诞生是无意识的"是作家积多年创作实践和经验而流淌出的肺腑之言。

《我的随笔》在苏联《文学报》发表时，同时配发了高尔基特意推荐此文的书信："我认为，《我的随笔》是一次非常罕见的自我认识的尝试，这个自我认识的尝试基本上是成功的，这是一个近乎准确的自我评价的幸福时刻。我说'近乎'是因为，尽管其作者非常坦诚，但在我看来，却对其作品的意义估计不足……对我来说，普里什文的作品之最有价值的意义，就正在于他那惊人的能力，即用语言塑造出他的大地的面孔，他的国度的鲜活形象。这里所谈的，当然不是风景，对普里什文来说，风景只是他的诗篇的诸多细节之一，他将自己的诗篇称作'艺术随笔'。他自己也承认，在他的书中有'某种非诗的东西'，有某种'比艺术更复杂的东西'"。"对我来说，这就是最宝贵的东西，因为我将此视为诗歌和知识完美的和谐统一，只有一个热爱知识、充满无限爱意的人才能赢得这样的和谐和统一。这是一种罕见的、令人羡慕的统一；我过去和现在都没有见过哪一位文学家，他能够如此出色地、充满爱意地、敏锐地理

---

① 米·普里什文：《大自然的日历》，潘安荣译，长江文艺出版社 2005 年版，第 23 页。
② 米·普里什文：《大自然的日历》，潘安荣译，长江文艺出版社 2005 年版，第 25 页。

解他所表现的一切"①。

《我的随笔》这篇短文对深刻理解普里什文的创作具有很重要的意义，普里什文八卷文集的编者这样写道："正如评论界所准确指出的那样，《我的随笔》和《猎取幸福》是一个独特的导论，不仅可以引导我们步入普里什文的二三十年代的创作，而且还可以引导我们探寻他的整个创作"②。

随笔初看起来是随便写来，不拘一格，且形式多样，长短皆宜，轻松活泼。汪曾祺说："随笔的特点恐怕还在一个'随'字，随意、随便。想到就写，意尽就收，轻轻松松，坦坦荡荡"③，但是，丰子恺先生指出："随笔不能随便"④。优秀作家的随笔借事抒情，夹叙夹议，语言洗练，意味隽永。普里什文就是找准了随笔文体的这些优势，无意识地用随笔这种有意味的形式写成了第一本题名为《鸟儿不惊的地方》这本书，而恰恰就是这第一本《鸟儿不惊的地方》让他在20世纪初的文坛声名鹊起，不仅惊动了文坛老将，也让青年老少激动不已。"我写出的东西首先是在文学圈的上层获得了成功。列米佐夫同伊万诺夫·拉祖姆尼克开始谈论关于我的情况，列米佐夫是在其人数众多的彼得堡文艺协会上谈论我，伊万诺夫·拉祖姆尼克写了一篇重要文章。我同整个彼得堡文艺界的人都认识了……"⑤

作品写出来是让人理解接受的。普里什文写随笔，并不是仅仅追求在文学界的上层获得成功。普里什文"变得更大胆，请他听我朗读书里的一章内容。于是他走出去到另一个房间，把孩子们，也许是他的孙子、孙女们都带来了，让他们坐下，吩咐他们听我朗读。当我读完一章时，老人带头并吩咐孩子们鼓掌。毫无疑问，书受到出版商的青睐……并允

---

① Цит. по М. Пришвину. Собрание сочинений в 8 Томах. Том 3. М.: "Художестве-нная литература", 1983. С. 515.
② Там же.
③ 《汪曾祺全集》散文卷六，北京师范大学出版社1998年版，第104—105页。
④ 丰子恺：《随笔漫画》，载《缘缘堂随笔集》，浙江文艺出版社1983年版，第347页。
⑤ М. Пришвин. Собрание сочинений в 8 Томах. Том 3. М.: "Художественная литература", 1983. С. 18；参见米·普里什文《追求幸福—个人生活故事》，阎吉清译，收录在潘安荣译《大自然的日历》，长江文艺出版社2005年版，第10页。

列米佐夫——普里什文的文学老师

诺以豪华版形式出版"①。

刚涉足文坛的普里什文"没有通过任何关系就出版了自己的第一本书，因为在彼得堡，我不认识一个文学家，连通讯记者都不认识。我因该书获得地理协会颁发的奖章，成了《俄国新闻》的长期撰稿人。我抓住了自己的幸福，如同一枪就射中了一只飞鸟"。

普里什文后来在《恶老头的锁链》中再次袒露了他对随笔这种文体形式的偏爱："当年，随笔成了最主要的文学形式，……好在在此之前很久，我的文学道路也已经指向了某个鸟儿不惊的地方，我从自己的经验中甚至感到，我可以通过这条路找到一片新天地，将它开垦出来，牢牢地捍卫我的诗意随笔"。为什么呢？因为作家们的精神领袖高尔基满怀善意地说："普里什文喜欢把他的长诗叫做随笔"，因为诗意是随笔中的主

---

① М. Пришвин. Собрание сочинений в 8 Томах. Том 3. М.: "Художественная литература", 1983. С. 16；同时参见米·普里什文《追求幸福—一个人生活故事》，阎吉清译，收录在《大自然的日历》，长江文艺出版社 2005 年版，第 9 页。

导因素。"①。

　　在普里什文之前，拉季谢夫的一部《从彼得堡到莫斯科旅行记》和普希金的《从莫斯科到彼得堡旅行记》已经家喻户晓、妇孺皆知了，可他并没有在拉季谢夫和普希金这些泰斗面前裹足不前，为什么呢？1906年，普里什文只身一人来到大都市，很偶然地进入了方志学家和民俗学家的圈子，受著名民族学家翁丘科夫委派，到当时还很少有人研究的俄罗斯北方白海沿岸的密林和沼泽地带进行地理和人文考察。在他第一次远足旅行采风后，他已是"独有宦游人，偏惊物候新"了。在旅行过程中，普里什文用自己的眼睛见到世界上谁都没有见过的事物。敢为天下先，率先踏上前人未曾涉足的地方，第一个亲眼看见世界上谁都没有见过的东西，以此给人们打开一个人所不知的国度。

　　普里什文还满怀自信："我要为自己的心灵找到一个地方，在那里，我将对周围的自然世界没有任何疑问；在那里，人类，可以对城市一无所知，却能够与大自然浑然一体"。那么，"在哪里能找到一处鸟儿不受惊扰的地方呢？""当然是在北方，在阿尔汉格尔斯克或奥洛涅茨省"，——普里什文胸有成竹地答道。

　　北方白海沿岸的密林地带的地理风貌和自然景色让人眼前一亮。以前的农艺著述、旅途杂记已不能满足普里什文的意愿。他要向读者倾诉更隐秘的东西，他要把自己的所见、所闻、所感化为文字。他要把科学知识、猎人经历写成作品。根据这次考察所写的处女作《鸟儿不惊的地方》（1907年）细致而生动地描绘了该地区的自然景色和地理风貌，以富有民间文学特色的绚丽语言描述了尚未被现代文明冲击的维戈泽罗湖畔周边的农民、渔夫、猎人、妇女和儿童的淳朴生活与风俗习惯。同时，介绍了北方不可抗拒的自然力量：林、石、水，这本书的出版为学术界展现了一幅陌生世界的地图。由于该书具有很高的学术价值，获得了俄国地理协会的银质奖，他本人也被吸收为著名的旅行家谢苗诺夫领导的地理协会的正式成员。《鸟儿不惊的地方》出手不凡，普里什文也在俄罗斯文坛崭露头角，引起了文坛大作家的注意。白海沿岸奥洛涅茨边区的一位方志学家在地理协会听了普里什文朗读这部作品之后对他说："我羡

---

① 米·普里什文：《恶老头的锁链》，谷羽译，长江文艺出版社2005年版，第463页。

慕你，我一辈子都在钻研我所心爱的奥洛涅茨边区，却不能写得这么好，不能呀！你是用自己的心灵来理解和写作的，而我不能"①。

在普里什文的文学遗产中，随笔占有重要的位置。伊·莫加绍夫认为，"普里什文的整个创作都是沿着随笔体的规律而发展的：严谨的纪实性、事实材料的科学可信性……情节和结构布局挥洒自如"②。季·霍洛托娃认为，伊·莫加绍夫的观点无疑是接近实际情况的。因为，随笔是普里什文的文学遗产的一个具有决定性意义的特点，但是，更值得特别强调的是，他是一位学者型的作家，他的纪实随笔总是把哲理的诗句、闲笔美文与随笔纪实因素浑然地融合在同一部作品中。这样，他的各种体裁的作品就成了综合艺术品：既有事实的准确性，又有充溢着深邃思想的抒情性；既有民间口头创作的成分，又有色调鲜明的诗意文体③。普里什文本人也看到，他的作品"不完全符合这一种或那一种文学体裁"，诚如巴赫金所说，"对体裁的记忆不是最主要的"④。普里什文也不止一次试图界定自己作品的体裁本质："我——是诗意地理学这一文学体裁的奠基人"⑤。他指出，旅途的随笔作品"最适合描写富于诗意的自然地理，这种自然地理也是长年孜孜不倦地钻研最简洁的随笔文化的结果"⑥。他关于《黑黝黝的阿拉伯人》还写道："这是一篇纯情诗意的作品，这篇随笔就最能鲜明不过地说明，似乎是通过恣意妄为地调动诗意的材料把随笔最后写成了长诗"⑦。他的随笔体也经受了演变和发展。随笔这种文体具有混成的性质，融艺术文学、科学、政论和哲学于一炉，让作家能够

---

① М. Пришвин. Собрание сочинений в 8 Томах. Том 1. М.：Изд-во "Художественная литература"，1983. С. 14.
② 转引自季·霍洛托娃《普里什文的艺术思维：内容·结构·语境》，伊万诺夫国立大学出版社 2000 年版，第 235 页。
③ 转引自季·霍洛托娃《普里什文的艺术思维：内容·结构·语境》，伊万诺夫国立大学出版社 2000 年版，第 235 页。
④ 转引自季·霍洛托娃《普里什文的艺术思维：内容·结构·语境》，伊万诺夫国立大学出版社 2000 年版，第 105 页。
⑤ 米·普里什文：《大地的眼睛》，潘安荣译，长江文艺出版社 2005 年版，第 54 页。
⑥ 转引自季·霍洛托娃《普里什文的艺术思维：内容·结构·语境》，伊万诺夫国立大学出版社 2000 年版，第 235 页。
⑦ 转引自季·霍洛托娃《普里什文的艺术思维：内容·结构·语境》，伊万诺夫国立大学出版社 2000 年版，第 235 页。

最大限度地施展他那抒情诗人、学者和哲学家的独特天才。普里什文认为，生活素材具有极为重要的意义，而且新的素材需要有传统的文体样式来表达。他不但特别看重随笔文体中混成这一优势，而且也试图为自己本人所觅到的随笔这一文体进行有根有据的理论阐述①，因为随笔把严谨的学术性、描写的准确性和体现作者对材料态度的情感性胶着于一体②。普里什文认为，随笔是与其他文学作品体裁平起平坐的文体样式，随笔把闲笔因素和研究成分有机地结合在一起。不仅是随笔，任何作品都应该把诗意和知识、艺术性和生活的真实性结合在一起。随笔这一文体之所以吸引他，是因为随笔既有"来自科学的因素，又有生活真理的成分"③。他还认为，随笔是一种"战无不胜的文学形式"④，他一直不遗余力地捍卫真正的文学。在他看来，随笔也要求作家具有精湛的技巧。康·费定当年就对普里什文的随笔做了高度评价，他也表达了同样的思想："显然，随笔作家在语言、文体、对材料的熟悉方面不知要武装到多高的地步，才能创造出不仅忠实于生活事实的文学，而且又同时是文艺作品"⑤。

　　普里什文认为："对一个作家来说，最可怕的是顶不住批评界的挤压而失去自己的独特性、丧失自己的面貌"⑥。他严厉地抨击文学上的千篇一律，他在作家协会组织委员会的一次会议上说："科罗连柯、高尔基都写了非常出色的随笔，但一些人，人家叫他怎么写他就怎么写，结果呢？就是机械式地弄出来的随笔。你们也知道，人们一看这种随笔就要倒胃口。当然，也不乏有一些天才作家胜出，但一看那些随笔，首先看到的就是'工厂的烟囱直冲云霄'，这不，真不忍心去读，为什么？因为你早

---

① O факте и вымысле в очерке. Наши достижения，1935 No 10. См. книгу《М. Пришвин：Актуальные вопросы изучения творческого наследия. Материалы научной конференции, посвящённой 129 – летию со дня рождения писателя》. Выпуск 2.

② 转引自季·霍洛托娃《普里什文的艺术思维：内容·结构·语境》，伊万诺夫国立大学出版社 2000 年版，第 123 页。

③ 《我的随笔》，См. М. Пришвин. Собрание сочинений в 8 Томах. Том 3. С. 10.

④ 转引自季·霍洛托娃《普里什文的艺术思维：内容·结构·语境》，伊万诺夫国立大学出版社 2000 年版，第 116 页。

⑤ 转引自季·霍洛托娃《普里什文的艺术思维：内容·结构·语境》，伊万诺夫国立大学出版社 2000 年版，第 123 页。

⑥ 转引自季·霍洛托娃《普里什文的艺术思维：内容·结构·语境》，伊万诺夫国立大学出版社 2000 年版，第 129 页。

就知道——又是这老一套"①。

普里什文从一开始就致力于随笔这种文体的创作绝不是偶然。

第一，普里什文孕育于十八和十九世纪俄罗斯经典文学中的随笔文学传统。拉季谢夫以《从彼得堡到莫斯科旅行记》开俄罗斯随笔文体文学之先河。普希金以《从莫斯科到彼得堡旅行记》（1833—1835 年）为随笔这种文体树立了榜样。接着就有 А. И. 赫尔岑的《来自彼岸的随笔》（《С того берега》，1847 – 1850 年）、Н. Г. 波米亚洛夫斯基的《宗教寄宿学校笔记》（《Очерки бурсы》，1862 – 1863 年）和陀思妥耶夫斯基的《作家日记》（《Дневник писателя》，1873 – 1881 年）等随笔体文学相继出现。屠格涅夫早在 1852 年就以《猎人笔记》（《Записки охотника》）这部优秀的随笔体作品奠定了自己在俄罗斯文学史中的重要地位。屠格涅夫之后，И. А. 冈察洛夫创作了随笔《"智神"号巡航舰》（《Фрегат〈Паллада〉》，1855 – 1857 年）、А. П. 契诃夫创作了《西伯利亚来信》（1890 年）和《萨哈林岛旅行记》（《Óстров Сахалин》，1893 – 1894 年）。民粹派作家尼古拉·乌斯宾斯基、格列勃·乌斯宾斯基和柯罗连柯等创作了为数不少的随笔体作品。高尔基的《漫游俄罗斯》也让人们眼界大开。"当我在自己的国度里如此这般地漫游的时候，遇到了伟大的漫游者阿列克赛·马克西莫维奇·高尔基。"② 普里什文的第一部随笔《鸟儿不惊的地方》的文体就是在俄罗斯文学的这一航道上孕育、运行发展的。他的随笔与这些作家的地方志随笔和旅途见闻随笔在提出社会问题、道德问题，反映生活现实方面有近似的地方，但普里什文的随笔文体从创作伊始就展露了与众不同的超拔特点。

第二，《鸟儿不惊的地方》之问世也是时代的迫切要求。"天下无百年不变之文章"③，笔墨当随时代。任何一种文体都有它的发生、发展以及渗透、流变、消亡的过程。普里什文新创随笔却并非他一味被动地顺应时代。在十月革命前，随笔这种文体已经就是他用来创作的一种主要

---

① 转引自季·霍洛托娃《普里什文的艺术思维：内容·结构·语境》，伊万诺夫国立大学出版社 2000 年版，第 116 页。
② 米·普里什文：《恶老头的锁链》，谷羽译，长江文艺出版社 2005 年版，第 448 页。
③ 袁中道：《珂雪斋文集·花云赋引》，转引自童庆炳《文体与文体的创造》，云南人民出版社 1994 年版，第 40 页。

文体了①。普里什文说:"梅列日科夫斯基和鞭身派教徒通过情欲拯救文化。个性——才是源头。文学也许从来没有像在颓废主义时代一样那么贴近过人民。描述上帝和伦理的典型特征:区别在何处呢?一些人用美学,另一些人靠宗教:区别就在于此。"② 在摒弃新鲜活泼的口语,雕琢文字成风的时代,只有躯壳,没有灵魂的作品,总是流行。19世纪末20世纪初的世纪之交和20世纪初,文学尽管贴近过人民,但语言艺术创造中体裁单调的不足已经暴露了出来。体裁单调便无法言说人们新的生存体验,既有的语言形式与日益发展的社会生活中人的感受之间出现了不和谐现象,这种现象必定引起在文学上有真知灼见的学人的警惕。在积习越来越严重的情形下,就有人要求改革,登高一呼,山鸣谷应,文学领域群英并起,使文体为之一变。文学在文体领域也开始了积极的探索,探索常常也是对已成定式的文体进行花样翻新和变体。随笔作家普里什文在白银时代的文化大背景下展开自己的创作,他及时呼应了时代的要求,进行大胆探索,在随笔文学中做出了一系列艺术发现。诚如鲁迅所说:"特殊的时代一定会产生特殊的文体"③。胡适说:"文学的生命全靠能用一个时代的活的工具来表现一个时代的情感与思想。工具僵化了,必须另换新的,活的,这就是'文学革命'"。"若要造一种活的文学,必须有活的工具"。他还说道:"我常说,文学革命的运动,不论古今中外,大都从'文体的形式'一方面下手,大概都是先要求语言文字文体方面的大解放。……这一次中国文学的革命运动,也是先要求语言文字和文体的解放。新文学的语言是白话的,新文学的文体是自由的,是不拘格律的。初看起来,这都是'文的形式'一方面的问题,算不得重要。却不知道形式和内容有密切的关系。形式上的束缚,使精神不能自由发展,使良好的内容不能充分表现。若想有一种新的内容和新的精神,不能不先打破那些束缚精神的枷锁镣铐"④。普里什文与胡适达到了精神上的共鸣和表述上的遥感:"在捍卫形式的时候,我要求于作家的首先是语言"。

---

① 转引自季·霍洛托娃《普里什文的艺术思维:内容·结构·语境》,伊万诺夫国立大学出版社2000年版,第115页第三段。
② 《普里什文1914—1917年日记》,莫斯科工人出版社1995年俄文版,第54页。
③ 转引自张爱玲《自己的文章》中的傅光明前言《感悟经典》,京华出版社2005年版。
④ 转引自张国俊《中国艺术散文论稿》,中国社会科学出版社2004年版,第279—280页。

胡适在现代中国第一个提出语体改革问题,并把这一问题阐述地十分透彻,在全国引起了热烈的响应。普里什文随笔文体的创造就是在1907年开始的。梅列日科夫斯基早在1892年就极为敏锐地预感到了文体将"不得不变"的征兆。他在《当代俄国文学的衰落原因与新流派》的演讲稿中就已经对文学的现状做了明确无误的评价,他把文学复兴的希望寄托在"新的流派"身上。他认为,新一代的作家正面临着"艰巨的开始过度的准备工作"①。

梅列日科夫斯基——普里什文的文学战友

二 随笔处女作《鸟儿不惊的地方》

《鸟儿不惊的地方》的文体形式使人耳目一新。书名中的"鸟儿不

---

① 弗·阿格诺索夫:《20世纪俄罗斯文学史》,中国人民大学出版社2001年版,第17—18页。

惊"一下子就抓住了人心，人们不禁要问，鸟儿为什么不惊？

用"在山冈上"做代序。用"前奏　从彼得堡到波韦涅茨"做引子和序曲。普里什文还很巧妙地分八章来精心构建这部随笔：①森林、水和石头；②哭丧女；③渔人；④壮士歌歌手；⑤猎人；⑥巫师；⑦维格修道院；⑧隐秘派教徒。

普里什文新创的随笔文体作品，最鲜明的特点就是随笔组成系列。在纳入一部作品的随笔中，主题有共同的地方，作者的形象也是一个，从体裁上看也有共通的地方。《鸟儿不惊的地方》这组系列随笔就是旅途民族学笔记。旅行情节把所有的随笔都贯穿在一起，艺术手法上是用旅行作情节来编织随笔，这样更有利于作者深刻地揭示当年还远离现代文明的北方边陲的精神和物质生活的鲜明特点。

普里什文是一位博学的农艺学家，这一素养又使这部随笔的内容具有现实的迫切意义，内容的特质让人分析起来也极为耐人咀嚼。那么，为什么这么耐人咀嚼呢？这组随笔中事实本身成了占优势的主要成分，普里什文很准确地记录下北方村庄的名称、村里人们的姓名、事件发生的日期、极有特征的民族学细节、日常生活、手工行业、风尚、风俗，更为奇妙的是还有神话和传说、咒语和哭声语、谚语、俗语、闲话、说法、传闻、口音、口头语等，真是不胜枚举。对素材的取舍也是尽力追求记录最富有表现力的、更典型的民族学特征，其目的就是以事实为依据塑造艺术形象。普里什文妙就妙在他不是仅仅记录下那些富有表现力的、更典型的民族学特征，最诱惑人前去朝拜的就是他写活了北方人民所生活的环境和生命气息。普里什文用这种方法展示了事实形象这一体裁构成因素的巨大美学潜力。

如果按照所记叙内容的不同来分类，《鸟儿不惊的地方》这组系列旅途见闻随笔笔记可以分为以下几类作品：

1. **肖像随笔**是最主要的一类。在这一类随笔中记录的是作者本人碰到的人，叙述的事件又是作者本人亲历过的事件，或者是他所碰到的人讲给他的事件。"哭丧女"就可以归入这一类随笔，这里讲的是"卡累利阿岛上一位独一无二的人"斯捷帕尼塔·马克西莫芙娜，她是一位"别人痛苦的解释者"。普里什文在记录的过程中还稍微离题追溯了她的青年时期，完完全全地记录了她"遗孀的哭泣"。普里什文还保留了这位有名的哭丧女的真实姓名，这也是随笔这种文体很典型的特征。

在"壮士歌歌手"这篇随笔中描写了说书人格里戈里·安德里阿诺夫的高傲的肖像形象。"他身材魁梧，一头卷发，他健壮刚强，面部轮廓清晰，长相很像彼得的信徒。"①

"巫师"这篇随笔也是一篇肖像随笔。这篇随笔不仅描写了一位天才的讲童话人的外形，还展示了他独特的内心世界：

马努依洛有一颗极不寻常且充满诗意的心灵，他善于体会悲伤情感的爆发，怀着某种模糊的愿望，向往着到某个地方远行。他到森林里去打雄松鸡，他不是一个普通的森林工人，而是一个打猎爱好者。他在某种程度上既乐于打猎又乐于讲故事，但是，最难以忘怀的心愿，也是他无论如何都不能下决心去实现的，就是到耶路撒冷去。

"你为什么偏偏要到耶路撒冷去呢？"一些人这样问他。

"因为那里是圣地，那里有一切。"马努依洛回答。

实现这个愿望并不需要钱，只需要下决心、沿途做祈祷就可以，但是，马努依洛没有下决心，他很软弱，他爱所有人。他居住在一间破落的茅草屋子里，屋子紧挨着大路，索洛韦茨基的基督徒们每天都从这条大路走过。他们总是能在这位讲故事人那里得到热情的接待。为了这些过客，马努依洛已经烧坏了三个茶炊。马努依洛在倾听了他们的谈话之后，得知了一个极其复杂而又美好的世界。他用自己充满诗意的心灵将这些信息再加工一下之后，在某个冬日的夜晚，在他的那间屋子里，他又转述给他的同乡们听。马努依洛是一个"引人入胜"的高手，他谦和地向自己的同乡们讲着故事。他并不知道这些故事是他们那"精疲力竭"生活中独一无二的美。他们无偿地分享着马努依洛的创作果实，然后又把这位诗人抛在这间寒酸的、破烂不堪的茅屋里走了。马努依洛的生活常常缺衣少食，但他认为，对讲故事而言，只要"记性不缺"就够了。生活中发生的一些事件使他确信，讲故事并不完全是空洞无物的东西。首先，讲故事对纤夫来说很有帮助，工头很喜欢听故事，他们甚至连活

---

① 《普里什文文集》第 1 卷，苏联文学艺术出版社 1982 年俄文版，第 106 页。

计都不想过问了①。

还有两个人物的肖像。米库拉依奇和马克西姆卡与巫师的性格恰好相反，他们的特色也极为鲜明。作者借马努依洛之口描写了米库拉依奇的肖像："米库拉依奇可是一个很棒的巫师！他为从达尼洛夫到波莫里耶的所有村庄里的牲畜做祈祷。人们用自己的马运送他，请他喝酒、吃饭，聚集鱼商运来满马车的货物给他，付给他钱……为了得到祝福，牧民们从四面八方投奔到他这儿来"。

我们来到米库拉依奇住的地方，只见：

他正在自己的茅棚外面坐着，在太阳下取暖。这个又老又瞎的老头，却长就一张好看的脸庞和长长的灰白胡子，一点都不像巫师的样子。或者，他更像一个牧民、一个圣徒。当米库拉依奇得知马努依洛的火枪打不响时，就说：

"哎，把火枪给我瞧瞧，我给你试试"。

此后，我们就来到湖边。老人蹲在水边，擦拭着火枪，给火枪吹吹灰，然后对着水连发了三次。

老头儿非常虔诚地做完了一整套宗教仪式，他对仪式的意义也完全相信。他神情庄重、严肃。马努依洛则像一个只有普通信仰的人看着一位圣人那样。湖水静谧、美丽，我的心中涌动着某种感情，觉得应该虔诚对待宗教仪式。

……

过去，只要圣灵降临节一到，便有人从四面八方前来跟随他，他忙得都来不及赶路去下咒语。他来到乡村，那里的人和牲畜都已经在等待着他，牲畜在田野里，在牲口圈里，牧民们吹着笛子等待着他②。

马克西姆卡，"这位日渐衰老的米库拉依奇的幸运对手。对于这位著

---

① 米·普里什文：《鸟儿不惊的地方》，冯华英译，长江文艺出版社2005年版，第87页。
② 米·普里什文：《鸟儿不惊的地方》，冯华英译，长江文艺出版社2005年版，第90—91页。

名的首领、牲畜的主人来说,这里的反差可真大啊!如果让他跟那位慈眉善目的圣徒站在一起,相比之下,他看上去简直像一头野兽。他的脸被风吹得很粗糙,黑里发红的颜色,近乎全黑,额头歪斜,布满像要裂开似的皱纹,一对小而窄的眼睛。在森林里看到这样一张脸,尤其是当他想要爬上树并剥桦树皮或者割树枝的时候,你就会永远相信真的存在着像人的林妖呢!"① 这样准确的文字,几笔就勾勒出了一个活生生的人。

随笔和诗歌、小说等其他文体相比,尽管不能随便,但随笔可以称得上是一种"本色写作"。普里什文写道:"难道我不正是以那本《鸟儿不惊的地方》成为这种艺术随笔的首倡者之一吗?"② 在这部随笔中,我们几乎看不到什么复杂的形式上的东西,一切的叙述、描写都是在一种轻松、自然的状态下进行的。

普里什文在肖像随笔中展现了他在北方漫游中所遇到的"天然人"的性格,这里面有干活的行家里手,天才的讲故事人,俄罗斯北国古老斯拉夫文化的英明代表,对古老的、色调鲜明而又流光溢彩的俄罗斯语言爱护有加的保护者。

2. 普里什文旅途见闻随笔中的另一类体裁分支是**叙事随笔**。在这类随笔中,他从当地居民的讲述中搜集的一手资料常常占了主要位置。这类随笔中主要讲述的是北方人的日常生活:讲述他们住房建筑的秘诀,讲狩猎和捕鱼的规则,讲家庭的生活准则。这类随笔有"渔人""猎人""隐秘派教徒"。

3. 普里什文旅途见闻随笔中的第三类体裁分支是**历史随笔**,其中最典型的就是"维格修道院"。"维格修道院"是以北方边陲的历史事实为基础建构的。随笔一开始就把笔触伸到彼得前时期,记述了分裂教派、对索洛维茨基修道院"邪教徒"的迫害,记述了自焚的事实、分裂派教徒逃往维戈边区荒漠的情况,一直记述到这些边区分裂派最后的日子。这类随笔把科学的历史研究与准确的事件日期、历史人物的活动和引述曾经涉足过这些地区的远古的旅行家的著作融为一体,增加了这类随笔的历史厚重感。

---

① 米·普里什文:《鸟儿不惊的地方》,冯华英译,长江文艺出版社2005年版,第92页。
② 米·普里什文:《恶老头的锁链》,谷羽译,长江文艺出版社2005年版,第464页。

4. 普里什文旅途见闻随笔的第四类就是**综合随笔**，即融肖像描写、生活叙述与历史性史事记述于一体。这类随笔有"林、水、石""前奏从彼得堡到波韦涅茨"。在这类随笔中，奥洛涅茨地区的地理图景与该区的历史资料与对这些地方日常生活、风尚和特型人的描写轮流交替杂糅在一起。更为引人入胜的是，作者用广阔的场面把当地的神话和传说引入随笔的文本，对准确到位的语词和短语做了阐释。

普里什文后来在《仙鹤的故乡》中承认，《鸟儿不惊的地方》这本"处女作的幼稚性竟然具有我至今仍然无法再次达到的意义"："我在写作自己的第一部民族学方面的作品《鸟儿不惊的地方》时，还没有任何从事语言艺术方面的经验。有一位名叫 M. O. 格尔申宗的人与后来所有写文章评论我的人都相反，他告诉我，我的那本民族学方面的处女作要比在它之后出版的所有诗集高出一筹。我认为这样的观点是格尔申宗想古怪地凸显一下自己的与众不同。我本以为，他任何时候在任何方面都是想做个高人一等的孤本。只是到了现在，当命运把弗·克·阿尔谢尼耶夫——即《在乌苏里边疆区的密林里》这本杰作的作者带进我的房间后，从阿尔谢尼耶夫那儿我了解到，他不是在思考文学，而是严格地按照记日记那样写书，我也因此才理解了格尔申宗：自己的那本处女作的幼稚性竟然具有我至今仍然无法再次达到的意境。我至今也不怀疑，如果不是环境吸引我进入了语言艺术领域，我也会慢慢地创作出像弗·阿尔谢尼耶夫那样的作品，在诗人耗尽自己最后一滴创作的鲜血之前，他已经消融在这样的作品里了"[①]。1928 年，弗·克·阿尔谢尼耶夫拜访过普里什文，两位心灵相通的作家畅谈之后，普里什文在日记中写道："顺便说一下，阿尔谢尼耶夫给我讲了他是怎么写成自己的书的。这部书是他考察期间的日记培育出来的。可以这么说，这是原始文学家的一部书——也是一种遗物。书里面的动态进程就是自然本身的运行，这本书又让我产生一个念头：诗意是在自然的规律运行、是在太阳和地球的转动中产生的，诗意的产生也是以同样的嗅觉闪现的，就像原始森林中的动物和

---

① М. Пришвин. Собрание сочинений в 8 томах. Том 3. С. 65～66；参见米·普里什文《仙鹤的故乡》，万海松译，长江文艺出版社 2005 年版，第 62 页。

人没有罗盘仪也能确定房子是在哪边一样"①。

三 第二部随笔《跟随魔球走远方》

普里什文的第二部随笔《跟随魔球走远方》是他随笔创作发展的一个新阶段。在作者前言中，他援引拉季谢夫的《从彼得堡到莫斯科旅行记》："现在我将永远与城市分手。我将永远都不会走进这些虎穴。它们唯一的欢乐便是相互撕咬；欢乐总是打击弱者，奉承权贵，而你却要我住进城里！不，朋友，我愿去那些人们不去的地方，去那大家都不知是否有人、也不知其姓名的地方。再见了！我坐上马车飞奔而去"②。相比《鸟儿不惊的地方》，"我要为自己的心灵找到一个地方，与大自然浑然一体"，在《跟随魔球走远方》中，普里什文奔向大自然已经是毅然决然义无反顾了。在这部随笔里，文体明显得到了创造性的完善。普里什文式随笔的个性特点犹如晶体一般晶莹剔透，他业已成型的文体特点得到了巩固，他文体中变化多彩的特征也发生着演变。他的随笔之所以演变，也是因为20世纪初的文学渴望综合艺术的各种手法这一总的倾向使然。这一倾向与钟情于摄影、音乐和绘画艺术的普里什文在心灵上正好契合。《跟随魔球走远方》这部随笔的诗学结构就是以互相合力影响的各种艺术品质为依据而构建的。

《跟随魔球走远方》这本随笔在文体方面具有以下鲜明的特点：

第一，随笔同新闻报道的手法融为一体。这就大大提高了"魔球"的艺术表现力，同时，艺术表现力的张力也得益于摄影这种方法，摄影能捕捉现实生活本真面貌那稍纵即逝的一瞬间。罗丹在《艺术论》中说："所谓大师，就是这样的人，他用自己的眼睛去看别人看过的东西，在别人司空见惯的东西上能够发现出美来"。遥远的俄罗斯北国之美对普里什文来说一直是一种难以言表的情景。把此情此景写得具体饱满，有呼之

---

① Цит. по В Д. Пришвиной. Круг жизни. М.：Изд-во "Худóжественная литература"，1981. C. 207.

② 转引自米·普里什文《跟随魔球走远方》，吴嘉佑译，长江文艺出版社2005年版，第129页（吴嘉佑老师翻译的书名是《跟随魔力面包》，在多方请教后翻译为《跟随魔球走远方》）。

欲出的艺术魅力，一直是普里什文孜孜以求的境界。从《跟随魔球走远方》这部随笔始，普里什文就始终瞄准一点，对亲眼所见的情景进行直接的个性化感受。随笔的时间流也是在作者对事实感受的时间和地点巧合中流淌而过的。无论是确定反映视角、背景的配置，还是作者观察点的定位，都用摄影的方法来编织情节。为什么用摄影方法呢？摄影这一表现方法有很多优点，正像一位研究者 M. A. 萨塔洛夫所说的："摄影方法的优点就在于传达对象时能有最大限度的形象性"①。对艺术优点所进行的完善以及对表现手法的大胆更新，这一切都大大深化了这部随笔的内容。

第二，旅途见闻体随笔占有主要地位，肖像随笔基本上已不多见，而地理描写随笔突出到了前沿位置，如《红山村》《美马克萨河》《鹿岛》《亚历山大洛夫斯克》《坎达拉克沙》《林根湾》。

普里什文认为，"生活就是一场旅行，没有多少人会意识到这一点。我一直都是一个旅行者，无论我干什么，对我来说只是一种经验的积累：要落实某个规划就需要了解点什么。我所漫游的俄罗斯对我来说一直都是一个不可捉摸的国度。家庭就是一种体验。我所建的房子常常让我觉得它像一艘船。每到傍晚，我一坐到凉台上，无论春天，还是夏天，亦不管是秋天抑或冬天，我就觉得，似乎我在漂往某个地方、漂往那些有不同气候特征的国度"②。

"旅行是一种爱。旅行实际上就是一种爱。这不，我已忘却一切，只想和这些白鸥一起安居在海边的黑崖上。"③ 可是，旅行的时候，并不总是尽如人意，甚至有地头上的人找别扭。

怎么办呢？不理会他们吗？又怎么能不理会他们呐？如果对我来说，这次远足旅行的全部意义就在于经常不断地接触人，了解当地的生活习

---

① М. Пришвин: Актуальные вопросы изучения творческого наследия. Материалы научной конференции, посвящённой 129 – летию со дня рождения писателя. Выпуск 1. С. 1 – 87.

② М. Пришвин. Дневники 1914 – 1917. М.：Изд-во "Московский рабочий", 1995. С. 318.

③ М. Пришвин. Собрание сочинений в 8 Томах. Том 1. С. 332；同时参见米·普里什文《跟随魔球走远方》，吴嘉佑译，长江文艺出版社 2005 年版，第 276 页。

俗。一旦彼·彼得罗维奇下到自己的三桅纵帆船上，我该怎么办呐？我把手里全部缆绳随便扔下，坐到绳圈堆上，心事重重地慢慢望着海洋面上一闪一闪的帆船。不知为什么，我脑海里这时浮现出俄罗斯中部广袤平原的大道上有一群骏马迎面飞奔的情景。一匹小马驹、马车夫、车上的粮草袋和毛皮从眼前晃过。一匹小马驹，就像个不动脑筋的时候偶尔蹦出来的形象飞驰而过，过一会儿又是那种优柔寡断的心不在焉的恍惚心情。这到底是什么？这时你忽然想起……你开始思考：这位车夫会去哪儿，为何而去？

在这里，在北极，在挪威，这时我忽然觉得自己是在我们家乡的某个地方，在祖国的大道上……

如果把路上你所想的一切都真实地写下来，那么，或许，眼前出现的不是北方，而是南方。我感觉自己是在大道上。可这儿是海洋，帆船在远处的地平线上疾驰，完全就像白色的海鸥。

这艘船去哪里？

去中国。①

的确，在他笔下，对地理地貌的随笔体描写不是像干巴巴的逻辑教科书，而是遥远的处于半蛮荒状态的俄罗斯北国和挪威的色调鲜明的艺术画面。在北国，人与自然已融为一体，时间都停止了自己的流程，人们都不知道今天是何年何月何日："他们笑这，也不好意思。就是不知道，世界停住了"。

第三，作者实地考察采访的纪实性随笔大量描写了劳动的欢快场面、日常生活细节，还有北方人生活中的喜悦和悲伤事件。普里什文本人为什么特别欣赏这种叙述方式呢？他有根有据地做了说明："不，我知道，你为人真诚，很有活力，一小把香、一小勺素油、一小片干鳕鱼，它们有时要比这些各种各样的故事告诉你的意味要悠长得多"②。如果定位于

---

① М. Пришвин. Собрание сочинений в 8 томах. Том 1. С. 364；同时参见米·普里什文《跟随魔球走远方》，吴嘉佑译，长江文艺出版社2005年版，第306—307页。

② М. Пришвин. Собрание сочинений в 8 томах. Том 1. С. 242；同时参见米·普里什文《跟随魔球走远方》，吴嘉佑译，长江文艺出版社2005年版，第189页。

传达个人所感受的事实，这就使《跟随魔球走远方》这部随笔以日记体的文体形式出现。这样一来，采风式的随笔让人读起来就可亲可信，也强化了所写事物的真实感，作者那鲜明的个性化口吻溢于言表，撩起了我们强烈的阅读期待。

第四，《跟随魔球走远方》中的一系列随笔具有书信体形式。相比《鸟儿不惊的地方》，《跟随魔球走远方》中对旅途见闻的描写是以给朋友写信的形式展开的。这种文学手法把阅读者一下子就拉近了，让人觉得俄罗斯北国的风光就要扑入眼帘。作者采风式随笔式的书信体和日记体的文体形式，这使叙述中的抒情成分不仅具有现实意义，同时又强化了作品中作者的因素，例如，"林根湾"就是写给友人的信：

亲爱的朋友，最近一封信我是从索洛韦茨基修道院给您寄出的。现在，想必您一定很惊讶，怎么又从挪威给您写信呐？我是在船上写的，离罗弗登群岛不远的一个地方。我想和您分享一下自己对著名的林根湾的观感。

在哈默弗斯特，我刚认识的一位好熟人，是俄国的领事，他在地图上给我指出所有好玩的地方。其中一处就是以冰川著称的林根湾。船是晚上开出的。我们沿着偏僻黝黑的、曲折多湾的海湾海岸线行使，然而，从广义上说，这里实际上并没有海岸线，因为船滑行在群山之间，海面偶尔也能看见，然后群山又把我们包围住了。边上没有花草，也没有树木，给人的感觉是洪水过后水在流着，这些山峰也就光秃秃地露了出来。挪威的落日就像是满山的火红一片。我们往前走着，太阳却把一座又一座黑黝黝的群山尽染得红似火……

清晨，我来到甲板上：下着雨，雾茫茫一片。我听说，在挪威，夏天的时候，三天两头儿，不是雨就是雾。我回到了自己的客舱，有些郁闷：心想，差不多都三四天了，就一直是这个天气，基本上快要把整个斯堪的纳维亚半岛跑遍了，却啥也没有看见。早饭后，我心思沉沉地来到甲板上。大雾仍然弥漫在四周，我起先所见到的一切，全是波光粼粼的水面。别的乘客也都过来观看这亮点。……他们不约而同地都在观望大海。他们观海看似漫不经心，没有明确的想法，就像我们在国内眺望无边无际的远方一样。然而，一旦把视线移向地平线的另一方，那就立刻显示出某种只有挪威才有的特征：即使是他们已决定采取某种行动，他们还会徘徊，他们对自己大自然的秘密是太了解了。

我们就这样观望着雾中的亮点，期待着什么。突然，一个白色东西一闪而过。我们大家都跟着朝那儿看去：沿着展开的黑山白顶峰上有一簇亮晶晶的羽毛在往高处忽闪忽闪着。

在某个地方，白色物体闪了一下，又闪了一下。一座山峰之后又耸立出另一座山峰……仿佛是一个裹在白雾中的高大身影在渐渐循入海湾深处。的确如此，我见到了从这个山峰到另一座山峰的雪地上有人走过的足迹……

不知是谁踏步而来，隐身而去，接踵而来的是，开天辟地后的这样一个明亮的清晨从普天撒向大地。

不，我不再给你描述了，我也描述不了，你不妨自己来这儿亲自饱览一下这鬼斧神工吧。①

这真是普里什文浓墨重彩的神来之笔。几秒钟之前，还是"不是雾就是雨"的雨加雾，可没有过几秒，却是"明亮的清晨从普天撒向整个大地"。

第五，《跟随魔球走远方》较之《鸟儿不惊的地方》在文体方面还有一个鲜明的特点，就是这部随笔的叙事结构体系发生了变化：政论因素大幅度减少，文学性加强，富于艺术表现力的手法得以广泛运用。画面所组成的形象更为鲜明，纪实性更加强化，艺术图景更为逼真，这些都成了这部随笔的重要特色。普里什文把美丽如画的风景、山峦和海洋、北冰洋沿岸居民的城市和村庄、修道院和神殿绘影绘声地展现了出来。正因其独特魅力，《跟随魔球走远方》就成了普里什文随笔体艺术技巧发展的一个重要阶段。人们之所以跟随魔球走远方，生怕这个魔球从眼帘中消失，也是因为她充溢着美、充溢着北国风景，五彩缤纷。普里什文本人对这种绚丽多姿说过这么一句话："这些北国的色彩呀！这不是一种

---

① М. Пришвин. Собрание сочинений в 8 томах. Том 1. С. 382 – 383，省略号是笔者加的；同时参见米·普里什文《跟随魔球走远方》，吴嘉佑译，长江文艺出版社 2005 年版，第 322—324 页。

色调、不是半色调，而是几十种色调的复调共鸣交响曲"①。普里什文浓墨重彩，并不是一味简单地堆砌几十种色调来吸引人的注意力，这些色彩符号还是承载着很重要的塑造形象、表达意义的功能。北极的日不落使这些色调形成了强烈的反差：天上是金色的阳光，地上是深绿色的森林；近处是白色的山崖，远处却是黑色的八角十字架。

在普里什文笔端，北国那富于诗意的风景画面与幻想画面交织在一起：白海上的海市蜃楼②、透亮的充溢着阳光的静谧夜晚③、坐落于石头和松树之间的沙丘上的小村庄④、擦着小船底儿漂浮的神奇无比的海里的水下森林，就像一部没有讲完的童话⑤。普里什文一连用了两个叠句来赞叹："神奇啊！""神奇啊！"大自然的鬼斧神工确实是太神奇啦！

第六，《跟随魔球走远方》的叙述对象也发生了变化。在这部随笔中，对仪式礼节和神话的描写有所减少。现实生活成了结构布局的中心。从总体上说，这也是旅途见闻随笔这种文体的新样式⑥。

相比以前的随笔，普里什文在塑造旅途中碰到的"天然特型人"的同时，对这些人的性格、精神状态和他们情感的独特世界倾注了很大的注意力。当然，随笔这种文体的篇幅也不能让普里什文最大限度地展示并挖掘人物精神世界的成长和发展过程。对人物的性格的典型化主要是抓住人物的肖像进行惟妙惟肖地描写，在肖像描写的过程中也主要是凸显最能表现个性的典型轮廓，这样就使人物马上活灵活现了起来。普里什文描写了一位向导老人——漂浮的冰块上猎取海上动物的猎人的向导。向导一般是"从最勇敢、最公道、最聪明的人中选拔的"⑦。他写道：他"那先天就坚毅的心灵——这整个就是取之不尽的宝藏"⑧，"这是一位睿

---

① М. Пришвин. Собрание сочинений в 8 Томах. Том 2. С. 30.
② М. Пришвин. Собрание сочинений в 8 Томах. Том 1. С. 218.
③ Там же.
④ М. Пришвин. Собрание сочинений в 8 Томах. Том 1. С. 219.
⑤ М. Пришвин. Собрание сочинений в 8 Томах. Том 1. С. 220.
⑥ М. Пришвин: Актуальные вопросы изучения творческого наследия. Материалы научной конференции, посвящённой 130 – летию со дня рождения писателя. Выпуск 2. С. 88.
⑦ М. Пришвин. Собрание сочинений в 8 Томах. Том 1. С. 217.
⑧ Там же.

智善良的动物，与他可以无所不谈"①。普里什文在这个人物身上凸显的首先是俄罗斯北国的生活条件所生成的民族和职业特点。

叙述人在《跟随魔球走远方》中承担着结构布局的重要角色，实际上他也就是随笔中的一个人物。作者对俄罗斯北国和挪威地理风情的研究是一个突出的要素，这一要素组织着单篇随笔、单个篇章和整部随笔的结构布局。艺术家普里什文在作为作者进行实地考察的时候，他笔下常常流淌出抒情的情调。可以说，在这部随笔中，作者的抒情插话随处可见，在这些插话中袒露了他对"非凡事物的兴趣"、对事件和人物性格的评价、对自然奇迹的礼赞等。饶有趣味的是，在这些抒情插话中更明显地展露了普里什文对周围世界的浪漫感受和情怀。

《跟随魔球走远方》在体裁上的独特之处就是纳入结构的每一个随笔都有多层次的结构。作品中的每一章都是一篇随笔，其中有些较短，有些是较长的实地考察记录。从整体上看，整个随笔六个章节的前后顺序又是由旅行线路来确定的，这样六个章节——魔球、还愿、艳阳夜、相会卡宁岬、无政府的群体、在瓦兰人家做客——就浑然构成一组系列随笔。

普里什文兴趣的关注中心是随笔，主要因为他是一位民间文学专家和一位民族志学家。旅途见闻随笔在他的随笔创作中是一种主要文体体裁形式，这是合乎规律的，也是理所当然的。在他的随笔中，他把浪漫主义的憧憬与对人民生活的现实主义再现完美地结合在一起：普里什文从各个方面展示了生活与文化的事实和现象②。

难怪著名的语文学家亚·列法尔马茨基③在 1938 年致普里什文的信里说："不久前重新读了你的《跟随魔球走远方》……你的作品里有四样东西使人心醉：①奇妙的洞察力，这种洞察力科学家和艺术家只有凭直觉才能获得；②语言的巧妙运用令人惊叹；③叙述形式运用自如；④你

---

① М. Пришвин. Собрание сочинений в 8 Томах. Том 1. С. 216.
② 转引自季·霍洛托娃《普里什文的艺术思维：内容·结构·语境》，伊万诺夫国立大学出版社 2000 年版，第 10 页；涉及体裁的变化、问题范围的变化、形象体系的变化（9 页）。
③ 亚·列法尔马茨基（А. Реформа́тский, 1900 – 1978），苏联语言学家，语文学博士。莫斯科音位学创始人之一。著有音位学、词素音位学、符号学、应用语言学、拼写法等方面的著作。

的创作里'普里什文式文体'的独到之处：一种乐趣、对生活的清新和明快感受、悦人耳目、给人以希望"①。这部作品最诱人的优点，如语言的诗意化力量、随笔里所用的素材、作者本人的洞察力、作品总体上所洋溢的张扬生活欢乐的基调、艺术文体的新颖和成熟都得到了很高的评价。列法尔马茨基准确地捕捉到了普里什文随笔的艺术魅力。之所以这么说是因为，一位方志学家在地理协会听了普里什文朗读他的随笔作品后对他说："我羡慕你，我一辈子都在钻研我所心爱的奥洛涅茨边区，却不能写得这么好，不能呀！你是用自己的心灵来理解和写作的，而我不能"。普里什文天生就有科学家和艺术家只有凭直觉才能获得的奇妙的洞察力，这种奇妙的洞察力使得普里什文在那些同时去考察或一辈子都在钻研心爱的奥洛涅茨边区的研究者中高人一筹，他在接受翁丘科夫委派在北方收集童话和往事后，就不仅仅是渴望揭示北方的诗意、讲述与大自然融为一体的苔原地带人的生活，而且更为重要的是，他试图在民间文学中寻找具有全人类意义的因素。在《跟随魔球走远方》中他写道："所有这些童话和往事都在言说着一种全人类的灵魂。参与创造这些童话和往事的不仅仅只是俄罗斯人民。不，我面前所拥有的不是民族的灵魂，而是全世界的，原生的，是那么一种出自创造者之手的因素"。作者到了北欧的挪威："我眺望着罗弗登群岛，有人给我指那些为游人所喜爱的群山：有七姐妹山、骑士山、透孔山等，凡此种种。林根湾的创世晨光已不再复现，然而，让我更怦然心动的已不是这些群山，而是这里的绿色草地、灌木丛、树木和花草，它们千奇百态，大多都蔓延在山脚下，舒展在海湾边。在经过多石的、寸草不生的摩尔曼、北角和哈弗斯特之后，我感到自己渐渐进入到一个崭新的、现实生活中我从未见过的新天地。在特隆赫姆，在我漫步往列尔弗斯瀑布走的时候，这种感觉是越来越强烈。一路上的树木是那么高大，在我看来，它们简直就是参天大树……如果你想象一下，贴着一个老椴树的皮，我就变成了一个小小的红蜘蛛，这样你就好理解我的意思了。因此，我的朋友，请你记住，从北部向挪威南部旅行，首先是见到绿地给人带来的惊喜。天上固然好，但地上无

---

① М. Пришвин. Собрание сочинений в 8 Томах. Том 1. С. 801.

比的好、分外的美……"① 终于与挪威告别后，对由于易卜生而理解和热爱的挪威和挪威人民表达了自己的赞美之辞："挪威是个非常美妙的国家，人们在这儿劳作，热爱祖国，热爱自由，尊重科学，尊重艺术……"② 读这样优美的随笔令我精神上获得一种新鲜的愉快，灵魂同时也获得滋养的幸福。为什么？"突然，我们打小就向往的那个无名之国、无疆之国又在我面前忽闪忽闪。于是，我的整个神奇的独自旅行突然间有了唯一的目的和意义，那就是：我追着魔球的指引去了一趟那个无名之国"③。这不就是北国风光吗？

普里什文后来在《追求幸福——个人生活故事》一文中写道："在寻常的生活事实中认识自己的基础上，我在某种程度上成功地创作了北方漫游的第二本书《跟随魔球走远方》，因此生活事实本身变得很突出，但是最初我没有完全控制住自己的笔，只有第二本书的书名保存了我那种经过多年按部就班的生活之后面对自然时的感受，我把第一本书题名为《鸟儿不惊的地方》"④。

普里什文在《仙鹤的故乡》中又写道：

……不过，我觉得，对每一个希望把事情做到炉火纯青的人来说，听从音乐节奏的劳动是可能的，只要学会眼里有活儿、能精挑细选并严格地做好细节。遗憾的是，总有人以为聆听着音乐的节奏，劳动就会变得游刃有余，一旦有人听到了音乐的节奏，他常常就会撂下困难的活儿，做一些为写诗而写诗的事情。……

我又想起了勃洛克，在读完我的第二部书《跟随魔球走远方》之后，他说：

"这不是诗"。

---

① М. Пришвин. Собрание сочинений в 8 томах. Том 1. С. 384－385, 此处为笔者译；同时参见米·普里什文《跟随魔球走远方》，吴嘉佑译，长江文艺出版社2005年版，第324页。

② М. Пришвин. Собрание сочинений в 8 томах. Том 1. С. 325.

③ Там же.

④ М. Пришвин. Собрание сочинений в 8 томах. Том 3. С. 16；参见米·普里什文《追求幸福—个人生活故事》，阎吉清译，收录在潘安荣译《大自然的日历》，长江文艺出版社2005年版，第8页。

"那究竟是什么?"我问。

"不,这是诗,不过还有点别的什么韵味儿!"勃洛克纠正到。

"是什么?"

"我不知道。"

现在我明白了,这本书里的明确呼之欲出的'神秘力量'正是诗歌的力量,我不妨说,它的另一部分处于与其他东西胶着的状态,它是不受诗人的左右的①。

学术与艺术(诗歌)本是一泉流,只是后来才各奔东西或者各司其职:学术是养家糊口,诗歌是成人之美。

由于普里什文乐于成人之美,这就使他即使是后来游离于学术而专事文学创作之后,有学术情怀的厚道学者也没有把他从自己的圈子倒腾出去。尤·萨乌什金教授在为地理出版社1948年出版的《我们的国家》一书写的序言中写道:"我们地理学家通常把米·普里什文称为作家——地理学家,之所以这样不仅仅是因为米·普里什文的身份是地理学会的一位最资深的会员之一,不是因为选举米·普里什文为地理协会会员的证书是 П. П. 谢苗诺夫·田·闪斯基签署的,还不是米·普里什文由于参加了民俗学考察研究地理学会才给他颁发了奖章;我们认为米·普里什文是地理学家,主要是因为他极为细腻真实地理解、感受并描绘着我们国家的地理……地理思想不仅仅是学者的果实,而且也是大作家的心得"。②

在研究普里什文早期的这两部随笔作品后,可以得出一个结论,这种"隐藏不露"的力量正是诗歌的力量,他处于与其他东西混合的状态。也正是这种"隐藏不露"的力量和混合的状态使得普里什文的作品"不完全符合这一种或那一种文学体裁",也再一次雄辩地证明巴赫金所说普里什文"对体裁的记忆不是最主要的"(Для Пришвина память жанра не

---

① М. Пришвин. Собрание сочинений в 8 Томах. Том 3. С. 65 – 66, 此处为笔者译,省略号为笔者加。

② Пришвин и современность. Под редакцией П. С. Выходцева. М.: Изд-во "Современник", 1978. С. 47 – 48.

являеттся определяющей）是多么鞭辟入里而又高瞻远瞩。从这个意义上说，不止一次地试图界定普里什文作品的体裁本质显得又是多么的力不从心。

第四章

诗性散文文体

——自然与人主题

一 何谓诗性散文

诗性散文在艺术的整体中融合诗歌和散文,达到诗歌和散文的渗透。诗歌因其韵律有节奏而比散文出现得要早一些。巴赫金在研究小说思维的形成时发现了古典前小说中诗歌和散文的这种融合。索科洛夫在研究俄罗斯诗体长诗的形成进程时指出,作者给长诗的历史性解释常常是在做系统的注释,这些注释在对诗歌文本本身进行补充和说明的同时,叙述的是事件的真实事实那一层面。诗歌和散文在19世纪的文学中开始趋向综合。普希金在《鲍里斯·戈东诺夫》中以新的艺术形式——在鲍里斯那段著名的独白"我获得了至高无上的权力"向散文"舵手手中的场景"的过渡中——让诗歌和散文合二为一。在这个过渡中,散文的出现就是抑制一下情绪的过分激昂,给紧张的气氛降一些火候,用历史的呼吸让叙述更为充实。在20世纪的多文体艺术中,艺术渴望用综合的形式反映现实,散文诗歌的结构就在奥凯西[①]、K.

[①] 奥凯西(1880—1964),爱尔兰作家,英国共产党党员。著有戏剧三部曲《枪手的影子》《朱诺和孔雀》《犁和星》,以及悲壮的剧本《星星变红了》;自传体叙事作品《我家的镜子》(参见中文版《苏联大百科》,中国大百科全书出版社1986年版,第72页)。

桑德堡①、纳季姆·希克梅特②和聂鲁达的创作中开始另辟蹊径。诗性散文，在与诗歌和散文抢占地盘的过程中，既保持了诗歌特征又发扬了散文的优点，还吸收戏剧的表现手段，彰显着自己的跨体裁偏好。在历史和文化的发展进程不均衡之时，诗性散文是在文学没有自己的叙事文学或者在文学的基础上来恢复叙事文学的情况下应运发展的。作品在自己的结构里，把历史事件、文献资料、日记、抒情诗歌、哲理散文、举行仪式时所做的诗歌、传说和韵律散文融为一体③。

毛泽东在《同音乐工作者的谈话》中说："艺术的基本原理有共同性，但表现形式要多样化，要有民族形式和民族风格。一棵树的叶子，看上去是大体相同的，但仔细一看，每片叶子都有不同。有共性，也有个性，有相同的方面，也有相异的方面。这是自然法则，也是马克思主义的法则"④。

普里什文写道："让我们假定，自然世界的万物都不可复现，不可替代，拥有无上的权柄，而概括始于人。我的一个主题是：所谓'过失'，就是总结概括中对个体生命单位的忽略，正如翻耕田地时未被翻动的部分就称为——'疏漏地'。

"我是带着个体生命单位不可复现、不可替代的主题降生的，如同别的人生而就有对概括和以一个个体单位替代另一个个体单位的难以遏制的冲动"⑤。

普里什文的独特艺术个性使他在20世纪20—40年代创造了好几部诗性散文——《大自然的日历》《林中水滴》《大地的眼睛》。

---

① K.桑德堡（1878—1967），美国诗人，著有诗集《人民，是的》，还著有《林肯传》（1—4卷）（参见中文版《苏联大百科》，中国大百科全书出版社1986年版，第1129页）。

② 纳季姆·希克梅特（1902—1963），土耳其作家，土耳其革命诗歌的奠基人，创立了新的格律和自由体诗歌。作品有诗集《饮太阳者之歌》《八百三十五行》《沉默的城市》。史诗《我的同胞们的群像》是一部用诗写成的20世纪的历史；剧本《被遗忘的人》《怪人》描写资产阶级社会里个人的遭遇；著有电影剧本数部（参见中文版《苏联大百科》，中国大百科全书出版社1986年版，第956页）。

③ Литературная энциклопедия терминов и понятий под редакцией главного редактора и составителя А. Н. Николюкина. Москва НПК《Интелвак》2003. С. 818 - 819. 此处为笔者译。

④ 毛泽东：《同音乐工作者的谈话》，1956年8月24日，转引自纪怀民、陆贵山、周忠厚、蒋培坤编著《马克思主义文艺论著选讲》，中国人民大学出版社1982年版，第594页。

⑤ 米·普里什文：《大地的眼睛》，潘安荣译，长江文艺出版社2005年版，第205页。

散文化似乎是世界文学的一种趋势，当然不是唯一的趋势。在俄罗斯文学史上，屠格涅夫的《猎人笔记》就是系列散文。普里什文在《读〈猎人笔记〉》一则中写道："显然，时代感产生于信念付诸实践的路途中：这是信念与实践的孩子。不付诸实践的信念是僵死的。那么爱呢？爱的事业——就是孩子，但是如果不是孩子呢？如果不是孩子，那就是一切：世间的任何事业都是爱的事业，诚如屠格涅夫的作品就是他的爱的事业"①。《白净草原》就是这一组系列散文的纯净代表。屠格涅夫有意用"笔记"来作为文集的标题，表示其中所写的各篇不是传统的严格意义上的小说。普里什文在《白净草原》上发现了一个奇妙无比的新世界："在莫斯科郊外的一个地方，他的面前展开神奇无比的森林，就像屠格涅夫面前的白净草原和雀跃其上的奇妙的孩子们一样"②。经过细读就可以看出，契诃夫的有些小说写得就很轻松和随便。

　　读罢契诃夫的《庄稼汉》，感觉却像初读一样。可见，照我当年的情形，这些庄稼汉和契诃夫的全部诗意一样，没有"走进"我心里。同时，所有人都发现，到了晚年我的写作远胜于先前。所以，多半是因为我的心灵只在积累足够经验时才敞开和向外生长，这个心灵是我所知的所有心灵中最晚熟的一个。女人的心灵总成熟得要晚……

　　记得，我们的庄稼汉所吸引我们的，正是他们几乎全体都有着未成熟的心灵，他们全部的罪责——偷窃、酗酒、肮脏等等都是这类性质的，不能要求他们为此承担责任，这些真的也不算罪过。

　　不！多半是，甚至极有可能，我当初读契诃夫的《庄稼汉》，自己未成熟的心灵还不能领悟契诃夫小说的沉郁笔调。

　　大概，我的那些洋溢着欢乐气息的大自然故事，就是从那个未成熟的心灵中发生的。如果说我在算术意义上的残暮之年，如众人所言，日臻完善，那就意味着我的心灵在成熟——我母亲在晚年时光中的年轻

---

　　① 米·普里什文：《普里什文随笔选》，非琴译，百花文艺出版社1992年版，第75页；参见米·普里什文《大地的眼睛》，潘安荣译，长江文艺出版社2005年版，第136页。

　　② 《致青年朋友们》（Моим молодым друзьям），М. Пришвин. Собрание сочинений в 8 Томах. Том 5. С. 310.

心灵。

既然不唯我如此,俄罗斯民众中庄稼汉的基本群体都以未成熟的心灵组构,而且未来就寓于这样的不成熟的心灵中,又该怎样?

身为俄罗斯人,契诃夫热爱庄稼汉们不成熟的心灵,在一个知识分子低郁的背景中勾勒他们。这样,我是在涤荡他们身上的泥土,将他们与大自然聚合为一体,正如我们早春时对大自然所做的那样:当时大自然还身陷泥泞,但我们已经嗅出嫩生的树皮的气息,透过还没有披覆绿叶的林中丫杈望见绿松石般的天空①。

散文没有大起大落,大开大阖,没有强烈的戏剧性,没有高峰,没有悬念,只是平平静静,慢慢地向前遛着,就像流水一样。"你刚才还有事要做,要找鹌鹑,突然间落得无事可做,就发现了《草原》——不管怎样,还是'事'引你到了这儿,到了草场的草垛下"②。普里什文的诗性散文的行文好比一溪流水,遇到草叶,都要去抚摸一下,然后又潺潺地向前流去。

俄国的散文原是一个与作为韵文的诗歌相对应的比较宽泛的概念。别林斯基1841年发表了《诗歌的分类和分科》一文,他在强调"诗歌是最高的艺术体裁"和"诗歌只有三类(指抒情诗、叙事诗、戏剧),再多就没有,也不可能有"的同时,仍然认为,还有几类文体是传统的文学三分法容纳不下的,"其中特别重要的一类是教诲的或者训诫的诗歌"。从他列举的一些作品来看,这类"教诲诗歌"实际上也就是兼备议论、叙事和抒情等功能的散文作品。他对这类作品的特征做了这样的概括说明:"它们和艺术性诗歌作品不同的地方在于……思想在他们那里面是主要的东西,而形式似乎仅仅是用来表达思想的手段。他们和艺术性诗歌共同的地方在于:他们是从蓬勃而又炽烈的灵感出发的,而不是用抽象的概念诉诸人的灵魂"③。

---

① 米·普里什文:《大地的眼睛》,潘安荣译,长江文艺出版社2005年版,第186—187页。
② 米·普里什文:《大地的眼睛》,潘安荣译,长江文艺出版社2005年版,第74页。
③ 《别林斯基选集》第3卷,上海译文出版社1980年版,第85页,转引自刘宁《俄苏文学·文艺学与美学》,北京师范大学出版社2007年版,第448页。

郭风说："在一定条件和文学气候影响下，散文从本体内产生了小说。……但是，又出现了另一种情况，亦即诗歌与从散文中分离出来的小说，又向散文归化的情况、回流的情况，于是出现了自由诗、散文化的诗、散文化的小说等等"①。

二 《大自然的日历》的文体特点

诗性散文有以下几个文体美学特点。

（一）诗性散文的题材是无边界的

在诗性散文作者的眼里，题材无所谓大小。他们关注的往往是小事，是生活的一角落、一片段。即使有重大题材，甚或过于严肃的思想，他们也会把它大事化小。相对而言，这一类散文的作者都是性情温和的人，天性上都是抒情诗人。诗性散文的美是带阳刚之气的阴柔之美。散文是清澈的矿泉，不是苦药。它的作用是滋润，不是治疗。列夫·奥泽洛夫说："我一辈子都在读普里什文，就像人们在品尝甘甜的泉水一样"②。这说得实在非常好，普里什文那甘甜的泉水一直在滋润着他。他那美滋滋的体会着实是太准了。

普里什文的三部讴歌大自然、弘扬自然与人和谐创造的诗性散文《大自然的日历》《林中水滴》《大地的眼睛》看似没有描写重大题材，但斗转星移多年之后，恰恰就是这个主题却占据了俄罗斯文学史的中心位置。因为自然与人的主题是所有文学的永恒主题。普里什文早在1918年就喊出了保护大自然的呼声③。童道明教授说，在20世纪的俄罗斯文学中，最早也是最深入地思考"人与自然"问题的是普里什文④。普里什

---

① 郭风：《散文琐论》，转引自方遒《散文学综论》，安徽教育出版社2005年版，第46页。
② 列夫·奥泽洛夫：《无画框肖像群》，莫斯科，"科学院"出版社和"РАНДЕВУ-АМ"出版社1997年版，第16页。
③ （俄文版）《普里什文日记》第2卷，莫斯科工人出版社1995年版，第348页。
④ 《苏联文学与俄罗斯传统》，载刘文飞编《苏联文学反思》，中国社会科学出版社2005年版，第136页。

文早在 1947 年就察觉到,中国的环境保护也是不好,日本的情况更差①。

普里什文是一位思想型的艺术家、学者型的作家、作家型的学者。他的文学作品、文谈、政论专著连同日记加在一起给我们所提供的知识是如此博大精深,以致当代的所有研究者殚精竭虑绞尽脑汁地试图想解决一个极为重要的问题,即普里什文看上去是在集中精力关注社会生活的一个侧面问题——即人与自然主题,但时过境迁,人们蓦然回首,却突然发现,他所关心的问题原来是人类的永恒问题和终极话题。真是路遥知马力,功夫不负有心人。还是青年梁遇春说得准:"俄罗斯文学史上坐头把椅的散文家是俄罗斯文学里面唯一专写风景的散文家,他以自己丰富的幻想灌注到他那易感心灵所看的自然美景里,结果是许多直迫咏景长诗的细腻文字,他真可说是在梦的国土里过活的人"②。

普里什文文体创作中的自然与人这一主题贯穿他创作的始终,但主要体现在《大自然的日历》《林中水滴》和《大地的眼睛》这几部诗性散文中。

讴歌大自然,描写自然之美与人生之美,表现自然与人生对比美、和谐美、壮丽美、惊艳美,抒发作者对生命价值及社会、历史的哲理思考,是普里什文描写自然的作品令人百读不厌、回味无穷的奥妙之所在。

歌德说过,仔细观察自然是艺术的基础,"我观察自然,从来不想到用他来作诗,但是由于我早年练习过风景素描,后来又进行一些自然科学的探究,我逐渐学会熟悉自然,就连一些最微小的细节也熟记在心里。所以当我作为诗人要运用自然景物时,它们就随召随到……"③

德国哲学家、存在主义的创始人海德格尔在《我为什么住在乡下》中写道:

那种把思想诉诸言语的努力,则像高耸的杉树对抗猛烈的风暴一样。……我的工作就是这样扎根于黑森林,扎根于这里的人民几百年来未曾变化的生活的那种不可替代的大地的根基。

---

① Охрана природы, М. Пришвин. Собрание сочинений в 8 Томах. Том 5. С. 425.
② 梁遇春:《勿忘草》,京华出版社 2009 年版,第 259—260 页。
③ 《歌德谈话录》,朱光潜译,人民文学出版社 1979 年版,第 108 页。

生活在城里的人只是从所谓的"逗留乡间"获得一点"刺激",我的工作却是整个儿被这群山和人民组成的世界所支持和引导。……

让我们抛开这些屈尊俯就的熟悉和假冒的对"乡下"的关心,学会严肃地对待那里的原始单纯的生存吧!唯其如此,那种原始单纯的生存才会重新向我们言说他自己。

最近我接到赴柏林大学讲课的第二次邀请。当时我离开弗莱堡,重返山上小屋。我倾听群山、森林和农田无声的言说,还去看望了我的老友、一位七十五岁的农民。他已经在报上看到了邀请消息。猜猜他说了些什么?慢慢地,他那双清澈无比的眼睛不加任何掩饰地紧紧盯着我,双唇紧闭,意味深长地将他真诚的双手放在我肩上,几乎看不出来地摇摇头。这就是说:"别去!"①

托尔斯泰有一次散步回来,曾记下了这么一段话:"置身于这令人神往的大自然之中,人心中难道还能留得住敌对感情、复仇心理或嗜杀同类的欲望吗?人心中的一切恶念似乎就该在与作为美与善的直接表现形式的大自然接触时顿时消失"②。

契诃夫说:"人需要的不是三俄尺土地,不是庄园,而是整个地球、是全部大自然,在那开阔的天地里他可以展示自己的自由精神的全部品质与特征"③。

帕乌斯托夫斯基写道:"一个不热爱、不熟悉、不了解大自然的作家,在我看来就是一个不够格的作家"④。"如果自然界也懂得知遇之恩,感谢人们通晓它的生活,感谢人们赞美它,那么它首先应当感谢的是米哈依尔·普里什文。"⑤ 他还说:"一个人如果不知道什么样的草生在林间空地和湿地里,不知道天狼星是从哪儿升起,不知道白桦树和白杨树叶

---

① 海德格尔:《人,诗意地安居——海德格尔语要》,皓元宝译,张汝伦校,上海远东出版社1995年版。
② 转引自瓦·格·拉斯普京《贝加尔湖啊,贝加尔湖……》,程文译,载从培香、刘会军、陶良华选编《外国散文百年精华》,人民文学出版社2004年版,第214页。
③ 转引自高莽《俄罗斯大师故居》,旅游出版社2004年版,第187页。
④ 帕乌斯托夫斯基:《面向秋野》,张铁夫译,湖南文艺出版社1985年版,第109页。
⑤ 帕乌斯托夫斯基:《金玫瑰》,戴骢译,百花文艺出版社1989年版,第328页。

的区别，不知道蓝帽鸟是否在冬天移栖，不知道黑麦什么时候开花，什么样的风带来雨，什么时候发生干旱，他是写不出书来的，……一个人如果没有经历过日出前的风或十月露天里漫长的夜，他是写不出书来的。作家的双手不仅要有笔杆磨出的老茧，还应被江水冲刷得更加坚硬"①。他又说：

假如普里什文始终当农艺师（这是他最初的职业）的话，他的一生会有什么建树就不得而知了。至少他未必能够把俄罗斯的自然界像现在这样作为无比美妙、光明的诗的世界展示给千百万人。因为他不会有那么多的时间。作家要在他心灵中创造出这个自然界的"第二世界"，创造出能够用思想充实我们，用艺术家所观察到的自然界的美来陶冶我们性情的第二世界，是必须目不旁骛，必须不间断地思索。

要是我们把普里什文所写的全部作品仔细地读一遍，那么我们就会发现，他来得及告诉我们的还不到他对自然界广博的见闻和精深的知识中的百分之一。

对于像普里什文这样的大师，对于能够把飘落下来的每一片秋叶都写成一首长诗的大师来说，仅仅活一世人生是不够的。因为落叶是很多的。有多少飘落下来的树叶带走了普里什文来不及诉说的思想呀，他自己就曾说过，这些思想像落叶一样轻易地陨落了！②

普里什文毕其一生的心血，告诉我们的还不到他对自然界广博的见闻和精深的知识中的百分之一。帕乌斯托夫斯基极为遗憾地说："像普里什文这样的大师，仅仅活一世人生是不够的"。

著名美学家宗白华先生早在 1920 年就做过这样一番精彩的论述："……自然中也有生命，有精神，有情绪，感觉意志，和我们的心理一样。你看一个歌咏自然的诗人，走到自然中间，看见了一枝花，觉得花能解语，遇着了一只鸟，觉得鸟亦痴情，听见了泉声，以为是情调，会

---

① 转引自［美］马克·斯洛宁《苏维埃俄罗斯文学》，浦立民、刘峰译，上海译文出版社 1983 年版，第 122—123 页。
② 帕乌斯托夫斯基：《金玫瑰》，戴骢译，百花文艺出版社 1989 年版，第 329 页。

着了一丛小草,一片蝴蝶,觉得也能相互了解,悄悄地诉说他们的情,他们的梦,他们的想望。无论山水云树,月色星光,都是我们有知觉、有感情的姊妹同胞。这时候,我们拿社会同情的眼光,运用到全宇宙里,觉得全宇宙就是一个大同情的社会组织,什么星呀、月呀、水呀,禽兽呀,草木呀,都是一个同情社会中间的眷属。这时候不发生极高的美感么?这个大同情的自然,不就是一个纯洁的高尚的美术世界吗?诗人、艺术家在这个境界中,无有不发生艺术的冲动,或舞歌或绘画,或雕刻创造,皆由于对于自然,对于人生,起了极深厚的同情,身心中的冲动,想将这个宝爱的自然,宝爱的人生,由自己的能力再实现一遍"①。林语堂说:"大自然是一间疗养院"②。

日本作家德富芦花写道:

野外漫步,仰望迷离的天空,闻着花草的清香,倾听流水缓缓歌唱。暖风拂拂,迎面吹来。忽然,心中泛起难堪的怀恋之情。刚想捕捉,旋即消泯。

我的灵魂不能不仰慕那遥远的天国。

自然界的春天宛如慈母。人同自然融为一体,投身在自然的怀抱里,哀怨有限的人生,仰慕无限的永恒。也就是说,一旦投入慈母的胸怀,便会产生一种近乎撒娇的悲哀③。

瓦·格·拉斯普京在热情洋溢的《贝加尔湖啊,贝加尔湖……》一文中写道:

贝加尔湖啊,它足以能净化我们的灵魂,激励我们的精神,鼓舞我们的意志!……

贝加尔湖,它未尝不可凭其唯此为大的磅礴气势和宏伟的规模令人折服——这里一切都是宏大的,一切都是辽阔的,一切都是自由自在、

---

① 宗白华:《美学与意境》,人民出版社1987年版,第17页。
② 转引自邱鸿钟编著《阅读心理治疗》,暨南大学出版社2006年版,第5页。
③ [日]德富芦花:《春天的悲哀》,林敏译,四川文艺出版社2014年版。

神秘莫测的——然而它不，相反，它只是升华人的灵魂。置身贝加尔湖上，你会体验到一种鲜见昂扬、高尚的情怀，好像你看到了永恒的完美，于是你便受到这些不可思议的玄妙概念的触动。你突然感到这种强大存在的亲切气息，你心中也注入了一份万物皆有的神秘魔力。由于你站在湖岸上，呼吸着湖上的空气，饮用着湖里的甜水，你仿佛感到已经与众不同，有了某些特别的气质。在任何别的地方，你都不会有与大自然如此充分、如此神会地互相融合互相渗透的感觉：这里的空气将使你陶醉，令你晕头转向，不等你清醒过来，很快就会把你从湖上带走；你将游历我们做梦都不曾想到过的自然保护区；你将怀着十倍的希望归来：在前方，将是天府之国的生活……①

索洛乌欣说：

对于我们来说，祖国的大自然，不仅仅是骋目所见和神驰领悟的一切。我们一直经历着理解和感受祖国大自然的良好教育。我们在饱览大自然和赞美大自然的时刻，是调动了我们读过的俄罗斯作家和诗人的作品、听过的俄罗斯音乐和看过的写生画家：绘画过程中的全部积累。

换言之，我们对祖国大自然怀有的情感是植根于文化修养和长期陶冶之中。②

索洛乌欣还说：

大自然，为我们粗略地划分出广阔的区域：森林、山脉、大海、草原……有时，人们常常这样问：森林和大海，你更喜欢什么？

不可能把同等宝贵的东西加以比较，更不必说二者必择其一了。不过，大海，或者一般地说水域：湖泊、河流，还有雨，通常有一个美好

---

① 瓦·格·拉斯普京：《贝加尔湖啊，贝加尔湖……》，转引自程文译，从培香、刘会军、陶良华选编《外国散文百年精华》，人民文学出版社 2004 年版，第 213 页。

② 索洛乌欣：《掌上珠玑》，陈淑贤译，百花文艺出版社 2002 年版，第 21 页。

的优势。

比如说，对待自然界的大部分景观，我们仅仅局限于视觉接触，谛视其精神内蕴。一位俄罗斯诗人曾抱怨说："冷峭的天空、非人间的静穆、寂寥、玫瑰色的霞光，这一切与我们有什么相干？盛久不衰的诗篇，对我们有什么用处呢？既不能吃，也不能喝，更不能接吻……"

事实上，多姿的山峦、绮丽的谷地、森林，参天古松的悦耳歌唱、素淡野花令人嗅觉惬意的幽香。你用手指轻柔地抚摸一下白桦树的嫩叶、松软的青苔或者平滑的石头……你醉心于直观大自然的美，此刻，你会感觉到极大的不满足，沮丧涌上心头，仿佛，隔着玻璃或者栅栏，你在凝视着一位心爱的美丽女人，只能欣赏而不能占有她。

人们对我说，精神同大自然甚至苍穹融合的愉悦，远比肉体的欲望——就算欲望以妙不可言、神奇般的方式得到满足——要珍贵得多。不过，总归这是一个代替另一个，如果不是代替，而是一个再加上另一个，这又何乐而不为呢？

谛视平静的湖水、丰沛的江河、溪流、倾盆大雨和霏霏细雨、碧蓝的大海，这一切都能够使我们产生精神同大自然融合的愉悦，但是还应加上最全面的、最本质的、最肉体的占有的幻想。沉浸在水之中、水覆盖着、水温存地触摸着大自然，这种接触完全不排除大自然赋予的精神快慰。

假如可以如此类推的话，那么，在浴缸中，在淋浴时，这也是水。淋浴、浴缸、游泳池让我们接触水，但是，其本身不具有精神内涵，这只是接触大自然的代用品。因此，浸入大海，或者在豪雨的水柱下奔跑，这好象接触心爱的女人……而浴缸……不过，还是到此为止吧！类比明确，尽管不无争议。

热爱大海吧！①

中国古典诗词中吟咏自然山水的作品就蕴涵着极为丰富的人生意蕴。山水是古代诗人、作家的生命绿色，鲜活的个体生命一拥青山绿水就洋溢起活力与乐趣。古代诗人和作家哪怕处境再困顿，命运再悲苦，一旦

---

① 索洛乌欣：《掌上珠玑》，陈淑贤译，百花文艺出版社2002年版，第91—92页。

登山临水，与天地自然融为一体，就神泰气畅。自然山水以母亲的怀抱，为古代诗人和作家本性的复归提供了最安适的栖居之地。李白在长安三年，仕途不通，壮志未酬，便散发弄舟，寄情山水。他笔端流出的黄河："黄河之水天上来，奔流到海不复回"，"黄河西来决昆仑，咆哮万里触龙门"。黄河奔腾万里、气势如虎的形象是他不受拘束、酷爱自由的象征。陶渊明的归隐田园，"既窈窕以寻壑，亦崎岖而经丘。木欣欣以向荣，泉涓涓而始流"，是身体回归乡村旷野，更是心灵回归自由纯洁的本性："引壶觞以自酌，眄庭柯以怡颜"，"悦亲戚之情话，乐琴书以消忧"。这里没有尔虞我诈、也无钩心斗角，只有心灵自由和人格尊严张扬。张孝祥月下泛舟洞庭，真正领悟到了"天人合一"的惬意快感。他在《念奴娇·过洞庭》中写道："玉鉴琼田三万顷，着我扁舟一叶。素月分辉，明河共影，表里俱澄澈"，以至于"悠然心会，妙处难与君说"，"扣舷独啸，不知今夕何夕！"性情旷达，神思飘然，在科技兴国、和谐社会、文化自信的大声疾呼中读之，在心灵净化的同时，不禁悠然神往。

普里什文说："原生态的大自然，人迹未至的土地，才吸引我们所有的人。正因为这个缘故，有时，甚至根本就舍弃了大地——我们感到拥塞，我们踏上艺术之路，在那里寻找人迹未至的道路"[①]。他更迫不及待"远离编辑部，直奔大自然"。为什么要直奔大自然？

生活在大自然对普里什文来说是一种解脱、是挽救，总的来说就是一种生活方式："这已不是说说某种幸福的口实，而是幸福本身，这是我在不幸中认识到并培养的"。生活在大自然对他来说已经成了唯一的自由方式："我感觉完全自由，一旦我恢复了自身那孩提时代的欢乐，我全身心都觉得自由自在：肩扛猎枪手牵狗，奔向沼泽、森林游"[②]。"在我的青年时代，大自然曾对着我微笑，于是，大自然的欢颜就成为我始终如一的写作主题。"[③] "如果没有文化，大自然可以我行我素。……但是如果没有自然，文化很快就会枯竭。在这个意义上，自然

---

① 米·普里什文：《大地的眼睛》，潘安荣译，长江文艺出版社2005年版，第153页。
② （俄文版）《普里什文1926—1927年日记》，俄罗斯书籍出版社2003年版，第569页。
③ 米·普里什文：《大地的眼睛》，潘安荣译，长江文艺出版社2005年版，第58—59页。

胜于科学。"①

　　无论是中国古代的李白、陶渊明,还是古典德国的歌德,现代德国的海德格尔,经典俄罗斯的托尔斯泰、契诃夫;也无论是现代的普里什文、帕乌斯托夫斯基,抑或德富芦花和宗白华,还是当代的瓦·格·拉斯普京抑或索洛乌欣,他们都感激大自然的恩赐:大自然能净化我们的灵魂,激励我们的精神,鼓舞我们的意志!大自然会升华人的灵魂。

　　大自然对每个作家的恩赐都是一样的,但并非每个作家都有观察自然的习惯和本领。普里什文就具备这种本领。他的许多散文作品都得益于对自然的观察,一边观察,一边随手就记下印象和联想。开始他并没有什么写作计划,或拟定什么题目,算是无心插柳,只是随心所欲地看看而已,自认为是一种极妙的美的精神享受,然而,观察过程中,往往阴差阳错神差鬼使,文思不禁泉涌,奇文自成绝活。《大自然的日历》如此,《林中水滴》是如此,《大地的眼睛》和大量的描绘自然风景时所用的细节和只言片语更是让同时代作家叹为观止,令后代人赞赏有加。

　　普里什文观察大自然不仅仔细,而且对自然还一往情深,对自然抱有亲情关怀:"为了描写树木、山崖、河流、花上的小蝴蝶,或在树根下生活的小幼虫,需要有人的生活。有人的生活,倒不是为了比较树木、岩石或者动物并赋予其人性,而因为人的生活是运动的内在力量,是汽车上的发动机。一个作者,应该在自己的才能方面有所追求,使这一切极为遥远的东西变得亲近起来,为人所能理解"②。

　　普里什文描写自然,但他并不是一下子就发现了大自然那鬼斧神工的无穷魅力的:"如今我回想起来也是奇妙无比的,那时我还不理解自然:我只是瞅一瞅罢了,可不像现在这么看。还有,更奇妙的是:后来,就在高加索之行之后,我开始看到自家故乡的自然。好像一下子就这样,群山把我搂到了自己的怀抱,把天边全都给遮了起来,当群山不再遮挡的时候,我就什么都看到了,年复一年,直到现在,我所看到的就越来越多了"③。

　　普里什文在学会用自己的眼睛观察世界后,发现了一个奇妙无比的

---

① 米·普里什文:《大地的眼睛》,潘安荣译,长江文艺出版社 2005 年版,第 144—145 页。
② М. Пришвин. Собрание сочинений в 8 томах. Том 5. С. 112.
③ М. Пришвин. Собрание сочинений в 8 томах. Том 5. С. 298.

新世界：

常常只需要一片白菜叶，就可以恍然大悟，猎人携带猎禽犬身沉大自然深处，在莫斯科郊外的一个地方，他的面前展开神奇无比的森林，就像屠格涅夫面前的白净草原和雀跃其上的奇妙的孩子们。

就像往新国度远足的旅行家一样，对"世界的这一发现"伴生一种难以遏止的渴望，那就是把所发现的这一切告知其他人，最终，当狗产下一群小狗，他的内心就燃烧起热烈的情感。屠格涅夫，每次当他狩猎有大获的时候，他全身疲惫，幸福无比，他就爬到一个很高的软绵绵的长满苔藓的小草丘上，休憩下来，掏出自己的记事本，在里面开始向他人暗示他对此世界的新发现。那个人在诗人的一个字眼里觅到了这一暗示，于是就把自己的眼睛投向他此前不曾顾及的那个方向①。

普里什文是怎么发现这个奇妙无比的新世界呢？

第一眼：有时在林中、田间、街头思而忘我，忽而又转回现实的感觉，实在美妙在最初的刹那，你会觉得是无意中看见缺失了你的世界会怎样生活。

但也可以这样想——你并非无意撞见了生活，当你俨然像第一个踏上一片崭新土地的人，第一眼看到世界时，你认出了自己的天然本相。

这种在自我缺失状态下看世界的能力，或有时感觉自己是踏上一片新土地的第一人，大概就是艺术家用以充实文化的全部内容②。

普里什文描写自然的目的最终还是写人，因为他早就深知："文学是人学"这一重要命题。"我的朋友，要知道我只写大自然，可我心里想的却只有人"③。

"我的自然笔记常常使我产生这样的念头：我们人类生活的列车远比

---

① М. Пришвин. Собрание сочинений в 8 Томах. Том 5. С. 310–311.
② 米·普里什文：《大地的眼睛》，潘安荣译，长江文艺出版社 2005 年版，第 175 页。
③ М. Пришвин. Собрание сочинений в 8 Томах. Том 5. С. 263.

大自然跑得快。这也就是为什么常常是这样,我记录自己在自然中的观察的时候,结果实际上是记录了有关人自身的生活"①。

高尔基赞叹道:"人!这个字眼听上去是多么自豪啊!"② 普里什文在礼赞大自然的时候主要也是歌颂人,因为"在我看来,总体上说,我的天性不是否定,而是肯定;为了做到没有否定的肯定,必须远离已经定型的人。这些人的生活一直都在要么否定要么肯定中打转转:这也就是为什么我这么心仪大自然、亲近原始人的原因之所在了"③。

普里什文为什么只写大自然?在《信念》一文中他写道:

为什么我总是在写动物、花朵、森林、大自然?很多人说,我这是大材小用,遮蔽了自己对人本身的关注。

我之抒写大自然,是因为我想写美好,写有血有肉的活灵魂,非僵死的灵魂,但是,我的天赋看来不是很大,因为要是写有血有肉的人写好了,那会有人说:"不可能的事儿!"人们不相信,人中还能有这般善。

如果你提笔像果戈理那样写人的死魂灵,那么,即使被公认为现实主义者,这种认可也不会给我本人什么乐儿。

瞧!我的小秘密是这样:当你把的自己的那点儿人的品质、是你那么耳熟能详、是你自己又萦绕于脑际的那点儿善却在动物身上找到时,所有人都会相信,而且赞不绝口、感激不已、欢欣雀跃的。

我就是这么给自己找到了一个喜爱的事业:在自然中寻觅和展示人的灵魂美好的那一面。

我所心仪的现实主义就是在自然的形象中审视人的心灵④。

索洛乌欣说:"……普里什文研究了大自然在人们的心灵和生活中的

---

① М. Пришвин. Собрание сочинений в 8 Томах. Том 7. С. 332;参见米·普里什文《大地的眼睛》,潘安荣译,长江文艺出版社 2005 年版,第 257 页。
② 转引自《大俄汉词典》,商务印书馆 2006 年版,第 648 页。
③ 普里什文:《1914 年 12 月 29 日日记》,载俄文版《1914 年至 1917 年日记》,莫斯科工人出版社 1995 年版,第 116 页。
④ Незабудки, Цит. по книге М. Пришвина 《Весна света》, М. 2001. С. 373; М. Пришвин. Собрание сочинений в 8 Томах. Том 7. С. 247;参见米·普里什文《大地的眼睛》,潘安荣译,长江文艺出版社 2005 年版,第 175 页。

地位"①。

普里什文是一位职业农艺学家、俄罗斯地理协会会员、乐天的旅行家（他前后至少进行了六次远足旅行：1906年和1907年两次前往北方、1908年奔向光明湖、1909年深入西伯利亚、1913年南下克里米亚、1931年考察俄罗斯腹地乌拉尔和远东地区）。

"读万卷书，行万里路"是文学艺术家的一种求知模式，亦是所有人自我修养的途径。读万卷书，还要破万卷书，行万里路还要做有心人。要求知，首先要"读万卷书"，即广博地学习前人的知识，特别是结合实践研习圣贤之说。这实质上是通过博览群书获得间接知识，它是一个人闭门苦读的过程，也是一种心灵的享受活动。"万般皆下品，唯有读书高。"普里什文一生勤奋读书，是一位终身读者。求知以"博览群书"始，是最合理不过的了，因为以个人有限的精力，万万不足以亲身一一发现、经历，明智之举就是通过博览群书把已有的知识、学说吸纳入胸中。

读书的主旨在于摆脱俗气。世上会读书的人，都是书拿起来自己会读。黄山谷说："三日不读书，便语言无味，面目可憎"②。语言无味，在读书人是不合理的。读书读出味来，语言自然有味，语言有味，做出文章亦必有味。读书须先知味，这味字，是读书的关键。所谓味，是不可捉摸的，一人有一人口味，各不相同，所好的味亦有不同，所以必先知其所好，始能读出味来。袁中郎所谓读所好之书，所不好之书可让他人读之，这是知味的读法。口之于味，不可强同，不能以我的所嗜好以强人。读书之所以不可勉强，因为学问思想是慢慢自胚胎滋长出来。其滋长自有滋长的道理，如草木之荣枯，河流之转向，各有其自然之势。逆势必无成就。树木的南枝遮阴，自会向北枝发展，否则枯槁以待毙。河流遇了石，也会转向，不是硬冲，只要顺流而下，总有流入大海之一日。世上无人人必读之书，只有在某时某地某种心境不得不读之书。有你所应读，我所万不可读，有此时可读，彼时不可读。即使有必读之书，亦绝非此时此刻所必读。见解未到，必不可读，思想发育程度未到，亦不

---

① 索洛乌欣：《掌上珠玑》，陈淑贤译，百花文艺出版社2002年版，第10页。
② 转引自《林语堂文集》散文第10卷，作家出版社1996年版，第167页。

可读。凡是好书都值得重读。自己见解越深，学问越进，越读得出味道来。林语堂说，他成年后读兰姆的专著，"比幼时所读全然不同，幼时虽觉其文章有趣，没有真正灵魂的接触，未深知其文之佳境所在"①。读书有两方面：一是作者，二是读者。程子谓《论语》读者有此等人与彼等人。有读了全然无事者；亦有读了不知手之舞足之蹈者。所以读书必以气质相近，而凡人读书必找一位同调的先贤，一位气质与你相近的作家，作为老师这是所谓读书必须得力一家。找到思想相近的作家，找到文学上之情人必胸中感觉万分痛快，而魂灵上发生猛烈影响，如春雷一鸣，蚕卵孵出，得一新生命，入一新世界。乔治·艾略特自述读卢梭自传，如触电一般。尼采师叔本华，萧伯纳师易卜生，虽皆非及门弟子，而思想相承，影响极大。当读叔本华、易卜生时，思想上起了大影响，是其思想萌芽学问生根之始。因为气质性灵相近，所以乐此不疲，流连忘返；流连忘返，始可深入，深入后如受春风化雨之赐，欣欣向荣，学业大进。培根在《谈读书》中的第一段重点谈到跟读书相关的一些基本问题：读书之目的、读书之作用、读书与运用，以及如何读书。他首先概括了古今之人读书之目的：读书可以"怡情""博彩""长才"，并指出了这三种读书姿态在生活当中的具体表现。接着，他又指出了读书的作用，并洞明读书与经验之间的关系。他认为，读书是可以"补天然之不足"，这与我们日常讲的"勤能补拙""笨鸟先飞""只要功夫深，铁杵磨成针""台上一分钟，台下十年功"都太一致了，同时与高层次的概括——"读书破万卷，下笔如有神""读书百遍，其义自见""熟读唐诗三百首，不会写诗也会吟"又如出一辙。培根形象地指出，读书之于天性，犹如修剪之于花草。培根一下子就睿智地点明了"读书""天然"与"经验"之间的辩证关系，即读书是补天然之不足，经验又补读书之不足。培根的《谈读书》论述特别有力、逻辑特别严谨，伟大的哲学家和思想家的睿智也彰显得淋漓尽致。他既有格言式的精辟，又有符合情理的推演："读书使人充实，讨论使人机智，笔记使人准确"。若不读书，则"须欺世有术，始能无知而显有知"。培根谈读书方法的"书有可尝者，有可吞食者，少数则须咀嚼消化"这几句给我印象最深。傅雷在《贝多芬传》

---

① 《林语堂文集》散文第10卷，作家出版社1996年版，第156页。

译者序中写道:"唯有真实的苦难,才能驱除浪漫底克的幻想的苦难;唯有看到克服苦难的壮烈悲剧,才能够帮助我们承担残酷的命运;唯有抱着'我不入地狱谁入地狱'的精神才能挽救一个萎靡而自私的民族:这是我十五年前初次读到本书时所得的教训。不经过战斗的舍弃是虚伪的,不经劫难磨炼的超脱是轻佻的,逃避现实的明哲是卑怯的;中庸,苟且,小智小慧,是我们的致命伤:这是我十五年来与日俱增的信念,而这一切都由于贝多芬传的启示"①。傅雷的这一"我十五年前初次读"之际的瞬间感受,字里行间密密麻麻的蕴涵告诉我们:进入罗曼·罗兰的传记时,傅雷先生是投入了怎样的情感和精力,他又是多么的如受春风化雨之赐而生命灌注呀!俄罗斯作家格·加切夫相信:人过多地习惯于阅读,弄得连自己都懒得思考了,因此他就说什么读书有害,但是,他马上就对自己抽了个嘴巴,他像给闺蜜一样小声呢喃到:"当户外冰天雪地,风雪大作,寰宇劲敌,或者是乌合之众挥舞大棒的时候,要是埋头读书该是多么甜蜜的事情——这就犹如漆黑一团的时候,你在蜡烛或台灯的照耀下,怀抱火炉,钻入窑洞,潜入母体的怀抱那般无比幸福……始于骂书,却终于哀诗:书啊!"②

那么,谁是同调、气质又与你相近的作家,只有你知道,也无人能勉强,你找到这样一位作家,自会一见如故。苏东坡初读《庄子》,如有胸中久积的话被他说出,袁中郎夜读徐文长诗,叫唤起来,叫复读,读复叫,便是此理。这与"一见倾心"就生情爱同一道理。你遇到这样的作家,自会相见恨晚。一人必有一人中意的作家,各人自己找自己的。普里什文就是我为自己在文学方面所找到的爱,他自有魔力吸引住我,而我也乐自为所吸,他的声音相貌,一颦一笑,都常常萦绕在我眼前。近三十多年,我浸润于他的杰作之中,自然获益不少。也许过几年我会倾心别的作家或其他语言艺术大师,经过两三个所爱,或是四五位作家,灵魂将受到净化,思想将渐趋成熟。我想,要是我东览西阅,所读的没有沁入魂灵深处,我就不会有什么心得,学问也不会有什么成就。

---

① 罗曼·罗兰:《贝多芬传》,傅雷译,人民音乐出版社 1978 年版,第 2 页。
② Г. Д. Гачев. Соблáзн книги//Кни́га в простра́нстве культу́ры. С. 20 – 21. Цит. по Л. А. Софронова. Культура сковозь призму поэтики, М.: Языки слявянской культуры, 2006. С. 816.

读书须有胆识，有眼光，有毅力。有识，必定有自己的意见。如此来读书，处处就会有真知灼见，得一份见解，是一份学问，除一种俗见，算一分进步，这样才不会一知半解，似是而非。

普里什文认为，只读书勤奋是不够的。他从小就渴望逃往金山国、渴望逃往亚洲："对新的地域的发现是和展露自己独有面貌的可能性相联系的。所以，我才把从学校向亚洲的逃离视为自己所献身的探索发现生涯的起点，视作自身具有自己独特面貌的佐证。我一生都这样行为举止，这其中就包含着我的行为方式：在自然和人群中为自己独特的面貌寻求认同和引证"①。在《国家大道》中他借一名孩童祖耶克之口说道："书籍不是人写成的，却是天人之作"②。儿童的感悟更准："书是甜的"。据传，犹太民族有一个古老而富有传奇的规矩：当孩子还在吃奶的时候，年轻的父亲就会把书蘸上蜂蜜，让孩子去舔尝，渐渐地，孩子们幼小的心灵便烙下了一个难忘的信念——书是甜的。书是甜的！一个多么富有诗意和智慧的信仰，一个多么纯粹而高尚的追求。普里什文认为，读书须勤奋，还要善读书：

我一生博览群书，但还是觉得自己才疏学浅。我曾暗自为此异常难过，这种状况一直持续到我和一个学识上与我毫无二致的人相遇才有所好转。原来，始终困扰我的全然不是什么不学无术，而是我接受知识的特有方式。

逐字逐句地读书，人必定幼稚，或者说，写书的人完全应当融入字字句句。我们习惯于读书抓"意"。这样就连整门的科目都走马观花，细部却一无所知，但我们仿佛捕捉了科目的景观风貌。我在旅途中就这样，只一眼瞥去，广袤的地貌就尽收眼底。

这种在自然和思想的空间走马观花、游刃有余的本领，我发现丽娅娅也有。这种能力不是别的，正是学识：这自我作用的学问，原动力不在外，而在内。只是这样的学问绝非"皮毛"，相反，却比一般的学问更深。③

---

① М. Пришвин. Собрание сочинений в 8 Томах. Том 7. С. 296；参见米·普里什文《大地的眼睛》，潘安荣译，长江文艺出版社 2005 年版，第 223 页。

② Цит. по М. Пришвину. Собрание сочинений в 8 Томах. Том 6. С. 86.

③ М. Пришвин. Собрание сочинений в 8 Томах. Том 7，С. 184 – 185；参见米·普里什文《大地的眼睛》，潘安荣译，长江文艺出版社 2005 年版，第 110 页。

普里什文早在 1927 年底就对新国家的人们满怀期望，并建议人们要学习、学习、再学习：“我告诉你们，应该做什么：俄罗斯共和国的公民，需要学习，需要像小孩子一样学习。要学习！”（Я вам скажу, что нужно делать: нужно учиться, граждане Российской республики, учиться нужно, как маленькие дети. Учиться!）① 这些话命中注定已经成了至理名言。"关于书的情况，真是怪事，出版得越多，读者就越难弄到手。……书和写作一样，应该给予很好的报酬。读者花钱，就是在占有书籍的路上做出个人的一份努力：为了读书，让读者也付出自己的劳动吧；他也要像作者那样，像朝圣者在踏上麦加的路上那样劳动，哪怕是多多少少付出自己的一份劳动也好"②。普里什文说："工作不仅仅像工人一样用体力来工作，也不仅仅像职员和学者一样殚精竭虑，工作是用自己的感情和灵气而胜出的"③。

中国古代早就有"闻之不见，虽博必谬"，又有"闻之不若见之"，到了现代就是"百闻不如一见"。俄罗斯也有同样的说法："听百次不如见一次"。因此，博览群书之后，就必须进入求知的第二步，即遍游各地，亲见亲历。游历的益处一是可亲见亲历，增长见识，就是多见而识；二是通过游历可以印证从书上得来的"闻知"；三是通过亲见亲历可以考察事物的变化及其变化的原因；四是可以在游历中将自己的知识和学说施之于"行"④。

正是博览群书和遍游各地这些综合因素帮助普里什文成了一位物候学家。物候学家所记下的笔记就成了《大自然的日历》这部散文集。

物候学研究动植物、生物和非生物受气候和外界环境因素的影响所出现的季节变化现象。例如，植物的萌芽、开花、结实；动物的蛰眠、始鸣、繁育、换毛、迁徙；非生物现象如始霜、始雪、初冰、解冻等。

---

① 《普里什文 1926—1927 年日记》，俄罗斯书籍出版社 2018 年版，第 397 页。
② 米·普里什文：《宝贵的书》，载非琴译《普里什文随笔选》，百花文艺出版社 1995 年版，第 90 页；参见米·普里什文《大地的眼睛》，潘安荣译，长江文艺出版社 2005 年版，第 157—158 页。
③ М. Пришвин. Осударева дорога. Собрание сочинений в 8 Томах. Том 6. С. 89.
④ 张岱年主编：《中国文史百科》下册，浙江人民出版社 1998 年版，第 771—772 页。

1925年，普里什文的《别连捷伊泉水》出版，这部作品出版时有一个副标题："摘自一位物候学家在'波季克'生物观察站的笔记"，这实际上就是后来的《大自然的日历》一书的第一部分"春天"的前身。这部书的副标题绝不是多余的，其中暗含着两点：第一层意思是，《大自然的日历》的文体体裁是笔记，第二层意思是，这个笔记不是一般意义上的笔记，是一位物候学家的笔记，而且是普里什文这位老道的物候学家在生物观察站的笔记。在作品一开始他就写道："对于我们这些从事物候学、观察自然现象天天变化的人来说，春天是从光的增强开始的"。

这种生物观察站的笔记不仅仅用于科研目的，而更主要的是向人们展示平淡生活中的一点点诗意。普里什文在《致我的青年朋友们》一文中写道："我把诗意当做人的一种精神力量，我也知道，我们俄罗斯的猎人内心几乎都是一些诗人"①。

"读万卷书，行万里路"这些综合因素帮助本打算要么当农艺学家要么当物候学家抑或民俗学家的普里什文最终成了著名作家。索洛乌欣说得太好了："……然而，事实上，有一些职业任人挑选，而有一些职业则是挑选人。诗歌挑选了普希金和叶赛宁、涅克拉索夫和勃洛克。文学选择了立志成为医生的契诃夫、想当军官的托尔斯泰和打算当农艺学家的普里什文。音乐选择了已经是化学家的包罗廷。绘画选择了在克拉斯诺雅尔斯克担任军官的苏里科夫、正在实科中学学习的涅斯捷罗夫。歌唱选择了夏里亚宾"②。中国的情况也是如此：文学选择了立志成为医生的鲁迅，诗歌使郭沫若最后还是毅然决然弃医从文。确实如此，文学选择了打算当农艺学家的普里什文。普里什文如果真的当了顶尖的农艺学家，那至少俄罗斯文学史是不完整的。

索洛乌欣说："当对帕乌斯托夫斯基的作品读得很多的时候，形成这样一种印象：仿佛你是站在近距离从画的局部在欣赏一幅巨画，你会感觉到画面的精美，但是，却没有获得完整的印象"③，普里什文的《大自

---

① М. Пришвин. Собрание сочинений в 8 Томах. Том 5. С. 311.
② 索洛乌欣：《掌上珠玑》，陈淑贤译，百花文艺出版社2002年版，第106页。
③ 索洛乌欣：《掌上珠玑》，陈淑贤译，百花文艺出版社2002年版，第38页。

然的日历》的画面很完整。因为索洛乌欣说：

> 普里什文一贯忠实于现实，比如：他描写森林边缘地上散发着三叶草的气味，那么，那里肯定散发着三叶草，绝对不会是其他草的气味。
> 帕乌斯托夫斯基是浪漫主义作家，他不太注重真实性，如果他描写从遥远的冰川袭来紫罗兰淡淡的幽香，那么，这并不意味着在几公里以外确实能够闻到紫罗兰的香气。不过，我们总归还是立刻闻到了冰川的凛冽和寒气，看到了寒冷冰川附近开着娇柔、别致的小花。
> 帕乌斯托夫斯基在写苏呼米有一艘轮船在两公里以外的水域停了下来，他对当时的情景做了如下描写："从岸上飘来扑鼻的香气，融合着丝绸般玫瑰的馨香。香气时浓时淡，浓郁时，仿佛缩成一团，把空气压成糖浆状的稠密；散开时，香气稀而淡，丝丝缕缕，在空气中浮荡。悠忽之间，我捕捉到了杜鹃花、月桂树、桉树、夹竹桃、紫藤以及很多形状、颜色都很奇异的花朵的芬芳"。
> 诚然，这是浪漫主义作家的想象，比如说月桂树，就是站在近旁也闻不到香气，必须用手搓着叶子才能发出沁人的幽香，但是，似乎无须注意这些对城市景色描绘的细节准确度，因为，像苏呼米这样的城市给人的第一个印象就是繁茂多样的花和树的馥郁。艺术家为了表现富有感染力的景色，采用什么方式，难道是无关紧要的吗？①

在此，详细引证索洛乌欣的论述并不是扬普里什文而抑帕乌斯托夫斯基，只是说普里什文在忠实于现实的基础上，用自己的文体所描写的森林边缘地上散发着三叶草的气味，那么，那里散发着的肯定是三叶草的气味，绝不是其他草的气味。

在《大自然的日历》中，普里什文给我们真实地展现了"紫罗兰的香气"。作者通过"紫罗兰的香气"这种大自然中常见的物象来传达心中的审美理解。作者笔下的"紫罗兰"并非帕乌斯托夫斯基笔下从遥远的冰川袭来淡淡幽香的紫罗兰，而是动物界最聪明最狡猾的一种动物。由于这种动物其貌不扬，生性极为狡猾，又生长在不易捕捉的遥远的绝域，

---

① 索洛乌欣：《掌上珠玑》，陈淑贤译，百花文艺出版社2002年版，第19—20页。

所以不为历代的诗家文人所欣赏。狐狸在民间的形象很低，口碑很差，是谓"狐狸精""狐媚""狐假虎威""狐狸给鸡拜年——没安好心"都是这个意思，但普里什文却对这位出没在不易捕捉的遥远绝域的所谓"紫罗兰"情有独钟，并细加欣赏。

《紫罗兰的香气》这篇只有四页多的散文第一自然段的开头起句独特，颇具魅力："每当我打算带着狩猎狗去打狐狸的时候，我都要想：如果能打到狐狸，我一定要检验一下著名狩猎专家兹沃雷金在他那本出色的书《猎狐》中说的一句话。兹沃雷金说狐狸尾巴根部的那条腺有一种特性，能在严冬天气发出紫罗兰的微香。兹沃雷金本人说，那紫罗兰的微香总能给他'销魂的猎狐锦上添花'，只可惜很少有别的猎人能够领略到这种香气。对多数猎人来说，狐狸尾巴根部所发出的不过是狗毛的气味。另一些人闻了一阵以后，只是出于礼貌，才诺诺称是而已。倘若我不知道兹沃雷金是不说一句空话的作者，我当然会想起赤身露体的皇帝的故事，但是兹沃雷金说话是有准数的，就像我本人说话一样。我相信，兹沃雷金是感觉到了紫罗兰的气味的，这的确是非常有趣的生物学上的事实，而且是从未研究过的，所以我极为好奇，看我能不能闻到那气味"①。普里什文为了突出自己心目中具有逻辑重心层递关系的"紫罗兰的微香"，他一步一步地加强叙述的逻辑力量：我"带追兽猎狗去打狐狸，我都想一定要检验一下兹沃雷金的一句话"②。那么，兹沃雷金说的是什么呢？他说狐狸尾巴根部的那条腺能在严冬天气发出紫罗兰的微香，而且，兹沃雷金本人说，那紫罗兰的微香还总能给他"销魂的猎狐锦上添花"，这一下子就让人们对"这紫罗兰的微香"产生新奇之感。接着，作者而且还用兹沃雷金来障眼，说这不是他本人的观点，而只是他想证实兹沃雷金的说法。这样，作者情感的炽热点和喷发点一下子迸发了出来。狐狸，这种在大自然中极为普通的一种动物，之所以能够打动和激发起作者的情感，引起一系列的情感审美活动，其关键之点在于它能够充分地暗合作者的精神气质，传达作者的审美理想：

---

① 米·普里什文：《大自然的日历》，潘安荣译，长江文艺出版社 2005 年版，第 323—324 页。

② 米·普里什文：《大自然的日历》，潘安荣译，长江文艺出版社 2005 年版，第 324 页。

关于艺术文学我又以极大的热情重新着手论述作品"魅力"的问题。我个人首先就注意到列夫·托尔斯泰很值得器重的短篇小说：他能够引人入胜的奥妙就是，他笔下的人物总是一副生龙活虎的样子，人们都愿意跟着生龙活虎的人走。

我所注意到的第二点就是我作为读者的感受：短篇故事能否勾起你对往事的回忆，是不是用什么能触动到你。①

看到"销魂的猎狐"之后，紧接着我就想欣赏狐狸的具体相貌特征了，然而，谁知对于镶嵌在众多美文中的《紫罗兰的微香》这篇散文的创作，高明的普里什文却宕开一笔，笔锋一转："令人扫兴的是，带猎狗去打狐狸并不总能成功。它不是钻了洞，就是把猎狗引到极远的地方，天晚以前来不及下手。我带猎狗打狐狸成功，多是在第三个猎季，要不就是第四个猎季，甚或第五个猎季。我往往是想起要闻紫罗兰的时候，偏偏打不着狐狸，等到终算打到了，又高兴得不得了，把什么都忘了。还好，有一次在严冬天气打到狐狸时，想起这事来。这已不是一般意义上的遗憾，而确实是令人扫兴"。等了那么长的时间，才"想起这事来"，这又延长了审美者的阅读期待，就像俄国形式主义所倡导的，要用"奇特化"来增加难度，延长时限。尽管普里什文对形式主义略有微词，但他大概没有拒绝吸收采用形式主义的一些手法。

"想起这事来"，普里什文用一大自然段来叙述：

那是在一个奇冷的清晨。空中钩着一弯残月，晨星寥空闪，寂寂孤陨落。我同县执行委员会的法律顾问Я和本地电影院的音乐家Т（都是出色的猎人）一共三人，带了两条狗，出去打猎。

我们来到目的地时，刚刚可以看清刚下的雪面上的狐狸脚印，就把两条狗按第一个脚印放了出去；当"夜莺"按所指的脚印跟踪开去时，"呜呜叫"发现了另一个脚印，把音乐工作者引了去，一路上偶尔叫一声，离开了我们，整整一天没有照面。我只同法律顾问一起，跟在"夜

---

① 《创作的秘诀》（Секрет мастерства），См. М. Пришвин. Собрание сочинений в 8 томах. Том 5. С. 414.

莺"后面，登上一座高丘。我们在那儿的树桩之间又碰上了一堆盖着雪的沙子，那沙子是狐狸从地底下挖出来的，我们就地就发现了几个狐狸洞。这儿有好多脚印，交错杂乱。当"夜莺"分辨脚印的时候，我们从高处分析地形，猜测狐狸会怎样转移地方，追捕时我们应在哪儿守候它。狐狸洞所在的高丘下面，有很宽的一条小溪，几乎把高丘绕了一圈。小溪还没有上冻，雪白耀眼的两岸之间，黑黝黝的溪水奔流不息。小溪的对岸是一片无穷无尽的密林，笼罩着淡淡的寒烟。只有一棵横倒在小溪上的树，可以充当用做我们过溪的桥。那树上积了一层厚雪，好像铺着很结实的垫子，垫子上有孤零零一行狐狸的脚印，通往密林。独木桥的另一头戳在对岸的灌木丛里，那里有另一只红腹灰雀在剥牛蒡吃。等到牛蒡籽儿剥够了，他们就落到新雪上，模样儿特别显眼。我们眼睛东张西望，肯定总会转回到它们那边去，而且看得十分有趣。狐狸除了这一处可以转移的地方以外，大概还有我们没发现的别的什么地方，因为"夜莺"突然到了对岸，一遇上我们所发现的那一串脚印，便频频吠叫，撒腿跑起来。可见，那脚印是新的，"夜莺"是追上狐狸了。这时候，法律顾问走下小丘，对着独木桥和红腹灰雀，占据了一个绝好的位置。我朝另一个方向飞速奔下去，寻找狐狸别的转移处。狗追狐狸的声音很快听不见了，但是当我正为自己找一个可以钻过人的口子时，追捕之声突然越来越响，直朝着法律顾问的方向而来。我忙跑到狐狸洞那边去，以便居高临下，即使欣赏欣赏打猎的场面也好，如果法律顾问打不死狐狸，我还可以把狐狸的去向看清楚。那狐狸从密林里跳到大片空地上，停了一刹那，张望一下，就以轻快的步子，直奔红腹灰雀还在一旁专心剥牛蒡吃的独木桥。法律顾问藏在灌木丛后面，看不清狐狸，但他埋伏得很好，猎狗紧紧追踪的声音使他一直保持戒备状态。我焦急地等待着，一边还在揣摩，会先是红腹灰雀见着狐狸吓飞起来呢，还是猎人的枪声先响？不过当然啦，决定性的一刻一到，我早把红腹灰雀忘在一边了。我那一枪大概正好是狐狸刚刚从灌木丛中露出嘴脸的瞬间打的，所以子弹正中它的脑袋。狐狸受了致命伤，猛蹦了几下，在原地倒了下来……

    真不知道，我们顷刻间是如何走过狐狸的独木桥到对岸去的，那真是上帝带过去的。

狐狸蹦得越来越低，等它一命呜呼的时候，我们走近前去，看它的个子有多大……

真的，我还从来没有见过这样的狐狸：一只公的火狐，个头儿很大，已很苍老，牙齿都老缺了。

我们快快活活顺公路回家。……走着走着，就离开公路，拐到树林里去，找一条沿公路的小路。找到以后，我们高高兴兴，坐在一棵倒地的树上休息。法律顾问把背着的沉重狐狸卸下来。这时，我终于忽然想起了总是放不下的一个念头，就是闻闻狐狸的尾根部，让严冬天气中发出一股紫罗兰的气味来给销魂的猎狐锦上添花。我把这意思告诉同伴们，他们都报以讪笑。我于是就搬出对大家都有威信的兹沃雷金，把他所描写的那有香味的腺讲述了一番，还凭记忆准确地转述了书中的原文。音乐工作者忽然相信了，像我一样关心起来。法律顾问盯着我看，尽力要猜透我的话是真的，还是想嘲弄他们。

"让我来闻闻吧"，音乐工作者自告奋勇。

他迅速地抬起狐狸尾巴，厌恶地细闻了一阵。

"有味儿，正是野兽身上这个地方该有的味儿"，——他说道。

法律顾问脸上掠过一丝讥笑。我想惩罚一下这个多疑的法律顾问，让我们三个人都同样尝一尝兹沃雷金给的苦头。我抬起狐狸尾巴，故意闻了老半天，十分认真地对音乐工作者说：

"我的亲爱的，你错了，是你抽的黄花烟也许坏了你的嗅觉，我不敢说就是紫罗兰的味儿，可是我到底闻到一种很微妙的香味。"

我的目的达到了，法律顾问信以为真，也闻了闻。

晚上，我们三人都已在我家坐下喝茶的时候，我从柜子里取出兹沃雷金的书。谁知当我读到写香腺的地方时，却发现那里写的香腺不在下面，而是在上面。原来那个在严寒天气放出紫罗兰香气的鼓包是在尾巴根部的上面，正好在狐狸蜷伏起来时把鼻子藏在浓毛中的那个地方。

当我们研究这一段文字的时候，放在温暖房间里的狐狸身上散发出一股浓重的狗毛味道，甭说紫罗兰的香气，就连三支香烟的烟味儿都给盖过了。我们恍如见到上百万老乡在公路上迎面而来，对我们不断说着一句话：

"猎人们啊，你们闻的不是地方呀！"①

这种书呆子的自嘲似乎稍微减轻了人们的讪笑，但这又怎么能不叫人哑然失笑呢？

其实，被嘲笑的还是我们自己。

（二）诗性散文的情景呈现人格化

"我的艺术手法是不仅要让中心人物行动起来，还要使整个情景人格化，让每个事物都呈现出自己的面貌，也成为人物。如此，森林、云杉和松树都是富有生命的。"② 每个事物都呈现出自己的面貌，具有自己的形象，最终也还是成为人物。

从深度的学术研究中可以看出，普里什文着力推举"我的艺术手法是不仅要让中心人物行动起来，还要使整个情景人格化，让每个事物都呈现出自己的面貌，也成为人物。如此，森林、云杉和松树都是富有生命的"，这说明普里什文对人物很重视。对人物的重视是因为在任何文学作品里，人物是主要的，或者是主导的，其他各个部分是次要的，是派生的。诚如高尔基所言，"文学是人学"。当然，也有一些作品不写人物，有些写动物，但那实际上还是写人物，在不是写人物的部分有人物："我记录自己在自然中的观察的时候，结果实际上是记录了有关人自身的生活"③。有些作品着重写事件，还有的作品甚至也没有人物也没有事件，就是写一种气氛，但是，大量的作品还是以人物为主，其他部分如景物描写等，都还是从人物中派生出来的。另外，在诗性散文中，作者和人物的关系不是居高临下，而是和人物处在平等的地位。普里什文对普通工农学商兵都怀着不可言说的爱。即使是写坏人，也要和他站在比较平等的地位，写坏人也要写可以理解的，甚至还可以有一点"同情"。坏人，为什么还能"同情"呢？因为"坏人——是不及我们的人。好

---

① 米·普里什文：《大自然的日历》，潘安荣译，长江文艺出版社 2005 年版，第 324—327 页，笔者对译文有改动。同时参见 М. Пришвин. Собрание сочинений в 8 томах. Том 3 . C. 356 – 360.

② 米·普里什文：《大地的眼睛》，潘安荣译，长江文艺出版社 2005 年版，第 203—204 页。

③ М. Пришвин. Собрание сочинений в 8 томах. Том 7. C. 332；参见米·普里什文《大地的眼睛》，潘安荣译，长江文艺出版社 2005 年版，第 257 页。

人——是和我们相仿的人。比我们出色的人——我们却看不到,也很难看到"①。这样写来,这个坏人才是一个活人,才是深刻的人物。作者在构思和写作的过程中,大部分时间要和人物融为一体,大部分时间要和人物"贴"得很紧,人物的快乐就是作者的快乐。不管叙述也好,描写也好,抒情也罢,每句话都应从肺腑中流出,也就是从人物的肺腑中流出。这样紧紧地"贴"着人物,才会写得真切,才可能在写作中出现"神来之笔"。

普里什文写道:"高尔基《童年》中的外祖母,在我看来,是俄罗斯文学中对我们祖国刻画得最为成功的形象。只要想到外祖母,你就能清晰地理解,为什么我们总是用女性——母亲的形象表现祖国,于是立刻想记起,俄罗斯文学中是谁如此出色地把这片生我养我的土地不仅表现为母亲,还表现为我们父辈的土地——表现为我们的父国"②。

"对于生命有一种特别的母性的情感,能够孕育出栩栩如生的形象。从这种情感的观点出发,每一个思想都能变成形象。手无论写得有多难看,笔尖在劣质的纸张上无论飞溅出多少墨水——形象将会产生,并将获得生命。

"有一种技巧可以取代母性的情感,借助这种技巧,可以随心所欲地写作,但这并不意味着技巧对艺术家是无所用的。技巧对艺术家不可或缺,但要服从母性的情感"③。

《大自然的日历》中,能找到的人物形象都是各具特色,能叫得上名字的有:两个小猎人廖夫卡、彼奇卡、相邻的老农民、历史学家、研究动物志的谢尔盖·谢尔盖伊奇、捉狗鱼能手科米萨罗夫兄弟、磨坊主和小职员、技术人员、米哈依尔·伊凡诺维奇、巴祖诺夫、杜姆诺夫、白桦树背景上的姑娘、教堂知事的父亲伊万·伊万内奇、博物馆馆长、神职人员、把自己的思想情感给予虚构的人物、动物志学家、考古学家、原始人、人的起源、渎神的婆娘、画家鲍里斯·伊万诺维奇、乡执行委员会主席尼古拉·

---

① 米·普里什文:《大地的眼睛》,潘安荣译,长江文艺出版社2005年版,第170—171页。
② 米·普里什文:《大地的眼睛》,潘安荣译,长江文艺出版社2005年版,第226页。
③ 米·普里什文:《大地的眼睛》,潘安荣译,长江文艺出版社2005年版,第227页。

瓦西里奇、乡村女教师、法律顾问和本地的音乐工作者。

普里什文感到极为欣慰的是，"我天生有能够把种种感受、把生活中和读书中得来的印象结合起来的本事，我就利用这种本事来描绘这个地区，把一切都体现在一个人物身上。这种人物在故事里叫作主人公。归根到底，这个主人公是来自本身，来自自己的思想感情，但是要把自己的思想感情给予虚构的人物，我先要给予使我感兴趣的地区，结果这个地区就像一个活人。我以为，这个简单的方法现在在我还没有失效。我描画出我同这个地区相遇的种种情景，我便可以得到一幅图画，这幅图画是把学者们各从各的专业来研究这个地区的所有成果加在一起也都得不到的"①。

普里什文在简单几笔勾画的这些栩栩如生的人的形象之外，他笔下每个生物也都有一个个活的形象：杜鹃花、月桂树、桉树、夹竹桃、紫藤、紫罗兰、牛蒡草、狐狸、夜莺、红腹灰雀等。

《林中水滴》的人物形象不是太多，有搭救蝴蝶的"我"、主人家的儿子谢廖查、谢廖查的母亲道姆娜·伊万诺夫娜、人民审判员、岸边戴白便帽的青年人、伐木为生的老头儿、作家和写生画家等。

树、林中客人、啄木鸟等构成了一群生物形象。"林中客人"简直就多极了，蝴蝶一飞起，一切微小的生物接着出现，如蝌蚪、小甲虫、小梭鱼、青蛙、乌鸦、鹌鸡、松鼠、獾、狐狸、野猫、田鼠、啄木鸟、野鸭、蜘蛛、白鹤、鹞鹰、蚂蚁、昆虫、鱼鹰、老鹰、蚊子、林鸽、杜鹃、苍鹭、野乌鸡、蜜蜂、狐狸、蝮蛇、鞭毛虫、斜齿鳊等，真是不胜枚举。

《大地的眼睛》的人物形象有：莎士比亚，塞万提斯笔下的堂吉诃德、狄更斯及其《董贝父子》，挪威作家汉姆生，卢梭，斯宾诺莎，达尔文，歌德，康德，马克思，莫扎特和贝多芬，泰戈尔，罗兰及其《彼埃尔和绿丝》，17世纪俄国教会总主教尼康（俗名尼基塔·米诺夫），克雷洛夫和他的寓言故事《杰米扬的汤》，作家谢尔盖·阿克萨科夫，普希金，莱蒙托夫和他的长诗《商人卡拉什尼科夫之歌》，果戈理的《肖像》，果戈理及其《死魂灵》，屠格涅夫，别林斯基，杜勃洛留波夫，车尔尼雪

---

① М. Пришвин. Собрание сочинений в 8 томах. Том 3. С. 228；参见米·普里什文《大自然的日历》，潘安荣译，长江文艺出版社2005年版，第211页。

夫斯基，列夫·托尔斯泰和他的《童年、少年和青年》，列夫·托尔斯泰和他笔下的叶罗什卡大叔，托尔斯泰夫人索菲娅·安德烈耶夫娜·托尔斯泰娅，《战争与和平》的女主人公娜塔莎·罗斯托娃，契诃夫，诗人费特，丘特切夫，作家、批评家、晚期斯拉夫派代表康·尼·列昂季耶夫，普里什文的朋友——俄罗斯作家索科洛夫，普里什文的老熟人佩列文，普里什文所熟识的养蜂人罗季奥诺夫，普里什文的夫人利娅娅（普里什文娜），心地单纯寻找生命之根的善人卢文，老画家韦列伊斯基，做首任卫生人民委员的中学同学谢马什柯，盲人雕塑家林娜·米哈伊洛芙娜·波，雕塑家列别捷娃，大雕塑家谢·科年科夫，著名指挥家穆拉文斯基、画家米·伊万诺夫，歌唱家夏里亚宾，俄罗斯女作家玛丽埃塔·沙吉娘、阿尔谢尼耶夫和他笔下的杰尔苏·乌扎拉，勃洛克，勃留索夫，列米佐夫，别雷，梅列日科夫斯基，安德烈耶夫，索洛古勃，布宁，高尔基和他的《童年》，魏列萨耶夫，奥斯特洛夫斯基和他的《钢铁是怎样炼成的》，马卡连柯，作家伊利亚科夫和他的长篇小说《大路》，作家利亚什科，俄罗斯文艺学家安费罗夫，卡达耶夫，帕乌斯托夫斯基，历史学家邦奇—布鲁耶维奇，加里宁，我的友人奥·科，苏沃洛夫，列宁，法国画家科罗，法国画家米勒，画家米·伊万诺夫，将学院派教学传统与现实主义相结合的俄罗斯画家，绘画教师巴威尔·彼得罗维奇·契斯佳科夫，女画家拉丽萨和叶莲娜，科学家米克卢霍·马克莱，旅行家普热瓦利斯基，诺贝尔文学奖得主安纳托里·法朗士，美国心理学家斯坦利·霍尔和他的杰作《进化和培养孩子的自然感》，德国印刷术发明家古藤贝格，医生伊万·伊万诺维奇，昆虫学家、森林学家维克多·伊万诺维奇·费里皮耶夫，猎人科洛索夫，车厢里的士兵，老态龙钟的祭司，担水姑娘，林中的雪姑娘，擦鞋工，埃及艳后克丽奥佩特拉，还有出版坏书的出版者，杂技演员杜瓦洛，采蘑菇的人，民警，万尼亚，谢廖沙，72岁还眉飞色舞地讲述她赶走老头子的老太婆等。

　　这么多群体肖像经普里什文生花妙笔稍微描画一下，被誉为经典作家的艺术领域的顶尖人物于是都一个个地栩栩如生在眼前、在脑际、在耳边，在心灵。普里什文在自主地从世界上一切优秀文学艺术中吸取乳汁的时候，走向一种对自身知识结构的丰富与完善。他对于人类历史上各自领域中的杰出人物，根据其做出的贡献给以论证，而对于历史上一些杰出诗人、作家、美术家、作曲家的描述，更多的只是一种精神上的对话。他笔下的这些名人和普通人都仅仅是普里什文精神世界和感情世界中的"亮点"，准确地说，他对这些人物都不是在做评价，而是在"着色"。普里什文的诗笔所点染的那些色彩，不是为了评价一位名人或艺术家的价值，而是揭示一种精神和感情的丰富性与复杂性。对艺术家的精神世界和感情世界的丰富性与复杂性的认同并予以人性的关注，正是普里什文同一些艺术家产生精神对话的基础。对这些艺术家，不管是尊敬也好，稍有微词也罢，普里什文总是以艺术家之胸怀度艺术家之腹，那些妙趣横生或犀利或幽默的词句常常令人不禁拍案叫绝，使我们更深入地进入艺术家普里什文的精神世界。

普里什文说："在俄罗斯的大自然里我最感珍贵的是大河的汹涌澎湃，在俄罗斯人民身上就是他们对共同事业所涌现出的旺盛热情"[①]。他谈人情、谈人生、谈名人轶事，奇思妙解、隽言慧语，一时如江河之水，泱泱而来。

在这个无尽的江河中，普里什文以"比天空更广阔的心灵"包容很多艺术家、涵纳世间万事万物。他的短文不单单是学养深厚、书香浓郁，也不单单是语言精致、意境优美。他的独特之处还在于在书香缭绕之中，以博物学家的胸怀、农艺学家的情怀、旅行家的目光，关注社会、关注现实、关注人生。他这种高尚的艺术"行为方式"真正印证了雨果所说的"比海洋广阔的是天空，比天空更广阔的是人的心灵"确实所言不虚。

《大地的眼睛》中动物和鸟类的形象有：椋鸟、夜莺、云雀、猎犬茹里卡、鹌鹑、小寒鸦、甲虫、仙鹤与跳蚤、蓝鸟、像鹿、扁角鹿、野山羊、鳕鱼、公鸡、长脚秧鸡、跳蚤、猫、老鼠、黑琴鸡、喜鹊、红胸鸻（鸻鸻即八哥）、白嘴鸭、蜘蛛、猴子、蚊子、苍蝇、黄蜂、蜜蜂、胡蜂、麻雀、山鹬、鸫鸟、飞蛾、蠕虫、布谷鸟、金龟子、啄木鸟、欧鸻、小田鹬、鹞鹰、燕子、火鸟、粉蝶、戴菊莺、松鸡、蚂蚁。

《大地的眼睛》中植物的形象有：蒲公英、黑麦、云杉、山杨、丁香、铃兰、黑麦、越橘果、连理树、老白桦、椴树、橡树、枫树、松树、

---

① Цит. по Ирина Германовна Новоселова. 《Дневники М. М. Пришвина: духовный космос》. Монография, Владивосток: Издательство Дальневосточного университета, 2004. С. 115.

胡桃、赤杨、银莲、密枝瑞香、紫罗兰、美人草、肺草、杜松、无名小花、野蔷薇、土豆花、罂粟花、艾草、荨麻、蜜环菌、风铃草、茉莉花、牛肝菌等。

由此，出现在普里什文笔下的任何微不足道的小生命，不管它是动物，还是植物，都与人类的生命是等值并与之共生共荣，哪怕是最小的昆虫，都享有他的尊敬与爱护。他笔下的小生命，都被他表述得非常生动。在他看来，凡是生命都是有灵性的，所以他才像写人一样来写动物、写植物。

《人参》中的主要人物只有一个，即心地单纯寻找生命之根的善人卢文，还有就是出现了一次的六个全副武装的押送人参的小伙子，其他人物都是在特定的环境中自然而然地出现的，如溪水边突然出现的妇女等。

普里什文说：

形象产生于通往概念的路途，并借此给予每个人继续这条道路的可能。

艺术的影响力以此为根基：艺术借助形象才引人入胜，并吸引他人参与创造。①

在谈艺术形象的时候，普里什文写道："在自我完善的过程中，我逐渐得到承认，并且有权利对自己创造的人物世界加以肯定。认可这些人物的基础究竟是什么？基础就是，我，作为艺术家，是从现实中提取了这些人物，也就是说，没有现实生活也就没有我的人物形象。没有我，也不会有这些形象。从我笔下人物的身上，我的知近友人，我的亲人，会认识生活，理解和反观自身。"②

在普里什文笔下，不仅中心人物行动起来是具体可感的形象，而且整个情景都呈现人格化。如此，云杉和松树都是富有生命的。每个事物都呈现出自己的面貌，具有自己的形象。普里什文最诱人的地方就在于"紧紧

---

① 米·普里什文：《大地的眼睛》，潘安荣译，长江文艺出版社 2005 年版，第 183 页。
② 米·普里什文：《大地的眼睛》，潘安荣译，长江文艺出版社 2005 年版，第 60 页。

地贴着人物来写",在不是写人物的部分有人物,确是此处无人胜有人。

  阳光温暖的地方有许多昆虫飞来飞去,那一小片草地上又有多少鸟儿在忙忙碌碌啊!但是今天我起床以后,并不想去回忆鸟虫的种种名称。今天我感受的是自然界生活的整体,我并不需要一个个的名称。我感到我同所有这些会飞的、会游的、会跳的生物有着血统关系,其中的每一种都在我心中有不可磨灭的形象,这些形象算来已历经数百万年,如今又在我的血液里浮现,因为只要细细审察,这些特点在我身上都曾有过。

  今天我的种种想法,都不过是有感于生活而引起的:因为生了病,我同生活分别了短暂时间,失去了点什么,现在又力图恢复。比如数百万年以前,我们失去了像白鸥一样美丽的翅膀,因为相隔年代如此久远,我们今天再见到这翅膀,便如痴如醉地欣赏起来。

  又如像鱼一样畅游,像会飞的种子一样先在大树的叶柄上晃晃悠悠,然后飘落各处,这些本领,我们都失去了,但这都是我们所喜欢的,因为这都是我们有过的,只不过是很久以前的事儿罢了。

  我们和整个世界都有血统关系,我们现在要以亲人般关注的力量来恢复这种关系,然后就可以在过着另一种生活方式的人们的身上,甚至在动物身上,在植物身上,发现自己的特点。

  今天我因病休息,提不起精神来工作。那么,为什么不可以随兴之所至,像拉家常一样稍稍发一通宏论呢?人按照自己的模样创造世界,但是世界当然不依人而存在,这是一个简单的真理。艺术家最需要明白这一点。他进行创作的必需条件,是要忘记自我,从而相信不论活的死的东西都不依自己而存在。据我看来,科学只是把艺术家已经亲手恢复的所失去的东西的形象加以实现。比如说,如果艺术家能够以整个身心同鸟彼此交融,给理想添上双翼,使我们能够同艺术家展翅畅想,那么,不久就会有科学家出来提供他的计算结果,我们也就可以乘着机械的翅膀飞行了。艺术一旦和科学加在一起,便成为把已经失去的血统关系恢复起来的力量。①

---

  ① М. Пришвин. Собрание сочинений в 8 Томах. Том 3. С. 195;米·普里什文《大自然的日历》,潘安荣译,长江文艺出版社 2005 年版,第 181—182 页。

（三）诗性散文的结构是形散魂不散

小说的结构像树。一棵树是不会事先想到怎样先长一个树枝，然后一片叶子再生长的。然而一个树枝，一片叶子怎样长又都是有道理的，从来没有两个树枝、两片树叶是长在同一个空间的。但结构常行于所当行，止于所不可不止（苏东坡语）。"起止自在，无首尾呼应之式"①。写小说者，正当如此。写诗性散文者，更是如此。《大自然的日历》的结构就是一棵树。从题目布局看，就像是树的百春图。一枝摇，全树动。从这棵树的春夏秋冬的成长变化过程我们可以欣赏到一幅优美的"大自然的日历"的完整画面。

普里什文对结构有这样的认识：

艺术作品，从作者的角度看是综合的，从读者的角度则是无界限的：有多少读者，就有多少种"布局"。

著作者是在不为我们知解的力量作用下，按照极其严格的程序对这些"布局"加以结构的。那种力量就是俗语所说的天赋，是与生俱来的（艺术家就自己的秉性而言是"天然"的艺术家）。

这种神秘力量的全部秘密，显然，就在于对结构进行布局②。

在普里什文看来，对结构进行布局是在不为我们了解的力量作用下进行的，这种力量是天赋的，是与生俱来的，所以这种力量也是神秘的，是不以人的意志为转移的。

如果通读作品，《大自然的日历》在文体结构和谋篇布局方面就让人大开眼界。既有大自然，又有一天一天的日历，肯定值得咀嚼。如果再三仔细阅读，就会发现，其实《大自然的日历》有一幅"奇景"：那就是春。春，这不就是一幅世界的图景么？这幅世界图景是：

光和水的春天：

第一滴水　　　　最初的积云　　　　土地露出来了

---

① 《汪曾祺全集》（三），北京师范大学出版社1998年版，第205—206页。
② 米·普里什文：《大地的眼睛》，潘安荣译，长江文艺出版社2005年版，第140页。

雾	第一首水之歌	松鸡求偶鸣叫的地方
水的春天	仙鹤飞来了	红隼飞来了
天鹅飞来了	榛林花开	匆匆的爱
白桦淌树汁了	老狗鱼	打狗鱼
青蛙苏醒了		

青草的春天:

苍头燕雀飞来了		滔滔的流水
白桦树背景上的姑娘		小草地返绿
五月的严寒		肺草花开
坏女婿		白眉鸫鸟
真见鬼		羊肚菌出现了

森林的春天:

湖光天影		杜鹃的第一声啼鸣
第一次绿色的喧嚣		第一只夜莺
金龟子		黄鹂
雨燕		大地的眼睛
大地的秘密		乘神甫的船考察
鲈鱼的渔期		考察队出发
"鲁滨孙"们		方志学家的水渠
原始人的村落遗址		原始人
人的起源		

人的春天:

水蛾出来了		斋戒期前最后举荤麻荤食日
渎神的婆娘		黑麦开花

  春是极度光亮的。春天是从光的增强开始的:"对于我们这些从事物候学、观察自然现象一天天变化的人来说,春天是从光的增强开始的"。

  俄罗斯中部的二月是:向阳屋檐上落下第一滴冰水,大青鸟纵情高歌,家雀筑巢,啄木鸟初次啄出击鼓般的声音。

  一月、二月、三月初,这都是光的春天。在光的春天里:

我便感到逍遥、幸福。是的，那是幸福的，因为能先在城里遇上光的初春，然后又能踏上大地，迎来水的春天、青草的春天、森林的春天，也许还有人的春天。

当多雪的冬天过去，光的春天蔚为奇观时，人人放眼大地，心情激动，无不想着今年春天会是什么光景——每年迎来的春天，都不像上一年，一年的春天，从不和另一年的春天全然相同。

今年光的春天留驻较久，白雪璀璨，人眼几乎无法忍受。

残冬未尽，尚有酷寒之日，乍暖还寒，五月的严寒，而且俄罗斯中部春天的那个短啊，真是让人常生遗憾，到处都在说：

"这光景说不准一晃就要没有了"。

人们坐雪橇上远路时，只怕中途不得不卸掉雪橇，牵马走路。

是的，新的春天从不像过往的春天，所以生活就如此美好——心情激动，期待着今年会有新的景象。

我们的农民们彼此相遇时，只是说春天的事：

"眼看就要完了。"

"说不准一晃就要没有了！"①

"春天之短，让人常生遗憾，但这却不是最大的遗憾，遗憾的是：在大城市里，举目望那石砌的高楼大厦之间的上头，可以分明见到空际的流冰。这时候，我在城里拼命工作，像守财奴似的，一个卢布一个卢布地积攒，为了钱跟众人骂个够。"②

不管有多少遗憾，但春天的主色调依然还是一种极度的光亮。这光亮既是他所描写的春之光本身的光亮，也是普里什文心灵激情的光亮，是他的思想的光亮。很难想象一个心中没有理想的人能写出如此光洁、辉煌、高远的春之光，或者说，这样的春之光能让他产生强烈的情感共鸣。

读着"光和水的春天""青草的春天""森林的春天"和"人的春

---

① 米·普里什文：《大自然的日历》，潘安荣译，长江文艺出版社2005年版，第157—158页。

② 米·普里什文：《大自然的日历》，潘安荣译，长江文艺出版社2005年版，第157页。

天"，不但能够在想象中看到俄罗斯广袤原野的一幅春景图，同时也能够用鼻子呼吸到它的澄澈的空气，用身体感觉到它的乍暖还寒的清爽凉意，用心灵感受异域的新鲜和舒畅，因为普里什文笔下的"春"，不但能够给人们产生色彩感，同时也会给你带来清爽感。

普里什文把同时代的大雕塑家谢·科年科夫视为自己的精神老师，追求思想与雕塑的结合，渴望把独自面对世界时所产生的那种感受表达出来①。在《大自然的日历》中，我们看到，新的春天的新景象这种新奇景摇荡了作者的心胸，激发了他的想象；也看到普里什文把这幅奇景展示出来时是怎样融入了自己的思想，并让这种思想飞扬了起来。

火热的夏天：
夜美人	初次伺犬	灌木丛中驯狗
雾	亚里克	韦尔内
凯特	亚里克的爱	沼泽
白狗	暖和的地方	蛇
林中之谜	木迪	教育

收获的秋天：
大地的眼睛	小偷的帽子着火啦
鸟之梦	死湖
初雪	天鹅
人影	松鼠
胡獾	雪兔
美的主人	雾
伊万和玛丽娅	安恰尔

充满生命力的冬天：
殊死一跑	隆冬
冬至	父狼
淡紫色的天空	紫罗兰的香气

---

① Алла Кирилловна Конёнкова: Поэтика природы в творчестве М. М. Пришвина и С. Т. Конёнкова: Сравнительный культурологический анализ. Москва, 1998.

熊

　　读了《大自然的日历》，无论谁都不会觉得这里只是个春夏秋冬四季更迭的风景画而已，其中实际上已压缩了因欣赏而体悟到的作者内心的惊异、激动与感叹，传感着某种无可名状的心灵的激情。春夏秋冬——一眼看去，多么不可思议的景象！然而它真实存在，且是不以人的意志为转移而自然存在；四季更迭稍纵即逝！然而它顺理成章。然而，就是这看似不协调的春夏秋冬和稍纵即逝的四季更迭，又构成了多么庄严的和谐统一。无论从外在形式看，还是从潜在结构上看，《大自然的日历》不就是一幅富有立体感的"世界的图景"么？普里什文在文体结构和谋篇布局方面的"无技巧"豁然就凸显于眼前。

　　《大自然的日历》在文体结构和谋篇布局方面还有一点吸引人的就是它的写法是非传统的。物候学随笔、抒情风景小短文和狩猎故事独特地结合在一起，这些文体又有统一的、完整的内容，有明确分工合作的结构。在《大自然的日历》中，艺术的、自然科学的和哲理的因素融为一体。在《别连捷伊泉水》中，春天涌动的具体自然周期、不同发展阶段的变化、过渡状态的细微变化都被准确地复现出来。对这些变化的深刻的内心感受就成了诗意体验的源泉。这样一来，关注的中心里就不仅是拥有独立价值的大自然，而且是抒情主人公的内心状态，还有对人与自然生命规律的哲理思考①。

　　诗性散文最明显的外部结构特征是打破定式。中国文论中的"文无定式"是也。青年梁遇春说："俄国短篇小说家不像爱伦·坡那样讲剪裁，不会那样注重于一篇短篇小说应该有怎样的结构，他们只是着眼在把人生用艺术反映出来，只求将心中要写的人物赤裸裸地放在读者面前，他们是不讲究篇幅的多少的。他们仿佛必定需要几十面才能写完一篇短篇小说。陀思妥耶夫斯基、屠格涅夫、科罗连柯、迦尔旬、契诃夫、高尔基都是很好的例子。他们的短篇杰作多半都是近于中篇小说的，我们从他们较长的短篇小说里可以更分明地看出他们的作风"②。普里什文的

---

　　①　季·霍洛托娃：《普里什文的艺术思维：内容·结构·语境》，伊万诺夫国立大学出版社2000年版，第130页。

　　②　梁遇春：《勿忘草》，京华出版社2009年版，第225—226页。

《大自然的日历》的结构相对来说是形散魂不散的"松散"。大自然的日历,从春天到夏天,从夏天到秋天,从秋天到冬天,再从冬天到春天,时序交代得井井有条,循环往返。《林中水滴》是由"树""水""林中客人""一年四季""人的踪迹""啄木鸟的作坊"这六个独立的篇章浑然一体严谨构成的。《大地的眼睛》由"通向友人的路""沉思录""人类的镜子"三个相对独立的部分组成。"通向友人的路"从1946年一直写到1950年;"沉思录"从1946年一直笔录到1950年;"人类的镜子"里有"我的同乡""树的生活""一年四季"。"一年四季"中又是从一月一直到十二月详细写来,止于所不可不止,文理自然,姿态横生。如果单篇来读,每篇实际上就是散文,有些絮语简直就是散文诗。

普里什文写道:

有一段时间,当我还不能确定我的小船是否沿着正确的航线行使的时候,我觉得很奇怪,为什么我的每一篇关于大自然的作品都一定会在某个地方招来人气。比如,我的第一本书所描写的地区后来成了白海运河穿过的美丽地方;那仙鹤的故乡,我去的时候只有鹤在那里繁殖,现在已经开凿了莫斯科运河。还有我的尼瓦河、伊曼德拉湖、希宾山脉,那些我曾经猎鹿和描写午夜的太阳的地方!而最让我吃惊的,是我写作《大自然的日历》的小小的普列谢耶沃湖。

我记得,当初我住在湖边一处废弃的豪宅里,从光的春天刚刚开始的日子起,每天都写观察日记,仿佛我是一个船长,而大地就是我的船。当时,我是多么的惋惜,因为我只身一人,没法邀人同赴这阳光、鲜花、和煦的春风以及种种美妙事物共同构成的节日。而当十年以后,许多人已经读过了《大自然的日历》时,我再次来到这里。我所有的读者都仿佛无形地与我同行。我欣喜地感觉到,他们全都来参加这个春天的节日了,我也意识到自己参加了他们的聚会,这说明我的道路是正确的,我不是一人在大地上流浪,而是和许多人一起沿着正确的航向返回自己的祖国①。

---

① М. Пришвин. Собрание сочинений в 8 Томах. Том 2. С. 479 – 480;参见米·普里什文《恶老头的锁链》,谷羽译,长江文艺出版社2005年版,第466页。

林间小路是我平生读过的最有趣的书。……而在小路上，还有什么比小孩子的小光脚丫留下的足迹更可爱的呢？

当然了，这些脚印你没法当饭吃，但是诗意不是靠稀粥，而是靠爱来滋养的。那些神秘的朋友的足迹使你无比感动。

……

我谈起林间小路就说个不停，但我想说明的是，我是如何通过写作找到朋友，又通过他们找到幸福的。

我从小就被灌输说，不可能有那样的幸福，要想获得伟大的、真正的幸福，就要把自己的心全部交给朋友，自己什么也不剩。

但是漫长的一生告诉我，你当然应当把心交给朋友，但是当善良的朋友看出一个人是值得交往的，便不等他把自己完全交给他们，就开始主动为他服务了，而且会大大地、百倍地回报他的善良。

于是我觉得，我和全体俄罗斯人一样，因为这种幸福而变得强大起来！①

索洛乌欣说：

人，只能经历一个生命周期：童年、青年、初恋、娶妻、生子、养孙、老年……

令人感兴趣的是鸟儿则不同，每当稍有春意，一切就周而复始：选择女友、热恋、向女友唱情歌、产卵、幼雏、成长起来……看来，一个周期到此结束了。可是，新的春天又降临人间，鸟儿又重新开始，仿佛又一个韶华时代。

由此看来，鸟儿的一生有很多周期，从生到死经历过若干生活循环。②

中国著名的气象学家和地理学家竺可桢与普里什文有同样的嗜好。

---

① 米·普里什文：《恶老头的锁链》，谷羽译，长江文艺出版社2005年版，第466—468页。
② 索洛乌欣：《掌上珠玑》，陈淑贤译，百花文艺出版社2002年版，第20页。

普里什文总是随身带着一个记事本，竺可桢总是随身带着一个温度计，每天清晨，他把温度计放在院子里，然后开始做早操，做好操以后把温度记下来。他几十年如一日，风雨无阻，从不间断。只有在他病得不能起床时，才根据天气预报作记录。

打开竺可桢的笔记本，里面记录的项目可多啦：

"3月12日，北海冰融。"

"3月29日，山桃始花。"

"4月4日，杏树始花。"

"4月14日，紫丁香始花。"

"4月20日，燕始见。"

"4月1日，柳絮飞。"

"5月23日，布谷鸟初鸣。"

……

竺可桢仿佛是一位在大自然中巡逻的哨兵，时时刻刻都在精心地观察着大自然：什么时候第一朵花开，第一声鸟叫，第一声蛙鸣，第一次雷声，第一次落叶，第一次降霜，第一次结冰，第一次下雪……

竺可桢一丝不苟地记录着大自然的每一个变化。他的笔记本，仿佛就是大自然的日记！

竺可桢为什么要给大自然记日记呢！原来，竺可桢研究着生物随着气候变化而怎样变化的科学——"物候学"。

物候学是一门与工农业生产紧密相关的科学。竺可桢深知物候学是一门如此重要的科学，所以毕生从事这一研究工作。他每天上班本可以坐汽车，但他宁愿步行。一边走着，一边像巡逻兵一样扫视周围的一切。他善于从千树万枝中发现第一片绿叶，他善于从喧闹嘈杂的城市中听出第一声蛙鸣，他善于从车水马龙的街道上看到第一只燕子，他善于从春天的风沙中辨别出第一朵柳絮……

竺可桢在和宛敏渭合著的《物候学》一书中，绘制出了1950年至1972年各种物随气候变化的曲线。这每一条曲线，不知凝聚着多少观察数据，凝聚着竺可桢多少心血。

竺可桢还查阅了大量的古代文献，摘引出古人对各种物候的记载，写出了《中国近五千年来气候变迁的初步研究》这一论文，受到国内外气象学家的重视和称赞。

　　竺可桢为工农业生产贡献了力量，为祖国赢得了荣誉，而他的成就正是来自几十年如一日的精心观测，来自踏踏实实、认认真真的科学态度。他在1936—1949年担任浙江大学校长，亲自为浙江大学制定了校训——"求是"。他的一生都贯穿着"求是"精神。

（四）诗性散文的情节融意境与知识于一体

　　普里什文在《致青年人》中就写道："帕乌斯托夫斯基模仿契诃夫的《草原》，写成了小说《征服时间》。很有趣的试验：抱着与人为善的心理，悉心洞察生活琐务，原来也能挖掘出作家几乎不加任何隐瞒便可悉数教给读者的素材。

　　"可以以情节联结主题，也可以仅以乡土之爱联结人物，正如契诃夫在《草原》中所表现的。帕乌斯托夫斯基从契诃夫那里效法了这一点。

　　"不要固守着情节，当然，情节是该利用的。如果把这些感想写出来，该有多好，以便向青年人展示不为情节所限的任何文学形式都是可能的"①。

　　开始读卡达耶夫的《帆》，起初还大为喜欢，因为颇有些《草原》的意味，但是当情节凸显的时候——作品的魅力就消失了。《草原》的魅力在于没有如同机械一般的情节，说它没有情节，意思是说，要是情节毫不鲜活，没有情节倒也更好。

　　或许，所有创作的魔力就在于把不朽的灵魂吹进情节的黏土，造物者手边如果没有黏土，那可以把灵魂吹向吸墨纸，或者像契诃夫一样，吹向草原。②

　　在《大地的眼睛》第42页中，有一节专门以"情节"为题的短文：

---

　　①　М. Пришвин. Собрание сочинений в 8 Томах. Том 7. С. 249；参见米·普里什文《大地的眼睛》，潘安荣译，长江文艺出版社2005年版，第176页。
　　②　М. Пришвин. Собрание сочинений в 8 Томах. Том 7. С. 232 – 233；参见米·普里什文《大地的眼睛》，潘安荣译，长江文艺出版社2005年版，第161页。

老太婆孤身一人，小房子破得快要散架，却没人帮忙。好一个冷清清的落寞世界。孤零零的老太婆，对谁都一无所用，照岁数看，她已经七一开外。来了个老头，也七一出头，举目无亲。

有人撮合了他们。两个人在一起好不开心，欢乐来到人间：这是人与人的相逢。

早晨，老太婆坐在台阶上，一脸凶相："他是骗子，被我赶走了。他带什么来了！我都70多岁了，一天天就是等死，他带什么来了！我的心承受不住—就赶他走了。坏良心的死老头子！我又是一个人了"。

故事要点：①荒野中与人相逢的快乐。②不利索的脚步。③地狱般的感觉：她的一生，就是固守原地，坐等小木屋倒塌。他的一生，在于云游四方，期待相逢。

昨天去了一趟马里诺，那儿就住着这么一位赶走老头子的老奶奶，名叫马尔法·尼基季奇娜。七十二岁的老太太劲头十足，眉飞色舞地讲述了她赶走老头子的故事①。

故事情节原来就这么简单，至少在普里什文看来就是这么简单！

诗性散文是一种不为情节所限的文体，这种文体形式所写的常常是一种意境。普里什文的散文也许可以称为"安静的艺术"。无论是处女作《鸟儿不惊的地方》，或是《跟随魔球走远方》，还是《大自然的日历》《林中水滴》和《大地的眼睛》，从题目上就可以感觉得出来。在早期的随笔《鸟儿不惊的地方》中，鸟儿不惊，自由自在地静悄悄地飞呀飞。"忽然，随着一阵噼里啪啦的声音，从我的脚下飞出一只松鸡，紧接着，又飞出一只。这种鸟对我来说永远是个谜，永远都不可求"②。维格修道院是静静的。颜色、声音、气味都是静静的；《跟随魔球走远方》中的伊曼德拉湖是静静的："没有河流，没有飞鸟，也没有森林，好一派静谧，好一派安宁！我忘记了鸟儿，并明白这完全不是一回事。我不愿对自己说：'这是伊曼德拉湖，高山湖'。管它呢，我只顾自吮吸这永恒的祥和。也许，尼瓦河仍在喧腾，但我听不见"。

---

① 米·普里什文：《大地的眼睛》，潘安荣译，长江文艺出版社2005年版，第42页。
② 米·普里什文：《鸟儿不惊的地方》，冯华英译，长江文艺出版社2005年版，第202页。

最喜伊曼德拉湖静谧！要问为什么？"伊曼德拉湖是母亲湖，她既年轻又祥和。或许，我就是出生在这儿，出生在这个四面环山、缀有白点的、既荒凉又祥和的湖畔。据我所知，这湖空凌大地，日头高照不落，这儿的一切都是那么晶莹剔透，而这一切都是因为高高凌于大地，因为它接近天空"①。这样来写作散文的作者是热爱生活的，他对生活的态度是执着的。他没有忘记窗外喧嚣而躁动的尘世："我记得很久以前，一次，我在夜间守候着这北国的林中之王的歌声。我记得，在期待歌声中沼泽和松树渐渐苏醒，一只松鸡在低洼处的小树上，尾巴张开像把扇子，仿佛在对初升太阳的期待中为黑夜而奋斗。我悄悄地靠近它，胸前几乎叫春天的露水打湿，但不知什么东西响了一下，鸟儿惊飞了。打那以后我再也没有见过松鸡，但心中却流下一份对这位孤单而又神秘的夜神的回忆。正在这时，两只硕大的鸟儿从脚下飞出，此时太阳已经普照大地。等我回过神来，它们已经飞到大树旁边的河湾那边去了。也许，它们在那儿蹲在草地上，稍许定定神，再去河里喝水吧"②。多么温馨的回忆呀！他没有忘记远处那喧嚣而躁动的尘世，猛一抬头，"此时太阳已经是普照大地"了。

诗性散文是一种"没有情节倒更好"的文体，这种文体形式所写的常常是一种有趣味的知识。普里什文认为："我们觉得，只要全身心地投入，自然是可以描写的：如果是知识——那就是知识，如果是诗——那就是诗。作者不着痕迹地消隐在他所认知的事实背后，借此把事实交给读者运用。作者消隐于事实背后，同时，当读者体会到事实是作者的苦心安排时，他们会信赖作者。这样的作品其可贵就在于，成为俄罗斯自然派作家文化传统的连接环：真实地写作，不凸显自己"③。普里什文是一位职业的博物学家。他读书极多，每写到一个风物，他都能东征西引，左右逢源，各种趣语稗谈信手拈来。他对每一种植物的性状，都能细细道来。他细致入微地描写各种动植物在不同季节的微妙变化，这也绝不

---

① 米·普里什文：《鸟儿不惊的地方》，冯华英译，长江文艺出版社2005年版，第203页。
② 米·普里什文：《鸟儿不惊的地方》，冯华英译，长江文艺出版社2005年版，第202—203页。
③ 米·普里什文：《大地的眼睛》，潘安荣译，长江文艺出版社2005年版，第168—169页。

是一朝一夕之功就可以得来的。帕乌斯托夫斯基说："他是一位知识渊博的人，通晓民族志学、物候学、植物学、动物学、农艺学、民俗学、鸟类学、历史、地理、地方志学以及其他领域的科学。他的所有这些知识都有机地进入了他的作家生涯。这些知识并非一大堆死的重荷。在他身上，它们是活生生的，不断地被他的经验，被他的观察丰富，被他那种得天独厚的禀赋丰富，这种禀赋就是他能一眼看出科学现象的最富于诗意的形态，并能通过不论是大还是小然而始终是出人意料的例子来加以表现"①。这"不论是大还是小"都是动植物界的真实生活，普里什文所表达的是真挚的情感和思想。他对每个普通生命予以尊重，这样的情感称得上是大真挚。一沙一世界，一花一天国。我们不断地翻阅《大自然的日历》，就可以看到普里什文所倾心的"大自然的日历"上，每一页都散发着美，处处都散发着俄罗斯大自然的地方风味和人情，这也就是他散文创作的转折点和里程碑。此后，诗性散文所蕴含的这种美的诗意，又像春之光，普撒大地；像一只报春之燕，预示了俄罗斯现代散文史上抒情、知识和哲理完美融合这一脉的诞生。

　　郁达夫在评价房龙的《人类的艺术》时写道："实在巧妙不过，干燥无味的科学常识，经他那么的一写，无论大人小孩，读他书的人都觉得娓娓忘倦了。房龙的笔，有这一种魔力，但这也不是他的特创，这不过是将文学家的手法，拿来用以讲述科学而已"②。普里什文"一眼看出科学现象的最富于诗意的形态"；房龙"是将文学家的手法，拿来用以讲述科学"。沈奇在《现代汉诗断想小辑》中突发奇思："科学是最合理的猜想，诗是最无理的想象。二者都企图接近上帝的秘密——一个走的是前门，一个走的是后门。人活在语言中—与神的对话，与自然的对话，与他人及社会的对话"③。殊途同归，艺术皆有通感。普里什文说得最准确："科学和艺术源自同一眼泉水，只是后来才分道而流，或者说，担负起不同的职责。科学使人类丰衣足食，诗则为人类保媒说亲"④。

---

① 帕乌斯托夫斯基：《金玫瑰》，戴骢译，百花文艺出版社1987年版，第336页。
② [美] 房龙：《人类的艺术》封面，衣成信译，中国和平出版社1996年版。
③ 转引自《名作欣赏》2007年第3期，第28页。
④ 米·普里什文：《大地的眼睛》，潘安荣译，长江文艺出版社2005年版，第151页。

诗是桥，架在我们人类自在的第一世界和自然的第二世界之间。

科学，与之相反，视这个自然世界为第一世界，视人类世界为源自第一世界的第二世界。

……

于是，艺术和科学——就像从自然世界通向人类世界的两扇门：自然从科学之门进入人类世界，人类由艺术之门走向自然，在这里人类将认识自己，还称自然是自己的母亲。①

诗性散文这种文体表现的是一种冲淡的生活方式——创造性的生活方式，也就是生活的艺术。房龙说："一切的艺术，应该只有一个目的，即恪尽职守，为最高的艺术——生活的艺术，做出自身的贡献"。也就是说，一切艺术，都要为美化人类的生活服务。房龙断言："为艺术而艺术的艺术，是没有前途的。适应某种需要而产生的艺术，为达到一定的目的而创造的艺术，是永久有生命力的"②。普里什文说："创作似乎完全取决于艺术家的行为方式：艺术家，富有经验的大师，但有所愿，总是能实现的"③。他还说："美是普遍的、白给的；创造性的意志就是善于把只是自己的东西称其为自己的，就是善于牺牲自己的最低的需求而达到自己的最高目标。这个最高的同时也是普遍的、是大家都看得见的、大家都可企及的、是白给的美的东西"④。

三 诗性散文《林中水滴》的文体结构

普里什文从1940年开始在原有日记的基础上写作《林中水滴》，从1943年秋天开始陆续在《接班人》和《新世界》杂志上连载。该作品一问世就被赞誉为"散文交响乐"和"生活欢乐和爱情的颂歌"，这绝不是偶然的。在卫国战争那个国难当头的特殊环境下，《林中水滴》的发表之

---

① 米·普里什文：《大地的眼睛》，潘安荣译，长江文艺出版社2005年版，第359页。
② ［美］房龙：《生活的艺术》，衣成信译，中国和平出版社1996年版，第3页。
③ 米·普里什文：《大地的眼睛》，潘安荣译，长江文艺出版社2005年版，第219页。
④ （俄文版）《普里什文1914—1917年日记》，莫斯科工人出版社1995年版，第82页。

所以震撼人心、温暖人心，就是因为普里什文丝毫没有忘记卫国战争的腥风血雨和硝烟弥漫。人们常说，"国家不幸诗家幸"，人们还说，"愤怒出诗人"，这两句是至为痛彻的诗句。在这两句诗句里，"国难当头是否可以闲？"这种在我的内心常常有过的模糊认识似乎变得清晰了一些。实际上，在人类从蛮荒走向文明的漫长历程中，在太平盛世和离乱年代中，在生而无趣死亦痛苦的挣扎中，在那些莫名的孤寂、恐惧与无助笼罩心头时，在法西斯的铁蹄随时都在践踏每个弱小的生灵，人们朝不保夕、生命系于一旦的危险年代，俄罗斯作家和诗人的大声疾呼与悄声细语却从未停止过，同样，作为一位即使饱经沧桑和苦难还决然留在俄罗斯而不遗憾的作家，普里什文也从未因心灵与身体的苦楚而放弃自己的歌唱：他歌唱生命、歌唱战斗、歌唱人道、歌唱正义、歌唱红军、歌唱人民。人民，也只有人民，才是创造历史的真正动力。从这个意义上说，国难当头可以闲，可以冲淡，但不是盲目地去闲，而实际上是内紧外松，镇定自如，普里什文在此也充分表现了自己对苏联人民和全世界所有爱好和平的人民最终必定彻底战胜法西斯的坚强信念。一本《林中水滴》不仅激活了当时惨淡经营的苏联文坛，让它呈现出崭新的文学景观，也给整个20世纪40年代初在战争语境中的苏联文学带来了另一独特的艺术空间，把读者的心境从血与火、恨与仇的紧迫与焦躁中引向了超越历史时空的冷静与沉思。《林中水滴》确实很受评论家们的倾心的关注。

阿·列米佐夫说：他有幸把普里什文那双妙手拨到文学领域。侨居法国之后，他一直关注着天才普里什文的成长。1945年，他从巴黎写来了自己对普里什文的印象："……怎么能不感受到普里什文呢，怎么能不喜爱普里什文呢。对一位从内心很珍爱、很亲切这些灌木丛、大麻、坑坑洼洼、小沟壑、宽沟、草墩子和冠毛的人来说——这就是一望无际、有些贫瘠，也有点儿忧伤的俄罗斯大自然。普里什文为这样的自然找到了语汇——像春泉般哗啦哗啦作响的语汇，像冬露般明亮耀眼的词汇。跟着他读词汇，你能够看到和感到鲜活的俄罗斯大自然"。①

在分析由抒情袖珍小散文点滴构成的《林中水滴》时可以发现，第一部分《叶芹草》（《泛喜草》）中意义生成的规律与第二部分《林中水

---

① См. Т. Я. Гринфельд. Традиции С. Т. Аксакова в материальности природы М. Пришвина.

滴》是有很大区别的。着实很想走进这座繁华的森林中，从点滴数起，细心窥探普里什文所精心栽培的这座林子中意义生成有什么规律，况且，在旷林中收拣点滴之水犹如大海捞针，并非易事。再者说来，《林中水滴》所蕴涵的意义比《泛喜草》还更难捕捉一些。

著名作家老舍在《我怎样学习语言》中写了这么一段话："从读文艺名著，我明白了一些运用语言的原则。头一个是：凡是有名的小说或剧本，其中的语言都是源源本本的。像清鲜的流水似的，一句连着一句，一节跟着一节，没有随便乱扯的地方。这就告诉我们：文艺作品的结构穿插是有机的，像一个美好的生物似的；思想借着语言的表达力量就像血脉似的，贯穿到这活东西的全体。因此，当一个作家运用语言的时候，必定非常用心，不使这里多一块，那里缺一块，而是好像用语言画出一幅韵称调协，处处长短相宜，远近合适的美丽的画儿。这教我学会了：语言须服从作品的结构穿插，而不能乌烟瘴气地乱写"①。像这样的文字，朗诵起来不就犹如吮吸普里什文精心奉献给我们的《林中水滴》吗？林中水滴，也不是这里多一滴，那里少一滴，而是"像清鲜的流水似的，一节跟着一节"，构成了一个完美无缺的艺术整体。

首先，从文体上看，《林中水滴》是这样展开自己的意义逻辑的：一方面，这是在反映现实的一个片段；另一方面是在清晰地描写左右这一现实生活的那些规律。

其次，《林中水滴》文体上另一个诱人的特点是，它各章的名称是固定不变的，语义上又是灵活的复合体，实际上却接近神话成分。各章的内容才是在塑造形象和展开主题的时候把这个黏稠在一起并呈胶着状态的意义复合体一层层展开进而具体化。为什么这么说呢？因为文中所塑造的形象和正在展开的主题贯穿于全章的始终，实际上可以说有一种形象节奏隐藏于此，这种节奏可以称为主题变奏，主题就是意义复合体，意义接近于概念且又是在各章的小标题里被引申出来的。所谓变奏就是贯穿于始终的一直重复出现在眼前的形象（如水、树、草、鸟、石等），这些形象的意义取决于不同的文本所营造的语境发生变奏而达到异曲同工之妙。

---

① 转引自秦牧《语林采英》，上海文艺出版社1983年版，第83页。

(一)《林中水滴》的"树"

人们常说,独木不成林。如果我们看到普里什文笔端所描绘的树就能看到一系列形象,一片白桦和云杉、欧山杨、松树和死树(有树墩子、劈柴垛、趴倒在地的树)。读着《林中水滴》,这些形象一直萦绕在脑际、浮现在眼前。实际上,这些形象中最主要的就是独木和整林作为一个体系所携带的意义。这个意义在文本中既是间接的又是径直表现出来的。如今,在和平年代,特别是在和谐社会,如果稍微试探着多读哪怕一两遍,再细究一下就会发现,在独木和整林作为一个体系所携带的意义层面之外还有一个意义层面,这就是树和林是一部书的意义层面。这本书会给独具慧眼的人揭开无限的秘密。正是从体系的这个独特视角看才能看出,原来普里什文在"树"这一章中要着力凸显的正是自然之秘密的主题、死而复生的主题和月有阴晴圆缺的永恒主题。

《林中水滴》文体上一个诱人的特点是,它各章的名称是固定不变的,语义上又是灵活的复合体。这从语义上看似乎有些矛盾:从文化语义层面讲,树一直把我们朝着坚定稳固、不屈不挠、根深叶茂、稳扎稳长这个方向引导。在树上,全部注意力一下子就集中在树根上。根是生命之根。根不仅是树而且也是人生命中基础的基础;另外,这个体系又是很流动的、充满变化的,因为在时间和其他很多方面,这个体系的生存都是取决于树作为生态环境一员的生长"树龄段"。这很可能是一年四季的节奏,这一节奏也引起了跻身于针叶林中的白桦在人视角感官上的出现和消失、光线的明暗交替、森林不同层叠的光照程度,生态体系存在的节奏就取决于这些因素,甚至在死而复生的主题中也出现了生与死的节奏。最诱人的地方是,普里什文把森林生态体系的生与死与人类历史中生与死进行了一番比较。这么一来,就可以看到,普里什文是把树木和森林当作一个稳定的体系来接纳,这一稳定体系又维持着自然的稳定性,但与此同时,大自然里的生活又是在时间上要经受变化的,这种变化不仅要影响体系的个别参与者的生存,而且要从整体上影响整个体系的生存。

普里什文在《自由生存》中写道:

……我从家里出来,一走近森林,便感襟怀旷荡,真是到了一个大世界。

我望着一棵巨树,心里想着它那地下的最小的根须,那几乎像发丝一样纤细的、带有一个戴小帽的小头的根须,它为了找寻食物,在土壤中给自己打通一条弯弯曲曲的小径。是啊,我进入森林,兴奋万状时,所体验到的正是这些,这实在是体验到了一种巨大的整体,你现在就在这个整体中确定着你个人的根须的使命。我的这番兴奋,就犹如朝阳升起时那样,完全兴奋起来。

然而这是怎样一种若隐若现的感情啊!我几次想追溯这种感情之起源,想将它永远把握住,就像握住幸福的钥匙一样,却始终不能如愿。我知道,这种襟怀旷荡,是经过某种磨难之后得来的,是和庸俗进行痛苦的明争暗斗的结果;我知道,我的书是我得到的许多胜利的明证,但是,我根本不相信,当遇上类似某种胃癌的最后磨难时,我也能在这一场大搏斗中得以自由生存下来。

我还知道,果然能自由生存时,那亲人般的关注便会大大加强。所以我现在就愉快地和整个生活融合在一起,同时却不把目光离开那个细小的、在我前面的白皑皑雪地上移动的黑脑袋。我脚下的路一被宽雪橇压实;路面被蹄子踩凹下去,形成了棕黄色的槽,槽的两边是白色的又平又硬,是雪橇的横木来来去去磨成的,在这边上走路很是舒服,我就在这路边上走着,并且知道在拐弯处后面的棕黄色的槽中,有一只鸟儿和我保持着一段距离在跑着,它的脑袋被路边白的底色衬托出来,我可以看得清清楚楚,我从那脑袋上猜出那是一只非常美丽的蓝翅膀的松鸡。道路转直了以后,我发现除了松鸡以外,还有一只红雀和两只雀,也和我保持着距离跑着。①

读着这些活灵活现的文字,就好像自己身后有一只红雀和两只雀活蹦乱跳地兴奋着。

普里什文在《森林墓地》中写道:"……如果有心细察锦毯一般的大

---

① 参见米·普里什文《林中水滴》,潘安荣译,收录在《大自然的日历》,长江文艺出版社 2005 年版,第 412—413 页,笔者对译文略有改动。

地,无论哪个树桩的废墟都显得美丽如画,着实不亚于富丽堂皇的宫廷和宝塔的废墟。数不尽的花儿、蘑菇和蕨草匆匆地来弥补一度高大的树木的消殒。但是最先还是那大树在紧挨树桩的边上发出一棵小树来。鲜绿的、星斗一般的、带有密密麻麻褐色小锤子的苔藓,急着去掩盖那从前曾把整棵树木支撑起来、现在却一截截横陈在地下的光秃的朽木;在那片苔藓上,常常有又大又红、状如碟子的蘑菇,而浅绿的蕨草、红色的草莓、越橘和淡蓝的黑莓,把废墟团团围了起来。酸果的藤蔓也是常见的,它们不知为什么老要爬过树桩的废墟去;你看那张着小巧的叶儿的细藤上,挂了好些红艳艳的果子,给树桩的废墟平添了许多诗情画意"①。

普里什文在《一条树皮上的生命》中写道:"去年,为了使森林采伐迹地上的一个地方便于辨认,我们砍折了一棵小白桦作为标记;那小白桦因此就靠了一条树皮危急地倒挂着。今年,我又寻到了那个所在,真叫人震惊不已:那棵小白桦居然还长得青青郁郁,看来是那条树皮在给倒悬的树枝输送养分液汁呢"②。

(二)《林中水滴》的"水"

水是最稳定最常见的形象之一,这一形象的各种变体孕育了大量的象征形象,实现着这么一些稳定的主题,如隐秘的生活、生活是系统、这一系统是远离文明的自然生活、爱的语义学(雨的形象)、时间的长河(流水的形象)、永恒性("大河"奔流不息的形象)。在《林中水滴》的好几章中,水的形象与道路的形象连接在一起,一看上去是要强调运动和变化这一层面意义,但道路与流水没有连接在一起,而与"大河"、与"汪洋"连接在一起。在普里什文笔下,"大河"与"汪洋"连接,具有永恒的语义。一看到"水",就联想起了"大河"与抒情作者的心灵之间的联系,与时间流相比对的流水奔向大海而不复回。无论是在写"水"

---

① 米·普里什文:《林中水滴》,潘安荣译,收录在《大自然的日历》,长江文艺出版社 2005 年版,第 385—386 页。

② 米·普里什文:《林中水滴》,潘安荣译,收录在《大自然的日历》,长江文艺出版社 2005 年版,第 384 页。

的这一章,还是在写"树"的上一章,作者既在肯定"水"作为一个意义复合体的文化语义,也在为张扬个性的丰富性而让水恢复常态消融于地①。在这里很重要的一点是,正在流逝的时间和永恒性的语义与水的形象和创造的主题联系在一起,因为只有在这种融合中才实现了普里什文的理想,即人如何度过自己的生活道路。

(三)《林中水滴》的"林中客人"

"林中客人"这一章的主要含义就是要表达一个思想,即世间万物、所有遵循规律、恪守与人人都相关的法则来生活的都是互相联系着的。至于说到具体的形象,在这一章里那就多极了,简直数不胜数。

刚一打开书,就有"一只巨大谷蛾似的灰蝴蝶,坠落在深渊,仰浮于水面,成三角形,仿佛两翅活活地给钉在水上。它的细腿不停地微动着,身体也跟着扭动,于是,这小小的蝴蝶就在整个深渊中荡起微波,密密地一圈一圈四散开去"。最耐人寻味的是,在"注意到这遍及整个深渊的一道道水圈,看着这些蝴蝶,我不禁回想起自己当年的奋斗:我也曾不止一次地弄得仰翻了身体,绝望地用双手、两脚以及随便可以抓到的东西想争得自由。我回想起自己那阵失意时日之后,便往深渊里抛了一块石头,石头激起了一阵水波,掀起了蝴蝶,把它的翅膀整平,送它腾飞空中。这就是说自己经历过艰辛,就能理解别人的艰辛"②。

按照海德格尔的说法,生命即存在,生命即表现。蝴蝶天生就是飞翔的,优美的飞翔就该是蝴蝶生命存在的一种方式。它不幸坠落在深渊,就像一叶孤舟被遗弃在大海之上,飘飘荡荡,难以靠岸,蝴蝶仰浮于水面,就在那个是生是死的一瞬间,不知哪位从天外甩来一块神奇的石头,是这块神奇的石头激起波浪,掀起蝴蝶,整平翅膀,驱它腾空。满世界竟是草木竞相生长、蝴蝶优美飘舞弄出的响动,优美飘舞片刻不息。这么微小的生命竟然是靠自己一己之力摆脱了深渊。

---

① Михаил Пришвин: Актуальные вопросы изучения творческого наследия. Материалы международной научной конференции, посвящённой 130 - летию со дня рождения писателя. Выпуск 2. Елец, 2003. С. 96.

② 米·普里什文:《林中水滴》,潘安荣译,收录在《大自然的日历》,长江文艺出版社 2005 年版,第 389 页。

蝴蝶腾空飞走后，一切微小的生物都在"高歌"，接着就出现蝌蚪、小甲虫、小梭鱼、青蛙、乌鸦、鹌鸡、松鼠、獾、狐狸、野猫、田鼠、啄木鸟、野鸭、蜘蛛、白鹤、鹞鹰、蚂蚁、昆虫、鱼鹰、老鹰、蚊子、林鸽、杜鹃、苍鹭、野乌鸡、蜜蜂、狐狸、蝮蛇、鞭毛虫、斜齿鳊等，它们都在按照既定法则彰显自己的生命价值。这么一想，不管多么微弱的生命都有它自身的价值，每一个个体生命都有属于自己的那份生命的喜悦，都有属于它的欢乐、悲伤及情趣，并且不因时间和空间的变化而改变。天地玄黄，宇宙洪荒，生命之河总在流淌，生命之树总在生长，生命之歌总在吟唱。风是可以吹走一片树叶，但无论如何却吹不走那只已经落入深渊的蝴蝶，就因它是耸立的，因为它翅膀的力量是不顺从，不顺从苦难，不顺从死神，只顺从生命本身的愿望——只要一息尚存，只要有片刻的存在，就要拼命炫出自己的精彩，闪耀出自己的美丽，并让这种精彩和美丽成为一种永恒的存在。蝴蝶的绚丽闪耀使生命如夏花之绚烂，生命存在一天，就要高歌一天。这才是生命的最高境界。我们也应该放声高歌：生命是一种自在，生命是一种坚韧，生命是一道精彩亮丽的风景线。

普里什文喜欢跟小动物亲近，享受着其中的无限乐趣。他把每种动物逐一展开，把每种鸟类逐个描摹，时而写大动物时而说小动物，时而描摹蝌蚪，时而叙述蜘蛛。

普里什文在《跟随魔球走远方》里写道："我就是一头野兽，我具有野兽的一切行为方式。我躬起身子，从一个土堆跳向另一个土堆，两眼紧紧地盯着脚下的干树枝。现在，每当我想起这，不知为什么就觉得嘴里有一种针叶树枝的味道和气味以及松香的气味。四肢都麻木了。什么原因？那还能有什么原因。松树已经从视野里消失得无影无踪，于是现在我不能立着走，只能沿着枝蔓和棱齿爬向瞄准的树"①。

普里什文喜欢与鸟兽打交道，实际上，他打交道最多、观察最仔细、最喜爱的是小鸟，对小鸟自然就重点描写。他在多处对鸟发出了极高的

---

① М. Пришвин. Собрание сочинений в 8 Томах. Том 1. С. 257；同时参见米·普里什文《跟随魔球走远方》，吴嘉佑译，收录在《鸟儿不惊的地方》，冯华英译，长江文艺出版社2005年版，第203页。

赞美：

　　……这一切在平静的河面的倒影中差不多快要漫到我的脚下。在杜布纳河的深处，水中的天空也是那么静好。我在默默地欣赏美景的时候，心里在想，好像是我们乘飞机飞到了云端，开始给一位没有名字的朋友写信，似乎我是从飞机上写的。

　　"多漂亮啊！"——秘书说。

　　就在这时，我们这地方最美丽的鸟类之———有一只尾巴像竖琴一样的雄黑鸡从杜布纳河的这边飞到那边，从这片林子飞到那片林子。

　　"多漂亮的黑琴鸡！"——我对秘书的"多漂亮啊！"跟了一嘴。①

　　鸟是快乐的象征。鸟是吉祥鸟。蓝鸟的形象已经超越了国界，全天候飞遍全世界。普里什文描写鸟的形态，写鸟鸣，详写鸟的家庭以及小鸟破壳而出、大鸟哺育小鸟的情景。

　　仰浮于水面的蝴蝶，在是生是死的那一瞬间，天外甩来的一块神奇石头激起波浪，掀她优美地腾空而起。

　　乌鸦本来就是不祥之鸟。荷兰画家梵·高的《麦田上空的鸦群》这幅画里，麦田上那低掠的鸦群，不知是要飞走还是飞来，整个天空好像陷入一片混沌的旋涡之中，一半是湛蓝一半漆黑，映照着金黄的麦田，在色调鲜明对比之下的是说不尽的凄厉、恐怖和神秘，但审美角度不同，对乌鸦的理解也会有差异，甚至大相径庭。

　　普里什文的《乌鸦》就表达了强烈的爱心："我试枪的时候，打伤了一只乌鸦，它飞了几步路，落在一棵树上。其他乌鸦在它上空盘旋一阵，都飞走了，但有一只降了下来，和它停在一起。我走近前去，近得一定会把那只乌鸦都惊走的，但是那一只仍然留着。这该如何理解呢？莫非那只乌鸦留在伤者身旁，是出于彼此有某种关系的感情吗？就像我们人常说的，出于友谊或者同情？也许，这受伤的乌鸦是女儿，所以为娘的就照例飞来保护孩子，正像屠格涅夫所描写的那只母乌鸦，自己已受重伤，鲜血淋漓，却还是扑来救那小鸟。这种感人的事情，在鹑鸡目动物

---

①　М. Пришвин. Собрание сочинений в 8 Томах. Том 3. С. 98，此处为笔者译。

中是屡见不鲜的"①。强烈的爱心使乌鸦这种鸟中低下者都不愿丢开垂危的同类，那么，"万物之灵长"的人呢？

我不由地又一次想起了三十多年前爱不释手的屠格涅夫老人的散文诗《麻雀》：

我从狩猎中回来，沿着花园的林荫小径走着。狗在我前面小跑着。

突然，她放慢了脚步，要是她已经嗅到了前面的野味儿，就开始蹑手蹑脚起来。

我顺着林荫小径仔细看了一眼，一只幼小麻雀的喙边有黄色点儿，头上缠着绒毛。她从巢里掉了下来（大风把林荫小径上的桦树吹得哗哗作响），半死不活地蹲着，刚刚长成的翅膀无助地瘫在地上。

我的狗正在慢慢靠近她，就在这千钧一发之际，一只黑胸的老麻雀从附近的一棵树上就石头一般紧贴着拍在了狗的鼻脸跟前。她使劲竖起浑身羽毛，惊慌失措，声嘶力竭地吱吱哀号着，朝向张着血盆大口的爪牙跳了两次。

她倏地急着扑救，用自己的身子护住了自己的孩子……但她弱不禁风的整个身子都吓得颤抖着，声音发狂、嘶哑了，她的魂都丢了，她豁出去了！

那只狗对她来说，就该是一个多么庞大的怪物啊！然而她却不能高枕无忧地还是蹲在安全的树枝上……比她的意志更强大的力量把她扔了出去。

我的特列佐儿停了下来，往后退了……看来，狗也意识到了这种冲力。

我赶紧把一脸难为情的猎狗呵斥住，心里涌起了敬畏。

是的，别笑我多情。我崇敬那只英勇的小鸟，崇敬她那爱的冲动。爱，我想比死亡和死亡的恐惧更为强大。只是靠了它，只是靠了爱，生命才得以维持，得以发展。②

---

① 米·普里什文：《林中水滴》，潘安荣译，载《大自然的日历》，长江文艺出版社 2005 年版，第 390 页。

② 此处为笔者译。

《麻雀》描写的不是渗透着某种思想的场景,而是一个平常的故事。这个故事的中心已不在所描述的场景或故事上,而是在于这个场景所提示的思想上。屠格涅夫在讲述一只麻雀舍身救子的时候,用以下思考来点题:"我崇敬那只英勇的小鸟,崇敬她那爱的冲动。爱,我想比死亡和死亡的恐惧更为强大。只是靠了它,只是靠了爱,生命才得以维持,得以发展"。

这就是屠格涅夫的散文诗,麻雀舍身救子的场面被"爱,我想比死亡和死亡的恐惧更为强大"点石成金,提升到了哲学的高度,获得更加普遍的意义。

三十五年后,重新读《麻雀》,我内心却突然感受到了作者人格力量的伟大:猎狗承认了麻雀母爱的冲力,先是停了下来,再是往后退了一点儿。

狗,未仗人势!

人,他赶紧一脸难为情地把狗呵斥住,此后,就离开了,心怀敬仰。

伟大的作者,他没有嗾使着让狗"吃了她",而是把自己的狗叫停了!

一条猎狗和一个大男人,难道不敢吃一只半死不活的麻雀吗?

啊,是畜是人,立辨分明!

我想叩问一下:伟大的屠格涅夫,你曾否想过收救这只受伤的小鸟吗?

普里什文的《乌鸦》还使我想起了他《人参》中的卢文所喜爱的那只老鸦。这只老鸦"不是像我们这儿的那种灰色的,而是黑色的。你乍一看会以为：'啊，那是白嘴鸭！'你再仔细一看，就明白了，白嘴鸭的嘴是白的，而它们的嘴是黑的。'那么，这是乌鸦了！'突然，从那只乌鸦的嘴里，发出我们平常那种灰老鸭的叫。这乌鸦非常聪明，当卢文到原始森林里去的时候，他常常从一棵树飞到另一棵树上，一直目送陪护着卢文。树上还有蓝色的喜鹊、反舌鸟、翠鸟、鸫鸟、黄鹂和杜鹃。鹌鹑也常跑来，在灌木丛中叫着，那叫声不像我们这儿的是'喝—片—肉'，而仿佛是：'老—乡—啊！'所有鸟儿的模样跟我们那儿的全都一样，你一眼就能认出来，只是某个小地方又像又不像。鸟也是黑的，嘴也是黄的，羽毛上也泛着五颜六色的光泽，当他准备唱歌的时候，全身的毛竖立起来。你激动地等待着，以为它马上会像我们这儿的鸟在春天里唱歌那样鸣叫起来——可是不然，它发出嘶哑的声音，再没有什么好听的了。杜鹃叫的声音也不是'咕—咕'，而是'布—谷'"①。

普里什文喜欢小鸟，处处体现了他的博爱精神，"乐"和"趣"便由此而来。

普里什文满怀欣喜之情观察小鸟，他欣赏小鸟的一举一动：

我看见一只啄木鸟，它衔着一颗大云杉球果飞着，身子显得很短（它那尾巴本来就生得短小）。它落在白桦树上，那儿有它剥云杉球果壳的作坊。它嘴衔云杉球果，顺着树干向上跳到了熟悉的地方。可是用来夹云杉球果的树枝分叉处还有一颗吃空了的云杉球果没有扔掉，以致新衔来的那颗就没有地方可放了，而且它又无法把旧的扔掉，因为嘴也并没有闲着。

这时候，啄木鸟完全像人处在它的地位应该做的那样，把新的云杉球果夹在胸脯和树之间，用腾出来的嘴迅速地扔掉旧的，然后再把新的搬进作坊，操作了起来。

它是这样聪明，始终精神勃勃，活跃而能干。

再看看落后的野鸭：

---

① 米·普里什文：《人参》，何茂正译，长江文艺出版社2005年版，第34页。

小河流进了葱茏郁茂的赤杨林里，两岸渐渐陡峭起来，河面窄得可以一跨而过。这儿的河水由于森林中的温热和流速较大，不曾冻结。一只落后的野鸭就滞留在这儿，打发着冬天来临之前的最后日子。它隐藏在林彩沉阴中，我们看不见，只听见振翅声和叫声，把它打断了，野鸭就活像瓶子，一头倒栽下来。

断翅的野鸭通常往水里逃生，它钻进水里，躲在树根之间，只把黑色的不显眼的小嘴露出水面。猎人明明看着它掉了下来，却怎么也找不到，往往都弄得筋疲力尽。

我们打伤的那只野鸭飞落的地方，正是河在转弯的地方，转弯处水势开阔，像个池塘，在这宁静的地方结着一层冰，只在表面还保留着完全透明的样子。

那野鸭看见自己向这水面倒栽下去，心想潜入水里躲起来，不料一头碰在冰上。还好，冰倒没有被碰碎。受惊的野鸭一骨碌爬起来，踏着红脚掌就走。①

普里什文关爱周围的动物，目的还是尽心体察动物的内心世界："我在想着松鼠：如果有大量储备，自然是不难记住的，但据我们此刻寻踪觅迹来看，有一只松鼠却在这儿的雪地上钻进苔藓，从里面取出两颗去年秋天藏的榛子，就地吃了，接着再跑十米路，又复钻下去，在雪地上留下两三个榛子壳，然后又再跑几米路，钻了第三次。绝不能以为它隔着一层融化的冰雪，能嗅到榛子的香味。显然他是从去年秋天起，就记得离云杉树几厘米远的苔藓中藏着两颗榛子的……而且它记得那么准确，用不着仔细估量，单用目力就肯定了原来的地方，钻了进去，马上取出来"。

普里什文以一种平等的态度对待动物，与那些不会说话却通人性的朋友神交：

田鼠打了一个洞，把眼睛交还给了大地，并且为了挖土，把脚掌翻

---

① 米·普里什文：《林中水滴》，潘安荣译，载《大自然的日历》，长江文艺出版社 2005 年版，第 392 页。

转过来，开始享受地下居民的一切权利，按着大地的规矩过起日子来。可是水悄悄地流过来，淹没了田鼠的家园。水为什么要这样淹呢？它根据什么规矩和权利可以偷偷逼近和平的居民，而把它赶到地面上去呢？

　　田鼠筑了一道横堤，但在水的压力下，横堤崩溃了，田鼠筑了第二次，又筑了第三次；第四次没有筑成，水就一拥而至，于是它费了好大的劲，爬到阳关普照的世界上来，全身发黑，双目失明。他在广阔的水面上游着，自然，没有想抗议，也不可能想到双目抗议，不可能冲水喊道："看你"，像叶夫盖尼对青铜骑士喊的那样。那田鼠只恐惧地游着，没有抗议；不是它，而是我这个人，火种盗取者的儿子，为它反对奸恶的水的力量。

　　是我这个人，动手筑防水堤。我们人汇集来很多，我们的防水堤筑得又大，又坚固。

　　我那田鼠换了一个主人，从今不依赖于水，而依赖于人了。①

　　普里什文的生活和艺术中对动物的爱与许多人是不同的。他的爱表现为尊重动物、关心动物、欣赏动物，以平等的态度对待动物，是一种大博爱的精神。他不是从自身的利益出发，让动物给自己服务，逗自己开心。所以，他不逗弄动物，更不去偷卵捉雏。这实际上就是人与动物的和谐相处。普里什文在百年前就已经身体力行，不是抱着"为了使动物爱你，你就要先爱它"的功利关系。

　　如果我们能体会到这样深挚的爱，就能体会普里什文乐于接近动物、乐于了解动物、乐于与动物和小鸟交往的感受了。

　　普里什文喜欢跟小动物亲近，与小鸟同乐，但有时一些小生物（就连最小的蚊子）也时常给他招惹不少麻烦：当他在旅途中劳累了，坐在树墩上想记录灵感的时候，恰恰就是这个时候常常有蚊子在耳边嗡嗡个不停，把文思泉涌的思想掠去不少。

　　在琢磨"林中客人"的过程中，我突发奇想：这些"林中客人"还应该包括植物界：野醋栗、款冬花、蛇麻草、云杉树、苔藓、榛子、白

---

①　米·普里什文：《林中水滴》，潘安荣译，载《大自然的日历》，长江文艺出版社2005年版，第391—392页。

桦树、赤杨树、杨柳、芦苇等。

至少还应该有矿物界一席之地：如石头。

也就是说，"林中客人"是一个整体的形象，但有必要研究一下主题结构。

"林中客人"这一节的主题是渴望理解林中鸟类和动物行为的规律性、行动的原因。怎样才能掌握这一规律呢？抒情作者别无选择，只有与鸟类和动物同吃同住，与鸟兽同群，全身心地介入、参与它们的生活，熟悉它们的生活规律。普里什文也并没有就此止步，并没有仅仅停留在"熟悉"鸟兽行为的规律性，他的理想要高得多。他与鸟兽同群的目的是因为他在自己的心灵里找到了足以引起抒情的共鸣。他进入鸟兽生活的领地，心里想着鸟兽的过去，面前陪伴他的鸟兽目不暇接，这样也就便于他理解正在发生的情况。他沉醉在鸟兽的生活中，蓦然回首，原来自己也是林中的一位客人，其乐融融。他顿悟了，原来人和自然界是按照同一规律生活的，所以，沉潜于自然越深，他了解自己就越来越多，同理，而善于静心聆听自己脉搏的跳动，就使他能更好地理解周围的世界。

在"林中客人"中，在意义一层层展开的过程中，还有一个主题就是揭露对自然的观念中已经形成的程式和俗套。普里什文心里默默地想着过去，追溯到神话意识，目的就是想挖掘形成这一程式和俗套的原因，其终极目的就是恢复公正、正本清源。"林中客人"中还有一个隐含的主题，就是自然服从于人。人是大自然之主宰、是大自然的理智，人的天赋使命就是建立另一种秩序，所以，自然界的时间形式（一昼夜、一年的序列）在顺从人的改造的同时，就成了人类历史的参与者（协同者）。这么说来，在主题发挥职能的过程中，意义的那些诱发变化（如在一个意义系列中形象的大量融合、在心里默默地遨游过去、设身处地地考虑别人的现在）都是因为渴望最大限度地想确立自然与人的和谐相处，因其如此，人觉得自己是这个世界的一部分，人之所以为人，为万物之灵长，是因为他的生活也不仅遵循对自然，也遵循对人普遍存在的规律。

（四）《林中水滴》的"一年四季"

普里什文在"一年四季"的卷首语中写道："一年四季千变万化，其实，除了春、夏、秋、冬以外，世界上再没有比这还准确的分法了"。经过分析后可以看出,"四季"里的中心形象就是时间。颠倒事物现有状态的事件的语义被凸显出来,但与此同时,自然周期有常态的语义也被凸显出来。一方面是自然常态和周而复始的语义,另一方面又是变化不断反复无常的语义,这些意义都让句式结构的丰富引起了强调式的变化:普里什文常常使用一些称名句、无人称句和非扩展句,以便突出强调自然的周而复始和稳定性;而一旦需要描写某个不一般的事物,需要对描写对象最大限度地具体化,他就使用扩展句,有时还用复杂复合句。所有这些意义都合并归拢在一个形象里,给时间这一自然和人生存的方式赋予了一种普里什文极为喜欢的有动态的稳定性,时间是所有人都应该服从的一个最重要的规律。

(五)《林中水滴》的"人的踪迹"

这一篇讲的是人的历史,即历史从过去往未来的动态进展,因此,人在过去和将来的形象就是主要的了。普里什文对十月革命前的过去持否定态度,有时甚至充满辛辣的讽刺,但是那久远的、没有指明年月的过去,即一般意义上的过去,他就将其诗意化并极力颂扬,因为他在过去看到了民族存在是遵循规律的,这个规律就是"乡土情怀"。他对"未来的人"高唱赞歌。"过去的人"和"未来的人"之间的是现在的人,他们之间的区别就是"亲自参与建设社会的福祉":想着别人的人是属于未来的人;孩子就是属于未来的人。在普里什文眼中,孩子是最理想最崇高的,而一旦成人姿态不高,就会遭到普里什文的嘲笑甚至辛辣的讽刺。一旦谈到人,一般意义的人,他就喜形于色,诚如高尔基所说,"人!这个字眼听上去多么自豪啊!"普里什文把人诗意化,用礼赞自然的抒情短文来着力张扬人。可以这么说,"人的踪迹"的"零公里标"是历史的现在,是由过去过渡到未来的一瞬间,是人变美的"美妙的一瞬间"、是本质的展现、是人与人之间关系的袒露。普里什文对待历史的观点是极为重要的:在普里什文看来,历史是不能朝着差的方向倒退,往前走就意味着朝美好迈进,但美好的未来并不是随着时间的推移而简单地呈线性运动,美好的未来是要靠拼搏的,美好的未来也是一个挥之不去的主题,历史的进程也是如此。他之所以这样理解历史,是因为他认为,自我完善是一种能够改变人的力量,这种力量既向他本人也向世界展示。

（六）《林中水滴》的"啄木鸟的作坊"

在这一章里，普里什文关心的对象是创造所表现出的最广泛的各种形式。从文化中艺术品的存在到作家个人生活中的一些细节，而正是这些细节成了他创作的原动力（出发点）。普里什文认为，创造是生命的主要规律，人只有在创造中才能找到自己存在的意义，世界也因此而延续下来。这种规律是不以某种变化、重复和时间流逝的其他方式的意志为转移的。这个规律本身就是如此，因此，时间与表现这一规律完全相符的形式——就是文化领域。这一点从"啄木鸟的作坊"这一章文本结构的形式层面就表现得很清楚。除《叶芹草》之外，普里什文在这一章里提及了更多的各界文化人士，如舍赫列扎德①、《拉奥孔》②的作者莱辛、莎士比亚、但丁、普希金③、屠格涅夫④、高尔基⑤、列维坦⑥等，他也表露了对这些文化人士的敬仰之情，他们是作家创作所追求的楷模。在这一章里，普里什文一反常规，常常把体现自己思想的形象生动的形式弃之不用，转而采用一些定义和格言警句，如"艺术家的风格是从包罗世界的激情中产生的，只有懂得这一点，并且亲身体验到这一点，同时学会抑制激情，小心地表达它，这样，你的艺术家风格才会从你个人的吞噬一切的欲望中产生出来，而不是从单纯的学习技巧中产生出来"⑦。"在艺术作品中，美丽是美的，然而美丽的力量却在于真理：可以有无力的美丽（唯美主义），却没有无力的真理。……伟大的艺术家不是在美丽中，而仅仅是在真理中为自己伟大的作品汲取力量，而这种像婴儿一般天真的对于真理的崇拜，艺术家对于伟大真理的无限的恭顺，就在我们的文学中创造出了我们的现实主义；是的，现实主义的实质就在这里：

---

① Шехерезада——персонаж сборника《Тысяча и одна ночь》. См. М. Пришвин. Собрание сочинений в 8 Томах. Том 5. С. 47.

② М. Пришвин. Собрание сочинений в 8 Томах. Том 5. С. 50.

③ М. Пришвин. Собрание сочинений в 8 Томах. Том 5. С. 52.

④ М. Пришвин. Собрание сочинений в 8 Томах. Том 5. С. 55.

⑤ М. Пришвин. Собрание сочинений в 8 Томах. Том 5. С. 102.

⑥ М. Пришвин. Собрание сочинений в 8 Томах. Том 5. С. 119.

⑦ 米·普里什文：《林中水滴》，潘安荣译，载《大自然的日历》，长江文艺出版社2005年版，第410页。

艺术家在真理面前的忘我的恭顺"①。但是，在普里什文笔下创造的形象与他的其他所有重要的形象并没有什么矛盾的地方。游戏和利益、欲望和对作品任劳任怨的专心致志、自由和职责（"自由生存"）、美和善（"追求王位者"）都聚集在创造这一个统一的形象里了。从中可以感受到，普里什文那艺术家的鲜活心灵是在渴望用自身向世界展示些什么，世界因缺少他而变得单调荒凉，世界也发现不了他身上的热望，那么这丁点儿热流就会消失得无影无踪。普里什文不愧为一位伟大的艺术家，他的心中永远都有一盏明灯！他任何时候都要严防死守最后一道堤坝！他从未停止过高声疾呼，也从未放弃过悄声低吟，于是，我的心中常常萦绕着一个疑惑：艺术为什么具有如此神奇、如此顽强的撼人心灵的力量？普里什文在世界里、在大自然里寻找的究竟是什么？他寻找的实际上正是鲜活的人的心灵的力量。

"我用看上去平常的狩猎，来在大家面前掩盖和辩护我那内心的追逐。我是追捕自己的心灵的猎人，我时而在幼嫩的云杉球果上，时而在松鼠的身上，时而在阳光从林阴间的小窗子中照亮了的蕨草上，时而在繁花似锦的空地上，发现和认出了我的心灵。可不可以猎捕这个东西呢？可不可以把这件美事对无论什么人直言呢？不消说，简直是谁也不会明白的，但是如果有了打沙鸡这样一个目的，那么以打沙鸡为名，也是可以描写自己如何猎捕人的美丽的心灵的，而那美丽的心灵中，也有我的那一份是美的。"②

舍此莫属。文学之所以为文学，她的全部魅力就在于此。杨旭说："一个和阅读约会的民族，静美而深邃，绚烂而坚毅，值得领受未来的祝福"。一个没有文学的社会，或者文学在社会里作为不可言说的嗜好而置于社会生活的边缘以及变成几乎是有强烈派别意识的信仰，那么这样的社会注定会从精神上变得野蛮起来，注定会危及社会本身的自由。在我们这个时代，科技的无节制已经不能完成文化整合的任务了，这恰恰是

---

① 米·普里什文：《林中水滴》，潘安荣译，载《大自然的日历》，长江文艺出版社2005年版，第413页。

② 米·普里什文：《林中水滴》，潘安荣译，载《大自然的日历》，长江文艺出版社2005年版，第414页。

因为知识的无限丰富和科技的飞速发展导致了专业化的出现以及深奥语汇的使用，甚至滥用。

文学则相反，与科技不同，它的过去、现在和将来都是人类经验的共同分母之一；通过这一分母，人类可以交流和对话，而不管生命的规划有多少不同，不管各自所处的地理和社会环境有多大差异，甚至决定各自活动范围的历史时代有多大区别。普里什文说："我所理解的艺术中的自然主义就是艺术家对待自然的某种态度，或者说是个分数，分子——是主体（艺术家），极小，分母——是客体（自然），极大"①。中国这些阅读李白、杜甫、曹雪芹、鲁迅、钱钟书、沈从文、陈忠实作品的华夏民族的子弟与阅读塞万提斯、莎士比亚、但丁或者托尔斯泰作品的人们，通过语言的忠实互译可以互相理解，感觉自己是人类大家庭的成员，因为我们从这些作家创作的作品里学到了人类共有的东西，学到了超越我们之间广泛差异长久驻留在心头的东西。没有什么能比文学更好地保护人类抵制愚蠢和偏见、种族主义、排外主义、宗教或者政党的狭隘和短见以及民族沙文主义。伟大的文学反复证明了这样一个道理：世界各地的男女应该是平等的；在男女之间确定种种歧视、束缚和剥削的形式是不公正的。没有什么能比文学更能让人们看清楚：虽然有种族和文化的不同，人类的遗产是丰富的；文学教会人们珍惜这份遗产，因为它是人类创造力的表现。如此全面和生动的关于人的知识，今天只能在文学中找到。为此，普鲁斯特才断言："真正的生活，最终澄清和发现的生活，为此被充分体验的唯一生活，就是文学"②。古希腊的亚里士多德早在两千多年前就透彻地洞察到："文学是人类的声音中最富表现力的"。歌德也说："文体是艺术所能企及的最高境界"。有了文学，生活就变得安全了。高莽说："如今，每当在生活中得不到安慰时，我就到文学的神奇的大海中去捞取，我从来就没有落空过。学会在文学的大海里潜泳，是何等的幸福！"③ 有了文学，即使是在希特勒的铁蹄蹂躏欧洲弱小民族的时候，是战士的，他们每个都信誓旦旦地庄严宣告：我们"永不

---

① 米·普里什文：《大地的眼睛》，潘安荣译，长江文艺出版社 2005 年版，第 176 页。
② 转引自《名作欣赏》2006 年第 9 期，第 21 页。
③ 高莽：《妈妈的手》，中国华侨出版社 1994 年版，第 8 页。

掉队"①；也是由于有了文学，李业辉说，"当我在自己的文艺生活道路上，感觉到眼前充满黑暗，在探求生活光明的出路时，读到了《大地的眼睛》"②。一位囚徒读到普里什文的《太阳宝库》，突然感到：牢房的门快要打开了！的确，从于是之的《幼学纪事》中你能看出，文学阅读具有多么强大的力量，尽管环境那样恶劣，因为有莫里哀、雨果和19世纪的散文和诗歌，他也便没有胡乱地生活。从夏榆的《黑暗之歌》中你能看出，夏榆不就是靠文学透出的生活的光亮抵御煤矿生活的黑暗，在漂泊生活中追寻、实现生命的价值么？这当然并不是说他们获得了一定的成功，就一定实现了生命的价值，实际上，重要的意义不在于这目标本身，而在于文学阅读的巨大力量鼓舞着他们并激励着我顽强地生活、不倦地追寻。史铁生的《命若琴弦》和他个人的生命体验不是做了很好的证明么？正是因为有了文学，洞察力深远的俄国革命民主主义作家们看到了"黑暗王国中的一线光明"，我在追寻中有时觉得生而为人真好，因为我们不时会遇到一些意想不到的小小欢乐、友情、来自不相识人的善意和奇迹般的关心。有时也会全身充满勇气，看世界也是充满希望。

文学怎么就让世界充满希望呢？

普里什文写道：

乐队指挥穆拉文斯基打来电话。他和我素不相识，却表示了对我作为一个作家的认可，甚至提到，《林中水滴》是他的"伴枕书"。这样的读者是我的黄金储备，意义甚至更重大——是不含任何杂质的黄金——他们同自然的真理一样，沉淀在我的心灵中。

对我而言，无论是对我创作的充分肯定，还是丰厚的奖金、大块的奖章，乃至价值十足的文章，都算不上什么幸福。我的幸福就是我的读者能够像涓流一样缓缓汇成永恒的浩瀚之水。我的每一位伟大的读者，我的黄金宝藏，带入我心灵中的，就是死后复生的快乐、希冀

---

① 奥列西·冈察尔：《永不掉队》（冈察尔短篇小说集），乌兰汗译，外语教学与研究出版社1982年版，第12页。

② 李业辉：《岁月随想》，三秦出版社1999年版，第16页。

的火花。①

普里什文还写道:

还有,诗是为自然的法则吸引的。

一位天文学家证实,普希金诗中的天文数据和事实分毫不差。还有个植物学家,看着天文学家,也证实,植物学上也是如此:有一种树现在业已灭绝(在比萨拉比亚),但普希金的时代却有。

不过,诗歌中对外界事物的考虑是自主发生的,没有设法揭露事实的刻意的关注,无论是借用天文学还是植物学的方法,揭露事实的结果往往流于自然主义,以及不可避免与此涉及的诗歌中的舛误。如此一来,诗必然是自由的,在自由的道路上难免为事实吸引,就像赶路人的注意力为里程标所吸引一样。②

可以大胆地猜测一下,"啄木鸟"这个形象可能是朴素平淡的普里什文的一种自谦式的夫子自道。人要创造,就需要一种坚韧不拔的精神,要细嚼慢咽多琢磨,更要抱住不放死钻研,像啄木鸟一样用强直尖锐的嘴啄开树皮,不钩食树木内蛀虫誓不罢休。陇东方言把啄木鸟称为"抱抱牵"是多么形象地表现出了啄木鸟劳作的画面感!这种誓不罢休就是不甘示弱,也是另一种追求。这种执着的追求不是简单地有勇无谋,而是深深地植根于文化修养和长期陶冶之中的。索洛乌欣说:"对于我们来说,祖国的大自然,不仅仅是驰目所见和神驰领悟的一切。我们一直经历着理解和感受祖国大自然的良好教育。我们在饱览大自然和赞美大自然的时刻,是调动了我们读过的俄罗斯作家和诗人的作品、听过的俄罗斯音乐和看过的写生画家绘画过程中的全部积累。换言之,我们对祖国大自然怀有的感情是植根于文化修养和长期

---

① 米·普里什文:《大地的眼睛》,潘安荣译,长江文艺出版社2005年版,第80页。
② М. Пришвин. Собрание сочинений в 8 томах. Том 7. С. 261;参见米·普里什文《大地的眼睛》,潘安荣译,长江文艺出版社2005年版,第188页。

陶冶之中的"①。

  普里什文的渴望自由生存并不是他看破红尘之后的一种彻底撤退和完全归隐，而是清醒的急流勇退和以退为进。他这种彻底撤退和完全归隐实际上不是明哲保身，而是最积极的，因为积极看待生活并不是一件坏事。通过正面的积极思考来鼓励自己、相信人性、期望世界进步、高举人本主义和爱的大旗地积极生活，也是一种很了不起的活法。从本质上说，普里什文这一退一进是极了不起的。为什么？因他誓不罢休，因他不甘示弱，更因他另有追求！人生需要追求，也需要一种修养，一种精神上的修养，一种化释种种烦恼的心理调解，使自己摆脱"物"的奴役和缠绕，处于一种自省、自明的精神状态，保持一种人格的独立和精神的自由。在俄罗斯文化长河中，作家们追求心灵的自由，古已有之。从拉季谢夫到普希金、莱蒙托夫，再到契诃夫、高尔基和布洛茨基，他们都把心灵的自由看得高于一切，到了我们华夏民族的青年诗人柔石，就干脆"生命诚可贵，爱情价更高。若为自由故，二者皆可抛！"而俄罗斯文学中的狩猎作家屠格涅夫、托尔斯泰、阿克萨柯夫，狩猎诗人涅克拉索夫，狩猎科学家米克卢霍·马克莱，旅行家普尔热瓦利斯基，还有现当代的格林、普里什文、帕乌斯托夫斯基、索洛乌欣、阿斯塔菲耶夫这一路贴近大自然的作家不仅真正地体味到了与天地万物同流的心灵的自由，而且通过自己的文学作品向世人展示出一种高妙的"与天地精神相往来"的自由境界。唯有在自由的境界里，人才能拥有理解万物感受一切之心。有此心就有了诗化的人生，有了诗化的人生就有从那崇高心灵深处流淌出来的高妙美文和伟大回声。"崇高是伟大心灵的回声啊！"（朗加纳斯语）恰好是艺术为解决社会问题提供了一把钥匙。普里什文在晚年，已识破名缰利锁，遂获得了自由之身和自由之心，特别是在卫国战争的艰难岁月，他感受到了肖斯塔科维奇悲壮的第七（列宁格勒）交响曲的强大力量，在他经历了第二次世界大战的洗礼和种种离乱之后，他的心境渐渐趋向自然平淡和意趣高远，他也期望在调和了人与自然、情与理的关系中达到一种超越现实的心灵自由，使自己的精神从战争的痛苦中解脱出来。他所追求的那种超逸和暂时隐居的情怀，并不是隐居

---

① 索洛乌欣：《掌上珠玑》，陈淑贤译，百花文艺出版社2002年版，第21页。

雅罗斯拉夫尔远郊的深山老林而不食人间烟火,也不像苦修的僧道那样心如枯井寒灰。渔樵农人、小舟风帆、茅店酒旗、人家几处、行人三两,关注清幽、宁静、淳朴的自然、浸润物我合一的生命境界,以客观环境为依托,借回归自然以走向身心的自由,而且在真实的现实世界中找到了寄托自由的精神家园:"我泛舟河上,顺流而下,心中想着大自然;现在大自然在我是一种起始不明的东西,是一种'赐予',人类本身才在不久以前从它那里出来,现在又从它那里创造自己的东西——创造第二个大自然了"①。

有时候心中千头万绪,一如纷纷大雪,回旋穿插乱飞,一丝想头也把握不住,不过凄婉的情味却一点也没有,这心中思绪的风雪,就好像是在阳光下刮起的。我于是从这个内心世界中,从这个眼下无法把握住一个想头可资深入思索的内心世界中,去望那外部世界,只见那儿也充满明媚的阳光,在冻结的银色雪地上,也有一阵阵风雪在飞蹿。

世界是美丽非凡的,因为它和内心世界相呼应,把它继续了下去,并使它扩大、增强起来。光的春天,我现在是从阴影上来辨认的:我走的路已被雪橇压过,路的右边是蓝幽幽的影子,左边是银晃晃的影子。你顺着雪橇的辙迹走,就好像能够无止境地走下去②。

……你满心欢喜,站在它们面前,奇怪人为什么还不伸手去取这实在的财富,取这真正的幸福。说出来吧,给人指明吧,但是怎么说好呢,免得人家百般地称赞你,说都是因为你独具慧眼的缘故,反倒把全部幸福都糟蹋了。③

……我从家里出来,一走进森林,便感襟怀旷荡,真是到了一个大

---

① 参见米·普里什文《林中水滴》,潘安荣译,载《大自然的日历》,长江文艺出版社2005年版,第408页。

② 参见米·普里什文《林中水滴》,潘安荣译,载《大自然的日历》,长江文艺出版社2005年版,第411页。

③ 参见米·普里什文《林中水滴》,潘安荣译,载《大自然的日历》,长江文艺出版社2005年版,第412页。

世界。

……是啊,我进入森林,兴奋万状时,所体验到的正是这些,这实在是体验到了一种巨大的整体,你现在就在这个整体中确定着你个人根须的使命。我的这番兴奋,就和朝阳升起时的兴奋没有什么两样了。①

无论春夏秋冬,普里什文都抱着语言艺术家的一种人格理想,一种精神追求,有这种人格理想和精神追求,便有了《林中水滴》创作的原动力,于是他的这滴水就有了更为丰富、更为深广的精神内涵。

"我还知道,果然能自由生存时,那亲人般的关注便会大大加强。所以我现在就愉快地和整个生活融合在一起。"②

"人的身上有大自然的全部因素;只要人有意,便可以和他身外所存在的一切互相呼应起来。"③ 这表达了他对美好生活的热爱,对山河胜境的欣赏赞叹,对灿烂未来的热情憧憬,流露出了一种怡然自得的心绪。

怡然自得,结果就是"我以探求美好事物的希望和欢乐而生活,我有可能从这里吸取营养"④。那么,为什么"我以探求美好事物的希望和欢乐而生活,我有可能从这里吸取营养"呢?普里什文在《追求王位者》的一节中高屋建瓴地总结道:

在艺术作品中,美丽是美的,然而美丽的力量却在于真理:可以有无力的美丽(唯美主义),却没有无力的真理。

古来有无数坚强勇敢的人,伟大的演员,伟大的艺术家,但俄罗斯人的本质不在于美丽,不在于力量,而在于真理。如果竟是整批的人,整个的外貌都浸透了虚伪,那么对于基本的文明人来说,这却不是基本的状况,他们知道,这虚伪是敌人的勾当,它一定会消失的。

---

① 参见米·普里什文《林中水滴》,潘安荣译,载《大自然的日历》,长江文艺出版社 2005 年版,第 412 页。

② 参见米·普里什文《林中水滴》,潘安荣译,载《大自然的日历》,长江文艺出版社 2005 年版,第 413 页。

③ 参见米·普里什文《林中水滴》,潘安荣译,载《大自然的日历》,长江文艺出版社 2005 年版,第 400 页。

④ 参见米·普里什文《林中水滴》,潘安荣译,载《大自然的日历》,长江文艺出版社 2005 年版,第 414 页。

伟大的艺术家不是在美丽中,而仅仅是在真理中为自己伟大的作品吸取力量的,而这种像婴儿一般天真的对于真理的崇拜,艺术家对于伟大真理的无限的恭顺,就在我们的文学中创造出了我们的现实主义;是的,我们的现实主义的实质就在这里:艺术家在真理面前的忘我的恭顺。①

"啄木鸟的作坊"的意义生成过程要求我们要理解一点,创造的时间究竟意味着什么:这一时间连接着创造和世界,此时此刻,他们同一个节奏同呼吸共命运,这个时间不能用分分秒秒来计算,而是要拿一个个事件来衡量;另外,这又是作家的时间,也就是说不是情节展开的时间,而是作家思考、感受、言说的时间,这是人的心灵的时间,是亲情关怀的时间,而归根结底,最主要的是——这是存在和生存的时间,它赋予一切创造以意义为指归。

如果总揽一下《林中水滴》的形象体系和意义生成,可以得出这么一个结论:普里什文运用笔下的一些形象成功地暗示了极为丰厚的意义蕴涵,他的高妙之处何在呢?他靠的就是对形象巧妙地进行重新组合,另一个绝招儿就是把一些潜藏的意义突出强调、着力渲染。尽情展示这些潜藏的意义,展示它们之间的联系和一致性,而恰恰就是这展示的过程不由自主地不经意间构造了形象体系的结构。另外,意义的展开又受制于这一组稳定的形象,如树、水、林中客人、一年四季、人的踪迹、啄木鸟的作坊。可以把这个或那个形象的语义形成方法称为"语义上的一箭双雕或同步交叉":形象的语义至少是靠两股平行流淌的意义流而形成的,因此形象就从单一的概念上滑落过去,形象的意义一下子变得既灵动又活泼且飘逸,但同时这个形象又完全确定地存在着、贯穿着、行使着自己在"本文"中的职能。"树就是树、水还是水,啄木鸟还是在琢磨。"这些形象扯不去,赶不走,时时刻刻萦绕于脑际、回响在耳边、温暖在心田。正是这一点使得《林中水滴》的意义展开呈现动态的稳定性。如果说《叶芹草》是抒情作者生命的时间形成进程,那么《林中水滴》就是世界的形成时间,林中的整个形象体系也就服务于这一个终极目的。

---

① 米·普里什文:《林中水滴》,潘安荣译,载《大自然的日历》,长江文艺出版社 2005 年版,第 413 页。

无论从哪种意义上说，构成《林中水滴》语义和形象结构的主要意义还是整个生命在时间上的深入扎根，世界又是变化着的，无论是深入扎根还是充满变化，但都有自己的极强之时，也有自己的衰退之际。舍此，生活是不存在的，但是，人要证实自己的存在、人的目的（不是指具体的目的，而是指不因虚度年华而碌碌无为的生活）就是要热烈地追求高水准地与整个世界亲情融洽——至少应该不能少，因为在亲情融洽的世界里时间消失着，而那个美妙的一瞬间变成了永恒！诗人普希金早就赞叹："我记得那美妙的一瞬间！"还有人期盼"瞬间！请留住！"普里什文期许，"最终还是该说，美妙的瞬间！停下来吧！"①

有人问博尔赫斯："文学有什么用处啊！"他很生气，便回答说："没有人会问：金丝雀的叫声或者日落的彩霞有什么用处！"的确，既然这些美好的事物在眼前，由于有了它们，生活才不那么丑恶、不那么凄惨了，哪怕只是一瞬间，如果非要寻找实用性的理由，那是不是心灵太粗鄙了呢？

"文学有什么用啊！"那请看恩格斯1888年4月初在"致玛·哈克奈斯"的信中的精辟论述："巴尔扎克，我认为他是比过去、现在和未来的一切左拉都要伟大得多的现实主义大师，他在《人间戏剧》里给我们提供了一部法国'社会'特别是巴黎'上流社会'的卓越的现实主义历史，他用编年史的方式……汇集了法国社会的全部历史，我从这里，甚至在经济细节方面（以革命以后动产和不动产的重新分配）所学到的东西，也要比从当时所有职业的历史学家、经济学家和统计学家那里学到的全部东西加在一起还要多"②。

四　自然沉思录《大地的眼睛》的文体

在《大地的眼睛》中，普里什文涉及的人文范围极为广泛。帕斯捷尔纳克在书信中给我们分享了他第一次阅读记录体的《大地的眼睛》的快乐之情："我开始读这些记录体的东西，我震惊的是，渐渐演变成名言

---

① 米·普里什文：《大地的眼睛》，潘安荣译，长江文艺出版社2005年版，第253页。
② 纪怀民、陆贵山、周忠厚、蒋培坤编著：《马克思主义文艺论著选讲》，中国人民大学出版社1982年版，第269—270页。

的这些警句和摘录出来的文句怎么能表达这么多的韵味儿，它们几乎可以代替好几本书"①。在这一节，主要想分析论述一下普里什文关于人与自然的主题。

《大地的眼睛》这部作品的体裁是抒情散文，也有散文诗。在这部散文化自然沉思录中，文体特征方面浪漫主义的因素要强一些。作者哲学思考的重心即普里什文的宇宙世界（人对自然的亲情关怀、和谐共生、共同创造），其中弥撒涉及大部分事关人文的领域：自然与人、人与艺术、人与社会、人与历史等。最后的落脚点还是文学是人学。

什么是自然？

自然，和生命一样，不服从逻辑的定义。你们随便问一个人，他怎样理解"自然"这个词的含义。没人会给出一个包罗万象的定义：在有的人看来——自然是劈柴和施工的材料，对有的人而言——则是鲜花和鸟的鸣唱，有的人以为—自然是天空，还有的人认为——自然是空气，诸如此类，不一而足。这时，这些需求者中的每一个人都知道，这还不是全部。

不久前，自然还是超越个人利益之上的某种东西。战争中，我们感受到了对待自然的关切，正如我们对此所感受到的一致的关切：自然是故土，是我们的家园。

自然在我们面前呈现的就是故土的形象，于是故乡——母亲化身成了祖国。

社会中的人应当遵循自己的自然天性成长，成为你自己，成为独一无二的，就像树上的每片叶子都相异于另一片叶子。但是，每篇叶子中都和其他的叶子有共同之处，这种共性沿着枝杈、导管流淌，形成了树干的力量和整棵树的一体性……

结果呢，自然即是一切。那么人与自然的区别何在？

人，是自然的君王，即是树的树身。人受命于自然，就像受命于统一强大的国度，人在其中完成人类的运动，人类的成长，人类谋求统一

---

① Цит. по В. Д. Пришвина. Круг жизни. Изд-во М. : Художественная литература, 1981. С. 191.

的奋斗。①

还是那句古老谚语的反复提醒引起了我们的注意:"不要一叶障目,或者不要只见树木不见森林。维护社会团结统一、防止社会解体为大量唯我论的利己主义者,需要人人有归属感,而这一感觉在很大程度上取决于是否对森林存在的高度觉悟"②。

"我们在自然中触到了生命的创造,我们和自然一同参与创造,将我们与生俱来的和谐感融入自然。所有这些纯粹的、惟人类独有的情感或思想,在触碰到自然时,就会迸发出火花,变得昂然振奋,人类自己也完全站立起来——被破坏的和谐正在恢复。"③

自然的创造与人的创造区别就在于同时间的关系:自然创造现在,人创造未来。④

我想,每一个有能力走进自己内心、走进自己的大自然的人,都能在那里找到潜藏在身的禀赋、使命和行为方式(自己的"必需")。

不仅如此,人还能在那里找到维护自己的意志、维护与天才的运动相一致的自己的"所愿"的根据。天才的这种运动是所有开花植物共有的运动:朝着太阳向上。⑤

人与自然应是和谐一致的。

普里什文将致力于人与自然的和谐一致视为己任,而且他引以为自豪的是:"我在《太阳的宝库》中获得了成功"⑥。

人是万物之灵长,是天地间最了不起的杰作。我国早在先秦时期就

---

① М. Пришвин. Собрание сочинений в 8 Tomax. Toм 7. C. 437;参见米·普里什文《大地的眼睛》,潘安荣译,长江文艺出版社 2005 年版,第 363 页。
② 转引自《世界文学》杂志 2004 年第 2 期。
③ М. Пришвин. Собрание сочинений в 8 Tomax. Toм 7. C. 440;参见米·普里什文《大地的眼睛》,潘安荣译,长江文艺出版社 2005 年版,第 365—366 页。
④ М. Пришвин. Собрание сочинений в 8 Tomax. Toм 7. C. 434;参见米·普里什文《大地的眼睛》,潘安荣译,长江文艺出版社 2005 年版,第 360 页。
⑤ М. Пришвин. Собрание сочинений в 8 Tomax. Toм 7. C. 438;参见米·普里什文《大地的眼睛》,潘安荣译,长江文艺出版社 2005 年版,第 364 页。
⑥ М. Пришвин. Собрание сочинений в 8 Tomax. Toм 7. C. 130;参见米·普里什文《大地的眼睛》,潘安荣译,长江文艺出版社 2005 年版,第 53 页。

有大思想家对人发出了由衷的赞美。孔子说:"天地之性人为贵",《礼记·礼运》中说:"人者,天地之心也",《老子》言:"故道大,天大,地大,人亦大",都是将人置于宇宙的首位,并十分重视人的价值。在西方,自文艺复兴以来,人也获得了至高无上的地位和尊严,莎士比亚将人称为:"宇宙的精华,万物的灵长",还有思想家将人称为"具有人类外表的神"。在俄罗斯,高尔基早就发出了"人!这个字眼听起来是令人多么自豪啊"的呐喊。善于"描绘大自然的艺术家不也如此吗?他们看进自然的深邃目光,他们珍藏于心的风景不是别的,正是把目光停留在自然之上,却试图深入人的灵魂,深入人不可阻挡的运动的努力。每一幅珍藏于心的风景画中都有人的运动"①。

人之所以称其为人,人之不愧为万物之灵长,就是因为他一生都在矢志不渝地追求美好的东西。普里什文回忆道:

记得勃洛克读罢我的一本关于自然的书,对我说:"你实现了对自然的理解,和自然融为一体。可是,你是怎么做到投身其中的呢?"

"为什么要投身呢,投身只可能是向下的运动,而大自然中令我热爱的事物都在我之上:我不是投身,而是挺身向上",——我答道。

自然中一切的生命都是从大地上长起,不断朝向太阳长高。草木、动物——四方生命都要生长。人也完全一样,人与自然融为一体的时候,他就变得崇高起来,他也在成长。②

高尔基曾经说过,他感到人的宝贵之处在于:"人以巨大而可怕的顽固性要做一个在某一方面超过自我的人"。

"也许,人本能地感觉到他事实上真的比在日常琐屑和世间苦难中,高出许多。"③ 我想,人不管有多么伟大,多么神气,多么独特,在世间占据着多么重要的地位,领受了多少的歌颂与赞美,他们都是母亲"十

---

① М. Пришвин. Собрание сочинений в 8 томах. Том 7. С. 332;参见米·普里什文《大地的眼睛》,潘安荣译,长江文艺出版社2005年版,第257页。

② М. Пришвин. Собрание сочинений в 8 томах. Том 7. С. 451~452;参见米·普里什文《大地的眼睛》,潘安荣译,长江文艺出版社2005年版,第377页。

③ 转引自索洛乌欣《掌上珠玑》,陈淑贤译,百花文艺出版社2002年版,第115—116页。

月怀胎、一朝分娩"的结晶，都是宇宙的臣民。

在宇宙中生活的臣民，大自然对其是会进行矫正的。

该把操心的事留在家里，满怀由衷喜悦的愿望，悠闲地漫步，边思考，边聚精会神。这时，万物都会回应你的关注——一棵浅蓝色的风铃草点头致意，松树下的青苔邀你落座，一只松鼠调皮地嬉闹，从上面对准你投下一颗云杉果。

需要细心地观察自然，并以人的方式思考。当你在思想中迷失，奇异的生物会跑来帮你，指出你的错误。它们扬起笑脸，闪耀着露水和绚丽的色彩，乐得带你回到正路上。

这些我都相信，大概，我也知道这是确乎有的事，所以才让自己天马行空地思考，甚至思考不允许思考的一切。

我随心所欲地思想，坚信自然会为我矫正，指出整个人类该怎样思想[①]。

在任何情况下，理解大自然就是感受自己的肉体。所以，要用身体与大自然融为一体。在任何情况下，也即使是在第一次世界大战高度白热化的1916年，普里什文仍然还是发现并感受着大自然的美："今年，我们区里的大自然与人的心灵达到了如此奇妙的结合，这种图景要是出现在以前，编年史家肯定会把它当作征候预兆而捕捉下来"[②]。

在我的"大自然"中，我只在抒写属于自己的这份情感，我的全部文集只是在揭示这一份情感。

我不是独自忍受三月的煎熬。这份情感孕育了人类，比之恺撒和亚历山大·马其顿的伟业，这份情感更加卓绝：这就是此刻所蕴含的永恒的光辉，在这光中将诞生全部的艺术，还有整个人类。

所以，当这份情感灌注于自身时，就会像不灭的灯火照亮生命。这

[①] М. Пришвин. Собрание сочинений в 8 Томах. Том 7. С. 437 – 438；参见米·普里什文《大地的眼睛》，潘安荣译，长江文艺出版社2005年版，第364页。

[②] （俄文版）《普里什文1914—1917年日记》，莫斯科工人出版社1995年版，第232页。

样的人，对任何壮阔的事业，堂哉皇哉的伟业，都泰然应对，独立不羁，不盲从人言，不为书报所左右。

还应当说，这一刻所蕴含的光辉存在于每一个人，大概，就被称作爱。只是并非所有人都全身心地效力于这光。效力，就是创造性的劳动。

……

离人类越远，离自然之初越近，繁衍就越多——满腹鱼子的游鱼，满树杨絮的山杨，意义何在？一个人在本质上越是不断完善，他就越不易繁衍。最终，人是诞生在自己的理想中。拉斐尔是什么时候知道这个的——那是什么时候！而我只是现在才……这只有从对男人而言极少见而又艰难的爱的经验中才能洞晓。①

结论：普里什文在写大自然，写自然与人的同时，他着力强调："首先从自身理解大自然，用人类的语言向自己讲述自然，而后则要令大自然自我言说。每个有思考力的人都做得到第一步，但第二步只有艺术家才做得到。艺术家的使命就在于驯服自然，令大自然开口言说。艺术家的法则就是这样：把思想珍藏于己之心，莫要夸夸其谈，让自然本身替他说话"②。

普里什文写大自然，浸入了强烈的个人情感和深邃的理性思考，营造出"我的自然"和王国维所说的"有我之境"：

自然中任何微末的事物都代表宇宙，我正是从对自然的感触中知晓这些的。如今即便在人类社会，在不同世界的争斗中，自由自在地专注于日常生活事实的人，会发现更多的意义。那些向我们极富表现力地诉说着有关整个自然世界的露水、树叶、卷须，也存在于当下的整个地球的人类社会。为艺术家、自然描绘者所熟知的世界一体的情感，原本就该在人类世界一体的情感中加以明确，但这受到了阻碍。

民族的框界阻碍这一情感的升华：拉脱维亚人、犹太人、中国人、德国人，还有其他的族群，横隔着整个人类的情感。我们欣喜的欢迎一

---

① 米·普里什文：《大地的眼睛》，潘安荣译，长江文艺出版社2005年版，第87页。
② 米·普里什文：《大地的眼睛》，潘安荣译，长江文艺出版社2005年版，第170页。

个人在发生学的定义上保持自己根本的同时，仍旧是犹太人、德国人、拉脱维亚人、中国人——还能够做出有益于全人类的行为。

欣喜的欢迎一个属于全世界的人的情感，不正是在自然中遇到那些能够将我们提升到感知整个自然一体境界的事实时我们所感知到的东西吗？①

正是由于大自然能够将我们提升到感知整个自然的境界，所以，"你自己无论被什么挤迫，读晦涩难读的书，头疼欲裂，抑或佝偻着身子蜷在车里，还是躺在床榻上备受梦魇折磨——大自然会以其迷人的丰姿呈现在你面前。你从自己这里望去，不由地欣喜若狂：在那里，大自然中，生活是那么让人心醉！真想抛开一切，奔向大自然。怎么样？你就抛开一切吧。只是得记得，你的时间会随你同去。在那里，前方景色越美，越迷人，你就越加难以承负自己的'必须'"②。"我们后来从森林里出来，现在我身上常常是这样：到了林子，我活像个小学生，而出了林子就是个老师。"③

普里什文对大自然所饱含的强烈个人情感始于儿时，对大自然深邃的理性思考与岁俱增：

从儿时起，别人的思想就像秋天树林里干枯的秋叶，纷纷扬扬地落到我们的禀赋刚冒出的绿芽上。我们需要掌握别人的思想，好让自己嫩绿的新芽长得更高。但是，在别人腐朽的思想中找出属于自己的思想，是何其艰难！

大概，正因为这样，我在夏天走进森林时，总要那样关切、探询地环顾四周，尤其是在俯视下面的花花草草的时候。那时还没有蘑菇、浆果，我还不清楚自己在找什么。我就这样地寻觅，仿佛身处某个地方的时候，我甚至知道，也看得到我要寻找的东西，只是找不出合适的词语

---

① 米·普里什文：《大地的眼睛》，潘安荣译，长江文艺出版社 2005 年版，第 218 页。
② 米·普里什文：《大地的眼睛》，潘安荣译，长江文艺出版社 2005 年版，第 364 页。
③ М. Пришвин. Рассказ "Лесной хозяин". См. Собрание сочинений в 8 Томах. Том 5. С. 334.

给它取个名字。

瞧，我现在看到了……

那里，在云杉后面的高空中，日转光移，整株景天在光中变成了兔子的小山伞。

我幸福，我欣喜。我看到了一些东西，我找到了一些东西，现在我甚至知道自己一直在寻觅什么，自己又找到了什么。我在寻找自己的思想，我在参与太阳、森林、大地的事业中找到了思想。我参与了这一切，这是我的快乐和思想之所在。①

索洛乌欣说：

要是认为普里什文一生都在描写大自然、森林、天空、溪流，这是一种极大的误解。

普里什文写的是人，是人在接触大自然界时细腻的感受，写的是人的意识，心灵中所产生的细小冲动以作为对略微接近大自然的一种回应。他把人在欣赏小花、冰凌、挂在蜘蛛网上的雨滴、正在融化的春雪、漂浮的白云的那一瞬间，把人的心灵和人的思想中的流动历程记录下来。

当然，如果同意他写的是人，那么，他写的只是他自己。也好，就算是他写的是自己，这也无可非议。他是一位细心、敏锐、聪慧的人，最主要的，他是一位杰出的艺术家。我们何必让普里什文描写司机伊万诺夫对勿忘草的感受来代替普里什文自己对勿忘草的感受呢？②

用索洛乌欣的肺腑之言来论述他的老前辈普里什文是再恰当不过了。

普里什文作为一位有深厚的人道主义思想的艺术家和思想家，他对世间万物施以爱的博大胸怀，与我国古代朴素的生态保护思想有贯通之处。当然，现在还不敢肯定，也找不到证据来说明普里什文直接或间接继承了我国古代朴素的生态保护思想，但是普里什文在《人参》中，通过卢文这个形象表达了自己与我国"春季不准携带斧子进山"这一禁令

---

① 米·普里什文：《大地的眼睛》，潘安荣译，长江文艺出版社2005年版，第218页。
② 索洛乌欣：《掌上珠玑》，陈淑贤译，百花文艺出版社2002年版，第85页。

相同的思想："卢文每天早晨总要跟它们说说话，喂点东西给它们吃。我很喜欢他的这种友谊，喜欢这种热切关注一切生物的精神。我特别喜欢的是，卢文做这种事并没有什么动机，或者硬是要它们过什么好日子，他根本没有想过要做个什么榜样给别人看，这一切都出自一种本能，在他是十分自然的。他捉了一只野鸭，当然得吃掉，可是得'杀'了吃，那怎么办呢？所以他请求一个较为懂得此道的人，也就是大尉来办理这件事。可是，当他得知大尉本人恨透了别人灭绝美丽的、越来越少的动物，而想加以保护和让其繁殖的时候，他是多么高兴啊！"①。他的《捍卫大自然》一文也足以说明他对中国的情况是熟悉的②。在我国古代很早就注意到人必须尊重和顺应自然规律。保护环境、维持生态平衡的思想早已有之。大舜曾下过禁令，规定春季不准携带斧子进入山林。西周时就强调以时开禁，取用有度。《国语》中记载了春秋时鲁宣公在泗水张网捕鱼，其臣里革把渔网割断扔在水里的故事。里革强调人应该合理利用资源。他认为，春夏鸟兽鱼类孵卵孕胎，不应捕杀，树木发芽生长，不宜砍伐。野生动植物只有不断健康繁衍，才可能取之不尽，用之不竭。

先秦时期，随着"天人之辩"的逐步展开，儒道各家从哲学高度探讨了人与自然的关系，进一步丰富了环保思想。儒家认为人是天地所生，人的生存对自然有着很强的依赖性，即常言所说"靠山吃山靠水吃水"是也，因此，他们十分重视在开发和使用自然资源的同时保护自然资源。孔子钓鱼，但不用网捕鱼；射鸟，但不射巢中眠宿之鸟。孟子甚至将此纳入"王道"即政治思想的轨道，强调不随意违背农时，不过度撒网捕鱼，只有这样，才能有足够的谷物鱼鳖，才能保证百姓"养生丧死无憾"。荀子亦将环保的制度和思想称为"圣王之制"。儒家还在一定程度上认识到，自然界有不以人的意志为转移的规律，为了合理利用自然，人们必须尊重自然规律，自觉地维护生态平衡。在树木生长期"斧斤不入山林"，鱼鳖繁殖期不撒渔网，不投毒药，都是为了"不灭其生，不绝其长"。荀子总结"天人之辩"，论述了尊重自然规律的重要性，要人"明于天人之分"，既不违背自然界的客观规律而与天争执，又在认识和

---

① 米·普里什文：《人参》，何茂正译，长江文艺出版社 2005 年版，第 34 页。
② М. Пришвин. Собрание сочинений в 8 Томах. Том 5. С. 425.

尊重自然规律的基础上与天地配合，从而使天时为生产服务，促使万物繁殖成长。不能违拗自然规律的观点，在中国古代环保思想中一以贯之。

道家老庄的环保思想近年来为世人所瞩目。老子认为天道自然无为，人只是万物中之一物，人的行为应当效法天道，顺应自然，不随意妄为。老子这种尊重自然法则的态度是合理的。庄子以"天"为自然状态，他盛赞自然的完美，而鄙视人为对自然的改造。老子和庄子强调不破坏生物的天性，主张人对自然无争无为，保证人心纯朴自然，这与环保思想有着深刻的相关之处。

中国古典诗词中的赞美山水之作处处都充满着人文关怀，也表达了作者的审美情趣。这是因为诗人之为人，集自然人、社会人、文化人三重属性于一身，而山水兼具形态美、氛围美、自然美等多重美感，能够赋予诗人丰富的愉悦与启迪，也使他们领略到自然与人的美妙对应。古代文论中的感应论认为，人的情感与自然界的阴晴明晦、寒暑炎凉是对应的。所以刘勰在《文心雕龙·物色》中说："岁有其物，物有其容，情以物迁，辞以情发"。在这里，不妨以自己记忆中有限掌握的一些古典诗词中的"绿色"描写为例，观照一下古代诗人的审美情趣和生命意识。刘禹锡写道："苔痕上阶绿，草色入帘青"；李白写道："春草如有情，山中尚含绿"；王安石写道："春风又绿江南岸，明月何时照我还"；梅尧臣则更进一步："寒草才变枯，陈根已含绿"；在初冬的萧瑟中就由地下的微绿遥想明春蓬勃的大片的新绿。王维诗："雨中草色绿堪染，水上桃花红欲燃"；苏轼诗："一年好景君须记，最是橙黄橘绿时"；辛弃疾诗："泥融无块水初浑，雨细有痕秧正绿"等，都充溢着绿色所引起的怡然陶然的愉悦之情。爱绿色，就意味着对生命的珍爱和呵护，就是爱生命的母亲——大自然。王维还有"忍别青山去，其如绿水何"，又是多么的情真意切！他把充满绿色的青山当作情笃意深的朋友而依依惜别，表达了人人平等、万物平等的思想。这些赞咏"绿色"的描写，深含着呵护自然、热爱自然、善待自然，与自然和谐共处的思想和情趣。这在科技兴国和和谐社会的当代，对我们实在是太有启示意义了：人与自然亲和，人与自然都能和谐发展；人与自然搏斗，违背自然规律，最终却是两败俱伤。在物竞天择的长期较量中，如果不会彼此妥协，受损的不仅是生态环境，最严重的还是人的心灵。现在又有人倡导绿色意识、保护生态环境，对工业化带来的生态环境恶化进行深刻反思，实也为时不晚。古代常见的自然风光"风吹草低见牛羊"难道离我们真的就越来越远吗？

普里什文早在第二次世界大战后就悟到，田园自然风光可能离我们越来越远，于是他提笔写下了《捍卫大自然》一文①。

苏联在建国之初就对生态环境保护问题倾注了极大的注意力。早在1924年，在科学家 А. Е. 费尔斯曼、А. В. 卢那察尔斯基、Н. А. 谢马什科、Н. К. 克鲁普斯卡娅的倡议下，就创立了全俄罗斯自然保护协会。在第二次世界大战后，国家面临恢复国民经济的重大任务，与此同时，保护自然资源、合理利用自然资源的问题就严峻地摆在人们面前，苏联俄罗斯联邦苏维埃社会主义共和国部长会议颁布了《在俄罗斯联邦境内保护大自然》的决议。莫斯科州苏维埃执行委员会于1947年2月14日举行会议，会上指出，莫斯科州对保护自然资源这一问题的解决方法不能令人满意，会议决定组建全俄罗斯自然保护协会莫斯科分会，普里什文被选为组委会主席。《莫斯科晚报》在一期专刊上登载了如下报道："在组委会的第一次会议上，制定了保护和发展莫斯科州自然资源的切实措施。开始对稀有的和珍贵的森林和公园区块进行造册登记。对所有具有研究和文化历史价值的自然名胜古迹进行清点以便组织保护"②。在1947年3月3日《致莫斯科州劳动人民的呼吁书》中，普里什文呼吁人们保护自然资源，制止对自然资源的挥霍无度，预防对自然的冷漠态度。帕乌斯托夫斯基在1953年2月5日的《文学报》上写道，这位德高望重的老作家在耄耋之年依然"对人类历史上史无前例的、真正是在我国展开并不断进行的改造大自然的宏伟事业并没有无动于衷"③。

普里什文的《捍卫大自然》一文有以下几个极为重要的观点：

第一，人们开始欢欣鼓舞地大胆言说对大自然的文明态度。这种态度是怎么出现的呢？"事实上，我们的自然充满了生存竞争，充满了与死亡爪牙的斗争，包括与细菌、微生物、各种病毒、有翼的敌人、四脚的

---

① Охрáна природы，См. М. Пришвин. Собрание сочинений в 8 Томах. Том 5. С. 424 – 430.

② М. Пришвин. Собрание сочинений в 8 Томах. Том 5. С. 482.

③ Цит. по М. Пришвину. Собрание сочинений в 8 Томах. Том 5. С. 482.

和两脚的敌人的斗争；我们的自然塞满了敌人，所以，人们一听说'捍卫大自然'这几个词就欣喜若狂。看来，对人充满敌意的这个自然和我们想捍卫的自然是不同且相反的概念。当政府部门开始倡导捍卫大自然的时候，人们一下子就明白了，这个自然是我们国民经济的宝贵财富，是一种地质的赠品，是海洋、大地和太阳的宝库"①。

普里什文认为：

"对我个人来说最珍贵最亲近的是我们的森林。现在，每当回想自己的旅行的时候我就能感觉到我们大地植被覆盖层的新陈代谢的一体化进程。哪怕是看一下海参崴的虎丘秃山顶。十五年前，在我来到这儿的时候，虎丘秃已是全秃了，而当地的老住户对我说，就是这个秃山顶上以前还是苔原森林。从我来到那儿到现在，已过了十五年，也很有可能，人们就是在这个秃丘上又开始栽树了。高加索的情况也是这样，从纳尔奇卡到艾里布鲁斯的山脚：满山都被伐得光秃秃的，烟灰色的山体尘土四处飞扬。而山脚下郁郁葱葱的花园里蜂房连成一大片，花园移动着快遮上秃山了。据说，日本正好是这么一个进程结束的：森林隐没了，代之而起的是花园和公园；英国的情况是这样，中国的情况现在也是这么一幅样子，到处都一样。当年，人们因野生的大自然让人工雕琢的花园和公园所替代而哭泣，那个时代已经过去。我们现在有别的伤心事儿，我们为人本身不善待海洋、大地和太阳的宝库而流泪。

在为数极多的给文明人心灵造成创伤的大量例子中我才仅仅举了一个最小的"②。

第二，自然是人的臂膀和朋友。我们应该保护的大自然慢慢地就坦开怀抱：这不是那个我们从早到晚为了人的生存而与之斗争的自然，这个自然是人在争取自己是自然之王的斗争中的臂膀和朋友，这个自然是海洋、大地和太阳的宝库。人如果心存保护大自然的欢乐，那他就会取得胜利。"由于俄罗斯联邦幅员辽阔，自然资源丰富，所以自然是国民经

---

① М. Пришвин. Собрание сочинений в 8 томах. Том 5. С. 424.
② М. Пришвин. Собрание сочинений в 8 томах. Том 5. С. 425.

济的物资聚宝盆。全俄罗斯自然保护协会在履行自己职能的过程中，因其有众多德高望重的人参与其中，所以它制定了一系列文化活动，以便今后长年来实施自己的目标。全俄罗斯自然保护协会莫斯科分会不仅关心莫斯科州的自然保护，还关注莫斯科市的自然保护。莫斯科市以前到处都是鸟语花香，可现在连个别飞鸟都见不着。她们究竟跑到哪里去了？那些受过自然熏陶的翠鸟的自然爱好者都到哪里去了？"①

第三，儿童心灵的健康取决于孩子与动物和植物的身心交流。更有意义的是，在很大程度上，是孩子本身帮助这些动植物在成长。"你看看这些花园和街心公园，政府尽管对它们已经极为爱护，可无家可归的浪孩子却把它们弄得不成样子。毫无疑问，如今在莫斯科实施保护自然的第一个对象就是儿童的心理和生理健康。莫斯科给我们布置了这个伟大的任务。我们在把我们的注意力投注到莫斯科州的时候，我们马上就看到，在莫斯科州保护大自然的任务就义不容辞地由我们的双肩扛起来。"②

"好多例子足以说明，儿童的心灵是随时准备迎接保护大自然的。毫无疑问，在小孩的心灵里有一股纯净的力量，这股力量我们可以用于保护大自然，而且效果很好。以前，我们利用这股力量是通过打猎培养孩子的自然情感的。这样培养孩子的准则就是消除孩子遭受硬性灌输美德的影响，当年在中学里就是拿这种硬性灌输来折腾我们的。在打猎的过程中，一种完全自由的感觉灌注我们的全身，一旦如此，就不用一点儿强迫，这种自由日后即可驱使我们从事保护自然的善行。"③

"俄罗斯文化用这种方法造就了自然爱好者——自然保护者的特殊天性。在这些自然爱好者的行列里只要推出一位普热瓦尔斯基就能说明很多问题。当然，我还能推出几十位这种优等人的姓名，他们身上所携带的诚实而忘我的献身与保护自然的情感正是来源于猎人自有猎人的一个情感辩证法：要狩猎，就首先必须保持野生动植物的繁殖"④。

"我知道我的孩子比较文明一些。我回想起，要教育他们为人不能残

---

① М. Пришвин. Собрание сочинений в 8 Томах. Том 5. С. 426 – 427.
② М. Пришвин. Собрание сочинений в 8 Томах. Том 5. С. 427.
③ М. Пришвин. Собрание сочинений в 8 Томах. Том 5. С. 428 – 429.
④ М. Пришвин. Собрание сочинений в 8 Томах. Том 5. С. 429.

忍，不知花了多少心血，所以我想：'有多少代的渔人逝去了，他们一代传一代，告诫半野蛮的孩子们要保护似乎无益但很美丽的鸟儿，不要用石头去打它们。世上有些人，是看了拉斐尔的圣母像之后才心有所悟，而这些穷人是从白鸥身上得到了某种启迪。也许就是因为这些缘故，我们才不会反目为仇，一心会心，心心相通了'"①。

第四，对美术杰作的保护就是保护大自然。普里什文认为，对美术杰作的保护具有更为重要的意义。他写道："我的思想沉浸在一点，我真是不知道，在保护大自然的意义上，我们对诸如列维坦、康恰洛夫斯基、波列诺夫这些美术家的作品怎么对待呢？这些美术家创造了独一无二的莫斯科郊外的大自然，也许也可以这么说，是莫斯科的自然天成了他们。大多莫斯科人现在看莫斯科郊外的大自然是拿艺术家的眼睛来看的，因此，就可以这么说，保护特列季亚柯夫斯基画廊也就是保护大自然"②。

第五，学会善于合理地利用自然资源。普里什文根据自己在《捍卫大自然》一文中所列举的例证，在确定着眼点方面试图做出一个终极性的结论，"在开始着手从事莫斯科市和莫斯科郊外的大自然保护的事业中，将以此着眼点为起点。全俄罗斯自然保护协会的着眼点我们业已确定。从此视点望去，对我们来说，归我们保护的大自然，就是大自然的一种伟大的赠品，是对我们的事业极为有益的资源宝库。当然，莫斯科自然保护协会分会也遵循这种观点：在这里我们也拥有不少财富，我们的任务关键就在于学会善于合理地利用自然资源"③。

第六，保护大自然就是保护人的身体，就是保护人的心灵。由于大首都地处莫斯科州辖内，又由于发展居民文化素养的特殊性，所以在此我们应该有保护自然的特殊视点。"在这种条件下，在保护大自然的事业中，我们不仅应该关注外部资源本身，还应转入关心人本身，关心人健康的体魄、关心人健康的心灵。在保护自然的事业中，我们将把我们梦寐以求的自然当作确定我们孩子心灵健康的首要条件。"④

---

① М. Пришвин. Собрание сочинений в 8 Томах. Том 3. С. 201；参见米·普里什文《大自然的日历》，潘安荣译，长江文艺出版社 2005 年版，第 187 页。

② М. Пришвин. Собрание сочинений в 8 Томах. Том 5. С. 428.

③ М. Пришвин. Собрание сочинений в 8 Томах. Том 5. С. 429.

④ М. Пришвин. Собрание сочинений в 8 Томах. Том 5. С. 429.

有此做基础，我们就应该相应地组织好莫斯科市和莫斯科州的自然保护事业。我们应该把首要的位置不是让给经济学家和生物学家，而是教育学家，让那些善于把青年引向自然保护事业的，享有很高威望的青年组织者开展事情。少先队组织和共青团组织应该转向保护事业，我们州的每一个学校都应该成立环保小支部，在每个区里要设分会，在我们广大青年自愿踊跃参加的情况下，我们那可爱的青年最终不仅会将飞鸟引回莫斯科，而且甚至还可能把亲爱的城市建成一座大花园。这样，自然与人、农村与城市之间多个世纪旷日持久的斗争将以奏响和平的歌声而结束。

因此，普里什文保护自然的范围是极为广泛的，既包括天成的自然，又包括人工雕琢的自然；既包括美术家的艺术杰作，又包括人的身心和健康。人类从蛮荒到文明，在环保意识方面普里什文难道不是最全面的吗？

那么，为什么要誓死捍卫大自然？为什么要像保护眼睛一样保护大自然？

第一，"自然孕育了人类，所以我们常说：大自然母亲。因为这样的事实，我们对自然有了仁爱之心，但是在自然中，人时常受到有形、无形敌人的袭击，因而毙命。人时常死在同这些敌人的争斗中，而自然包容了这些敌人。大自然是人类谋求生存的斗争处所。可见，大自然不仅是人类的母亲，也是人类凶狠的后娘。我们所有的童话都源于此"①。

第二，大自然是纯贞的："最终应该明白，自然本身并无纯贞可言。这种纯贞，其一，是城市中诞生的幻想；浮士德回归青春。其二，是人类对自身的信仰的形式，照我们现在对自然的理解，纯贞是人类以和谐作用于混沌"②。

第三，大自然是故土、是我们的家园。

自然在我们面前呈现的就是故土的形象，于是故乡——母亲化身成了祖国。

社会中的人应当遵循自己的自然天性成长，成为你自己，成为独一无二的，就像树上的每片叶子都相异于另一片叶子。但是，每片叶子中

---

① 米·普里什文：《大地的眼睛》，潘安荣译，长江文艺出版社2005年版，第361页。
② М. Пришвин. Собрание сочинений в 8 томах. Том 7. С. 434；米·普里什文：《大地的眼睛》，潘安荣译，长江文艺出版社2005年版，第359—360页。

都和其他的叶子有共同之处，这种共性沿着枝杈、导管流淌，形成树干的力量和整棵树的一体性……

结果呢，自然即是一切。①

秘书就像一个兴奋不已的小孩，像一个土生土长的农村孩子似乎是生平第一次见到大自然，欣喜若狂地一个劲儿夸赞着大自然中的一切："太美了！"

我已经不是第一次遇见这种情况了：农村人，除了渔夫和猎人，一般都没有见过大自然在自己身边是以这些形式展现诗意的力量。就拿我自己来说，也常常碰到这类出乎意料的事情，竟然我怎么都说不出我的房间的墙纸是什么花色。好多莫斯科人也是这样，他们都没有见过莫斯科近郊低地林区的热带林。应当走出故乡，摆脱习以为常的感觉，这样才能看到她。②

"不识庐山真面目，只缘身在此山中"也是同样的道理。

普里什文对大自然的态度与米丘林有所区别："大自然并不仁慈，人类向大自然所要求的不应是怜悯……"（米丘林）"大自然对人类并不仁慈，人类也无须期待大自然的仁慈。人应当和大自然斗争，成为仁慈的；人既然是胜利的君王，就该保护好大自然。"（普里什文）③

总结一下诗性散文的特点：诗性散文的题材没有边界；诗性散文的情景呈现人格化；诗性散文的结构是形散魂不散；诗性散文的情节是意境和知识的结合。散文作家无一例外地都十分潜心于语言。他们深知，文学是语言艺术。没有语言，作品就不存在。他们希望自己的语言雅致、精美、平易、简洁，更渴望自己的语言自然、流畅、生动、有趣。普里什文本人也极而言之："在维护形式的同时，我要求于作家的首先是语

---

① М. Пришвин. Собрание сочинений в 8 томах. Том 7. С. 437；参见米·普里什文《大地的眼睛》，潘安荣译，长江文艺出版社2005年版，第363页。

② М. Пришвин. Собрание сочинений в 8 томах. Том 3. С. 98，此处为笔者译。

③ М. Пришвин. Собрание сочинений в 8 томах. Том 7. С. 435；参见米·普里什文《大地的眼睛》，潘安荣译，长江文艺出版社2005年版，第360页。

言"①。诗性散文作家不把倾向性特别地说出,他们把对生活的态度、对所叙述事件的倾向于字里行间自然地流出。中国的古话说得好:字里行间。刘熙载说:"但见性情气骨""不见语言文字"②。恩格斯在致敏·考茨基的信中也说:"现代的那些写出优秀小说的俄国人和挪威人全是有倾向的作家。可是我认为倾向应当从场面和情节中自然而然地流露出来,而不是应当特别把它指点出来"③。普里什文说:"不管我在哪里,生命都与我同在。从此,在漫长的一生中,我始终记得,写作大概就是应当将这种生命无处不在的感觉,也许还有对这种感觉一定程度的驾驭,渗透于字里行间"④。诗性散文的作者不是圣哲,不是无所不知的上帝,不是富于煽动性的演说家,他们是读者的知心朋友。

诗性散文是一种用语言和想象力制造出来的人工生活,它与另外一种生活、实在的生活共处,两者从远古时代就和平共处;男男女女都求助于这一想象的生活——有人经常,有人偶尔——因为他们觉得实在的生活还不足以提供希望的一切。

诗性散文最良好的效果发生在语言层面。一个没有书面文学的社会说话不够准确、不够丰富多彩、不够明白,远远不如有书面文学的社会;有书面文学的社会的主要交流工具——话语,由于有了文学作品,社会得到培育和改善。当然,这个道理对于个人而言也是极为适用,而且用于人人而皆准。"一天不学习,赶不上尧舜禹"是多么的坦诚!如果一个人不读书,或者很少读书,或者只读低级读物,甚至就读"垃圾书",他可能会说话,但是永远就只能说那点儿事情,因为他用来表达的词汇量十分有限。这不仅是词汇的限制,是思想和知识贫乏的表现,因为我们把握现实和处境之谜的思想、观念,是不能脱离语言而存在的,我们又是通过语言来确认现实的。人们通过优秀的文学,也只有牢牢依靠优秀的文学,才能学会正确、深入、严谨和

---

① М. Пришвин. Собрание сочинений в 8 Томах. Том 7. С. 284.
② 刘熙载:《艺概》,上海古籍出版社 1978 年版,第 121 页;童庆炳《文体与文体的创造》,云南人民出版社 1994 年版,第 318 页。
③ 《马克思恩格斯全集》第 36 卷,第 382—386 页,转引自纪怀民、陆贵山、周忠厚、蒋培坤编著《马克思主义文艺论著选讲》,中国人民大学出版社 1982 年版,第 250 页。
④ 米·普里什文:《恶老头的锁链》,谷羽译,长江文艺出版社 2005 年版,第 461 页。

细致地讲话。无论什么学科，包括任何艺术分支，都不能代替文学在培养语言交往能力中的作用。科技普及读物甚至专著教给我们的知识是重要的，但是，它们不能教给我们如何掌握语言，也不能教给我们准确地表达思想；恰恰相反，许多科技专著写得比较糟糕，制造了语言混乱，因为在专业方面，专著的作者虽然杰出，但在语言文字上却没有太高修养，因而不善于使用语言表达自己宝贵的思想。善于讲话、掌握大量丰富多样的语汇，能给每个要表达的想法或者激情找到合适的方式，这意味着训练有素，可以思考、讲解、学习、对话；也可以想象、感觉。话语悄悄地反射在生活的方方面面，包括那些看似距离语言遥远的行动。文学通过语言进化到优美、细腻的高级水平的同时，也因此大大增加了人们享受生活的可能性。

  普里什文的诗性散文，与他的散文中鸟儿的啼叫或者晚霞不同，别说他的散文、鸿篇巨制，就是随笔、散文诗、只言片语，都不是简简单单地出现在那里，也不是偶然出现在那里。它们是俄罗斯民族通过普里什文的妙笔创造出来的，因此应该考察它们是怎么和为什么出现的；它们给人类提供了文学延续了如此漫长时间的理由，而文学的起源可以追溯到遥远的文字出现的时期。文学如同飘忽不定的幽灵诞生在意识深处，通过与潜意识协调的力量表现感觉和激情，而散文家有时在与话语突发的斗争中，给幽灵赋予外形、肉体、动作、韵律、和谐以及生命。普里什文作为语言文体大师的语言创造将在语体创新一章中来尝试专门探讨。在此，要是重新欣赏一下《大自然的日历》这部散文，又可以发现，在表面的流畅自然、通俗易懂下面，暗藏着普里什文深厚的驾驭俄罗斯语言的功力，语言的色彩、节奏，语言的简略、顺畅，民间的方言、文人的雅语和哲思等，交错杂糅在一起，实在就是一幅制作精美的"大自然的日历"，又像是一个热热闹闹的春夏秋冬大汇聚的百花园，更像温暖人心四季如春的温室和春城。一旦心中温暖涌动，这时，也只有在此时，我们才会更深刻地体会到文辞之美、体味到语言艺术的鬼斧神工，我们也不再单纯地把它理解为雅致、精美、平易、简洁，或者自然、流畅、生动、有趣，普里什文的诗性散文包括这一切，但又超越这一切。

  诗性散文在语言层面生发最良好的效果，言外之意，是因为散文最抓人的"真"。我们咀嚼散文，仿佛与作者对坐，与这样的作者晤谈，我觉得就像孟浩然说的那样，"开轩面场圃，把酒话桑麻"，一切都自自然然，不像读长篇小说，常觉得是在和虚构的人物打交道，作者的心思藏在文字中；也不像鉴赏诗歌，眼中只见精美的结构和意象，诗人的感受需要细细地品味才能知道一二；更不像看戏剧，剧作家的内心想法真是无法捉摸，因为剧本是用来表演的，不是与我们谈心的，但是，当我们欣赏诗性散文时，我们就渐渐地把作者看清楚了，不管他隐藏深浅与否，他的爱好、趣味、性格、品行，以致他的声音容貌、风度气质，仿佛一股脑儿地涌现在我们的脑海里，真实地简直触手可摸。那是幽默风趣的高尔基、孤高激愤的布尔加科夫、博学深思的丘科夫斯基、安详恬然的普里什文、脚踏实地漫游远东的阿尔谢尼耶夫，还有浪漫漂游的格林、优雅精美的帕乌斯托夫斯基、狂妄不羁的帕斯捷尔纳克、满腹乡愁的布宁、心气难平的梅列什柯夫斯基，诗人里有大声疾呼的叶甫图申科、沃兹涅先斯基、罗日杰斯特文斯基和阿赫玛杜林娜，悄声细语的鲁勃佐夫、索科洛夫、日古林、索洛乌欣，活脱呈现楚克奇民族特色的雷特海乌等。这一个个鲜活的形象之所以在我们的记忆里如此清晰，主要就是因他们的诗性散文化文体都在确切传达着真性情。

第 五 章

诗性散文与小说体裁的合成

普里什文的处女作《鸟儿不惊的地方》和第二部随笔《跟随魔球走远方》获得普遍好评后,他受到了极大的鼓舞,于是,他春风得意,以至于突然大胆宣布:"我的所有技巧实际上变成了没有用的东西了"①。尽管"我的所有技巧实际上变成没有用的东西了",但是"无技巧是有了技巧之后说的话"②。尽管高尔基说"《跟随魔球走远方》简直棒极了",但是随笔毕竟是散文中的一种文体,虽然普里什文在创作早期使用起随笔来得心应手,但面对着迅速发展的、越来越复杂化和深刻化的生活,他却越来越不满足仅仅创作随笔。伟大的作家肯定是不会满足于既得成就的。他思考着、探索着,他要寻找一种兼备诗性散文与小说特征的大型的文体形式,典型作品就是《恶老头的锁链》。

散文与其他文体的融合其实是早已有之。人们很习以为常地划分诗、散文、小说三种类型,还有诗、散文、小说、戏剧四种类型,事实上是不是真有这把尺子呢?如果有的话,它又是什么呢?允不允许语言艺术家冲破这个藩篱,放开手脚做更多方面的糅合?既然人们可以从小说里攫取一段成为散文,为什么不能在散文里来一段小说呢,比方说,将恰如其分的对话之类加进散文?诗,必须注意韵律、和谐节奏,散文为什么不能讲音韵美、旋律美?普里什文的创作实践本身就对这些包括文艺理论家在内谁也说不清的问题做了斩钉截铁的回答,因为"实践出真

---

① М. Пришвин. Собрание сочинений в 8 Томах. Том 3. С. 19;参考米·普里什文《猎取幸福—一个人生活故事》,阎吉清译,收录在《大自然的日历》,潘安荣译,长江文艺出版社2005年版,第10页。

② 贾平凹语,转引自方遒《散文学综论》,安徽教育出版社2004年版,第249页。

知"，作家在创作实践中，让各种文体大胆杂糅一下也不错啊！普里什文经常借用小说和诗歌的写作技巧来拓展其散文化小说的创作途径。

一　《恶老头的锁链》

（一）《恶老头的锁链》概述

《恶老头的锁链》是普里什文最伟大的作品之一，是他多年殚精竭虑呕心沥血的结果，在他的创作中占据着中心位置。如果没有透彻地理解作品中所容纳的思想，要想阐释普里什文创作的基本主题、构思和在其他很多作品中呈露出的内涵是很困难的，甚至根本就是不可能的。

普里什文从1923年发表最初三个章节，直写到1954年逝世为止。《恶老头的锁链》共由十二个环节组成。1922年底完成的《人间苦难》也是这部自传体长篇小说的一个组成部分。《恶老头的锁链》中的主人公阿尔帕托夫（即库雷姆什卡）的经历与普里什文的经历基本上吻合。在这部作品里，作者描写了主人公童年和青年时代的岁月，写他在成为作家这个"转变"之前生活的第一阶段，如《艺术是一种行为》《我是怎么成为作家的》。作品又涉及20世纪20年代的现实生活，主人公面对艰苦的现实，成了一位不知所措、无可奈何的知识分子。可以说这部作品没有写完，但普里什文记录在他日记中的生活本身就是对这个未完成的作品所做的一些提示，因为作者在1922年就拟定了《阿尔帕托夫的再生》这个环节，也就是说主人公在道德上可以创造性地战胜生活的苦难。普里什文之所以把这部小说称为《恶老头的锁链》，每个章节都叫作"环节"，因为他一生都要奋力拼搏，为的正是挣脱这个恶的锁链。

《恶老头的锁链》是一部独立的艺术整体、是20世纪俄罗斯文学中的一个独辟蹊径的现象，是普里什文创作中具有标志意义的阶段和他创作演变中的重要一环，引起了人们极大的研究兴趣。在普里什文的生活经验中，也在他创作发展的过程中，《恶老头的锁链》的艺术世界得到了解释，就像任何真正的文化现象一样，这个艺术世界能感受到现实的巨大影响。

那么，普里什文为什么一定要用诗性的散文体小说这种特殊的形式来写作自己的传记呢？

20 世纪初,俄罗斯大地经受了第一次世界大战的蹂躏和国内革命战争的创伤,在这种极为艰难的条件下,不少天才的作家都被迫搁笔,一些庸庸碌碌的作者写起一些通讯稿。在这种情况下,普里什文作为一位有良知的艺术家,他在饱经沧桑和苦难之后留在故土俄罗斯,积极参与国家的文化建设,在文体上着力创新①。他创新的动力是出自自己那纯净的心灵,来自他的精神力量:"只有经历了巨大的革命,有了特殊的体验之后,我才最终有些想抛掉自己的羞耻感,像一位真正的作家一样,尝试写作长篇小说《恶老头的锁链》,和朋友们在小说里悄悄地絮叨起关于人的话题"②。

(二)《恶老头的锁链》的结构形式

《恶老头的锁链》是由十二个链环组成的结构。

第一部《库赖姆什卡》里有四条链环:《天蓝色的海狸》《小该隐》《金山》《散打》。

第二部《春鸟盘旋》里有八条链环:《国家要犯》《绿色的门》《青年浮士德》《春鸟盘旋》《地位》《生机盎然的夜》《艺术是一种行为》《我是怎样成为作家的》。

(三)《恶老头的锁链》的内容特点

在《大地的眼睛》中,普里什文写道:

思虑远事常导致忽略近物,但更常见的情形却与之相悖,关注近物往往有赖于思想。

尽善尽美的人在思想的王国遨游以丰富自己,归来时,他对近旁的事物就有了敏锐的关注力。

这正是我想在《恶老头的锁链》中表达的意旨,但我讲不出来,因

---

① 1917 年 8 月 8 日日记,见《普里什文 1914—1917 年日记》,莫斯科工人出版社 1995 年版,第 345 页。

② М. Пришвин. Собрание сочинений в 8 Томах. Том 3. Москва. : "Художественная литература", 1983. С. 46 – 47. 参见米·普里什文《仙鹤的故乡》,万海松译,长江文艺出版社 2005 年版,第 45 页。

为我写作的时候，自己已经在返家的路上，但我的民众刚起步朝着我到过的地方走去。我——作者，和社会环境之间达不到默契，所以，尽管我不懈地努力，还是写不出结尾。

记得，最初并不和谐：大家到处在寻找敌人，我却想冒天下之大不题，写一部关于好人的小说。记得，我就这样对米基托夫说："我要写一部关于好人的小说"。

啊，现在我多想从自己写下的文字中选取些精华，余下的就焚毁、埋葬，连安魂弥撒都不需做，但眼下没什么可做的，大概所有的文字都活到了现在。要不怎么说列夫·托尔斯泰了不起呢！他主动拒绝了自己的作品，把自己的"阅读范围"视为至高无上。

我的全部生命从襁褓中开始就是一场为了争取个性的奋斗，这也是作为作家的我的创作主题。①

高尔基1923年在致普里什文的信中赞赏说："《恶老头的锁链》也是精彩极了！并不是因为我想用恭维来回敬你对我的恭维，而是因为我是凭着一个艺术家的良心来说话的"。《恶老头的锁链》表达了这样一个中心思想："不要像野兽那样单独地去寻找幸福，而要齐心地去探求真理"。

（四）同一部作品体裁的杂糅性

普里什文的文体创作中最醒目的一个特点就是体裁的多样性，并且，这种体裁的多样性不仅仅是指他所使用和创新的体裁极为丰富，像随笔、散文长诗、抒情袖珍小散文、狩猎故事、大型社会哲理小说、童话、往事记录和日记等，也表现在一系列单部作品的体裁的混成性、模糊性和杂糅性。有一些作品，特别是在20世纪40年代中后期和50年代初创作的一些作品，其副标题就常常附上了极有特点的混合的概念界定，如"童话往事""中篇童话""长篇童话"。实际上，普里什文的文体创作中体裁的混成性、模糊性和杂糅性这一独特现象也是有规律可循的，因为他终其一生都是在有意识地追求创造一种新的、万能的体裁，这种新体裁一方面既能含纳一般普遍的、永恒的东西，另一方面又是极个性化的、

---

① 米·普里什文：《大地的眼睛》，潘安荣译，长江文艺出版社2005年版，第62页。

变化着的，而且是大众最关心的。普里什文在民间文学，特别是在民间童话中看到了一般普遍的、永恒的东西，而在文学特别是现代文学中寻找大众所喜欢的、变化着的、极个性化的东西。为了达到这一目的，普里什文把这种文学体裁与民间童话的体裁进行了混合。

总体上说，民间文学的因素在他创作的一开始，即早期的随笔集《鸟儿不惊的地方》和《跟随魔球走远方》中就表现了出来。在这些随笔中，民间文学是以画插图、点缀或独特的隐喻的形式表现出来的，但随着时间的推移以及创作的纵深展开，民间文学的因素就被循序渐进地引入《恶老头的锁链》这部"童话长篇小说"中，并且是作为文学作品结构不可分割的一部分引入艺术结构。奇妙无比的童话体裁特点与其他体裁的特点在艺术结构的所有层面同时并存，或者更准确地说是一直在进行对话、进行争论。正是这一点，无论从叙述视角来看，还是从所描写的世界这个视角来看都制约着结构的所有因素。

那么，在同一部作品中，不同体裁同时并存的原则是什么？不同体裁互争空间的性质是什么？在同一部完整的艺术作品内部，各种体裁特征互相碰撞的艺术目的是什么？《恶老头的锁链》在这一方面是普里什文式文体体裁的第一部也是最成功的示范性作品，充分展示了自己的混成优点。

（五）《恶老头的锁链》的叙述描写视角

一开始阅读这部作品，给人的第一印象就是驳杂。例如，在《恶老头的锁链》中，故事讲述人一开始就宣称，所讲的故事是他个人的生活："与这一生活相关的有我所喜欢的人，有我害怕的人，有我憎恶的人"[①]，但突然又笔锋一转，对自己刚才所宣称的又做了改变："要是这样，就未必会有人来读关于我自己生活的故事，如果我不想编织这个童话——与我的个人生活很近、又很远的童话"[②]。这种双重的说法在这部随笔小说中还出现过几次。

---

① М. Пришвин. Собрание сочинений в 8 Томах. Том 2. С. 8, 此处为笔者译, 参见米·普里什文《恶老头的锁链》, 谷羽译, 长江文艺出版社 2005 年版, 第 3 页。

② М. Пришвин. Собрание сочинений в 8 Томах. Том 2. С. 8, 此处为笔者译, 参见米·普里什文《恶老头的锁链》, 谷羽译, 长江文艺出版社 2005 年版, 第 3 页。

这种宣称实在是太独特了。他这么一说，就要求我们在进行文本阅读时要有特别的警觉，何况他的宣称有时是自相矛盾的：一方面说是自传体的，另一方面又说是小说体的，或者说是童话故事的。如果说自传体强调的是真实的现实，那么作为小说所创造的就是现实的幻象，而童话听起来一般就有虚构的色彩。那么，普里什文这种矛盾的说法是不是故意如此，这就是我们在研究这部随笔小说时要解决的一个问题。

第一，这部随笔小说的自传性是确定无疑的。关于作家普里什文的自传随笔的真实性是有保障且可信的，而且这一真实性有一系列资料来证实，这些资料又与作者、故事讲述人和主人公是完全相符。既然作者宣称是自传随笔小说，我们在阅读其文本时就当作是在阅读普里什文这位艺术家的独一无二的个人生活，同时，作者又是从多个侧面阐释自己的命运、进行深刻的自我剖析、独特地探视个性的深层之处，而且恰好又是择取自传体随笔小说这种文体的优点，使作者有可能反过头去挖掘自己的根、寻觅隐藏在后来积淀成的性格、意识、文化特点之下的最初原有的我，试图来寻找一个最基本的也是非常重要的问题之答案，即"我是谁？"

但是，在叩问"我是谁？"的过程中，普里什文的诗性散文小说在文体上还给我留下了一个印象，就是他不仅把精力转向过去，还把目光投向未来。说他转向过去，因为这部自传体就像神话，即万般现象皆有源——与创造活动意义相同，因为只有有了源头才能真正生存，但是，与神话不同的是，在普里什文的自传体随笔小说中，"过去"与"现在"这一对关系是一种特别的辩证关系，而且又起着极为重要的作用。存在于叙述人（作者）现在中的"我"是由所感受过的年代的经验所制约的，而叙述人形象也就是说选取自己经历中的"亮点"首先要取决于作者（叙述人）的状态——"我"，即我在那个特殊的生活时刻决定回忆一下久远的过去以探寻自己的本质。那么，我们为什么又说他把目光投向未来呢？因为，自传首先是作者的自我认识过程，这一过程把作者推到了自我认识的更高阶段，这一更高阶段是他生活中迈出的新的一步，正是这新的一步彻底改变着这一生活本身：自传体的现成文本就不仅仅是对传记中所记述的故事的一种情节外完结，还是作者现实生活中一个新的因素。

第二，从小说层面看，小说是允许虚构的。在作者自述中，普里什文直接指出，虚构是真实的载体，他还把真实比作飞机，把虚构看作燃料，而没有燃料，"飞机是不能升空的"，但问题是，虚构是怎么让真实"升空"的，而且艺术作品中的真实指什么？普里什文认为："虚构越逼真越好，越近乎真实和可能，就越让人喜欢"①；"真实可感的材料的相互结合总是要伴随着喜悦的迸发"②。在《真实和虚构》一节中，普里什文写道："'您的写作一向不杜撰'，女医生说道：'托尔斯泰也不做臆想，在他那里真实和虚构也不分家，这是实情。他的虚构不过是真实个性化的形式。普希金、托尔斯泰以及所有俄罗斯经典作家的诗篇，都是真实的气息'"③。从作者的这些论述来看，他在任何情况下都没有把真实直接等同于事实，或者说，更没有把真实等同于所谓的照相式地忠实于所描写的现实。

从小说层面看，什么对阅读感受作品起着十分重要的作用，作者做了宣称，但还不能仅仅停留在看叙述人直接宣称什么，还有其他一系列手法。从亚文本的层面看，随笔副标题中用"小说"这一术语（概念）就确定了这部作品的体裁又有小说的成分，而从小说所描写的世界这个层面看，作者信誓旦旦所宣称的自传又破坏了叙述人和主人公之间的相似之处，作者又是用语法上替换叙述人称——从第一人称换成第三人称达到了这一目的，而且特别引人注目的是，这种人称替换还有跳跃性，在一个句子里就有变换，似乎是"当着阅读者的面"说换就换，而且更有甚之的是，在极为别出心裁地换人称之前还时常来一段抒情哲理插叙来评论，而且又极力强调其特殊意义："我想，我们每个人的生命，就像复活节彩蛋的外壳，看上去，那红色的蛋格外美观，可是，只要你剥开那层外皮，就会露出另一层硬壳，蓝色的，略微小一点儿，接着剥就会露出绿壳，剥到最后露出来的不知为什么总是一个小小的黄蛋，这个蛋的壳再也剥不掉，这就是属于我们自己的生命。当你在精神转折的关键时刻，通常会在心里凝聚力量，往日的积累，就像硬壳一样纷纷脱落。

---

① 米·普里什文：《大地的眼睛》，潘安荣译，长江文艺出版社2005年版，第207页。
② 米·普里什文：《大地的眼睛》，潘安荣译，长江文艺出版社2005年版，第222页。
③ 米·普里什文：《大地的眼睛》，潘安荣译，长江文艺出版社2005年版，第254页。

有一次我就遇到了这种情况:所有的外壳已经挣脱,接着一个小小的男婴库赖姆什卡出现在患病的父亲床边"①。

在此,主人公第二次诞生了,从这一刻起他就成了一个独立的形象:这已经不是藏在叙述人"我"的外壳后面的"我",而是"他"。另外,如前面所说,只有他通过内省,而且是在精神转向的时刻,才能聚精会神想自己的事儿,想着想着就发现了一个真正的我,即发现自己也是个小孩儿。这又进一步强调了作者和主人公是一致的、故事讲述人和主人公是不一致的②,缓释了作者和叙述人混在一起的印象。以第一人称出现的"自传作者"在此之前一直是自传中的一个人物。实际上,他的位置与事件所发生的地点在时间上相差很大,但他被纳入同一个宏观空间,这一宏观空间既辐射着事件的"彼时",又包涵着故事的"此时"。这样,作者如此来结构这部随笔小说的优点就显现了出来,即叙述人知道过去所发生过的事情,但又不是什么都知道。可现在,在上面这个情节,"随笔"自传的作者就隐藏在所描写的世界之后,但主人公以其独特视角声音极为嘹亮地闯入了作者的话语,而且这又是通过使用非直接引语而达到此目的的,非直接引语又是由民间故事的词汇和句法成分直接构建的,这些词汇和句法成分与其说模仿的是口头独白的自生自发进程,还不如说是在模仿着儿童思维方式的典型性。

把小孩的观点及儿童的视野引入叙述人的言语使得人们用一双异样的眼睛来冷峻地审视成人的周围世界,由于儿童的信息空白,这个世界中有那么多不可理解的奇怪现象,儿童的视野中所有的这些空白在成人看来又是很容易消除的。有时候,这会导致一些滑稽的喜剧效果,如在第一环《天蓝色的海狸》中的"宫廷侍从的火炕"一节里讲了这么一个故事。

夏天,常常有这种情形,把桌子摆放到凉台上,在遮阳棚下喝茶,心情会格外舒服,但是妈妈走出来,朝四周张望,她看见农民们已经在

---

① М. Пришвин. Собрание сочинений в 8 Томах. Том 3. С. 14;参见米·普里什文《恶老头的锁链》,谷羽译,长江文艺出版社 2005 年版,第 14 页。

② 《Михаил Пришвин и русская культура》. Сборник статей. Под редáкцией Н. П. Дворцовой, Л. А. Рязановой. Тюмень, 1998. С. 102.

自家的地里干活儿，可院子里的长工才刚刚套车。

"今天我又睡过头了，庄稼汉都在干活儿。从来都是这样：要是我自个儿不起，我们家就没有人动手干活儿"，——她说。

她说自己的时候总是用"自个儿"。

她不满意地说："我自己天不亮就起床，我觉得，只有吃过午饭，才可以歇一会儿。要是我不出面，他们连一个手指头都懒得动"。

站在凉台上朝田野望去，能看得很远；站在田地里，也能老远就望见凉台上窗帘后面摆在雪白台布上的茶炊。

"不行！那边人们在干活儿，我们却在这儿清闲自在地喝茶，把茶炊茶碗都给我搬到房间里去，快！"，——母亲说。

库赖姆什卡请求说："妈妈，何必搬到屋里去呢？我们就是不干活儿，反正也得喝茶呀"。

"麻烦事还少吗！"——母亲面带羞愧地嘟哝说。

只好在闷热、苍蝇乱飞的房间里喝茶了。

"她害怕那些农民，这就像以前我们害怕客人，来了客人，我们就往花园里跑；她怕农民，就往屋子里面躲。农民有什么可怕的呢？"，——库赖姆什卡心里想。①

但是，同时又使人们以新的形式、更深层地理解习以常见的东西，就像库赖姆什卡观看为故去的父亲做洗礼的场面：

库赖姆什卡进门走近父亲。只见他躺在自己的床上，只不过光裸着身子，保姆正给他洗手指头，把金戒指从手指上摘下来。这里没有什么特别可怕的情况。库赖姆什卡平静地走进另一个房间，屋里坐着索菲亚·亚历山大罗芙娜，还有几位从邻村来的地主太太。

"小娃娃，过来，你爸爸去世啦，现在你成了孤儿啦。"

"哼，那有什么，你们谁也不知道我有什么！"——库赖姆什卡回答说。

---

① М. Пришвин. Собрание сочинений в 8 томах. Том 3. С. 38－39；参见米·普里什文《恶老头的锁链》，谷羽译，长江文艺出版社2005年版，第41页。

"这是什么东西？"

"爸爸昨天给我的：天蓝色海狸。"①

在同一个小节里，两种视角——一个是孩子般天真的，一个是成人般有意识的——接触碰撞在一起就互相映照、互相说明，而且都同等重要：其中的每一个视角都着力表明世界上某种本质的东西，这种本质的东西又是另一个视角所可望而不可即的。

叙述人以这种形式一直叙述到第一部的结尾，但是，与此同时贯穿于整个作品的抒情插话中渐渐地出现了另一个言语主体，这些抒情插话往往是在主人公生活的转折时刻蕴涵夹裹进文本，实际上又是对这个转折时刻的一种解释。他似乎又像是"自传体作者"的第二个抒情的我，他与主人公平分秋色的时候，同时又站得比刚刚被引入的"小说"叙述人要高一些，这就又强调，小说的叙述人具有相对的性质。

（六）浪漫诗意的抒情插话

抒情插话恰到好处，本身为作品增色颇多，使文章感情极为充沛，复杂的隐喻的说法比比皆是，句法又充溢着诗意，读起来抑扬顿挫，看上去形象生动，听起来节奏和谐。抒情插话中还有民间故事成分的渗入，但这些成分是以抒情独白的形式出现的，这些成分又成了作者语言面具的成分之一，因为抒情主体使用的是文学语言，只不过带着口语体的特点罢了。这些抒情插话是以普里什文极具特点的抒情袖珍小散文的形式出现的。这部诗性散文小说的开头就以抒情小散文开始了自己的叙述："要知道，人总是难以超脱自身的局限。我们毕竟不是小孩子，总觉得读书枯燥无聊，即便是最为机智精巧的故事情节，也于事无补。现在是该明白了，只有作家贴近自身的感受，并且有能力启发别人回想自己的生活，让他们觉得故事所讲的几乎完全是他们自己的事情，因而觉得分外亲切，在阅读中得到了共鸣与快感。既然如此，又何必舍近求远呢？莫不如就写我自己经历的生活，写我生活中喜欢什

---

① М. Пришвин. Собрание сочинений в 8 томах. Том 3. С. 14–15；参见米·普里什文《恶老头的锁链》，谷羽译，长江文艺出版社2005年版，第14页。

么人，害怕什么人，憎恶什么人。"①

　　作者又以抒情插话结束了第十章：一个操控着色彩变幻的伟大画家对他说："我的朋友，我的大地上到处鲜花盛开，一条小路蜿蜒而去，那芬芳的草原好像一望无际。我走在大地上，心怀对世界的热爱，我知道，所有最严酷的寒冬过后，准是会有一个春天到来，这是属于我们的，是可以公然示人的，是白天。而十字架是孤独的夜，是生命的冬天。我是艺术家，我要为美如此服务才是，要让受苦受难的上帝本人，抖落着一滴滴血汗也要发出呼吁：'请不要让我再饮这杯苦酒啦！'我的使命是美化装饰我们的道路，好使不幸的人们忘记冬天的十字架，等到新的春天之来临"②。广袤的俄罗斯大地上的普里什文比英国雪莱的"冬天已经来了，春天还会远吗？"③ 表现出了更多的自信。我国古代的梅尧臣则更进一步："寒草才变枯，陈根已含绿"。在初冬的萧瑟中就由地下的微绿遥想明春蓬勃的大片的新绿。

　　第十一章"艺术是一种行为"和第十二章"我是怎么成为作家的"是后来晚些时候才写就的，实际上又对整部诗性散文小说做了一个解释。第十一章中的抒情插话具有更浪漫的诗意：

　　"不过，世界上的一切都要受到评判。我们写的书和其他的艺术品一样，在不断问世的过程中，也要受到重新的审视。于是我的这本书就交给读者来评判了。"

　　"有时候，我甚至觉得，我已经打碎了禁锢我的锁链，走向广大的世界，为广阔的生活而欢欣不已，这种喜悦足够我拥有半个世纪清醒自觉的生活，我将个人的意志转化为创造的行为。"

　　就像老当益壮的屠格涅夫在晚年发出"我们依然要战斗"的号召一样，普里什文在生命的暮年还满怀自信："关于那个照亮了我现今生活的思想——艺术是一种创造行为——我一定要单独写一本书"。

　　"所有生物都要讲述自己，不光是用语言，还用生命中的行为方式。

---

　　① М. Пришвин. Собрание сочинений в 8 Томах. Том 3. C. 8；参见米·普里什文《恶老头的锁链》，谷羽译，长江文艺出版社2005年版，第3页。

　　② М. Пришвин. Собрание сочинений в 8 Томах. Том 3. C. 446；参见米·普里什文《恶老头的锁链》，谷羽译，长江文艺出版社2005年版，第437页。

　　③ 雪莱：《西风颂》第五节，《雪莱诗选》，湖南人民出版社1980年版，第91页。

谁都不可能默不作声。"

"如果你深入到大自然的生命中，便会理解每一个单独的生命，于是他们便会向你讲述自己，而你则用言语向人们讲述它们的故事。"

"所以我命中注定要将生物的行为转化为语言，这就是为什么无数的人走过了自己的一生，却没有人向他们索要生命的记录，而对于我则有这样的要求。"

过去时代的作家格里鲍耶托夫说得好："我写作，一如生活；我生活，一如写作"。

普里什文写道：

我的理想也是如此：在文字的形式中达到它与我的生活的和谐。

正因为如此，当不得不在自传中展示心灵的时候，像卢梭那样展示自己的罪恶，就比我想做的——展示美德——要容易得多。

一个像我这样垂暮之年的作家，会出于纯粹的心灵需要，自然而又必然地产生一种要求，就是去检验他的话语和行为在什么地方是相符的，在什么地方又是分离的。

所以，请我们不要认为一个人写自己的故事是出于虚荣心，或是想把自己隐藏在虚假的谦恭之后。我要提前声明：我生活，一如写作；我写作，一如生活。

……可能正是因为如此，我才会觉得，通向优秀艺术作品的是一条无形的行为之路。

我清楚地知道，如果我在诗人与艺术家中间大谈品行，一定会引来嘲笑。我知道这一点，但私下仍然认为，在艺术作品中具有某种真正的创造行为。我最大的秘密是，我对这种行为中的奥妙略知一二。不仅如此！从某个时候以来，我总是忍不住走到人们中间，把我保藏的秘密讲给他们听。

这还不算。有时候，当我发表言论时，总有一个无形的声音在责备我，质疑这些言论是不是证明我已日渐老去，下一次是不是最好不要直接面对读者，而是做出新的努力，写出新的艺术作品。直到现在，我一直在听从这个声音，我正是将这新的努力理解为一种行为，那就是履行自己的观念和寻找艺术的形象。

第五章　诗性散文与小说体裁的合成　/　173

我暗自相信我是一个真正的作家，有的时候甚至为此感到莫大的幸福，但我小心翼翼，从不对任何人说起。对我来说，世界上最糟糕的事就是道德上的孤立，所以在为我心爱的事业努力的过程中，我总是和最优秀的人们在一起。

工作的时候和一些优秀的人在一起，这是真正的幸福。现在我如果有什么困惑，就可以从这些伟大的朋友中间叫来一位，他便会给我提示。现在，我又从格里鲍耶托夫那里听到了我最想说的话："我写作，一如生活；我生活，一如写作。"

现在我最想做的是写这样一本书，将我自己的生活作为艺术家的行为加以十分坦诚的表现，而从另一个方面来看，它又是一件艺术作品。

……

现在我觉得，在艺术领域，是天才的崇拜者制造了"天才"，好把幸运的人变成自己的偶像。偶像美名远扬，而那艺术创造者本身却被遗忘了，尽管他们为获得自己的幸运而付出了那么多了不起的努力，那是非凡的、冒险的，有时又是千钧一发的努力。

当然，劳动是各式各样的，从奴隶在船上反复划动船桨，到艺术家自由的劳动。

我很想把自由劳动的方式看作格里鲍耶托夫所说的那样，而把创造行为看作在人类共同的事业中寻找自己位置的努力，以及在这一共同事业中保持自我的责任。

我总觉得，每一个人，如果他在生活中找到了这样的一个位置，就一定会为其他人带来某种新的、前所未有的东西，我们的一切创造也就在于此。

我想拿出自己真实的生活，从中提炼出艺术家的行为，但是，不仅如此，我想做得更多……

我想的是：如果不单单艺术家，而且每个人都能懂得自己劳动的源泉，并在自己的个人行为中加以运用，那该多好……①

---

① 米·普里什文：《恶老头的锁链》，谷羽译，长江文艺出版社 2005 年版，第 438—444 页；М. Пришвин. Собрание сочинений в 8 томах. Том 3. С. 447–454.

（七）普里什文对创作的高度概括和哲理总结

第十二章《我是怎么成为作家的》中的抒情插话不仅具有更浪漫的诗意，而且从整体上说就是普里什文对自己创作的一个高度概括和哲理总结："为了说清楚我是怎么成为作家的，我要把自己拎出来，就像科学家把一滴液体涂在玻璃片上，通过显微镜仔细观察一样。我把自己拿出来，为的是理清自己的行为，因为它像缠在木片上的线团一样，一直缠在'天才'这个上"①。无独有偶，丰子恺先生就曾指出："动笔的时候提心吊胆，思前想后，脑筋里仿佛有一根线盘旋着。直到脱稿之后，直到推敲完毕之后，这根线方才从脑筋里取出"②。

尽管作家对故乡的土地不甚满足，但对故乡母亲在自己成为作家道路上的作用却一直是念念不忘。在《我是怎么成为作家的》这一环中，开篇就是"故乡母亲"。

"许多人对于故乡的感情，是与他出生地的景观密切相关的，但是我年轻时并不喜欢我的家乡叶列茨地方的景观。这片高低不平的黑土地带被条条黄色色黏土沟壑一分为二，沟里尽长些矮小的橡树丛，既非草原，又非森林，而且也没有经过任何平田整地。"其实，普里什文是有些身在福中不知福，所以他后来一直渴望"远离编辑部，奔向大自然"。诚如钓鱼是帕乌斯托夫斯基最喜爱的亲近大自然的生活方式一样，狩猎又是普里什文最为心仪的投身大自然的生活方式之一。通过狩猎，他扩大了视野，增长了学识，锻炼了体格，亲近了自然。古今中外的文学家和艺术家、作曲家和雕塑家向来都喜欢与自然交融盘结，在无功利的自然风光的静照下，交感自然，涤清心境，提升人格。他们即使不能长归自然那也转求短居自然，在与自然的短暂交流中得到心理的满足和精神的升华。俄罗斯奥廖尔洲的大片黑土地草青水秀，此处没有极北的刺骨寒风，也没有偏南的难熬酷暑，气候植被兼有东西南北的优点。普里什文生于斯居于斯，他更能理解此地的文化内涵和文学艺术家的皈依情结。这种情

---

① 米·普里什文：《恶老头的锁链》，谷羽译，长江文艺出版社2005年版，第445页。
② 丰子恺：《随笔漫画》，载《缘缘堂随笔集》，浙江文艺出版社1983年版，第347—349页。

结作为一种集体无意识已植根于文学艺术家的内心深处。我认为，只是普里什文比其他文学艺术家更渴望更彻底地挣脱"恶老头的锁链"，冲决名缰利锁，在人生瞬间诗化超脱的状态中，在投身大自然的审美静观中，在心灵沐浴于纯粹美感的一顾一盼中，寻得生命的解脱，就是要通过劳动和创造将人生艺术化、审美化，将日常生活诗情化。屠格涅夫、列斯科夫、费特、布宁、列昂尼德·安德烈耶夫、普里什文、巴赫金、阿布赫金等尽管殊途同归，但他们都是在俄罗斯奥廖尔洲的这片沃土上获得寄身养命的家园。无怪乎布宁半开玩笑地说："几乎所有的奥廖尔地主写得都很棒：屠格涅夫、布宁、列昂尼德·安德烈耶夫、列斯科夫、费特、阿布赫金……我还没有把大家都说出来呢！"① 帕乌斯托夫斯基写道，普里什文就有幸出生于叶列茨。

  古老的俄罗斯城市叶列茨。布宁也是这一带的人，他跟普里什文一样，也善于用人的思想和心绪的色彩点染大自然。
  这是什么原因呢？显然是因为奥廖尔州东部的自然界、叶列茨周围的自然界，是极为俄罗斯式的，是极为朴素恬淡的。正是自然界的这种特性，甚至正是它那种一定程度上的森然萧瑟之气，锻炼了普里什文作为作家的显微烛幽的洞察力。唯其因为是朴素的，就可更清晰地看到故土的优美，就可是目光更锐利，思想更集中。
  朴素较之使人眼花缭乱的艳丽，诸如色彩斑斓的落霞、繁星闪烁的夜空、五光十色的热带植物，由绿色和鲜花汇成的尼亚加拉大瀑布，对人的心能起到更强烈、更巨大的作用。②

  普里什文在《恶老头的锁链》中写道："词语对我来说就渐渐地成了舞蹈家，就其朴素来说俄罗斯人民就是语言宝库取之不尽用之不穷的源泉"③。
  人生的艺术化需要以内在的诗意拥抱生活，发现生活中瞬间的诗情

---

① Цит. по М. Пришвину：《Золотой луг》. Минск.：Изд.《Ураджай》，1980. С. 289.
② 帕乌斯托夫斯基：《金玫瑰》，戴骢译，百花文艺出版社1987年版，第329—330页。
③ Цит. по М. Пришвину：《Золотой луг》. Минск.：Изд.《Ураджай》，1980. С. 289.

流溢，逐渐培养出一种独特的美学情致，而感性的自然陶冶，灵智的自在升华，意志的圆融通达，需要外物天然质性的汇融。奥廖尔洲的这片沃土正是人生艺术化、审美化，是日常生活诗情化的天然载体，这片沃土所孕育的人文地理、风物气候都尽情洋溢着自由的诗情，也是涵养文学家身心平衡的天然方剂。处身在这样春夏秋冬、阴晴雨雪，风晨月夜，各有各的样子，各有各的味道，取之不竭、受用不穷，足够叫你流连忘返的自然环境中，人人都能体验到复归自然界原始同一的欢悦。普里什文真是天性就对这片沃土如痴如醉，"但是对于母亲代表的故乡的感情，却使我将任何一片寄予深厚情感的土地认作我的故乡。我甚至不需要长时间地住在某个地方，我只要怀着母亲那种对土地的炽热情感看一眼我喜欢的景色，这片土地就会成为我的故乡"①；"自从我开始写作之后，人们一直认定我有一种对大自然诗意的感情，其实这完全不是我从小具备的特殊禀赋，孩子本身就是自然的一部分，而这种复杂的情感是在生活中逐渐养成的。这种情感是在我第一次和母亲分开的时候开始产生的。那时她把我送到城里，而自己回到了乡下。就在那时，在泪水和伤心绝望的情绪中，我才觉得自己离开的那个世界有多美好，在我的想象中，故乡的大自然与见到母亲的幸福是联系在一起的。"② 在我的生活中留下了痕迹，并影响了我个人行为的"第一个这样的人是我的母亲。我之所以将她作为我的这番话中最重要的人物，不仅仅是因为她生育了我。这个在旁人看来如此普通的人对于我就像一面纯净的镜子，我在她身上看到自己亲爱的、值得为之而生和为之而战的故乡母亲，她之于我，就像外祖母对于高尔基一样"。

　　我的母亲是我的欢乐之源，我感到，她仿佛给了我一项指令：不管我感到多么难过，都要不辜负她宝贵的品德——生命的欢乐，并将这种欢乐变成与时代相适应的东西。

　　因此，还在那个时候，我一生的事业就已经初露端倪，那就是要将

---

① 米·普里什文：《恶老头的锁链》，谷羽译，长江文艺出版社2005年版，第446页。
② 米·普里什文：《恶老头的锁链》，谷羽译，长江文艺出版社2005年版，第446—447页。

所有的行为不是建立在同情之上,而是建立在神圣的欢乐之上,因为世界上没有比欢乐再好的东西了,它比幸福还要好。

……

如果描写自己的内心世界,就意味着不仅要写欢乐,还要写痛苦,因为一个人是很难对自己满意的,但如果写别人的话,那在我看来,这就意味着将自己的痛苦变为欢乐。我的母亲很显然就是这样做的:她一个人的时候是一个样子,而当看到别人的时候,立马就变成一个快活的人。

于是,像母亲一样,我自然而然地懂得了,一旦你摆脱了孤独的痛苦纠缠,那么你就会不仅因为别人,甚至为一个小小的树枝感到欣喜,你会在这些枝杈之间泄露的阳光中,在簌簌颤动的树叶上看到整个世界,就好像世界是一个充满光彩夺目的珍宝的巨大聚宝盆。

那么何必过多地为了行为的问题而伤脑筋呢?一个艺术家的行为应当像创造了无私财富的万物一样:这些行为就是从无可逃避的痛苦中寻找出路。

像对于母亲一样,我也曾透过壁龛上的小洞窥视我的故乡,看到了它的痛苦。而当我再也无法忍耐,拿起棍子、背起行囊的时候,我看到母亲在微笑,于是我的心胸变得异常开阔,获得了一种特殊的力量,能够对万物怀着爱与关注的心情,生命的欢乐也由此进入了我的生命。①

在《恶老头的锁链》第一部快结束的时候,从第二部开始,主人公的声音从叙述人的言语中消失了。作者采用的方法,一是用间接引语代替非间接引语,二是减少口语体的特征。作者开始用书面语或者如普里什文所说的编年史式的语体,这种语体用来写实就具有特殊的权威性,这种权威性又是一位抽象的叙述人"居高临下鸟瞰"来确定的,他的意识控制着整个被描写的世界,这个世界是一个再隐秘不过的角落,包括探测作品中连自传的作者都不可企及的每个登场人物的内心世界,但是,在这种情况下也常常有抒情插话出现,这些抒情插话具有特殊的作用,

---

① 米·普里什文:《恶老头的锁链》,谷羽译,长江文艺出版社 2005 年版,第 447—448 页。

即与自传的作者平起平坐的抒情主人公的个人话语在此比"一位编年史家"的客观的、权威的和全面的叙述要站得高。

从对世界的态度来看，在所描写的典型中还有一种典型。这个典型是在作品第一部主人公视角的范围内出现的。小小的库赖姆什卡试图思考他看上去是一片混乱的成人世界并借助童话的形象来讲述它：他的意识里出现了一个恶老头的童话。这个恶老头把所有人都铐进铁锁链，他的童话中同时还有那么一个摆脱恶老头控制的国度，这是他要为之寻觅的国度，恶老头的锁链也是他要拼命去粉碎的对象。这些神奇无比的形象渗透到周围的世界，给所发生的一切都被赋予一种韵味。

这种童话（也是遗传下来的民间童话）没有仅仅只局限在主人公的意识里，还蔓延到作品的整个结构。在叙述层面看，童话基本上是以民间文学的故事成分这种形式出现的。童话有它特殊的语汇、排偶对比法、节奏。童话的形象成了抒情插话的主题，在这些插话中又可以确定隐喻层面，这一隐喻层面又是作品中所发生的一切事情的聚焦点。说到底，童话甚至渗透到了亚文本，变成一种能够包揽感受文本环境的象征：看似随手写来的一部由链环章连接起来的诗性散文小说，但在阅读的时候，都要一环接一环地去肢解。

由于作者这样来结构这部诗性散文小说，我们在欣赏阅读时就被引入一场惊人心魄的游戏；每翻一页，处处都得掂量着，究竟这是一部什么样的诗性散文小说。把它当作讲述艺术家充满个人色彩的独特生活的真实自传，还是把它视为依靠虚构来描写一个人的生活的全部复杂性的小说，或者把它看成是不受任何限制的充满神奇幻想的童话，读着读着，就要不断地换位思考，真是希望捕捉自己的感受最准确的那一个向位。

在普里什文的这部诗性散文小说里，随笔自传、小说、童话这三个层面是同时存在的。一个层面在另一个层面里得到折射就产生出不同的看法，它们彼此又互相映照。其中的每个层面只允许对文本进行层面属性所习惯的可能性阅读，即随笔自传、小说、童话各个层面有其固有的特性，但是所有这三个层面加在一起就创造了一个独特的梯级，在这个梯级上，抒情主人公同时又是自传的作者站在梯级的最高点，而实施主人公观点的那位抽象的叙述人和那位无所不知的叙述人就像他手下的角色，听他左右和操纵。而小孩子在他所想出来的童话中所说的那天真的话语又凌空萦绕在他们之上，而恰恰又是小孩所说的那天真的话语揭示了所描写的事件的最深层的含义，在这部随笔小说艺术结构的所有层面都找到了印证。这个高人一头的梯级与文学中的传统现实主义所制定的原则是背道而驰的，这一梯级又是作者与阅读者展开游戏的主要因素之所在，正是这一因素袒露无遗地显示，文学的所有手法和程式都是相对的。从这个意义上说，自传，即同等程度上的一个真实故事，就像是童话①。正因为如此，童话和游戏——这种相对的文化形式——就成了表达艺术真实的基础和手段，这种真实不能归于任何别的东西，只能归功于游戏。

今天，我醒来的时候，想起了童年的事儿，那时我常常央求母亲给我买一个玩具，让它永远也坏不了。想着想着，一个是那么清晰的想法在我脑海突然活动起来，我顺手摸到了桌上的铅笔，在半明半暗的晨曦中写道："但愿我的短篇故事只是慰藉孩子和成年人的玩具，不过我觉得，是我引领他们并让他们日后永恒发芽，我的乐趣就在于此"。

……

当然，再过上几十年，让母亲买一个永远也不坏的玩具的这个要求如果还会在梦中再现并像一种力量涌动到我的日常工作里，那这种力量就是如此强大，它现在能帮助我逐渐理解创作的原动力。包括被千年史书记录下来的任何一位人物在内的创造者，他开始创造首先是为了自娱自乐，也就是因为受了自己内心律动的冲动，只不过就像一个孩子在玩具游戏一样简单。我的创作景象也应该像孩童一般玩游戏开始，玩着玩着，母亲不经意间出现在他的身边，就像普希金的神话故事②所写的：勇士童年时就在木桶里使劲蹦跶，踹掉了桶底，与母亲流落在荒无人烟的海岸。离弦的箭开始射向白天鹅，最后，年幼的勇士请母亲给他买一个永远也玩不坏的玩具。或许，从这个游戏开始，人人都可以写一部记述

---

① 《Михаил Пришвин и руская культура》. Сборник статей. Под редакцией Н. П. Дворцовой, Л. А. Рязановой. Тюмень, 1998. С. 104.

② 普希金的童话诗《沙皇萨尔坦、他的儿子——威武的勇士吉东大公和美丽的天鹅公主的故事》。

自己历史的书，通过永远不坏的玩具逐渐过渡到有意识的创作计划：从创造光开始，将水和甘地分开①，生命从低级样态逐渐向最高形式进化。②

普里什文在《仙鹤的故乡》中写道："克劳多佛拉还有一个好处，就是在它里面揭示了植根于创作基础之上的游戏。大地上所有委托给人办理的事物，无不具有那种笑里藏刀的矛盾性质，仿佛创造者纯粹是为了娱乐自己而在游戏的同时在创造它们，但在传授这些事情的时候却是叽叽歪歪，如同抹上了焦油一般，这么弄得结果就是，人在地球上的整个生活就是：'要想吃饭，就得流汗'"③。

我国古代文论《文学小言》中说："文学者，游戏之事业也。人之势力，用于生存竞争之有余，于是发而为游戏"。王国维的审美艺术观中就有"艺术上剩余精力的发泄，其本质游戏"之说。他指的是作为"文化"的高级形式，即审美艺术文学活动。审美是一项个性化的天才事业，文学艺术就是天才审美经验的形象化，其本质实质上就是游戏。

德国美学家席勒认为，人在现实生活中，既要受自然力量和物质需要的强迫，也要受理性法则的强迫，人是不自由的，而审美活动则不然，它是一种不带任何功利目的的自由活动。通过审美的这种自由活动，人就可以从受自然力量支配的"感性的人"，变为充分发挥自己意志的主动精神的"理性的人"，形成完美的人格，得到自由。

席勒把这种审美的自由活动也叫作"游戏"。"游戏"和"强迫"是对立的。人只有在"游戏"时，才感觉不到自然和理性要求的强迫，才是自由的、活的形象，而这种活的形象也就是美。所以，美是"游戏冲动"的对象，是活的形象，是感性与理性、内容与形式的统一。

席勒还担心：

---

① 参见《旧约全书·创世纪》第一章第1—10节。

② М. Пришвин. Собрание сочинений в 8 Томах. Том 3. С. 147，此处为笔者译，省略号为笔者加。

③ М. Пришвин. Собрание сочинений в 8 Томах. Том 3. С. 109，此处为笔者译。

你也许早已想要反驳我，把美化成单纯的游戏，拿它和"游戏"这一词通常所指的那些轻薄的对象等量齐观，实在不就降低了美吗？……但是我们知道，在人类的一切情况中能使人达到完美的，能同时发展人的双重天性的，正是游戏，并且也只有游戏。……只有对于愉快的、善的和完好的东西，人才是严肃的，但是对于美，他却和它游戏。……

最后，我要宣告这样的结论：只有当人充分是人的时候，他才游戏；只有当人游戏的时候，他才完全是人……①

海德格尔说："作诗压根儿不是那种径直参与现实并改变现实的活动。诗宛若一个梦，而不是任何现实，是一种词语游戏"。

这也就再次证明，我国和西方文论中的"艺术起源于游戏"也是一个真理了。

从文体方面看，《恶老头的锁链》的叙述是以民间故事的形式编织的，民间故事是通过运用民间文学的形象、修辞格、童话的说法和民间富于诗意的句法来模仿民间的语言和民间的意识。故事讲述人的言语充溢着象征民间智慧的谚语、俗语、寓言和富于表情色彩的评价俯拾皆是，这些既对所讲述的是一个实例插图，又是用来评判的一个起始点。

普里什文为《恶老头的锁链》付出了毕生的精力。他把现实、哲理、童话融为一体，把自己的自传体小说称为"自己生活的随笔"，其中展现了"很准确的材料，材料是自传体的，又是经过诗意化提炼的"。他还特别指出，"他用自己的童年、少年和青年早期编织了一部童话"。《恶老头的锁链》是普里什文毕其一生努力自救的心境写真，是他羁于现实而又企求挣脱的精神旅途的映照。

二 爱情散文的绝唱——《人参》

普里什文在挣脱恶老头的锁链之后，他的心情极为舒畅。他说，"身处大自然，心情极为舒畅时，需要写作，就因为心情舒畅时，自己的东

---

① 席勒：《审美教育书简》，冯至译，载《西方美学家论美和美感》，商务印书馆1982年版，第175—176页。

西、焕然一新的文思准会在笔端涌动而出"①。"博大的爱可以把整个世界揽入怀中,所有人都因之幸福。也有朴素的爱,家庭之爱,如同涓流,朝着美好的方向奔流。"②他还说:"应当记得,幸福的婚姻在生活中远比我们这里想象得多……我认为,只要怀着对生命和谐淳朴的情感,无论是对所有人还是生活本身,处处有诗意。单单是看自己——永远什么都看不透,也永远走不出困惑。这时需要另外一个人,让他来审视你,告诉你"③。"这种对心灵空间的拓展潜滋于心灵的是爱情,把富有个性的'我'引向了自然的世界:'现在,当那些刚明白事儿的年轻人彼此寻找的时候,他们寻找的还不是像他们想的那样是找自己本人,而是在寻找那片平常的土地之岸,我们的先辈在执行命运的规则时居于这片土地上。这也就是为什么自然在这时候看上去是如此的魅力无穷了'。"④

在1917年2月25日的日记中他写道:"真正的爱情是一种力量,真爱不可能是单恋……"⑤

在《关于爱》中,普里什文写道:

夜间我思索着两种爱。一种是兽欲:得到后便一脚踹开,或者丢掉它,像斯捷卡把他的公爵小姐丢进伏尔加河一样,绝大多数男人——连列夫·托尔斯泰也不例外——都这样想象对女人的爱。另一种爱则包含着自己的一种信念,相信自己所爱的那个人具有不为人识的美德,这样的爱好比是一种使命,好比是一个孤独的人走向人生的出路。

我们经常见到,男人看似平平,女人却卓越非凡。这意味着,这个男人隐而未露的品质我们还不了解,却为这个女人所赏识:这是选择之后的爱,大概,也就是真正的爱。

实际生活中,爱很简单,但是如果要写下爱,记下脑子里的念头,

---

① М. Пришвин. Собрание сочинений в 8 томах. Том 7. С. 245;参见米·普里什文《大地的眼睛》,潘安荣译,长江文艺出版社2005年版,第172页。
② 米·普里什文:《大地的眼睛》,潘安荣译,长江文艺出版社2005年版,第8页。
③ М. Пришвин. Собрание сочинений в 8 томах. Том 7. С. 243;参见米·普里什文《大地的眼睛》,潘安荣译,长江文艺出版社2005年版,第171页。
④ И. Г. Новосёлова:《"Дневники" М. М. Пришвина: Духовный космос》. Владивосток. Изд. Дальневосточного университета 2004. С. 6 – 150.
⑤ М. Пришвин. Дневники 1914 – 1917. Москва.: Изд. "Московский рабочий", 1995. С. 242.

即使表面上看起来很好，其中又有多少的犹疑和困惑，有多少呢？实际上，如果从旁观看，一切都很简单，真是搞不懂，为什么直到今天，人们也不肯共同遵守人人必须遵守的规则去实现爱。①

爱的情感蕴涵着新人的诞生和成长的可能，即使相爱的人没有孕育出血肉之躯的孩子，我们仍然可以从他们为新生命的幸福所做的努力来衡量爱的深浅。

基于这样的理解，爱也称做婚姻。创作多半也像婚姻，取决于一个人的内心是否达到刚柔相济、阴阳相谐，取决于是否有历久不衰的艺术品问世，取决于这些艺术品是否对后世产生深刻影响。②

爱的本质：花园里百花盛开，馥郁的芳香醉倒了园中的每一个人。人有时也像花开时节的花园：爱着所有的人，所有的人也会融入这份爱。我母亲就是这样：她爱所有的人和每一个人，但她不会为任何人花费气力和心血。这还算不得爱，充其量只是潜藏于心、原封未动的包藏，由此流出的才是爱。

爱的本质首先在于关心，继而是选择，是获取，因为不事经营的爱是没有生命的。③

善与爱：然而，爱却难以伪装，因为有爱的人总是心志诚一地相信，整个世界存在于爱。这是因为，对爱的接纳，正如对美的接纳，是社会行为。那么，我们要想想看，我们该通过怎样的途径，用爱、友情和美教育孩子。④

在爱情方面，文学使欲望得到了升华。没有文学，爱情和快感会变得贫乏，会缺乏甘甜与优美的感觉，会缺乏浓浓密密的感觉，而爱情一旦经

---

① 米·普里什文：《大地的眼睛》，潘安荣译，长江文艺出版社2005年版，第96页。
② 米·普里什文：《大地的眼睛》，潘安荣译，长江文艺出版社2005年版，第39页。
③ 米·普里什文：《大地的眼睛》，潘安荣译，长江文艺出版社2005年版，第11页。
④ 米·普里什文：《大地的眼睛》，潘安荣译，长江文艺出版社2005年版，第108—109页。

过文学情感和想象力的刺激和培养,那时准是能够达到强烈的快感的。

正因为如此,普里什文的文体艺术创作中有几部中篇是极甜美的歌,这主要是献给爱情主题的,喜结同心赞扬爱情,如《人参》《叶芹草》和《我们俩》等。

他所关心的爱情主题,礼赞的真爱情,原来和自然与人的主题一样,更是人类的永恒问题和终极话题。真是无心插柳柳成荫。在这一章中,主要想分析一下他的爱情散文绝唱——《人参》。

普里什文研究专家赫梅尔尼茨卡娅把《人参》称为散文体抒情长诗。这个评价又说明了《人参》在文体上是融散文与诗歌于一体的①。在普里什文的创作中,这种融汇是首要的也是最明显的特征,这种特征表现在作品里就不仅仅是各种文体手法的综合,而是艺术思维本身的综合。在 П. Н. 萨库林看来,综合就是"自己本身的世界观的形成要么倾向于折中,通过外界的机械式的对思想的凑集,要么走向综合,一经综合,人就把单个存在的一些因素有机地吸纳入自身,并与这些因素和谐融洽为一体,就好像是自己精神存在的一部分"②。

《人参》最初于1933年发表在《红色处女地》杂志第三期上,原名《生命之根》,它为苏联文学界带来了一阵清风。

"人参"是生命之根。在爱情日记《我们俩》中普里面什文写道:"就这样,李娅娅金鱼和我一个老人——用自己亲身的生活继续谱写着渔夫和金鱼的童话"③。老人很知趣地赞叹着:"金鱼陛下,我怎么配得上你呐:我都这把年纪了啊!"可金鱼是逆着回答的:"我的小傻瓜,老头儿是写不出《生命之根》的,你不仅是所有苏联作家里最青涩的,而且还是大地上唯一能够懂得圣洁生活在动物鹿和人的肉身融为一体的作家,并且还没有因公开地说这个而磨不开面子"④。

---

① 参见赫梅利尼茨卡雅(Хмельницкая)的专著。

② 转引自季·霍洛托娃著《普里什文的艺术思维:内容·结构·语境》,伊万诺夫国立大学出版社2000年版,第235页。

③ М. М. Пришвин, В. Д. Пришвина. Мы с тобой: Дневник любви. —СПБ.: ООО "Издательство Росток", 2003. С. 134.

④ М. М. Пришвин, В. Д. Пришвина. Мы с тобой: Дневник любви. —СПБ.: ООО "Издательство Росток", 2003. С. 134 – 135.

肖洛霍夫给露天舞台朗诵文艺作品的女演员 М. И. 格丽涅娃写道："人们把普里什文这么一位奇妙的作家忘啦。顺便问一下，您读了《生命之根》吗？如果还没有——我特别建议：快读一下。一定要读一下。这么亮堂、睿智、年老人般的清澈透明，犹如清泉之水。前不久我读了，到今天心里还暖融融的。你会为一个词儿感到喜悦，就像为一位好人而高兴一样"①。著名作家扎米亚京 1936 年写道："……迄今我们未能见到一部与肖洛霍夫的《被开垦的处女地》或阿列克谢·托尔斯泰的《彼得一世》相匹敌的作品。尽管如此，我们还是要提及在苏联一般的作品中很突出的两部作品，即普里什文的中篇小说《人参》和扬诺夫斯基的长篇小说《骑士》"②。普里什文对《人参》的喜爱程度溢于言表："第一次为自己造出的房子，人见人夸。这东西给我的满足，同诗篇《人参》毫无二致。我营造屋舍的文学意义中，还有重要的一点，那就是造房的全部材质均来自我的作品所得，没有一枚钉子不是由创作而来。我的独宁纳村证实了生命的一体，证实了人类的任何造物都能带给人同样的愉悦。所有人都是自我生命的著作者，任何人都会为自己的造物而欣然"③。评论家 Н. 斯列普涅夫说，《人参》"过多充溢着理想主义哲学"，作者在自己的中篇小说中把"大量的所有人的所有和一切的一切"都胶着在一起④。

《人参》的叙述人是 1904 年参加过日俄战争的一位俄国士兵。他因祸得福，流落到中俄交界处的乌苏里原始森林，在满洲里一带，"我仿佛落入了一个按我的趣味建造的天堂"。最为幸运的是，他还在这个人间天然天堂里无意中遇见了一位采参的中国老人卢文。卢文享受着大自然的恩泽，陶醉在大自然的欢乐中。他心与大自然的和谐共处，身与东方智慧相随。这些都让这位叙述人耳濡目染，钦佩不已。他们两个人一起在森林中生活，共同开始了驯养梅花鹿的事业。过了一段时间，卢文已经

---

① 转引自季·霍洛托娃《普里什文的艺术思维：内容·结构·语境》，伊万诺夫国立大学出版社 2000 年版，第 22—23 页。
② 扎米亚京：《明天》，阎洪波译，东方出版社 2000 年版，第 158—162 页。
③ 米·普里什文：《大地的眼睛》，潘安荣译，长江文艺出版社 2005 年版，第 50 页。
④ 转引自季·霍洛托娃《普里什文的艺术思维：内容·结构·语境》，伊万诺夫国立大学出版社 2000 年版，第 235 页。

年迈，最后离开了人世。可让叙述人感到最大安慰的是，另一个像是梅花鹿化身的女人来到"我"身边，他们一同出发去寻找那只作为生命之根的奇妙人参。他们的寻觅之路就没有那么艰难，因为老卢文在已经找过的地方都做上了"此地无参"的标记。世界上还有这么高尚的人格境界和强大的精神力量吗？

《人参》是普里什文在远东旅行期间所获得的观感直接影响下写成的。普里什文写道，这部作品的创作有这么一段历史："素材是在大街上、在海滨、在山里、在苔原森林里，完全就像在狩猎中获得一个野物一样。我把自己那冷峻的钻研式的注意力投向某一个对象，对其倾以炽热的亲情关怀，不管怎么说，在照相机的底片上，在我眼睛的视网膜上画面是否形成，反正，不管怎么说，实物拍摄的底片是印在了我的脑海中，就像野兽爱好者的记录一样"。他根据印在脑中的这些"底片"蹲在家里写画，就像画家们为自己的巨幅大画画素材图一样。普里什文自己也承认，"我并不知道，我笔下会绘制出大画面，我只是凭'底片'一个接一个地写画面，直到最终情节都不会呈现于眼前、我也找不到什么理由，心怀一种强烈的愿望——把所写的所有画面连接到对所有素材的一种深刻理解里。这样一来，我抛弃了甚至似乎是把所写的全部忘得一干二净，《人参》也就一气呵成了"①。正如普里什文所说："《人参》和《太阳的宝库》之所以出色，就在于作品是一气呵成的。所以，只要对整体素材积累了一定的感触，就该有感一发而不可收"②。

关于《人参》这部作品的创作史还有这么一个手写草稿：

有一些冷漠无情的人，我说都不想说他们，而还有一些人是作为真正意义上的人，就像卢文一样连麻雀都摸得一清二楚。我亲爱的人们，我的一切你都明白，所以我现在也没有什么不好意思把自己的一切都说给你：做一个世事不洞明的人与人间告别，这比为了女友不斗争而把自己的位子拱手让给什么人要轻松得多；常常是这样，一位盲人在失去了光明之后他马上就能听得清楚深层的内心世界成为一位盲人音乐家，但

---

① М. Пришвин. Собрание сочинений в 8 Томах. Том 4. С. 706 - 707.
② 米·普里什文：《大地的眼睛》，潘安荣译，长江文艺出版社 2005 年版，第 109 页。

是，拿什么我都不会换那一个瞬间，那就是梅花鹿神情喜悦得像个人，却忽地消失不见啦……

我认识一位亲近的人，革命前他住在一座蓬松秀美的花园里，但后来当他不得不挥泪放弃这座花园的时候，他有很长很长一段时间还是这么一幅样子，好像他的真正的生活还是在那里的那座花园里，而后来才开始了临时幻想的生活。这样他也认识到了自己，生活过得很拮据，常常忍饥挨饿，饱受侮辱，勉强活着干些活儿。过了好多年，有一天，他把所做的事情考量了一遍，他回想起了自己在花园里的生活，这种最真正的生活，在他感觉是最基本的生活突然变得既不贴实际又微不足道，而这种艰苦条件下年复一年的争争抢抢却是真正的生活，而那个不是作为一位夜莺花园里的爱好者，而是当个艰难桎梏车辄夹缝中挣扎的身不由己的牛犍子不得不去完成的那件事，也正是这件事给他带来了胜利的喜悦、大地的色彩和生活的意义。这种情况在我身上也发生过。有一天，我蓦然回首，看到了那一瞬间前的那个我（我的全部），即梅花鹿神情喜悦地像个人的那个美妙瞬间：我为那个我是那么不好意思起来，对我来说，那个生活是真正的生活这个问题都不存在了：是邂逅那个瞬间之前的生活呢还是这个，即每天在辛苦的劳作中争得的一口饭是诚实的、在劳作中保持独立是幸福的，当你在迎接新的每一天的时候，一定要检验一下前一天。①

（一）独具匠心的编排结构

《人参》在《黄金角》一书出版发表时，其编排结构就独具匠心：《黄金角》1934年出版时分成四部分，《生命之根》（副标题为《人参》）是作为第一部分被纳入其中。第二部分是散文《紫貂》，第三部分是散文《梅花鹿》，第四部分是散文《蔚蓝色狐》。《人参》后来出了单行本，第二、第三、第四部分合集为《可爱的野兽》出版。

在这一组系列散文筹备出版时，普里什文在杂志版的前言中就《黄金角》的结构谈了自己的想法：

"中篇小说《人参》是本书的第一部分，也就是我所创造的一个神

---

① М. Пришвин. Собрание сочинений в 8 Томах. Том 4. С. 707.

话；第二部分是摄影一样的现实，我的神话就是以这一现实为基础而创造的。我还猜想，我的这本书编成之后就像一本科学著作，其中的第一部分将是研究的成果或者是发现某个新的现象的结果，第二部分又呈现出了这些研究赖以进行的素材。我即将出版的这本书的读者大概会饶有兴趣地注意到一点，即书的社会因素正是蕴涵在神话中，亦即第一部中篇小说中，而小说之写成所赖以进行的事实素材是因为作者对新地区的大自然一往情深而直接获得的……我想，对那些读过我中篇小说的读者来说，这些简洁的画面就足以回答读者会问的一个普通问题："而事实上这一切究竟是怎么回事儿？"普里什文感到遗憾的是，因为版面不够，他还不能把自己的记事本附到这本书上面，要是附上的话，在对创作问题感兴趣的读者面前，《人参》所呈现出来的就是其创作发展过程的全部断面，书也可能就像那些学术著作，在这些著作里大量的位置都让给了对原始资料的旁征博引。普里什文对这本书的结构有根有据地做了说明："为什么这都是作者一手做的？看来，他对艺术家的意志方面极为看重，这种意志使得他手里只要有最粗糙的生活事实，他就可以创造一种艺术氛围，这一氛围把生活的事实仿佛提升到了空中，而艺术家就如添翼之鸟，平稳地往前方飞去"[①]。从这里可以明显地看出，普里什文向来特别关注揭示艺术家的创作心理，他之用心良苦就是他认为，必须把自己的良苦用心连带人参根上的元气植入读者的心灵，要袒露把生活素材变成艺术情节的途径，也唯其如此，作者才能打动人心、直叩读者的心扉。

普里什文把散文或者小说的材料写成了散文体长诗，这首长诗又洋溢着"幸福劳动"的浪漫气息、爱情的浪漫诗意、人与自然亲如一家水乳交融的情感。《人参》中的每个形象都获得了洋溢诗意、饱含哲理的韵味。

（二）《人参》中的中心形象是人参、是生命之根

人参也是五加科残留下来的一个植物品种，是良药，是健康之源、青春之源。"我开始盼望，有一天我能亲眼看到真正长在原始森林里的人参，而不只是它的粉末。……我第一次见到了人参这生命之根。人参是那么贵重和稀有，要六个全副武装的棒小伙子来护送。……我惊奇地发

---

① М. Пришвин. Собрание сочинений в 8 Томах. Том 4. С. 724.

现，这一枝植物根的形状很像人；那身子下面分明长着腿，上面有手和脖子，脖子上有脑袋，脑袋上甚至有辫子，手、脚上的根须就像细长的指头。但是紧紧地吸引着我的注意力的，倒不是这个根的形状那么像人的形体——植物的根交错盘结起来，什么奇特的形状都会有的！紧紧吸引着我细看这根的，是这七个全神贯注地细看这生命之根的人在我心中悄悄产生的影响。……不要凭我本人的情况去理解这根的药力"①。人参不仅是让人永葆青春和美丽的生命之根，还是能够帮助人确定自己的生活道路的精神之源："人的身上有着多么富饶的处女地等待开发，有多少无穷无尽的创造力等待发挥啊，千百万的不幸者来了又去了，但没有能够了解自己的人参，没有能够在自己的内心开发这力量、勇敢、欢乐和幸福的源泉！"②。人也由于自身拥有力量、勇敢、欢乐和幸福，所以他才能年复一年地从事自己心爱的事业。往往是，"怀念住在远方某地的亲人，就像回忆故去的人那样难受。您和您的朋友的面貌已经变得彼此认不得了，可是忽然间，你们碰在一起了。这真是可怕！您战栗了一下，脸色刷白，根据对方被岁月刻下了皱纹的面容，揣摩了一阵，终于从声音中认出了他。接着，您和朋友回忆过去的岁月，就像渐渐无意识地饶恕了某人一般，心里变得非常轻松了。由此，我理解了生命之根人参的作用。生命之根的力量往往这样强大，它会使你在另一个人身上找到您所爱的、永远失去了的人，把另一个人当做失去的人来爱。我认为这就是生命之根人参所起的作用。对于这神秘之根的任何其他理解，我都认为，如果不是迷信，就是纯属医学上的事。就这样，时间在流逝，一年、两年……朋友没有来，我开始忘记并最终完全忘记了，我自己的生命之根正在原始森林的某个地方不断地长大起来。我周围的一切全都发生了变化，祖苏河边的小村子变成一个小市镇了，镇上住着好多各种各样的人。为了一些重要的事情我常常到莫斯科去，到上海去。我在这个大城市的街道上，常常想起我的人参来，比在原始森林里的时候想得还要频繁。我同那些为新文化而劳动的人们在一起工作，我感觉到，'生命之

---

① 米·普里什文：《人参》，何茂正译，长江文艺出版社 2005 年版，第 20—21 页。

② М. Пришвин. Собрание сочинений в 8 томах. Том 4. С. 76；同时参见米·普里什文《人参》，何茂正译，长江文艺出版社 2005 年版，第 56 页。

根'已从大自然的原始森林里转到我们的创作境界来了：在我们的艺术、科学和其他有益活动的原始森林里寻找生命之根的人，比在大自然的原始森林里寻找那所剩无几的根的人，距离所要达到的目标更近一些"①。

（三）美妙漂亮的雌梅花鹿的形象与主人公不能左右的失去的恋人的形象融为一体

《人参》中再一次着力强调了普里什文创作中贯穿始终的主题，即对失去的初恋的回忆，这一主题带有自传色彩。主人公极力把这个爱的力量移情给大自然。"黎明时分，天气十分寒冷。……旭日越来越明亮了，景色变得更加悦目了，我内心身处仿佛因此感到一阵剧烈疼痛，假如痛得再难受一点儿，我恐怕也会像鹿一样，昂首叫唤起来。既然四周如此美好，我为什么却似乎感到致命的疼痛呢？或许，我像鹿一样，在遇到美好的事物时，期望出现什么愉快的事情，却又不能如愿以偿，才感到一阵痛苦，而且像鹿一样，几乎要叫唤起来。"② 有一天，在苔原森林里他遇上了梅花鹿，梅花鹿美得让他震惊不已，"我直看着它的眼睛，那双眼睛如此美丽，简直叫我吃惊。我联想到只有女子脸上的眼睛才这样美丽，又觉得只有嫩枝上的花朵才这样迷人，这是我在祖苏河花野中的一个意外发现。这时我再一次理解了把它称为梅花鹿是最好不过的道理了。我还高兴地想到，好几千年以前一个默默无闻的黄面孔诗人，看到了这样的眼睛，就曾把它理解为花朵，而我这个白面孔的诗人，现在也是把它理解为花朵。我之所以感到高兴，还因为我不是孤单单的一个人，世界上有些事情是众所公认的，无可争辩的。我也理解了中国人为什么要特意推崇这种鹿的鹿茸，而不是粗野的马鹿或者大角鹿的鹿茸"③。梅花鹿的"角在幼嫩含血的时候，好像有着使人恢复青春和欢乐的药力呢？那就是中国人认为十分珍贵的鹿茸，它的神奇故事我听过好多好多，以至于觉得别的一切故事和神话都没有多大意思了"④。

---

① 米·普里什文：《人参》，何茂正译，长江文艺出版社2005年版，第62—63页。
② 米·普里什文：《人参》，何茂正译，长江文艺出版社2005年版，第59页。
③ 米·普里什文：《人参》，何茂正译，长江文艺出版社2005年版，第10—12页。
④ 米·普里什文：《人参》，何茂正译，长江文艺出版社2005年版，第7页。

诚然，天下有益的甚至可以入药的物品多的是，然而普天之下，有益的同时又是绝顶美丽的东西却少得可怜。这时，这只梅花鹿向我的帐篷又靠近几步，突然用后腿立起来，把前腿举得高过我的头，把两只雅致的小蹄子穿过缠在一起的葡萄藤向我伸过来。我还听见它伸着头吃水灵灵的葡萄叶子的声音——葡萄叶是梅花鹿爱吃的食物，我们人尝尝它也是觉得挺可口的。我看见了母鹿身上流着奶的大乳房，又想起它一定带了小鹿来。不过，我当然不敢弯下身去，从窟窿里往四处张望寻找那小鹿，它准是在附近什么地方。我是个猎人，从某种意义上说也等于一头野兽，我真忍不住想悄悄地抬起一点儿身子，猛不防地一把抓住它的那两只蹄子。是的，我身强力壮，我感到只要用两只手狠狠地抓住它的那蹄子根，我便可以降服这只鹿，用腰带把它捆绑起来。我这种要抓住这鹿把它据为己有的欲望难以抑制，任何猎人都会理解的。然而，在我的身上还有另外一个我，我感到不应该抓这只鹿，恰好相反，既然出现了这美妙的瞬间，他倒是想使这瞬间成为不可侵犯的，把它永远铭记在心里。当然，我们都是人，我们大家或多或少有这样的情况：就连最酷爱打猎的人，当被子弹打中的野兽快要死的时候，心肠也会软，不会变得又硬又狠的，而最温柔的诗人，也总想把花儿、鹿、鸟儿据为己有。我自己十分清楚，我是个猎人，可是我过去一直没有想过，也一直不知道，我身上还有另外一个我，我这个猎人的手脚被美好的或者还有别的什么感情捆绑起来，就像捆鹿一样。我身上的两个我在打架。一个说："你会失去这一瞬间，这瞬间稍纵即逝一去不复返，你会为此伤心一辈子。快抓住它，动手吧，你会得到一只母梅花鹿，一只动物界最美丽的动物"。另一个说："安安静静地待着吧！可以把这美妙的瞬间保留下来，千万别用手碰它"。这正好像一个童话里说的，当猎人瞄准一只天鹅的时候，忽然听见天鹅哀求他：请别打，请等一会儿；后来才明白，原来天鹅是公主的化身。猎人住手了，没有打天鹅。结果，他眼前出现了一个美丽的活公主。我内心斗争激烈，连气都不敢出。但这番自我斗争叫我付出了多么大的代价啊，简直要了我的命！我克制着，浑身轻微地颤抖起来，就像一只见到猎物的那样。我这兽性的颤抖可能感染了梅花鹿，使它感到不安起来。它轻轻地把蹄子从缠在一起的葡萄藤中抽回，四条细腿落地站着，从昏暗的枝叶间特别仔细地盯着我看了一会儿，就转身走了，可是没走几步，又突然停下来，回头看了看。这时只见小鹿不知从什么地方钻了出来,走到它跟前。于是它又和小鹿一起直愣愣地看了我老半天,之后才钻进绣线菊丛里,消失不见了。①

"那只美丽的梅花鹿给我的影响太大了。"普里什文身上的两个我在打架。一个我是猎人、一个我是诗人。经过激烈搏斗,手无寸铁的诗人战胜了武装到牙齿的猎人。一个是大兵、一个是秀才。秀才碰着兵,有理说不清。但是,有史以来普里什文第一次让人性闪闪发光的我战胜了兽性蠢蠢欲动的我。抒情主人公在忧伤中回忆着自己心爱的美丽女人。"美能拯救世界!"——这也就是说,有朝一日,到那时,别人现实的敌人——艺术家将不再像现在这样仅仅是一位幻想家。他将是生活中个性的和美的事物的践行者②。这也就再一次证明:巴尔扎克的"应当永远追求美!"③ 普里什文的"美高于自然!"④ "美妙的一瞬间,请留步!"⑤ 陀思妥耶夫斯基的"美能拯救世界!"是战无不胜的、是放之四海而皆准的。

"美能拯救世界!"⑥ 梅花鹿是美丽的。世界上最美丽、最温驯优雅的动物是梅花鹿。

你看,在紧靠水边的地方,那一棵满洲里核桃树的两片巨大的叶子之间,就有一对著名的鹿茸角伸了出来,毛茸茸的,桃红色的,长在那有着一双美丽的灰色大眼睛的活灵灵的脑袋上。这长着灰色大眼睛的头刚向水面低下去的时候,在它旁边又出现了一个没有角的脑袋,这一双眼睛就更漂亮了,不过那不是灰色的,而是黑亮黑亮的颜色。这是一只母鹿,在它身旁,有一只幼鹿,幼鹿角还没有长出来,只现出细细的尖顶。它旁边还有一只非常小的鹿,一个小不点儿,不过身上也布满了跟

---

① 米·普里什文:《人参》,何茂正译,长江文艺出版社2005年版,第11—12页。
② М. Пришвин. Весна света. М.：2001. С. 522.
③ 转引自帕乌斯托夫斯基《金玫瑰》,戴骢译,百花文艺出版社1989年版,第3页。
④ 米·普里什文:《恶老头的锁链》,谷羽译,长江文艺出版社2005年版,第362页。
⑤ М. Пришвин. Осударева дорога. Собрание сочинений в 8 томах. Том 6. С. 173.
⑥ 米·普里什文:《人参》,何茂正译,长江文艺出版社2005年版,第3页。

大鹿一样的斑点,这小家伙甩着四只小蹄子径直朝小溪走去。小家伙一步一步往前走着,从一块小石头上走到另一块小石头上,接着停了下来,恰好停在我和它母亲之间的地方。母鹿想检查一下小鹿的能力,抬起头来看它,很凑巧,那视线落到了像木偶似的坐在飞沫下的我的身上。母鹿愣住了,呆呆地看着我,打量起我来,捉摸我是石头还是什么能动的东西。母鹿的嘴是黑色的,对动物来说,那嘴可是太小了,不过它的耳朵特别大,而且那么端庄,那么机警,有一只耳朵上还有一个孔,看过去是透亮的。其他的细节我就顾不上观察了。它那双美丽的、又黑又亮的眼睛把我的注意力全吸引住了——那简直不是眼睛,而是两朵花儿。我一下子就明白了,中国人为什么把这种珍贵的鹿叫做梅花鹿。那是这种鹿像梅花一样好看呀。真是难以想象,有人看到这样花儿般美丽的动物,竟会用枪瞄准它,射出那可怕的子弹,使它身上出现透亮的弹孔……①

　　读着这"惊心动魄、一字千金"的字字泪、悟着这"人人笔下所无,却为人人意中所有"的声声血,我想即使是铁石人亦应感动吧。

　　用这种文字之力普里什文还暗中思忖万一达不到目的怎么办。他别无选择。他对动物界这只最美丽的动物继续挥洒自己的笔墨,丝毫没有掩饰自己的感情:

　　这地方可真是万籁俱寂,但是不一会儿,我竟发现了什么动静。我感到非常惊讶,只见那斑斑点点的光影在移动着,仿佛有人在外面时而挡住了阳光,时而又移开了似的。我小心翼翼地拨开葡萄的嫩枝,看见离我只有几步远的地方,有一只母鹿站在那儿,它身上布满了光斑。幸好,风而是朝我的方向吹的,那鹿离我又近,我连鹿的气味都闻着了。不过,要是风儿是从我这边向鹿那边吹的话,那又会怎么样呢?我真是捏了一把汗,那样,我无意中发出细小的声音,那鹿都会察觉出来啊。我屏住了呼吸,那鹿离我越来越近了,它像所有极其小心的野兽一样,走一步停一停,警惕地竖起它那一对非常长的耳朵,朝着它从空气中闻

---

① 米·普里什文:《人参》,何茂正译,长江文艺出版社2005年版,第7—8页。

到什么气味的方向听着,以至于我一度以为这下子什么都完了。你看,它把耳朵直对着我了,这时我发现它把左耳朵上有一个弹孔。我真是欣喜异常,像遇见了老朋友一样,认出了它就是那只在溪边向我跺过脚的母鹿。现在,它也和当时一样,在疑惑或者沉思中抬起一只前腿,就这样一动不动地停在那儿;要是我呼出的气息哪怕触动一张小的葡萄叶子,它就会急速地用前脚跺一下地,然后一溜烟跑得无影无踪。但是我纹丝不动,于是它慢慢地放下前腿,向我走过来一步,再走一步。①

普里什文写道:"在小说《人参》中,我渴望发出一个听从于意识的行为(不去抓鹿腿),从而以此在禁欲主义和苦难的背景中确立某种行为方式"②。由于他怎么也不去抓鹿腿,我不禁联想到川端康成的一句话:"美是邂逅所得,美是亲近所得"。真是让人捏着一把汗、屏住呼吸,不能发出任何细小的声音。他对母鹿的欣喜异常,就是在"走一步停一停","跺过脚","疑惑或者沉思中","抬起一只前腿","一动不动","用前脚跺一下地","慢慢地放下前腿","向我走过来一步","再走一步"。他所获得的审美愉悦就是彻骨透心的。他对母鹿的欣喜,是一次多么复杂而微妙的精神活动啊,需要"以神遇而不以目视",需要他用智慧和悟性去揣摩自己的欣赏对象,亲近自己的对象,领悟它的心灵,唯其如此,它才"向我走过来一步","再走一步"。

爱屋及乌,世间万物皆美。万物之灵长最美,连背影都美。难怪朱自清的《背影》家喻户晓、妇孺皆知呢。在《人参》里,普里什文除了精心地营造美的意境,作为理想化身的人物也是有极致的美。请看他是怎么写背影的:

就在这海边沙滩上,有一位女人背向我坐着,正在收集大海送来的这些礼物,装到一个小旅行袋里。大概,葡萄藤缠绕的树旁的那只美丽的梅花鹿给我的影响太大了,我总觉得,这个陌生女人身上有什么东西像是梅花鹿。我坚信只要她转过身来,我就会在这个人的脸上看到那双

---

① 米·普里什文:《人参》,何茂正译,长江文艺出版社2005年版,第10页。
② 米·普里什文:《大地的眼睛》,潘安荣译,长江文艺出版社2005年版,第123页。

梅花鹿似的极其美丽的眼睛。我到现在也不明白，这是怎么一回事：如果仔细端详和加以描画，两者是丝毫也不会相像的，但我还是以为只要她转过身来，我面前便一定会出现一只女人化身的梅花鹿。过了一会儿，我的预感似乎有了答案，我觉得真的发生了天鹅公主童话中的那种变化。她的眼睛和梅花鹿的眼睛是那么一模一样，以至于鹿身上的其他一切东西——毛，黑色的嘴唇，机警的耳朵——不知不觉地都现出了人的特征，同时又像鹿身上的一样，融合着真和美的绝妙统一，仿佛是上天赋予的一种不可分割的真和美。她既警惕又惊讶地看着我，我似乎觉得，她就要跟鹿一样向我踩一脚，然后跑掉。这时候，我思绪万千，恍惚迷离，在朦朦胧胧的思绪中仿佛对一切明确的或不明确的东西做出了判断，但至今也找不到实实在在的、准确无误的语言来加以表达，而且不知道这里会不会有我获得自由和解脱的时刻。是的，当我走出峡谷，来到繁花似锦的祖苏河盆地，见到无穷无尽的河水向蓝色的海洋流去，这个时候，我真想说，我那种独特的心境，用"自由"这个词来表达是最接近不过的了。

　　现在我可以毫不犹豫地说，当时我正是那样，正是作为一个连我自己也感到陌生的人，屏息悬心，既胆怯又惊喜，然而异常有力地走到了她身旁，而她一下子就理解了我。她也不可能不理解我，不给我以回答。如果这种情况不是一辈子只出现一次，而是永远这样下去，那么我们大家就可以在任何时间、任何地方让每一朵花儿、每一只天鹅、每一头母鹿变成公主而活在人世间了，就像我同我跟前这位公主化身的人一同存在于祖苏河百花盛开的盆地上、山野里和大河小溪的岸边一样。①

　　在这个人与动物乐融融的世界里，人也踩脚。动物人化，人也动物化。人作为生物物种也属于自然界的一部分，也就是说，自然界是人的生存环境，也是动物的生存环境。但人，动物之尤者也。人既然为尤者，就要在千钧一发之际，拿出姿态，证明自己是尤者。看到这样花儿般美丽的动物，千万不要射出那可怕的子弹。后来，鲍里斯·瓦西里耶夫以题为《不要射击白天鹅》的杰作也做了这样的警告，这部作品以保护自然资源为主题，写了人与人之间的相互关系，写了善与恶、美与丑的搏

---

① 米·普里什文：《人参》，何茂正译，长江文艺出版社2005年版，第13页。

斗，给人以深沉的思考和启示。

爱美之心人皆有之，"我也明白了，中国人为什么把珍贵的鹿叫做梅花鹿。那是因这种鹿像梅花一样好看呀。真是难以想象，有人看到这样花儿般美丽的动物，竟会用枪瞄准它，射出那可怕的子弹，使它身上出现透亮的弹孔……"

到此，我想起了俄罗斯北国那片"飞鸟不惊的地方"：

在这里，各种野鸭、野鹅和鸟几乎都不怕人。人们不射猎它们，那里的人说："如果说野兽，亦即森林里的鸟：花尾榛鸡啦、黑琴鸡啦、松鸡啦，它们生来就是作为食物的，为什么还要打它们呢？"他们还说："鹅和鸭子不给我们带来任何害处呀，它们是最不伤害人的鸟类"。他们看待好人的标准是："一位令人起敬的人应该是独立的，不仅不伤害天鹅，而且连野鸭子也不去碰一碰的人"。

这就是为什么天鹅不害怕人，并陪伴着孩子们一道游进村子的原因，而野鸭子则不断地在离村落最近的沼泽地里安家。当一位老人向我讲述这些的时候，还补充到："可能是野鸭子懂得人心，所以它需要这样的环境"。

有一次，我和这位老人划船到一个狭窄的湖湾处，一群天鹅在前面游动，它们使劲想游得离我们远一点，同时又不愿意丢下幼鹅飞去。老人感觉到我要向天鹅射击，便急忙抓住我的手，说道：

"你要干什么，主和你同在，这是不可以的！"

……

我一直想弄明白，为什么不能打天鹅，开始谁也无法向我解释清楚，但现在我明白了，这个原因就是人们意识深层里有一种"罪过感"。

很难追根溯源——这种罪过感是打那里来的。但是有一点显而易见，那就是我听到过的一个传说，说公主曾经到过天鹅那里。在所有阿里安人的神话里，天鹅承担着运送上帝出行的任务。可是，如果说这个信念来自古斯拉夫人的神话传说，那么为什么在过去的故事里却常常说到"掰开"白天鹅肉。也许这个传说来自芬兰人，或者是跟这个北方地域的古老信念有关。这种信念以摩西的法则为准，坚持不把天鹅作为食物。无论如何，这个风俗是美好的，看来，也正是因为这个缘故，这里的鸟儿是从来不受惊扰的。①

在此，我又情不自禁地想起了《大自然的日历》中的《匆匆的爱》这个感人至深的故事：

> 猎人的心肠本来如同铁石，不过也有一次，一只公鸭相中了我的母鸭，我竟没敢开枪。……是不是真是这样：在他们的爱情中，什么母鸭都是一样，只要是母鸭就行！倘若它们韶光的流逝比我们要快得多，同情侣分别一分钟要等于我们无望的爱情十余年，那又怎样呢？倘若在无望的追寻想象中的母鸭时，它听到下面自然界一只母鸭的清亮的声音，认出那就是所失情侣的声音，于是整片洼地在它就如同情侣一般，那又怎么样呢？
> 它迅速地飞到我的母鸭身旁，我来不及开枪，它们就交尾了。然后它绕着母鸭又游了一圈，算是一般公鸭向母鸭致谢的意思。这时我本来可以从容瞄准它，无奈我回忆起了自己青春似火的时代，那时整个世界在我就如同恋人一般，所以我就始终没有向这只公鸭抬起枪。②

我的耳边还响起了灰猫头鹰立下的那个斩钉截铁的誓言："任何时候，任何场合下，都不出卖自己抓到的动物，无论如何要放它们自由。这时他想起了它们被杀死的妈妈"。他想，"这种事永远不会再发生了。在我的生活中，哪怕日子过得再艰难，也不再与类似小店里的投机商那种人同流合污了，哪怕自己去挨饿，也不去参与那种事情了"③。

（四）心状石头的形象象征着人与自然亲如一家水乳交融的联系

紧靠海边的水中，有那么一块石头，样子像一颗黑色的心。大概是

---

① 米·普里什文：《鸟儿不惊的地方》，冯华英译，长江文艺出版社2005年版，第22—24页，省略号为笔者加。

② 米·普里什文：《大自然的日历》，潘安荣译，长江文艺出版社2005年版，第173—174页。

③ 米·普里什文：《灰猫头鹰》，汪洋、河流译，长江文艺出版社2005年版，第90页。

一次极大的台风把它从峭壁上刮了下来,放在水下的另外一块岩石上,不过似乎没有放稳当。假如你俯伏着把你的心紧贴在这块石头上,屏息静听,你会感到随着波浪的拍击,那块形状像心的石头在微微地颤动。不过我也说不准那石头是不是真的在颤动。也许那不是海水拍击下的石头在颤动,而是因为我自己的心在跳动,我才感觉到石头在微微地颤动。也许因为我孤单单一个人,感到很不好受,真想有个人来做伴儿,以至于竟把这块石头当做了人,跟它在一起就像跟一个人在一起一样。

  这块心一样的石头,朝上的一面是黑色的,近水的一半是深绿色的,那是因为涨潮时这石头全部浸在水中,上面长上了一些绿色的水草,而潮退以后,水草就无可奈何地垂挂在那儿,等到潮水再来。我攀登上这块石头,从这儿目送那只轮船离去,一直到它从我的视线中消失为止。之后我便躺在这块石头上,久久地聆听着:啊,这石头的心在发出它的跳动声,通过这颗心,周围的一切都渐渐地跟我沟通了,周围的一切好像都是我的了,好像都活起来了。我过去从书本里一点一点学来的关于自然界的知识,全都是彼此孤立的人,人——就是人,动物——只是动物,还有植物,还有无生命的石头,彼此都是不相干的。从书本里学来的这一切,全不是自己的东西。而现在,一切东西在我看来都好像是自己的了,而且,天下万物都好像变成人一样的了,无论是石头、水草和拍岸的波浪,也无论是像渔人们晒渔网一样在石头上晒翅膀的鸬鹚,都好像是人了。拍岸的波浪使我心境平静,又给我以抚爱。稍离海岸、隔着一道水的我,从朦胧中醒了过来。石头的一半淹在水中,周围的水草微微漂动,犹如活的人一样。波浪拍击着沙嘴上的鸬鹚,但它们还蹲在那儿晒太阳。突然,波浪冷不防地波了它们一身,差点儿把它们席卷而走了,但是它们扑闪几下又重新蹲好,把翅膀张得像硬币上鹰的翅膀似的,照旧晒起太阳来。这时,我的脑海里出现了一个看来十分重要的、必须加以解决的问题:为什么鸬鹚们偏偏要守在这个沙嘴上,而不愿飞到稍微高一些的地方来晒翅膀呢?①

  你看面前的这块岩石,上面无数的缝隙像泪壶一样渗着水,大粒大

---

① 米·普里什文:《人参》,何茂正译,长江文艺出版社2005年版,第15页。

粒的水珠落下来,就像这岩石一直在哭泣一般。我分明知道,那不是人,而是块儿石头,石头是没有感情的,不过我这个人有满腔热血,只要亲眼见到石头像人一样在"滴泪",我就不能不同情它。我又躺在这块岩石上,我自己的心在跳动,却觉得是岩石的心在跳动。你们别说了,别说了,我自己知道,这只不过是一块儿岩石!可是我实在渴望有人来给我做伴儿,我把这块岩石当作了知己,而且世界上也只有它才知道,我跟它是心心相印的。有多少回我在呼唤:"猎人啊,猎人,你为什么放走她,不把她的小蹄子抓住呢?"①

这才是真正意义上达到了天人合一的境界。

"我又有了相敬如宾的妻子和可爱的孩子。如果看别人是怎样过日子的,我可以管自己叫做世界上最幸福的人了。既然要说,那就开诚布公把话说尽!"②

开诚布公把话说尽!那么,他是怎么把话说尽的呢?普里什文的文体手法就是一唱三叹:

突然听到了从小溪里发出的声音:
"说吧,说吧,说吧!"
歌谷里的所有音乐家、所有活的生物,都演奏起来了,唱起来了,形成了一片生机勃勃的宁静气氛,招呼着:
"说吧,说吧,说吧!"
我们欣赏那一片生机勃勃的宁静气氛,默默地想个人的心事,小溪又喊了起来:
"说吧,说吧,说吧!"③

一唱三叹,亦是意犹未尽。

歌谷里的音乐家演奏起音乐来,我们彼此心心相印了。不过我还要

---

① 米·普里什文:《人参》,何茂正译,长江文艺出版社2005年版,第19页。
② 米·普里什文:《人参》,何茂正译,长江文艺出版社2005年版,第65页。
③ 米·普里什文:《人参》,何茂正译,长江文艺出版社2005年版,第64页。

重复一遍：要说，那就把话说尽，非说个舒服不可。青年梁遇春真是悟得太透彻了：俄国短篇小说家"是不讲究篇幅的多少的，并且坐在煮茶的铜壶旁边，顺手捧起麦酒一杯一杯地干下去，双眸发光地滔滔不绝谈着的俄国作家一开口就是不能自己的，非得把心中的意思痛快地说出不可！"① 说吧，说吧，说吧："我的生活中有一件微不足道的事，从一旁看来，它尽管对我生活的总进程没有任何影响，但是有时我觉得这件事跟鹿换角是一个道理，同样是创造新的生活的出发点。每年雾霭茫茫的春天，鹿都要把骨化了的老死的角换成新角，我像鹿一样，也总要发生一种更新现象。有好几天工夫，我在实验室工作不是，在图书馆工作也不是，甚至在我那幸福的家庭里也不得休息和安宁。一种盲目的力量，伴随着剧痛和忧伤，把我从家里赶出来"②。

无可奈何，走投无路，"我在森林里和山上徘徊，最后非得来到那块岩石上不可。那岩石上的无数缝隙像泪壶一样渗着水，不断形成大滴大滴的水滴，仿佛永远哭泣不止似的。我明明知道，这是石头，不是人，石头是没有感情的，可是我跟它是那么心心相印，我一听到它什么地方在突突响，就会回想起往事来，变得完全跟青年时代一样了"③。

彼此心心相印，使得"我本来不想敞开心扉，但是既然要说，那就开诚布公吧。这次来到我身边的不是那个女人，但我要说：生命之根的力量是那么大，我凭着它找到了我整个的自身，并且爱上了另一个我青年时代所渴求的女人。是的，我觉得生命之根的创造力就在于，它可以让人从自我中走出，又在另一个人身上展示出自我来"④。

"现在我有了永远吸引着我的、我自己所兴办的事业，在这项事业里我感觉到了自己存在的意义，仿佛我们这些具有丰富知识、对爱有着现代的特别迫切需求的人，又返回到我们野蛮的祖先的时代，做起人类文明初期所做的同一件事，就是驯养野生动物。我每天找出种种理由，把现代知识和方法同我从卢文那儿得到的那种热切关注大自然的力量结合

---

① 梁遇春：《勿忘草》，京华出版社2006年版，第225—226页。
② 米·普里什文：《人参》，何茂正译，长江文艺出版社2005年版，第65页。
③ 米·普里什文：《人参》，何茂正译，长江文艺出版社2005年版，第65页。
④ 米·普里什文：《人参》，何茂正译，长江文艺出版社，第64—65页。

起来。这样一来，我自然有了着迷的事。"①

劳动使他摆脱了个人的悲剧，在劳动的创造中，一旦有爱神从天而降，伤口也就慢慢地愈合了。只要每年春天一到，大地上的万物都浸润沐浴在爱的情感里，"过去的一切连同其全部痛苦重新出现在了眼前，我好像根本不曾有过此后的一段经历似的，大声对我真挚的朋友——心脏形状的石头说：'猎人啊猎人，当时你为什么不把它的蹄子抓住呢！'"②

这块石头是奇石，是它彻底改变了普里什文的人生观和世界观。有这块石头在我心中坐镇，知道它从来处来——是风从悬崖上刮下来的，往去处去，人世间万种风光，不过转瞬即逝，如果没有这块石头坐镇，只有现实的描写，给我的印象必然大不相同。当然，《人参》的成功在全部，在生命之根、在梅花鹿、在卢文、在美好女人的背影，不在这一局部，可石头之作用不可忽视，更何况是心状的石头，不是石头心肠。我很珍重它，为它多说几句，为"这"石头争个名。

（五）卢文的形象——代表中国人的形象

在《人参》里，普里什文淡化了故事情节，也没有着力刻画人物，但卢文始终贯穿着"人参"。卢文"像其他中国采参人，穿着一身蓝衣服，前面挂一条油布做的围裙，以防露水打湿衣服，后面挂一张獾子皮，在潮湿的日子里可以坐下来歇一歇，头上戴着一顶桦树皮做的尖顶小帽，手里拿着一根梭拨棍，用来拨拉脚下的落叶和草，腰上插了一把刀、一根挖人参用的鹿骨签子，还拴着一个装着燧石和火镰的小口袋。看到蓝布做的衣裤，我想起了一些可怕的人，他们用枪打蓝衣蓝裤的中国采参人，管这叫做打野鸡，还用枪打白衣白裤的朝鲜人，管这叫做打白天鹅"③。

《人参》里人物的美不仅表现在外表，更重要的是心灵的美丽。

卢文是一个最慈祥、最能关心人的人，我甚至敢说，他也是一位最

---

① 米·普里什文：《人参》，何茂正译，长江文艺出版社2005年版，第64—65页。
② 米·普里什文：《人参》，何茂正译，长江文艺出版社2005年版，第65页。
③ 米·普里什文：《人参》，何茂正译，长江文艺出版社2005年版，第22页。

有文化的父辈，像他这种人世上是少有的。是的，我永远深信不疑，在那荒山野岭，那些肥皂和小刷子只包含着一点点少得可怜的文化，而文化的本质是在于能不能促成人与人之间的理解和联系。我渐渐地明白了，卢文一生最主要的事是行医——从医学的角度来看究竟是怎么回事。不过我亲眼看到，所有到他那儿求医的人离开他时，都是笑容满面的。有许多人后来也还到他这儿来，但那只是为了向他道谢。从原始森林的各个角落里前来找他的，有蛮子、中国猎人、捕兽人、采参人、红胡子、各种土著、鞑子、果尔特人、奥罗奇人、带着女人和满身结痂的孩子的基立亚克人、流浪汉、苦役犯、移民。在原始森林里卢文结识了很多人，看得出来，在原始森林，他认为在人参和鹿茸之后，金钱也是很有用的药。他也从来不缺乏这种药：他只要通知一下随便那一位自己人，这种药便送来了。有一年夏天祖苏河发了大水，把地里的庄稼全冲走了，新来的住户们变得一无所有，无以为生了。于是，卢文通知了他的朋友们，俄罗斯人得到了中国人的帮助，从而没有饿死。这件事使我终于懂得了，文化并不在于西服衬衣的袖口和袖口的扣子上，而在于所有的人们之间的亲密关系上，这种关系甚至把金钱变成了良药。这个道理我不是从书本上，而是从实践中学来的，我一辈子也不会忘记这个道理。我最初听卢文说金钱也是良药的时候，还觉得有点儿好笑，但是我们在荒山野岭里的生活条件本身，使我懂得了金钱也的确是"良药"。除了人参、鹿茸、金钱以外，卢文的药还有斑羚血、麝香、马鹿尾、鸱鸺脑、地上和树上各种各样的蘑菇、不同的草和根，其中许多东西跟我们俄罗斯的完全相同，如母菊、薄荷、缬草。①

卢文比较迷信，当他在一堆废物中发现"有一只好大的蛾子被绊在那儿，频频地扑打着翅膀，发出像电线杆似的呜呜声。我把这个现象指给卢文看，但他毫不理会这个原因，仍然说：'出现这种呜呜声，就要打仗了，要打仗了'"②。普里什文对此表达了自己的看法："我一边深深地琢磨着这一次我为什么特别憎恶迷信，一边却领悟到，已经在千百万人

---

① 米·普里什文：《人参》，何茂正译，长江文艺出版社2005年版，第19—20页。
② 米·普里什文：《人参》，何茂正译，长江文艺出版社2005年版，第23页。

中流传了数千年的关于人参的神话,已经使我深深地着迷了"①。

卢文刚到原始森林里来的时候,并没有成为像寻找人参时这样一个深沉、安静的人。以前他和一些捕兽的中国人一起猎捕各种鹿和山羊,使用中国一种可怕的骗兽术。……卢文在原始森林里,开头过的是捕兽的生活,当然,那时他已经能较好地分析野兽的足迹,根据足迹猜出野兽要到哪儿去,去干什么,也许连他本人都能像野兽一样地思考了。但是我对原始森林里循着野兽踪迹猎捕野兽的人的这种经验,并不像某些说起它来的人那样怀着又景仰又惊讶的感情。……卢文之所以使我惊讶,并不是他身上的这种探索精神,而是他对自然界任何生物所抱的那种热切关注的态度。他之所以使我惊讶,并不是他能分析原始森林里的生活,而是他能让世界上的一切东西复活。……一个人以他的行动说出他内心的深刻感受,而另一个人作为他的朋友,看到他做的事,便可以想见他的心理状态。……假如说,让卢文本人亲口对我说他自己的这种遭遇的话,那么,倒不如让他从前亲手在窝棚旁边种的那两棵参天杨树来诉说,它们会给我更多的说明。卢文见到那两棵杨树时总是喜形于色,他是那么高兴地欢迎那些喜欢栖身在绿荫中的种种小生命,并总是喃喃地向它们说些什么中国话!②

普里什文对自己的这部作品为中俄两国人民的友谊所做出的贡献,以及在中俄文化交流史上的意义,感到极为高兴:"我高兴的是,我在20世纪30年代初就已在《人参》中表达出了东方人和西方人之间、苏中两国伟大人民之间的深厚友谊的思想"③。"在我们的语言中,'我的'和'你的'就这样完全偶然地一致起来了。我感到,在他这个中国人和我这个俄罗斯人之间,就像有着共同的故乡阿罗西似的。然而,是在许多年之后,我才在此处理解了这个阿罗西。在这小溪边,听着溪水潺潺流,这简直是个偶然的相遇,卢文的阿罗西在上海,我的阿罗西却在莫斯科……"④"我是一个受过训练的欧洲人,这个中国人眼中的大尉,善于

---

① 米·普里什文:《人参》,何茂正译,长江文艺出版社2005年版,第23页。
② 米·普里什文:《人参》,何茂正译,长江文艺出版社2005年版,第32—33页。
③ 叶水夫主编:《苏联文学史》第三卷,乌兰汗译,中国社会科学出版社1996年版,第50页。
④ 米·普里什文:《人参》,何茂正译,长江文艺出版社2005年版,第6页。

迅速地分析一切，想出新的办法来，不时有意外的发现；而他这个采参老人，不仅熟悉森林和野兽，而且还能深刻理解它们，并以一种亲人般的关注把森林里的一切都联结了起来——我们这样的两个人，现在自愿地联合起来了。从真正的人类文化的意义上说，我认出他是长者，并对他抱着敬重的态度。他大概看出我是个豁达的欧洲人，感到又惊又喜，对我充满温暖的友情，就像许多中国人对待欧洲人那样，只要相信这些欧洲人不想强迫他们做这做那，不想欺骗他们，他们就会抱着这种态度"[①]。普里什文在半个多世纪之前就为此感到极为高兴，作为华夏民族的后裔，我们如今应该感到更加自豪和骄傲。卢文是中华民族里的普通名字，随着普里什文的文字，他早已超越了国界。无论我们走到世界的那个角落，无论我们是东北人，还是西北人，也不管我们是"阳春白雪"或者"下里巴人"，我们一听到"卢文"，我们都会说，我们是中国人。

（六）《人参》中的主要形象都具有深刻的象征意义

梅花鹿是美和爱的象征；人参象征着自然的神力，还象征着人自身的生命创造力；心状石头也是人味充溢的，象征着人与自然的血肉联系；中国人卢文是人格崇高、善如菩萨的象征。

《人参》中的每一个形象，无论是美丽诱人的梅花鹿，还是神奇无比的人参；也无论是人味充溢的心状石头，还是人格崇高善如菩萨的中国人卢文，都蕴涵着弦外之音、言外之意、韵外之味。相比普里什文此前创作的一部部杰作，在《人参》中可以看到的是"叙述的极度隐喻化"："隐喻依附于日常生活的设想，每个就其自身都挟裹着象征意义，又携带着现实的意义，这些意义又是为履行作者的任务、布道其哲学思想服务的。有此做底子，我们可以说《人参》在文体上是一部长诗、是一部童话"[②]。

《人参》是一部优美的抒情浪漫主义长诗，正是这部长诗让我们触摸到了普里什文对人及其周围世界思考的深层矿床。《人参》既有普里什文

---

① 米·普里什文：《人参》，何茂正译，长江文艺出版社2005年版，第35页。
② 弗·阿格诺索夫：《普里什文的创作和苏联哲理小说》，第76—77页，转引自季·霍洛托娃著《普里什文的艺术思维：内容·结构·语境》，伊万诺夫国立大学出版社2000年版，第133页。

这位艺术家对人在宇宙中的位置的思考，也有对"创造是最能真正的展示人和人能成为一位个性的条件"的思考①。阿格诺索夫院士在衡估《人参》的价值时无疑是发现了人参无论是作为大自然的天然瑰宝还是作为一件精美绝伦的艺术品的最高价值，这与多数评论家们众口一词地把《人参》视为普里什文创作的峰巅的定位也是十分契合的。对《人参》的各种赞誉又被文艺学家 Л. М. 沙塔洛夫所做出的最公正的结论发挥到了极致："对各种现象哲理思考的深度、对人类最珍贵的情感、观念和理想表达得晶莹剔透，这一切特质都把《人参》这部长诗推升到高不可攀和难以企及的峰巅"。无论如何殚精竭虑，我都难以超越阿格诺索夫院士和文艺学家 Л. М. 沙塔洛夫的定评，也无法望其项背。这在现在和将来较长一段时间都将是一个不争的事实。我不打算简单因袭阿格诺索夫和Л. М. 沙塔洛夫等大家的定评，但我也不能就此把自己的情感体验压制住而不吐露出来。《人参》也许把梅花鹿、人参、心状石写得太彻底了一些。爱美之心人皆有之，爱屋及乌也属人之常情，爱之愈深，现之愈烈。梅花鹿、人参和心状石也许是融进了普里什文自我生命情感体验最多的形象，这些形象都被拟人化，或者干脆就可以说它们就是人，能思、善笑、会跺脚、易流泪。普里什文在《人参》中也不是简单地演绎自我的体验，而是将个体生命体验升华为整个人类世界的历史穿透和现实把握。普里什文实际上只不过是漫不经心地有意表达了人类"人人笔下没有却为人人意中皆有"的最朴素的永恒感情。

《人参》诚不愧为世界伟大作品之一。它对人物的描写，它丰富而深切的人情，它完美的包容和杂糅性文体与故事，足以使它当此推崇而无愧色。它的人物是极为生动的，比之我们自己的生存的朋友还要来得跟我们接近熟悉而恳挚，而每一个人物，只消我们听了他说话的腔调，我们也很能熟知他是谁了。梅花鹿的一跺脚，更是一跺千娇。总之，《人参》给了我们一个值得称为伟大的故事。

英国作家伍尔芙说："在一篇散文里，必须凭借写作的幻术把学问融化起来，使得没有一件事突兀而出，没有一条教义撕裂作品的结

---

① 弗·阿格诺索夫：《普里什文的创作和苏联哲理小说》，第75页，转引自季·霍洛托娃著《普里什文的艺术思维：内容·结构·语境》，伊万诺夫国立大学出版社2000年版，第132页。

构的表面"①，所以，相对于一些在文末点题、在结尾升华的散文而言，普里什文匠心独运：

"在这些病态的日子里，我像鹿抛弃它的角似的，仿佛把所创造的一切东西从自己身上抛弃，然后再回到实验室里，回到家里，重新开始我的工作，并跟其他无名的和知名的劳动者一道，渐渐地进入了创造人世间更加美好的新生活的黎明时刻。"②

这更吸引我们心仪，所以也就更值得重视。

有幸欣赏、接受、咀嚼《人参》的悠长滋味，方才体味到了咀嚼之为嚼的道理。此一嚼，嚼出味道；此一嚼，眼界大开。原来只能是三五好友，挚爱亲朋，于自家小阳台，来爽爽快快地议论的话题，一经人参滋养，原来我那笨重的腿脚就灵活起来，于是便抓起《人参》在满院子对孩童奔走相告了。

这就是普里什文《人参》的魅力之所在。

普里什文本人坦言，他在保持自己内心的主心骨、自己的独特性和他那无与伦比的艺术个性的同时，他善于战胜自己、冲决屈辱。"很难想象还有什么人受委屈比我更多的，也可以说，那些我取之于生活的英勇追求是那么稀少，目的就是让自己能心态平和，并且去超越所受屈辱：《人参》就正是展示了与己斗争的英勇精神和我战无不胜的气概"。③

但是，能不能就此做出一个结论，似乎普里什文从此就容忍了现实、"隐真面目地适应了"现实？当然不能。之所以不能做这般简单结论，是因为我在普里什文日记中发现了对此问题的最有力的佐证。《人参》创作后过了六年之久，他在日记中写下了这么一段话："我们的社会良知，或者说，对作家是为人类的个性而战的斗士这一使命还暗怀信念……这么说，如果你不想愧对作家这一称号，如果你也理解，背负权力的难以忍受的十字架是多么艰难，那你就不要对权力吹吹捧捧，而要去发现被钉在权力十字架里的人的个性的光辉。如果你按捺不住自己而偏要去碰这

---

① 伍尔芙：《论现代散文》，《散文世界》1986 年第 8 期。
② 米·普里什文：《人参》，何茂正译，长江文艺出版社 2005 年版，第 65 页。
③ Леса, 1931 – 1952. С. 69. 转引自季·霍洛托娃《普里什文的艺术思维：内容·结构·语境》，伊万诺夫国立大学出版社 2000 年版，第 134 页。

个硬核桃；如果这个题目你觉得很难，又心有余而力不足，那就不要去写这个题目，饶过它，以此就可以保持自己的本色"①。

……我卧床阅读了《人参》。我认为自己在这部作品中的表现，算是个真正的（不敢说是"大"）作家。我在不熟知的自然中映照出了自己的心灵，映照出了自身，或者反过来讲，我用自己的心镜映照了不熟知的自然，用自身映照出自然，用自然映照出自身，这正是我所描绘的。

一个人能够找到自己心灵与大自然的契合并且将其付诸艺术，极为不易，而且罕见。困难倒不在于我这个作家曾经被迫啃着小熏鱼写作……

难的不是那些，不是那些！那些都不足一提。真正不容易挺过去的是失去巴黎未婚妻的痛苦。这才是这本书"真正的"创作者。

《人参》之后是《叶芹草》，在《叶芹草》中痛失巴黎未婚妻的煎熬伴着春天的歌声结束：猎人啊，猎人，你为什么……

《人参》所指向的是年少时失去的姑娘，《叶芹草》所指向的——是几乎相隔四十年后到来的女人，她将第一个女人排遣出我的心。

这些是不宜授予任何人的，也是秘密：那就是要将自己的生命认认真真地付诸文字。鲜有人做到这一点，但是能做到的人——自己就什么都学得会。②

---

① 转引自季·霍洛托娃《普里什文的艺术思维：内容·结构·语境》，伊万诺夫国立大学出版社2000年版，第134页。

② 米·普里什文：《大地的眼睛》，潘安荣译，长江文艺出版社2005年版，第61页。

第 六 章

道德哲理童话长篇小说——《国家大道》

普里什文是俄罗斯文化中的一个独特现象。他的创作融合了托尔斯泰和陀思妥耶夫斯基这两位俄罗斯文化巨人所代表的两极。德·梅烈日科夫斯基在论述托尔斯泰和陀思妥耶夫斯基的时候把托尔斯泰视为"肉体的隐秘代表",而把陀思妥耶夫斯基看成是"精神的隐秘代表"。我认为,普里什是一位怀有赤子之心的人,在这样的人身上,肉与灵是统一的。

一位怀有赤子之心的作家,他作为一位有血有肉的有机体在融入全人类的统一创造机体的过程中渐渐成长着。正是在处子的成长过程中,普里什文看到了整个宇宙生活自我运动的不明晰目的和隐秘意义。

帕乌斯托夫斯基在《金玫瑰》中写道:"普里什文认为自己'是一位被钉在散文十字架上的'诗人"①。其实他对自己的这种评价是不正确的。他散文中诗的汁液,远比许多诗歌要浓厚得多。普里什文的夫人瓦·德·普里什文娜在《生活的循环往复》中写道:"1940年,国家出版社的一位编辑今生第一次读到米·普里什文的新手稿之后写道:'我一直喜欢你的作品,但不能准确地确定你在文学中的位置:究竟你是随笔作家,还是短篇作家,抑或是哲学家……但是现在,我第一次清晰地明白了:您是诗人呀'"②。

严羽《沧浪诗话》有言:"唐人好诗,多是征戍、迁谪、行旅、离别之作,往往能感动激发人意"。普里什文的《国家大道》,一要有国,二

---

① 帕乌斯托夫斯基:《金蔷薇》,戴聪译,上海译文出版社2010年版,第299页。
② В. Д. Пришвина. Круг жизни. Москва.:"Художественная литература",1981. С. 142.

要有道，道是国的物质基础，国是道的实在体现。借助于道，无论是平头百姓的行迹，还是天才诗人的诗作特点都能得到集中展示。阅读艺术家的作品，"国家大道"的自然景观、文化意蕴特别是艺术家的内心真实情感都能突出显现于眼前。从道的种类来看，有漫游之道、山水之道、贬抑之道、商旅之道、科考之道、代父从军之道、牛郎织女你追我赶之道等。在阅读和研究普里什文的过程中，我很看重踏地有痕的《国家大道》，因为它体现了普里什文经受的人生磨难，呈现了建设国家大道的悲壮色彩。有鉴于此，我想借助"国家大道"及其辅助景观，从一些侧面揭示《国家大道》的丰富内涵。

普里什文是一位语言艺术家，他是为人生而从事语言艺术的作家。当欣赏他的语言艺术时，一幅幅逼真又充满深刻隐秘意义的神奇世界就活灵活现展现在我们眼前。在生命的晚年，普里什文把自己的文学活动称为"神话创造"，这一表述再准确不过地体现了普里什文美学的特色是创造"真理的童话"，是普里什文的哲学思想与真实现实的诗意融合。一种新的艺术现实在融合的过程中喷薄而出，艺术家普里什文本人对这些艺术现实深信不疑，他也按捺不住带着自己的读者来相信这些现实。普里什文认为，最能代表他"神话创造"美学的就是《国家大道》。这是他经多年寻觅为自己的长篇童话小说找到的最为得意的书名。就像任何一部童话一样，《国家大道》既深刻而逼真，既朦胧又具象征性。说她具象征性，是因为这部长篇本身就要求读者携带自己的人生经验来破译和共创。这部小说的奥秘、小说的诗性哲学一旦与普里什文认识世界的视角、与普里什文关于世界的"真诚思想"实现直接融合的时候，就充分不过地展示了出来。

一 《国家大道》的结构

《国家大道》的结构本身就很复杂，因为国家大道以很多样貌各异的要素而繁丰，与此同时，国家大道又通体透亮，一马平川。读这部小说像读童话，让人酣畅淋漓。这部童话小说的结构就像是自然而然形成的一样。普里什文笔下的生活在流淌，生活的进程就排列组合着小说的结构。普里什文写道："不得不'虚构'的东西有点儿少，但很多事情还需要充分地来思考"。

　　国家大道很通透，是因为这部童话小说的主要线索是单一的：早在彼得大帝时期就制定了联结白海和波罗的海水路的规划。这一规划是在北方卡累利阿茂密的森林里展开的。无数个湖泊就像镜子一般闪闪发光，大大小小的河流蜿蜒着。沙皇命令开凿一条林间通道，人们跟在他后面，把他的船用双轮大车拉着走。在此之后，"国家大道"这个名称在民间就流传下来。20世纪初，普里什文在北方做第一次民俗考察的时候就看到了这一条还没有被草木覆盖的林间小路，也听到了"国家大道"这个名称。普里什文本来是要做民俗考察的，但无意中被当地居民的日常生活和精神特质俘虏，因此，他对这里的生活深入了解得比民俗考察还要深。

　　新的时代到来了，新一代的人来到这里，他们沿着留下来的林间小路开始挖掘一条大的水路。新人与当地还没有经受过农奴制度也没有听说过革命的土著居民相遇。这些土著居民让普里什文感到很惊讶，他深深地迷恋上了他们。这些土著居民似乎是待在古代的传统里停滞不前，但与此同时，他们又与尼康派教徒的短板展开了激烈的斗争。他们的理想就是按照风俗和规矩来生活，而不是想怎么干就怎么来。隐士和徒步旅行者都要入乡问禁，家里要尊重长者，社会上要尊重德高望重的人士。新一代人来到这里之后，新与旧之间的斗争就这么展开了。新人彼此也有斗争。新的要产生并不总是一下子就会成功的。这部小说情节的发展基础就是生活的自我流程，生活的自我流程是一个容纳了所有与小说人物和运河建设相关的其他个别事件的完整创造过程。

二　《国家大道》所孕育的真诚思想

　　普里什文关于世界的原点思想就是世界的秘密：艺术家之所以能够涌动创作的激情——其源头就是因为他萌动了特殊的精神状态，是因为他感受到了世界的秘密和自己与世界的血肉联系。在开始从事文学活动的早期，普里什文就暗下决心：把世界作为一个秘密融入己身，并徜徉于这个秘密之中，但是不要说破秘密。在自己融身于这个世界，徜徉于这个世界的秘密的过程中，普里什文感受到了自己的欢乐，孕育了自己的思想。普里什文的这种感受却不是神神秘秘的说不清：这是一位准备向大地母亲鞠躬的健康人的健康情感，这种情感被高尔基称为"大地乐观主义"①。在早期的日记里面，普里什文把世界的秘密与上帝联系在一起，到后来，他就把世界的秘密与人的精神、与人的爱、与生活创造的意义联系在一起。如果说高尔基把普里什文对世界的感受称为"大地乐观主义"，那我们说这种"大地乐观主义"就是充满崇高理想的大地乐观主义。

世界的美景就在大自然的深处，就在我们身边，就在我们眼前，就在大地上。世界上的一切都充满奇妙的秘密：太阳落山是奇妙的，白桦群生是奇妙的，麦茬呈红色是奇妙的，森林在傍晚渐渐变黑也是奇妙的。

从小说的主人公祖耶克与偶遇的一位老爷爷的对话中能够听出，太阳是有思想的：

"爷爷，你怎么坐这儿干嘛？"——祖耶克问道。

这位爷爷，身材很魁梧，他听到一个孩子这么直不愣登地随便一问，突然吓了一跳，脸上发慌，弄得祖耶克心里也不舒服起来，但是，没有过一会儿，老爷爷回过了神儿，笑着说：

"您是不错的小孩子，只是您可不能给别人说你不错。"

"爷爷，为什么不能说呀？"——祖耶克问道。

"不能说，是因为你还不懂人情世故。说实话，你们都是好孩子，要是你说出来，那每个人都把这个传递到自己身上：你们就会觉得，心里嘀咕：我好，那也就是别人不好。这样那你们就会连锁地传下去—我就是我，那我是谁呢？"——爷爷回答道。

爷爷扑哧扑哧地喘着气，松了一口气后说道："直冒热气啊！"

祖耶克又想起这位爷爷还在这里，他把自己的眼睛从老鼠身上挪开，但又在深红色的蜥蜴脸上看到了同样的一双眼睛。你看，不远处，兔子的眼睛在滴溜溜转着，松鼠在树上跳来跳去，雌狐在灌木丛里嘎巴嘎巴蹦，再远的地方有狼在游荡，在更远处的密林里的树枝上，到处都是数不胜数的生灵的眼睛……

---

① Писатели о писателях. Литературные портреты. М. : Дрофа. Составление А. Д. Романенко. 2002. С. 136.

这样的场景常常都是在北方的傍晚冉冉升起，当你目不转睛地直视着太阳，思考呀，想呀，那你就觉得，太阳似乎因此也就熄灭了，好像是太阳给所有的生物传授了自己的思想。太阳不再闪耀，但是人在想。现在就觉得，好像是在整个大地上，在每个有生命的生物里，都有明朗愉快的思想在燃烧，就连被阳光沐浴的树梢，现在也燃烧着自己的思想。由于有着思想的光芒，每棵树的树梢都获得了某种自己独有风情的样态，就变得有些棱角分明了。

每个人，在他面临做出重大的抉择之前也是这样：心灵的光束喷薄于己辐射万物和众生，本人突然就消失了，变得完全无我了，但是，一种救赎的思想涌现在你心头，人要干什么，他就会做出决定。①

大千世界的大秘密是由个人这个"独一无二的灵长"的小秘密层峦叠嶂起来的。认识世界秘密的真正道路就是爱的道路。太阳，把自己的爱撒向宇宙万物，因此，人就感到："在整个大地上，在每个有生命的生物里，都有明朗愉快的思想在燃烧"②。要揭示世界的秘密也就是通过人打开他的心灵，但是，直截了当地说出世界的秘密是不可能的，因为直说就会破坏世界的秘密，因此，只能用象征的语言来言说世界的秘密。

普里什文认为，生活是由现实和象征两部分组成的：现实就是日常流动中的生活，象征就是揭示生活流动的本质、流动的意义和秘密的生活。《国家大道》这部童话小说就像酵母一样，因为这部小说就感受到生活就是一场说不尽的深邃的秘密。

普里什文具有世界胸怀，他是用宇宙的维度来衡量人的。他的人道主义是能影响到整个地球的，是辐射全世界的。普里什文的"真诚思想"把世界从大地到苍穹的万物囊括在一起。在创作的早期，普里什文撰写的《跟随魔球走远方》这一缪斯的形象来象征艺术家的全身心的创作自由就表达了作家内心的渴望。

作为一部童话小说，《国家大道》诗学层面的主要问题是现实成分与作者的思想之间的关系，也就是作品中的真实与童话之间的关系。为了

---

① М. Пришвин. Собрание сочинений в 8 томах. Том 6. С. 202 – 203.
② М. Пришвин. Собрание сочинений в 8 томах. Том 6. С. 202 – 203.

第六章 道德哲理童话长篇小说——《国家大道》

回答这个问题,就必须研究普里什文艺术形象的本质。普里什文的艺术形象,无论是隐含形象还是思想形象,抑或是凸显着雕塑感的典型化的人物,都具有象征的意义。除此之外,小说中的其他景象都有象征的意蕴:作品的名称是象征,各个章节的名称如"森林""岩石""水"是象征的,就连作品中所描写的生活也是象征的。

普里什文笔下的象征具有人民性。这些象征标志的源头可以追溯到本身就携带着在俄国接受东正教为国教之前的古代北方民间迷信传说的种子。在这些迷信传说中,"扫帚""森林""岩石""水""火""太阳""瀑布""蜜蜂""救命岛"都是自然要素的有机组成部分,古代人就感受到自己是自然要素的成分。自然与人之间的分离是在后近代才发生的事情。

普里什文采用象征是把因事生情的物质世界的东西联结为完整如初的一种手段。他之所以这么下笔,是因为他心存渴望,他想恢复已经淡忘的自然与人、个人与社会、一些民族与世界共同体的和谐关系。

普里什文想找到这么一种解决方法,如果有这种方法,个人就能在保持自己个性的同时,有机地融入社会。他的这一思想是用很多富有诗意的象征形象表现出来的:这里有云杉的形象,它的每根枝杈"都以自己的方式带着自己的样子为树干的壮大奉献着自己的生机——这也就是所有的人渴望面向太阳的笔直的道路";有红太阳的形象,太阳喜欢所有的树枝,喜欢所有的枝杈,喜欢每一根幼苗。太阳普照所有的树枝,而对每一个幼苗都呵护有加;有蜂房里蜜蜂的形象,蜜蜂的采蜜就是个体参与创造社会福祉的最形象的动作;有平坦的颗粒饱满的黑麦田的形象,麦田里的黑麦个个麦穗高低不齐,麦秆儿粗细不一,但麦田一眼望去却是平远的,没有大麦秆儿挤压小麦秆儿的忽悠,也没有小麦秆儿对大麦秆儿的艳羡。

思想形象如剥笋一般缓缓地舒展开来并渐渐地象征着自然元素的由小到大和周而复始的循环。例如,构成《国家大道》情节交错并合发展的"小泉",在我们走进"国家大道"边走边读的时候,小泉就淙淙流淌,流着流着,就流成了小溪,小溪汇成了注入瀑布的河流,瀑布在劳动大军建设运河的有朝一日,突破了人为的拦截,变成了一条大河,这条大河象征着生命的母本原创力,象征着母爱在创造的自我奔流中拧成一股绳的力量，最后变成了一条让人给理顺的平静流淌的大河。这样一来，思想形象的发展和起伏变化就演进为一种综合的思想，这也就是普里什文所要表达的人与自然、个人与社会可能和谐相处的哲学思想。与此同时，普里什文并不是以哲学家的姿态傲视群雄，而是让这个形象敞开胸膛，与民共生："又是这样，与大河邂逅，我们记忆中厮磨的就只有水的那特别的气味和船长那双蔚蓝的眼睛"①。

三 《国家大道》中的系列群像

普里什文的关于"真诚思想"复杂美学结构是附着在很多诗意的形象上面并借助这些形象把自己的真诚思想吐露出来。在众多的诗意形象中，最主要的就是作为整体的世界的形象，况且，整体思想是普里什文所憧憬的世界和生命样态的中心思想。这一思想在争奇斗艳的同时，是通过一系列你我相生的抒情哲理形象在表现着，这些形象又把自然与人、个人与社会、艺术与生活、历史与当代容纳在这个统一体中。人本身是完整的，这一思想在作品中占有特殊的位置，也就是说人的贞洁是三位一体的：劳动是为获得粮食和安慰精神的统一，在平等的纯洁爱情中实现灵与肉的统一，生与死的统一，同时，这种统一是矛盾的统一，而要实现和谐就要克服困难、战胜悲剧。普里什文把世界和生命是统一的这一普遍思想变成了自己的道德准则并恪守这一思想而生活，实现着自己思想的统一。

在《国家大道》中，普里什文似乎是在纵身一跃，试图穿越历史的惯性，向他渴望的更高的美学和道德价值，就是向着人的美好个性在倾力，也就是朝着人类在自己前行的道路上所积淀下来的精华而追求。

这一美好的期盼是通过两位人物形象的塑造而展现的：

一位是沃尔科夫老人。他是波莫尔人，是一位百万富商，是一个一心为贪财而敛财的人。他很早就很独特地领悟到了"有钱能使鬼推磨"的永恒道理。从几个细节就可以看出，他很早就明白了挣钱的门道，**第一个细节**：当他的同龄人，一群孩子很愉快很酣畅地在玩羊蹄踝骨游戏

---

① М. Пришвин. Собрание сочинений в 8 Томах. Том 6. С. 208.

第六章 道德哲理童话长篇小说——《国家大道》 / 215

的时候，他，一个被恶老头捏在手里的身不由己的孩子，却站在一边。当然，他不是一个简单的看客，不是白白地消磨时间。他仔细看着，心里想着怎么能从这个好玩的游戏中为自己弄点好处。就这样一来二去地他看出了门道：能击中靶子的都是眼尖手快的孩子，可要把靶子击倒，就只能拿上乘的拐子。在此之后，他就开始亲手用铅来灌满拐子，他也想着法子让孩子们能看见他做的拐子，这些拐子也就有了市场。拐子开始有了销路。就一个夏天，他用拐子就赚了二十卢布①。**第二个细节**：有一天他偶尔得知，盲人有时候是触摸啤酒瓶上凸起的字母而认字的，他赶紧就寻找这些啤酒瓶，把瓶子卖给盲人②。**第三个细节**：他灵机一动，从各个村子里回收古旧的盾形装饰，用它们来炼银子。原来，钱不能像他以前那样压在石头底下存起来，而要在回收更多的盾形装饰的过程中马上滚动起来③。**第四个细节**：他搂草打兔子，在回收盾形装饰的时候，开始回收蜡，自己学会了用这些蜡来灌蜡烛，把蜡烛卖给虔诚的祈祷者，从中捞到了好处④。**第五个细节**：他在与鲁道夫对话的时候说："我明白了，可以不像工人那样仅仅用手的力量来工作，也可以不像职员和学者那样绞尽脑汁来工作，而是用自己的感情和机智来工作"⑤。**第六个细节**：当鲁道夫问他："我怎么有些不明白，怎么叫用自己的感情来工作？"他说："真是小菜一碟。有一天，我在市场上逛，我竖起了自己的听觉：人们都在叽喳些啥呀。我听到人们说，现在华沙的鞋底很便宜。听到这些之后，我立马就懂了，决定马上跑华沙。把我能搜罗到的钱全部都投到了鞋底上。我把好几个车皮的鞋底发到塔尔托姆，就一个鞋底子就挣了十万卢布。所有这些都是靠调动情感而挣的，是顺便听来的"⑥。这样的细节还可以举出很多例。在经受了所有灾难之后，他慢慢地实现着道德的根本向好改变，正在挣脱自己的贪欲。在与鲁道夫、祖耶克三人的对话中，沃尔科夫说："……六十年来，我一天又一天地都坚定地抱着一个

---

① М. Пришвин. Собрание сочинений в 8 Томах. Том 6. С. 88.
② М. Пришвин. Собрание сочинений в 8 Томах. Том 6. С. 88.
③ Там же.
④ Там же.
⑤ М. Пришвин. Собрание сочинений в 8 Томах. Том 6. С. 89.
⑥ М. Пришвин. Собрание сочинений в 8 Томах. Том 6. С. 89–90.

信念，一直认为只有手持卢布才是不朽的，但是最终，在经受了所有的磨难之后，真理向我扑面而来"，说完后，他把头低了下来。"那你究竟明白了什么？"——鲁道夫很好奇地问道。沃尔科夫说："我明白了，手持卢布也不是永恒的"①。

据普里什文夫人瓦·德·普里什文娜在《生活的循环往复》中写道："沃尔科夫老人这一形象不是虚构的。塔尔托姆斯基镇商人沃尔科夫的自传体笔记于1922年有幸落到了普里什文的手里，这份笔记至今还在普里什文的私人收藏库里"②。

另一位是祖耶克小男孩儿。这位波莫尔的农家孩子是小说的主要形象，他刚刚进入人生的起步阶段。祖耶克小男孩儿"在恢复身体的时候，睁开了自己那双金光闪闪的眼睛"③。他一出现，无论是鲁道夫，还是库普里亚内奇，还有那些与鲁道夫一起来过森林里的各种人马上就认出了他，他们都喜出望外，对他报以笑容，接着大家都密密麻麻地在一旁席地坐了下来。

祖耶克的内心明白了，这是多好呀，所有的小孩子都明白了：他是有哪一点可能让鲁道夫喜欢上了。既然已经喜欢上了，那就要让他更喜欢，就需要在大家面前出个彩。他的内心一下子燃起了孕育英雄的强烈渴望，而且这种渴望也越来越炽热猛烈，想出彩的欲望燃烧起来了，就算他在别的地方没有露过脸，那也许要在这个地方吸引一下眼球吧。

普里什文还用一段对话凸显了祖耶克眼睛的美：

米洛内奇说："过上差不多两年，我们在这里不远的地方找一个窝，我们把这小伙子放在熊窝入口处的对面，我就问：'哎，祖耶克，我越来越老，记事儿也不太清楚；好小子，你给我说说，熊有多少只牙？'"

听到这个，大家都笑了起来。大家都看了满头卷发下面闪烁着一对儿蔚蓝色大眼睛的孩子。秋天，在牛轭湖水中，洁净的天空似乎稍微有

---

① М. Пришвин. Собрание сочинений в 8 Томах. Том 6. С. 91.
② В. Д. Пришвина. Круг жизни. Москва.："Художественная литература"，1981. С. 162.
③ М. М. Пришвин. Собрание сочинений в 8 Томах. Том 6. С. 26.

点儿变得模糊起来,剔透的水变得比天还蓝,金星的阳光在水深处摸不透的一个地方闪烁着——祖耶克的眼睛就是这个一闪一闪的样子。

米洛内奇看着心爱的孙子的眼睛,看着看着就看得出了神,在这对儿眼睛里他可能是看到了自己,想起自己还是很瘦弱的孩子的时候,也是用这样的眼睛,手里拿着鱼叉,探身向外看着蓝色牛轭湖里的狗鱼。

普里什文对儿童的眼睛做了这样的赞美:"但更奇妙的是,美好的儿童的眼睛,他们既呼应大自然的所有美好,又赞赏某种我们感到更珍贵的东西,还接应着对善的凝聚中整个人对美好幸福的某种朦胧希冀"①。

祖耶克听沃尔科夫当众讲了一个故事:一位叫阿列克谢的小伙子因父母逼婚,在教堂办完婚礼仪式后就突然消失了,此后一直下落不明②。祖耶克在听这个故事的过程中,他的灵魂得到了升华。他想照着阿列克谢的样子,摆脱亲人,然后在他回来的时候,给他们露一手,开启一个让他们为之一惊的新生活。

在经受了工地主任的欺辱之后,祖耶克问鲁道夫:"鲁道夫,你怎么能打开首饰盒,把首饰拿走?而我,这个首饰盒的主人,有一天来到蓝色的海边,一眼就看见:在蓝蓝的海边,我的首饰盒被乱之,被弃之,空空如也"③。鲁道夫坦诚地给他说:"消消气吧。我可从来都不会碰你的首饰盒,但是我知道,你是在问这个无主的首饰盒的主人。我怎么能顾得上一个不知姓甚名谁的陌生人?你可知道他是为一己之身而占有,而我不是为自己工作的。每个人都来找我,想拿多少就拿多少。每个人都是我的朋友"④。

听到这话之后,"在场的人,有的哼了一下,有的眨巴了一下眼睛,有的一言不发。他自己什么都不拿,可是,他的笔是金子的,万能钥匙想给谁就给谁用"。"稚嫩的祖耶克一时摸不着头脑,他的双眼在谁也摸不着的纠结中变得暗淡了,但是,在此地老大的回答中有一点是大家都

---

① М. М. Пришвин. Собрание сочинений в 8 Томах. Том 6. С. 26.
② М. Пришвин. Собрание сочинений в 8 Томах. Том 6. С. 86.
③ М. Пришвин. Собрание сочинений в 8 Томах. Том 6. С. 92.
④ М. Пришвин. Собрание сочинений в 8 Томах. Том 6. С. 92 – 93.

心知肚明的：这一切是这样也不是这样。"①

在大家都不知道怎么打破尴尬场面的时候，流浪的库普里亚内奇突然满眼闪烁着热情的目光，凑在祖耶克耳旁，用他那又硬又粗的胡须撩了他一下，小声对他说："老弟，你别听任何人的。现在就跟我悄悄地走吧"。

在库普里亚内奇的劝说下祖耶克就睡着了，他是多么渴望就这样一觉睡到天亮。在月夜，"怎么办"的问题一直让他辗转反侧："但是，当乌云散开的时候，天边挂起了一轮绿月，月光撒满了工棚的所有窗户。我们不知道，月光怎么会钻进人的心灵，但是，很多人，举头望月，想起了一些萦绕不去的思绪，于是，想着想着，就醒来了。月光也摸到了祖耶克心里的那个点，就是让侮辱给穿透的那个地方，是在讲述永恒的卢布、金色钢笔和神奇的首饰盒的那个时候一时被灼痛的地方。欺辱他的情景一幕幕浮现在眼前，就好像心灵深处的伤痛不可能完璧复原一样。月光就像投射仪一样，精准地照到祖耶克小小的头上，头睁眼一看，还是那个深深的心头剧痛在发问：'怎么办？'"②

"库普里亚内奇，我们该怎么办呢？他们都在偷偷地祈祷，会把我们给害了"，——祖耶克心里很不踏实。

库普里亚内奇说："哎，老弟，说到哪儿去了，不要紧，我们俩偷偷地跑走。只要我们等到春暖花开，当黑啄木鸟一开始叫'扑通扑通！'咱们就开始漂游。……"

"我再给你说一遍：那里的人们都不工作，一切都为我们准备好了。到了那里，我们就是皇帝。"③

终于有一天，他受不了了，愤怒地说："不干了"，祖耶克跑到了林子里。

可是，在大自然的桀骜不驯的威力面前，他又觉得自己很渺小，最后回到了人群里面。

祖耶克少年立志，他慢慢地消解了自己所受的屈辱，实现了个人与

---

① М. Пришвин. Собрание сочинений в 8 Томах. Том 6. С. 93.
② М. Пришвин. Собрание сочинений в 8 Томах. Том 6. С. 94.
③ М. Пришвин. Собрание сочинений в 8 Томах. Том 6. С. 95 – 96.

自然元素的和解。这也是普里什文对个人与世界冲突的正能量的解决路径。

尤其是在祖耶克和所有的生物和动物身陷救命孤岛之后，他所看到的各种动物的肢体行为触动了他的思考。

所有的敌人暂时都不再厮杀了。几只驼鹿，在勉强抓住土地之后，就连一只湿漉漉的精瘦狼浑身恐惧地四面顾盼着从他们身边溜过的时候，都没有看它们一眼，狼就在不远处卧了下来。

在孤岛的这些动物中间，就有一只与经受所有大灾难没有任何瓜葛的生灵，这就是在任何时候想从救命岛飞到哪里就能飞到哪里的啄木鸟。

看了几只熊之后，祖耶克就不再对啄木鸟骂骂咧咧。万一骂得让它给听到呢！似乎是透过这些和善的熊，生活的欢乐也流进了他的全身，只要这些欢乐一到，他的事情也就渐渐地有了起色，如何实现自救还要普度这个孤岛上的所有生灵的好点子一个接着一个地想了起来①。

青涩的祖耶克在经历生活的绝境之后，他的身心孕育出了普度生灵的伟大情怀。

普里什文把儿童对世界的感受称为诗意的感受。儿童在感受世界的时候是无私的，儿童不会把自己的爱好和评价强加于人。普里什文想通过这位涉世不深的、纯净的儿童的双眼来看生活、看运河的建设场面、看建设工地的那些参加者。

无论是沃尔科夫老人，还是祖耶克小孩儿，他们在找到内心的自由，在最终与周围的自然世界和人融入和谐的关系之前，都经历了与生活的铁律挣扎的复杂过程。

在阅读作品的过程中，我能感受到的不是抽象的公式，而是生命充盈、气贯长虹、生机勃勃的有韵味的象征形象，从中我们也能触摸到普里什文所灌注于这些形象的亲身经验。每一位真正的艺术家都会如此下笔，普里什文之所以这么泼墨，是因为他要摒弃盛气凌人的强加和口若悬河的空谈。他的作品因此也就获得了永恒的生命力。

---

① М. Пришвин. Собрание сочинений в 8 Томах. Том 6. С. 200.

普里什文笔下那为数众多的主人公，无论是猎人，还是渔民，不管是漂泊者，还是朝圣者，这些主人公好像都知道只有他自己才知道的秘密。他的所有主人公身上都有某种纯的、深厚的、坚定的东西。一旦他们认准，那他们就要把事情干到底，绝不动摇，毫不退缩。《跟随魔球走远方》中的具有崇高精神的愚老头米哈伊洛是这样，《国家大道》中的女主人公玛丽亚·米罗诺夫娜和玛莎·乌兰诺娃也是这样。

四 《国家大道》的女性形象

俄罗斯文学作品在"大地母亲""圣灵圣母""索菲亚""女神"等多神教神明基础上，诞生了对女性和母性的崇拜。文学作品的女性形象均表现出鲜明的神秘性和圣洁性。这是构成俄罗斯民族意识的关键环节，这也正是俄罗斯文学经久不衰的磁性魅力之所在。俄罗斯文学中的女性笃信上帝，体现出自我牺牲精神，彰显出崇高的美感。她们不注重物质利益，提倡爱的奉献。普里什文通过刻画圣徒式的女性形象，阐述自己的理想，燃起复兴俄罗斯民族的希望，让女性形象在俄罗斯文学中具备独具特色的象征意义，让她们在苦难中涅槃，成为拯救精神和肉体的强大力量。

普里什文在日记中曾经写道："男人寻找的是灵肉合一，如果他无可奈何而不合一，他为此也不会把自己视为人。而女人，她一旦人格分裂，却常常感觉不到一丁点儿的惭愧和内疚。无论是男是女，他们的内心似乎都在为己辩护，因此，单独论之的话，每个人都是真诚的。撒谎之于男人是缺点、是短板，可之于女人简直就是家常便饭了"[①]。普里什文在《国家大道》中用自己的言说方式叙述女性的故事，颂扬女性的慈恩，抒写女性的劳作苦辛与舐犊情深，赢得了我心灵的共鸣。他塑造的这些女性形象是丰富多彩的，有血有肉的，爱憎分明的，还不是他在日记中所写的把撒谎当成家常便饭的女性。俄罗斯的使命、俄罗斯的特殊命运一直是俄罗斯哲学家和作家思潮为之起伏的话题，这一话题在普里什文的

[①] М. Пришвин．《Дневники. 1928—1929》．С. 351 - 352（米·普里什文《1928—1929年日记》，俄罗斯书籍出版社2004年版，第351—352页）。

创作中又得到了富有特色的阐释。由于渴望理解世界万有的"天然的灵魂",他首先要追问的就是:俄罗斯民族性格的源头究竟是什么?他的整个创作都充盈着一种情感——关注一切具有民族特色的东西,因为他是在真正地讨论过俄罗斯性格、讨论过俄罗斯那"神秘的悖论"。在探索"终极真理"的过程中他依然保持了一位真正俄罗斯人的本色。他从小就吮吸着故土的芳香、聆听着母亲的声音;在聆听"俄罗斯意识根源生活"的过程中,他从自身,用自己的经验,并以自己的命运为基础而前进。

在《国家大道》这部童话小说里,普里什文给我们展示的是,在新生活的倒逼下,"飞鸟不惊的地方"是怎么悄悄地隐匿起来,但是,他的笔触给我们展示的首先是一种明亮的色彩。他的作品之所以充盈着这种明亮的色彩,是因为他相信俄罗斯人的灵魂,相信这种灵魂是不可摧毁的。正在消失的旧世界有自己旧礼仪教徒的期盼以及他们归顺自然的原生态力量,根本想不到周围的世界会发生变化:"好小伙子,你们可别给任何人说谁还能把瀑布锁住,不然人家会笑话的"①。对普里什文来说,最重要的就是新的并没有粉碎人身上最好的精神力量、责任感和道德纯洁的特质。我们看到,玛丽亚·米罗诺夫娜就是道德纯洁和精神力量的典范,她的原形就是"人间的保姆"柳博芙·斯捷潘诺夫娜,她"是一位旧信仰的忠心的捍卫者。当年,她搜集了达尼洛夫修道院的所有珍贵的遗物,把这些宝贝拉扯到了卡累利阿岛上"②。

在《国家大道》这部童话小说的前言里,在给我们讲述这位美好的妇女和她所奇妙发生的脱胎换骨的同时,普里什文向我们揭示了"世界保姆"玛丽亚·米罗诺夫娜这一女性形象的秘密,她充满等待世界末日来临的恐惧。

玛丽亚·米罗诺夫娜很鲜明地体现了俄罗斯性格的很多特点,但从深层看,这是一个复杂的完整形象:一方面,玛丽亚·米罗诺夫娜是坚决反对"国家事业"的人,与它不可调和;另一方面,她又是一位温柔的"人间的保姆",为新生活精心地、忘我地抚养生病的孩子:"维格湖畔的所有人都感到惊奇,觉得不可思议:她这是怎么既等着世界的末日,

---

① М. Пришвин. Собрание сочинений в 8 томах. Том 6. С. 41.
② М. Пришвин. Собрание сочинений в 8 томах. Том 6. С. 11.

到处说世界末日快要到了，但是，只要什么地方一有孩子生病，她就又使出浑身解数，累得疲惫不堪，只要能保住孩子的命就行。"① "一方面，光明即将终结：躺在棺材里等着对所有人的末日；另一方面，同样还是这个人，她的心是这么长的，似乎是光明才刚刚开始：坐在孩童的床边。"② 维格湖畔的所有居民对她来说就是一大家子人，这个大家庭的成年人都帮过她，而她对这里的孩子们就像母亲一样呵护他们。普里什文在描写这位"人间保姆"的时候，赋予她以纯粹的、真挚的、高贵的情感，于是这现实生活中的治病环节便升华为圣洁的、感人的、丰盈的诗境意象，于平凡处显真情，在细微处现波澜。

她对所有的东西——对人、对周围的自然风景、对权力，都有自己的一种态度。她那一颗富有同情心的灵魂，除了懦弱，她准备理解一切。她认为，人之所以依恋这个世界，也是因为懦弱。懦弱是让人意识到"为上帝而生活，而不是为世界而生活"这一最主要的使命。即使是自己那沉醉于"国家大事"的心爱的弟弟，对她来说也有些格格不入。玛丽亚·米罗诺夫娜对人的爱是忘我的爱，但不是无缘无故什么都爱。

"人间保姆"对"尘世权力"、对恺撒的权力的态度也是矛盾的。这种态度具有很深的民族特点，因为在尼·亚·别尔嘉耶夫看来，俄罗斯灵魂是不需要别人指手画脚的："……大家怕权力，就像怕臭垃圾一样。俄罗斯灵魂要的是神圣的社会责任感，要的是有上帝旨意的权力"。

玛丽亚·米罗诺夫娜在把彼得一世称为反基督的时候，责备的不是他的专横和罪孽，她责备的是大众的懦弱，因为她知道，用普通的尺子来衡量他是不可取的，就因为他是沙皇："孩子们，你们看，就信仰来说，我们认为彼得一世是反基督的，但是，看事业，他走过的路就像一位最食人间烟火的父亲一样，他把自己的心交给了以一颗爱人之心爱这块荒漠的至仁志爱的上帝手里"。

普里什文对另一位女主人公玛莎·乌兰诺娃的刻画很有浮雕感。玛莎·乌兰诺娃与"人间保姆"玛丽亚·米罗诺夫娜截然不同，她身上携带着俄罗斯人性格的美好特征：忘我和善良。她属于一代新人，甚至是

---

① М. Пришвин. Собрание сочинений в 8 томах. Том 6. С. 16.
② М. Пришвин. Собрание сочинений в 8 томах. Том 6. С. 17.

让"人间保姆"敌视的运河的建设者。从她身上明显能够感到民间文化那非凡的要素对她的熏陶。无怪乎主人公祖耶克在她身上看到的是美如仙女的玛丽亚·莫列芙娜:"刚来的这位妇女把背包从肩膀上卸下来,从里面掏出来一个小小的皮包,把皮包打开,取出一个小圆镜,把镜子挂在墙上,用小钉子钉住。祖耶克是第一次看到这个事儿:这是他熟悉的玛丽亚·莫列芙娜呀。神奇就神奇在:童话里的她怎么会来到这儿呢!"① 她的眼睛很亮堂,带着一些忧郁,一双眼睛都会说话的样子。玛莎·乌兰诺娃在把自己的全部精力奉献给"国家的事业"的同时,也想把大地上的生活安顿得又好又踏实。玛莎·乌兰诺娃给玛丽亚·米罗诺夫娜说:"您自己在拯救自己,这既是为了自己,给自己缓解一下,也是为了给自己找个支柱,您把这么可怕的结果强加给大家。在我们看来,世界不会终结,而只会开始。当您抛弃旧的想法去拯救生病的小孩子的时候,您也会这么做也会这么想"②。玛莎·乌兰诺娃在与玛丽亚·米罗诺夫娜谈话的时候说:"对任何人我们都不能说,下一步他会怎么样,而你却说整个世界:快要完了,而当我收到一封信,如果要我来评价的话,现在我要给所有的人说:世界正在开始"③。她的意愿不是撒向最后审判日,不是针对结束,而是诉诸她心仪的新的、美好世界的建设。这种对美好世界的坚强信念就成了支柱,成了她证明自己无罪的注脚。美与丑相伴而居是也!善良早在童年就在玛莎·乌兰诺的心里扎了根,玛丽亚·米罗诺夫娜给她说的话就旁证了玛莎·乌兰诺的善良:"我的好玛莎,你别急,我想起来了,你当时给我讲过自己的事儿,你说你就像一只小蜜蜂,粘到花朵上去采蜜,但所有的花儿都没有蜜,你说你做的所有事情不是为了自己,而只是为了别人,你说你自己什么都没有得到,你还说这一切都怪你的第一个男朋友,我忘了,不知你叫他什么来着……"④

普里什文的话语更加凸显了玛莎·乌兰诺形象的丰富性:

---

① М. Пришвин. Собрание сочинений в 8 томах. Том 6. С. 34.
② М. Пришвин. Собрание сочинений в 8 томах. Том 6. С. 149.
③ М. Пришвин. Собрание сочинений в 8 томах. Том 6. С. 150.
④ М. Пришвин. Собрание сочинений в 8 томах. Том 6. С. 149.

说实在的，玛莎·乌兰诺娃的在从事社会事业的时候也没有超出自己母爱的本分。在旁人看来，大家都觉得玛莎·乌兰诺娃像男人一样工作，但这只是表面看上去的样子。玛莎·乌兰诺娃的内心深处涌动的不是一时的兴致，而是熄不灭的母爱。她内心的深处总能忘我地听到不见其身的自己领导的命令，就像一位好人的普通妻子，一辈子都在听着同样的命令。玛莎·乌兰诺娃从事建设事业并不是创造意义上的建设，而是像母亲一样来呵护这个事业，在日日夜夜的操劳中亲手抱大孩子，给人们做吃的熬喝的，为他们洗洗涮涮，养育他们的成长。

……

玛莎·乌兰诺娃今天特意做了很多安顿，为自己准备过一个节日：明天斯捷潘可是就要来了。在忙碌了一天之后，她又疲又累，把粗糙的靴子脱下来，坐在自己简易的沙发边上，开始闭目养神。……很早很早的多年前，她就学会这么想：单靠一个人的幸福是找不到安慰的，无论个人的命运如何安顿，你都放不下母亲的操劳事儿，最主要的是：对女人来说，在对人们的母亲般的呵护中就能享受这一份儿幸福。

但是现在，当她又困又乏，坐下来想起明天还有约好要见面的事情，她的脑际浮现起了青涩年代的遥远世界的图景，那时，她所憧憬的是：只要自己舒心，那似乎是人人都会因为自己舒心而幸福，她那时也在想，为了拥有这种幸福，既不需要受苦，也不需要劳作，而是自个儿想怎么生活就怎么生活。

想到这里，她会心地笑了一下，把皮夹克脱掉，打开了满屋通亮的灯光①。

在她打开灯光的这一刹那，我们发现她是多么的神圣优美啊！这灯光，是给那些有可能和肯定要黑夜寻找她的人开启的一盏启明灯。灯的形象是惹眼的，意蕴表达是隽永深长的。灯折射的是充盈的母性之美。至此，女性生活中的"光"已然升华为艺术中的"美"，在温暖的灯光下，女性的形象再次熠熠生辉。善是一种世界通用的语言，她可以使盲人看到，让聋子听到。启明灯，有善的蜡烛滋养，有爱的烈火炙烤，因

---

① М. Пришвин. Собрание сочинений в 8 Томах. Том 6. С. 171. （省略号是笔者加的）

此就光芒万丈，能召唤他人前行！

著名哲学家冯友兰在《从哲学观点看艺术》一文中说："艺术能特别表现某一个性，而将其他个性忽略甚至隐没，这样可以使鉴赏的人心里生出一种与境相印的'情'，同时叫人看出某一个性之所以为某一个性（好像圆之所以为圆），就是所谓一种共相，一种理想。……进乎道的艺术能特别表现个性，使人感觉到共相的存在。……艺术作品的主要目的，艺术之所以有价值，就在于表现共相"[1]。借用此段话可以观照普里什文笔下的母亲形象，她是"典型环境"中的"典型人物"，其"典型性格"里又映照出天下母亲大多共存的"母性"和"善性"，闪烁着人性真善美的光芒，成为具有理想色彩的共相。于是，她便超越了个体母亲的意义，成为可供众人爱戴和崇敬的母亲，是具有人性深度与精神高度的艺术形象。

普里什文写人、叙事、状景擅长用细节描写，笔法洗练而又生动传神，画面感强，直逼真境，读后确有呼之欲出、历历在目之效。

《国家大道》这部童话小说艺术价值之所以高，就在于表现了主人公的人性深度与精神高度。

1949年，康·亚·费定在读了《国家大道》后给普里什文写道："亲爱的米哈伊尔·米哈伊洛维奇，读了你的童话小说，我真是爽极了，既尝到了读者的惬意，我享受着生活的真理在自己的眼前是怎么变成神话的，自然是怎么变成哲学的，同时，我又体验到了作家的快感，是一位作家欣赏另一位炉火纯青的作家技巧的快感。人生很少能碰到这样难得的手稿，即使给你金山银山都不想挪动手稿中的一两个词的地方！而流淌于你笔端的，我是一个词都不敢动它一行的，但这只是我的一厢情愿。现实也可能会要求做一些小小的调整，也可能要求做一些补充"[2]。

---

[1] 杭间、张丽婷编：《清华艺术讲堂》，中央编译出版社2007年7月版，第14页。
[2] Цит по В. Д. Пришвиной. Круг жизни. М.: "Художественная литература", 1981. C. 186.

第 七 章

日　记

一　日记总述

俄罗斯学者奥·格·叶戈罗夫在《19世纪的俄国作家日记：研究》一书中对瓦·茹科夫斯基、彼·维亚泽姆斯基、亚·普希金、米·波戈金、弗·奥多耶夫斯基、亚·尼基坚科、亚·赫尔岑、塔·谢甫琴科、亚·德鲁日宁、尼·车尔尼雪夫斯基、列夫·托尔斯泰、尼·杜勃罗留波夫、阿·苏沃林、尼·加林-米哈伊洛夫斯基、弗·科罗连科等作家记日记的规律性梳理之后写道："弗·科罗连科是属于那一代人，他们还料想不到，已经到来的20世纪渐渐会为日记掀开那么广阔的天地"。①

普里什文说："我把自己写作的主要力量都花费在记日记上了"②。他还写道："这种写作贯穿于我一生。记入日记，从日记写给朋友，听他们建议，从朋友处又把部分付梓出版。托尔斯泰的所有作品都是在忏悔或者说是一部庞大的日记，而歌德在说到自己的时候是这么说的，说他的作品就是一个完整的日记，是他唯一作品——是他的忏悔的片段。我的不太起眼的写作也是这么开始的，是从给某个朋友用日记形式写信开始的。艺术家的思想蕴涵于我们时代的心中，所以，作家的日记——他所写的一切：中篇小说、长诗、长篇小说，所有这一切就是他一天的面貌，这也就不难理解了"③。"在我们生活的一天里有什么深义——可以根据莎

---

① О. Г. Егоров. Дневники русских писателей XIX: Исследование. М.: Флинта; Наука, 2002. С. 286.
② М. Пришвин. Собрание сочинений в 8 Томах. Том 8. С. 549.
③ М. Пришвин. Собрание сочинений в 8 Томах. Том 5. С. 421.

士比亚来评说：几百年已过，而我们现在读着他的'日记'，我们就觉得，似乎莎士比亚所过的那一天，今天在我们身边还在继续。……日记里灌注了我个人活的灵魂。日记，就是我的个人生活"①。日记是他献给俄罗斯文学和世界文学的珍品。

经苏联文学博物馆推荐，1940年瓦·德·普里什文娜第一次来到普里什文身边做文学助手。从那时起她就一直致力于研究普里什文的文学遗产。后来，她写了一系列文章来论述他的生活和不同年代的日记，引起了文学界的浓厚兴趣。之后，她就一直研究普里什文的档案、释读他的日记，筹划并组织发表作家身后的文集、选集。1957年出版了战争年代日记摘录。1960年出版了根据普里什文生活的不同年代的日记所编成的《勿忘草》②《真理的童话》。她既从纯文艺学的角度，又从史学——文学角度来研究：包括作家的风格和语言、作家的形象体系、单个主题和一系列作品的创作史。她写的好几本著作都饶有兴趣，对研究普里什文的生平和创作都有极为重要的史料价值。最著名的有根据普里什文生活的不同年代所记日记中谈创作的片言只语整理而成的《来龙去脉》（1974年）、《我们的家园》（1977年）、《生活循环圈》（1981年）、《通往语言之路》（1985年）。普里什文档案中所保存的日记是他有幸生活的那个时代的编年史。日记记录了他的痛楚和疑虑、企图理解所发生的事情的意义、连接各个时代、希望拯救道德的价值、保护祖国的文化。日记也是普里什文取之不尽、用之不竭的宝库。从这个宝库中，只要信手一捻，他所需要的创作素材就源源不断地流淌出来。日记中汇聚着一切：题材、哲学的思考和记录、对未来短篇小说艺术细节的加工，还有对所听到的人民语言的记录。

瓦·德·普里什文娜认为，普里什文的日记是一种艺术现象，是时代的编年史，也只有在这些日记完整地发表，并且保持原样的情况下，它才能履行自己所承载的使命；普里什文描述的目的不能仅仅就限于把稍纵即逝的现实记录下来以免被忘记呀。

---

① М. Пришвин. Собрание сочинений в 8 Томах. Том 5. С. 422.
② Цит. по книге 《Весна света》М. М. Пришвина, 《Незабудки》, печатанные по изданию: М. Пришвин. Незабудки. М.："Художественная литература"，1969. С. 319–569.

瓦·德·普里什文娜的观点是重要的。她是普里什文心灵日记的第一个读者："她响亮地阅读我的日记，我暗自惊喜：我写出了这么多美妙的文字，安排生活时无论是什么留做自己的记忆，却没有一样是写给自己的"①。

早在1991年"莫斯科工人"出版社就信誓旦旦地宣布在几年内就要出齐普里什文的全部日记，但后来，随着强行私有化的高压推行，兢兢业业的"莫斯科工人"已力不从心，难以完成自己原定的计划。好在利季娅·梁赞诺娃和亚娜·格里申娜两位女士靠着自己坚忍不拔的毅力和精神，四处奔波，踏破铁鞋，到处筹集资金，又征得"俄罗斯书籍"出版社赞助，从而继续了日记的出版工作。后来，普里什文日记的出版工作又得以在"萌芽"出版社继续吐新枝并通过"新年代记"出版社终于展现了全貌。到2017年年底，已全部出版了十八卷日记。普里什文的日记是他献给俄罗斯文学和世界文学的珍品，是一份极为丰富的20世纪的俄罗斯编年史和百科全书。可以想象，如果这份极为珍贵的精神遗产以优美的汉语全部呈现于我们眼前，那将是一个多么丰富而又精彩的精神大宇宙呀！

普里什文的日记为我们展示了普里什文世界观的复杂性，帮助我们窥探他的心灵宇宙、了解他的艺术意识的形成过程。普里什文在《诱惑人的故事》中的《现代感》一节中写道："日记就是我的个性化的生活，这是我对于现代生活的事业"②。在《大地的眼睛》的《作者的话》（代序）中普里什文写道：

讲述自己不是为一己之私：我从自身认识他人和自然，倘若我写下的是"我"，那么，此"我"并非日常的"我"，而是从事生产的"我"。此"我"同个体的"我"的差异，无异于我们，如果我说出的是这个复数代词的话。

日记中的"我"应当和艺术作品中的"我"一样，也就是从永恒之镜中照出的样子，在时间激流中永远立于不败之地。

---

① 米·普里什文：《大地的眼睛》，潘安荣译，长江文艺出版社2005年版，第46页。
② М. Пришвин. Собрание сочинений в 8 томах. Том 5. С. 422.

至于我不知遮掩地公开秘密记录的乖张举动，那么只有旁观者才能辨清，哪些可见诸光下，哪些要藏于桌底。艺术家还应有特别的胆识，不听从这旁观者的声音。以卢梭为例：若他听从了旁人的建议，我们便不会有《忏悔录》。①

钱钟书在《中国诗与中国画》里很生动地写道："一个社会、一个时代各有语言天地，各行各业以至一家一户都有它的语言田地，所谓'此中人语'。譬如乡亲叙旧、老友谈往、两口子讲体己、同业公议、专家讨论等等，圈外人或外行人听来，往往不甚了了。缘故是：在这种谈话里，不仅有术语、私房话以至'黑话'，而且由于同伙们相知深切，还隐伏着许多中世纪经院哲学所谓彼此不言而喻的'假定'，旁人难于意会"②。这段话对"私人话语""心灵日记"的看法，确实十分透彻。实际上，普里什文不加遮掩地公开秘密记录，这绝对不是举动乖张，而是显示艺术家特别罕见的胆识。有此胆识，他对以《忏悔录》而青史留名的卢梭顶礼膜拜也就是顺理成章的了。

康·亚·费定对普里什文日记的评价也很耐人咀嚼："我读了米哈伊尔·米哈伊洛维奇1951年到1954年的日记，尽管读的是删节本，但这些日记对了解普里什文的样貌却能获得很多东西。当你读这些篇章的时候，你渐渐就不再是一般意义上的读者，你觉得你就待在普里什文的身边，与他一起讨论他说的那些事儿，有时还跟他争上几句，不过多时，你突然就会不好意思再反驳他的观点了。你与他的谈话就一直绵延不断地吸着你，就好像你也与他一起在参加他作品的创作，这作品也慢慢地就变成你的了"③。

帕乌斯托夫斯基写道："普里什文身后留下了大量的笔记和日记，记下了他就写作技巧所做的思考和他的许多见解。他对写作技巧的了解，就如同对自然界的了解一样透彻"④。普里什文的日记是一份独一无二的

---

① 米·普里什文：《大地的眼睛》，潘安荣译，长江文艺出版社2005年版，第3页。
② 钱钟书：《七缀集》，生活·读书·新知三联书店2002年版，第4页。
③ Цит. по В. Д. Пришвиной. Круг жизни. М.："Художественная литература"，1981. C. 191.
④ 帕乌斯托夫斯基：《金玫瑰》，戴骢译，百花文艺出版社1987年版，第336页。

文件，按时间顺序容纳了整整半个世纪（1905—1954年）。细读普里什文的日记，我们看到，保存下来的最早的日记是1905年开始记录的。他记录了俄国新的政治形势的开始。最晚的日记是1954年1月记录的，这可以说是对已经形成的苏联政治制度的种种层面开始了自己的思考。

日记的文本是一种两位一体①，它的基础是人民集体灵魂和创作个性的直觉。这样一来，有一点就极为重要，普里什文作为一位作家，他不只是私人记录，而是以童话和神话的形式体现人民的集体灵魂。他说，"不是在臆造，而是在无意识地诗意描写"。描写什么？描写风俗和人。笔者觉得，在日记中风俗和人是两位一体。风俗即人，人即风俗，风俗是人赖以生存的呼吸氛围，二者难辨表里、难分彼此。我以为风俗就是一个民族集体创作的生活抒情诗，但优秀的作家都不是为写风俗而写风俗。诚如普里什文写自然，为的还是写人一样，他写风俗到底也是为了写人。风俗、习惯是特定人群的生活样式，是从历史深处积淀下来的文化模式。同时，日记作为一种独特的文体，又证实普里什文渴望突破艺术的界限，揭示艺术所固有的秘密，打破神话性，这样就使直抒胸臆、思想袒露和逻辑的概括成为可能。日记里反映的是有现实内容的丰富多彩的生活，而且是那些原原本本的存在的、日常生活中最本质的东西。

普里什文认为，他记日记的方法是民族风俗的方法。在把科学的观察变成艺术作品的时候，他是以自己的新颖方式来表现自己的独特感受，让自己的感受站立起来，变成艺术作品。这样一来，在艺术作品中，科学的观察也就获得了生命。普里什文指出，普通的回忆录与艺术文本之间是有区别的："能写回忆录的人肯定不是文学家，而是一位素朴的现实主义者，他在描写事件的时候是记不得自己的，而把鸡毛蒜皮的事儿弄得杂乱无章是写不出文学作品的"②。

普里什文的日记还包含着历史和生活现实的巨大层面。他日记的独特之处就在于，即使是在记日记这种文体中，他也是用艺术方法来记录世界，况且，日记中的重要部分与他的艺术创作保持着联系。他总认为，

---

① М. Пришвин. Дневники 1914 – 1917. М.：Изд. "Московский рабочий"，1995. С. 400.
② М. Пришвин. Дневники 1920 – 1922. М.：Изд. "Московский рабочий"，1995. С. 225.

艺术的描写与生活素材之间的联系一直是非常重要的："我之所以能写作不是因为我自成一体，而是因为我相信，我所描写的是生活中实际存在的，正是在对生活素材的这一发现中我找到了自己的价值，这也是我为我所新创的作品而值得自豪的地方"①。日记中第一次出现的艺术形象后来常常就成了日后所写的一部作品的源头，这一形象综合着某一个事件的意义。一些故事和随笔的草稿常常是不经任何加工就飞奔到文艺作品中，有时就直接成了作品。此外，对自己的艺术世界、自己的创作道路的反映也是日记的一个重要特色。

怎么理解这一点呢？从早期作品中，普里什文艺术文体里就有一个极为重要的特点，那就是主观的与客观的、述说吐露心声的与随笔描写的、艺术家的表现力与材料常常融合在一起，扭结在一起。恰恰又是这种杂糅扭结在一起的东西展示了日记的独特力量：现实，初看上去，它有很大的偶然性，当它呈现在我们面前时，却引起人们诗意的思绪，这种思绪揭示了现实的面貌和意义。这一点是最本质的一点，所以可以毫不费力地说，普里什文的日记是一个完整的艺术文本。每年的日记文本所呈露出来的是整体的一个完整局部。像普里什文这样来记日记，真是魅力无穷。普希金、莱蒙托夫、杜勃洛留波夫、皮萨列夫等极少数天才诗人和评论家之外，大多数诗人、作家，尤其是散文家是通过时间的磨砺才逐渐成熟的，但普里什文在中年时就已经显示出惊人的成熟。甚至可以这么说，他的写作和记录不能简单地说他对文学史做了多大的贡献，他日后的丰产写作和勤奋记录只不过是扩展主题的丰富音域而已。

在1914年的日记里，记录的主要题材是妇女运动。普里什文是在俄罗斯文化和世界文化的广阔背景下（维纳斯、歌德和果戈理笔下的形象，罗扎诺夫的思想）来探讨妇女运动这一问题的。从妇女运动的角度来看，历史问题（叶卡捷琳娜纪念碑、妇女革命家形象），社会运动（妇女问题辩论会、"进步妇女"），家庭、婚姻、母爱问题、基督教意义上的童贞问题，个性问题，集体的俄罗斯灵魂的温柔纤细和创作中的女性因素——这些思想在日记里都得到了一些阐释。

在普里什文的男女观念中应该特别注意这么一点：俄罗斯人的灵魂

---

① М. Пришвин. Дневники 1920–1922. М.：Изд. "Московский рабочий", 1995. С. 104.

温柔纤细，富有神话创造精神，艺术家的个性本身也是温柔娴雅的。

从 1914 年 8 月开始，普里什文日记中记录的主要题目已经是战争了，但关注的对象不是战争事件本身。战争成了一个独特的场所，通过这个棱镜现在可以感受俄国的形象：德国作为俄国的对立面出现了，俄罗斯民族性格、俄罗斯的历史命运这些问题都被提了出来。在普里什文笔下，战争破坏了时间的历史流程、暴露了生活中所有古老的、残留的东西（"人们的生活方式倒退到了游牧民族时期""我们的精神回到了原始时代"）。这种倒退潜藏着危险，社会生活有断裂的可能，这一点普里什文在 1914 年 8 月就做出了预示："如果被击溃，将发生可怕的革命"。在这个时期，获得战争的胜利是能够保持历史连续性的唯一一种可能。

但是，1915 年，事件的悲惨进程已经很明显了（"可怕的审判开始了"），在这个背景上就产生了两个重要的题目：杀父题目（"知识分子的日常生活"）；俄罗斯信仰上帝的灵魂朝着希望大地有天堂的神话方向升华（"这场战争的结果有可能出现某种立足于人间的宗教"）。

在日记中，战争就是男性的象征（"战场上没有真正的女人……一切都是反抗她的"）①，但在普里什文的意识中，男人的和女人的因素常常很复杂地胶着在一起。

还有很重要的一点是，战争在普里什文的创作命运中起了重要的作用。在战争中，他把自然当作宇宙的一部分来理解，也就是说，是经过人整合过的、思考过的世界来理解。在战争惹起的混乱中，大自然的存在是谈不上的（"为什么大自然在战争中消失了"）。在战争中，他发现了大自然与人的创造本性的联系，提出了自然的秩序和人的节奏的可比性问题，大自然的感同身受、悲喜与共或者"漠不关心"。除此之外，战争又极为强烈地促使他感受更敏锐，不管怎么说，在 1915 年的日记中，大自然的一些个别场景首次变成一幅春天的雄伟壮丽的大景观。普里什文意识到大自然是一种环境，在这种环境中他明确地感到自己是一位艺术家。

1916 年所写的日记中保存下来的为数不多，所以也无法从整体上对 1916 年的日记的文本进行评论，也无法从语言文本的意义层面分析是如

---

① М. Пришвин. Дневники 1914 – 1917. М.: Изд. "Московский рабочий", 1995. С. 401.

何过渡到1917年的，尽管有此残缺，但1916年日记的内容还是值得研究的，而且在这有限的篇幅里常常有睿智闪光的思想火花出现，试举几例：

（1）在春意盎然、阳光明媚、万物劲开怒放的5月5日他写道："今年我们这片故土上的大自然与人的心灵达到了如此奇妙结合，这种图景要是在往年，编年史家肯定会把它当做征候吉兆而捕捉下来"①。

（2）如果一个人只想走捷径，那他心中就没有什么神圣的东西②。

（3）普里什文对自己的故土一往情深，但对生活在这片故土上的人却哀其不幸怨其不勤："我们的农耕区只是由于土地多才从事农耕的，因此，这里的人们也就都干这个，但就技术含量讲，它也许是最不适宜耕种的土地。要是你在俄罗斯漫游过，你当然会发现，我们的土地越好，那块土地上的人过得就越差。也许这是因为……我们的雇农——懒人们嘴里老是叼着烟斗。你稍一离开他，他就不犁地了，马也站着，耷拉着脑袋，他倒好，在果园里，苹果还半生不熟的，他拿竿子就戳起来了"③。

（4）"天呐，如果每个农家的主人就是明确又一门子心思地盯着自己的目的：只要一头肥胖的大猪，再没有别的，那就不会涌现出卢梭、托尔斯泰、阿克萨柯夫、俄罗斯的庄稼汉、古老的庄园，也不会有什么可回忆的，是，什么也没有：吃饱了，还有就是养肥了，再接着吃，就一直可以这么混下去。"④

1917年的日记中出现了双重性的情节，双重性在俄罗斯文学中传统上是与彼得堡紧密相连的。普里什文复现了这么一种环境，在这种环境中现实与非现实、生活与思想的对立失去了明确的界限。这种双重性贯穿于人的生存、彼得堡各个部委的活动，也悲剧式地体现在沙皇的处境中，最后也体现在新政权的形成过程中。不难看到，在第一次世界大战期间，沉重阴郁的彼得堡饱受战争之蹂躏，普里什文把彼得堡凸显在日记中，显然与他在彼得堡的生活有关。彼得堡无法摆脱战争带来的巨大创伤。普里什文把彼得堡作为一座城市与战争并置在一起，让人警醒。

---

① М. Пришвин. Дневники 1914－1917. М.：Изд. "Московский рабочий"，1995. C. 232.
② М. Пришвин. Дневники 1914－1917. М.：Изд. "Московский рабочий"，1995. C. 234.
③ М. Пришвин. Дневники 1914－1917. М.：Изд. "Московский рабочий"，1995. C. 236.
④ М. Пришвин. Дневники 1914－1917. М.：Изд. "Московский рабочий"，1995. C. 235.

在战争期间，普里什文的处境也不得不发生变化：他本来是一位作家，而现在却成了作家兼农夫，成了庄稼汉。更有甚之的是，这种双重性已渗透到语词本身。（"论全世界的和平！"在教堂这么呼吁着，而心里却奇怪地答道："不割地不赔款的媾和。"）词语在外形上巧合而意义完全相反，这导致了生活与它的意义之间是彻底背离的。（"如果把教堂里的事情与人所干的事情比较一下，那是不相符的。"）

所谓的粗暴革命暴露了它是真正损害现实、破坏现实的。实际上，这是倒退到生活的原始形式的一种继续，所以要回答自古以来在俄罗斯就一直不绝于耳的问题"谁在俄罗斯能过好日子"，其含义就是拒绝现在、拒绝现实——失去了与现实的联系（"游牧的好，定居的不好"）。杀父的思想出现了并得以具体化，现在这一思想与《圣经》中关于浪子的寓言产生了对比，同时又获得了历史的和宗教的意义（"社会主义向自己的父亲说不，并把浪子赶得越来越远"）。

1917 年，人民的原生力量自发地喷涌出来，普里什文对此非常欣赏。人民的生活动起来了，呼声越来越高，人民的意识在一瞬间就变成了这一呼声的化身。"看到集会的人了"——不知是谁喊的话，普里什文记录下来了。

对所发生的事情进行史学的评价，这也体现了普里什文的爱国主义情结。自己的祖国陷入了战争泥潭，他爱莫能助，他感到愧疚，但他深信："我们现在离我们的俄罗斯跑得越来越远，目的就是有朝一日有一天只要猛回头就能看见她。她离我们太近了，我们多年没有见到她。现在一旦跑开，回来的时候那就对她抱着从未有过的爱"①。

普里什文对历史的深刻理解更激发了他身上艺术家的那种健康向上的天性。在新年前夕最后一天的日记中，他对那些在不可理解的生活面前不知何去何从进行了辛辣的嘲讽，他对新国家的人们满怀期望，并建议人们要学习、学习、再学习，这些话已经成了至理名言而且深入人心："我告诉你们，应该做什么：俄罗斯共和国的公民，需要学习，需要像小孩子一样学习。要学习！"（Я вам скажу, что нужно делать: нужно учиться, граждане Российской Республики, учить ся нужно, как

---

① М. Пришвин. Дневники 1914 – 1917. М.: Изд. "Московский рабочий", 1995. С. 403.

маленькие дети. Учиться!)① 这一至理名言在遥远的拉丁美洲的智利也找到了共鸣。巴尔加斯·略萨在《文学与人生》中写道："如果我们打算避免随着文学的消失，那个产生想象力和不满情绪的源泉也一道消失，或者不让这一源泉被压缩到废物储藏间的角落里去，因为这一源泉可以使得我们感情高尚，可以教会我们说话严谨、有力，可以让我们更加自由并把生活变得丰富多彩，那么就应该行动。应该阅读好书，应该鼓励后来人读书，教会他们读书，——无论是家庭还是教室，无论是借助新闻传媒还是大庭广众的每时每刻——把读书当做一项不可或缺的事情，因为读书可以让所有的人感到充实并且受益"②。

二 普里什文日记中的新论述

普里什文在日记中所表述的论文学、天才、艺术家、传统与创新、自然与文化的思想有独到的地方，我们试着把这些思想进行一下综合。

普里什文的日记在以下几个方面有新的论述：

（1）重新审视智慧和道德在文艺作品中的意义。（"天才是违背逻辑、逆着道德行事的"，"在文学作品中，我们主要感兴趣的不是作家的天才，而主要是看他怎么施展才能，看他是如何把无限的人的智慧和社会情感结合在一起的。"）

（2）在把材料引入文艺作品的同时，重新审视知识和诗意（虚构）的相互关系，如把物候学引入《别连捷伊泉水》、把手工艺揉进《矮勒皮鞋》等，他也触及日常生活和艺术的因素，他也尽最大可能地让日常生活和艺术亲近起来，认为生活和艺术具有同等重要的价值。诗人勃洛克读完普里什文早期写的《跟随魔球走远方》后指出，诗与生活之间具有不同寻常的关系。普里什文在1927年的日记中又回想起来了。（勃洛克给我所说的话现在就容易理解了：这不是诗，不对，我说得不准：这是诗，"还有某种韵味儿"。"什么韵味儿？"——我问。"一下子说不清"，

---

① М. Пришвин. Дневники 1914－1917. М.：Изд. "Московский рабочий"，1995. С. 397.
② 《世界文学》2004 年第 2 期。

勃洛克说。)

（3）从袒露作家的个性这个视角，以及把作家的日常生活编织进小说这个视角重新来审视评价现代文学艺术品的标准。（"要是再努把力加把劲，那就会有一部精彩的小说问世。"）

（4）低调对待艺术家的使命、激情和服务意识。（"我真诚地相信，写作是人间最惬意、最爽快的事情。如果不去太计较这个事情的结果，比方说我，就能一边当作家，一边不仅是在周日去打猎，就是在平日也照样可以去打猎。"）

（5）认为梦境的诗意象征本质是显而易见的。熟睡的头脑酣畅地所创造出来的东西是谁也真正创造不出来的，就连疯人的自言自语，有时充溢着音乐和大自然的色彩，也是很有天才的，但不受人重视。尽管如此，他在一生中坚持记录自己的梦境，并把这与自己的作家天性联系在一起。（"我从这些梦里出来的时候变成了一位善良的诗人。"）

（6）正面肯定对经典文学的阐释问题：一位自由的人，有时允许自己采摘养育自己的那一方沃土上的人类智慧之花，把这些花放在自己的房间里，在自己的花瓶里欣赏个够。毫不犹豫地把过去的思想移植到现代生活中。

（7）我在思考旧的东西和新的现象。我想，如果我看着旧的，那新的常常是那么明了，要是我只看着新的，那除了死一般的暮气沉沉，为啥什么也看不到。说实在的，观察的立足距离在此起着作用："从旧的往新的方向看，我的眼前就展开了远近配景，那从新的看，还能远看到哪里去？"①

（8）他断言，艺术家不是在改变世界，也不是在反映世界，而是在揭示世界、描写世界，也就是说"把世界当做秘密来对待"。（"生活的秘密全都是隐藏在小小的种子里"，"把自己全身心与整个世界联结成一个整体。"）②

从第八点可以看出，普里什文的世界观和创作与生态模式理论无疑

---

① М. Пришвин. Дневники 1923 – 1925. М.：Изд. "Русская книга"，1999. С. 246.
② М. Пришвин. Дневники 1926 – 1927. СПб.：ООО Изд. "Росток"，2018. С. 566 – 567.

有很大联系。物理学家和生态学家傅利奇奥夫·卡普拉①所制定的新模式标准中蕴涵着普里什文的关键思想，即世界是作为"一个统一的整体被思考的"，在这个统一的整体中不可能有什么次要的东西，对世界的理解和把握是通过描写而得以进行的（这在普里什文笔下就是要"诗意的描写"），合作是通过与世界的互相影响而展开的（这在普里什文那里就是"共同创造"）。完整性的思想、互相影响、互相联系的思想构成了普里什文长达五十多年的创作生活的艺术世界。

三 日记的文体特点

普里什文日记的研究专家米·尤·米海耶夫指出，普里什文日记的手稿超过了他文学作品的三倍。他一生都在记日记。在对瞬间的生活印象的记录中反映出了他个性的形成过程。他的所有散文都带有日记体的烙印。这是第一人称的叙述，叙述灵魂的历史。普里什文的日记常常是创造新文本的草稿，日记中融合着记事本的功能（这是给作者本人的）和纯日记的功能（可用于出版的）。

研究的目的就是想比较一下普里什文不同年代的日记，探寻一下他在记日记的过程中有哪些规律性的情况。首先有一点要说明，日记并不是记录逐日生活。按照所选择的范畴，我以1917年的日记为例考察了一下普里什文日记文体的特点。

1. 记录的数量
1917年的日记包括99个相对独立的板块（即每日的记录）。

2. 记录过程中的一些特别标注
在一次记录中有可能糅合好几天的事情（如2月24—28日，3月13—15日，4月2—4日）。

但是，也存在这种情况，在一天的记录里分开记两件事，如3月31

---

① Фритьоф Капра являеся основáтелем и директором центра экологической граматности, расположенного в Беркли, штат Калифорния, который продвигает экологию.

日，普里什文记的日记中就出现了两次：①把俄罗斯与新大地相比较；描写西伯利亚人聚会；告诉自己3月7—10日要到故乡赫鲁晓沃去；提醒自己不能忘记犹太人库凯尔在革命刚一开始争论关于无政府主义共和国的话①。②引用自己与自己的对话："工人士兵代表委员会如何摆正自己的位置，以便博得普遍的信任"②。

3. 记录的开始和终结

1917年的日记是从2月24—28日开始的，即在一次记录中糅合好几天的事情；最后一次记录是在12月31日。

4. 记日记的定期性和时间

普里什文娜夫人写道，"米哈依尔·米哈依洛维奇要睡得尽量早一些，以便第二天早晨一来临，他就开始记前一天的事情：他也承认，晚上'他干不了什么活儿'，他不太相信自己晚上的感受，看来，工作必不可少的精力让他挺不到很晚"③。有三个地方可以看出，普里什文是在早晨记下的，如3月3日："早晨，邮包来了，一缕烟在工厂的烟囱里缭绕"④。

只有一个地方可以看出，普里什文就是在"干不了什么活儿的晚上"也能记日记。即2月28日："很长很长的一天快结束了。……不敢跑到列米佐夫那儿去……门房女早晨把所有新闻都说了。夜里在我们家旁边开了枪"⑤，并且，日记的作者还是追忆已发生的事情（晚上说早晨的事儿，3月6日可以记3月5日所发生的事情）。

如果失眠，有可能就夜里记日记，但这种情况不太多见，如9月1日夜到9月2日晨⑥。

有些时候记录还间断2—4天，普里什文为此感到很遗憾，因为他不

---

① М. Пришвин. Дневники 1914 – 1917. М.：Изд. "Московский рабочий"，1995. С. 264.
② М. Пришвин. Дневники 1914 – 1917. М.：Изд. "Московский рабочий"，1995. С. 264.
③ 米·普里什文：《普里什文1914—1917年日记》，莫斯科工人出版社1995年版，第5页。
④ 米·普里什文：《普里什文1914—1917年日记》，莫斯科工人出版社1995年版，第250页。
⑤ 米·普里什文：《普里什文1914—1917年日记》，莫斯科工人出版社1995年版，第245页。
⑥ 米·普里什文：《普里什文1914—1917年日记》，莫斯科工人出版社1995年版，第357页。

是每天都来得及记日记。如3月6—7日："拉了一天，现在就记不得了"①。

每个月记日记的天数是这样："2月4天；3月是最多的，共有20天；4月最少，只有4天；5月9天；6月13天；7月12天；8月14天；9月和11月各6天；10月8天；12月3天"。

5. 日记的文体体裁——体中体

普里什文日记的文体体裁比他的文学作品的文体体裁要丰富得多。日记中的体裁分类有以下这么一些分支：①记事文体；②回忆录文体；③自白性文体；④书信体；⑤笑话、警句、名言体；⑥梦境复原和寓言体；⑦旅途见闻体；⑧物候学观察记录；⑨童话体等。

记事文体类的如，3月31日记道："把俄罗斯与一个部对比一下（省与局、部长和官员与他们的部——即地主和他们的庄园对比一下）"；"不能忘记犹太人库凯尔的话……"②

回忆录文体如，3月13日写道："从自己所做的观察记录中我回想起来了：在瓦尔纳维市……"③

10月30日："在列米佐夫家，有一位老人谢苗诺夫—田善斯基，说话像个长老，口吻有些训诫……"④

梦境复原和寓言体如，6月15日普里什文讲了一则寓言："在一个狂风暴雨的日子，所有肥肥胖胖的漂亮鸟儿都消停了，藏起来了，一只瘦弱的灰鸟名叫无产阶级却飞了出来，用单调的金属般清脆的声音喊得满园子都听得见：'所有花园的无产阶级，联合起来吧！'"⑤

5月19日、6月11日、7月3日、10月14日记录了一些梦境。如7月3日："从那时起，不知过了多少年，但还是梦见：梦见自己躺在原木建的房间里的一个沙发上，心里只回忆着一个明朗的、甜蜜的事儿。后来就记不起来了，稍停了一会儿。突然，从房中间的沙发里产生了一个

---

① 米·普里什文：《普里什文1914—1917年日记》，莫斯科工人出版社1995年版，第254页。
② 米·普里什文：《普里什文1914—1917年日记》，莫斯科工人出版社1995年版，第264页。
③ 米·普里什文：《普里什文1914—1917年日记》，莫斯科工人出版社1995年版，第256页。
④ 米·普里什文：《普里什文1914—1917年日记》，莫斯科工人出版社1995年版，第381页。
⑤ 米·普里什文：《普里什文1914—1917年日记》，莫斯科工人出版社1995年版，第306页。

想法，从墙缝里钻出了一只老鼠，大极了，它勉勉强强地钻过孔，我想抓住它，用吓得张开的手揪住它。最后向上天祷告：'啊，天哪，停止战争！'"

书信体文体如，5月15日致潘捷利莫·谢尔盖耶维奇的信长达六页之多："潘捷利莫·谢尔盖耶维奇！

刚准备提笔，感谢你建议我去奥廖尔省国家杜马临时委员会作代表……"①

5月20日致潘捷利莫·谢尔盖耶维奇的信就更有意义了：

潘捷利莫·谢尔盖耶维奇！

你需要知道一个谚语："奥廖尔——是死强驴的脑袋，叶列茨县是贼娃子的源头（父亲）"。奥廖尔省为世界孕育了这么多著名作家，而她的土地几乎是最小的，也许，在社会联系方面是最弱的。奥廖尔省里叶列茨的土地是最少的，叶列茨县索洛维约夫斯基乡的土地又是最少的，我家的田庄坐落在西巴耶夫卡和奇巴耶夫卡两个村子中间，这两个村子土地又是最少的，而且两个村子间还有世仇。……

这两个村子都对我的那一小块地垂涎三尺。要是奇巴耶夫卡村里有谁胆敢碰我地上的小犁沟一下，西巴耶夫卡里的人马上就会把他撅到沟里去，反之亦然。……

1915年5月2日的日记内容极为丰富，其中的书信是致已故母亲的一封信："……细想一下你给我所出的主意，旧事在我的脑海中就浮上心头。有一天（在盥洗间旁边的那个小屋子里）我很心急地给你说，所有这些（外部生活的安排）都是小事，应该越过这些小事，追求更大更广阔的共同生活的创造天地……在这方面我刚给你说了点什么，你就把自己那获取生活资料的劳顿忘得一干二净，突然热烈地支持我。是的，你也不喜欢日常生活的这些琐事，在往什么地方旅行的时候你的心灵改变了样子，变得更开阔了。在你这么广阔开怀的心灵里我为自己找到了永

---

① 米·普里什文：《普里什文1914—1917年日记》，莫斯科工人出版社1995年版，第281—288页。

远支撑自己的希望"①。

物候学观察记录如，1917年的日记中，对政治事件意义的评价占有很大的比重，而每天的物候学记录要少一些。在4月2日的日记中我们可以读到："复活节到了。我生平第一次没有感到春天的气息，至于说俄罗斯大河上某个地方的冰块融开了，鸟儿们从南方飞到了我们这儿，大地慢慢地解冻了，充满春的气息，都没有让我激动一下。都是因为战争惹的祸，当硝烟四起，你也就丧失了内心的平衡，甚至根本谈不上对内心平衡的追求"②。

童话体如，6月18日："关于腿脚麻利的小牛犊的童话。小牛犊想加入到人的快速的时间流程中，当它进了这个圈，在第三天的时候变成了一头公牛，就被征用了"③。7月3日还有一则童话：车轱辘话（关于一头白公牛犊的童话）。在所有权的桩子上（或者关于一头白公牛犊的童话）。有两次：一次是青年时期因信马克思主义而进了监狱（一头小牛犊还没有见过田野就挣脱了绳套），冬天在一个房子里就被捉住，它就一直跑呀跑，直到累得趴在了地上，而现在进了所有制的监狱。

普里什文不仅常常和各阶层的人物接触，听取他们的谈话，写语言笔记，在他专事创作之后，还常常在笔记本上做组词造句的练习。在他遗留下的笔记本中，笔者对着那些有时没有逻辑联系，既不像日记，又不像作品草稿和普通记事的文字，感到莫名其妙。只有多方探索，才能了解其中究竟是怎么一回事儿。即使他达到了很高的创作成就，还时刻不忘下苦功夫锤炼自己的语言。无怪乎高尔基说，"列斯科夫之后我们的文学语言中就再也没有如此老练的语言大师了"。

阅读普里什文的日记，我们可以看出这么一些特点：

其一，1914年的日记中，记录之间的间歇短则两天，长则七天。而在1925—1939年的日记中，间隔的时间缩短了。

其二，快到20世纪20年代中期的时候，他的日记中出现了页边记录。页边上记录的内容有各种各样。例如，普里什文记录了一些神话，

---

① 米·普里什文：《普里什文1914—1917年日记》，莫斯科工人出版社1995年版，第167页。
② 米·普里什文：《普里什文1914—1917年日记》，莫斯科工人出版社1995年版，第266页。
③ 米·普里什文：《普里什文1914—1917年日记》，莫斯科工人出版社1995年版，第312页。

列出了随笔小说《恶老头的锁链》的创作计划。这一阶段的日记中,还出现了一些对事情的布置安排:标记出一天的事情、资金的消费情况等。在准备旅行前,普里什文一般会安排所需物品清单。

其三,从 1939 年的日记及 20 世纪 30 年代末以后的日记可以看出,普里什文尽量每天记日记,但都比较短。30 年代末以后的日记与早期的日记有一个明显的区别,那就是,普里什文在进行物候学记录的时候更多地像个学者,而不是诗人。日记的结构不甚明晰,还有一些副标题,可以看出,这是为日后写短篇故事、随笔和童话所做的速写草稿(但要准确地说这就是速写草稿的文体体裁也是不容易的),另外,这也是记录自己一些不幸的一种记述形式。

其四,在 1917 年,在一天里能有一个速写,如 5 月 24 日:"代表";6 月 6 日:"从土地和城市";6 月 11 日:"记录(笔录、始末记)或私自处刑"。在一天里也有两个速写,如 5 月 19 日:"没有马的";"一个孤独者的心声"。在一天里还有五个速写,如 5 月 21 日:"德国的计划";"焦点";"权力与顺从";"圣灵降临节";"强权"。有时候,一天里甚至多达八个速写,如 5 月 9 日:"在欧洲面前的恐怖";"遭了火灾的贵族";"自爱";"罗斯托夫采夫的女公民";"在五月不晴朗的那一天";"专政";"信任";"出去吧,公民们!"

在 1918 年的日记里,这类小标题就特别多。有时,在一个记录里就多达五个。如 1918 年 1 月 20 日:不自由的意志;给点水和面包;生活是进化;黄蜂和蚤斯;十二个索洛门。

在观察生活之后,回忆了一些人的一些话,普里什文的头脑里就产生了一些思想。这些思想普里什文换一种说法表现出来:"在所有权的桩子上(关于一头白公牛犊的童话)"①。同样一个事件,出自老农之口的一句话,普里什文以速记的形式把它变成各种文体的文字。可以说,生活里的任何一个现象,只要是普里什文感到为之不安或需要关注的,他都要发表自己的观点,常常是多次(经常是三次)阐述自己的想法。如对俄国内"德国人的内奸"这个话题他在 1917 年的日记中在 3 月 11 日、5 月 21 日都有论述,但论述得最清晰的还是 6 月 20 日。在论述这个问题的时候,有些

---

① 米·普里什文:《普里什文 1914—1917 年日记》,莫斯科工人出版社 1995 年版,第 328 页。

思想和细节当然也有重复的地方，有时甚至是多次重复。还有一个尖锐的问题，就是"谁在俄罗斯能过好日子？"他不仅像伟大诗人涅克拉索夫一样提出这个问题，还试图来回答这个问题。在 1917 年 6 月 29 日、7 月 11 日和 12 月 21 日的日记里可以读到有关这个问题的论述。

普里什文即使是在重复同样一个思想，但文体形式显得千姿百态，没有给人以雷同之感，最终给人的感觉是清晰的。

例如，针对"谁在俄罗斯能过好日子"这个问题，普里什文第一次在 6 月 29 日做出了这样的回答："谁不种地谁就能过好日子"①。过了十几天，在 7 月 11 日他才明白，他给农民提出的问题农民已经做出了同样的答复："谁不种地谁就能过好日子"②。到 12 月 21 日，普里什文又准确地对 7 月 11 日的思想中的最后一部分进行了表述，并且发展了自己的思想："士兵说，谁不打仗谁就好过"；"商人说，谁不做生意谁就能过好日子。一句话，大家的日子都不好过"。

也就是说，如果事件有什么意义的话，那这个意义就蕴涵在人的意识里，也就是说，牺牲自己的现在是为了未来。

"这么一来，我又一次问一位农民他现在捐什么。他说，他日子不好过，但他也不捐献什么"。士兵答道："牺牲的够多的啦！"商人答道："我们自己就是牺牲品，但牺牲是为了哪个上帝，无从知晓"。

原来，普里什文问遍了各种各样的人，根据他们的回答，普里什文没有找到对现在事件的看法，他明白了一点："所有这些人都等待着或者说憧憬着一种美好的东西——很大一部分群众只是盼望，就像那些在西拉阿拉姆斯基的圣水盘里渴望水动的残疾者（又译"期待福利的人们"，来自圣经）"③。

四　日记体的真诚性

从已经阅读的部分日记中，想对日记的主要体裁特征等文体问题做

---

① 米·普里什文：《普里什文 1914—1917 年日记》，莫斯科工人出版社 1995 年版，第 321 页。
② 米·普里什文：《普里什文 1914—1917 年日记》，莫斯科工人出版社 1995 年版，第 321 页。
③ 米·普里什文：《普里什文 1914—1917 年日记》，莫斯科工人出版社 1995 年版，第 395 页。

一些肤浅的研究。

　　日记的主要体裁特征：在普里什文日记中，"我"在体裁布局上是一个重要手段，但这个"我"有特殊的特点。作家的"我"失去了内在的矜持，显得特别灵活，他既关注世界的现状，又分析自我心灵的状态。作者思考的进程与自己的感受是连在一起的，但这个独特的感受是，整个宇宙、世界的体制秩序本身是归于统一的。读他的日记，我们面前就浮现出意识的流程，其中很重要的不是事件本身，不是客观现实，而是他对事实、事件、个人主观感受形成过程中的细微之处的态度。这是作家对此时此刻"世界究竟是一副什么样子"的反思。还有一点，在日记中，"我"是能通晓一切的：即自我观察和自我分析双管齐下。一方面，普里什文关注心灵的内心活动、自己对外部事件的反思和自己的感受，另一方面，普里什文思考的又不仅仅是自己不由自主的情感，还有本体层面上的问题，这也是极为重要的问题，即对"就是现在"——在叙述的那一刻所感受的情感的思考。所以，感受的那一刻——"现在正在进行的、活的感受"，这才是普里什文日记的主要体裁特征。

　　普里什文的日记与他的艺术散文是有区别的。日记，是写给自己或写给少数人看的东西，记录写作的时候，其目的都比较具体实在，要么记录以备忘，要么抒写以寄怀，没有丝毫传播的目的，没有取悦于人的目的，写作记录时不受任何束缚，以从未有的真率和坦诚记其所欲记其事，舒其所欲抒之怀。日记是一种较少拘束的个人笔墨。因其为个人的，普里什文在写作时是随意随性的，他在记录时心理是自然放松的。他在写作时不为功利目的所羁绊，不为现实主义所制约，不为形式主义的教条所拖累，没有丝毫的乔装作伪、自我粉饰，没有丝毫的心灵遮蔽，敢于叙写自己的生活经历和心路历程，敢于真实地表现个人的爱好和个性。普里什文的日记就是他最能抒发性灵的文字。还有一点，日记能够真正做到形式的无拘无束，不拘格套。日记写作态度的随意随性和记录心理的自然放松，使日记的写作成为一种真正的创作。在这种状态中，他不用考虑形式问题，而只是一味自由任性地来写、来记，他本身所具有的文化修养和对艺术美的直觉把握，便无形中发挥了重要作用。他只要把自己对艺术美的追求一点一滴地自然而然地渗透在遣词造句中即可，由于一点一滴自然而然地渗透，从而使他的日记的行文灵动而流畅，语言生动、形象、优美，音调和谐，新鲜、光亮，极为个性化。这些个性化的语言是从普里什文的心灵深处、从生命的最本源处流淌而出，不经意地触及语言艺术的极致境界——自然的艺术和艺术的自然，它以一种形式的无形，最大限度地表现了自己对人生意义的理解和解说。

日记作为一种文体形式具有自己的特殊性。普里什文的日记之所以特殊就是因为，有一点极为重要，那就是他把日常生活的描写与生命中存在的东西、把事实上真实的与包罗万象的东西结合在一起。日记从本质上说就是纪实性的、"未经虚构的"散文体，但是，散文的领域是极为广阔的。日记不仅仅与现实的事实有关系。日记的主要对象依然是意识的事实、是作者的"我"、是感受的直接性、是对现实进行阐释的直接性、是寻求用词语表达意义。在日记中就可以理解自己的意识、自己的"我"。自我分析的深度就有可能各种各样，所以就产生了不同的日记体。在一些日记中，个人生活的事实占据中心位置；还有一些日记，它们成了时代的记录，因为复现个性的自我研究过程就会揭示"心灵宇宙"最隐秘处的东西——即哲理综合方面的意义，这正好又把个人的东西与全人类普遍意义的东西合拢在一起。日记的涵盖面是如此宽广，这与日记所记述的进程是密不可分的，在复现现实的时候有可能把日常生活的事实转为艺术事实，转为具有艺术感染力的事实。

正因为如此，人们常常把日记体归入各种不同的领域：在俄罗斯《简明文学百科》中对日记是这么界定的：日记记录是作为"艺术散文的分支和现实人物的自传体记录的"体裁分支而凸显出来的[①]。按照这种界定，无论是在艺术领域内，还是在日常生活的、纪实的、非艺术的领域内都有可能存在日记的各种变体。在这种情况下，现实是准确按照事实的先后顺序呈现出来的。在俄罗斯《文学小百科》中，日记被界定为记录日常生活的文学体裁，但同时又把它当作文学外体裁，在这种情况下，日记的最鲜明的特征就是："记录和讲述的极为真诚和坦诚；也就是说总

---

① Цит. по И. Г. Новосёлова:《"Дневники" М. Пришвина: Духовный космос》. Владивосток. Издательство Дальневосточного университета, 2004. С. 133.

是在记录'刚刚'所发生的事情和百感交集的感受"①。我们看到,在普里什文的日记中,他记录百感交集的过程是复杂的,在记录的过程中就孕育出了有艺术感染力的事实,这一事实又反映出,他意识到自己的个性与存在的整个宇宙是相互联系的。也正是这一意识过程创造了普里什文日记记录中那无限广阔的"心灵宇宙"②。

随笔创作中,作者的言语是针对说话人自己的,主要指,个人与正在成型的言语是同处一地的。但与此同时,在随笔中,现在时的这一因素和作家的"本我"藏得很隐秘,有可能消失到其他时间范畴里去。日记这种文体形式当然就不能有这么大的自由度,也不能这么挥洒自如了,但是日记的奇妙之处就在于它拥有"我"的思想和情感的自由,这些思想和情感是以联想的形式表达出来的,这样一来,日记可以涉足更宽泛的存在领域,通过联想的交流共振把现在的、个性化的感受变成一种永恒的东西。在日记中,本人的现在这一瞬间、本人的着力点、本人的感受和思考是很重要的。

在普里什文的日记中,"我"这个范畴是一个主要的体裁坐标,但这个"我"具有特点:作家的"我"失去了内在的封闭性却获得了特殊的灵活性,他时而可以分析世界的现状,时而又可以分析自己灵魂的状态。作者的思考进程与自己的感受是分不开的,但是这是整个宇宙合而统一,是世界的体制秩序本身相统一的特殊感受。读着这些日记,我们眼前所浮现的是作者意识的流程,在这个流程中,不是事件本身、不是客观的现实很重要,重要的是对事实、事件的态度的细微差别、是主观感受本身的形成过程。这是作者对世界的状态在此时所呈现出来的情况的一种反映。

还有一点,在普里什文的日记中,"我"这个范畴是能囊括一切的。这既是自我观察又是自我分析。一方面,普里什文关注的内心生活,是对外部生活的反应,关注的是自己的感受;另一方面,普里什文的日记中,又不仅仅限于对自己所情不自禁流露出来的感情进行思考,更为重

---

① Цит. по И. Г. Новоселова:《"Дневники" М. Пришвина: Духовный космос》. Владивосток. Издательство Дальневосточного университета,2004. С. 134.

② Цит. по И. Г. Новоселова:《"Дневники" М. Пришвина: Духовный космос》. Владивосток. Издательство Дальневосточного университета,2004. С. 58.

要的是对现在——即记录叙述的那个瞬间——正在感受的感情问题进行思考。所以，可以这么说，正在感受的，亦即"正在成型的、现在进行时的"那个瞬间就是普里什文日记最主要的体裁特征。

还可以看到，在普里什文的日记中，一个个性的自我观察以及自我反省与一个特定时代的特点发生着融合。正是在这个意义上，我们说普里什文的日记是时代的记录文件，而不仅仅是记录他本人的所见所闻。他的日记具有寓意双关的性质而令人玩味不已、魅力无穷，一直深深地吸引着我的审美注意力，因为他没有简单地只是记录个人生活的一些具体事情。他的日记记录的是对生活进程的一种思考，他着力用心去捕捉的不是日常生活的细节，而是生活所呈现出来的独有风貌。对外界事件的反响和与别人见面的反应在作者感受的内心世界里联想式地得到了反映，这使他的联想形成了一条条链环，他那创造性的心智沉思组成了一个个流程。创造过程的冲动性惯性运动好像是把物质世界的对象吸纳进作者的感受领域，又使外界的事情与作者的心灵形成反响和共鸣，把"民族地域的和心理的、逻辑的和感知的、物质可感的和难以捕捉形容的"进行着比较，以便彼此拉平而达到平衡状态。从这个意义上讲，普里什文的日记就是一种介于各种文体形式之间的边缘体裁。在日记里，日常生活和存在、个人和世界的各种领域都可以杂糅在一起。

从普里什文的日记看，他并不太看重对事件的记录，而是着力把作者的感性思维过渡到富有逻辑性的形象理解上，达到民族学和心理学的共同融合。作家"心灵的天地"与外界存在一直处于耦合过程中，也正是这种外界存在在作家的"我"里揭开了情感和思想宇宙深处的奥妙无穷。

普里什文的日记是一种特殊种类特殊文体的日记。在他的日记中，个性因素被纳入生存的时间和空间语境，也就是世界之所以为世界的语境，而人又是这个世界独一无二的一部分。他不只是在记录事实，他还在思考，他不仅仅是对所见的事情做出反省式的感情激昂的反应，还对与自己的心灵宇宙相连接的世界图景进行深层次的理智的哲理思考。

在日记中，语言的表现力更丰富。日记里，语言更加自由不羁，更加坦率与真诚。日记便于表现作家心中所有、语中就有的意愿。语言不仅获得了表现外在思想的权利，也获得了表现内心思想的权利，亦即袒露自己曾经是隐蔽的一面，体现语言表达思想的真实性。在日记中，作家可以打破一切清规戒律，竭尽全力倾诉他在作品中未曾说出的潜在声音，扩大了语言的自由度。

罗丹说："艺术的整个美……来自作者在宇宙中得到启示的思想和意图"①。普里什文的日记是心中所有，语中就有的语言艺术。俄罗斯的研究者诺沃萧洛娃把普里什文的日记称为"精神的宇宙"，这与罗丹不谋而合。之所以被称为"精神的宇宙"，就是因为日记中所记述的是表达作家心中所有、语中就有的意愿。正因为如此，近两年，我捧读有淡淡油墨香味的普里什文日记，仔细玩味，深深感到：在当今这样一个世风日下，人心不古，金钱拜物甚嚣尘上的年代；在这样一个诚信及其他人类古老的伦理准则和真挚的情感无端遭到漠视嘲谑撕裂践踏的年代；在这样一个芸芸众生日竟月逐，为利润最大化而奔波不息，破坏环境，人心浮躁惶惶不可终日的年代；在这个人们冲浪于日新月异如魔术般涌现出来的无边无涯、滔滔不绝的信息浪潮，战战兢兢地跪倒在五彩斑斓的科技乌托邦膝下的年代，流淌自普里什文"精神的宇宙"的纯净日记文字正是横空出世的别样文字，它像一枚定心丸，一帖清凉剂，读后让人如沐春风，让人在浮躁的当下生活中找到一方安足静定的清凉净土，读后让人真正感到作者无论在任何时候都热爱生命、礼赞生命的豪情。这也再一次证明，伟大的高尔基的感觉是这么绝妙的准确："整个俄罗斯文学都是在言说着痛苦。您是唯一一位俄罗斯作家，想方设法用哪怕一个词儿来张扬欢乐"②。

所以，索洛乌欣说："记日记吧，记日记吧！……如果对于职业作家来说，单纯地记日记，这种事毫无益处，甚至可笑。我把日记看成是文学样式独特的一种体裁，当然，不能把日记与记事本混为一谈"③。

---

① 罗丹：《艺术论》，中国社会科学出版社2000年版。
② 高尔基，转引自《普里什文个人档案·同时代人回忆录》封四，利季娅·梁赞诺娃、亚娜·格里申娜编，圣彼得堡，萌芽出版社2005年版。
③ 索洛乌欣：《掌上珠玑》，陈淑贤译，百花文艺出版社2002年版。

第 八 章

语体创新

童庆炳认为,"文学体裁作为文体的一个范畴主要靠不同的语体加以体现。语体就是语言的体式"①。在本章中所讨论的语体是指文学的语言。

卢卡契在早期专著《现代戏剧的发展》(1909 年)中绝对地说:"文学中真正的社会因素是形式",并强调,艺术中意识形态的真正承担者是作品本身的形式,而不是可以抽象出来的内容②。俄罗斯著名历史学家瓦·奥·克柳切夫斯基说:"词语不是声音的偶然组合,不是表达思想的虚拟符号,而是人民精神的富有创造性的事业,是他的诗意创造的结果。这是艺术形象,在这个形象里铭刻着人民对自己、对周围世界的观察"③。费·米·陀思妥耶夫斯基说:"语言——就是人民,在我们的语言中,语言和人民是同义词,这个语言里蕴涵着多么丰富、多么深刻的思想啊!"④诗人彼·安·维亚泽姆斯基说得很富诗意表现力:"语言——就是人民的自白,语言里能听到他的天性、他的灵魂和亲近的风习"⑤。俄罗斯伟大的教育学家和语文学家康·德·乌申斯基说:"人民的语言——这是人民精神生活最好的、任何时候都不会凋谢的,而且会再次发芽开花的花朵,这一朵花早在历史的蛮荒时代就开始绽放了。整个人民和他的祖国因语言而精神崇高。人民精神的创造力量用语言变成思想、变成画面,进入祖国天空的声音,祖国的空气、她的气候、田野、山脉和峡谷、森林和

---

① 童庆炳:《文体与文体的创造》,云南人民出版社 1994 年版,第 119 页。
② 转引自童庆炳《文体与文体的创造》,云南人民出版社 1994 年版,第 293 页。
③ Цит. по журналу 《Русская словесность》,2006 No 6. C. 47.
④ Цит. по журналу 《Русская словесность》,2006 No 6. C. 48.
⑤ Цит. по журналу 《Русская словесность》,2006 No 6. C. 48 – 49.

河流、浪涛和雷雨——这都是那个亲爱的大自然那浑厚的、充满着思想和感情的声音,这个声音是那么清脆地言说人们对他那有时是严厉的祖国的爱,这个声音是那么清晰地体现在亲爱的歌声里、在亲爱的哼唱里、在民间诗人的口头里,但是,从人民语言的鲜亮的、透明的深处反映出来的就不仅仅是亲爱的国家的大自然,而是人民精神生活的整个历史。人民一代接一代地成长着,但每一代的生活结果都存留在语言而且作为遗产传给后代。人民一代接一代地把心灵深处的思考成果、把历史事件、信仰、观念的成果、把经受的痛苦和饱尝的欢乐的痕迹,——一句话,人民把自己精神生活的整个心路历程都很仔细地保存在语词里。语言是最鲜活、最丰富、最牢固的纽带,语言把人民的过去、现在和未来连接成一个历史的活的整体。语言不仅仅用自己表现人民的生命力,语言也就是这一生命本身。人民的语言一旦消失——人民也就不复存在"[①]。高尔基说:"文学就是用语言来创造形象、典型和性格,用语言来反映现实事件、自然景象和思维过程。文学的第一个要素是语言。语言是文学的主要工具,它和各种事实、生活现象一起,构成了文学的材料。……艺术作品的目的是充分而鲜明地描写事实里面所隐藏的社会生活的重大意义,所以必须有明确的语言和精选的字眼。'经典作家'们正是用这样的语言来写作的,他们在数百年中逐渐提炼了它。这是真正的文学语言,虽然它是从劳动大众的口语中吸取来的,但它和语言的本源已大不相同,因为用它来描述的时候,已抛弃了口语中那一切偶然的、暂时的、变化不定的、发音不正的、由于种种原因与基本'精神'——全民族语言结构——不和谐的东西。自然,在文学家所写的人物的对白中,还保留着口语,但保留的数量不多,只是为了要把所写的人物特征写得更形象化、更突出、更生动。……文学家从日常口语这一自发的巨流中,严格挑选了最准确、最恰当和最有意义的字眼"[②]。高尔基特别推崇普里什文语体创造的语言,认为他的抒写体现出举世无双的价值,他说:"在尼·谢·列斯科夫之后,我们的文学语言中再也没有过如此老练的语言大师了,但列斯科夫是天才地运用叙述的语言,而普里什文则是完美地令人惊异

[①] Цит. по журналу《Русская словесность》, 2006 No 6. С. 47 – 48.
[②] 《高尔基文学专著选》,孟昌、曹葆华译,人民文学出版社 1958 年版,第 295—296 页。

地掌握了描绘的语言。他当真是在'塑造'。他的句子在作手势,他的语言则在进行思索"。苏联著名翻译家尼·柳比莫夫写道:"要不是我天生就喜爱庶民,加之又是我的亲人们强化了我对庶民的爱,要不是我对庶民那么好奇得激动,那我要想赢得最睿智的阐释拉伯雷的巴赫金的夸奖是不可能的。在《拉伯雷的创作》一书中巴赫金对我的翻译做了这样的评价:'由于尼·米·柳比莫夫那精彩的生花妙笔,那极为信达的翻译,拉伯雷说起了俄语,说的时候全是带着拉伯雷式的谁都学不来的亲昵,从容不迫,笑星感人,余音缭绕,印象深刻'"①。

毛泽东在《反对党八股》中写的一段话讲得很完美:"为什么语言要学,并且要用很大的气力去学呢?因为语言这东西,不是随便可以学好的,非下苦功不可。第一,要向人民群众学习语言。人民的语汇是很丰富的,生动活泼的,表现实际生活的。……第二,要从外国语言中吸收我们所需要的成分。我们不是硬搬或滥用外国语言,是要吸收外国语言中的好东西,于我们适用的东西。……我们还要多吸收外国的新鲜东西,不但要吸收他们的进步道理,而且要吸收他们的新鲜用语。第三,我们还要学习古人语言中有生命的东西。由于我们没有努力学习语言,古人语言中的许多还有生气的东西我们就没有充分地合理地利用。当然我们坚决反对去用已经死了的语汇和典故,这是确定了的,但是好的仍然有用的东西还是应该继承"②。

袁枚说:"家常语入诗最妙"③。妙在何处?妙在明白、晓畅、简淡朴素的语言,带着醇厚的乡音和泥土的气息,弥散出生活的温度;还妙在"人人心中有,人人笔下无",能把习以为常的场景、动作、情态所蕴含的诗意"唤醒"。普里什文在《国家大道》的开篇写道:"如果一个人活了漫长的一生,而且他还想活得更长,那过去的生活在他的心里就像小说或童话一般抹不去地浮现起来。世界上不知有多少这样的人,他们所经历过的生活,都想一吐为快,于是他们就说:'要是我把自己的生活复述一下,这也是一部很好的小说呀!'我现在就属于这种人,我也总是这

---

① Н. М. Любимов. 《Книга о переводе》. Издательство Б. С. Г. -. Пресс, М.: 2012 г. С. 64
② 转引自秦牧《语林采英》,上海文艺出版社1983年版,第77—78页。
③ 袁枚:《随园诗话》卷二,江苏古籍出版社2000年版,第40页。

么觉得：如果要我讲述自己，那这就不是为了让自己敞亮地舒服一下内心而给人们展示自己，而这确实是我最好的小说或童话。我觉得，在把过去一吐为快的这个事情中不仅弥漫着诗意，而且还有比诗意更悠长的某种东西……"① 千千万万现当代人的口语，是历代的人们一年一年，一个世纪一个世纪地继承发展并弥散辐射的。俄罗斯民间文学、民间口语人人都明白易懂，是锤炼并形成文学语言的基础。普里什文善于汲取民间语言的养料，熔俄罗斯语言的简洁、醇厚、明快、准确和音乐美于一炉，极大地扩展了他语言的表现力和感染力。普里什文丰富的创作实践也得益于鲜活的民间文学语言的艺术熏陶和感染力："我是这么干起这一行的，身无分文，就前往白海运河现在流经的地方搜集童话。我想都没有去想，有了这些童话我会有什么好处。那时候，作家已经开始失去与人民的联系，他们更多的是从书本而不是从口头采集词语，而我认为，俄罗斯人民的语汇宝藏更多的是蕴涵在口头语言中，而非书面语。我还这么想，有韵味儿的词不是书本里的词，而是自己亲自从人民口里听到的词儿"②。他还说："那里的各民族人民吮吸民间文学、口头语词的乳汁，那里的民间口头文学准是要变成文学的事业，精神生活要转化为物质的生活。以前，检验文学就像检验夹缝中往上挤的一棵树一样：越高越好；现在检验她，就如同检验林边的一片树林，以横向延展的宽度来衡量"③。

普里什文对文学创作的兴趣也始于他对民间文学的兴趣。他当年结识列米佐夫时并没有对艺术性文学抱有多大奢望，他只是徒步漫游来记录民间文学。普里什文也清醒地认识道："从事语言艺术的的确确是有风险的、可怕的、无利可图的，纯粹把它作为一种手艺来干，光为了挣钱是没有意思的"。这就像我国著名作家秦牧所说的："如果忍受不了贫穷，最好不要从事文学事业"，但是，普里什文就像屠格涅夫《门槛》里面所礼赞的坚强的俄罗斯姑娘，即便等待她的是严寒、饥饿、侮辱、流放，

---

① М. Пришвин. Собрание сочинений в 8 Томах. Том 6. С. 6.
② М. М. Пришвин. Собрание сочинений в 8 Томах. Том 5. С. 261.
③ М. М. Пришвин. Собрание сочинений в 8 Томах. Том 7. С. 274；参见米·普里什文《大地的眼睛》，潘安荣译，长江文艺出版社 2005 年版，第 201 页。

甚至是监狱，她依然义无反顾地要越过这道门槛。普里什文说："尽管我是一位晚成的作家，但就自己的遗传血性而言，我不是一个能被阻挡住语言创造行动的人"①。普里什文怀着感激的心情说："列米佐夫以其个性魅力成了我文学中的唯一朋友"②。他在1945年回忆道："列米佐夫对我所记录的民间童话极感兴趣"③。列米佐夫对富有奇妙色彩的童话素材就像对最宝贵的珍宝一样入迷。他本人也承认，在童话、神话、伪经（野史）中他寻找的是"真理和智慧——俄罗斯人民的真理和俄罗斯人民的智慧"。列米佐夫说，童话对他来说不是"强加于身的，而是激情昂扬的、心所向往的"。所以，他"用自己的声音、用俄式的调子"讲述着童话，而且他所讲的童话都是民间文学家所记录的人人皆知的童话。

老舍在《我怎样学习语言》这篇文章中写道："在最近几年中，我无论是写什么，我总希望能够充分地信赖大白话；即使是说明比较高深一点的道理，我也不接二连三地用术语与名词。名词是死的，话是活的，用活的语言说明了道理，是比死名词的堆砌更多一些文艺性的"。"从生活中找语言，语言就有了根；从字面上找语言，语言便成了点缀，不能一针见血地说到根儿上。话跟生活是分不开的。因此，学习语言也和体验生活是分不开的"④。

汪曾祺说："我认为，一个作家要想使自己的作品具有鲜明的民族风格、民族特点，离开学习民间文学是绝对不行的"。民间文学的影响"一是语言的朴素、简洁和明快。民歌和民间故事的语言没有含糊费解的。我的语言当然是书面语言，但包含一定的口头性。如果说我的语言还有一点口语的神情，跟我读过上万篇民间文学作品是有关系的。其次是结构上的平易自然，在叙述方法上致力于内在的节奏感"⑤。他还说："要理

---

① М. Пришвин. Собрание сочинений в 8 Томах. Том 3. М. : "Художественная лите-ратура", 1983. С. 45.

② 季·霍洛托娃：《普里什文的艺术思维：内容·结构·语境》，伊万诺沃国立大学出版社2000年版，第179页。

③ 季·霍洛托娃：《普里什文的艺术思维：内容·结构·语境》，伊万诺夫国立大学出版社2000年版，第169页。М. Пришвин. Собрание сочинений в 8 Томах. Том 3. М. : "Художественная литература", 1983. С. 8.

④ 转引自秦牧《语林采英》，上海文艺出版社1983年版，第81—82页。

⑤ 《汪曾祺文集·散文》卷三，北京师范大学出版社1998年版，第427页。

解一个作家的思想，唯一的途径是语言"。在汪曾祺之前，普里什文早就说出了同样绝对的真理："除了人的语言，自然中不再有语言，这也就是为什么人用自己的词语给自然命名：有勿忘我草，甚至还有蝴蝶花"①。

雨果说，比海洋开阔的是天空，比天空还要广阔的是人的心灵。为什么？"言为心声"，人的心灵里有语言。普里什文在《人的镜子》中写道："整个自然都寓于人的心灵，但自然容纳不下整个人。人掌握了语言成主导之势的那一部分，逾越了自然的界限。如今他们比自然更大，比自然走得更远。只有回首往昔时，人才从自己的这面镜子里看到属于自己的自然"②。

俄罗斯著名作家、文艺理论家科·丘科夫斯基在论述俄罗斯诗人涅克拉索夫善于继承和创新民间文学的精华时写道：

在继承和发展别林斯基的传统的同时，在民间文学里最珍视的首先是要看，哪些要素表达了人民的革命抗议的最强音。他也与"宗法制农民阶级的无风骨"的各种跪拜进行了坚决的斗争。

从这里就可以看出他的作品，尤其是《谁在俄罗斯能过好日子》中酿制民间文学材料的四种方法：

第一，即使是在最维护正统的民间文学文集里，涅克拉索夫都要寻找那些被压抑的、由当时的现实所导致的散见于各个作品的人民的一些不满和愤怒（也就是完全符合革命民主主义思想观点的那些民间文学的要素），他几乎不做任何改动，就直接把他们原封不动地移植到自己的长诗里。

第二，他选取的民间文学文本，常常在粉饰和加甜现实的时候，把现实中的事实弄得面目全非，让人毛骨悚然，他要么把这些文本加以改变，变得让他们能够逼真地反映现实，要么就用与他们相反的事实加以驳斥。

第三，他撷取那些乍眼一看是中性的民间文学形象，因为这些形象

---

① М. М. Пришвин. Собрание сочинений в 8 томах. Том 7. С. 432；参见米·普里什文《大地的眼睛》，潘安荣译，长江文艺出版社 2005 年版，第 357 页，笔者对译文有改动。

② 米·普里什文：《大地的眼睛》，潘安荣译，长江文艺出版社 2005 年版，第 356 页。

里面找不到对现实所做的明确的阶级评价，他对这些形象做了变形加工，让他们能够服务于革命斗争的目的。

第四，他依靠的不是民间文学的皮毛，而是吸收民间文学的精神、弘扬他的风貌，自己创造一些对现有的陈规充满仇恨并呼吁采取革命行动的歌曲（如《赤贫的流浪者之歌》《谈两个大罪人》）。①

从语言艺术家对语言的赞美中也可以欣赏到普里什文语体创新的一些鲜明特点。

一 对民谣的吸收和使用

普里什文语体创新的第一个鲜明特点是：大量吸收民间歌谣、传说、壮士歌、童话等。民间歌谣是普里什文一贯极为关注的对象。早在1904年，他就受翁丘科夫②委派前往北方开始收集民谣。

民间歌谣又是普里什文一生的最爱之一。在《鸟儿不惊的地方》中引用歌谣有十五处之多。短短几句，语言通俗可爱，含义浅近直白，给文章生色不少。在《跟随魔球走远方》《亚当和夏娃》《大自然的日历》《恶老头的锁链》《仙鹤的故乡》《大地的眼睛》等多部作品中都有民间文学因素的酌量适度渗透。民间歌谣产生于劳动人民的生活中，没有经过刻意的文饰和加工，有一种天然的野趣，这才是原始意义上的民族文学。

普里什文的研究专家 Ю. 索巴列夫在评价《跟随魔球走远方》时指出：普里什文的"语言不是假的民间口音，而是真正活的言语，富有弹性，形象奇妙无比"③。维霍采夫指出："普里什文从民间的艺术文化中所

---

① К. Чуко́вский. Собрание сочине́ний в шести томах. Том 4. Москва. Издательство "Худо́жественная литература", 1966 г. С. 457 – 458.

② Н. Е. Ончуков（1872 – 1942），собиратель и исследователь фолькло́ра, этнографии, языков, диалектов народов русского севера, Урала и Сибири.

③ Валерия Николаевна Чембай:《Структурно-функциона́льное своеобразие метафоры в произведениях М. Пришвина》. диссертация кандидата филологических наук. Днепропетровск, 1978. С. 21.

吸取的不是外围的形式，不是修辞手段，而是一种鲜活的和永恒的东西，借此，就把民间艺术文化的创造者与整个人类合拢在一起了。普里什文作为一名艺术家，也以此为基础，找到了自己的'生命之根'，找到了自己的'创作行为'的主线，他也因此而成为俄罗斯文学中民间哲理思潮的最伟大的代表"①。

在思考普里什文艺术世界的民间文学因素时需要有历史的态度，顾及普里什文的创作发展史。必须指出，民间文学是一种艺术环境，正是这种环境成就了将成为作家的普里什文。在普里什文看来，民间文学就是一种创作行为："俄罗斯古典文学之所以横空于世界文学之林，就是因为它拥有我们的人民称之为真理的东西，这就是我们的民间文化自古以来所吮吸不断的乳汁，也就是在我暂时还找不到一个恰当的词儿的时候，把这权且叫做创作行为"②。正像俄罗斯著名作家陀思妥耶夫斯基所说的"我们大家都是果戈理的《外套》孕育出来的"一样，普里什文也不止一次强调，他就是从民间文学中出来的："我的词语都是通过人民的口又从他们的手拿来的。我本人只是学会好好地记，并把这个词儿用到自己的言谈中"就行了。

十月革命前创作的所有很有分量的作品，如《鸟儿不惊的地方》《跟随魔球走远方》《亚当和夏娃》《黑黝黝的阿拉伯人》等，都是在寻找人民的俄罗斯之根。高尔基把这些作品称为长诗，而在高尔基与普里什文交往的过程中，普里什文本人却更乐意把这些作品称为随笔。在那些年代，照普里什文的说法，"一些作家已经开始失去与人民的联系"，他渴望与人民融为一体就显得更为重要了，而一位艺术家认识祖国、确定自己的使命，这条道路是多么艰难同时又是充满多少乐趣，普里什文在自传体随笔小说《恶老头的锁链》中对此详细地做了叙述。还在童年时代他就从农人的口中听说过童话和神话，听说在什么地方有一些富饶的土地——金山国和白水国，在某个地方有农人自古相沿的梦想。再后来，当他观察农村的生活是在寻找梦寐以求的乐土，在他漫游西伯利亚和其

---

① Пришвин и современность. Под редакцией П. С. Выходцева. М.: Изд. "Современник", 1978. С. 302.

② М. М. Пришвин. Собрание сочинений в 8 томах. Том 5. С. 419.

他地方之后，普里什文明白了一点，农人们对乐土的渴望就是因为缺土少地而引起的。受此渴望感染，在童年还把寻找乐土当作童话来听的普里什文，自己也开始寻找"蔚蓝色"的国度、"自己心中的非洲"。

这样一来，人民的生活、他的幻想和诗歌就成了他寻找"自己心中的祖国"的起因，祖国是他在寻找自我定位的过程中的精神支柱。无怪乎当著名的民族志学家和民间文学家翁丘科夫刚一给他提及可以去北方采风，他便欣喜若狂地应承了下来，为真能一睹北方人民的鲜活生活而快慰。为了更好地了解人民的生活，他决然抛弃了一位崭露头角的青年农学家已经拥有的学术头衔。

在那片"鸟儿不惊"的神奇大地上，普里什文看到了贫穷困顿、因循守旧、社会不公，但让他更惊讶的是，正是在这些地方，人民的性格是那样的完整、劳动者脸上露出的信任是那么真诚、美的情感是那么浓烈、对自由的新生活的信念是那么执着。普里什文把自己看作一位心灵的诗人，他与那些民间诗歌的创造者找到了心灵上的契合点，从他们身上学会了乐观地看待未来。在他看来，那些"俄罗斯人去遥远的地方、跑到远离自己生养故乡几千里地之外、在某个金山国寻找新生活"，这就是寻找精神和肉体的祖国，他把这当作最高的幸福。"我的乡土情感来源于我通过母亲从俄罗斯人民身上继承的言语，这份遗产就是我的故乡。乡土情感是解释不清的，我们把它与母爱之情联结在一起，故乡——这是我的母亲，而我对我的事业（文集）的倾心就是我的回乡证。"

普里什文的这一艺术信念、他的创造性行为的准则正好就说明，他的世界观具有深厚的群众基础，同时也揭示了一个秘密，即不得不承认，他就是民间文学孕育出来的[①]。

鉴于此，在研究普里什文的创作时就不能不考虑他对民间文学—民族志学的注意、对民间文学的炙热兴趣和抑制不住的多方面的收集采风活动。民间文学是他用来对人民的道德和社会经验进行艺术表现的源头，而民族志学又让他在变化中的人民的历史生活进程中不断地对这一经验

[①] Михаил Пришвин: Актуальные вопросы изучения творческого наследия. Матриалы международной научной конференциии, посвящённой 130 - летию со дня рождения писателя. Выпуск 1. М. : 1978. C. 91.

进行认证。他的旅途见闻随笔,从早期的《鸟儿不惊的地方》到《跟随魔球走远方》就是在民间文学—民族志学交织的基础上而写成的。在北方采风后写成的随笔中,普里什文展示了维戈边区的大自然、日常生活和风俗习惯,他写得既细腻又有诗意,同时还深刻而准确,因为作为一位民族志学家,他一直铭记俄国文学评论家 Н. А. 杜勃罗留波夫的著名呼吁:"任何一位记录和收集民间诗歌作品的人,如果他不是仅仅局限于简单地记录童话的字面和歌曲的歌词,而是传达整个氛围,他用心在这种氛围里听到的这支歌或童话用耳听就悦人耳目,用心听就滋人心灵"①。

在发表于翁丘科夫《北方童话》文集所记录的谈话中,在"民间文学随笔"《鸟儿不惊的地方》中,普里什文是第一位没有局限于只对童话的字面和歌曲的歌词做简单的记录,而是真实地传达"整个氛围,无论是纯于外还是更内于灵的道德气息"的人。因此,我们可以非常准确地说,正是不仅因其善于记录,更因其巧于揭示口传文学的内于灵的道德本质才让普里什文在20世纪初一举成名。

在普里什文的创作刚刚迈出第一步的时期,民间文学不仅是他一直思索的对象,而且对他来说还是一所重要的道德美学学校。倾心于民间文学是因为他的创作和人民一直保持着千丝万缕的联系。

在普里什文所创作的所有作品中,受民间文学影响最大的就是《鸟儿不惊的地方》。这是因为普里什文极为准确地明白了一点,鲜活的民间创作与日常生活、劳动的场面、公众的节庆和家庭的节日具有紧密的联系。《鸟儿不惊的地方》熔铸了相当广泛的民间文学体裁:①有关彼得一世的历史传说;②卡累利阿一带关于造海、造湖、造河的神话;③民间有关天鹅的迷信传说;④关于牧神和他们珍藏的宝物的传说:"马里尼诺传说"和"科伊柯英雄老人";⑤关于希什科(树精)的壮士歌;⑥送葬中的哭别歌(遗孀哭丈夫);⑦结婚的礼仪。

北方人民的文学可真是有年头了,无论是传说,还是歌词。所有这些文学体裁,是俄罗斯人民在回顾自己所走过的道路时,在思考自己在现在的位置时,把这些文学体裁当作维戈边区独一无二的口传编年史来

---

① Цит. по Пришвину и современности. Под редакцией П. С. Выходцева. М.: Изд. "Современник", 1978. С. 302.

接纳的。这些口头流传的文学在北方是家喻户晓的。所以，在普里什文的随笔中，传说的大量出现就不是偶然的了。例如，在"从彼得堡到波维涅茨"一章中我们读道："这时，人们打开了有关彼得大帝当年完成大业方面的话匣。人们遥指着涅瓦河上半干枯的树木说，这是'红松树'。彼得大帝当年曾经爬上其中的一棵树，从那里观察战斗……而这是拉多加湖，运河的源头正是由此开始。当时有人说，彼得大帝用这条运河整治不驯顺的湖……"①

《鸟儿不惊的地方》还插入不少历史记录从而把笔触伸向过去。普里什文用此主要是比较现在和过去。随笔的主人公叙述人为自己发现了民间生活的一方美丽的世界和原生自然的天地而开心。普里什文所描写的人是亲近自然的人，他们如此欣喜若狂地亲近自然，实际上就延伸了大自然。随笔中的童话讲述人、歌手都是特殊材料制成的人，他们手里都有一把撒手锏式的秘密。他们拥有深邃的睿智，是人民哲思的体现者。比方说，"壮士歌歌手"中著名的故事讲述人利亚比努什卡和"哭泣女"中的斯捷芭尼达·马克西莫芙娜。普里什文很爱惜壮士歌，他不愿喧宾夺主，不愿把自己明显地介入壮士歌，而是力求把壮士歌的原汁原味递给读者。在描写与伊万·利亚比宁的会晤时，他很明确地表示，故事讲述人是要力图保存父辈从自己的老师那里传承下来的演唱壮士歌的传统："从前在俄罗斯的大地上住着一些很棒的、力大无比的大力士"。这是真的或不是真的，但只有古老的北方人民唱着他们的古风，也相信他们是真的，并要把自己的信仰一代一代地传下去。

普里什文是一位忠实于祖辈传统的艺术家，一旦他忠实传统出现于我们眼前，他就极为令人信服：

老人越来越深地沉浸在过去的时代里，那过去的时代就越让他感到亲切：父辈、祖父辈、达尼洛夫修道院的苦行者、索洛维茨基的受难者、神圣的长老，而尤其是在最灰暗的久远的时代居住过一些极好的力大无比的大力士。

"这是一些什么样的大力士？"——我问。

---

① 米·普里什文：《鸟儿不惊的地方》，冯华英译，长江文艺出版社2005年版，第8页。

"你听我说，我给你唱一首关于他们的老歌"，老人应道。

他把钩子穿进梁上的套子，唱了起来：

"在一座名叫基辅的城市里，

"有一位名叫弗拉基米尔的和蔼大公……"

很难讲述我第一次在这种情形下听到壮士歌时的心情，以及我在当时所联想到的事情：在某个岛屿的岸上，在一棵松树的对面，这位讲故事的老人在这棵松树下开始了自己的生活。一时间，你就像进入了一个神话世界，在广阔无垠的平原上，勇士们平静安详地奔跑着……

理智的人夸耀金币，

疯狂的人夸耀年轻的娇妻。

哭泣女斯捷芭尼达·马克西莫芙娜的创作也充满了用语言难以形容的力量，她是卡累利阿岛上一位奇妙无比的人。口头的言语（哭词）进入作者的字面是因为普里什文对人的个性饱含极大的兴趣，因为他渴望更深入地潜入哭泣女的内心情感和感受世界。因为自我表现（这是普里什文从斯捷芭尼达·马克西莫芙娜所记录的哭泣的主要本质）是"随笔的心灵声音"。

"……要是我知道，平时的哀歌也能够唤起如此沉重的感情，那么，我肯定不会请马克西莫芙娜当众唱哀歌了。可是，她现在还唱啊唱啊……

"听到遗孀向已故的丈夫的哭诉后，我明白了，诗节里短暂的停顿更能唤起忧伤的感情。唱了几句后，马克西莫芙娜停顿了一下，呜咽了一会儿，又继续唱起来。不用说，歌词的意义很多。"[①]

哭泣声不断，哭词也就加进了即兴的成分。在这里听到的与其说是一种体裁，还不如说是一种文体构成的套语。也正是这些即兴的成分给文字一种语流的确定倾向，给文字在语调的表达上时而感叹、时而呼吁和请求，时而表达一种意愿，这些近乎口无遮栏的即兴成分又给人一种口语的语调，让人觉得所发生的事情稍纵即逝。

"斯捷芭尼达·马克西莫芙娜的哭词"是民间诗歌最好的典范，在这

---

① 米·普里什文：《鸟儿不惊的地方》，冯华英译，长江文艺出版社2005年版，第33页。

里引用一段遗孀的哭诉歌：

就像不幸降临白色椭圆形铺子一样，
不幸也突然落到我亲切可爱的家园，
落到亲爱的结发人和一家之主头上，
我的亲切的、可爱的家啊，请听我讲，
就在这刚刚黎明的早晨，
我的火热的心在寒冷中饮泣，
突然一只雏鸟飞到我跟前，
在陡峭、细长的树顶盘桓：
"可怜的无家可归的孤儿寡妇，
你怎么整天卧床不起？
是不是遭受了极大的不幸？
你看，在绿色的葡萄园里，
有编织好的温暖小巢，
有砌好的温暖的炉灶，
有明亮的雕花窗子，
有白色橡树桌子，
镀锡茶炊里的水已经煮开，
陶瓷杯里已经倒满开水，
亲爱的家人正在把你等待。"
多么可恶的雏鸟啊！
它居然把我这个可怜的寡妇欺骗，
全然不顾我的痛苦和悲伤。
它说在那已故人儿的坟墓边，
已建筑起一座精美的木制楼房，
弯曲的白桦树已经长起来了，
可是我的结发人已经等不到我了，
看来，我最大的愿望已经落空……

不管无家可归的孤儿寡妇怎么想，

条条小溪依旧飞快地奔流,
这些涓涓细流在往前奔涌,
和宽阔大湖一样涌向前头,
白色的小冰块也在随波逐流。
我找到一条寻常可见的小道,
沿着小道攀上那高山峻岭,
我在奔向我那已故的亲人,
哪怕细细的枝叶紧紧地缠着我,
哪怕粒粒黄沙要迷住我的眼睛,
让新修的木板棺材裂开吧,
把白色的盖尸布掀起来吧,
让我看看我深深爱着的亲人!
你就跟我说一句悄悄话吧,
我的晶莹剔透的蓝宝石般的亲人,
你跟我说说话来排解我的忧愁吧!
尽管冬天的黑夜就要来临,
我要来看那些亲爱的孩子,
用貂皮的被子包裹他们。
当我看到这成群的孩子,
巨大的悲痛更加深了我的烦恼,
我看着这明亮的雕花窗棂,
就像看着隆隆响的高高山岭,
啊,我的亲人再也不会回来了,
我将如此孤独地度过我的青春,
这样的时候是不会过去的啊,
在痛苦的流泪中度过我的青春。①

---

① 米·普里什文:《鸟儿不惊的地方》,冯华英译,长江文艺出版社 2005 年版,第 34—35 页。

今天的读者能够亲眼看见《鸟儿不惊的地方》，特别让我们这些异国他乡难以涉足遥远俄罗斯北方的东方读者感到珍贵的是，普里什文给我们及时记录下并抢救了正在逝去的有些甚至是已经永远消失的方言字眼、民间的老话，这些字眼和老话传达的正是俄罗斯北方那独一无二的生活情调。如 гугай（фили 雕鸮）、визильник（клевер 三叶草，车轴草）、большой ердань（прорубь 冰窟窿）、мень（налим 江鳕）、старина и досюльщина（былина 方言，俄罗斯民间歌颂壮士的壮士歌，民间流传的传说）、пожни（сенокосные места 割草场）等①。

二 对谚语、俗语的吸收和使用

普里什文作品里能体现民间文学的第二个鲜明特点就是对民间谚语和俗语的吸收使用。每一个民族的语言文字，都存在自己民族所特有的一批谚语和俗语。历史越是悠久的民族，这样的词语也就越多。恰如其分、淳朴自然地穿插运用谚语和俗语，就可以增添作品的独特民族风格。请看：

（1）Это так характерно, что крестьяне часто говорят, например: "У меня поле в девять ровниц."（这个特点是如此明显，以至于农民们经常谈论它时就说，比方，我的庄稼田是由九堆粗砂堆成的)②；

（2）О парне часто скажут так: "Был конь, да заезжен, был молодец, да подержан."（形容小伙子，常常是这么说："是好马，就遛一遛，是棒小子，就顶上去用一用"）③；

---

① Михаил Пришвин: Актуальные вопросы изучения творческого наследия. Материалы международной научной конференциии, посвящённой 129 - летию со дня рождения писателя. Выпуск 1. Елец.：2002. С. 94.

② М. М. Пришвин. Собрание сочинений в 8 томах. Том 1. С. 110；参见米·普里什文《鸟儿不惊的地方》，冯华英译，长江文艺出版社 2005 年版，第 64 页；См. также. Михаил Пришвин: Актуальные вопросы изучения творческого наследия. Мате риалы международной научной конференциии, посвящённой 129 - летию со дня рождения писателя. Выпуск 1. Елец.：2002. С. 94.

③ См. Михаил Пришвин: Актуальные вопросы изучения творческого наследия. Материалы международо дной научной конференциии, посвящённой 129 - летию со дня рождения писателя. Выпуск 1. Елец.：2002. С. 94.

（3）Время ранней утренней охоты называют так:"Черт в зорю не бьёт."（人们把清晨出去打猎常常说成"趁鬼还没有起来，一大清早好打猎"）①；

（4）А о крестьянке-вдове говорят:"Всякие жёны есть, —сказала она, хоть по мужу-то и порáто повопить, а по деточкам по желанию. Родна матушка плачет до гробовой доски, до могилушки. А молода жена до нова мужа. А родимая сестра плачет, как роса на траве."（人们说起农家的遗孀，常常这么说："世上什么样的妻子都有。所有的妻子哭丈夫的时候，都是竭尽全力来哭，而哭孩子的时候，却是用心来哭的。亲生母哭孩子的时候，一直要哭到棺材边，哭到坟墓旁。而新娘哭丈夫一直哭到再嫁新丈夫。亲生姊妹哭起兄弟来，就像草上的露珠一样，依依不舍"）②。

普里什文对民间谚语和俗语的收集采风取得了丰硕的成果。他的成果来之不易，这是他辛苦地小心踩着小石头、在篝火旁与猎人和渔夫野外宿营、有时是在靠无烟囱炉灶取暖的农村木房里借宿，与当地各种职业的人在透亮的白夜彻夜长谈的结果。

对普里什文来说，民间俗语、谚语不只是起一个修饰作用，俗语和谚语也不是他所追求的目的本身，但却总是与揭示人民的沉思和情感极为紧密地联结在一起。《鸟儿不惊的地方》这部随笔为我们坦露了普里什文本人最隐秘的思想，展示了他对善良、正义、真理的信念、对生活那种独特的爱、对世界和人的美的崇敬。

普里什文在采风后随身给我们带来了北方自然、日常生活和当地土著土语的鲜活感受，他把壮士歌、哭诉歌、传说和神话与文学交织，他不是作为一个故事讲述人重新讲述、作为歌手再唱一遍，而是让故事讲

---

① См. Михаил Пришвин: Актуальные вопросы изучения творческого наследия. Материалы международной научной конференциии, посвящённой 129 - летию со дня рождения писателя. Выпуск1. Елец. : 2002. С. 95.

② М. М. Пришвин. Собрание сочинений в 8 Томах. Том 1. С. 89；参见米·普里什文《鸟儿不惊的地方》，冯华英译，长江文艺出版社 2005 年版，第 45 页；См. также. Михаил Пришвин: Актуальные вопросы изучения творческого наследия. Материалы междуна родной научной конференциии, посвящённой 129 - летию со дня рождения писате ля. Выпуск 1. Елец. : 2002. С. 95.

述人、让歌手在自己的纯文学作品中留存升华。

　　普里什文对俗语、谚语的吸收和采用是发展变化的，这也是一个特殊的问题。目前，我的研究仅限于对他早期的随笔《鸟儿不惊的地方》做一些尝试性的分析。尽管杜勃罗留波夫说，"真正的艺术家不能仅仅只局限于对事实做简单的记录"，我们也承认他的呼吁具有千真万确的真理，作为一名有所追求的研究者，我当然不愿仅仅就立足"鸟儿不惊的地方"来分析普里什文在吸收和采用对民间文学的过程中的发展和变化。

　　《鸟儿不惊的地方》在多处引用典型的民间诗歌作品，如"寡妇的哭泣"①；民间歌手的唱词，如"祝福我吧，亲爱的可怜的爸爸妈妈，我就要到那编织好了的温暖之乡去，我就要告别那自由美好的少女时代"②；"睡吧，睡吧，一切如意，在金黄色的草毯里，睡吧，在树皮毯和破皮毯里……"③"哦，友谊，你是生活的点缀，你是来自上苍的至美赐予。你把离别的人重新团聚，你使失望的人与命运和解，你使人们欢笑着面对忧郁……"④用经典文学的优美词句做卷首语："在一条条神秘的小路上，许多人从未见过的野兽在出没"（普希金）⑤。

　　《跟随魔球走远方》中，引用经典文学的优美词句和段落做卷首语，如"不，朋友，我愿去那人们不去的地方，去那大家都不知有人与否，也不知其姓名的地方。永别了！我坐上马车飞奔而去"——拉季谢夫《从彼得堡到莫斯科旅行记》⑥；"神话始于灰色马、始于栗色马、始于神马之类的东西"⑦；"我们将向太阳一样！忘掉是谁领我们走在金色的路上。"——巴利蒙特⑧；引用典型的民间诗歌作品和民间歌手的唱词，如"我挥手告别爷爷，我挥手告别奶奶……"⑨引用但丁《神曲》中的诗：

---

① 米·普里什文：《鸟儿不惊的地方》，冯华英译，长江文艺出版社2005年版，第34—35页。
② 米·普里什文：《鸟儿不惊的地方》，冯华英译，长江文艺出版社2005年版，第40页。
③ 米·普里什文：《鸟儿不惊的地方》，冯华英译，长江文艺出版社2005年版，第68页。
④ 米·普里什文：《鸟儿不惊的地方》，冯华英译，长江文艺出版社2005年版，第114页。
⑤ 米·普里什文：《鸟儿不惊的地方》，冯华英译，长江文艺出版社2005年版，第72页。
⑥ 米·普里什文：《鸟儿不惊的地方》，冯华英译，长江文艺出版社2005年版，第129页。
⑦ 米·普里什文：《鸟儿不惊的地方》，冯华英译，长江文艺出版社2005年版，第133页。
⑧ 米·普里什文：《鸟儿不惊的地方》，冯华英译，长江文艺出版社2005年版，第156页。
⑨ 米·普里什文：《鸟儿不惊的地方》，冯华英译，长江文艺出版社2005年版，第136页。

"在我人生旅途的中途，在我心情沮丧的时刻，我误入了一片原始森林"①；引用《奥德赛》中的诗，如："我敢说，没有什么比大海更强大而有害。它足以摧毁城堡和最勇敢的男子汉"②。

《大自然的日历》中引用典型的民间诗歌作品，如"我的两眼像小雪橇，在山路上滴溜溜转，我的两眼深棕色，人人见了都爱怜"③；"我荡双桨把船儿划，船下是流水翻绿波，我的亲亲身穿白衣衫，衣衫里是……一个炒菜锅"④；"山上罂粟花，山下罂粟花，罂粟花呀罂粟花，美丽的好姑娘，快快站好队吧！"⑤

《叶芹草》中使用饱含意味的卷首语，如"在荒野里，人们只是沉浸在自己的思绪中；人们怕待在荒野里，就是因为怕独自静处"⑥；"对我来说，路标跟前的险路不是分叉了，而是汇合起来了。我庆幸遇到了这根路标，在岔路口回想自己险些遭难，然后就顺着唯一可靠的道路返家"⑦；"痛苦在一颗心中越积越多，就会在晴朗的一天像干草一样燃烧起来，放出一团无比欢乐的烈焰而统统燃尽"⑧。

《林中水滴》里的卷首语："一年四季千变万化，其实除了春、夏、秋、冬以外，世界上再没有比这更准确的分法了"⑨。

《大地的眼睛》中的谚语、俗语、格言和警句很多，整体上都犹如散文诗般畅达；就是日记，也有大量的丰富多彩的民间文学的底蕴。这么丰厚的民间文学宝藏蕴涵于他的作品，是一份很珍贵的遗产，对这一宝藏的更为扎实和纵深的挖掘、分析和研究还有待于我将来一旦冲破人为的羁绊之后再做进一步的努力和钻研。

---

① 米·普里什文：《鸟儿不惊的地方》，冯华英译，长江文艺出版社 2005 年版，第 225 页。
② 米·普里什文：《鸟儿不惊的地方》，冯华英译，长江文艺出版社 2005 年版，第 251 页。
③ 米·普里什文：《大自然的日历》，潘安荣译，长江文艺出版社 2005 年版，第 231 页。
④ 米·普里什文：《大自然的日历》，潘安荣译，长江文艺出版社 2005 年版，第 232 页。
⑤ 米·普里什文：《大自然的日历》，潘安荣译，长江文艺出版社 2005 年版，第 234 页。
⑥ 米·普里什文：《大自然的日历》，潘安荣译，长江文艺出版社 2005 年版，第 347 页。
⑦ 米·普里什文：《大自然的日历》，潘安荣译，长江文艺出版社 2005 年版，第 354 页。
⑧ 米·普里什文：《大自然的日历》，潘安荣译，长江文艺出版社 2005 年版，第 366 页。
⑨ 米·普里什文：《大自然的日历》，潘安荣译，长江文艺出版社 2005 年版，第 397 页。

三　对成语的化用和固定词语群的改造

普里什文作品中语体创新的第三个鲜明特点就表现在对成语的化用和固定词语群的改造。

沈奇说："诗是对语言的改写。'人是语言的存在物'。改写语言，便是改写我们同世界的关系。在这种改写中，艺术世界复归陌生，令人神往！"[①] 我国早在古代，从刘勰开始，历代的理论家、作家对文体中语体这一层就有很多论述。他们或强调文体形成中语体创造的重要，如"为人性僻耽佳句，语不惊人死不休"（杜甫）；或强调语言锤炼的功夫，如"二句三年得，一吟双泪流"（贾岛），"百炼成字，千炼成句"（皮日休），晚唐诸诗人认为诗的语言应"拔天倚地，句句欲活"；或强调语体中炼句的规律，如"我得茶山一转语，文章切忌参死句"（陆游），"须参活句，勿参死句"（严羽）；或强调语体中炼字的本领，如"诗以一字论工拙"（晁补之），"诗句以一字为论工，自然颖异不凡，如灵丹一粒，点铁成金也"（胡仔）。刘熙载则从更高的高度指出："文家皆知炼句炼字，然单炼字句则易，对篇章而炼字句则难，字句能与篇章映照，始为文中藏眼，不然，乃修养家所谓瞎炼也"。从中国古代的文体论中可以看出，作家在创造文体时，都不是着眼于个别词语，而着眼于整体语言秩序所描绘的情景交融、声情并茂的境界，这样就能做到浅语皆有味，淡语皆有致。俄国形式主义学派就是利用对语言的陌生化，强调语体对普通语言的偏离，进而获得新奇的艺术效果。普里什文对固定词语群的改形和化用也实现了奇特化，这一奇特问题尽管以前吸引了很多语文学家的注意力，现在仍然还是人们关注的一个重要问题，但成语学家直到现在对这一现象常常还是众说纷纭。

在研究普里什文作品的过程中慢慢就会发现，人们对他作品中的成语还研究不够。目前能看到的就只有费欣科写的一篇论及《普里什文和

[①] 沈奇：《印若居诗话——现代汉诗断想小辑》，转引自《名作欣赏》2007年第5期，第27页。

杜甫仁科语言中成语使用的语体特点》①，还有 Г. Н. 阿布列伊莫娃的《普里什文作品中成语的改造问题》等，但对普里什文成语宝库的透彻分析还没有专著来展开分析和论证。

在研究的过程中，可以观察到这么一个现象：普里什文使用着各种成语单位如，习语、成语搭配组合、谚语、俗语、名言警句、独特的表达方式，所有这些现象他在使用过程中都进行了不同程度的改造，这也就是他的创新之所在。

沈奇说，"用最少的语词改写世界的人，才是最好的诗人"②。改变语词的方向，获取另一种语言的力量③。普里什文对成语所做的改造这一问题比较复杂，我想把他对成语单位（固定的词语群）语义、结构语义上的改造做一些分析。这种改造大致可分为两类：习惯的（语言的、泛语言的）和偶然出现的（言语中的、作者个性化私语）两种。

从语义的变化来看，普里什文的作品中对成语所做的改造，首先是字面意义的变化。例如：

（1）看来，她一辈子所渴望的就是与灾祸进行殊死搏斗，可灾祸还是临头。祸已临头——那就破罐子破摔（Пришла беда—отворóйворóта）。万尼亚夭折啦，那美人儿连一小滴泪都舍不得流，她把痛苦让进了门，她自己却横下一条心，走出栅栏外挺身面对它（《我们时代的故事》）。

（2）水滴一滴一滴地落在石头上，清爽地说："这是我"。石头又大又硬，也许它还要在这儿横躺上千年，水滴却仅仅活一瞬间，这一瞬间，不过是痛感无能为力而已，然而"水滴石穿"（Кáпля долбит камень）的道理却是千古不变，那许多的"我"汇合成了"我们"，冲力之猛，不

---

① В. Г. Фещенко: Стилистические особенности использования фразеологизмов в языке М. М. Пришвина и А. П. Довженко//Русский язык в его связях с украинскими и другими славянскими языками. Симферополь, 1973. С. 178 – 182 . Цит. по книге 《 М. Пришвин: актуальные вопросы изучения творческого наследия. Материалы международной научной конференции, посвящённой 130 – летию со дня рождения писателя. Выпуск 2. С. 67.

② 沈奇：《印若居诗话——现代汉诗断想小辑》，转引自《名作欣赏》2007 年第 5 期，第 28 页。

③ 沈奇：《印若居诗话——现代汉诗断想小辑》，转引自《名作欣赏》2007 年第 5 期，第 30 页。

仅能滴穿石头，有时还合成滚滚急流，竟然把石头能卷走①（《叶芹草》）。

在以上所举的两个例子中，体现成语形象基础的成语单位的意义由于全面刨根问底和进一步解释而变得更加醒目，这是我在与所引的短语相关的上下文语境中所直接发现的。

结构语义上的改造是指通过扩展或简化成语单位、用一个词或词组置换成语单位中的成分，以及把成语中的成分进行间距的重新部署等方法而实现的。

改造的一种类型是增加成语单位成分的数量，亦即给业已成型的固定成语注入新词。关于成语组成成分在言语上的扩展有以下一些例子：

（1）你干嘛把鼻子翘得比树还高，撒泡尿照照你自己，看你是个啥玩意儿？（Что ты нос выше леса задрал, оглянись на себя, кто ты есть。）（《Никон Староколенный》《尼康·斯塔尔科列内依》）

（2）我们说，是当兵的，就保不住是要挨子弹的，我们也说，世界上既没有巫师，也没有鬼，也没有狐狸精弄的迷魂药，战争中会发生什么，谁都在劫难逃。（Мы говорим, что от пули нет у солдата защиты, что нет на свете ни колдунов, ни бесов, ни зелья-снадобья, и чему быть на войне—того не миновать.）（《Повесть нашего времени》《我们时代的故事》）

（3）这么说来，玛丽娅·伊万诺夫娜亲自向贵族、商人、市民，甚至还有庄稼汉试探着打听一下，她的观点是，奢谈宪法实在是与生活没有任何关系，只是在吃饭的时候总是会引起热烈的争论。（Так, закидывая свою удочку у дворян, у купцов, мещан и даже крестьян, Мария Ивановна заключила, что разговоры о конституции собственно к жизни не имеют никакого отношения, но за столом вызывают всегда инересные споры.）（《恶老头的锁链》）

在这三段里分别使用了成语单位"翘鼻子"（нос задрать）、"在劫难逃"（чему быть—того не миновать）、"试探打听"（закидывть

---

① М. М. Пришвин. Собрание сочинений в 8 томах. Том 5. С. 13；参见米·普里什文《叶芹草》，收录在《大自然的日历》，长江文艺出版社2005年版，第354页。

удочку)、"鼻子翘得比树高"（нос выше леса задрал）、"在战场上在劫难逃"（чему быть на войне——того не миновать）、"亲自试探打听"（закидывать свою удочку）在某种程度上是用来加强成语单位的成分意义，但我认为，这不是惯常的用法，也不是必不可少的，它们的出现是作者个性化的表现。也就是说，在这种情况下，表现出来的是作者对成语单位的组成部分所做的个性化扩展。

成语学家 В. Т. 邦达连柯指出，在固定的短语成分中出现新的成分，结果是提高了"词语含义的弦外之音、在听觉效果上加强了表现力"。这种数量上的增加常常是带有游戏性质，其效果就是靠同音异义词或一词多义的双关戏谑俏皮话而达到的。如"你还应该知道，宁静才能致远，远到你所要去的地方。懂吗？"（《恶老头的锁链》）我们看到，谚语"宁静致远"——远到你所要去的地方（от того места, куда éдешь）——这是习惯说法。

在普里什文的作品中，常常采用缩减成语单位组成成分的方法。普里什文如此创新，是因为他用这些成语直接传递信息外，他下笔力求简洁、精练，其语句往往蕴涵着深厚的文化背景，浓缩着某种"信息"，他也深信"我的朋友"只要积极调动自己的知识储备、阅读经验、人生体验，参与进来，在联想、体味、思考中，破译其中省略的"信息"，即可领悟其中含义。在大多数情况下，缩减成语单位组成成分的时候，保留了成语单位原来的意义内容，只不过其表现力不那么强烈，形象性不那么鲜明罢了，如：

（1）"当然啦，得知米沙毕业时很顺利，很高兴，但要是说他真的能成为工程师，却不敢相信。'他呀，是早上的事，到中午就没有准了，人还没有到这儿呢，就想出馊主意了'，她说。"（《恶老头的锁链》）试比较成语"朝令夕改"（семь пятниц на неделе）。

（2）来了一个人，他就像一张白纸，他既坦坦荡荡，也不耍奸使滑，你跟他一见面就熟起来，仿佛在这儿一瞬间就有了多年的交情（отвечать за весь пуд соли），而过一会儿，他就很踏实地躺在你身边，再来一个新人，你跟他转眼间又交好起来，他又成了你的朋友，仿佛多年来一起吃着一个锅里的饭（пуд соли）。然后他离开的时候，就像老朋友一样与你告别。（《我们时代的故事》）试比较成语"пуд соли съесть"（同……长期相处）。

　　在以上所举的两个例子中，对固定词语成分"пуд соли съесть"（同……长期相处）的改造（一处改为 отвечать за весь пуд соли，另一处改为 пуд соли）纯属作者个性化的更新，是言谈中的一种省略。

　　成语单位的简化语言形式"滚圆的公羊摇头晃脑"是在以下语境中呈现的："两个人冲到了河边。有一个揪住耳朵，蹦蹦跳跳，像一头滚圆的大绵羊，来来回回摇晃着脑袋"（《恶老头的锁链》）。在利佩茨克州等地区居民的民间口语中"像头大滚圆的大绵羊"（как круговая овца）这种简化的形式比完整的形式"像一头滚圆的大山羊，来来回回摇晃着脑袋"（как круговой баран головой вертишь）用得要更广一些。

　　语言的成语单位具有省略和对其中的成分进行间距的再部署："从一开始的那些日子，和辅祭间逗乐滑稽的争执就起来了，一旦他们一扎堆儿，常常就是热火朝天，不可开交，就像是要抖落旧的内长衣一样"。试比较"狗咬狗一嘴毛"（пух да перья летят）。

　　在成语单位的改造中，最为常见的一种方法是用词语或词组置换成语的成分。动词、名词、形容词、代词、语气词、前置词、副词都可以承担起置换的成分。普里什文在置换的过程中，绝大多数情况下是对动词和名词的位置进行置换。

　　置换语言词汇的例子：

　　（1）"还有一位乌克兰人，是个很棒的小伙子，有点懒散，可肌肉很发达（развитой），对政治是熟透了，在这方面只要他一张嘴，别人就都不敢说什么了。"（《恶老头的锁链》）试比较成语"заткнуть рот"（使……住口，不让……说话）。

　　（2）只要心血一来潮（и как заберёт это себе в го́лову），说什么世界快到末日啦，因此，马上就得答应，对她来说，世界末日马上也就该到。（《国家大道》）试比较成语"взбрело в го́лову"（口语，贬，突然想到，忽然产生（某种念头），心血来潮）。

　　（3）"我也是这么想，要去讨饭吃（с то́рбой пойду），可上帝赐给这么多面包，明天也会有：有一天光阴，就有一天会有吃的。"（《尼康·斯塔尔科列内依》）试比较成语"ходить с сумо́й"（行乞，讨饭），"ни́щенствовать"（穷得叮当响），"побира́ться"（当叫花子）。

还可以举一些例子来说明言语中（作者个性化）替换的情况：

（1）"我现在完全相信，就像你所讲的，整个这个可爱的生活，都落到了的叶卡捷琳娜·谢苗诺芙娜的背上（ложится на спину Екатеирины Семёновны），一头呐，轻如鸿毛，另一头呢，负债累累。日子真是过得上顿不接下顿的。"（《恶老头的锁链》）试比较成语"ложиться на плечи"（肩负重担）。

（2）"不，浪荡的孩子们（блу́дные дети）背井离乡离开亲娘的暖巢，没有什么错，这不叫背叛，对移情这事不能责备任何人。"（《恶老头的锁链》）试比较成语"блу́дный сын"（浪子）。

（3）"玩笑开得不成功。辅祭是话到唇边咽了下去（прикусил дьякон губу）。神甫把话题引到这儿，引到那儿，争论在这一天也没有争起来，客人们都闷闷不乐地四散回家去了。"（《尼康·斯塔尔科列内依》）试比较成语"прикусить язык"（话到嘴边咽了下去）。

（4）"我还看出了自己的另一个错误，最主要的错误，就是在爱人的幌子下想的只是自个儿，把自己心中利欲翻滚（буря в стакане эгоисти́ческой души）所掀起的那一丁点儿风波还当成惊动世界的事件……"（《恶老头的锁链》）试比较成语"буря в стакане воды"（杯水风波）。

（5）"账簿的价值不是用公家的秤来称，也不能用公家的尺来量（мерить не казённым аршином）。"（《恶老头的锁链》）试比较成语"мерить на свой аршин"（拿自己的标准去衡量）；"мерить на один аршин"（一律看待，等量齐观）。

我们看到，在第五个例子中，表现出来的是句子的变形"мерить на аршин какой；меряна аршином каким"（用……尺子来衡量）。

普里什文在这些句子里对词语进行错位，是出于表情达意的需要、加强成语的意义成分的需要来突出改造的，例如："'妈妈，别担心。我的未婚妻你差不多会看上眼的：她在斯莫尔尼女子学院念的书，现在索尔邦大学历史系也快毕业了。你眼睛尖，错不了'，——阿尔帕托夫笑着说道。"（《恶老头的锁链》）试比较成语"Губа не дура"（口味高，识货，会给自己挑好的），普里什文改写为"Не дура губа"（会挑好的）。

普里什文对固定词语群的改造，导致形成具有作者个性化的成语单位。有以下一些类型：①改变固定词语群的范畴意义；②把成语单位嵌入比较短语；③固定词语词组交感错合；④按照语言单位的模式构成的成语单位。

在作者个性化的成语单位中："как та́нец от печки"（从头开始）呈现两种改造的情况：改变范畴意义和把成语单位嵌入比较短语："他在恐惧中发现，他的思想、疼痛、就连进入视野的所有外面的情景，还有那新涌现出的自己的愧疚感，在他的身边萦绕了一圈，都一起涌上来在灶台上晃动，就像一切都得从头开始，这台一动不动的灶台成了这幻景的基点。"（《恶老头的锁链》）试比较成语"Танцева́ть от печки"（从头开始，具有讽刺的色彩）。

还有一种情况就是成语的交感错合，这种情况相对少见，即把它们融凝为一个整体。如词语词组"задеть за живое, задеть струну́"可以举下列例子来证明其交感错合："玛丽娅·伊万诺芙娜开始埋怨利季娅，甚至就为一片面包的事都要责难她……是呀，她就是在自己痛苦不堪的时候也要踩着别人的神经（задеть живую струну́）。"（《恶老头的锁链》）可以看到，在这个成语中，本来有两种表达方式"задеть за живое"（触及疼处）和"задеть струну́"（触及敏感的疼处），普里什文巧妙地从其中各取一半，糅合的基础是用了同一个动词成分（задеть），作者在把成语单位"живая"和"струна"交感错合的过程中，采用的还是作者个性化的改造，一改而出神入化，没有超越大的范围而达到奇特化和陌生化的效果。

成语改造还有一种方法，这种方法使以阻断的形式利用成语中固定搭配的个别成分，这接近于省略，但又不等于省略。成语的省略，其基本的固定词组在很多情况下是因为它的结构形式没有改变而显得出来，而"以阻断的形式利用成语单位的个别成分"这种方法实际上彻底拆散了短语的词汇、语法结构，把这个短语的个别组成部分消融在作品或窄或宽的上下文语境里。就其本质来说，拆散成语实际上是用它减弱个别相关的特征，如固定的意义和人所皆知的部位。在确定的上下文，成语有可能发生如此大的改变，以致可能变成一般的文学联想。在这种情况下，个别的组成部分既有某个短语的形式，又是这个短语的意义。从这个意义上说，成语里的隐喻是修辞手法，普里什文积极采用这种手法的目的就是为了表现现实生活的多姿多彩。

可以举以下一些例子来证明普里什文是如何使用拆散成语这个方法的。

（1）滚……"见鬼",——在火头上，辅祭本来想发这个火的，但就在这一刹那，教堂的院子里，一只雄鸡咕咕咕地一唱，他便想起来了，也就改了嘴：看公鸡去！他低声地压低声音说。（Уходи…"К черту", хотел дьякон сгоряча́ сказать, но тут как раз в церковной ограде петух запел, дьякон спохвати́лся и попра́вился: Уходи к петуху! —Тихонько пробасил.）（《尼康·斯塔尔科列内依》）试比较成语"Уходи к чёрту"（见鬼去吧，去你的吧）。

（2）但是，我们的所有痛苦和所有泪水都诉说着一点，真正生活的溪水是如此慢腾腾地冲刷着岩石，仅凭我们一个人的个人经验是不够的，应该把很多生活结合在一起，以便做起事来从一开始就能看到自己的良好结局。（Всё горе и всё слёзы наши, однако, только о том, что ручеек истинной жизни так медленно точит скалу, что опыта одного нашего личного не хватает и надо много жизней связать, чтобы начальное событие могло видеть свой прекрасный конец.）（《我们时代的故事》）试比较成语"Вода камень точит"（水滴石穿）。

（3）但在他看来，最主要的是在于他的信念，只要内心信念尚存，尽管小如芥子，它就能够移山倒海，也让高山能够挪近。（Но самое главное, кажется ему, что он верит: ведь нужно только горчичное зерно веры, чтобы гора сдви́нулась и подошла.）（《恶老头的锁链》）试比较成语"Вера горами дви́жет"（移山倒海；精诚所至，金石为开）。

（4）很不好的一点就是年长的丽达只是自个儿长大的，我呢，总是忙于事务，没有经心照管，现在呢，她的心我就揣摩不透了，隔着她肚皮什么也看不清了。（Вся беда, что Лида старшая и росла как-то совершенно одна, я же, всегда занятая в хозяйстве, упустила, и теперь душа её мне кажется каким-то тёмным омутом: ничего не просвечивает.）（《恶老头的锁链》）试比较成语"Чужая душа потёмки"（人心隔肚皮；知人知面不知心）。

（5）老头两次从高板床上爬下来看窗户外面，是不是该去打谷场了，可两次都是心生鬼点子，两次都是年轻的遗孀儿媳妇用炉叉子把他狠狠地揍了两下。（Старый два раза слеза́л с полатей поглядеть в окошко, не пора отправляться на ток, и оба раза его хватал за ребро. Оба раза молодая вдовая сноха Паша хорошо огрела его рогом.)(《恶老头的锁链》)试比较成语 "Седина в бороду (в голову), а бес (чёрт) в ребро"(那把年纪了，贼心花点子可真不少)。

（6）关于两本账簿的事，我想，要是准确地说，神甫，你那儿的账簿本来也就是两本，账嘛要那么说，该是谁的就归谁，而讲求实际，就像你说的，会把这个两本账摆平的。(Насчёт двойной бухгалтерии я думаю: скорее всего у вас-то, попов, она и есть двойная, со счетами богу и кесарю, а материализм, как ты говоришь, этот счёт двойной выправляет.)(《我们时代的故事》)试比较成语 "Кесарево кесарю, а божие богу"(该是谁的就归谁；各归各的——出自圣经)。

（7）还有—也是最主要的，不要直接从井里喝水—你自个儿早晚也得喝水吧。懂吗？(А ещё—и самое главное: не пей из колодца—пригодится плюнуть. Понял?)(《恶老头的锁链》)试比较成语 "Не плюй в колодец, пригодится воды напиться"(别往井里吐口水，吃水不能毁水呀)。

（8）别人一拳把我打得伤了元气，天稍一不好，就疼得要命！我也不想抱怨任何人，这不是什么见不得人的事情，这是心爱的事儿。成就成，不成也就随其自然了。(У меня самого кулаком душевную кость перебили, чуть непогода—я не жилец! А винить никого не желаю, это не покор, это дело любовное, вышло-вышло, а не вышло, так дышло.)(《恶老头的锁链》)试比较成语 "Закон—дышло, куда хочешь, туда и воротишь, туда и вышло"(规矩，就是方圆，想往哪儿去，就往哪儿掰扯吧)。

（9）而这个阿尔丘什卡，商业爪牙，一眨眼的工夫，他就把你能给骗了，骗得你一丝不挂，啥都剩不下，人财两空。(А этот Артюшка, торговый агент, и глазком моргнуть не успеешь, обведёт тебя по-своему, и нет ничего у тебя—ни товару, ни человека.)(《我们时代的故事》)。试比较成语 "Обвести вокруг пальца = обмануть"(诓骗)。

（10）酩酊大醉的阿佛卡一来，弄得大家都慌了神，搅得什么都乱了套，他一张口，所有人都洗耳恭听，他开始大讲特讲创世纪和诺亚大洪水，就好像方舟里脱了缰的野兽一样。(…но явился пьяный Афонька, всех сбил, все перепутал и, завладев общим вниманием, стал говорить о сотворении мира и о Ноевом потопе, и как взбунтовались звери в ковчеге…)(《恶老头的锁链》）试比较成语"Сбить с тóлку"（把……弄糊涂，使……莫名其妙）。

在普里什文笔下，拆散成语是在很广阔的语境中进行的。

敌人都没有了，只是现在才明白的，谁是我们的敌人，——伊利亚回答道。

——谁？知道是谁：资本家。亚沙长叹了一口气：有那么一个国家。伊利亚：把一切都化为灰烬！巴拉莱卡琴一弹：粉碎四溅！手风琴手和小提琴手一奏：碎成小块，化为灰烬、灰灰烬！

在普里什文的语言中，按照语言成语单位模式所形成的作者个性化短语常常还形成了一些警句：例如：只要我活着，就不要哭已丢失的东西。只要有脑袋，还怕头上长不出头发来（我国也有类似的成语：留得清山在，还怕没柴烧？）

根据观察和研究，普里什文经常使用置换成语成分的方法，也采用删减成语单位的组成部分，这实际上就是作者个性化的独特创新，但相比较而言，普里什文作品中，他最中意的修辞改造手法还是把成语拆散。

普里什文对成语的改造是一个复杂，又是一个有趣的问题，其中还有更为吸引人的现象，如对句法形式的改造，固定词语群的语音、词的形态变化变形体，还有改造后的成语单位的修辞功能等，这些现象既有价值又有意义。这些现象也只有在将来得有闲暇时再做进一步的深入研究了。

普里什文对固定词语群的改造真可谓是奇哉，怪也！而这究竟是为什么？是标新立异以显示与众不同，还是故弄玄虚，让积淀甚少的读者摸不着头脑，还是实实在在出于表情达意之需要？其奥妙又在何处？

如果暂时弄不清语言艺术大师究竟为什么要这么改，那在这里就借用一下造型艺术大师帕·德·科林（Павел Дмитриевич Кóрин）的自述来拨开迷雾吧："从1919—1922年，我在莫斯科第一大学解剖室工作。我在那里亲手做人体标本，做了大量与解剖速写相关的工作。有一种抹不去的信念把我拖到了这个解剖室，这一信念就是：当你画一个人的时候，尤其是在画人体的时候，我应该熟悉人体结构——人体的比例、骨骼和肌肉，也就是人的结构的那些稳固的永恒规律，这就是人的结构的那些绝对无误的极限值，前辈的伟大艺术家对这些规律都烂熟于心。有了这些扎实的基础，他们在创作的时候就能够游刃有余，而不是沦为那些不懂装懂、不会装会的东郭先生的可怜的奴仆。在对这些规矩胸有成竹的时候，他们也善于运用这些规矩，一旦需要，他们就很漂亮地将其突破。我也知道，并用一己之身来经验的过程中深信，无论是什么样的解剖图册，还是任何解剖教科书都给不了我这些东西，能给我的只有第一手的本源——这就是人"①。

  艺术是有通感的，造型艺术如此，语言艺术亦如此。其实，普里什文对固定词语群的改造不是标新立异，更不是故弄玄虚，其目的还是实实在在出于表情达意之需要。伍尔芙说过：人的"头脑接受着千千万万个印象……这些印象来自四面八方，宛如一阵阵不断坠落的无数微尘……"由于人不同，事各异，个性也就不同。虎豹的猛烈与绵羊的温顺不同，其皮毛的光泽也不同。白天鹅与癞蛤蟆不同，其鸣叫的声音也不同，这是自然本身的规律。作家对这些事物的观察与体验更是不同，所以意新语奇，特别在用词造句上或多或少偏离了语言的规范，这不是作家故意造作，而是他接受自然的馈赠，按自己的仔细观察和个性化体验咀嚼之后才下笔。普里什文对成语的改造是顺从人物在特定时空、在交错纷繁复杂的环境中所形成的思想流，是语流密集、语流速度极快的，在具体的语境和流程之内又是连绵不断的。作为以语言为载体的文学作品，要真切地表现人物的形象和思想，就必然要调动一切可以调动的形式手段来为其服务。平日读惯了熟悉的成语，在阅读普里什文的作品时，有时常常会碰到改造过的词语，有时会遇到一些障碍。表面上看上去，与成语的常规用法没有什么差别，但当静心解读改造后的成语含义的时候，我们就会发现，普里什文已匠心独运地将成语原来的内涵与内在表意功能错位了。这种错位是作者个性化的独创，而且，他的独创既不失成语原来的真相，又在某种程度上让人们耳目一新，为我们的朗诵和解读提供了方便，可谓是一举两得。自幼秉承俄罗斯经典文学的普里什文

---

  ① Павел Дмитриевич Корин.《Мастера́ сове́тского изобрази́тельного иску́сства》. Гос. издательство "Иску́сство". Москва, 1951. С. 254.

深知，以民间文学的有机成分注入自己个性化的现代俄语肌理，正可以为改造后的成语增添丰富的意趣，使成语的品位提高，意旨升华，使得成语在他的笔下再度焕发出炫目的异彩。他自觉地将成语的精粹进行独创性的或拆散、或错位、或删减、或交感错合、或阻断、或间距再部署、或置换语言词汇、或局部省略、或扩展成语单位等方法来交融，创造出一种杂糅的独特文体，最大限度地将屠格涅夫所说的"伟大、有力、逼真、自由"① 的俄罗斯语的灵光神妙彰显出来，从而使他的文章呈现出一种"文律运周，日新其业。变则其久，通则不乏"② 的崭新面貌。

普里什文深信，词语不仅可以改变世界，还可以激动世界，所以他持续不断地在寻找为己所需的词汇："我嘀咕一阵，私语一会儿，思想就如我所思脱颖而出了"③。

普里什文因此脱颖而出，鹤立鸡群，成了一位精美的语言大师。据自修成名的作家伊·谢·罗曼诺夫回忆，遇到集市"普里什文总是喜欢逛来逛去，在人群里挤入挤出。在集市上可以听到一些独具风格的词，这些词你在什么地方都是听不到的，在集市上可以观察和打量各种类型的人，在其他什么地方你很少能碰到这些人。他闲逛的时候总是带着'莱卡牌'相机，把特别有意思的集市场景都拍下来。他的口袋里总是装着小记事本，本上总是用粗线拴着一只小铅笔。本里记下了所有他觉得特别有意思的事情"④。据大画家 A. A. 沙霍夫回忆，"普里什文用这种文体写着整本书，他为此不知要付出多少劳动啊！但我马上就想起来了，他说话也是独出心裁的。换句话说，他是用自己的语言来写书的，他并

---

① 《Писатели орловского края XX века. Хрестоматия》 под редакцией профессора Е. М. Волкова. Орёл 2001. С. 10.

② 刘勰：《文心雕龙·通变》，载《文心雕龙注》下册，人民文学出版社1978年版，第521页。

③ Пришвин и современность. Под редакцией П. С. Выходцева. М.: Изд. "Современник", 1978. С. 180.

④ И. С. Романов. 《Незабываемые встречи. Воспоминания о М. Пришвине》: Сб. М., 1991 Цит. по книге 《 М. Пришвин: актуальные вопросы изучения творческого наследия. Материалы международной конференции, посвящённой 130 - летию со дня рождения писателя》 Выпуск 2. Елец, 2003. С. 219 – 220.

不难为自己，也并没有一门心思来标新和立异"①。

四 对俄罗斯各地方言和口语的吸收和使用

普里什文对语体的创新的第四个方面还表现在对俄罗斯各地方言和口语的吸收和使用方面。卡累利阿和俄罗斯北方方言、俄罗斯南方方言和远东等地的方言和口语是普里什文艺术体系的有机组成部分②。他对方言口语词汇的采用对他的创作来说是极为重要的，这既取决于他与人民言语土壤的遗传联系，也取决于他的创作观。他认为，人民作为永久精神价值的代表和创造者、作为言语的创造者，在自己的语言中积淀巩固了多个世纪的经验、洞察力、对现实的形象把握、自己对世界的观点，人民的语言是语言宝藏取之不尽用之不竭的源泉，这一源泉滋养着文学标准语。

普里什文将方言词汇作为艺术语言来使用，在作品中的体现是很丰富的。一方面，从他所采用的方言覆盖范围看，就包括俄罗斯北方方言、俄罗斯中部方言、俄罗斯南方方言、远东方言、跨方言区方言等，这是他多年坚持不懈地广泛了解人民言语源泉的结果；从他所涉猎题材的广度和反映现实的深度看，这也是一般人所不可企及的。另一方面，他所采用的方言具有一个鲜明的特点，就是从语义学角度看，与构成他的整个完整创作基础的自然主题紧密相关的方言词语一直是贯穿于他创作始终的。

在研究的过程中还可以看到，普里什文在考察采风的过程中，卡累利阿地区极有奇异特色的俄罗斯方言词汇，一经他纳入随笔和小说的艺术结构，实际上就是他对地方词汇自然而然所做的准确而又全面的记录。

普里什文在把方言词汇纳入自己的随笔和小说的艺术结构时，这些方言词汇就成了他所采用的艺术体系的不可分割的一部分，他采用这些艺术手段，就是在不断地把词汇引入文本，文本本身又对这些词素直接地或在

---

① Пришвин и современность. Под редакцией П. С. Выходцева. М.: Изд. "Современник", 1978. C. 180.

② Галина Леонидовна Серова: 《Диалектное слово в художественном контексте: на материале творчества Пришвина. C. 153 – 155.

字里行间进行着解释。他常常是在简短的上下文中通过多次使用来阐明方言词的词形变化特点和方言词与其他词汇搭配后所呈现出来的特点,把方言词变成艺术语言结构的一部分,并在文学作品中分析方言词汇的变形体系这一现象本身,待运用成熟后就把它们自如地放入各种随笔或者小说,而这些方言又恰恰充溢着浓郁的地方色彩,并强烈地吸引着人们的注意力。普里什文在作品中使用方言词汇这一艺术手段,是因为他在塑造人物的典型性格的同时,需要调动极有特色的语言手段,来描绘再现这些环境。在细读普里什文作品的过程中就不难发现,尽管他在不同年代在不同作品中对方言词汇的使用范围和数量多少有所不同,他在文本中所展现出的语言景观也是繁丰多姿,但还是可以发现一些他吸纳采用方言词汇的方法和手段,而且这些手段对他的创作文本来说既有普遍性又有代表性。例如,在第一部随笔《鸟儿不惊的地方》中,所采用的方言词汇很多。在大多数情况下用斜体字突出,而且用各种方式来加以解释。例如:

(1) Тихо ехать нельзя: барамачи (овода) замучат лошадей. (马车无法从容地行驶,牛虻老爷不停地折腾着马匹。)①

(2) На озере вам хорошая поветерь будет, шалонник дует. Слово 《шалонник》 означает SW ветер. Другие ветры, как я потом узнал, назывáлись: летний (S), сток (W), побережник (NW), обедник (SW), полуночник (WN), торок (вихрь) и жаровой, то есть—случайный летний ветер. [在湖上你们会遇到一场好风的,要刮沙龙尼克。"沙龙尼克"也就是西南风,后来我还知道了一些风的称呼:夏季风(南风)、斯托克(西风)、岸风(西北风)、午间风(西南风)、半夜风(东北风)、托罗克(торочек,此为торок 的指小表爱)和热风(夏天偶然刮起的风)。]②

(3) Настала ночь. И такая-то светлая, хоть баба шей! Озеро стоит тихое-тихое. Смотрю, посередине у камня быстерок (струйка) играет.

---

① М. М. Пришвин. Собрание сочинений в 8 томах. Том 1. С. 59;参见米·普里什文《鸟儿不惊的地方》,冯华英译,长江文艺出版社 2005 年版,第 18 页。

② М. М. Пришвин. Собрание сочинений в 8 томах. Том 1. С. 61;参见米·普里什文《鸟儿不惊的地方》,冯华英译,长江文艺出版社 2005 年版,第 19 页。

Думаю—это не рыба быструет. Пригляделся и вижу: на камне среди озера выдра сидит, хвост свесила, оттого и вода колышется. (夜晚来临了。还亮亮的,妇女还能做针线活呢。湖面微波荡漾。我看见石头旁边有一股急促的水流在跃动。我想,这不是鱼儿在飞快地游动吧。我仔细看了一下,湖中间的石头边上一只水獭歇着戏水,尾巴下垂着,水也就微微波动着。)①

(4) Поездовать 的方言词汇意义是"用双船拉网捕鱼"②。笔者本人在起初碰到这个方言词汇的时候,就望文生义地把它猜为"乘火车出行"的意义,幸亏三番五次地查阅词典后才吃透了这个方言词汇的原汁原味。请看原文: Торопли́во, с замира́ющим сердцем выскочил я на остров. А гребцы сказали, что придут через час снизу, где они будут поездовать, то есть ловить рыбу сетью в клокочущей воде. Я остался один на каменной глыбе между елями, окружённый бушу́ющей водой. (船一靠岸,我就怀着忐忑不安的心急急忙忙地跳到岸上。水手们说,过一小时他们才从下游逆水而驶,在下游他们要用双船拉网捕鱼,亦即用渔网在翻腾的水中捕鱼。我一个人待在水杉树丛里的一块巨石上,周围水波汹涌。)

(5) А уж как гугай-то (филин) в лесу кричит, да собачка лает, да вся эта лесовая-то сила—страсть! А по снегу все купани (тени), все купани бегают! [这时,森林里发出一阵"咕嘎"的号叫声(雕鸮的叫声),狗也在狂吠,这都是森林的原生力—激情在涌动!在雪地上,所有的库班人(人影子)都在奔跑。]③

(6) … и все голодные круглый год сидели, Тимошка и щук насушил, и сигов насолил, и ряпушки немало свез в Шуньгу на ярмарку. Тимошка колдун, он знает рыбный отпуск (заговор) и за

---

① М. М. Пришвин. Собрание сочинений в 8 томах. Том 1. С. 65; 参见米·普里什文《鸟儿不惊的地方》,冯华英译,长江文艺出版社 2005 年版,第 23 页。

② М. М. Пришвин. Собрание сочинений в 8 томах. Том 1. С. 69; 参见米·普里什文《鸟儿不惊的地方》,冯华英译,长江文艺出版社 2005 年版,第 26 页。

③ М. М. Пришвин. Собрание сочинений в 8 томах. Том 1. С. 89; 参见米·普里什文《鸟儿不惊的地方》,冯华英译,长江文艺出版社 2005 年版,第 44 页。

хорошие деньги может, пожалуй, и научить.［……所有挨饿的人干等了一年，基莫什卡却在晾晒狗鱼，腌制白鲑，还把大量欧白鲑运到舒尼加集市上去卖。基莫什卡是个大能人儿。他对鱼的汛期（暗中串通）了如指掌，要是给他个好价钱，他就能教你个八九不离十。］①

（7）Поедят, отдохну́т—и снова за работу. Рабочий день велик, он состоит из трёх *упряжек*: у́тренней—до восьми часов, средней—до полдня и вечерней—до заката солнца, когда садятся па́ужинать. Вот так и живут и трудятся от 《выти до выти》（от еды до еды）. （人们吃饱了，歇足了，又接着工作。工作日很长，它由三个班组成：早班工作到八点，中班工作到中午，晚班工作到太阳落山，直到大家坐下来吃晚饭为止。从早到晚，大家就这样生活和工作着。）②

（8）Очень редко случается, что на охоте по настам приходится ночевать в фатерке, как осенью. Обыкновенно же охотники ночу́ют у нудьи. Они срубают два дерева, кладут одно над другим и между ними сучья, хворост, паккулу（грибы）как можно больше. Этот хворост поджигается, и деревья по мере его сгорания сближаются и, в свою очередь, медленно тлеют. Такой костёр может гореть очень долго. Охотники укла́дывают на снегу возле нудьи толстый слой хвои и на него ложатся, установив по другую от себя сторону, противополо́жную ную нудье, аллею из маленьких ёлок. 《И так-то разоспи́шься в тепле у нудьи, что уж утром и неохота вставать》，—расказывал мне Филипп. （在冰天雪地的日子里，猎人们不必像在秋天里那样一定要在森林里过夜。通常，猎人们在窝棚里过夜。他们砍倒两棵树，把一棵树放在另一棵树上面，在两棵树之间尽量多放上一些枯枝、树干和蘑菇。树干点着了，燃烧得使两棵树越来越近，并自动燃烧殆尽。这样的篝火燃烧得时间特别长。猎人们在雪堆上铺上厚厚的一层针叶，躺在上面，并在雪堆上方搭起一个松树遮阳棚。菲利普告诉我："在这么温暖

---

① М. М. Пришвин. Собрание сочинений в 8 Томах. Том 1. С. 92；参见米·普里什文《鸟儿不惊的地方》，冯华英译，长江文艺出版社 2005 年版，第 48 页。

② М. М. Пришвин. Собрание сочинений в 8 Томах. Том 1. С. 98；参见米·普里什文《鸟儿不惊的地方》，冯华英译，长江文艺出版社 2005 年版，第 53 页。

的窝棚里躺着,早晨连起床都不愿意起了"。)①

这样的例子当然还可以举出很多很多,不过,用以上有限的例子就已经足以说明一些问题了。

在第二部随笔《跟随魔球走远方》中,用斜体字来突出方言词汇的这一特点有所减少,但是只要采用方言词汇,在大多数情况下,还是用各种方式,常常是用成套的组合方式来加以解释的。

例如:

(1)—Жениться собираешься？Есть невеста？

—Есть, да у таты все не готово. Изба не покрыта. В подмоге не сходятся.

("打算结婚吗？有没有未婚妻？"

"有呀,可老爹啥也没有准备,房子的顶儿还露在外,又找不到人来搭把手。")②

(2) Они все, перебивая друг друга, рассказывают мне, как они ловят этих зверей. Когда вот так, как теперь, засверкают на солнце серебряные спины, все в деревне бросаются на берег. Каждый приносит по две кре́пких сети и изо всех этих частей сшивают длинную, больше трёх верст, сеть. В море выезжает целый флот лодок: женщины, мужчины, старые, молодые—всé тут. Когда белуха запутется, её принимают на кутило (гарпун).

(他们一起,你一言,我一语,七嘴八舌地对我说起他们捕捉这种动物的经过。曾有一次,也像今天这样,银背在阳光下闪闪发光,村里所有的人都奔向海边。人人手里都拿着两张网,再把所有的网缝成一张长达三俄里的巨网。所有的船只组成一支大队出海:男女老少都上了船。

---

① М. М. Пришвин. Собрание сочинений в 8 томах. Том 1. С. 130；参见米·普里什文《鸟儿不惊的地方》,冯华英译,长江文艺出版社 2005 年版,第 81 页。

② М. М. Пришвин. Собрание сочинений в 8 томах. Том 1. С. 194；参见米·普里什文《跟随魔球走远方》,吴嘉佑译,收入冯华英译《鸟儿不惊的地方》,长江文艺出版社 2005 年版,第 143 页。

一旦白鲸落网，大家就用鱼叉叉住它。）①

（3）А старик—совсем особенный моряк. Его называют юро́вщик. Мне объяснили это название так: юровщик, значит, человек который идёт впереди и за ним остаётся след; юро—все те, которых он ведёт за собой. Но, может быть, это значит—просто человек, имеющий дело с юровом, со стадом морских зверей. Каждый год, вот уже тридцать зим, этот юровщик во главе ромши (промысловой артели из восьми человек) пускается на льдине за морскими зверями. Эту льдину с людьми носит от одного края моря к другому, между опасными подво́дными камнями, водоворо́тами, островами; случается, проносит и в океан. Юро́вщик—это предводи́тель на льдине: он ведёт людей и выбира́ется из самых храбрых, справедливых и умных.

（而老人则全然是一个特别的海员，人称他是船老大。有人这样向我解释这一名称：船老大，意思是，时时处处走在前头的人，在他身后只流下一串足迹；船员是指他所率领的所有人。但也许，这是说，仅仅指一个与船员打交道、与一群海兽打交道的人。已有30个冬季，每年，这个船老大，一直带领着这个海上猎兽组（由8人组成的合作组）下到冰上去捕捞海兽。他把这冰块连人一起从海这头拖到那头。期间危险丛生：水下有礁石、水闸和岛屿；偶尔，还被带往北冰洋。船老大是冰上领袖：他带领着人们，他是从最勇敢、最公正、最聪明的人群中脱颖而出的。）②

（4）—Бугрит, —называет так помор явление миражей на Белом море.

Странники крестятся.

Чудеса!

---

① М. М. Пришвин. Собрание сочинений в 8 томах. Том 1. С. 195；参见米·普里什文《跟随魔球走远方》，吴嘉佑译，收入冯华英译《鸟儿不惊的地方》，长江文艺出版社 2005 年版，第 143—144 页。

② 作者在这里表达的不是一种想象中的可能性，而是他仔细探究过的现实（俄文版原文注）。Цит. по М. М. Пришвину. Собрание сочинений в 8 томах. Том 1. С. 217；参见米·普里什文《跟随魔球走远方》，吴嘉佑译，收入冯华英译《鸟儿不惊的地方》，长江文艺出版社 2005 年版，第 164—165 页。

Потом мы вступаем в полосу ветра; кормщик ставит парус и приговаривает:

—Славную поветерь бог дал. Преподобные Зосима и Савватий, несите нас на Святые острова…

Отлив тоже подхва́тывает нас, и лодка мчится, качается в волнах, брызги летят, обдают нас.

Санникам жутко: вот и назади начинает бугрить земля, подниматься на воздух.

Кре́стятся, шепчут молитву. Только кормщик да черный странник равнодушны: один привык, другому всё равно. Старик помор даже весел, поветерь радует его.

—Ишь притихли! —Смеётся он. —А это не взводень, а только подсечка. Море наше бойкое. Летом ещё мало ветры обижают, а вот поплавали бы вы осенью да зимой. У нас море и зимой не замерзает.

("海市蜃楼,"波莫里亚人把这一现象叫作白海上的幻景。

香客们又画起十字。

真奇妙!

接下来,我们便进入了多风地带;舵手拉起船帆,嘴里还念念有词:

"上帝也雪中送炭。圣卓西玛和萨瓦季阿,请把我们送到圣岛……"

落潮也在助我们一臂之力,小舟飞驰起来,在浪尖上摇来晃去,浪花四溅,溅了我们一身。

香客们十分害怕:瞧,身后的大地凸起,升向空中。

大家都在画十字,在默默地祈祷。只有舵手和黑衣香客泰然处之:舵手是习以为常,香客是无所谓。老人居然乐开了,上帝的庇护让他不亦乐乎。

"瞧你们说的!"他笑着说,"这算什么大浪,只不过是小水花儿而已。我们的大海很有灵性。一到夏天,风更温和,可秋天和冬天你们试试看。我们这儿,冬天大海也不上冻"。)①

---

① М. М. Пришвин. Собрание сочинений в 8 Томах. Том 1. С. 222;参见米·普里什文《跟随魔球走远方》,吴嘉佑译,收入冯华英译《鸟儿不惊的地方》,长江文艺出版社 2005 年版,第 169—170 页。

（5）Мурманская поговóрка гласит: 《На небе бог, на земле царь, а на воде кормщик》. Но Игнатий никогда не распоряжáется единолично, а всегда по согласию: опросит, 《как братья》, и потом решит. Он и вобще не любит решать своевóльно. В свободное время к избе Игнатия собирается вся молодёжь станови́ща, обсуждает свои дела; старик всегда с ними, но больше молчит и незаметно руководит. Было время, когда весь Мурман управлялся таким мудрмы, прослáвленным жизнью человеком…Но теперь…

（摩尔曼斯克有句谚语："天上有玉皇, 地上有沙皇, 水上有船长"。不过, 伊格纳季从不自行处理问题, 遇事总爱商量, 询问他们, "拿他们当自己的兄弟", 然后才做决定。他一般不爱独断专行。闲暇时驻地的所有年轻人都常去伊格纳季家走走, 共商自己的大事; 老人家总和他们在一起, 但更多是沉默不语, 不动声色地领导着他们。曾几何时, 整个摩尔曼斯克都归这样一位英明的、在生活中很有名望的人所领导……可如今……)①

从以上的例子中可以看到, 在纪实体的随笔以及在随笔体中篇小说中, 方言词汇的使用首先是受所写的题材决定, 使用方言的目的也主要是为了传达地方色彩、体现地方特色。

不同的体裁要以不同的语体与之匹配, 这是语体问题的一个方面; 在采用了适当的语体之后, 还需要自由地活用和个性化地创造, 这是语体体现体裁的更为重要的方面。如果一个作家仅仅达到能按一定的体裁选择与之匹配的语体, 而不能自由地活用和个性化地创造独特的语体, 那么他只能是一个一般作家。普里什文是一位有品格的大作家, 他凭着自己的灵性和审美情趣, 获得某种独特的语感、语调, 创造出一种独具一格的、具有艺术魅力的个性化语体（идиостиль）。这种个性化语体看似在不经意中随手写出, 但普里什文不经意中随手一写, 却具有一种出人意料的意味, 具有极为丰富的内涵。经他创造的个性化语体就变成有

---

① М. М. Пришвин. Собрание сочинений в 8 Томах. Том 1. С. 336; 参见米·普里什文《跟随魔球走远方》, 吴嘉佑译, 收入冯华英译《鸟儿不惊的地方》, 长江文艺出版社 2005 年版, 第 280 页。

灵性的自由语体。

在系列抒情体散文中,方言词汇的使用主要是凸显诗意,方言词汇也让作者尽可能充分地袒露自己对世界的个人感受,他的感受也就是深层意义上的人民的感受:

原来,他从没有想过写什么书,更没有想能写出像《在乌苏里边疆区的丛林中》这么饱含诗意的书。他是一位军事地形测绘员和民族志学家、猎人,多年来在苔原地带工作,他坚持不懈地同时记着四本日记——一本是泛泛而记、三本是分门别类来记。这些日记的记录常常都是在一天的劳作之后,在经历了一次很艰难的翻山越岭之后,在歇脚的间隙,常常是借篝火而完成的。常常是这样,所有的猎人都在篝火边蜷缩着身子凑合着熟睡了,考察的同伴杰尔苏——乌扎拉也不知在什么地儿倚靠在那儿打着盹,而他们的头儿——阿尔谢尼耶夫总是在篝火光的灼光下记呀记,是呀,常常不止一次是这样,上半句写完了,而下半句只有在几分钟之后的恍恍惚惚中才蹦出来。但是,即使是在这么恍惚的情况下,诗意的力量也没有消失而去,朋友们读了这些日记,都说服阿尔谢尼耶夫写本书。阿尔谢尼耶夫本人给我说,他在文学这一行不十分擅长,比方说,要把这一年的事提到另一年来写他就很犯难,即使是不得不把日记里的什么事儿从星期三提到星期五,这么一丁点事儿,他就不知怎么办。在阿尔谢尼耶夫讲这个故事的时候,我脑子想起来了,真正的诗意有时恰恰是俯身于那些没有意识到自己是诗人的人,他们只不过是想说句真话罢了,可却有意外的收获,就像《浮士德》里的摩非斯特,一心想做恶,结果还是行了善;诗人也是这样,本来只想说句真话,可诗意却充沛泉涌。多么诱人的事啊!只不过不能就此得一结论,说什么只要靠一句真话,就能获得诗意,说什么诗意可以不用学而偶尔得之,但是,有一点是确定无疑的,俄罗斯所有最伟大的诗人首先都是德盖群雄且受道德驱动,托尔斯泰也正是因其道德的力量横空出世,才使他挺身在刚刚过去的一个世纪的世界作家群中占有一个首要位置。……我觉得,对新达夫里亚来说,最有代表意义的就是,在科学或者艺术领域的每一个个人成就都喜迎共同欢乐的场面。一旦个人有成,那无论是发明家抑或生意人都将使尽浑身解数,身体力行让他人垂范,这时,创造就变成家常便饭了①。

在普里什文的一些长篇小说中，方言语词的使用在很大程度上则是服从作者的思想倾向，同时，方言也是展现主人公的活动环境、揭示主人公心理特点的一种手段。在哲理童话长篇小说《国家大道》中，用斜体字来突出方言词汇的这一手段已很少使用，对方言词汇的解释是用两种方法完成的。一种方法是，在一段不太长的上下文中对某一方言词汇多次使用，而且具体的上下文又对方言词的语义进行了挖掘，况且普里什文本人对这些方言词汇还做了注脚：在文本中使用了方言词，没有用斜体字这种手段来进行突出，也没有使用什么具有解释意义的连接词，而是通过描写来揭示方言词汇的意义。例如：

（1） Айда, айда! —погрози́лся ещё раз Куприяныч в сторону степняков. （咱们走吧，走吧！库普利亚内奇再一次向草原居民那一边厉声说道。）②

（2） —Хлебай, товарищ! —сказал Волков.
—Хлебай, хлебай, пацан, —говорил ему сверху добрый человек с седой бородкой на морщи́нистом бронзового цвета лице.
（喝吧，同志！—沃尔科夫说。
喝吧，喝吧，孩子！——一位长着银灰胡子、脸色像铜色、满脸皱纹的善良人从稍高的地方说道。）③

"Хлебать"的口语方言词汇意义在笔者起初碰到时，就想当然地根据"хлеб"这个词根把它惯性猜成"吃面包"的意义，后来经仔细研读上下文，就觉得，一个小小孩老是一个劲儿地"吃面包"，总有吃不消的时候吧，再说，人的身体大部分是由水组成的，一查词典后，хлебать 的口语方言词汇意义竟果然是"①喝，大口地喝；②用勺子喝"。喝，而且大口地喝，喝原汁原味，喝个痛快；用勺子喝，喝个优雅，喝出文明。

---

① Из книги.《Золотой рог》. Цит. по М. М. Пришвину. Собрание сочинений в 8 Томах. Том 4. С. 435 – 436, 省略号为笔者本人加。

② М. Пришвин. Осударева дорога. Собрание сочинений в 8 Томах. Том 6. С. 76.

③ М. Пришвин. Осударева дорога. Собрание сочинений в 8 Томах. Том 6. С. 83 – 84.

当然，此喝不是大吃大喝，也不是喝得酩酊大醉，喝得烂醉如泥，不是小酒天天醉，而喝坏了胃。吃和喝，在中文中尽管都从"口"，但区别甚大矣！

（3）И опять у тебя лёгкость, и даже разговор у вас постоянный в том смысле, что не нажил, а смыл. Ты что же думаешь, я все тащил к себе, как урка, все проедал и все раздавал? Нет, милый, жизни для себя у меня никакой не было. （你又是想当然，你一说起话来甚至常常也是那个味儿，说什么钱不是积攒的，而是偷的。你想什么呐，我把什么都往自个家搂，像个见油就榨的饕餮之徒一样，把什么都吃个光分个光？不，亲爱的，对我来说，我没有过过什么人样儿的日子）。①

（4）Там, где колесо поднима́лось, на этом камне после него вырастал лес, и это сухое место между двумя озерами стало называться по местному Тайболой. А то и просто бывало из одного озера в другое бежала река, и человек переплыва́л на лодке даже и тайболу. Вот по этой и же самой божьей колее озерами, реками и горами, покры́тыми лесом, царь Петр перевёл свои корабли из Белого моря в Балтийское. （在他付出不少劳动的那个地方，在这块石头上，在他之后长起了一片林子，人们就把两只湖之间的这块甘地按当地方言叫作密林。有时就这样，水从一个湖流到另一个湖，人划着小船就可越过密林。彼得大帝正就是顺着这个森林覆盖的湖泊、河流和山脉而天成的轨道把自己的舰队硬是从白海驱使到波罗底海海域。）②

（5）Видно было с его места, как с той и с другой стороны спускали в реку ящики или корзины, нагру́женные камнями, и эти ряжи постепе́нно сходились друг с другом. Тут всё было понятно: когда сойдутся ряжи и последние воротца закро́ются, то и падун перестанет шуметь. （从他所站的地方可以看到，人们是怎么从这边和那边把满装石头的木框和篮子把着边儿放到河里，这些木框慢慢地就接起来了。这就好理解了：木框子一合拢，最后的一些小门缝合严实的时候，天外银河

---

① М. Пришвин. Осударева дорога. Собрание сочинений в 8 Томах. Том 6. С. 90.
② М. Пришвин. Осударева дорога. Собрание сочинений в 8 Томах. Том 6. С. 98.

就不再哗哗地喧响了。)①

无论是在主人公的言语中，还是在作者的文本书写中，这种方法都是一种很常用的方法。

另一种突出方言词汇的方法就是使用着重号，常常用括弧在旁边对其意义进行解释，解释的过程常常不是用枯燥的理论术语，而是伴以生动详尽的描写。这种方法在长篇小说中比较有代表性。如《国家大道》中，很多方言词在文本中是用括弧标出的，这些方言词没有直接解释，其意义是通过上下文来确定的，有些方言词的意义是用同义词和同义词词组才能彻底弄明白的。除了以上这两种很典型的使用方言词汇的方法外，还有一些方法，如作者对没有用斜体字来突出的词所做的注脚、加注重音、使用ё，传达方言的声音因素等。

在考察这些方言词汇在现代俄罗斯语的显现过程，可以注意到，一些方言词汇经过长期使用就慢慢地进入全民普通语的体系，如"наст"（雪面冰壳——雪上冻结的一层硬壳）一词，又如"торос"（冰群）。

普里什文深情地写道："这些卡累利阿的石头，这里那人所未闻的夜莺的斯拉夫歌曲，以及我自己的、从某一点来看是唯一的、独特而短暂的生命仍然如此：因为只有我的鲜活生命的闪光照亮了这些芬兰的山岩和斯拉夫的壮士歌"②。

通过对普里什文作品中卡累利阿和北方等地方言口语的分析，可以得出一个结论，普里什文创作手法中一个鲜明的特点就是广泛吸收方言词汇，其目的就是起到表现地方色彩、渲染艺术的效果。

五　普里什文语言的简洁性

普里什文受俄罗斯民间文学的耳濡目染，受自己的诸多老师如梅列什柯夫斯基、罗扎诺夫、列米佐夫、布宁、高尔基、阿尔谢尼耶夫、阿列克谢·托尔斯泰、诗人勃洛克、雕塑家科涅科夫、歌唱家夏里亚宾等大师的语言引领，起步于《飞鸟不惊的地方》，而后经过多年的耐心打

---

① 《Осударева дорога》, М. Пришвин. Собрание сочинений в 8 Томах. Том 6. С. 121.

② 米·普里什文：《大自然的日历》，潘安荣译，长江文艺出版社2005年版，第7—8页。

磨，青出于蓝，在 20 世纪三四十年代，语言圆润到超过并胜出自己的诸多老师，成为杰出的文体大师。

罗扎诺夫——普里什文的地理老师、文学导师

普里什文之为文体大师，因为他亲近民间语言，他也亲近人的心灵。他大胆地写下了自己和妇女们的谈话：

"在您的书里为什么有一种让人觉得亲切的感觉呢？你爱人吗？"一位姑娘问。

"不，我信奉的是语言的亲和力，所以不是说我多么爱人，而是爱语言，而亲近语言的人，他也就亲近人的心灵了"，——我回答①。

---

① М. М. Пришвин. Собрание сочинений в 8 томах. Том 7. С. 88；参见米·普里什文《大地的眼睛》，潘安荣译，长江文艺出版社 2005 年版，第 7 页。

为什么爱语言？普里什文很晚才进入文坛。他曾感叹："上帝！当作家何其艰难！"① 他也深知："从事语言艺术是有风险的、可怕的、无利可图的"。"尽管自己已经迟到，但就自己的血统潜力资源而言，我不是那种能被挡住前往语言创作道路的人。然而，时代常常会捉弄人，让他成为一个似是而非的幻想家。我从一个充斥着多余人、契诃夫笔下主人公的时代开始上路。不像花儿一样无所用心地生活，艺术家的个性才得以施展，这样的状态注定了要让我做这般无力的思考：生活的行为应符合道德的行为。……"②

的确如此，诚如普里什文本人坦言："我不是那种能被挡住前往语言创作道路的人"。他循序渐进地、持之以恒地、孜孜不倦地追求自己语言的简洁："艺术中的简洁，也就意味着艺术家在完善形式的征途中通常所达到的一种新成就，这种形式是他之前的所有艺术家都为之绞尽脑汁的东西，不过是在现在成了人人都会的家常便饭，在新的环境里又获得了艺术生命"③。

普里什文写道：

作家的心理是这样的：已经完成的作品不会让自己感到满意，过去的一切已经不属于自己，它看上去是一种不完善的东西。渴望靠尽善尽美的形式博得让自己完全满意，实际上似乎就是追求自己在生命走向终结时能够怡然自得，因为你自己还没有终结，你也仍然活在生活中，那你怎么就能满足于昨天的起点：你要一直等待着前面还有某种更美好的东西召唤着你哩。

然而，在迈往前方的道路上，我在自身注意到有一点就是矢志不渝，——这就是语言越来越更接近简洁，我觉得，这却是来之不易。我觉得，文学写作的言之无物和欺骗性让我感到恐惧，正是这种无可名状

---

① 米·普里什文：《大地的眼睛》，潘安荣译，长江文艺出版社 2005 年版，第 88 页。
② М. М. Пришвин. Собрание сочинений в 8 томах. Том 3. С. 45 – 46；参见米·普里什文《大自然的日历》，潘安荣译，长江文艺出版社 2005 年版，第 44 页，省略号为笔者加。
③ 《Контекст》. С. 335, 1974. Цит. по В. Х. Мищенко：《Особеннои стиля произведений М. М. Пришвина конца 40 – х—50 – х годов》（соотношение скáзочного и реального）. С. 196 – 197.

的恐惧成了我追求语言简洁性的主要动力。……因此，追求使句子简洁化，精练词语，以便让它们融凝变干，一旦迸发，就噼里啪啦地脆响。……我还想到了简洁性所隐含的许多东西，我们的社会从上到下就把这种简洁性当作某种优点来谈论。……

就我的理解而言，任何一部优秀的诗歌和小说作品都具有节奏感，节奏感是创作吸引我们的作品的原因。我国的语言艺术领域中也有这样的形式创造者，他们将自己本人融入作品中，所以，他们创造出来的形式似乎成了强健的力量，它按照生活的秩序安排万事万物的位置：我认为普希金就是这样的创造者。……

复杂性的根源是对生活经营不善，就如同挥霍浪费、酗酒酩酊都是源于软弱……让人迷惑不解的不是复杂性，而是本身就蕴涵着语言创造力的简洁性。创造中也有自我否定的可怕形式，这种形式把自己的微不足道以教条的形式加以肯定，而教条又常常冒充人们的行为方式……我自己一直在追求语言的简洁性，主要就是为了让自己摆脱掉多余的想法。要做到这样很难，所以，无论别人如何教你，只有你自己才能体会到。

因此，我能够肯定地说，一切事物都可以描写，并非因为世上的一切都不重要，只有语言大师才能把任何一件琐事写成优秀之作。不，世上的一切都很重要，所以应该描写万事万物。我还知道，每一位大师都有自己的长处，假如没有与描写对象建立这种血缘般的联系，就不会诞生艺术家。我还明白，对创作而言，应该摆脱自我，在超越自我的地方，要努力忘掉自己"多余的想法"，以至在今后要描写自我的话，那这个自我就是一个共同创造出来的"我"，即"我们"。①

普里什文语体创新的特点就是简洁。简洁的妙处就是语少意足，有无穷之味。"语少意足"表明他作品的语义空间是无限开放的；"有无穷之味"则暗示，凡是阅读他作品的读者都可以凭借自我的体验，在其作品中找到属于他自己的、个性化的体验。他的作品也就是这样从"飞鸟

---

① М. М. Пришвин. Собрание сочинений в 8 томах. Том 3. С. 47 – 49；参见米·普里什文《仙鹤的故乡》，收录在潘安译荣译，《大自然的日历》，长江文艺出版社 2005 年版，第 45—47 页，笔者对译文有改动，省略号为笔者加。

不惊的地方""跟随魔球走远方"、回忆着"亚当和夏娃"的故事、"追逐幸福",在"黑黝黝的阿拉伯人"的陪伴下,在"人间苦难"的历程中,在"光秃秃的春天"里,一步一回头、举首远望"仙鹤的故乡"、冲决"恶老头的锁链"、捕捉拉美的"灰猫头鹰",在"大自然的日历"中,吮吸着"林中水滴"之玉液琼浆、寻觅着神奇无比的"人参"、踏着"泛喜草"(《叶芹草》),携手"列宁格勒的孩子们",在战争年代依然迎着"太阳的宝库",在战后就突然发现了"大地的眼睛"。正是这双最具活力的"眼睛"是他心灵的窗户,他悄悄地记了十八卷日记。猛一抬头,一眼望去,建设"国家大道"的场面热火朝天,"杉木林"已经覆盖俄罗斯东西南北的广袤大地。普里什文沿着"杉木林"铺就的"国家大道",超越了国界,走遍了全世界。

普里什文在创作的早期沿着林间小道,中青年和壮年时期则亲身经过小河、大海、森林、城市和人群,一直摸索着走向宽阔的语言"国家大道"。因为"猎取语言可能就完全如同猎取沙雉和田鹬?出色的猎手寻找的不是鸟儿,而是鸟儿生活的典型环境。根据成千上万条不可捉摸的征兆,他能判断出:'准在那儿!'于是放出猎犬,一般总能立刻发现你盼望已久的鸟儿,比如田鹬,它长着长喙,因为它生活在沼泽地里,如果没有沼泽地,也就不会有田鹬——这样的句子存活于人类的个体之中。必须习惯于倾听这样的来自人类个体的内心深处的语言,因为听到这句话的同时,就能回忆起那个活生生的人生来。经过许多次这样的猎取语言的狩猎之后,最终会明白,漫无目的地走遍千山万水,自己心里面就有一眼永不干涸的语言之泉,其他人一接触到这些语言就都会产生共鸣"①。

普里什文在"生的欲望"一节中讲了这么一个故事:

来了一个伤心的人,自称是'读者',请求我说一个可以救他性命的词。

"您是做文字工作的",他说,"从您写的东西来看,您是知道这样的词儿的。您告诉我吧"。

我说我没有在心中储备这种专门用途的词儿,要是我知道,早就说出来了。

---

① 米·普里什文:《大自然的日历》,潘安荣译,长江文艺出版社2005年版,第38—39页。

他不愿意听任何解释的话，非要我痛痛快快地说出来不可。他伤心地哭了。

……我猛然忆起，我知道安慰的词儿，而且曾经出现于我的笔底，只不过这位读者不解其中之味罢了。

那时我就想起了点什么，并且竭尽所能告诉了那个不认识的人。①

中国大诗人臧克家十分讲究练字，他说："我写诗和我为人一样，是认真的。我不大乱写。常为了一个字的推敲，一个人踱尽一个黄昏"。普里什文语体创新的最大魅力就是他十分偏重语言。在这一点，他遥感了中国古代诗人贾岛的遗风。普里什文写道："在捍卫形式的同时，我要求于作家的首先是语言。"② 这与高尔基所说的"文学的第一要素是语言"和汪曾祺所说的"写作品就是写语言"实现了暗合。

普里什文是语不惊人死不休的："我看着，草上的露水是怎么变得越来越晶莹，紧接着这一思绪的内在韵律，我的思想又天马行空，开始在大地上寻找落地的内涵并体现这些思想。常常是这样，在你开始观察的时候，露水只不过是从叶腋中开始闪耀各种各样的亮光，吸引对自己的注意力，而常常又是自己在闪耀。不知有多少次，我常常思忖着注意这种闪耀有可能发生的环境，但我很少有能捕捉到的时候：因为露珠总是出其不意地闪耀开来。我只知道一点，这种闪耀是因时间的移动而闪现的，正在流逝的时光较之于我们通常所感受的时间，感觉好像是永恒的：太阳眼瞅着就要升起，光芒瞬间就要霞光万丈，但对我来说，这种光芒常常是拉姆泽斯和列宁规定的期限意义上的太阳所辐射出的。恰好今天早晨的情况就是这样：永恒太阳的光线落到了一个弱小的现在又是靠社会保障在我们村生活的一位病人的身上，因为他很诚实地当过派出所的所长"。③

普里什文从多个侧面对语言进行了论述。

---

① 米·普里什文：《大自然的日历》，潘安荣译，长江文艺出版社 2005 年版，第 355—356 页。
② М. М. Пришвин. Собрание сочинений в 8 томах. Том 7. С. 284.
③ М. М. Пришвин. Собрание сочинений в 8 томах. Том 3. С. 148，此处为笔者译。

语言即面孔：有时你向常人解释什么的时候，他的脸会忽然焕发神采，如同这一切他早就了然于心，只不过觉得对自己无用，暂且忘记了而已。

语言就是常人的面孔，同树上的每瓣叶子都有自己的表情相仿，每个人也有自己独特的、仅仅属于他的语言。

即便这些私语无法向任何人诉说，但是人都是凭靠这语言生存的，语言铸就了他的表情。①

他还认为，语言是小船："语言是我的船，只有这条船才能载着我从自然的深处回到祖国。当然，问题不在于船，而在于行进本身以及行进的方向。船并不是人们回到祖国的唯一途径"②。

普里什文写道，话语即星星：

每个人的心灵里都有言语生存、燃烧、发光，如同天上的星星。当言语一旦飞出我们的嘴巴，它就走完自己生命的行程，又会像星星一样熄灭。

那时这话语的力量，一如业已熄灭的星星发出的光，撒向人间，普照着他人生的时空之路。

有时，对己而言已经熄灭的星星，对我们人类来说，它还将在大地上燃烧数千年。

斯人已去，其言犹在，世代相传，如同宇宙中已经熄灭的星星发出的光。③

普里什文还写道：

有什么是不能教给任何人而是一个人的秘密吗——这就是严肃认真地用语言叙述自己的生活。在我的奋斗中使我显得突出的是我的人民性；我的祖国母亲的语言和对乡土的感情。我像草一样，在大地上生长；像

---

① 米·普里什文：《大地的眼睛》，潘安荣译，长江文艺出版社2005年版，第135页。
② 米·普里什文：《恶老头的锁链》，谷羽译，长江文艺出版社2005年版，第465页。
③ М. М. Пришвин. Собрание сочинений в 8 томах. Том 7. С. 333；参见米·普里什文《大地的眼睛》，潘安荣译，长江文艺出版社2005年版，第58页。

草一样开出花朵；人割草吃，而春天一到，我又会返绿；夏天，快到彼得节的时候，我还会开花。

对此毫无办法，只有俄罗斯人民灭亡的时候，才能把我消灭，但人民是不会灭亡的，也许，他的生活才不过刚刚开始。①

任何艺术家最初都是靠同感共鸣获得的滋养，这样的"荣耀"令他欣慰。接下来，艺术家总比他的荣耀活得久长，进而变得不为同时代人的观点所左右（"我将以此令民众长久地喜爱……"）

这样连生命自身也要分为：①当下与我同时存在的生命；②我身后的生命。②

从"我身后的生命"用后天培养出的眼睛来看的话，可以看出：这又与普希金的总结性诗歌杰作《非人手所造的纪念碑》形成通感：

我建造了一座纪念碑③

我为自己建造了一座非人工的纪念碑，
在人们走向那儿的路径上，青草不再生长，
它抬起那可不肯屈服的头颅，
高耸在亚历山大的纪念石柱④之上。

不，我不会完全死亡——我的灵魂在遗留下的诗歌当中，
将比我的骨灰活得更长久和逃避了腐朽灭亡——
我将永远光荣不朽，直到还只有一个诗人，

---

① М. М. Пришвин. Собрание сочинений в 8 томах. Том 7. С. 134 – 135；参见米·普里什文《大地的眼睛》，潘安荣译，长江文艺出版社 2005 年版，第 58 页。

② 米·普里什文：《大地的眼睛》，潘安荣译，长江文艺出版社 2005 年版，第 217 页。

③ 原文为拉丁文（Exegi monumtntum），转引自古罗马大诗人的一首颂歌（《致司悲剧的缪斯墨尔波墨涅》）的第一句，意为"我建造了一座纪念碑"。

④ 亚历山大纪念石柱，高 27 米，1832 年建于彼得堡的冬宫广场，至今犹存。当 1834 年 11 月举行揭幕典礼时，普希金不愿意参加，五天前就避离彼得堡。

活在这月光下的世界上。
我的名声将传遍整个伟大的俄罗斯,
它现存的一切语言,都会讲着我的名字,
无论是骄傲的斯拉夫人的子孙,是芬兰人,
甚至是现在还是野蛮的通古斯人,和草原上的朋友卡尔梅克人。
我所以永远能为人民敬爱,
是因为我曾用诗歌,唤起人们善良的感情,
在我这残酷的时代,我歌颂过自由,
并且还为那些倒下去了的人们,祈求过宽恕同情。

哦,诗神缪斯,听从上帝的旨意吧,
既不要畏惧侮辱,也不要希求桂冠,
赞美和诽谤,都平心静气地容忍,
更无须去和愚妄的人空做争论。

——1836 年①

　　普里什文的"当下与我同时存在的生命"又和屠格涅夫的《俄罗斯语言》一诗暗合:"在那些疑虑的日子里,在抱憾思念我祖国命运的那些日子里,只有你是我的寄托和支柱。啊,伟大、有力、逼真和自由的俄罗斯语言啊!如果没有你,那看到祖国所发生的那一切,怎么能不陷入绝望呢?但是,这样的语言如果不是天赋伟大的人民,怎么会让人能相信呐!(1882 年 6 月)"②

---

① 戈宝权译:《普希金诗选》,北京出版社 1987 年版,第 163—164 页。这首诗是普希金 1836 年 8 月 21 日在彼得堡的石岛写成的,距离他因决斗而死只不过半年多的时间。他在这首诗里写出了自己的崇高志向和使命,为自己一生的诗歌创作活动做了一个最后的总结,而且预言了他的名字将永远不会被人们所遗忘。他说的纪念碑,不是用人工所能建成的,他要高耸在 1832 年彼得堡冬宫广场上建立的沙皇亚历山大的纪念石柱之上(此处为转引戈宝权老师的注释)。

② См.《Писатели Орловского края》,Издательство "Вешние воды". 2000. С. 10;参见朱宪生《在诗与散文之间——屠格涅夫的创作与文体》,陕西人民教育出版社 1999 年版,第 46 页。

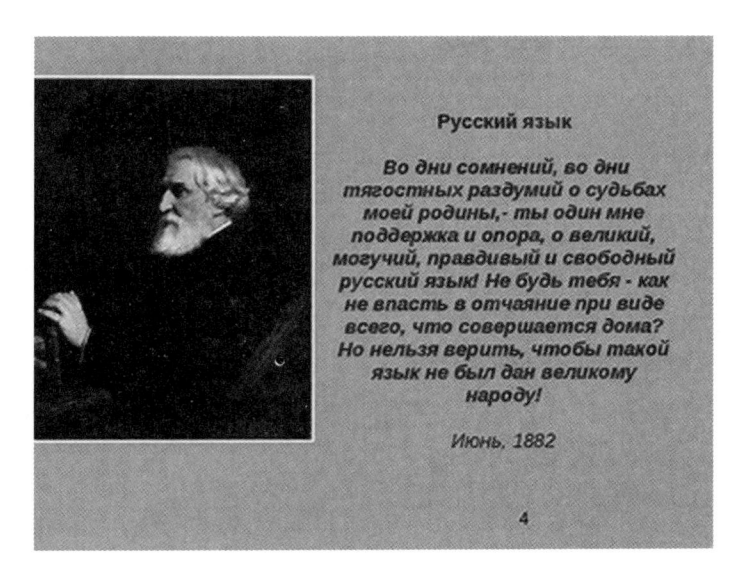

《俄罗斯语言》俄语版

　　在《俄罗斯语言》中，屠格涅夫以自己独特的方式表达了对俄罗斯人民、对民族伟大文化和语言的炽热之爱。屠格涅夫，人在西欧心在俄。他得到了俄罗斯人民的滋养。

　　格·克拉斯尼科夫写道："如果一个民族不配拥有那神赐的昔日的天才，那天才也就将与自己的人民渐行渐远。① 因为，无论是肉体，还是精神，俄罗斯语言就像蜜蜂酿出的蜂蜜，滋养着屠格涅夫这位爱国者的心房，因此，铿锵有力、感人心怀的俄罗斯语言瞬间流淌于笔端，犹如瀑布飞流直下：形成伟大、有力、逼真和自由的大景观！

　　远在异国他乡的游子在充满疑虑的日子里，在抱憾思念祖国命运的那些日子里，支撑他的竟然只有伟大、有力、逼真和自由的俄罗斯语言。只因他怀着一个坚强的信念，只有伟大的民族才会拥有伟大的语言。他也深信，伟大的人民必将战胜包括战争和瘟疫在内的一切让人痛苦、让绝望的天灾人祸！

　　此人已去，茶却未凉！《俄罗斯语言》引起了人们广泛的共鸣，获得

---

① Генадий Красников. См. 《И мы сохрани́м тебя, ру́сская речь, вели́кое ру́сское сло́во》, Издательство "Вече", 2013. С. 18.

了巨大的声誉。1888年8月26日，柴可夫斯基在谈论散文诗的时候写道：" 屠格涅夫非常公正地指出了俄罗斯语言无限丰富、无限有力、无限伟大的特点"①。

屠格涅夫如果一直居住在自己的祖国，那也许在晚年他不会写出彰显灵光神妙的"伟大、有力、逼真、自由"的"俄罗斯语言"这么精美的作品。俄罗斯诗人巴尔蒙特认为："在散文诗《俄罗斯语言》中，屠格涅夫为其唱了一首赞歌。只要俄语还存在，屠格涅夫就不会死亡。这意味着他是永生的，不朽的"②。

普里什文写道："这也就是为什么我们的词语应该清脆、响亮，并尽量让每个人都能明白易懂的原因了"③。

"俄罗斯语言的天然财富如此丰厚，只要不使奸耍滑，用心关注时代，和普通人保持密切联系，口袋中装一小册普希金的文集，就能成为出色的作家。我们耕种、施肥、播种，播下的东西自己就会生长出来。"④

普里什文写道："大众的语言——是相似，个性的语言——是风格；每个人都有自己的语言。

"众人和个人。每个人以自己的方式谋求在众人中（在社会上）的'地位'。

"写作是获取每个人在社会中地位的途径：认可自己的个性"⑤。

康·亚·费定说："风格的基础，它的灵魂是语言。这是风格棋盘上的老帅。没有老帅，棋就无法下了。没有语言，也就没有作家"⑥。

普里什文认为，民间语言具有很强的艺术表现力量："我经历了倾听民间言语时所感受到的那种珍贵激情，我惊讶于它的表现力量。

"我开始从事语言研究，只是因为我感觉从事农艺学研究极其枯燥乏

---

① Дни и годы П. И. Чайковского. Летопись жизни и творчества. М.；Л.，1940. С. 453.
② 转引自朱红琼《屠格涅夫散文诗研究》封四，人民出版社2013年版。
③ М. М. Пришвин. Собрание сочинений в 8 томах. Том 7. С. 275；参见米·普里什文《大地的眼睛》，潘安荣译，长江文艺出版社2005年版，第202页。
④ М. М. Пришвин. Собрание сочинений в 8 томах. Том 7. С. 238；参见米·普里什文《大地的眼睛》，潘安荣译，长江文艺出版社2005年版，第210页。
⑤ М. М. Пришвин. Собрание сочинений в 8 томах. Том 7. С. 311；参见米·普里什文《大地的眼睛》，潘安荣译，长江文艺出版社2005年版，第237页。
⑥ 转引自白春仁《文学修辞学》，吉林教育出版社1993年版，第206页。

味，令人无法忍受，这是其一；其二是因为，作为一个典型的、奇妙的俄国知识分子，最终不管怎样我都将在生活中具体化。"①

普里什文强调说："如果有人善于倾听和领会民间的语言，他就会发现，诗意也一直是它的主导因素"②。

"在我的文学飞行过程中，我有一段时间也是如此迷恋于接近故乡的大地，以至我有时甚至劝说年轻人摆脱少年时代的追求，深入到遥远偏僻的地方。

"我说：'不必到中非去，在我们的莫斯科附近，你们就能找到一个名气稍逊于非洲的世界。你们应该为自己身边的人发明创造，你们离人民越近，就越能深入了解人民的宝库……'"

"扎莫希耶村子里的所有人都知道，特鲁诺夫是怎么救一位二道贩子的，他们还会讲很多其他的奇闻逸事，我最近一次来这里的时候，就收集了一大堆诸如此类的故事，我走在一条新铺设的沼泽地道路上，感觉自己收获很多，由于自己这次远足在语言上收获颇丰，我就用一种特殊的眼光察看了这条长长的道路，在这条路上走了整整一俄里，满脑子想的都是美滋滋的事儿。"③

"在我从事农艺师工作的时候，人民的语言对我来说成了一种音乐。我倾听、记录他们的语言，惊异于俄语嘹亮动听的音韵，以及它从忧郁到天真的调笑再到出其不意的人类高度智慧的表达之间的种种转变。

"对我来说，词汇成了神奇的舞者，而朴实的俄国人民则是词语宝藏的无尽源泉。

"如果将这一切捕捉住，并巧妙地用文字表达出来，那么便会拥有自己的事业，便可以在与他人的融合中成就自己。

"我的面前好像出现了霞光。从小到大，看到母亲和所有人的生活，我一直将劳动视为对亚当的诅咒。但是现在我发现，人可以通过快乐的劳动战胜亚当的暴躁的上帝，走向自由。

"我有生以来一直在做着不属于自己的事情，而现在忽然之间……

---

① 米·普里什文：《大自然的日历》，潘安荣译，长江文艺出版社2005年版，第6页。
② 米·普里什文：《恶老头的锁链》，谷羽译，长江文艺出版社2005年版，第463页。
③ М. М. Пришвин. Собрание сочинений в 8 томах. Том 3. С. 93，此处为笔者译。

"现在我有了一个目标，就是去写心爱的事物，从此以后，我感到自己拥有无穷的力量去关注人们，这种力量直到现在也没有消失。我相信，它永远也不会消失。一股健康的清泉从某个幽暗的、看不到的深处涌入我的心灵，我从此变得独立，不用再向书本和睿智的人求救"①。

　　普里什文在《刺柏》中写道："我继续坐在树旁，却没有从虚荣心的角度思考语言，而是把语言当作将与我素不相识的人齐集到大自然的圣殿的东西。如果一个文学家既可以在众人眼里渺小如手指，与此同时，也可以作宇宙的英雄，那他又何必灰心丧气呢？"②

　　普里什文对青年大学生发出了谆谆的劝告："只是应当提醒您注意，生搬硬套民间语言的特色并不可行，在这方面著作者应十分谨慎。作家应当对母语有特别的情感，据我私见，这有赖于坚持不懈、饱含深情地阅读典范之作。但如有天赋，这种分寸感会自然流露"③。

　　普里什文说："艺术家对思想的感知使艺术家成为思想无言的占有者，靠着自己的语言手段，艺术家为我们揭示思想本身。

　　"语言艺术家当然比其他所有的艺术家都更艰难，因为对思想的感知是难以言传的，极易为逻辑暗中所取代"④。

　　普里什文说："语言艺术的事业中最为困难的就是——成为自我评说者"⑤。我国所说的"自己的文章好"，但普里什文对别人的评说也抱着极为积极的欢迎态度。在与 А. А. 沙霍夫的谈话中有这么一段对话：

　　"'您怎么对待评论？要是不摩挲着您的头赞许你，你是不是很难受？'有一次我问他。

　　"'不，我认为评论是有益的，是需要的。当然，要是敲打得很厉害，每个人都觉得受不了。官方的评论不会给我任何东西，倒是读者的建议常常让我受益匪浅'，他很谦虚地说"⑥。

---

　　①　М. М. Пришвин. Собрание сочинений в 8 томах. Том 2. С. 471；参见米·普里什文《恶老头的锁链》，谷羽译，长江文艺出版社 2005 年版，第 458—459 页。
　　②　米·普里什文：《大地的眼睛》，潘安荣译，长江文艺出版社 2005 年版，第 115 页。
　　③　米·普里什文：《大地的眼睛》，潘安荣译，长江文艺出版社 2005 年版，第 251 页。
　　④　米·普里什文：《大地的眼睛》，潘安荣译，长江文艺出版社 2005 年版，第 168 页。
　　⑤　米·普里什文：《大地的眼睛》，潘安荣译，长江文艺出版社 2005 年版，第 245 页。
　　⑥　《Пришвин и современность》под редакцией П. С. Выходцева. М.：Издательство：Современник，1978. С. 185.

索洛乌欣说："人的举止行为至关重要。当别人说话时，他是否善于聆听，倾听来自其他方面的言语。具有良好教养的人们能够做到这一点。

　　"对于作家来说，这也是他的艺术中的重要条件之一。他是否能够以他人的眼睛阅读自己的作品。

　　"微妙就微妙在不是在事后，而是就在谈话或者写作的那个时刻，也就是说：同步进行"①。

　　索洛乌欣还说："文学书面语必须是文学的和书面的，它与口语不同。当你读莱蒙托夫和普希金、果戈理和屠格涅夫、托尔斯泰和契诃夫的作品时，语言纯正、严谨、洁如水晶，甚至优美华丽。然而，他们之中的任何人又都不回避运用口语、方言、古词、俚语……这些词语运用得恰到好处，它们就为作家的书面语言增添光彩……"②。

　　索洛乌欣又说："语言，这是取之不尽的材料库，是储存大量词汇—砖块的仓库。……由这些词汇—砖块建成的建筑物则有完全不同的风格、美感、崇高精神、音调、感情色彩"③。

　　毛泽东在《在延安文艺座谈会上的讲话》中铿锵有力地讲了这么一段很重要的话："人民生活中本来存在着文学艺术原料的矿藏，这是自然形态的东西，是粗糙的东西，但也是最生动、最丰富、最基本的东西；在这点上说，它们使一切文学艺术相形见绌，它们是一切文学艺术的取之不尽、用之不竭的唯一源泉。这是唯一的源泉，因为只能有这样的源泉，此外不能有第二个源泉"。

　　在这段话后面，他又补充到："实际上，过去的文艺作品不是源而是流"，它可以作为我们创作的继承和借鉴，"但是继承和借鉴绝不可以变成替代自己的创造，这是绝不能替代的"④。

---

①　索洛乌欣：《掌上珠玑》，陈淑贤译，百花文艺出版社2002年版，第83—84页。

②　索洛乌欣：《掌上珠玑》，陈淑贤译，百花文艺出版社2002年版，第78—79页，省略号为笔者加。

③　索洛乌欣：《掌上珠玑》，陈淑贤译，百花文艺出版社2002年版，第81—82页，省略号为笔者加。

④　纪怀民、陆贵山、周忠厚、蒋培坤编著：《马克思主义文艺论著选讲》，中国人民大学出版社1982年版，第548页。

闻一多说:"他的文字不仅是表现思想的工具,似乎也是一种目的"①。

古希腊的亚里士多德说:"语言的准确性,是优良的文体的基础"②。

朱熹曾说:"诗须沉潜讽诵,玩味义理,咀嚼滋味,方所有益"。讽诵也好,玩味也罢,咀嚼也罢,都是要从语言中体味出其中包含的情味。朱光潜曾说:"咬文嚼字,在表面上像只是斟酌文字的分量,在实际上就是调整思想和情感"。汪曾祺说:"语言不只是技巧,不只是形式。小说的语言不是纯粹外部的东西。语言和内容是同时存在的,不可剥离的。……什么是接近一个作家的可靠的途径?——语言"③。他还说,"要理解一个作家的思想,唯一的途径是语言"。"研究创作的内部规律、探索作者的思维方式、心理结构,不能不玩味作者的语言。是的,'玩味'"。④ "写小说就是写语言。"⑤ 他对小说的分析也着力从语言入手,强调语感,强调"玩味"。"言为心声。""情动于中而形于言。""语言是思想的直接现实。"语言艺术家正是靠着对词语的精心选择和组织来表现自己的思想、情感和艺术旨趣的。А. Н. 尼柯留金主编的《文学术语和概念百科词典》中也是同一种说法:"因为文学中的所有表现手段的实质最终都要集中到语言,所以诗学也就可以理解为艺术地来使用语言的手段。作品的语言文本是它的内容存在的唯一物质形式;读者和研究者就是用语言来捕捉作品的内容,要么渴望在自己时代的文化中恢复语言的地位,要么把它载入正在变化的时代的文化"⑥。

无论是索洛乌欣的"语言是砖块的仓库",还是毛泽东的"取之不尽、用之不竭的唯一源泉";不管是朱光潜的"咬文嚼字"也好,汪曾祺的"玩味"也好,古人的"言为心声"也罢,这些肺腑之言都是要从语言去揣摩作品所隐含着的丰富的意蕴。因此,采用"咬文嚼字"法或

---

① 闻一多:《庄子》,转引自《汪曾祺文集·散文卷六》,北京师范大学出版社 1998 年版,第 74 页。
② 童庆炳:《文体与文体的创造》,云南人民出版社 1994 年版,第 54 页。
③ 《汪曾祺文集·散文卷四》,北京师范大学出版社 1998 年版,第 7 页。
④ 《汪曾祺文集·散文卷四》,北京师范大学出版社 1998 年版,第 8 页。
⑤ 《汪曾祺文集·散文卷四,北京师范大学出版社 1998 年版,第 217 页。
⑥ 《Литературная энциклопедия терминов и понятий》под редакцией А. Н. Николюкина. Москва НПК 《Интелвак》, 2003. С. 785.

"细读"法对普里什文的创作遗产和整个俄罗斯文学进行研究不仅是必要的,而且是可行的。再者说来,因为往往是"形象大于思想",脱离了蕴涵着作家的情感、思想的文本语言谈作品意义,很有可能变成无意识的虚构或自由任意的想象。

六 普里什文语言的音乐性

我国评论家张国俊认为,"现代艺术散文作家都能从自身内在生命的感觉出发把握语言,选择与自己内在生命同构的节奏和韵律的语言,去表现自己对人生的体验和把握,从而形成作家个人的独特的语言节奏。同时,他们还把这种灵动的富于个性的语言风格与闲适、与平淡交织起来,使艺术散文语言在闲适中有着灵性的闪动,在平淡中有着生命的律动"[1]。

无独有偶,偶得帕乌斯托夫斯基的叙述让我如获至宝,心灵达到了如此默契的深度共鸣:"普里什文的散文完全有权被称为俄罗斯语言的杂类草。普里什文的语汇像盛开的花朵一般闪耀着鲜艳的光泽。它们时而像百草一般簌簌细语,时而像清泉一般泓涌流淌,时而像小鸟一般啁啾啼唝,时而像最初的冰块那样叮当作响,最后,它们犹如行空的繁星,排成从容不迫的行列,缓缓地印入我们的脑海"[2]。

首先,普里什文语言的音乐性表现在诗歌的自然切入:人们常常说这样的话,"说得比唱得还好听!"说话是说话,唱歌是唱歌。为什么讲"说得比唱得还好听"呢?节奏和音调优美的语言,听起来抑扬顿挫,铿锵和谐,的确似唱歌一样,美妙动人。

美妙的诗歌是多么动人啊!每个国家最古老的文学都是诗歌作品。具有高度音乐美的诗歌,人们读着读着就常常进入一个忘我的境界。有音乐性的诗歌,朗朗上口,特别容易感人,它又便于背诵,易于记牢。诗歌有这么多好处,怪不得人们对精彩的诗歌是如此的喜爱了。母亲的摇篮曲、儿童的启蒙书籍、流行的格言谚语、宗教的宣传诗许多都是

---

[1] 张国俊:《中国艺术散文论稿》,中国社会科学出版社 2004 年版,第 319 页。
[2] 帕乌斯托夫斯基:《金玫瑰》,戴骢译,百花文艺出版社 1987 年版,第 332 页。

诗歌。

普里什文说得很准确："我感谢命运,使我携着诗情走进了散文,因为诗不仅能推动散文,而且能使灰暗的生活变得阳光灿烂。如此的丰伟功业是契诃夫这样的诗人——散文家才承载得起的。

"我感到,在这方面我还十分渺小;不过我的道路是正确的,是真正的俄罗斯式的道路—人民的道路,这是毋庸置疑的事实(我的读者几乎每天都在为此证明)"①。

"除了文学上的那些东西,生活中的物件我一样也不会做。我甚至形成了思维的定式,只有诗意的东西才能带来极大的愉悦。"②

普里什文对诗具有宽泛的理解:"诗就是一切语言艺术"③。"我对母亲和其他一些优秀的俄罗斯人都怀有记忆,在这个意义上,缅怀是美好的行为方式,那么,我以自有的方式献给人类的诗,便是这种行为方式的结果。我压根儿称不上是文学家,我的文学家是我的行为方式。

"我常情不自禁地想,诗是形成个性的最重要的精神力量,是多数人与生俱有的力量,他们中的每一个都可能在合乎天性的某项事业中成为诗人。

"然而凭借外在的行为,无法焕发人内在的精神力量。如果想凭借社会的力量促成高尚的外在行为,那么,外在的行为必须符合每一个真实自我的内在的行为方式。

"或许,我们称之为诗的东西,就是能焕发我们创造力的个性的行为方式"④。

例如,①"诗——是化美为善这一功勋的灵魂"⑤。②"明天我就77岁了。从小在众兄弟中,一般地说,我身体就有些虚弱,所以从来都谨防自己挥霍生命。幸亏如此,我才投身维持生命秩序的事业。如今才明白,使人长寿的不是健康本身,而是如何正确地消耗健康('作息规

---

① 米·普里什文:《大地的眼睛》,潘安荣译,长江文艺出版社2005年版,第97页。
② 米·普里什文:《大地的眼睛》,潘安荣译,长江文艺出版社2005年版,第50页。
③ 转引自季·霍洛托娃《普里什文的艺术思维:内容·结构·语境》,伊万诺夫国立大学出版社2000年版,第261页。
④ 米·普里什文:《大地的眼睛》,潘安荣译,长江文艺出版社2005年版,第27—28页。
⑤ 米·普里什文:《大地的眼睛》,潘安荣译,长江文艺出版社2005年版,第83页。

律'）。但是当然，作息规律本身应当作生命的仆从，如同音步进入音律，作息规律也应当融入行为方式。规范行为蕴涵着跳跃前的准备，就像雏燕第一次奋飞出巢所做的那样"①。③"H. 甚至连自然派作家都算不上，简直就是个囿于动物世界的传记作家。这样一些蒙昧的作家，尤其糟糕地理解了对话的意义。他们幼稚地以为对话就是谈话"。

然而，对话的作用就是用来彰显小说的个性本质：什么样的人就该说什么样的话。

对话中的用词大多特别富有表现力，是个性化语言。对话尽可能包含语调和言语的音乐性。对话还不是诗，但已经非常接近这个门类。

马雅可夫斯基干脆抹去了对话和诗歌的界限。自然派作家和传记作家理当惧怕对话，因为他们是用没有灵魂的、词语的骨架来写作的②。

意境优美、造句凝练、内涵丰富、音调和谐的诗歌创作要讲究音乐美，散文的创作也要讲究音乐美。散文的句子虽然不需要押韵，但散文除了思想深刻、内涵丰富、形象饱满外，在艺术感染力方面越强烈，给人们的印象就越深。达到艺术感染力的手段是多种多样的，在语言技巧方面，众多的要素中，音乐美是很重要的。具有音乐美、生动流畅的文学语言，读起来令人愉快，它仿佛澄澈的山泉似的叮叮当当地流淌着，那么美妙，那么动人。一篇散文，尽管它本身并不发出声音，但是人们在朗读、背诵它的时候，总是要在口头上或心里发出声音来。在诗性散文作品中，有时适当使用一些诗文句子，如诗歌、谚语、格言，特别是在节骨眼之处，讲究一下语言的音乐美，不但可以更好地阐明意思，增添文采，还可以大大加强它的艺术感染力。

请看普里什文是怎么来看待幸福的：

昨天在公园，几个女人认出了我，把我团团围住，表达对我的爱戴。

"大概，您有幸福的童年？"其中的一个问。

"免不了也受些委屈，对我来说，幸福的要义不在于童年如何，而在

---

① 米·普里什文：《大地的眼睛》，潘安荣译，长江文艺出版社2005年版，第102页。
② 米·普里什文：《大地的眼睛》，潘安荣译，长江文艺出版社2005年版，第131—132页。

于我能绕开那些委屈",我答道。

我们每个人都必定要自己舔净伤口。伤口愈合——就是幸福。我们必定要创造自己的幸福。

当然,幸福不可或缺,但幸福该是怎样的?有一种幸福——凭靠的是偶或有之的好运——那就请上帝保佑吧。而我渴望的幸福,是我应得的报偿。

我的朋友啊——这自然是我的幸福,难道我不配得到这幸福!许久之前,我就为了幸福苦苦煎熬,多少年来,在艰辛的劳动中,我没有计较一己的荣誉,博取了社会的赏识,然而我又忍受了多少屈辱。

不,不!我的幸福是我应得的,如果人人都肯付出巨大的努力,忍辱负重,那么,几乎所有的人都会幸福。

我说"几乎",因为生命的全部力量并非都集中在人的双手中,所以才常讲:"若非命运弄人"。或者:"人生无常"。

幸福"降临"人世,是时有时无的事,而快乐——则是可以赢取的。①

帕乌斯托夫斯基曾形象地说:"契诃夫和海涅!尽管这些作家各不相同,他们都以自己的全部创作清楚地表明:真正的散文饱含着诗意,犹如苹果饱含着汁液一样"②。

的确,诗情是洋溢弥散在作品中最能动人心魄的氛围和情韵,是言外之意,弦外之音。普里什文善于用诗意的语言来表现各种难以言说的形态和心态,因而他的散文化语言是充溢着诗情的。这诗情不但表现于作者探索的自然意象所蕴蓄的诗情画意之中,也流淌于字里行间,贯穿于所有诗性散文化创作的始末。在普里什文的诗性散文中,可以入诗的句子比比皆是,例如:

我去音乐学院听姆拉温斯基指挥的乐曲:勃拉姆斯的,第一交响曲,

---

① 米·普里什文:《大地的眼睛》,潘安荣译,长江文艺出版社 2005 年版,第 12—13 页。
② 散文的诗意,见帕乌斯托夫斯基《面向秋野》,张铁夫译,湖南文艺出版社 2008 年版,第 26 页。

还有瓦格纳的三十年未闻的《唐豪赛》①为我展现出广阔的生命地平线。与此同时,我,俄罗斯的米哈伊尔,在我的祖国,在我的内心发现:仿佛我自己就和朝圣者走在一起,为获得生命的欢乐在维也纳山暴动。

结果昭然如日:我没有枉然地将自己的青春献给瓦格纳。

怀着对美好未来的期许,晚上我们将迎接新年。俄罗斯举国上下莫不如此——俄罗斯学会了等待,这其中蕴涵着俄罗斯的智慧、希冀、信念和爱。对美好的期许,在不断的积蓄中,正冲破死亡主宰的界限。

我们在耐心等待,愿我们每个人都获得创造生活的广阔天地,不管我们怎样,愿清晰的道路永远为了全世界的和平而在所有的人脚下铺展。②

这样,他的散文就呈现出一种音乐之美。

普里什文散文音乐美的夺目光彩是受到了神的圣光照耀的!

普里什文在德国留学的那几年,适逢著名指挥家尼基什在那里演出。瓦格纳的音乐让他着了魔。只要有尼基什出场,他差不多都要去听音乐会:在两年期间,一部《唐豪赛》他就听了37次。

普里什文夫人瓦·普里什文娜在《观察世界的艺术》一文中写道:"普里什文从一开始就确立了独特的思想,这些思想就像魔鬼一样一辈子都附身于他。40年之后,他也许都记不得因流年似水而远去的比赫纳和尼基什,却在日记里记下了下面的一段话:'从诗歌进入生活的桥梁——这就是恭敬的节奏,节奏一响,惊奇也起。在我看来,人的杰作不是他盗取了天火,而是他偷运着音乐,偷,是要先把她传来让她舒缓劳作的压力,然后就是在音乐的伴奏中,节奏与劳动同时叮叮当当的劳作本身就变成了享受的事情'"③。

"劳动创造了人!"恩格斯怎么说得就这么好呢?!

还有比恩格斯更绝的古希腊人,他们认为,在劳动之余还可以学习,

---

① 瓦格纳的歌剧,与歌剧同名的主人公唐豪赛是德国民间游吟诗人。
② 米·普里什文:《大地的眼睛》,潘安荣译,长江文艺出版社2005年版,第100页。
③ Пришвин и современность. Под редакцией П. С. Выходцева. М.: Изд. "Современник", 1978. C. 31-32.

学习是休闲的组成部分。因此，希腊人在劳动之余从事哲学思辨和艺术创作，开创了古希腊的灿烂文明。

巴金说："艺术的最高境界是无技巧"。普里什文作为天生的真正散文大师，他与"匠"不同，他不能只在技巧上下功夫，或只以某些雕虫小技来处理作品，他确实具备整合的心灵与创造的精神，其中包含了哲人的玄妙神思、诗人的抒情心灵、画家的透视慧眼、雕刻家的熟练驾驭以及音乐家的听觉创造能力。合而言之，乃是能够直透心灵深处，把哲人、诗人、画家、雕刻家以及音乐家的所有慧心都融会贯通，展现全体宇宙的真相及其普遍生命之美。这种神妙奇异的艺术创作由人向自然生成而形成"通感"，真如巧夺天工一般，直把宇宙之美表现得淋漓尽致："我明白了自己在文学上早期失败的原因，是因为我没有能够成为我自己本人。现在我了解了自己，明白我天生不是一位文学家，而是一位风景画家，因为我很少敢虚构，我是根据实际情形而涂画的。如果一棵树向右长，而我要把它描绘成向左的话，那我画出来的图画通常不会成功。但是我发现，一切事物都美丽如画，而我又没有绘画的习惯，于是我就运用词语和句子，正如绘画时运用颜料和线条一样。这样一来，作为一个天生的风景画家，更准确地说是一位音乐家，我开始运用另一种艺术力量来表现自己，这就是为什么至今我还走在陈旧路径上的原因。有什么办法呢？只要努力，这样就比较好。也许，所有的艺术家在运用自己的艺术力量的同时，也都在利用其他艺术中的技巧而工作？也许，艺术本身正是代替已经失去的同源学科而兴起的？"① 由于"通感"，"大度的主人如果看到别人经营不良，会伸手襄助：他有心顾念他人。小气的主人却只急顾自己：他无力考虑旁人。我的语言艺术、绘画、建筑、雕刻还有其他所有艺术门类，都是我们琐碎生活中的灯塔，是气度恢宏、浑然一体的精神之光"②。

我们看到，普里什文把自己准确地当作"是一位音乐家，我开始运

---

① 米·普里什文：《大自然的日历》，潘安荣译，长江文艺出版社 2005 年版，第 8—9 页；同时参见 М. М. Пришвин. Собрание сочинений в 8 Томах. Том 3. С. 16–17。

② М. М. Пришвин. Собрание сочинений в 8 Томах. Том 7. С. 216；参见米·普里什文《大地的眼睛》，潘安荣译，长江文艺出版社 2005 年版，第 146 页。

用另一种艺术力量来表现自己"。

因他在用艺术的力量表现自己的心灵，我们在读他那些文笔生动活泼、流畅自然的杰作时，就是一种美的享受，就好像是听一阕美妙的音乐，它是那样和谐优美，悦耳动听，带你随着他的旋律和节奏，一步步进入一个令人心旷神怡的美妙境界。

普里什文的这种美文是俄罗斯文学的一份珍贵遗产，其可接受性相当广泛，早已超越了国界，成了世界各国人民随时可以共享的精神营养品，因为他在《大地的眼睛》《勿忘草》《仙鹤的故乡》《国家大道》等大量散文美文中创新了不少新文体，开拓了很多新领域。读着这些美文，我的眼前总是闪闪发光，心中涌动出无限的力量，耳边总希望获得审美上的广泛接受，因为这是一种返回生命原创力的散文，它返回散文的原初品质，返回散文应有的品质，洁净、优雅、简练、深邃，蕴涵着某种灵性，带着某种神性的光芒，洋溢着某种诗意。

《大地的眼睛》《勿忘草》《仙鹤的故乡》《国家大道》等诗性散文是一篇篇艺术美文，又是一篇篇心灵美文，也可以说是心智美文，正如歌德所说："艺术要通过一种完整体向世界说话，但这种完整体不是在自然中所能找到的，而是他自己心智的果实，或者说，是一种丰产的神圣的精神灌注生气的结果"①。普里什文的散文，有些是袖珍散文（миниатю́ра），有些甚至可以说就是散文诗。所以，他一直就被誉为"散文文体大师"。从精神力量的震撼力以及俘虏人心的诗的威力来感知，普里什文的艺术散文是俄罗斯现代散文的重要代表。

屠格涅夫说过一句名言："所有的艺术都是生活向着理想的升华"②。

帕乌斯托夫斯基写道："散文一旦臻于完善，实际上也就是真正的诗歌了"③。他还写道："普里什文认为自己'是一个被钉在散文十字架上的'诗人。其实……他散文中诗的汁液，远比许多诗歌要浓厚得多"④。

列夫·托尔斯泰写道："我永远也弄不清楚散文和诗歌的界限在哪

---

① 《歌德谈话录》，人民文学出版社1979年版，第137页。
② 转引自黎皓智《俄罗斯小说文体论》，南昌百花洲文艺出版社2003年版，第171页。
③ 帕乌斯托夫斯基：《金玫瑰》，戴骢译，百花文艺出版社1987年版，第367页。
④ 帕乌斯托夫斯基：《金玫瑰》，戴骢译，百花文艺出版社1987年版，第330页。

里",他在《青年时代的日记》中以他少有的激烈口吻问道:

> 为什么诗歌同散文,幸福与不幸会有这样千丝万缕的密切联系?应该把兴趣放在什么上边呢?是竭力把诗歌与散文融为一体,还是先尽情地享用其中的一个,然后再全神贯注于另一个?
>
> 理想中有胜于现实的地方:现实中也有胜于理想的地方。唯有把这两者融为一体才能获得完美的幸福。①

契诃夫认为,"莱蒙托夫的《塔曼》和普希金的《上尉的女儿》证明了散文同丰满的俄罗斯诗歌之间具有血亲关系"②。

在引述了列夫·托尔斯泰和契诃夫的观点后,帕乌斯托夫斯基写道:"文学最高、最富魅力的现象,其真正的幸福,乃是使诗歌与散文有机地融为一体,或者更确切地说,使散文充满诗魂,充满那种赋予万物一生命的诗的浆汁,充满清澈得无一丝杂质的诗的气息,充满能够俘虏人心的诗的威力。

"在这种场合下,我不怕使用'俘虏人心'这一说法。因为诗歌的确能够俘虏人,征服人,用潜移默化的方式,以不可抗拒的力量提高人的情操,使人接近于这样一种境界,即真正成为能够使大地生色的万物之灵,或者用我们先人天真儿又诚挚的说法,成为'受造物之冠'"③。

索洛乌欣说:"……但是,作家,真正的作家,而不是中流的作者,没有独特的风格、没有自己独树一帜的手法,是不可以的"④。"普里什文独具一格,他清晰地知道自己的特征,他不会背离它,只能按照自己的独特风格创作。"⑤

无论是普里什文的"记不得体裁",还是列夫·托尔斯泰的"我永远也弄不清楚",不管是帕乌斯托夫斯基的"散文充满能够俘虏人心的诗的

---

① 转引自帕乌斯托夫斯基:《金玫瑰》,戴骢译,百花文艺出版社1987年版,第367—368页。
② 帕乌斯托夫斯基:《金玫瑰》,戴骢译,百花文艺出版社1987年版,第367页。
③ 帕乌斯托夫斯基:《金玫瑰》,戴骢译,上海译文出版社2010年版,第334页。
④ 索洛乌欣:《掌上珠玑》,陈淑贤译,百花文艺出版社2002年版,第50页。
⑤ 索洛乌欣:《掌上珠玑》,陈淑贤译,百花文艺出版社2002年版,第105页。

威力",抑或郭风的"散文这一文体使其他文体(体裁)向自己靠拢",还有当下流行的"跨文体写作",还有诗性散文(прозопоэзия),这一切都说明,散文与其他文体的融合是早已有之①。

普里什文语言的音乐美来自诗意化的民间文学。他认为,民间文学作品的魅力就在于其具有很强的音乐节奏感:"这种合理安排外部世界和我的内心世界的力量,我称之为节奏,他不但让我每一部作品都写得轻松,而且还让我为之陶醉"②。

诗意化的语言就来自生活的节奏。普里什文在1932年1月7日的一则记录中写道:在生活的节奏里"就可能蕴涵着诗意"。他把节奏分成两种:线形节奏和呈圆形运转的节奏。"诗意就是一种阳光的氛围,是人的意识的霞光。"即使是日常生活不复存在也仍蕴涵着诗意,当然啦,所依托的还是那个太阳(日出日落)。呈圆形运转的节奏是有去有回、有升有落——有欢迎有告别,是老爷爷给小孙子讲述伊万——王子的童话。而如果假设是线形节奏,比方说,我们乘着火车,车轮很有节奏地敲打着铁轨:"叮当跑吧——奔吧"。看到一轮旭日抬头——我就说"早上好",看到落日——就说"再见!"③

"从诗歌到生活的桥梁——就是让人心生景仰的节奏,惊奇就是由此而生。在我看来,人的天才不是从天盗火,而是因为创造了音乐,并让她缓解劳动的压力,到后来就连节奏无处不在的劳动本身也把劳动变成了一种享受。诗人呀,要心存敬畏,由此为自己制定一个规则且遵之循之:你只能听天赋于你的音乐节奏并尽力与此节奏和谐地安顿自己的生活……"根据普里什文的这一思想,童话的"童话性"之所以得到强化,就是因其服从音乐创造的规律。也只有呈圆形运转的节奏方可能蕴涵诗意,或者说只有音乐的节奏才能蕴涵诗意:"不服从诗意节奏的童话我是

---

① 俄罗斯研究者 Ю. Б. 奥尔利茨基写过一篇文章:"Прису́тствие стиха" в поэтической прозе М. Пришвина(普里什文诗意散文里诗歌的冲动元素)//Дергачевские чтения - 98. Екатеринбург,1998. С. 205.

② 米·普里什文:《大自然的日历》,潘安荣译,长江文艺出版社2005年版,第61页。

③ М. Пришвин. Дневники 1932 - 1935. СПб. : ООО Изд - во "Росток",2009. С. 156 - 157.

要排除在童话之外的"①。

帕乌斯托夫斯基论节奏的精辟表述再一次为自己的老师普里什文做了最好的证明：

真正的散文总是有自己的节奏的。

散文的节奏首先要求作者在行文时，每个句子都要写得流畅好懂，使读者一目了然。契诃夫在给高尔基的信中就曾谈到这一点，他说："小说文学必须在顷刻之间，在一秒钟之内"，就使读者了然于胸。

一本书不应当让读者看不下去，弄得他们只好自己来调整文字的运动，调整文字的节奏，使之适应散文中某个段落的性质。

总而言之，作家必须使读者经常处于一种全神贯注的状态，亦步亦趋地跟在自己后面。作家不应让作品中有晦涩的或者无节奏感的句段，免得读者一看到这里就不得要领，从而摆脱作者的主宰，逃之夭夭。

牢牢地控制住读者，使他们全神贯注地阅读作品，想作者之所想，感作者之所感，这便是作者的任务，便是散文的功能。

我认为散文的节奏感靠人为的方法是永远难以达到的。散文的节奏取决于天赋、语感和良好的"作家听觉"。这种良好的听觉在某种程度上同音乐听觉是相通的。

但是最能够丰富散文作家语言的还是诗学知识。

诗歌有一种惊人的特性。它能使词恢复青春，使之重新具有最初那种白璧无瑕的处子般的清新。即使那些"陈词滥调"的词，对我们已经完全失去了形象性，徒具空壳了，可一旦进入诗歌，却能放出光彩，响起悦耳的音乐，吐出芬芳的气息！

我不知道这该怎么解释。据我看，在两种情况下，词可以显得生气蓬勃。

一是情况在词的语音力量（声能）得到恢复的情况下。而要做到这一点，在朗朗上口的诗歌中比在散文中容易。正因为如此，词在诗作和抒情歌曲中，要比平常讲话时更能强烈地感染我们。

---

① Цит по З. Холодовой: Художественное мышление М. Пришвина. Содержание · Структура · Контекст. Изд. Ивановского гос. университета, 2000 г. С. 237.

另一个情况是词被置于旋律悦耳的诗行之中。在这种情况下，即使已经用烂了的词，也仿佛充满了诗歌的总旋律，和谐地同其他所有的词儿一起发出铿锵的声音。

此外还有一点，诗歌广泛使用头韵。这是诗歌的一个可贵的长处。散文也有权运用头韵。

但这并非主要的。

主要的是散文一旦臻于完美，实际上也就是真正的诗歌了。①

不难看出，普里什文的诗意化语言之所以优美，又是因为他在吸收民间文学养料的过程中，重要的不是注重民间文学的文本本身，而是民间文学自身和谐的节奏，是民间文学所伴随的那种"特有的、让人感到亲密的诗意情结"②。他在自己的作品中也是渴望传达他在倾听童话、壮士歌、北方农人的诗意故事的过程中所弥漫的诗意情结。普里什文写道，我写作"不是寻找书本，而是源于生活。书本对我来说只是备而待查"③。他一生都在不倦地收集俄罗斯词语的"最宝贵的零星砂矿"。他更多的时候是在记录从别人口里传出的和自己偶尔听到的活的词语，而且，像大多数伟大的俄罗斯作家一样，母亲的言传身教对他也是极为珍贵的。

我对母亲和其他一些优秀的俄罗斯人都怀有记忆，在这个意义上，缅怀是美好的行为方式，那么，我以自有的方式献给人类的诗，便是这种行为方式的结果。我压根儿称不上是文学家，我的文学是我的行为方式。

我常情不自禁地想，诗是形成个性的最重要的精神力量，是多数人与生俱有的力量，他们中的每一个都可能在合乎天性的某项事业中成为诗人。

然而凭借外在的行为，无法焕发人内在的精神的力量。如果想凭借社会的力量促成高尚的外在行为，那么，外在的行为必须符合每一个真

---

① 帕乌斯托夫斯基：《金玫瑰》，戴骢译，上海译文出版社 2010 年版，第 332—333 页。

② Цит по З. Холодовой: Художественное мышление М. Пришвина. Содержание · Структура · Контекст. Изд. Ивановского гос. университета, 2000 г. С. 171.

③ Цит по З. Холодовой: Художественное мышление М. Пришвина. Содержание · Структура · Контекст. Изд. Ивановского гос. университета, 2000 г. С. 186.

实自我的内在的行为方式。

或许，我们称之为诗的东西，就是能焕发我们创造力的个性的行为方式。①

普里什文认为，语言的诗意化音乐美来自人民："迄今为止，我是多么的相信，我的别连捷伊王国真的是存在的，我深信，只要我一上路，追赶上前面的路人，兴致勃勃地跟他畅谈起来，用不了多长时间，这位陌生人必定就会向我敞露活在他心中的别连捷伊王国，在告别的时候，我也不知道为什么他会如此满怀深情地感谢我，诚恳地邀请我在每年一度的节日去他家做客。在我们这片微薄的土地上，既没有如诗如画的废弃日久的断壁残垣，也看不见让人细心呵护才得以保存至今的卓越历史文物，只有一些随风婆娑的白桦树，优美的林间小道，长在大路车辙之间的如丝绸般油亮的盘卷着的嫩草，于我，只有一个无穷的乐趣——不管走到什么地方，到处都能遇到故乡的亲人。说真的，动物们也一样，有时就连植物也都向我渐渐敞开了自己的心灵，可最美妙不过的就是从一位我至今仍不了解的人的言谈中，心领神会地认识到自己的最私密的生活"②。

普里什文在人们口中说出的人的语言里体验到诗意美，他在自己作品的文体创造中就追求音乐美，但是，普里什文追求音乐美，不仅仅是由于要渴望展示世界之美而采用的一种艺术方法。他在1915年4月12日的日记中写道："人的嗓音是大自然的音乐创造的"③。

在《大地的眼睛》中有《存在的琴弦》这么一篇微型散文，从中可以看到，作家精神世界的状态对艺术创造是多么的重要。他的思想是这么展开的。

我的哀伤和喜悦中令我略略难为情的是，如果哀伤来临，我感受的

---

① 米·普里什文:《大地的眼睛》，潘安荣译，长江文艺出版社2005年版，第27—28页。
② М. Пришвин. Собрание сочинений в 8 томах. Том 3. С. 141，此处为笔者译。
③ М. Пришвин. Дневники 1914 – 1917. Москва.：Изд."Московский рабочий"，1995. С. 153.

不是哀伤的主题，却仿佛心畔的弦轴越拧越紧，绷紧了一根别样哀伤的弦。听，弦音自起……伴着弦音，脑际萌生的念头，就像送进脱粒机的捆捆庄稼——一切都化成悲痛：我的爱，荣耀，俄罗斯。

与此相反，如果绷紧的是欢乐之弦，那么，天色不佳的时候，我会在纸间为自己写出一方晴好。要是风和日丽，我就出去走走，每一步都有新奇的景致展现于眼前。

早起觉出：欢乐之弦在歌鸣。

"右脚先着地！"——伊丽莎在门外说。

或者，感知了哀伤之弦。

"左脚先着地"，——伊丽莎明白。

于是，在接续的这一天中，如此的存在决定着我的意识。

但我不想这样，不，不！我在自身寻找决定我存在的意识。我想自己调控存在的弦，我希望艺术成为我的行为方式，而不是我的存在的奇思怪想。①

这么短小的一篇微型散文却蕴涵着极为深刻的韵味，实际上这是对普里什文创作行为理论的最好解释。创作行为理论中有一个很重要的思想，即"一个艺术家的行为应当像创造了无私财富的万物一样：这种行为就是从无可逃避的痛苦中寻找出路"②。

普里什文认为，作家就是新现实的创造者，他应该保持很欢乐的精神状态，以便来创造具有持久生命力的作品。看来，普里什文与俄罗斯象征主义者不同，象征主义者认为，"创造决定意识，而不是意识决定创造"③。普里什文意识到，创作与智力、情绪和士气都有很大的关系。从所举的这篇微型散文的文体中，我们也能感到普里什文自始至终都有一种对话精神。他似乎是在与已成定式的"存在决定意识"这一结论进行

---

① М. Пришвин. Собрание сочинений в 8 томах. Том 7. С. 164；参见米·普里什文《大地的眼睛》，潘安荣译，长江文艺出版社 2005 年版，第 89—90 页。

② М. Пришвин. Собрание сочинений в 8 томах. Том 2. С. 458；参见米·普里什文《恶老头的锁链》，谷羽译，长江文艺出版社 2005 年版，第 447 页。

③ Андрей Белый. Формы искусства. // Андрей Белый. Символизм как миропонимание. С. 92. Цит. по З. Холодовой: Художественное мышление М. Пришвина. Содержание · Структура · Контекст. Издательство Ивановского гос. университета, 2000. С. 266.

辩论。他激烈地抗争道："但我不愿意，不，不！"他"想自己调控存在的弦，我希望艺术成为我的行为方式，而不是什么我的存在的奇思怪想"。

在《林中水滴》的《形象》一节中，普里什文表达了自己的惊讶心情："为什么甚至要是把人人皆知的思想、亦即人们天天挂在嘴边的思想很巧妙地用形象成功地表达出来后，却把这当做是真正的发现呢？"他自问后，自己做了斩钉截铁的回答："是不是因为常常是这样，人们在重复一个思想的时候，倒是丢失了它的意义，丢失后复能意识到，那也只有思想以形象表现后方才豁然开朗"①。

普里什文因为综合地、形象地运用自己的文体，善于对普通的事情、对肉眼不易察觉的现象倾注注意力，给那些人人皆知的现象注入新的意义，最主要的是他要张扬自己的信念——"为了人而美好地生活是可能的"。

读着普里什文《存在的琴弦》和《形象》中这些抒情的音乐美文字，可以感受到，作为一位大作家，他几乎没有运用什么专业的名词和高深的理论来表达他的审美心得，而是用平常的话语如叙家常一般地传达自己的独特的审美感受，用生动的比喻像写诗一样地描述自己所获得的美好情趣，用朴素的文字诉说自己所得到的新鲜体会。在自己的文学作品中，他用具备鲜明个性色彩的自由语体，汇聚成强大的冲击力量，促使旧的语言体式发生巨大的变化，创造出了崭新的文体格局，很值得我们借鉴。我们在借鉴的过程中，又必须清楚，文学欣赏毕竟是非常复杂而微妙的精神活动，需要"以神遇而不以目视"，需要欣赏者用智慧和悟性去揣摩语言，亲近作品，领悟作者的心志。而且，有时候我们作为东方读者，如果刻意要从其作品中去寻求阅读快感和审美美感却又不那么容易得到，即使有一点感悟，却又不能那么准确而清楚地表达出来。这倒又让我联想到俄罗斯作家纳德松所说的一句话："世界上再没有比语言的痛苦更强烈的痛苦了"②。

徐迟认为："散文家不仅要掌握华丽的文采，而且要善于控制它，不

---

① М. Пришвин. Собрание сочинений в 8 Томах. Том 5. С. 118.
② 转引自秦牧《语林采英》，上海文艺出版社1983年版，第7页。

仅要掌握朴素的文采，还要善于发扬它。写得华丽并不容易，写得朴素更难。也只有写得朴素了，才能显出真正的文采来。……越是大作家，越到成熟之时，越是写得朴素。而文采闪耀在朴素的篇页之上"①。

汪曾祺认为："语言是活的，滚动的。语言是树，是长出来的。树有树根、树干、树枝、树叶，但是是一个有机的整体。树的内部的汁液是流通的。一枝动，百枝摇"②。

普里什文毕其一生，道出了他的心声，即生活的语言才是活的语言："如果有水，水中无鱼——我便不信这水。即使空气中有氧气，没有飞燕——我也不信这空气。不见兽群，唯见人群，森林——便不是森林，生活若缺失了潜于其中的语言——一切都不过是电影的材料罢了"③。

由此可以总结，艺术散文文体的语言：散文文体对语言有特殊的审美要求，一般所谓之精练、准确、生动，远不能臻其妙：其妙在一种十分可爱的"味"，"既能悦目，又可赏心，兼耳底、心底音乐而有之（朱自清：《信札》）。这不是语言的枝枝节节，而是诸种语言因素合成的整体，即曰'文体'"④。"散文文体语言的这种十分可爱的'味'儿，是散文文体区别于其他文体（小说、诗歌、戏剧）的最显著的标志。散文有一种仅仅属于散文的语言方式。那么，什么是散文的独特语境？它是散文独具的语言氛围，既有意义的意境，也绝不可忽略它的形式的层面。它是一种有内容的形式，是作家心灵的艺术化，是作家审美方式特别是文体选择的自然取向。当散文作者遣词造句，由若干句子组成句群，由若干句群组成散文的文体时，他不仅是在选择与结构语言，他同时也在营造自己的散文世界。在散文世界里，语言不只是工具，它本身就是作家的生命存在、文化存在、历史存在、艺术存在"⑤。所以可以说，"散文

---

① 徐迟：《说散文》，转引自方遒《散文学综论》，安徽文艺出版社2004年版，第123页。
② 《汪曾祺文集·散文》（卷六），北京师范大学出版社1998年版，第78页。
③ М. Пришвин. Собрание сочинений в 8 Томах. Том 7. С. 212；参见米·普里什文《大地的眼睛》，潘安荣译，长江文艺出版社2005年版，第142页。
④ 佘树森：《散文的审美反思》，转引自方遒《散文学综论》，安徽文艺出版社2004年版，第246页。
⑤ 王仲生：《一个艰难而聪明的等号》，转引自方遒《散文学综论》，安徽文艺出版社2004年版，第247页。

是人的灵魂同语言的完美合作";"一位出色的散文家,当他的思想与文字碰撞,每如撒盐于烛,会喷出七色的火花"。普里什文在《我的道路》这篇微型散文中做了这样的表露:

> 我从事语言艺术的生命轨迹,在我看来,也是不断进取登高的道路,在每一个这样的时刻,我都知道自己该往何处迈步。
>
> 不过,我沿着一条自己未知的道路,犹如凌空跨了一大步,居然走到了时代的前面。所以,我难以按照一条无间断上升的成功轨迹,依次分置自己的文学经验。
>
> 然而,在我内心存在这样一条轨迹,我视之为一个阶梯。这样阶梯的第一级,我觉得,是我告别故乡,却一心在别的国度,在'鸟儿不惊的地方',在我跟随神奇的魔力面包而行的土地上,寻找家园。
>
> 每一片新的土地似乎都是我的发现,我亲近它,做着和所有年代的漂泊者一样的事:拓展自己的故乡。
>
> 那时我觉得,自己走得比世界快,我在追赶世界,从中拿取我理应拿取的东西。正如我在什么地方正确记述的那样,不知从什么时候开始,我的世界观发生了变化,似乎是我停了下来,世界开始围绕我运转。①

---

① 米·普里什文:《大地的眼睛》,潘安荣译,长江文艺出版社 2005 年版,第 55 页。

第 九 章

文体艺术的风格追求

童庆炳认为:"语体还不是风格,只有当作家将语体品格稳定地发挥到一种极致,并与作品的其他因素有机地整合在一起,这才形成风格。……风格是文体呈现的最高范畴。风格的形成是某种文体完全成熟的标志,因此也是文体的最高体现。没有风格的作家,其作品也就谈不上文体,其创作也就没有获得真正的胜利。"俄罗斯作家丘科夫斯基在致高尔基的信中写道:"我偶尔得之的想法是,评价一位作家不能看他有什么见解抱什么信念,见解和信念是会发生变化的,而要看他那有机的风格,要看那些连作家本人常常都察觉不到的本能的、无意识的创作素养"[①]。西班牙诗人达玛梭·阿隆索认为:"风格是文学批评的唯一对象,而且是文学史的真正任务"。

布封说:"风格就是人。"[②] 有一千个读者,就有一千个哈姆雷特。有的喜作品的凝练、诙谐,有的爱作品的超拔、诡奇,有的赞作品的刚健、明朗,有的夸作品的沉郁、隽永,有的称许作品的豪放、粗犷,有的醉心作品的细腻、委婉,有的颂扬向心灵世界的和风、滋润,有的热衷对乡土风味的愁绪、缠绵……读着、听着不同的艺术家,我便强烈地感到:天才的作家总是显露着自己的"面目",吼出着自己的"声音",在作品中鲜明地打下了自己的印记,用自己独特的"这一个"哈姆雷特美美地吸引着成千上万的读者。这样,刘勰在

[①] Цит. по Корнею Чуковскому. Сочинения в двух томах. Том 2. Критические рассказы. Издательство "Правда", "Огонёк", 1990. С. 609.

[②] 转引自童庆炳《文体与文体的创造》,云南人民出版社1994年版,第102页。

《文心雕龙》中所憧憬的"亦各有美，风格存焉"就获得了不同维度的深广延续。

雨果也十分重视风格。认为风格是优秀作家的标记。……雨果甚至说："形式是出乎人们意想之外的绝对的东西，任何要想存活的艺术，应当一开始就好好地给自己提出形式、语言、风格等问题，风格是打开未来之门的钥匙，没有风格，你可以获得一时的成功，获得掌声、热闹、锣鼓、花冠、众人的陶醉的欢呼，可是你得不到真正的胜利、真正的荣誉、真正的征服、真正的桂冠……"①

艺术是独立的，风格是个性的。英国评论家罗利认为："一切风格都是姿态，心智的姿态和灵魂的姿态"②。俄罗斯科学院社会科学科研信息研究所主编的《文学术语和概念》百科词典对"风格"是这么界定的："风格是作品所有方面和一切因素的美的共性，这种共性具有一种独特性。Л. B. 篷皮扬斯基写道：'风格就是艺术区别于现实的特点'。由于风格不是要素，而是艺术形式的特质，所以它（比方说不会像情节因素或艺术细节一样）被局限在一定范围内，而是仿佛弥散消匿在形式的整体结构中。风格的构成原则是在文本的每一个片段表现出来的，文本的每一个'点'小到每一个标点符号，在自身都携带着整体的烙印"③。风格的整体性极为清晰地体现在风格的体系中——即风格的品格特点，在这些品格特点中体现着艺术的独特性。A. H. 索科洛夫认为，风格范畴作为艺术风格现象而凸显，这样就囊括形式的所有要素。

风格在很大程度上诱导着人们对它的感受。常常是这样，刚一捧起作品，它的一些"美的调子"就能感得到。在作品中表现风格的独创性，主要是作品的表情达意倾向。这种综合的印象此后可以通过艺术分析得到认证和解释。还在18—19世纪之交歌德就对风格和手法的范畴做了区分。在歌德看来，风格是艺术发展的最高阶段，风格植根于最坚实的砥柱，是作品的本质之所在，所以我们能够以可感可触的形象来辨认

---

① 转引自童庆炳《文体与文体的创造》，云南人民出版社1994年版，第160页。
② 罗利：《论风格》，《英美近代散文选》，商务印书馆1986年版，第70页。
③ 《Литературная энциклопедия терминов и понятий》 под ред. А. Н. Николюкина, Москва НПК《Интелвак》, 2003. C. 1031.

它，而手法在歌德看来是艺术的低级阶段①。Г. Н. 波斯别洛夫对风格做了这样的界定："风格——这是作品的特质，比作品的所有三个方面—题材、语词和结构——熔凝为一体的形象形式更准确。对生活的富于表现力、富有创造性的典型化就是在此实现的"②。俄罗斯文艺理论家 Б. 托马舍夫斯基认为："风格——这就是某种艺术的独特性，也许这是语言手段的独特性，或者换句话说——这是人的行为的独特性，无论怎么说，独特——这是风格这个词义的首要特征"。普里什文认为，"艺术是一种创造性的行为方式"。"每个人都有独特的性格和自己的行为方式。尝试给性格分类，是不会成功的。因为性格意味着有别于他人的人，这是不可复现、独一无二的个性的特质。性格——这不是我自身，而是呈现于人的自我。人们只能以己心度我心，别无他法。然而，我之所以为'我'，因为我承载着他人经验中没有的东西，直至他人把我作为经验的材料接纳"③。他的文学活动的源泉就是竭力"向人们展示自己的非凡，并以此也鞭策他们去发现"。在这种情况下，他把广义上的创造，特别是把艺术就理解为展示人身上"非凡才能"的领域。他对风格的最好表述就是："艺术中没有副手：这就是艺术有别于其他一切的根本之所在。生产中不能没有副手，但创造艺术和艺术存在的目的是，人本身就在此起作用"④。

既然风格对文学创作的意义这么巨大，那么，风格是怎么产生的呢？

普里什文认为，"艺术家的风格是从包罗世界的激情中产生的，只有懂得这一点，并且亲身体验到这一点，同时学会抑制激情，小心地表达它，这样，你的艺术风格才会从你个人的吞噬一切的欲望中产生出来，而不是从单纯的学习技巧中产生出来"⑤。从这段话里可以看出，艺术家

---

① 《Литературная энциклопендия терминов и понятий》под редакцией А. Н. Николюкина. Москва НПК《Интелвак》, 2003. С. 1031 – 1034.

② Г. Н. Поспелов. Проблемы литературного стиля, С. 61. Цит. по 《Особенности стиля произведений М. М. Пришвина конца 40 – х – 50 – х годов（соотношение сказочного и реального）》, диссертация кандидата В. Х. Мищенко. С. 3.

③ 米·普里什文：《大地的眼睛》，潘安荣译，长江文艺出版社 2005 年版，第 238—239 页。

④ 米·普里什文：《大地的眼睛》，潘安荣译，长江文艺出版社 2005 年版，第 256 页。

⑤ М. Пришвин. Собрание сочинений в 8 Томах. Том 5. С. 111.

是主观的，世界是客观的；亲身体验是主观的，体验的过程中要"小心地表达的它"又是客观的。作家只有把主观的和客观的熔凝在一起，才能形成自己的独特风格。

童庆炳认为，"文学是主客观的统一体，风格又是一个综合了主观与客观、内容与形式的总体风貌"①。

普里什文认为，印象主义是认识世界的一种方法，他接受这种方法是因为他接受二者统一的观点，即主观与客观相结合的方法。用这种方法认识世界，主观的印象占主宰地位，印象又来源于某种现实的东西。在文学里，印象主义的诗意的印象是现实孕育的，诗意产生于物质世界，而且此印象是一个接一个地产生的。例如，普里什文在1907年5月3日的日记里记下的这么一段文字就很能说明问题："花园还是黑乎乎的，但一些地方的苹果树上已经有绿色的小鸟飞来落脚了，绿色的树枝弯弯曲曲地从一棵椴树伸向另一棵椴树，老榆树慢慢地披上了绿叶，在一片白桦树下有一块可以遮阳的地方……土堤上的柳树都抽了枝，吐露着芳香，这就让我们回想起那在孩提时代用柳树枝做的笛子。到处都郁郁葱葱，阳光明媚……胸中涌起一股莫名其妙的又甜蜜又疼痛的激动感……很崇高的希冀时不时又让黑乎乎的烧焦的地方给搅浑了"②。我们看到，在这段文字里，"树"这个词，指木本植物。有苹果树、椴树、老榆树、白桦树、土堤上还有柳树。听到孩子的笛子声，我们就看到了一连串音响形象，一种可供人们联想的"声音形象"：苹果树上绿色的小鸟飞来落脚了；绿色的树枝从一棵椴树伸向另一棵椴树，伸枝，不是直着就伸过去，而是弯弯曲曲地伸过去、试探着伸过去；老榆树慢慢地披上了绿叶；白桦树可以遮阳；柳树都在抽枝。到处都郁郁葱葱。这段文字写树一棵又一棵分离着，被风和空气隔开。苹果树、椴树、老榆树、白桦树，还有土堤上的柳树，它们的根在泥土下伸长着，根须纠缠在一起。这段文字把树的基本特点描写出来了；但从整体的语言语境看，我们又觉得不是抽象地写树，作者是在真切生动地描画一棵又一棵挺拔兀立的、根须却又纠缠在一起的树的形象；听到用柳树枝做的笛子的，我们又似乎感受

---

① 童庆炳：《文体与文体的创造》，云南人民出版社1994年版，第178页。
② М. Пришвин. Собрание сочинений в 8 Томах. Том 8. С. 17.

到，作者不仅仅单纯地写树及其形象，他是以树象征人，以树的雄姿和根性象征人民的独立和团结。这种象征不但是确切的，而且是具有浓郁的诗意的。诗意浓郁是因为，他没有直接写人，我们只是从对孩提时代用柳树枝做成的笛子声中感觉到有人。这就是普里什文的艺术功力之所在。

印象主义的艺术家，他们在认识世界的同时，总是渴望改造世界，进而把世界理想化，因此，他们的风景画中一般都没有黑色，也不去描写生活的阴暗面。世界是阳光灿烂的、喜气洋洋的、浪漫诗意的。普里什文的艺术世界正是这样：阳光、欢乐、诗意。普里什文本人说，他对已经过去的事情、无法挽回的事情从不患得患失，也没有过多费尽心思去盘算未来："我喜欢现实，它连接着遥远的过去和即将可望的未来，我喜欢用感情寻觅这一现实，就像在宽大广袤的荒漠中如大海捞针一般寻觅微不足道的种子的幼芽。我就像森林密丛中的一位猎人，我寻找这种欢乐之鸟，一点儿也不吝惜自己的语词、不考虑流失了多少宝贵时间，正因为如此，我的心灵永远充满活力、充满童趣"。

帕乌斯托夫斯基在《金玫瑰》的"洞察世界的艺术"这一节中写了他与画家的一段对话：

我还是个青年作家时，一位我认识的画家对我说：

"您，我的亲爱的，看东西不怎么清晰。有点儿模模糊糊，而且浮光掠影。根据你那些短篇小说可以判断，你只看见了原色和色彩强烈的表面。至于色彩的明暗层次，以及间色、再间色等等，在你眼里看出去，都混合成某种千篇一律的东西了。"

"这我有什么办法！天生这么一双眼睛，"——我辩解说。

"胡扯！好的眼睛是靠后天培养出来的。好好地锻炼视力，别偷懒！要像常言说的，一丝不苟。看每样东西时，都必须抱定这样的宗旨，我非得用颜料把它画出来不可，您不妨试这么一两个月。……两个月后，您就可学会怎么看了，而且习惯成自然，无须再勉强自己了。"[①]

---

① 帕乌斯托夫斯基：《金玫瑰》，戴骢译，上海译文出版社2010年版，第320—321页，省略号是笔者加。

最后，还是帕乌斯托夫斯基明白了："画家的本领就在于此，使倏忽即逝的东西得以保留好几百年"①。

亚·布洛克写道："绘画教人怎么去看和怎么才能发现（看与看见是不同的两件事儿，只有很少的人才能把两者统一起来）。因此绘画保存了儿童所特有的那种生趣盎然的、天真未凿的感情"②。普里什文就拥有很少的人能把"看与看见"这两件不同的事统一起来的才能。他常常是用语言来画"水彩画"的画稿。这不仅表现在他的艺术作品里有很多风景描写，在日记里也有大量的风景素描。1918年10月4日的日记里甚至还有这么一个标题——《水彩画故事——野地》：秋、秋收开始了，农作物的顶端显出了不同条纹的颜色，谷物都朝上翘首以待。到了晚秋：把土豆收了，车辙就像霞光一样闪闪发光，剩下的一片红枫林把周围红遍……一片寂静。"嘚，驾！"只见四轮车一辆，徒步行客就现身于不远处！③ 在这么一幅小小的水彩画面上，我们看到野地的画面：如果我们把它一句一句分开，一字一字分开，那么都是平淡话，什么意味都没有，但如果我们把它看成一个整体，见出其语言链，那么在这些孤立的平淡词语之外，我们就获得了一个新的境界。俄罗斯黑土地带的秋光十分迷人。普里什文用语言画出了自己的感受，一开始写秋色、秋播、作物、作物的顶端、作物的条纹、作物的颜色、作物的不同，这个景象连成一片，视觉、听觉、触觉、嗅觉形象组成了一个极为美好的世界，反映出作者对丰收在望的喜悦心情。真是全景"水彩画"！确实是实物写生！普里什文用语言画画，用视觉感受，动态的形象一个个闪现，反映出作家轻松愉快的心情。

普里什文本人很清楚地意识到，他对世界的感受具有很深的印象画派视角，他说，"我在文学中，绝对是以眼来观察事物的"④。从他的话中我们看到，他观察对象是善于捕捉细节的，是能够抓住事物的典型特征的。"我真正的艺术是画画，但我不善绘画，所以，那些本该用线条和色彩来描绘的事物，我只好尽我所能用词语来描写，从词语中挑选那些五

---

① 帕乌斯托夫斯基：《金玫瑰》，戴骢译，上海译文出版社2010年版，第324页。
② 转引自帕乌斯托夫斯基《金玫瑰》，戴骢译，上海译文出版社2010年版，第318页。
③ М. Пришвин. Дневники 1918 – 1919. Москва.：Изд."Московский рабочий", 1995. С. 181.
④ М. Пришвин. Собрание сочинений в 8 Томах. Том 8. С. 271.

彩缤纷的，从句中有时选那些能直接立起来的，就像早期基督教教堂的墙壁，有时选那些弯弯曲曲的奇巧华丽的花笔体，就像洛可可式那样。"①况且也不能原原本本地照搬现实，因为自然作为一个客观体现的主人公而存在还不是目的本身，自然还承载着作者形象的浪漫主义内涵，蕴涵着思想，这也就是创造性的"个性"，这一个性在普里什文身上就常常表现为浪漫精神，自然在充满崇高精神力量、在大自然鬼斧神工、神人合一方面升华为自己的极致、达到最高理想。

俄罗斯研究者对普里什文的创作风格的评价有一度是众说纷纭的，但有一点大家都达成了共识，即普里什文的独特风格是一份巨大的文学财富。А. 格鲁什金认为，普里什文的创作有三个阶段：第一阶段是他张扬徒步旅行诗人孤傲个性的阶段，徒步旅行的诗人摆脱了现代城市的喧嚣而奔向大自然；第二个阶段是普里什文在描写改造自然的人，在《跟随魔球走远方》中，我们看到有一位聪明的、和谐发展的、幸福的挪威人，看到了光辉灿烂的欧洲文化："挪威是个非常美妙的国家，人们在这儿劳作，热爱祖国，热爱自由，尊重科学，尊重艺术……"② А. 格鲁什金认为，这体现了普里什文的世界主义理想；第三阶段是普里什文的主人公已经在肯定自由集体的幸福生活了。穆拉托娃认为，普里什文在创作中所采用的艺术方法与批判现实主义的方法是不相同的，他采用的是20世纪初的新现实主义，新现实主义融现实主义和象征主义的特点为一体。新现实主义作家群中，普里什文之外，还有谢·尼·谢尔盖耶夫－倩斯基、阿·列米佐夫、鲍·扎伊采夫、阿·托尔斯泰等。在穆拉托娃看来，所有这些作家都有一个共同点，他们都渴望在对世界的两种感受、两种文学思潮——现实主义和象征主义的边缘上站稳脚跟、巩固地盘。他们挺身而出来捍卫一种与社会生活没有联系的艺术。С. А. 图兹科夫、И. В. 图兹科娃在《新现实主义：19世纪末20世纪初俄国文学的体裁风格探索》一书中认为："新现实主义是植根于广义现实主义基础上的融浪漫主义和现代主义风格为一体的仪态万千的文学思潮"，即"不同的现实主义流派的作家对艺术现实的渴求表现出不同的灵动样貌：在19世纪

---

① М. Пришвин. Собрание сочинений в 8 Томах. Том 8. С. 166.
② 米·普里什文：《跟随魔球走远方》，吴嘉佑译，长江文艺出版社2005年版，第325页。

末，以弗·加尔洵、弗·柯罗连科和安·契诃夫为代表的个人倾诉式形态和个人客观主义形态，这一派新现实主义反映现实的原则是现实主义与浪漫主义的互动；而在20世纪初，以鲍·扎伊采夫、亚·库普林和米·彼·阿尔志跋绥夫为代表的意象自然派笔触，以马·高尔基、列·安德烈耶夫和瓦·勃留索夫为代表的心怀存在主义的幽思而暗恋奇绝世尘的幽人境界，以费·索洛古勃、阿·列米佐夫和米·普里什文为代表的对神话的钩沉，以安·别雷、叶·扎米亚京和伊·什梅廖夫为代表的童话装饰主义形态，他们都是以现实主义和现代主义为基础而渐渐孕育出来的"①。С. А. 图兹科夫、И. В. 图兹科娃强调普里什文创作的神话主义形态，把他归于与费·索洛古勃、阿·列米佐夫意蕴相近的艺术巨匠，这也绝不是偶然的。

还有论者如季·霍洛托娃认为普里什文所采用的艺术方法是新浪漫主义。他的创作行为的浪漫主义观在十月革命前的一些年代就开始形成②。

无论是新现实主义，还是新浪漫主义、印象主义，都是以自己独特的方式体悟着世界、感受着世界，也言说着世界，因为"艺术皆有通感"③。再说，普里什文崇尚一种"无所用心的艺术方法"（метод бездýмности）④。他说："在语言艺术中，大家相互之间都是学生，但每个人都走着自己的路"。

那么，普里什文是以什么风格"走着自己的路"呢？他的风格实际上就是主观与客观相结合的风格。

А. Ф. 洛谢夫肯定地说："风格和世界观应该不惜一切代价融为一体；这两者肯定是要互相反映的"⑤。普里什文的创作遗产再一次证明，洛谢夫的论断是千真万确的。无论是在艺术作品中，还是在日记体的记录中，

---

① С. А. Тузков, И. В. Тузкова. 《Неореализм: Жанрово-стилевые поиски в русской литературе конца XIX-начала XX века》. Издательство "Флинта", 2009. С. 5.

② З. Холодова: Художественное мышление М. Пришвина. Содержание · Структура · Контекст. Изд. Ивановского гос. университета, 2000 г. С. 217.

③ 童庆炳：《文体与文体的创造》，云南人民出版社1994年版，第228页。

④ З. Холодова: Художественное мышление М. Пришвина. Содержание · Структура · Контекст. Изд. Ивановского гос. университета, 2000 г. С. 102.

⑤ З. Холодова: Художественное мышление М. Пришвина. Содержание · Структура · Контекст. Изд. Ивановского гос. университета, 2000 г. С. 255.

他的情感和思想、诗意和说理都水乳交融地融为一体。作家列夫·卡西尔说得太精彩了："学者的放大镜变成了诗人魔幻般的纯水晶"。

格·内科尔在《19世纪末20世纪初的俄国文学诗学：体裁进程·普遍问题·散文》一书中写道："有一点是显而易见的：罗扎诺夫比'白银时代'的其他俄罗斯哲学家与自己时代的文学和社会大背景达成了更多的勾连。正如西尼亚夫斯基所指出的：'罗扎诺夫不仅仅简单地是一位现实主义者，他在自己的文学发展进程中与19世纪和20世纪之交的新现代主义文化对接得更为紧密。俄罗斯的这一文化在诗歌领域最鲜明地表达了自己的心声，在当时是以颓废派和象征主义为名来宣扬自己的态度。罗扎诺夫的同时代人不是契诃夫，也不是托尔斯泰，而是布洛克、吉皮乌斯、索罗古勃和其他现代主义诗人'①。如果思量的不是罗扎诺夫作品形式上的试验，而是琢磨他作品的普遍印象、作品所弥漫的'气息'，还有作者成功地着力捕捉的情绪、细腻的色彩、抓不住的氛围的话，那就会变得很清楚：罗扎诺夫是在哲学的域界体现印象主义的原理，但是，他走得更远，他是一位力求把不完整的碎片黏合为有机整体的'成功的未来主义者'。况且，罗扎诺夫因为身怀绝艺就既超越了文学，又逾越了哲学。由于这种文化的出现，引发了罗扎诺夫其人与'文学之终结'这一现象是如何对接的多次讨论，参加讨论的有什克洛夫斯基、西尼亚夫斯基、伊利因、克罗翁。顺便说一下，无论是文学，还是哲学的终结最后都没有到来，但是，一种新诗学——文与哲这两个领域的综合诗学诞生了"②。对普里什文的"审美的世界观"来说，最典型的就是各种成分的综合、融合和胶着。他作品的杂糅风格无疑是受到中学老师罗扎诺夫的熏陶。诗歌和散文、科学的描写与语言构成的画面、哲理和抒情都融为一体。更为突出的是，在普里什文的作品中，不是像一些作家的作品那样，综合体现在整部作品中，他的不长的一段话都能感受到综合的效果。

他在《诗人和驴子》中形象地写道：

---

① А. Синявский. Цит по《Поэ́тике ру́сской литерату́ры конца XX—нача́ла XX века. Дина́мика жа́нра. Общие проблемы. Проза》, М. : ИМЛИ РАН, 2009. С. 728.

② Г. Ныкл. Жанровая поэтика философской прозы. См.《Поэтика ру́сской литерату́ры конца XX—нача́ла XX века. Дина́мика жа́нра. Общие проблеммы. Проза》, М. : ИМЛИ РАН, 2009. С. 728.

勃洛克写夜莺的长诗①：驴子把诗人送进夜莺花园，诗人却在那里思念自己的驴子。这首长诗的意思是，每个诗人都梦想摆脱驴子，但当他走近众神时，却怀念自己的驴子。诗人的全部生活就是这样，就像个动物画家：想离开驴子，但驴子为他运送食粮。

诗不仅仅存在于诗行，诗无处不在：在散文里，在日常生活的方方面面。如果破坏两种力量的结合，那么勃洛克这里就要分裂为诗人和驴子，而到了塞万提斯那里——则要分裂为堂吉诃德和桑丘②。

普里什文不是在分裂，而是在综合。他的综合、融合和胶着又呈现出写实型，抒情浪漫型和抒情、写实与哲理相结合的象征型等多种风格类型。在诸多风格类型中，抒情浪漫主义型和抒情、写实与哲理相结合的象征型是普里什文的主要风格特征。

一　写实型的风格

在写实型的风格中，"作家用平实、朴素的语体，着力描写人物、情节、场面表面的生活细节构成形象，以形象为中介，达到对一定社会历史时期人们生活的某些共同的普遍的本质规律的揭示"③。普里什文在《我的现实主义》中写道："我所致力的'现实主义'，是在自然的形象中看到人的心灵。这样的精神历程每个人都要完成，所以人们对我的理解就和对克雷洛夫寓言的理解一样"④。

例如，处女作《鸟儿不惊的地方》里在《森林、水、石头》一节中有这么一段描写就是客观的、现实的："维格湖密布着大大小小的岛屿。那些大的岛屿并没有什么特别吸引人的地方，一眼望不着边，它们简直跟湖岸没什么两样。小岛屿却别具一格，风光诱人。尤其是夏天，在恬静的天气里，小岛更加宜人。水面下到处都可以看见生长着一棵棵忧郁

---

① 指勃洛克的长诗《夜莺花园》（1915）。
② 米·普里什文：《大地的眼睛》，潘安荣译，长江文艺出版社2005年版，第161页。
③ 童庆炳：《文体与文体的创造》，云南人民出版社1994年版，第263页。
④ 米·普里什文：《大地的眼睛》，潘安荣译，长江文艺出版社2005年版，第105页。

的水杉，它们相互依偎在一起，似乎要把什么东西藏起来。它们不由得使人想起勃克林的《死岛》。众所周知，在这幅名画里，首先映入眼帘的就是一排柏树，这些树隐含着死亡的秘密、彼岸的生活。只要仔细地观察这幅画，你就能发现，柏树中间有一艘船正在向你驶来，船上有一个身穿白色衣服的人在运送一个撒满玫瑰花的棺材……

"而这里也同样出现了一些白色的东西。那是什么？那是一群天鹅，它们正发出'嘎嘎嘎'的声音。"①

这段文字看上去普普通通、很不起眼，但却表现出了艺术家普里什文很典型的知识与诗意的融合。这个知识不仅仅是地理知识，还有美术知识。在普里什文笔下，勃克林的画是一种诗意手段，这种手段强化了严峻的自然所引起的印象的独特性，那就是说，"这才是人迹罕至的边陲！"

二　抒情浪漫型的风格

在抒情型的风格中，"意境模式是一种以景结情、以象结意的空间模式。它所追求的是情与景交融所形成的立体的富有膨胀感的艺术空间。这种艺术空间以空白、空灵、空阔为特点，读者可以充分地运用自己的心理投射机制，向这个艺术空间投射进的东西似乎是无尽的。……意境这种艺术空间的建立，以及它作为文体表现功能的一种基本模式，与作家语言体式的选择与运用密切相关"②。从研究中可以看出，普里什文创作早期的随笔《跟随魔球走远方》就是一部富有抒情浪漫、充满深刻哲思和隽永意味的作品。一开始，"跟随魔球走远方"的"带路人便把我们带到"德维纳河三角洲岸上一块巨石边"，停了下来。这里道路四通八达。这是一个神话般的境界。"我依石而坐，并沉思起来：我该上哪儿去？往右，往左，还是直走？岸边，一棵孤柳对着我泣不成声，再往前，

---

① М. Пришвин. Собрание сочинений в 8 Томах. Том 1. С. 64；参见米·普里什文《鸟儿不惊的地方》，冯华英译，长江文艺出版社 2005 年版，第 21—22 页。

② 童庆炳：《文体与文体的创造》，云南人民出版社 1994 年版，第 265—266 页，省略号为笔者加。

我知道，就是白海，再往前，就是北冰洋。我身后是蓝色的冻土"。我们看到，近处是"一棵孤柳对着我"，远处是"白海，再往前，就是北冰洋。我身后是蓝色的冻土"。读着这段文字，我们可以在头脑中想象它的存在。这里容纳了多么宽广的宇宙世界。在这个宽广的宇宙世界里，"这座城市就坐落在大海和冻土夹缝里，楼房排成一条长带，完全就像那块仙石……"这是多么强烈的对比啊！"我该往哪儿走？兴许能搭上一条帆船去体验体验北国人的全部航海生活。这很有意思，也挺诱人的，可就是白海的左岸是森林。若是沿着林边走，那就得环绕整个大海走一圈，才能抵达拉普兰岛，而那里整个都是原始森林地带，是魔法师和巫师之国。朝圣者都朝着同一个方向，朝索洛韦茨基群岛而去"。在这个宽广的宇宙世界里，都是视角意象出现于眼前，只有"对着我泣不成声的一棵孤柳"是听觉意象，孤柳是静的，但一"泣"就动了起来，这种动感意象一下子就触动了人的感觉，给德维纳河三角洲地带带来了勃勃生机。生机盎然的世界使人愉快，让人兴奋。在如此美妙惬意的环境中，作者表达了他对宁静、安逸生活的渴望和追求。作者宁愿在"我该往哪儿走"的犹豫中等待，也不愿待在"这座坐落在大海和冻土夹缝里的城市"里，表现了他对美的无限渴望和执着追求。

接着，作者又不知"往哪里走呢？""是随着朝圣者往左去森林，还是随着海员向右去海洋？"

作者"端详着阿尔汉格尔斯克滨海道上熙熙攘攘的人群，欣赏着海员的那一张张晒红的、表情丰富的脸盘儿。就在这时，我突然发现索洛韦茨基朝圣者们的一个个虔诚的身影。……"

究竟向左还是向右，我犹豫不决。
"你好，老大爷！"
"你去哪儿？"
"老大爷，我四处漂泊，浪迹天涯，有路的地方、飞鸟的去处我都去。现在连我自己也弄不清楚，该往哪儿去。"[①]

[①] 米·普里什文：《跟随魔球走远方》，吴嘉佑译，长江文艺出版社2005年版，第134页。

此刻，作者早已进入了一种超然的状态，沉浸在纯美的境界之中，只要"有路的地方、飞鸟的去处我都去"①。普里什文渴望那简朴、宁静、如画的生活，渴望摆脱现实世界的忧虑。

作者的心随着海水在荡漾，他站在岸边，看着岸边一群来来去去的海员，仍忘却不了圣岛那美丽的景色："我能否坐小船从傻瓜村走海路到圣岛？"②

作者乘船出海去圣岛。在船上，一位庄稼汉说："上帝同时创造了大海和大地"。"大海比陆地富饶"，——海员答道。

我所望见的并不是底下，大海深处的一切。抑或水浅，抑或水透明，可我却看见大海深处某种墨绿的玩意儿。

定神看看，我发现那儿整个一座茂密的翠绿的水下森林。我作为一个森林漫步者，喜爱森林：对我而言，森林让我倍感亲切，它要比一切都珍贵，比大海和蓝天都更加珍贵。我多想去到这个绿意盎然的神秘世界。但这不是真正的森林，而是一座进不去的、童话里的森林，我们对它而言，实在过于粗俗。要是能下到这海林中，藏身在哪儿，倾听鱼儿们在枝头窃窃私语，那该多好。

我听见海员在对庄稼汉说："大海比陆地富饶。那儿有各种各样的海兽，还有鱼。小玩意儿更是数不过来。……它们在海底爬行，你追我赶，扭打成一团。大海比陆地富饶。

奇妙，奇妙，真奇妙！

我看见一个活点点从水下森林里钻出来，它游向我们，挨着小船边停下。……

奇妙，奇妙，真奇妙！

老人讲了许许多多有关大海的奇妙故事。我两耳一边聆听，两眼一边巡视着大海。……

奇妙，奇妙，真奇妙！

我们荡着双桨划过日格仁岛。……对于一个对民族生活感兴趣的旅

---

① 米·普里什文：《跟随魔球走远方》，吴嘉佑译，长江文艺出版社2005年版，第134页。
② 米·普里什文：《跟随魔球走远方》，吴嘉佑译，长江文艺出版社2005年版，第135页。

行者来说，日格仁岛之所以吸引他，就是因为他在这儿听到了有关这个岛上的居民为了捕捞海兽而乘冰块下到白海的故事。……

我们划过日格仁灯塔，它的左边是奥尔洛夫海岬；我们进入了公海，但如果能见度很高的话，那远远地就能见到海上地平线的蔚蓝色的陆地影子：一会儿向上延伸，仿佛高高的群山，一会儿像是漂在水边的一条窄带，一会儿又飘离水面，飞向空中。

海市蜃楼。

啊，真奇妙！①

在以上所引的这一大段中，作者创造了"就坐落在大海和冻土夹缝里的城市"这样一个视角意象，这是大地，与下文中的大海形成鲜明的对照。大地本来是养育我们的母亲，但眼前的大地是冻土夹缝，这使人想起来就感到既寒冷又拥挤，而比陆地富饶的大海是令人喜欢的。大海具有梦幻般的色彩，它使人想到青春、美丽、激情，使人想到大自然的繁花似锦。在通往圣岛的大海上，一切都是纯自然的。在这种纯自然的环境中，我们看到的是普里什文对美的感悟。其实，作者醉了，未到圣岛他已醉。他一连九次赞叹"奇妙，奇妙，真奇妙！"在看到海市蜃楼后他再一次赞叹"真奇妙！"普里什文用十个"真奇妙！"来爱美、追寻美、赞赏美、构建美，强烈表达自己遏制不住的对美的永恒追求。这就是这位抒情浪漫主义作家有别于19世纪初其他一些浪漫主义作家的地方。尽管他对现实不满，可他没有辛辣地批判现实，只是表达自己对理想的美的世界的憧憬和追求。

追求异域色彩往往是浪漫主义文学的特点之一，而普里什文在《跟随魔球走远方》这部早期作品中也追求一种神奇和异域色彩，北欧斯堪的纳维亚半岛是一个色彩缤纷美如仙境的神奇世界，是浪漫主义文学作品不断产出的地方。普里什文的浪漫主义色彩产生于他对异域色彩的追求，《跟随魔球走远方》因其浓郁的异域色彩而显露了他早期随笔创作中的浪漫主义倾向：

---

① 米·普里什文：《跟随魔球走远方》，吴嘉佑译，长江文艺出版社2005年版，第168—169页。

我眺望着罗弗登群岛，有人给我指着那些为游人所喜爱的群山：有七姐妹山、骑士山、透孔山等等，凡此种种。林根湾的创世晨光已不再复现，然而，让我更怦然心动的已不是这些群山，而是这里的绿色草地、灌木丛、树木和花草，它们千奇百态，大多都蔓延在山脚下，舒展在海湾边。在经过多石的、寸草不生的摩尔曼、北角和哈弗斯特之后，我感到自己渐渐进入到一个崭新的、现实生活中我从未见过的新天地。在特隆赫姆，在我漫步往列尔弗斯瀑布走的时候，这种感觉是越来越强烈。一路上的树木是那么高大，在我看来，它们简直就是参天大树……如果你想象一下，贴着一个老椴树的皮，我就变成了一个小小的红蜘蛛，这样你就好理解我的意思了。因此，我的朋友，请你记住，从北部向挪威南部旅行，首先是见到绿地给人带来的惊喜。天上固然好，但地上无比好、分外的美……

我还是要与挪威告别了……

挪威是个非常美妙的国家，人们在这儿劳作，热爱祖国，热爱自由，尊重科学，尊重艺术……

……突然，我们打小就向往的那个无名之国、无疆之国又在我面前忽闪忽闪。于是，我的整个神奇的独自旅行突然间有了唯一的目的和唯一的意义，那就是：我跟着魔球去了一趟那个无名之国。①

汉斯霍夫曼说："色彩作为一种独特的语言，本身就是一种强烈的表现力量"。在早期的随笔《跟随魔球走远方》中就显露了普里什文创作中的浪漫主义意蕴，在创作成熟期的《人参》中，浪漫主义风格就已经日臻成熟。例如，在《人参》中，繁花盛开的远东大峡谷的风景就是如此迷人，描写就是抒情的、浪漫的。

祖苏河流经的盆地，整个儿繁花似锦。我深深体会到，这里的每一朵花要是诉说起自己来，那都是纯朴动人的故事；在祖苏河流域，每朵花都是小小的太阳，都可以讲出太阳光和大地相会的一段故事。要是我能够像祖苏河的普通花朵那样来讲自己的事，那该有多好啊！这儿有莺

---

① М. Пришвин. Собрание сочинений в 8 Томах. Том 1. С. 384–385，此处为笔者译；同时参见米·普里什文《跟随魔球走远方》，吴嘉佑译，长江文艺出版社2005年版，第324—325页。

尾花，从淡蓝色的到黑色几乎样样俱全；有各种颜色的兰花，有红色的、黄色的、橙黄色的百合花。在繁花之间，到处散布着星星点点的鲜红色的石竹。在这些山谷和盆地里，那些普通而美丽的花朵上，处处彩蝶翩跹，犹如五彩缤纷的花朵在飞舞，有黄色间红、黑斑点的大凤蝶，有土红色、闪现出各种霓虹色彩的荨麻蛱蝶，还有深蓝色的奇异的大金凤蝶。其中有些蝴蝶——我还是第一次在这里看到——能落在水面上并在水上漂浮，然后再腾飞起来，在花的海洋上飞舞。蜜蜂和黄蜂在花间奔忙着；毛茸茸的，腹部有黑白橙黄不同颜色的熊蜂，嗡嗡嗡地在空中飞来飞去。有一次，在我观察一朵花的花蕾时，发现了一种我从来没有见过的、直到现在也叫不出名字的蜂：那既不是雄蜂，也不是黄蜂，更不是蜜蜂。在花丛之间的地面上，还到处有敏捷的步行虫奔跑着、黑色的埋葬虫爬行着，那儿还隐藏着一种古代残留下来的巨大甲虫，一碰到什么情况就突然飞起来，连个弯都不拐就径直飞上天空。在盆地的这片繁花和热闹的生活中，我觉得，只有我不能直接对着太阳看，不能像花朵那样讲述纯朴的故事。我不能直接看着太阳讲太阳的情况，而要避免同太阳对视。我是人，我的眼睛会被太阳光刺得什么也看不见。我只能热情地关注太阳所照耀的万物，把太阳给予它们的光芒收集在一起讲太阳的情况。①

  这是普里什文为我们所描绘的一幅真正的人间天堂的图景。他所描绘的风景是印象式的：色彩呈现出强烈的对比，红色的、黄色的、白色的、黑色的、蓝色的色调形成极大的反差，在这个五彩缤纷的调色板上还有绿色，绿色是整个风景的大背景，这绿色是底色。蝴蝶的颜色更是丰富多彩了，黄色间红的、黑斑点的、土红色的、各种霓虹色彩的、橙黄色的、白色的、黑色的，还有深蓝色的，真是分不清楚，辨不明白。一抬头，还有金色——红彤彤的太阳金光四射，普照着大地上的一切生物。康定斯基曾写道："红色所表现的各种力量都非常强烈"。由此我们可以看出，很显然，普里什文如果仅仅采用现实主义的手法，他就要束缚自己的手脚而很不自由。在20世纪30年代初，当《人参》的创作完

---

① М. Пришвин. Собрание сочинений в 8 Томах. Том 4. С. 13；参见米·普里什文《人参》，何茂正译，长江文艺出版社2005年版，第9—10页。

成之后，普里什文那独特的自然哲学已经形成，这一哲学实际上贯穿他笔下所创造的一切艺术作品。即使是在所列举的这段不长的篇幅中，也表现出了普里什文艺术思维最典型的特点：鸟瞰一切一览众山的综合宇宙观，还有科学性和诗意。

从这段文字里还可以看出，普里什文拥有广博的自然科学知识。他把好几种花的家族呈现在我们眼前：鸢尾花、石竹、百合、兰花；有各种昆虫扑面飞来：黄蜂、熊蜂、蜜蜂、甲虫——金龟子（步行虫、埋葬虫）、蝴蝶（阿波罗娟蝶、大凤蝶、茴香凤蝶、荨麻蛱蝶、大金凤蝶）。还有一些昆虫，连昆虫学家可能都不认识，有一些蝴蝶的行为连生物学家还都没有描写过。

从《人参》摘录的这段文字里包含着普里什文的哲理格言。这些哲理格言所蕴含的意味要是再结合阅读《恶老头的锁链》里的一段话就更好理解了："……我的朋友，您大概已经想起，您一辈子也不止一次地遇到过这种奇怪的人，他们一旦看到前面有强烈的光亮，就会一直不停地向着它走过去，直到眼睛被照得看不见了为止。后来医生发现，这种人在活着的时候都有着不可动摇的思想，而在他们死后，医生便很有兴趣地为他们洗脑，试图找到他们为什么这么执着的原因。其实我们所有的人，除了完全被大自然所亏待的人以外，都在沿着这样一条危险的道路前进，直到悟出一个简单的道理才得救：那就是需要转过身去，背对着使我们目眩的光源，不是去看太阳，而是去看被它照亮的物体。因此，一方面必须前进，否则就不会有进步，人类就会因饥饿而灭绝，另一方面我们每一个人又必须及时地清醒过来，向后面看，以免把眼睛照瞎。朋友，想想我们在学校所受的教育吧：有的教育召唤我们向前进，有的教育又诱导我们向后走，我们把两者都当做唯一的道路。我们能在这种条件下得救，也真是不可思议。请想一想我们俄国那一环连着一环的'恶老头的锁链'，于是你就会为我们的亲人感到难过，他们不理会任何普通的原则，只是出于对亲人的关心，看着你的眼睛说：'什么也不用怕，勇敢地向前走'。或是：'朋友，你该转身背对着太阳，精明地权衡利害，耐心地、有条理地管理自己的事情了'"①。

---

① М. Пришвин. Собрание сочинений в 8 Томах. Том 2. С. 378 – 379；参见米·普里什文《恶老头的锁链》，谷羽译，长江文艺出版社 2005 年版，第 376 页。

王国维认为，只有那种"语语明白如画"，"写情则沁人心脾，写景则在人耳目，述事则如其出口"① 的语体，才易于建立意境这种艺术空间。普里什文的散文体长诗《人参》洋溢着"幸福劳动"的浪漫气息、爱情的浪漫诗意、人与自然亲如一家水乳交融的情感。繁花盛开的远东大峡谷的风景"语语明白如画""语语都在目前"，给我们展现了一个富于弹性的艺术空间。每个形象的无限意味也就寓含在这艺术空间中。我们欣赏时，就从这艺术空间里获得了洋溢其中的诗意和饱含其中的哲理韵味。

三 抒情、写实与哲理相结合的象征型风格

"与写实型、抒情型不同的第三种作品范型，是超越写实与抒情的象征型。在象征型的作品中，作家不满于对客观世界的直接摹写，也不满于托物言志、以景结情。一般是这样，作家从他的生活体验中，领悟到了一种意向、思想、哲理等，于是想把这种意向、思想、哲理表现出来，就开始寻找一种能够与其相匹配的形象。假如作家终于找到了这个形象，那么这个形象本身并不直接呈现意义，它只是影射、暗示那意向、思想、哲理而已，这就是象征。在象征型的作品中，文体的表现功能不表现为由表显里的模式，也不表现为以景结情、以象结意的空间展开模式，而是表现为以形象黏附思想的黏附模式。"② 象征型的作家，体现着"现在正在进行的那富于创造的一瞬间，现在就是用过去创造我们的未来"③。"形象产生于通往概念的路途，并借此给予每个人继续这条道路的可能。艺术的影响力以此为根基：艺术借助形象才引人入胜，并吸引他人参与创造。"④ "象征，也就是在符号层面获得的形象"⑤，其特点就是内核容量大、气势宏大，具有很强的综合性，内容上有挖掘不尽的多义性。象

---

① 转引自童庆炳《文体与文体的创造》，云南人民出版社1994年版，第265页。
② 童庆炳：《文体与文体的创造》，云南人民出版社1994年版，第266页。
③ М. Пришвин. Незабудки, М.: Художественная литература. С. 275, 1969. Цит. по В. Х. Мищенк. 《Особенности стиля произведении М. Пришвина конца 40 - х - 50 - х（соотношение скáзочного и реального）》. С. 8.
④ 米·普里什文：《大地的眼睛》，潘安荣译，长江文艺出版社2005年版，第183页。
⑤ С. С. Аверенцев. Цит. по Людмилой Тагильцевой：《Символ в прозе М. М Пришвина》. С. 12.

征要求特别强的精神内驱力涌现而出。缺少内驱力,语言的深层意义将烟消云散,给人的印象就是浮光掠影。

普里什文创作中的象征是贯穿始终的。象征是体现作者意图的一种容量很大的手段。象征既可以展现主人公的活动环境,也可以揭示主人公的精神世界。

在普里什文的作品中,象征意象有三类:①宗教的象征、自然界的象征(太阳、瀑布、水、溪流、早晨、中午、黑夜、树、大地、种子、心状石头);②随着创作的不断深入,象征的意象也不断丰富,世界文学和艺术、绘画和雕塑中的杰作,如玛丽娅·莫列芙娜、美丽的女子(Прекрасная Дама)、西斯廷圣母、浮士德、该因、亚当等都变成象征;③普里什文经常使用的个性化的象征,如叶芹草、人参、生命之根、锁链、道路等。

比喻的大量使用是普里什文风格中一个很典型的特点,在他的作品中,比喻不仅仅是一种艺术方法,而是由他的包揽一切的综合思维所决定。人与自然界交融时所产生的持续不断的联想让人觉得自己就像植物、动物、石头、瀑布、河流一样,是统一整体的一部分。

《大地的眼睛》中就有很鲜明的例子。在《忙得四脚朝天》中普里什文写道:"苹果树上结出了苹果。我头上悬挂着多么繁重的工作,它也像苹果一样,结在我生命的绿树上。

"杜尼诺的白蘑菇都长疯了。心痒难耐—真想采上一采,可心里又犯嘀咕,这种事现在太不适时。我如今顾不上采蘑菇、打猎、钓鱼,甚至连大自然都来不及看一眼"①。

在《成熟》一节中他写道,"只是现在,我才看到了自己。对此,我的观点是,或许,人需要经年累月地向上成长,才能看到自己,而且,所见的不在自身之内,而在自身之外,就像成熟的人要超越自己一样"②。从这短短的几句话里,"成熟"到"成熟了"之间是同一个词根,可对普

---

① М. Пришвин. Собрание сочинений в 8 томах. Том 7. С. 93;参见米·普里什文《大地的眼睛》,潘安荣译,长江文艺出版社 2005 年版,第 13—14 页。

② М. Пришвин. Собрание сочинений в 8 томах. Том 7. С. 108;参见米·普里什文《大地的眼睛》,潘安荣译,长江文艺出版社 2005 年版,第 30 页。

里什文来说，能够成熟的就不仅仅是人，与人相关的一切都能成熟。于是，在《新居》中他这么写道："昨晚第一次在新居过夜。春天播种，如今开始收获：播种后，我辛苦了一个夏天，精心培育——买房的事，像苹果和思想一样，渐渐地成熟。天空的星辰，也如同我心灵的布局，显现在我的门斗之上"①。

在《我的道路》一节中他写道："当我身处'鸟儿不惊的地方'并记录民间故事的时候，我惊讶于咏唱壮士歌的歌者对圣弗拉基米尔时代英雄的信念。对我们而言—壮士歌只是古老的口传文学，读他们却是生存的信仰。

"但是，那个时代的人和现代人之间会有怎样内在的关联？关于这个问题，我借纳德沃伊齐大瀑布②给了自己一个答案：有多少形形色色的存在合力形成了瀑布飞落山石的水流，但瀑布毕竟是一体的。作为'大自然的君王'，整个人类的起起落落也是如此。

"嗣后——我又想到自己：我从事语言艺术的生命轨迹，在我看来，也是不断进取登高的道路，在每一个这样的时刻，我都知道自己该往何处迈步"③。

在《溪流》一节中他写道，"海洋是伟大的，然而在林间或沙漠绿地奔涌的溪流，也完成着同样伟大的事业。溪流在沙砾中纵横，面对大川不畏缩，不停息，以平等的身份，像兄弟一般，欢声汇入：刚才还是溪流，现在它就是海洋"④。

在《文字的种子》一节中他写道，"诗人在几十位受诗音蒙蔽的听者中，声色并茂、抑扬顿挫地吟咏自己的诗篇。听者散去—诗音在人群中散去，犹如一滴雨水消散于大海。这时，唯有诗人的文字是真正动人心魄的文字，如果他肯为自己剥夺文字的生命，使之成为能引得每个人道

---

① М. Пришвин. Собрание сочинений в 8 Томах. Том 7. С. 96；参见米·普里什文《大地的眼睛》，潘安荣译，长江文艺出版社 2005 年版，第 16 页。

② 纳德沃伊齐大瀑布位于俄罗斯北部卡累利阿共和国境内维格湖附近，意为"在咆哮声之上的瀑布"。普里什文早年游历北方曾到过这里并留下这样的文字："正是这个地方，维格湖地区——维格湖的浩之水成为作为作家的我的故乡"。大瀑布是普里什文作品中经常出现的意象，最早见于《飞鸟不惊的地方》。

③ 米·普里什文：《大地的眼睛》，潘安荣译，长江文艺出版社 2005 年版，第 54—56 页。

④ 米·普里什文：《大地的眼睛》，潘安荣译，长江文艺出版社 2005 年版，第 133 页。

出自己话语的符号。

"如此说来,诗人,别相信任何人,只信任你的缪斯,就让她把你生动的文字埋藏在许多的种子里,让种子在与你不曾谋面的人们的心灵中生根发芽"①。

我们还看到,《人参》中的形象都具有深刻的象征意义:梅花鹿是美和爱的象征;人参象征着自然的神力,还象征着人自身的生命创造力;心状石头也是人味充溢的,象征着人与自然的血肉联系;中国人卢文是人格崇高、善如菩萨的象征。

《人参》中的每一个形象,无论是美丽诱人的梅花鹿,还是神奇无比的人参;也无论是人味充溢的心状石头,还是人格崇高善如菩萨的中国人卢文,他们都蕴涵着弦外之音、言外之意、韵外之味。相比普里什文此前创作的一部部杰作,我们在《人参》中看到的是"叙述的极度隐语化":"隐语依附于日常生活的设想,每个就其自身都挟裹着象征意义,又携带着现实的意义,这些意义又是为履行作者的任务、布道其哲学思想服务的。有此做底子,我们可以说《人参》在文体上是一部长诗、是一部童话"②。

《人参》是一部优美的抒情浪漫主义长诗、正是这部长诗让我们触摸到了普里什文对人及其周围世界思考的深层矿床。《人参》既有普里什文这位艺术家对人在宇宙中的位置的思考,也有对"创造是最能真正地展示人和人能成为一位个性的条件"的思考③。文艺学家 Л. М. 沙塔洛娃对《人参》的各种赞誉和所做出的最公正的结论又给发挥到了极致:"对各种现象哲理思考的深度、对人类最珍贵的情感、观念和理想表达得晶莹剔透,这一切特质都把《人参》这部长诗推升到高不可攀和难以企及的峰巅"。

普里什文的风格还不限于写实型,抒情浪漫型和抒情、写实与哲理相结合的象征型风格这几种风格类型。为了避免武断、粗疏和偏颇,只有脚踏实地继续研究才能展现他的文化底蕴和精神风骨。

---

① 米·普里什文:《大地的眼睛》,潘安荣译,长江文艺出版社2005年版,第189页。
② 阿格诺索夫:《普里什文的创作和苏联哲理小说》,第76—77页,同时参见季·霍洛托娃《普里什文的艺术思维:内容·结构·语境》,伊万诺夫国立大学出版社2000年版,第133页。
③ 阿格诺索夫:《普里什文的创作和苏联哲理小说》,第75页,转引自季·霍洛托娃《普里什文的艺术思维:内容·结构·语境》,伊万诺夫国立大学出版社2000年版,第132页。

结束语

卡尔·李卜克内西说："在未来，人类除了文化史之外，不会有其他任何历史。"（В бу́дущем не бу́дет ино́й исто́рии челове́чества, кроме исто́рии культу́ры.）① 别林斯基说："俄罗斯将向世界说出一个新词儿。"雷纳·韦勒克说，俄国文学无不"具有一种令人瞩目的格局，饱含献身于本国文学和国家的社会进步事业的激情，这在西方是难以比肩的"②。

普里什文是为未来而创作的！他的创作是最具有现代意义的！他在日记中写道："文化就是各族人民过去所积淀的宝库，这个过去就是要进入未来，而且也不会被忘记的过去。"（Культу́ра—это мирова́я кладова́я про́шлого всех наро́дов и того́ и́менно про́шлого, кото́рое вхо́дит в бу́дущее и не забыва́ется.）③ 普里什文的时代已经到来。他可能不为自己的时代所理解，却为未来的很多个时代所顾盼。在俄罗斯文学的长河里，陀思妥耶夫斯基就是一个最鲜明的例证。有一些事实是谁想压都压不住的：第一，普里什文这样的神赐作家拥有强大的艺术家的预感，他能够探究到未来会发生的事情的根源，能看见常人看不到的幼芽，也善于完整地理解这些现象，这些现象以后还会不可避免地发酵和生长，并且会朝着不同的方向去发展，是一眼看不到边的；第二，这些现象还处于萌芽状态，普里什文会更加客观地看待尚处于萌芽状态中的现象。他还犯

---

① 卡尔·李卜克内西. См《Культура. Власть. Социализм. Противоре́чия и вы́зовы культу́рных практик СССР》，Москва. Изда́тельство URSS, 2013. С. 29.

② 雷纳·韦勒克：《近代文学批评史》，杨自伍译，上海译文出版社1991年版，第3卷第317页。

③ М. Пришвин.《Дневники 1920–1922》. Изда́тельство Моско́вский рабо́чий, 1995. С. 303.

不上像自己的孩子一样殊死保护这个斗争那个。当他把"自然"和"文明"进行比较的时候,他是那么的客观,处之泰然。当有人武断地说什么"腐朽的文明""在自然中拯救自己和世界"的时候,他挺身而出地进行反驳。

当然,普里什文也不是唯一一位提出了"自然"和"文明"的关系这一问题的人。在20世纪的伟大艺术家的创作中,有不少作家都以自己独特的方式深刻地提出了这一问题,如弗罗斯特、福克纳、川端康成、拉克斯内斯等。以《瓦尔登湖》著称的梭罗后来被视为美国文学的偶像,是美国最有影响的自然文学作家。他的著作被视为美国文化的遗产,而瓦尔登湖也成为众多梭罗追随者向往的圣地。人们通常把梭罗视为爱默生的"圣徒"。梭罗不仅把爱默生的理论付诸实践,也比爱默生超前一步。他预见到工业文明与自然之间的矛盾,提出了"只有在荒野中才能保护这个世界"的观点。雷切尔·卡森在1963年出版了《寂静的春天》,描述了滥用化学农药对生态环境和人类所造成的威胁,从而促使第一个地球日的创立。奥德华·艾比的《大漠孤行》,以犹太州的沙漠为背景,传达出躁动不安的现代人对宁静的追求以及他对荒野与现代文明的思索。特丽·威廉斯的《心灵的慰藉》,表现因20世纪50年代美国核试验影响而身患乳腺癌的一家三代女性在盐湖边所寻求的精神慰藉。斯科特·桑德斯的《立足脚下》则提出自然文学一个普遍存在的主旨:怎样在动荡不安的世界中找到属于自己的一片土地。利奥波德在威斯康星州一个被人遗弃的农场里,提出了"土地伦理"的概念,呼吁人们培养一种"生态良心"。从现代的眼光来看,尽管20世纪的自然文学作家大多掌握了自然科学和人类生态学的知识,他们无疑获得了比前辈更深刻的洞察力,但是,正是普里什文在20世纪率先提出了保护自然的呼吁,并比其他艺术家做得更多。

普里什文创作的独特艺术文体受到了包括俄罗斯民族文学在内的世界文学优秀传统的影响、启示和照耀。他的文学传统来自两个方面。

从纵的历时方面来看,近代欧洲浪漫主义和现实主义文艺思潮的熏陶特别是俄罗斯民族文学的浸润和感染给予普里什文的启迪,是普里什文文学修养的一个重要组成部分,它像血液一样渗透流淌在普里什文文学天才的各个方面。在创作冲动前,他明显地汲取了前辈艺术家杰出成果的养分。在创作过程中，一批风格接近的艺术家选取题材、锤炼语言、描写人物、叙述事件、编织情节、塑造形象的技巧均给他以启发。

　　从横的共时方面来看，同时代的梅列什柯夫斯基、罗扎诺夫、列米佐夫、布宁、高尔基、勃洛克、阿尔谢尼耶夫、阿·托尔斯泰、雕塑家科涅科夫、大歌唱家夏里亚宾等艺术家等对他都有影响和启示，有鞭策有提携。帕乌斯托夫斯基是后浪推前浪，既赶超又仰慕。特别是高尔基这位伟人既奖掖又扶植、既鼓励又提拔，关键时刻还挺身而出大加保护，才成就了普里什文这一永远扎根俄罗斯大地的语言艺术大师。普里什文接受的影响和启示大都来自一些具有浪漫风姿和现实精神的艺术家。普里什文与他们无论从体裁取舍、语体运用，还是精神情调和艺术行为及风格追求方面，从文体上都可以捕捉到一些纹路。这些纹路依稀难辨，若即若离，可能是艺术气质相通，禀赋天才接近，但更主要的是美学情趣的一致和崇高精神的共鸣，是心有灵犀一点通。这又再一次确凿证实了普里什文是 20 世纪俄罗斯文学中的独特文化现象。这一文化现象具有独特的艺术魅力，这种魅力的精神内涵就是张扬欢乐、人与自然和谐共创。正是基于此，在了解 19 世纪和 20 世纪一大批俄罗斯伟大作家的创作实绩的基础上，极为欣赏和特别推崇普里什文文体艺术的体裁创造、语体创新、风格追求和艺术行为，特别强调他的以《大自然的日历》《恶老头的锁链》《人参》《大地的眼睛》《仙鹤的故乡》等为代表的抒情哲理散文在 20 世纪俄罗斯文学中的特殊意义。布封说："风格就是人"；朗加纳斯说："崇高风格就是伟大心灵的回声"；福楼拜说："风格就是生命"；巴金说："艺术的最高境界是无技巧"，"手法的诞生是无意识的"；郁达夫说："创作就是作者全人格的具体化"；本间久雄说："没有人格就没有文学"；普里什文说："我的所有技巧实际上变成了没有用的东西"，这一切都说明作家的崇高精神境界对伟大作品的艺术格调具有最直接的影响。"如果我不是普里什文，在这个年代，那我该像帕乌斯托夫斯基那样来写作"，普里什文对小他十九岁的帕乌斯托夫斯基做出这么高的评价，这就是他崇高人格和伟大心灵的回声。普里什文是一位终身读者，"我一生博览群书，但还是觉得自己才疏学浅"，谦虚之情溢于言表。普里什文具有俄罗斯民族优秀儿女的优良品质，有俄罗斯民族奔放直率的坚毅性格：

"俄罗斯人民没有一点儿豌豆大的私心"①。他虽然坚持并不断完善自己的艺术风格，但胸怀广阔的他却从未贬低或否定其他大艺术家的特色和成就，更没有排斥其他艺术家的企图。他像契诃夫一样，一直是要"让大狗和小狗都叫起来"的。他有时极其钟情于一些具有浪漫主义风采的艺术家，但他不忽视、不排斥或摒弃深沉、冷峻、凝练等现实主义美学原则及其表现手法，对世纪之交、白银时代的象征主义文艺流派、印象主义学派、新现实主义心有所仪并进行了成功的实验。他宽厚豁达，境界高尚。"我在旅行中就这样，只一眼瞥去，广袤的地貌就尽收眼底。"② 在生活和艺术中，他更是这样。他之所以能成为一代宗师和艺术大师，就在于他深知，艺术要求于作家的首先是个人特色这个奥妙。艺术风格、美学观点和个人好恶方面的差异并没有妨碍普里什文与其他艺术家的心有灵犀。一方面，普里什文在美学选择上有独到的见解，有追求；另一方面，他在艺术鉴赏中有视野、有胸怀，体现了一代宗师和艺术大师的高雅风度、家国情怀和文化救国思想。

综观以上纵横两个方面，可以准确地说，普里什文是俄罗斯民族文学中的一位善于吸收前代人的精华、学习同代人的经验且融诸家之长而成一体的集大成者。他上承自古希腊罗马一直至19世纪所有的优秀文学传统，下开20世纪俄罗斯文学的抒情哲理浪漫主义文学流派风气之先。俄罗斯文艺界有论者认为，格林、普里什文和帕乌斯托夫斯基是20世纪俄罗斯文学的抒情哲理浪漫主义文学流派的主要代表。这种结论是有根有据的，也是可以站得住脚的。客观上，普里什文受别人的影响和启示；主观上，他只是遵从自己的性情。他越是坚持自己独异的个性，就越是能够有意识或无意识地影响别人。越是个人的，越是民族的；越是民族的，就越是世界的。别林斯基说，"越是民族的，就越是世界的""俄罗斯将向世界说出一个新词"。普里什文更是发展了别林斯基的思想："我亲爱的祖国将说出一个新词，依此将向全世界指明道路而皆准"③。普里

---

① 米·普里什文：《大自然的日历》，潘安荣译，长江文艺出版社2005年版，第85页。
② 米·普里什文：《大地的眼睛》，潘安荣译，长江文艺出版社2005年版，第110—111页。
③ М. Пришвин. Собрание сочинений в 8 Томах. Том 7. С. 292.

什文的文体创造之所以取得了非常突出的成就，变成了独具魅力的俄罗斯民族文化现象，一方面是因为俄罗斯民族优秀文学传统的积极影响，再说普里什文在接受这些影响时始终是抱着一种主动的姿态，先吸收再消化，取其精华，而不是被动地受其影响，更不是原封不动的抄袭；另一方面也是最重要的就是普里什文尽管吸收了俄罗斯文学和欧洲文学的丰厚养料，形成了他在20世纪俄罗斯文学中独树一帜的创作风格，但并没有哪一位前代作家抑或同时代作家，即便是他崇拜得五体投地的艺术大师屠格涅夫、托尔斯泰、陀思妥耶夫斯基、阿克萨科夫、高尔基、罗扎诺夫、布宁、列米佐夫等都不能真正左右他、操纵他。他始终保持创作的自主性——立足于俄罗斯民族生活的坚实土壤进行独创。这两方面合力作用的结果就是：普里什文吸纳百川，汇集了过去文学的支流，使自己的创作成为一条巨大的河流，以它崭新壮观的姿态流向世界。

普里什文的时代必将到来！

参考文献

一 俄语书籍

1. М. М. Пришвин. Собрание сочинений в 8 Томах. —М. : Худо́жественная литература, 1983.
2. М. М. Пришвин. Мирская чаша. ——М. : Жизнь и мысль. 2001.
3. М. М. Пришвин. Дневники. 1917 – 1919 гг. М. : Московский рабочий. 1995.

   М. М. Пришвин. Дневники. 1928 – 1929 гг. М. : Русская книга. 2004.

   М. М. Пришвин. Дневники. 1930 – 1931 гг. СПб. : ООО Изд-во "Росток", 2006.

   М. Пришвин. Дневники. 1932 – 1935 гг. СПб. : ООО Изд-во "Росток", 2009.

   М. М. Пришвин. Дневники. 1946 – 1947 гг. М. : Новый Хронограф, 2013.

   М. М. Пришвин. Дневники. 1948 – 1949 гг. М. : Новый Хронограф, 2014.
4. М. М. Пришвин: Актуа́льные вопросы изучения творческого наследия. Выпуск 1. —Елец. : ЕГУ им. И. А. Бунина, 2003.
5. М. М. Пришвин: Актуа́льные вопросы изучения творческого наследия. Выпуск 2. —Елец . : ЕГУ им. И. А. Бунина, 2003.
6. М. М. Пришвин. Цвет и крест. —СПб. : ООО Издательство "Росток", 2004.
7. А. Н. Варламов. Пришвинн. М. : Молодая гвардия. Ил. –(Жизнь замечательных людей), 2003.
8. А. Н. Варламов. Александр Грин. М. : Молодая гвардия. Ил. –(Жизнь

замеча́тельных людей）, 2005.

9. М. Рощин. Иван Бунин. М.：Молодая гвардия. Ил. －（Жизнь замеча́тельных людей）, 2000.

10. Александр Николюкин. Розанов. М.：Молодая гвардия. Ил. －（Жизнь замеча́тельных людей）, 2001.

11. В. Березин. Виктор Шкловский. М.：Молодая гвардия. Ил. －（Жизнь замеча́тельных людей）, 2014.

12. И. В. Лукьянова. Корней Чуковский. М.：Молодая гвардия. Ил. －（Жизнь замеча́ тельных людей）, 2006.

13. М. Горький. Письмо М. М. Пришвину 20 ноября 1923 г. См. Писатели о писателях. Литературные портреты. ——М.：Дрофа, 2003. С. 133 － 138.

14. М. Горький：Собрание сочинений в 30 Томах. Том 24. Статьи, речи, приве́тствия 1907 － 1928. Гос. изд-во Худ. литературы. М.：1953.

15. М. Горький：Собрание сочинений в 30 Томах. Том 29. Письма, телегра́ммы, надписи 1907 － 1926. Гос. изд-во Худ. литературы. М., 1954. С. 417 － 419；С. 426 － 427；С. 476 － 478.

16. Н. В. Борисова. Жизнь мифа в тво́рчестве М. М. Пришвина. ——Елец：2001.

17. Пришвин и современность. Составитель：П. С. Выходцев. ——М.：Изд.《Современник》, 1978 г.

18. А. М. Подоксёнов. М. Пришвин и В. Розонов：Мировоззре́нческий контекст тво́рческого диалога. Монография. Елец：ЕГУ им. И. С. Бунина；Кострома：КГУ им. Н. А. Некрасова, 2010.

19. Личное дело М. М. Пришвина. Воспоминания современников · Война · Наш дом. ——СПб.：ООО Изд-во "Росток", 2005.

20. В. Д. Пришвина. Круг жизни. М.：Художественная литература, 1981.

21. В. Д. Пришвина. Путь к Слову. М.：Молодая гвардия, 1984.

22. Воспоминания о М. Пришвине. М.：Советский писатель, 1991.

23. Вадим Кожинов. Размышления об иску́сстве, литерату́ре и истории. （1）Не соперничест во, а сотворчество（1973）С. 334 － 343；（2）《Мирская чаша》. Книга М. М. Пришвина не о природе, а о

революции（1993），С. 681 – 698，М. :《Согласие》，2001.

24. М. Пришвин и ру́сская культура XX века//Сборник статей под реда́кцией Н. П. Дворцо́вой, Л. А. Рязановой. Тюмень, 1998.

25. Н. П. Дворцова: Путь творчества М. М. Пришвина и русская литерату́ра начала XX века//Диссерта́ция на соискание учёной степени доктора филологических наук. Москва, МГУ, 1994.

26. А. М. Любомудров. Духовный реализм в литературе русского зарубежья: Б. К. Зайцев, И. С. Шмелёв. СПБ. ;Дмитрий Буланин, 2003.

27. Русская литература XIX – XX веков: Актуа́льные проблемы исследования//Сборник научных статей под редакцией Ю. М. Павловой, Н. Г. Рубцовой. Армавир: ИЦАГПИ, 2001, Статья: Ю. М. Павлова: Худо́жественная концепция личности в романе М. М. Пришвина 《Кащеева цепь》，С. 77 – 91.

28. Наследие Вадима Кожинова и актуа́льные проблемы кри́тики, литерату роведе́ния, истории, философии //Материалы Международной научно-практической конференции. Часть вторая, под редакцией Ю. М. Павловой, Н. Г. Рубцовой. Армавир, 2002.（1）См. Статья Го Ли: Концепция природы в творчестве Пришвина и Чжуанцзы, С. 3 – 11;（2）См. Статья А. Ю. Павловой: Личность в восприя́тии М. Пришвина и В. Кожинова, С. 207 – 211.

29. Ирина Германовна Новоселова.《Дневники М. М. Пришвина: духовный космос》. Монография, Владивосток: Изд-во Дальневосточного ун-та, 2004.

30. Таисия Матвеевна Рудашевская. М. М. Пришвин и русская классика. Фацелия. Осударева дорога. Изд. Санкт-Петербургского университета, 2005.

31. Валентин Курбатов: Михаил Пришвин. Очерк творчества. Москва. Советский писатель, 1986.

32. С. Г. Бочаров. Сюжеты русской литературы М. : Языки русской культуры, 1999.

33. Н. А. Паньков. Вопросы биографии и научного творчества. М. М.

Бахтина. М.: Изд-во Московского университета, 2009.

34. В. В. Виноградов:《Стилистика. Теория поэтической речи. Поэтика》С. 90 – 91. М., Изд-во АН СССР, 1963.

35. Армен Григорян. Первый, второй и третий человек. ——М.: Славянская культура, 2014.

36. Поэтика русской литературы конца XIX—начала XX века. Динамика жанра. Общие проблемы. Проза. —М.: ИМЛИ РАН, 2009.

37. И. Виноградов. Духовные искания русской литературы. ——М.: Руский путь, 2014.

38. История русской литературной критики: советская и постсоветская эпохи //Под ред. Е. Добренко, Г. Тиханова. ——М.: Новое литературное обозрение, 2011.

39. В. Е. Хализев:《Теория литературы》М.:《Высшая школа》, 2002, Глава v. Литературные роды и жанры, С. 331 – 380.

40. Русская литература XX века под редакцией В. В. Агеносова. М.: Издательский дом《Дрофа》, 2000 С. 195 – 201.

41. В. В. Агеносов: Советский философский роман. М.: Изд. "Прометей" МГПИ им. Ленина.

42. Л. Ф. Ершов: История русской советской литературы, М.:《Высшая школа》, 1988, С. 76, 197, 242, 357 – 361, 503.

43. Лидия Ивановна Залеская:《О романтическом течении в советской литературе》, М.: Изд.《Наука》, 1973 г.

44. Чжан Цзянхуа, Юй Ичжун и др.: История русской литературы. Пекин. Изд. Пекинского университета, 2003.

45. Ю. Манн: Русская литература XIX века. Эпоха романтизма. М.:《Аспект Пресс》, 2001.

46. Ирина Бенционовна Роднянская. Движение литературы. Том 1. Том 2. М.: Языки славянских культур, 2006.

47. О культуре в книге《История России》под редакцией А. С. Орлова и др., М.: ТК Велби, изд. Проспект, 2003.

48. Литературная энциклопедия терминов и понятий под редакцией А. Н.

Николюкина, М. НПК《Интелвак》, 2003, （1）жанр, С. 265 – 266；（2）стиль, С. 1031 – 1034；（3）очерк., С. 707 – 709；（4）рассказ, С. 856 – 857；（5）повесть, С. 752 – 753；（6）роман. С. 889 – 892；（7）проза С. 811 – 814；（8）эссе, С. 1246 – 1247.

49. Корней Чуковский. Чукоккала. Рукописный альманах К. Чуковского. М.：ЗАО《Изд-во "Русский путь"》, 2008.

50. Корней Чуковский. Высокое иску́сство. О прнципах худо́жественного перевода. М.：Советский писатель, 1988.

51. Корней Чуковский. Люди и книги. М.：Художественная литература, 1960.

52. Лидия Чуковская. В лаборатории редактора. М.：Время, 2011.

53. Николай Любимов. Несгораемые слова. М.：Художественная литература, 1988.

54. Воспоминания о литературном институте. Книга первая. М.：Изд-во литературного института им. А. М. Горького, 2008.

55. Воспоминания о литературном институте. Книга вторая. М.：Изд-во литературного института им. А. М. Горького, 2008.

56. Воспоминания о литературном институте. Книга третья. М.：Изд-во литературного института им. А. М. Горького, 2010.

57. С. Н. Есин. Власть слова. Филологи́ческие тетради. ОАО "Издательский дом《Литературная газета》", 2004.

58. С. Н. Есин. Власть слова. Практика. ОАО "Издательский дом《Литературная газета》", 2005.

59. Умберто Эко：《Как написать дипломную работу》. Перевод с итальянского Елены Костюкович. М.：, 2001.

60. А. Э. Мильчин.《Писа́тели сове́туются, негоду́ют, благодаря́т: о чём думали и что пережива́ли русские писатели при издании своих произведений.》. – М.："Книга". 1990.

二　Диссерта́ции о Пришвине на русском языке（论述普里什文创作的俄语论文）

1. Екатерина Омаровна Аквазба. Денотати́вное и коннотати́вное значе́ние слова в худо́жественном тексте: на материа́ле ле́ксики расти́тельного и живо́тного мира в произведениях М. Пришвина. Тюмень, 2004.

2. Ирина Васильевна Аненкова. Стили́стико－синтакси́ческие осо́бенности худ. публици́стики М. М. Пришвина. Диссерта́ция. М., 1997.

3. Ната́лия Васильевна Баландина. Структу́ра а́вторской речи в рома не Пришвина《Кащева цепь》. Диссерта́ция. Новосиби́рского гос. Униве́рситета.

4. Тамсия Яковлевна Гринфельд－Зингурс. Чувство природы в тво́рчестве М. М. Пришвина. Диссертация доктора. Екатеринбург., 1992.

5. Наталья Юрьевна Донченко. Поэтика антоними́и в《Дневника́х》 М. М. Пришвина. Диссерта́ция кандидата. М., 1999.

6. Алекса́ндр Алекса́ндрович Дырдин. Русская филосо́фская проза после 1917 года, симво́лика мысли. До́кторская диссерта́ция. Улья́новск, 2001.

7. Алекса́ндр Алекса́ндрович Дырдин. Духо́вное и эстети́ческое в русской филосо́фской прозе 20－го века М. Пришвина, Л. Леонова（моногра́фия）. Ульяновск Ул ГТУ, 2004.

8. Стелла Бори́совна Зархин. Творчество М. М. Пришвина（1907－1928）М. 1957. Диссертация на соискание кандидата фил. наук.

9. Азалия Алексе́евна Земляко́вская. Жа́нрово－композицио́нные осо́бенности собра́ний миниатюр М. Пришвина（Моногра фия）. Мичуринск МГПИ, 2005.

10. Николай Николаевич Иванов. Древнеславя́нский языческий миф в худо́жественной мире М. Го́рького, А. Н. Толстого, М. Пришвина. До́кторская диссертация М., 2000.

11. Галина Павловна Климова. Творчество И. А. Бунина и М. М. Пришвина в контексте христиа́нской культуре. Диссертация доктора фил. наук, 2002.

12. Ольга Александровна Ковыршина. Диале́ктика времени и ве́чности в

худо́жественном созна́нии Михаила Пришвина : Дис. канд. филол. наук, Елец, 2005.

13. Людмила Николаевна Колесникова. Словопроизво́дственная модель: (на сопостави́тельном материа́ле глаголов из языка худ. произведе́ний Пришвина и совреме́нного ру́сского литерату́рного языка) Диссертация кандидата. Орёл, 1981.

14. Анна Михайловна Колядина. Специфика дневнико́вой формы повествова́ния в прозе М. Пришвина. Самара, 2006.

15. Алла Кирилловна Конёнкова. Поэтика приро́ды в творчестве М. М. Пришвина и С. Т. Конёнкова (сравни́тельный культурологи́ческий анализ). Диссерта́ция кандидата культурологи́ческой науки. М., 1998.

16. Нина Александровна Костюк. Слово в нау́чном и худо́жественном тексте (функциона́льный аспект лекси́ческого значения). Диссертация кандидата фил. наук. Л., 1987.

17. Ирина Степановна Куликова. Сема́нтико－стилисти́ческая характери́стика атрибути́вных словосочета́ний (на материале световы́х и цветовы́х прилага́тельных в произведе́ниях К. Паустовского и М. Пришвина).

18. Ольга Александровна Машкина. Роман Пришвина《Осударева дорога》в литературно－филосо́фском контексте эпохи. Диссертация. Томск, 2000 г.

19. Ольга Александровна Машкина. Контекст и интерпрета́ция текста (проза русского косми́зма) (монография). Уфа Новокузнецкий Вост. Университет, 2004.

20. Валентина Христофоровна Мищенко. Осо́бенности стиля Пришвина конца 40－50 годов. Соотноше́ние ска́зочного и реа́льного. М., 1976.

21. Игорь Павлович Мотяшов. Мастерство М. Пришвина (Творчество 40－50 годов) Диссертация М., 1961.

22. Юлия Сергеевна Мохматкина. Философия природы в творчестве М. Пришвина и А. Платонова. Диссертация. Владимир, 2005.

23. Юлия Ивановна Ольховская. Жа́нровые процессы в прозе М. М. Пришвина: от миниатю́ры к конте́кстовым лири́ческим формам.

Дис. канд. филол. наук. Омск, 2006.

24. Пименова Галина Александровна. Стилеобразующие доминанты в романе – сказке Пришвина 《Осударева дорога》, Л., 1977.

25. Ирина Владимировна Попова. Гуманистическая концепция прозы Пришвина 40 – 50 годов:（Структурно – поэтический аспект）Тамбов, 1998.

26. Надежда Викторовна Рыбаченко. Жанровые особенности ранних очерков М. М. Пришвина. Одесса., 1984.

27. Владимир Констатинович Пудожгорский. Рассказы и новеллы М. М. Пришвина（1920 – 1953）. Л., 1963.

28. Галина Леонидовна Серова. Диалектное слово в художественном контексте:（на материале творчества Пишвина）Диссертация. Куйбышев.

29. Сергей Германович Синенко. Историко – культурные истоки творчества Пришвина и особенности образной системы. Томск. 1986.

30. Регина Алгиманго Соколова. Философские аспекты изображения природы в прозе Пришвина 900 – 1910 годов XX века. М., 1997.

31. Татьяна Алексеевна Степанова. Лексика русских говоров Карелии в произведениях Пришвина о Карелии и русском севере. Самара. 2000.

32. Валентина Васильевна Столярова. Творческий метод Пришвина. К вопросу об идейной и эстетической позициях. Г. Горький, 1969.

33. Людмила Георгиевна Тагильцева. Символ в прозе Пришвина. М., 1994.

34. Галина Альбертовна Токарева. Мифологическое и сказочное в художественом мире Пришвина. Диссертация. Владивосток, 1999.

35. Федотова Луиза Сабировна. Очерк – поэма Пришвина 《Чёрный Араб》//Опыт стилистического описания художественно – речевой структуры. М., 1972.

36. Валентина Григорьевна Фещенко. Несобственно – прямая речь как средство художественной изобразительности（на материале произведения Пришвина）Диссертация. Киев, 1978.

37. Елена Валериановна Фролова. Традиции Пришвина в современной советской прозе. Диссертация. М., 1986.

38. Андрей Иванович Хайлов. Творчество Пришвина. Диссертация Акад-

емия наук СССР. Институт русской литературы. Л. , 1959.

39. И. П. Мотяшов. Мастерство М. М. Пришвина (Творчество 40 – 50 годов) Москва, 1961.

40. Зинаида Яковлевна Холодова. 《Кащева цепь》 Пришвина. Идейно – художественное своеобразие. Проблема жанра. М. , 1977.

41. Елена Анатольевна Худенко. Концепция творческого поведения в художественной системе Пришвина. Барнаул.

42. Валерия Николаевна Чембай. Структурно – функциональное своеобразие матафоры в прозе Пришвина. Днепропетровск.

43. Александр Иванович Чернов. Пришвин о закономерностях и особеннностях творческого труда писателя. Одесса. , 1988.

44. Галина Александровна Шабельская. Творчество Пришвина 1905 – 1917. Л. , 1964 .

45. Мария Константиновна Шемякина. Человек и мир в дневниках И. А. Бунина и М. М. Пришвина. Дисс. канд. филол. наук. Белгород, 2004.

46. Клавдия Алексеевна Шилова. Творческий путь Пришвина (до Великой Отечественной войны) М. , 1958.

47. Уте Шольц. Жанр миниатюры в творчестве Пришвина (1930 – 1940) Л. , 1986.

48. Любовь Викторовна Юлдашева. Творческий метод и индивидуальность писателя в дневниках Пришвина. Диссертация. М. , 1979.

49. Евгений Александрович Яблоков. Художественное омысление взаимоотношений природы и человека в советкой литературы 20 – 30 годов (Леонов, Платонов, Пришвин) М. , 1990.

50. А. М. Бодоксёнов. Г. В. Плеханов в мировоззрении и творчестве М. М. Пришвина. (Русская литература, 2007 No 1.).

51. Е. Ю. Кнорре: Сюжет "Пути в невидимый град" в творчестве М. Пришвина, 1900 – 1930. М. , 2019.

三 Статьи́ о Пришвине на русском языке: (论述普里什文创作的俄语文章)

1. Корней Чуковский: Учи́ться у наро́да——учи́ться у детей. 《От двух до пяти》, Лимбус Пресс. Санкт‑Петербург, 2001, С. 396 – 405.
2. Феликс Кузнецов: Бунт и примире́ние Михаила Пришвина. 《Наше наследие》, 1990 г. № 2, С. 83 – 84.
3. Алексей Н. Варламов: Гений пола. "Борьба за любовь" в дневника́х Пришвина. 《Вопросы литерату́ры》, 2001 г. № 6.
4. Алексей Н. Варламов: Пришвин и Бунин, 《Вопросы литерату́ры》, 2001 г. № 2.
5. Н. П. Дворцова: Пришвин и Мережко́вский (Диалог о Граде неви́димом). 《Вопросы литерату́ры》, 1993 г. № 3.
6. Н. П. Дворцова: Экстерриториа́льный писатель (О литрату́рной репута́ции М. Пришвина). 《Вопросы литерату́ры》, 2004 г. № 1, С. 49 – 69.
7. П. С. Выходцев: Народно‑поэти́ческие основы филосо́фской прозы М. М. Пришвина, 《Русская литература》, 1980 г. № 2, С.
8. Ю. Розанов: Пришвинския миф Алексей Ремизова. 《Вопросы литерату́ры》, 2004 г. № 1, С. 70 – 83.
9. А. Павловский: М. Пришвин и "крестья́нский миф", 《Русская литерату́ра》, 1994 г. № 3, С. 95 – 104.
10. А. Павловский: "Сигна́лы людям будущего" (О дневнике М Пришвина 1930 года), 《Русская литерату́ра》, 1993 г. № 1, С. 81 – 91.
11. М. Пришвин: "Векселя, по кото́рым когда‑то придётся распла́чиваться": дневнико́вые записи о после́дних годах жизни Го́рького (1928 ~ 1936), 《Дружба народов》, 1993 г. № 6. С. 229.
12. Михаил Пришвин: "Леса к 《Осударовой дороге》 (1931 ~ 1952 из дневников), 《Наше наследие》, 1990 г. № 2, С. 58 – 83. Публика́ция В. В. Круглевской и Л. Р. Ряза́новой. Коммента́рии Я. З. Гришиной.
13. Традиции Аксакова в "материа́льности" природы Пришвина. Поэтика русской прозы XX века. Уфа, 1995. С. 99 – 110.

14. Владимир Клавдиевич Арсеньев（1872 – 1930）: Русские писате. ли 20 века. Биографи́ческий словарь. С. 40 – 41. М. : Нау́чное изд. 《Больша́я Росси́йская энциклопе́дия》изд. 《Рандеву́ – АМ》, 2000 г.

15. Владимир Клавдиевич Арсеньев（1872 – 1930）: Русские писатели XX века. Биобиблиографи́ческий словарь в двух частях, часть 1. С. 86 – 88. М. : 《Просвеще́ние》, 1998 г.

16. Виктор Виногра́дов: 《Стили́стика. Теория поэти́ческой речи. Поэтика》.

17. Д. С. Лихачёв: ① Разное о литературе; ② О природе для нас и о нас для природы. 《Русская культура》, М. : 《Иску́сство》, 2000 г. С. 211 – 265 и 347 – 355.

18. Уровни языково́й вариати́вности и место функциона́льных стилей.

19. А. М. Подоксёнов: Г. В. Плеха́нов в мировоззре́нии и творчестве М. М. Пришвина, 《Ру́сская литерату́ра》, 2007 г. № 1, С. 73 – 86.

20. Жан – Жак Руссо（1712 ~ 1778）: Зарубежные писатели. Библиографи́ческий словарь в 2 – х частя́х, часть 2. С. 212 – 218. М. : 《Просвеще́ние》, 《Уче́бная литерату́ра》, 1997 г.

四 中文参考书

1. ［俄］米·普里什文：《林中水滴》，潘安荣译，百花文艺出版社 1984 年版。
2. ［俄］米·普里什文：《普里什文随笔选》，非琴译，百花文艺出版社 1992 年版。
3. ［俄］米·普里什文：《鸟儿不惊的地方》，河流、法依娜译，长江文艺出版社 2005 年版。
4. ［俄］米·普里什文：《恶老头的锁链》，谷羽、路雪莹译，长江文艺出版社 2005 年版。
5. ［俄］米·普里什文：《大自然的日历》，潘安荣译；《鹤乡》，万海松译；《猎取幸福》，闫吉青译；《我的随笔》，杨素梅译，长江文艺出版社 2005 年版。
6. ［俄］米·普里什文：《人参》，何茂正译；《灰猫头鹰》，汪洋、河流译；《太阳的宝库》，法依娜译；《赤裸的春天》，于明清译，长江文艺出版社 2005 年版。
7. ［俄］米·普里什文：《大地的眼睛》，潘安荣、杨怀玉译，长江文艺出版社 2005 年版。
8. ［俄］米·普里什文：《有阳光的夜晚》，石国雄译，北京大学出版社 2017 年版。
9. ［俄］帕乌斯托夫斯基：《金玫瑰》，戴骢译，百花文艺出版社 1989 年版。
10. ［俄］帕乌斯托夫斯基：《金蔷薇》，戴骢译，上海译文出版社 2010 年版。
11. ［俄］帕乌斯托夫斯基：《面向秋野》，张铁夫译，湖南文艺出版社 2008 年版。
12. ［苏］阿尔谢尼耶夫：《在乌苏里的莽林中——德尔苏·乌扎拉》，王士燮、沈曼丽、黄树南译，人民文学出版社 2005 年版。
13. 童庆炳：《文体与文体的创造》，云南人民出版社 1994 年版。
14. 《戈宝权集》（中国社会科学院学者文选），中国社会科学出版社 2009 年版。
15. 戈宝权：《中外文学姻缘——戈宝权比较文学论文集》，华东师范大学出版社 2013 年版。

16. 《戈宝权译文集：普希金诗集》，北京出版社 1987 年版。
17. 《戈宝权译文集：高尔基小说论文选》，北京出版社 1991 年版。
18. 季羡林、梁培兰等：《文化和友谊的使者——戈宝权》，江苏美术出版社 2001 年版。
19. 王智量等：《俄国文学与中国》，华东师范大学出版社 1991 年版。
20. 叶水夫主编：《苏联文学史》第 3 卷，中国社会科学出版社 2005 年版。
21. 刘宁：《俄苏文学·文艺学与美学》，北京师范大学出版社 2007 年版。
22. 李明滨主编：《20 世纪欧美文学史》第 3 卷、第 4 卷，北京大学出版社 1999 年版。
23. 彭克巽：《苏联文艺学学派》，北京大学出版社 1999 年版。
24. 李毓榛：《20 世纪俄罗斯文学史》，北京大学出版社 2000 年版。
25. 白春仁：《文学修辞学》，吉林教育出版社 1993 年版。
26. 白春仁：《融通之旅：白春仁文集》，黑龙江人民出版社 2007 年版。
27. 汪嘉斐：《语林思行：汪嘉斐文集》，黑龙江人民出版社 2007 年版。
28. 郭聿楷：《语言学探索：汪嘉斐文集》，黑龙江人民出版社 2007 年版。
29. 徐稚芳：《俄罗斯诗歌史》，北京大学出版社 2002 年版。
30. 顾蕴璞：《诗国寻美：俄罗斯诗歌艺术研究》，北京大学出版社 2004 年版。
31. ［俄］屠格涅夫等：《回忆果戈理》，蓝英年译，东方出版社 2008 年版。
32. 谭得伶：《高尔基及其著作》，北京出版社 1984 年版。
33. 曾思艺：《19 世纪俄国唯美主义文学研究：理论与创作》，北京大学出版社 2015 年版。
34. 陈建华：《丽娃寻踪——陈建华教授讲中俄文学关系及其他》，中央编译出版社 2014 年版。
35. 曾思忆编著：《俄罗斯文学讲座：经典作家与作品》上、下册，北京师范大学出版社 2015 年版。
36. 《高尔基文学专著选》，孟昌、曹葆华译，人民文学出版社 1958 年版。

37. ［俄］哈里泽夫：《文学理论》，周启超、王加兴、黄玫等译，北京大学出版社 2006 年版。
38. ［苏］米·赫拉普钦科：《作家的创作个性和文学的发展》，上海人民出版社 1977 年版。
39. ［苏］高尔基：《俄国文学史》，缪朗山译，章安祺编订，中国人民大学出版社 2007 年版。
40. ［俄］符·维·阿格诺索夫主编：《20 世纪俄罗斯文学史》，凌建侯等译，白春仁校，中国人民大学出版社 2001 年版。
41. ［俄］巴赫金：《陀思妥耶夫斯基诗学问题》，白春仁、顾亚铃译，生活·读书·新知三联书店 1988 年版。
42. ［美］勒内·韦勒克、奥斯丁·沃伦：《文学理论》，刘象愚等译，江苏教育出版社 2005 年版。
43. ［英］罗宾·乔治·科林伍德：《艺术原理》，王至元、陈华中译，中国社会科学出版社 1985 年版。
44. 艾布拉姆斯：《镜与灯》，张照进、童庆生译，北京大学出版社 2004 年版。
45. 陶东风：《文体演变及其文化意味》，云南人民出版社 1994 年版。
46. 周振甫：《文学风格例话》，上海教育出版社 1989 年版。
47. 王加兴：《俄罗斯文学修辞特色研究》，北京大学出版社 2004 年版。
48. 张百春：《风随着意思吹：别尔嘉耶夫宗教哲学研究》，黑龙江大学出版社 2011 年版。
49. 黎皓智：《俄罗斯小说文体论》，百花洲文艺出版社 2003 年版。
50. 陆人豪：《回眸：俄苏文学论集》，苏州大学出版社 2010 年版。
51. 朱红琼：《屠格涅夫散文诗研究》，人民出版社 2013 年版。
52. 俞汝捷：《小说二十四美》，中国青年出版社 1987 年版。
53. 孟繁华：《众神狂欢——当代中国的文化冲突问题》，今日中国出版社 1997 年版。
54. 《风景在迷醉中流淌》，哈尔滨出版社 2004 年版。
55. 丛培香、刘会军、陶良华编：《外国散文百年精华》，人民文学出版社 2001 年版。
56. 韩陈其：《语言是小河》，中国经济出版社 2005 年版。

57. 于根元：《语言是大海》，中国经济出版社 2018 年版。
58. 方遒：《散文学综论》，安徽教育出版社 2005 年版。
59. 张国俊：《中国艺术散文论稿》，中国社会科学出版社 2004 年版。
60. 辜鸿铭：《中国人的精神》，黄兴涛、宋小庆译，海南出版社 1996 年版。
61. 钱穆：《中国思想史》，九州出版社 2012 年版。
62. 徐复观：《中国文学精神》，上海书店出版社 2004 年版。
63. 秦牧：《语林采英》，上海文艺出版社 1983 年版。
64. 秦牧散文精华：文艺随笔《艺海拾贝》，作家出版社 1997 年版。
65. 李业辉：《爱是人生的愿望》，三秦出版社 1999 年版。
66. 李业辉：《岁月随想》，三秦出版社 1999 年版。
67. 邵耀成：《〈文心雕龙〉这本书：文论及其时代》，中国社会科学出版社 2014 年版。

致　　谢

在专著写作前和完善提高的整个过程中,我得到了俄语界的老前辈和师长们无私和慷慨的帮助和支持。他们和普里什文一起,以渊博学识一直鼓舞着我。我的博士生导师张建华教授、硕士生导师刘宁教授对我的学术研究进行了深度指导。多年来,对我的学术研究有指导的还有北京外国语大学的李英男教授、白春仁教授、汪嘉斐教授,北京师范大学的谭得伶教授、蓝英年教授、潘桂珍教授、程正民教授、童庆炳教授、许金庚教授、张百春教授,北京大学的李明滨教授,中国社会科学院闻一研究员、吴恩远研究员、李永全研究员、石南征研究员、梁培兰大姐、孙壮志研究员、李进峰研究员、柴瑜研究员、张宁研究员、王晓泉研究员,上海外国语大学杨雷英教授、冯玉律教授、周敏显教授、吴云薇教授,南开大学谷羽教授,天津师范大学李逸津教授,杭州师范大学李莉教授,商务印书馆冯华英译审,中国人民对外友好协会会长陈昊苏,中国驻俄罗斯大使武韬,中国驻俄罗斯国防武官王海运,北京航空航天大学赵沁平院士等。这些老前辈和师长们对我的研究寄予厚望。他们把自己珍藏的珍贵资料悉数拿出,他们赠书赐文,他们解答疑惑,他们在我退却时鼓舞士气,这一切都让我获得力量和启迪,驱我狭路知难持续奋进。弗·阿格诺索夫教授、俄罗斯科学院远东研究所的奥·扎维亚洛娃教授、圣彼得堡经济大学的奥尔加·米古诺娃教授自始至终都一直耐心解答我在原著阅读中遇到的就连工具书都难以解决的许多问题。

我非常感谢我的同龄人和年轻人:当时在莫斯科大学学习的王忠民,感谢郭敏、吴喜、赵梦云,感谢北京外国语大学的同学温玉霞、王宗琥、蔡晖、李兰宜、管玉红、王盈、敬菁华、徐翠翠、孙芳、孙磊等。感谢兄弟院校的柳若梅、孟霞、温哲仙、苏玲、郭利、胡剑芬、秦婷婷、宋丙慧、王树福、徐丽红、韩博文、张娟、王钦香、王加兴、金城、管荣廷、宋颖、吕彦国、彭明宽、姚伟、姚小阳、张应进、张蓓蓓、段合珊、夏福进、张伶、张美嘉、王玉红、张华恩、张洪波、郭景洪、丁海川、魏春友、裴玉芳、蔡桂茹、陈志刚、吴喜凯、张学武等。

多年来，我得到了普里什文故居博物馆馆长利季娅·梁赞诺娃、亚娜·格里申娜、高尔基文学院院长阿·瓦尔拉莫夫教授、叶列茨布宁大学的亚·波多克肖诺夫教授、叶列娜·科尔涅耶娃教授、《俄罗斯博物馆》杂志主编娜塔丽娅·沃罗诺娃、俄罗斯科学院学术信息研究所叶·米萨伊洛娃、秋明洲叶列娜·叶若娃教授、弗·尤·扎哈罗夫先生、俄罗斯乌拉尔医科大学传统中医研究院院长弗·格沃兹捷维奇院士的大力帮助和支持。

感谢中国社会科学院领导高翔副院长、姜辉副院长、张冠梓、王素琴、曲建军、田侃、杨发庭、汪权、黄永光、乔燕、王晶、王娜娜、刘治昌等。

我感谢生活，感谢生命，感谢普里什文！

感谢父母！感谢我的弟兄和嫂子！

李俊升

2020 年 1 月 18 日于北京寓所

Благода́рственные слова

Автор считает прия́тной обя́занностью выразить свою благодарность всем, оказавшим дружественную помощь на разных этапах моей работы. Для большей ясности мы перечисляем самых уважаемых: Мой научный руководитель Чжан Цзянхуа, Профессор Ли Иннан, Бай Чуньжэнь, Ван Цзяфый, Ли Минбин, Лю Нин, Тан Дэлин, Лан Инниан, Пан Гуйчжэнь, Чэнь Чжэньминь, Тун Цин пин, Вэн И, У Энюйан, Ли Юнцзюан, Сун Чжуанчжи, Лян Пэйлан, Ши Нанчжэн, Гу Юй, Ли Ицэнь, Чжан Байчунь, Ли Ли, Фэн Хуаин и многие други. Не зыбываем сказать огромное спасибо и самым дорогим и молодым, которые оказали мне всепогодно непосильную помощь и поддержку: Ван Чуньмин, Чжао Мэнюйн, Го Ли, Ли Лани, Гуан Юйхун, Цзин Цинхуа, Ван Цзунху, Дан Сюйан, Цай Хой, Сун Бинхой, Вэн Чжэсян, Су Лин, Вэй Юйся, Мэн Ся, Сюй Цуйцуй, Сун Фань, Сун Ли, Ван Шуфу, Цин Тинтин, Гуан Жунтин, Чжан Цзюан, Ван Цинсян, Люй Янго, Чжан Хунбо, Го Цинхун и др. .

Во многих случаях до и во время моего многолетнего труда над диссертацией мне оказывали огромную и дружественную помощь ведущие сотрудники Дома-музея М. Пришвина Лилия Рязанова и Яна Гришина, профессор Владимир Агеносов, Александр Бодоксёнов, Елена Корнеева, Алексей Варламов и Наталья Во́ронова, Елена Мисаилова, Ольгая Завьялова и Ольга Мигунова, Владиир Юрьевич Захаров, Елена Ивановна Ежова, Валентин Николаевич Сытник, Полина Валентиновна Сытник и Владимир Дмитриевич Гвоздевич.